國家古籍整理出版
專項經費資助項目

○ 曾棗莊 曾濤 編纂

宋代藝話全編

第四册

巴蜀書社

王阮藝話（二則）

　　王阮（？～一二〇八）字南卿，德安（今江西德安）人。少好學，尚氣節。從朱熹遊，朱熹稱其才氣術略過人。隆興元年進士。試禮部，對策，知貢舉范成大讀之，譽爲"人傑"。調南康都昌主簿，移永州教授。淳熙六年，知新昌縣。十五年，知昌國縣，嘗主修《昌國志》。紹熙中，知濠州，講武略，金不敢南侵。改知撫州。慶元初，韓侂胄聞名召之，誘以美官，阮不答，陛對畢，拂衣出關。侂胄大怒，批旨予祠。阮歸隱廬山，從容觴詠。嘉定元年，卒。著有《義豐文集》，劉克莊跋稱五卷。其文不主一體，變態無窮，代表作有《館娃宮賦》《雙溪集序》等。集首吳愈序稱"其文無一字無來處，論邊事則晁、賈其倫，爲記銘則韓、柳其亞"。惜文多散佚，今《義豐集》尚存宋淳祐三年王旦刻本，僅詩一卷。其詩學張孝祥，於蘇軾、黃庭堅"兩派之間各得一體"（《四庫全書總目》卷一五九），如《題浯溪碑》《蘭亭記》《金山廟》之類，感物興懷，筆力雄放，皆有深意。

一　題《四羊圖》一首

　　三百維羣世不見，乃以四羊爲一圖。人言此圖出韋偃，不知韋偃有意無？巖巖參天一古木，下有輕莢滿郊綠。雲髯隱約黑昏中，沙肋微茫筆端足。昔聞韋侯畫馬工，杜陵長歌歌古松。孰知畫羊更如此，世間絕藝誰能窮。蘄春太守好事者，珍藏有此希世畫。嗟予得此雙眼明，此一轉語久難下。三年遊戲若草茵，一羊輒登枯木根。安得添我作牧人，爲公鞭此一敗羣。文淵閣四庫全書本《義豐集》。

二　蘭亭一首　並序（節錄）

　　晉寧遠將軍王公逸少，始以咸康六年爲江州刺史，愛廬山紫霄峯，居其下，墨池在焉，今歸宗寺是也。永和六年，徙爲會稽內史，盡十一年。然則蘭亭之集，蓋公在官之日也。時晉政不綱，春行秋令，書曰："天朗氣清。"得《春秋》之旨矣。蕭統不悟，不以入《選》。坡公云："拙於文而陋於識，莫統若也。"其斯之謂與？某家世九江，視公爲遠祖，因過亭下，尋訪遺跡，莫知是否。敬賦小詩，以明公志。（詩略）《義豐集》。

王炎藝話（一四則）

　　王炎（一一三八～一二一八）字晦叔，一字晦仲，婺源（今江西婺源）人。所居有雙溪，築亭寄興，以白樂天自比，號雙溪。年十五學爲文，乾道五年進士。不畏豪強，有"爲天子臣，正天子法"之語，人多傳誦。生平與朱熹交厚，往還之作頗多；又與張栻講論，故其學爲後人所重。著述甚富，有《讀易筆記》《尚書小傳》《禮記解》《論語解》《孝聖解》《老子解》《春秋衍義》《象數稽疑》《禹貢辨》等，總題爲《雙溪類稿》，早已失傳，僅存詩文二十七卷，題爲《雙溪類稿》，或稱《雙溪集》。另有《雙溪詩餘》一卷。所作詩文博雅精深，具有根柢，議論醇正，引據典確。其詩尤爲世人稱許，而清人則謂其"多庸調"（《宋詩鈔·雙溪詩鈔序》）、"力庸格窘"（《石洲詩話》卷四）。其論詞貴"婉轉嫵媚"，鄙薄"豪壯語"（《雙溪詩餘自序》），所作"質實妍雅"（《善本書室藏書志》卷四〇），"雖不甚工，亦一家眷屬"（王國維《跋雙溪詩餘》）。

一　過浯溪讀《中興碑》

　　日光玉潔元子辭，銀鈎鐵畫顏公書。百金不憚買墨本，摩挲石刻今見之。《猗那》《清廟》久不作，其末變爲王《黍離》。《春秋》一經事多貶，《魯頌》四篇文無譏。漁陽鼙鼓入潼華，公卿徒步從六飛。朔方天子扶九廟，京師父老迎千麾。紫袍再拜謁道左，上皇萬里旋鑾輿。牝雞鳴晨有悍婦，孽狐嘷夜有老奴。扶桑杲杲未翳蝕，但歌大業吾何疵？首章義正語未婉，前輩不辨來者疑。正須細讀史克頌，未用苦説涪翁詩。許張勁節震金石，李郭壯武如虎貙。斷崖蒼石有時泐，諸公萬古聲烈垂。天憐倦客有所恨，雨濕江寒催解維。神州北望三嘆息，翰墨是非何議爲。文淵閣四庫全書本《雙溪類稿》卷四。

二　湘中雜詠十絕（節錄）

　　江山如畫供詩眼，陰雨無端釀客愁。江天雲暝雨垂垂，日暮移舟口岸時。拈筆欲題還袖手，細搜摩詰畫中詩。《雙溪類稿》卷四。

三　題《秋山圖》

我本山中人，築室依澗岡。世故驅我來，緇塵滿衣裳。見此山中景，我思更深長。老樹何離離，瘦石何蒼蒼。借問此何時，天寒鴈南翔。西風有搖落，蘭桂含幽芳。《雙溪類稿》卷六。

四　題《遠山平林圖》

山色微茫疑有無，木葉半脫殊蕭踈。雲根更著數椽屋，此屋當有幽人居。墨妙逼真乃如此，畢竟非真惟近似。何如屐齒飽經行，是處溪山皆畫笥。還君圖畫吾且歸，家在江南依翠微。《雙溪類稿》卷六。

五　題《潮山海門圖》

潮來濺雪欲浮天，潮去奔雷又寂然。海上兩山元不動，更添此意畫中傳。《雙溪類稿》卷六。

六　題徐參議畫軸三首

墨梅

酷似西湖處士詩，雖無半樹有橫枝。天寒地冷清癯甚，故著緇衣護玉肌。

赤壁圖

烏林赤壁事已陳，黃州赤壁天下聞。東坡居士妙言語，賦到此翁無古人。江流浩浩日東注，老石輪囷鮑烟雨。雪堂尚在人不來，黃鵠而今定何許。此賦可歌仍可絃，此畫可與俱流傳。沙埋折戟洞庭岸。訪古壯懷空黯然。

歲寒三友

玉色高人之潔，虬髯烈士之剛。可與此君鼎立，偃然傲睨冰霜。《雙溪類稿》卷六。

七　題徐參議所藏唐人《浴兒圖》

右相嘗慚呼畫師，技癢仍復拈毛錐。逼真誰作此贋本，亦有妙意生妍姿。中庭燕坐必主婦，綠雲高髻香羅衣。嫣然嬪妾左右侍，前浴能言丹鳳雛。娉婷及笄女公子，素腕擁項相攜扶。兩兩為朋四鬌齓，乳盧隨逐相諧嬉。掌中看珠二少艾，捧頤却立鴉鬟奴。屏間擁膝袖玉笋,疑是夢闌顰翠眉。側身背面按箏者,冰肌綽約不自持。床前跪起各姝麗,爲兒理髮扠涕洟。有犬斕斑受摩撫,與人習熟無猜疑。梳粧淡薄服制古,如見永徽貞觀時。若非侯家及主第,人物無此美且都。荆釵布襦小家婦,生子不如山下麑。《雙溪類稿》卷六。

八　題謝艮齋畫笥四首

團蒲曲几自支頤,領略江山入座隅。若使右丞知此畫,定當閣筆《輞川圖》。
萬點青山一曲溪,門闌疑是辟塵犀。筆端更有詩中畫,細細冥搜爲品題。
熟視天機日日新,無邊物色盡橫陳。從教巧手工摹寫,粉墨何能便逼真。
玉軸錦囊無此景,何年天巧出丹青。艮齋收得供詩眼,勝看鸞臺十二屏。《雙溪類稿》卷六。

九　酬俞子清侍郎惠畫韻（二首選一）

筆端元有畫中詩,寫出三浯一段奇。追憶舊遊如昨日,艤舟細看《中興碑》。《雙溪類稿》卷七。

一〇　清老畫雙溪壁以詩謝之　乙亥

老夫哦詩聳兩肩,落筆不停稱腹稿。緣詩寫出無聲句,畫史追之誰得到。爲予壁上留真跡,水墨纖濃任揮掃。石根竹樹極蕭森,中著羽蟲疑叫噪。雖然畫意不畫形,形意兩全方筆老。熟視時時自首肯,從旁見者皆稱好。師言此亦吾餘事,佛祖玄關須探討。未宜直說色是空,不著色空斯見道。《雙溪類稿》卷九。

一一　用元韻答清老

巧匠胸中有全室,能文紙上無脫稿。老禪善畫亦如是,毛錐未出意先到。解衣盤薄小經營,驀然揮洒筆如掃。我思詩畫本一律,衆作徒多等蟬噪。畫手無如王右丞,一似詩中杜陵老。正緣此老襟韻高,工拙奇常無不好。斲輪妙處不可傳,此事難從筆端討。由來萬法生一心,貫徹精粗無二道。《雙溪類稿》卷九。

一二　再答清老

篆車創始自椎輪,莞簟從初但蒲稿。詩到晚唐非不佳,少似《國風》能理到。嗟予耄矣弃穎泓,臥病終年長却掃,客無脫屨一榻懸,人不到門羣雀噪。敢意支郎念岑寂，時將妙語起衰老。若人搜句乃餘事，雖不雕鐫自精好。況於佛祖可呵罵，豈無魔外宜攻討。早辦山居一把茅，爲我長歌歌證道。

平生言語苦不工，甲乙未能成類稿。曩時陶謝以詩鳴，竭力追隨終莫到。上人詞鋒極痛快，睥睨千人軍可掃。長須驚喜見此客，無怪繞枝鴉鵲噪。師言能詩且工畫，筆仗須先知嫩老。復言能畫亦飽參，亹亹玄談聽更好。吾聞法海深又深，性珠可得不可討。若除詩畫與談禪，未審云何真悟道。《雙溪類稿》卷九。

一三　子用惠魚四軸，以詩謝之

四幅溪藤任捲舒，管城幻出化龍魚。風雷定似梭飛走，莫誤呼兒覓素書。

掉尾揚鬐氣象閒，或潛或躍出毫端。非魚知得魚如許，豈在濠梁子細觀。《雙溪類稿》卷九。

一四　送江靜之序

篆至於李陽冰，楷書至於顏魯公，行草至於王右軍，今古不復敢異論。蓋古字法以倉史爲鼻祖，自科斗、大小篆、隸凡四變，而其苗裔有真有行有草。以草書得聲者自張伯英始。世傳伯英學書，濺滌筆研，池水皆黑，則藝之精非一日之力也，而猶未究其極。右軍一出，毫釐不加矣〔一〕。

昔人論筆法曰"如印印泥，如錐畫沙"，工書者以是爲筆端有骨，字內藏鋒，而觀者不見。此乃其自得之妙，所以獨立無輩也。最後至唐張長史及魯公、僧懷素、徐會稽之倫，皆號能草書，一時從事於筆墨者無不甘心落後塵，然而猶在右軍下。噫，事之難工如此哉！

余同邑人江靜之以草書名者。往余寓海寧，靜之倦遊以歸，道過焉，實初識之。後十有三年，余方杜門辟俗於雲溪之上，而靜之又來相問勞。既畢，因作而言曰："我用力於書且三十年，管城子之禿者凡閱幾輩矣。縱不能著鞭於怒猊渴驥之前，亦合可遊刃於春蚓秋蛇之間。然足幸不刖，瑟亦不售，造物者不肯赦我一窮，何哉？今也我將道新安而東，歷訪平生舊遊。子故人之知我者，可無一言爲贈乎？"

某曰：予何以贈君？雖然，予不能工書而能論其意。世說書之病曰：筆枯者易健而瘦，甚多露骨；筆重者易圓而肥，甚多剩肉；痛快則無尺度，不快則不遒；側筆取妍，則工左而右不副。然未甚害也，而最忌者惟俗。人俗則陋，文俗則鄙，字之俗亦無足觀矣。靜之壯年咀嚼詩書，掉鞅走場屋間，睥自許不薄。不得志，棄去，俯首於書，欲以奇自見。故其筆勢翩翩，橫斜上下，曲直自得，其餘力盤薄於規矩繩墨之內。方將拍會稽之肩，攬長史之袂，求與右軍相周旋，其視世之俗書薰蕕不類也。靜之行矣，遇胸中有黑白者必能識之。玉潛於山，白虹照夜；劍埋於嶽〔二〕，紫氣干霄。苟懷奇而抱異，未有終韜沒不著者。太學之經、岱宗封禪之銘、浯溪磨崖之頌〔三〕，雖不用草書,草書豈終無用於世哉? 清康熙五十七年重校刻十二卷本《宋王雙溪先生集》卷三。

〔一〕矣:原作"以",據文淵閣四庫全書本《雙溪類稿》改。
〔二〕嶽:原作"岳",據文意徑改。
〔三〕太學:原作"太宗",據文淵閣四庫全書本《雙溪類稿》改。

京鏜藝話（一則）

　　京鏜（一一三八～一二〇〇）字仲遠，號松坡，洪州新建（今江西南昌）人。紹興二十七年進士，歷臨川縣主簿，星子、瑞昌知縣，以參知政事龔茂良薦，入朝主官告院。孝宗初立，因論恢復事應舒徐以圖之。淳熙五年，除監察御史。出爲荊湖北路轉運判官。十三年，累遷右司郎官。十四年，金使來吊高宗之喪，京鏜使金報謝，誓死堅拒宴樂，甲士露刃閉門而不能屈。使還，擢權工部侍郎。除四川安撫制置使、知成都府，在蜀四年，境內平安，召爲刑部尚書。寧宗即位，除侍讀，兼吏部尚書。紹熙五年，除參知政事。慶元元年，知樞密院事。二年，拜右丞相。六年，遷左丞相，依附韓侂冑。旋病卒，贈太保，諡文忠，後改諡莊定。爲文長於箋奏，詩宗黃庭堅，有氣骨而脫去寒瘦態。存詞四十餘首，皆作於帥蜀期間，多寫成都節物風土人情，同僚交遊酬唱之作尤多，風格邁往，筆力雄健，大抵與蘇軾爲近。著有雜著三十卷、《經學講義》五卷、《松坡集》七卷，已佚。今存《松坡居士詞》一卷。

題《蘭亭帖》

　　南華以副墨爲子，洛誦爲孫。予亦謂前賢筆跡，真者當祖之，臨者宜孫之。既鐫之石，又傳之摹本，其屬猶近，繼此益遠矣。

　　今定武《蘭亭帖》，其去昭陵所得殆曾孫行耶？予竊傷之！昭陵繭紙既受發藏之辱，定武堅珉又遭金國之禍，獨其曾孫得至衣冠禮樂之地，而見貴於中華士大夫之筆，復三歎而爲之喜。又聞定武珍其石，恐碑上損之，故摹本多淡。且有二本，其一頗瘠。此豈淡而瘠者乎？其骨相必肖其祖，見者當默識之。豫章京鏜題。慶元戊午長至日。文淵閣四庫全書本《蘭亭考》卷六。

楊冠卿藝話（七則）

楊冠卿（一一三八～？，楊一作揚），字夢錫，江陵（今湖北江陵）人。曾舉進士，知廣州，以事罷職，僑寓臨安。與范成大、陸游、張孝祥、姜夔等皆有交遊。才華清雋，以詩文有聲當時，集杜詩更負盛名，四六文尤流麗渾雅。今存《客亭類稿》，有宋刊殘本，四庫館臣據《永樂大典》補爲十四卷，附書啟一卷。

一 代跋御書團扇後

皇上御極之初元，規恢遠圖，作新庶政，易置諸將，黜陟幽明。臣分戍武昌，首蒙收召，晉躋嚴陛，典領誰何。明年春得侍燕間，天顏有喜，賜之團扇，奎璧焕焉。臣以邊遠之微，祗承天寵，百拜登受，欽頌聳觀。

竊惟字畫之興，肇自中古，龍章雲篆，登載簡編。國家列聖相承，留神翰墨，黼黻政化，輝映日星，上咸五，下登三，繇漢以來不論也。皇帝陛下心傳道妙，天縱聖能，昭回之光，下飾萬物。如臣么麼，錫賚不遺，鳳舞鸞翔，增華衛府，臣之蔀屋，豈所敢私？筮日涓休，勒之琬琰，庸侈君賜，以昭示於無窮期。紹熙二年五月旦日，具位臣某拜手稽首謹書。文淵閣四庫全書本《客亭類稿》卷七。

二 代跋御書《酴醾》詩團扇後

臣恭惟皇帝陛下重協帝華，緝熙聖學，宸章奎畫，卓冠古今。臣以介胄之微，疊承帝寵。邇者蒙恩宣宴，天顏晬溫，復取黃庭堅《酴醾》詩特書以賜。金碧焜燿，龍鸞飛翔。臣登受聳觀，形容靡盡。

竊惟倬彼雲漢，昭回於天，色正芒寒，下飾萬物，此天之所以爲天也。於穆聖君，德參乾造，至誠發育，與物爲春，而"湔拂亡聊，扶起春風"之語，尚有採於詩人之賦詠。規模宏遠，鈞播亡垠，八法昭垂，不但形諸翰墨而已。

臣叨膺睿眷，親拜大賜，無以對揚天子之休，嘗誦周家忠厚、仁及草木之詩，因知卜世卜年而臻過曆之盛者，實基於牛羊勿踐履之初。今聖心所存，配天其澤，恩被動植，與舜同符，永孚於休，以延洪億萬載之業，又豈周家得以擬倫？端策筮龜，刻之金石，庸示歸報，俾天下咸知上意云。年月日，具位臣某拜手稽首謹書。《客亭類稿》卷七。

三　題趙康子父判院公遺帖後

儒學貴於家傳，自齊桓讀書堂上，而輪扁有父不傳子之說，然後歆、向異同之論興，回視曾點、曾參對春風吟詠氣象，相去邈矣。

余客臺城，與趙康子定交，見其筆勢翩翩，文詞高古，意必淵源有自。今得判院公遺帖，殆與鍾、王並驅而爭先。於是始信康子之學蓋本家傳，有不可得而跂及者。康子居大將軍幕府，功名鼎來，銘燕然，頌浯溪，皆甚易事。他時以斯帖勒之金石，不斬其傳，則公家父子休聲令聞，當並建於無終窮。淳熙辛酉季冬二十日〔一〕。《客亭類稿》卷七。

〔一〕"淳熙"年號無辛酉，當有誤。

四　悼琴僧

妙能大師善鼓琴，戊戌秋，示寂湖之覺海。悼其音之不復傳也，弔之以文。其辭曰：

大音希聲，聞而莫得。器非所寓，叩之以寂。宓犧神農，削桐爲琴。發揚太古之音，以鳴夫至道之默默。協和天人，通神明德。故其聲不流漫而喧譁，不沉晦而湮滅。高下洪纖，或揚或抑。汛焉雲絮之飛浮，劃若勇士之赴敵。千態萬狀，變化無極。御之者既足以理性而反真，聽之者又且改容而正色。此聖神製作之妙，君子之所尚，而衆人固所罕識也。

嗚呼哀哉！師進此道，殆匪一日。神交古人於千載之上，伯牙師曠相與同堂而合席。碧澗猿渡，塞門雪積。落霞繽紛，秋風淅瀝。舞三疊之胎仙，傾蒼崖之碎璧。寄妙理於絃外，一唱三嘆，蓋有不可得而致詰者也。

嗚呼哀哉！憶昨招提，風月佳夕，幅巾欸門，危坐孤石。傾耳至音，襟塵消滌，星河易翻，不覺東方之既白。遼鶴言歸，師方寢疾。一頫仰間，而遽爲塵跡也耶？

嗚呼哀哉！師今已矣，知音者稀。掛琴於壁，絕朱絃之松風，生龍池之蟣蝨。薦誠芻奠，寫我胸臆，庶幾乎攝衣升堂，廣陵之音復傳，不愧相知於古昔。《客亭類稿》卷七。

五　秋琴詠

巖花月彩浮，井桐露珠滴。悲秋適有念，擁琴坐西壁。古音拂朱弦，一倡千慮滌。

無雲山雨飛，松風寒淅瀝。魚龍盡出聽，萬籟天地寂。《客亭類稿》卷十一。

六　御書東坡雪詩石刻

殘更皎月垂半破，西鄰促席寒威挫。風流玉局老坡仙，雪夜清吟躡郊賀。流落人間古錦囊，帝恐天丁下取將。賡歌餘暇染宸翰，奎壁昭回龍鳳翔。我公稽首拜嘉惠，勒以堅珉貽萬世。捲旗擬入蔡州城，傳呼夜示吳元濟。《客亭類稿》卷十二。

七　題郭季寬《曉耕》《宿釣》二圖

牛角橫素書，春犂破朝雨。鴻鵠志安知，功名心自許。
羊裘晦山澤，貂蟬等鴻毛。直鈎道可行，一釣聯六鼇。《客亭類稿》卷十二。

陸九淵藝話（五則）

陸九淵（一一三九～一一九二）字子靜，號存齋，又號象山翁，學者稱象山先生，撫州金溪（今江西金溪）人。幼聰穎不凡，與兄九齡講論理學，號"二陸"。乾道八年進士，考官呂祖謙激賞其文。淳熙六年，爲建寧府崇安縣主簿。九年，除國子正。十年冬，遷敕令所刪定官，輪對進五札，慨然有洗雪靖康國恥之志。十三年，除將作監丞，爲給事中王信劾罷，奉祠歸鄉，講學於貴溪象山精舍。光宗即位，除知荆門軍。紹熙三年十二月病逝，年五十四。嘉定十年，賜諡文安。陸九淵以理學著名，與朱熹並稱，二人曾於鵝湖會講，論議不合，遂成二派。其文以理趣取勝，語圓意活，博辯滔滔，其詩亦多道學語。著有《象山文集》二十八卷、《外集》四卷及《語錄》四卷。

一　贈畫梅王文顯

子作寒梢已逼真，不須向上更稱神。由來絕藝知音少，只恐今人過古人。文淵閣四庫全書本《象山集》卷二十五。

二　贈俞文學

吾觀俞君大篆，用筆勁快，而體致閒雅，與和氣浹洽。聽其論當世字畫，必推及氣質，豈其所自得者在此邪？至其考訂偏旁，參稽模範，有根據來歷，殊不苟也。自謂少所賞識，及觀其所得澹庵詩，則蓋有識之者。又問其得官獲罪本末，異哉！其言之也。余於是所感益深。

俞君跋履南北，歷歷能談其山川風俗，余所叩未十二三，然已多矣。惜其遂將東上，余未有以留之，因書以贈。上海涵芬樓影印明嘉靖刻本《象山先生全集》卷二〇。

三　跋資國寺雄石鎮帖

象山西址瀕溪，溪有渡曰石龜，夾溪之山曰西山。西山之北，有山峭峙，與西山同出，曰徵君山。故老相傳，古有隱者在其上，累徵不就，人號徵君，因以名山。

山麓有寺曰資國，猶藏其立寺時帖，乃雄石鎮帖也。字體結密，行筆有法，非今時吏書所及。年曰"龍紀元年"，仍書"歲次己酉"，亦不類今時文移。官曰"鎮遏使侍御史"，簽書者曰"押衙兼副將"，印曰"信州雄石鎮"，本末記文乃正篆，不繆疊。

今其地屬貴溪，史傳所記，故老所傳，皆未嘗知有雄石鎮。鄉人常言永泰二年置貴溪。考之《唐史》，貴溪之建在永泰元年，而次年爲大曆元年。然大曆改號在長至日，是永泰嘗有二年矣。建議至已立，涉兩年，亦事勢之常。置縣之年，尚傳至今。龍紀後永泰百餘年，而人不復知有雄石鎮，何也？《唐六典》："鎮有鎮將、鎮副，掌鎮捍防守。"兵部條中又曰："凡鎮皆有使一人，副使一人。"今曰"鎮遏使"，曰"副將"，蓋互見矣。又曰："凡諸軍鎮，五百人置押官一人。"今曰"押衙"者，豈幾是歟？施其地者曰周丞鄴，丞鄴之官曰押衙兼都監，似亦鎮官。然則此鎮有兩押衙，又有都監。《唐百官志》本《六典》，《六典》乃明皇所撰。史臣固曰永泰後諸鎮官頗增減，開元之舊制，固宜不可盡考。丞鄴稱鎮長曰中丞，而其官實侍御史。唐供奉官、御史中丞與侍御史聯班，此尤足以知非後人所能僞也。其地則曰"丞鄴宅西面東坑徵山脚"，初無君字。然山上有井，其深無底，旱時禱雨，率多靈應，謂之望井。水流出爲石坑，謂之君坑，實析徵君二字云耳。

寺僧海瓊乃周氏子，丞鄴之後也。好文學詩，懼此帖之磨滅，將刊諸石，求予爲跋。予觀唐於今爲近，其季尤近。龍紀之元，距今纔三百有三年。史傳所述，故老所傳，已不復知雄石鎮之髣髴，則是帖之傳，亦足爲考古者之監，故備論而書之。《象山先生全集》卷二〇。

四　題《蘭亭》帖

余嘗從王順伯求觀其所藏《蘭亭》，二本相類而差肥，一本瘦勁。尤延之謂瘦者乃真定武本，而順伯則主肥者。二公皆好古博雅，所辨古刻之真僞，皆爲後輩所推。今不同如此，孰能決之？此本乃類其瘦者，順伯既著語矣，盍就延之而正焉，以究其說。陸九淵。文淵閣四庫全書本《蘭亭考》卷六。

《象山語錄》（選錄　一則）

嘗問王順伯，曰："聞尊兄精於論字畫，敢問字果有定論否？"順伯曰："有定論。"曰："何以信此說？"順伯曰："有一畫一拐於此，使天下有兩三人曉書，問之，此人曰：是此等第。則彼二人之言，亦同如此，知其有定因。"問："字畫孰爲貴？"順伯曰："本朝不及唐，唐不及漢，漢不及先秦。古書曰如此，則大抵是古得些子者爲貴。"順伯曰："大抵古人作事不苟簡，尊兄試觀古器，與後來者異矣。"此論極是。文淵閣四庫全書本《象山語錄》卷一。

張貴謨藝話（一則）

　　張貴謨（生卒年不詳）字子智，處州遂昌（今浙江遂昌）人。乾道五年進士，爲吴縣簿，權晉陵縣事，知江山縣。光宗時爲太常寺簿、起居郎，除吏部郎中，轉朝散大夫。嘉泰中，直敷文閣、知靜江府。著有《九經圖述》《韻略補遺》。

跋李公麟《瀟湘臥遊圖》

　　雲谷老禪以《瀟湘圖》示諸齋求跋，云："谷不將境示人，諸齋莫作畫會。大地山河是幻，畫是幻幻。只今説幻亦幻，破九州一塵，寓筆端三昧。誤點成牛，欲犯苗稼。"若如此，題《瀟湘圖》，又似癡人説夢也。辛卯中秋，串齋張貴謨跋。文淵閣四庫全書本《石渠寶笈》卷四四。

薛紹藝話（一則）

薛紹（一一三九～一二一二）字承之，溫州永嘉（今浙江溫州）人。登乾道二年進士第，授台州推官。歷知鄱陽、宜春縣，判無爲軍，知真州。除戶部郎、淮東總領，遷太府少卿。召爲太常少卿，累秩中奉大夫。嘉定五年正月卒，年七十四。

題摹本《蘭亭》帖

舊見《蘭亭》書，鋒芒者與所傳石本不類，世多疑之。嘗以唐人集右軍書校之，則出鋒宜爲近真。蓋石本漫滅，不類其初也。辛未五月旦日，薛紹書。文淵閣四庫全書本《蘭亭考》卷五。

章甫藝話（一〇則）

　　章甫（生卒年不詳）字冠之，號轉庵居士，又號易足居士。鄱陽（今江西鄱陽）人，居儀真（今江蘇儀徵）。工詩，善隸古。曾與當世名流陸游、韓元吉、呂祖謙等均有唱和。呂祖謙《寄章冠之》稱："章侯平生一詩囊，酬風酢月遍四方。"又稱："白袍紛紛渠自忙，飄然邂逅非所望。自言久厭世鎖韁，合眼已夢廬山蒼。君才甚碩氣方剛，身雖欲隱文則彰。"懷才不遇，布衣終身。所著《雜說》三篇，援儒入墨，以禪家機鋒論道德仁義，亦其不得志於時之言。其詩格律近江湖一派，有錘煉功，骨力蒼秀。《直齋書錄解題》卷二〇著錄《易足居士自鳴集》十五卷，已佚。清四庫館臣自《永樂大典》中輯爲《自鳴集》六卷。

一　題王履方畫漁樵扇

　　山深多虎狼，腰斧老無力。豈惟身上衣，渾家口中食。水瀾蛟龍怒，魚鱉不易求。雖無租賦迫，常有風波憂。偶來蒼江頭，落日相勞苦。斗米今幾錢，粗免寒餓否。形役乃如此，人生真可憐。五陵美少年，寶馬珊瑚鞭。文淵閣四庫全書本《自鳴集》卷一。

二　題王朝英《歇驢圖》

　　天寒山路長，年荒塞驢瘦。風松適相遭，金石方互奏。是中有佳趣，捨鞍聊杖藜。童奴難與言，得句忘吾饑。懷遠空暮雲，憂時當肉食。市朝塵浼人，歸歟北山北。《自鳴集》卷一。

三　繡觀音

　　蜀人多巧思，組繡用功深。生綃三尺餘，成此觀世音。慈悲歡喜容，如出旃檀林。蓮花隨步武，纓絡縵衣襟。手中楊柳枝，時布慈雲陰。誓度諸有情，能以音聲尋。由茲善幻力，使我生恭欽。仰瞻大自在，本以一寸針。眾生與諸佛，其實同此心。願學聞思修，苦海脫浮沉。《自鳴集》卷一。

四　以王通一所畫《小舟橫截春江圖》爲韓無咎壽

江上春風花滿樹，春水才平舊痕處。何人笑傲一扁舟，橫截千波萬波去。王郎有句藏毫端，寫出生綃半幅間。明窗供我時展玩，髣髴羅帶縈煙鬟。緘題請壽皇華使，如公福祿川方至。吾君願治正思賢，舟楫期公濟大川。《自鳴集》卷二。

五　題《九歌圖》

大夫放逐沅湘濱，嘗作《九歌》祠鬼神。鬼神幽遠不可見，肴酒芬芳猶福人。飡菊佩蘭君不識，從彼讒人爲鬼蜮。楚江嗚咽楚雲愁，坐對此圖三歎息。《自鳴集》卷三。

六　題王無邪《九華圖》

雲錦仙翁人不識，多生九華茹芝客。少年登覽妙形容，三十七峯俱改色。手提高士談墨圖，煙雲到處隨捲舒。珠璣衮衮入題詠，縑素往往爭臨摹。雪潭四時濺飛雪，歎我幻軀方病渴。何由得共山中人，脚踏寒流弄明月。《自鳴集》卷三。

七　題張希穎《筠坡圖》

緣坡種竹自成趣，籃輿造門今有誰。張侯好事果絕俗，因人隔江來覓詩。披圖識面恨不早，更愛諸公妙詞藻。繁霜密雪得天全，明月清風爲君好。易足堂前方欲栽，摩挲短軸心眼開。忽思江南讀書處，碧玉如椽歸去來。《自鳴集》卷三。

八　書黃叔虎傳神卷

鶴骨何清癯，腹空惟貯書。山林日月長，掉頭賦歸歟。松竹歲寒金石友，身後虛名眼前酒。與世相違豈盡然，江湖猶有丹青手。《自鳴集》卷三。

九　題惠老《松竹圖》

江湖上懶行脚，松竹邊聊卜隣。妙處即三即一，畫圖非幻非真。
風細聲音互答，月明體用全彰。二士爲君提唱，老僧無法商量。《自鳴集》卷六。

一〇　題畫

一牛鳴東西寺，春雨洗南北山。脚力未窮蒼翠，夢魂曾聽潺湲。《自鳴集》卷六。

袁説友藝話（三六則）

　　袁説友（一一四〇～一二〇四）字起巖，自號東塘居士，建安（今福建建甌）人，寓居湖州。年二十四登隆興元年進士第，調溧陽縣主簿，主管刑工部架閣文字，任國子正、宗正寺主簿，改太常寺主簿，樞密院編修官。淳熙四年，以秘書丞兼權左司郎官。明年，以疾添差浙西安撫司參議官。六年，召赴行在，除知池州，疏上三策，孝宗嘉納之。尋坐事罷，主管武夷山沖佑觀。起知衢州，提舉浙東路常平茶鹽，提點浙西路刑獄。紹熙元年，除提舉浙西常平茶鹽。二年，除直秘閣知平江府，節制御前許浦水軍。三年，入爲侍左郎中，知臨安府，遷太府少卿，充館伴金國賀正旦使，權户部侍郎。寧宗即位，除户部侍郎兼侍講。慶元二年，出爲四川制置使兼知成都府。復入爲吏部尚書兼侍讀，尋知紹興府兼浙江東路安撫使。嘉泰初，召任吏部尚書兼侍讀、實録院修撰兼修國史。二年，擢同知樞密院事。三年正月，拜參知政事，九月，罷知鎮江府，辭，提舉臨安府洞霄宫，加大學士致仕。四年，卒於湖州德清寓第，年六十五。説友學問淹博，留心典籍，官四川安撫使時，嘗命屬官輯《成都文類》五十卷，有表章文獻之功。所作題跋多慕韓琦、歐陽修、司馬光、蘇軾、黄庭堅諸人，而不滿王氏新學，知其學問淵源，實爲元祐餘脉。其文曲折暢達，究悉物情，具有歐、蘇之體。奏札多切時病。其詩每爲范成大、許及之、樓鑰等稱賞，又多與楊萬里唱和，楊萬里稱其"胸次五三真事業，筆端四六更歌詩。閉門覓句今無已，刻意傷春古牧之"（《和袁起巖郎中投贈七字二首》）。五言近體謹嚴而微傷局促，七言近體警快而稍嫌率易。至於五七言古體，則格調清新，意境開拓，可與范成大、陸游媲美。著有《東塘集》，原集已逸，清四庫館臣自《永樂大典》輯出佚詩文，編爲二十卷。

一　蘇公内翰《栢石圖》

　　栢生兩石間，顔狀何落落。行鬚接石脉，生理初甚約。豈無螻蟻窺，未免風雨剥。孤撑謝栽培，欲取那可攫。森然兩石意，與栢真不薄。崢嶸炎涼外，盤踞互相絡。千尺意有餘，凛凛未可度。公看養口體，怪此軀幹削。滿眼較短長，瑣細公所署。文淵閣四庫全書本《東塘集》卷一。

二 聽道人彈琴

東城尋春春事濃，長嘯理策蓬菴中。道人飯了徒快睡，萬慮一洗惟絲桐。高山不斷春喧喧，流水無言聲磔磔。月明露冷意有餘，夜想朝吟恨誰釋。平生心賞竹間尋，歲晚欣逢正始音。煩君更撫《文王操》，慰我寒窗在此琴。《東塘集》卷二。

三 謝惠補之送梁杲墨

江南黟歙千峯長，盤紆融結百鳥頑。鍾靈孕秀山之玉，中有石墨時伏翔。曹公萬斤如贏糧，士龍二螺石髓香。人間那得掣筆郎，此物我亦成空囊。松煤僅貯陳玄光，磨楯未辦文檄梁。知公腹稿誇成章，夢中盈袖方櫝藏。仲將一點容升堂，佳哉秀句來一方。愧我學書臨池旁，幸公瓊報母相忘。《東塘集》卷二。

四 題王順伯秘書所藏《蘭亭修禊帖》

永和九年暮春日，蘭亭修禊羣賢集。含毫欲下意已先，媚日暄風佐搖筆。當時一筆三百字，但說斯文感今昔。誰知已作尤物看，流傳人間天上得。天高地遠閟不示，僅許一二翻摹勒。忽然飛上白雲俱，徑入昭陵陪玉骨。識真之士已絕少，真者一去嗟難覓。紛紛好事眼空眩，只把殘碑慕真跡。蕭郎袖去明真贗，定武傳來差甲乙。如丁如爪辨形似，不豐不露分肥瘠。人亡無復見風流，漫費精神疲得失。臨川先生天下士，古貌古心成古癖。搜奇日富老不厭，如渴欲飲饑欲食。有時瞥眼道傍見，倒屣迎之如不及。牙籤軸已過三萬，《集古錄》多千卷帙。平生著意右軍處，並蓄兼收一何力。賞音本在筆墨外，何必此優而彼劣。清波萬頃渾一點，明月一輪雲半入。是中元不礙真趣，氣象典刑尤歷歷。知我罪我春秋乎，政爾未容言語直。我方隨羣厚其嗜，門户弗彊纔僅立。幾年冥搜政無那，剩欲流涎分半席。閱公善本三四五，不覺長歌書卷側。羲之死矣空費公家九萬箋，安得斯人寫金石？《東塘集》卷二。

五 壁畫竹鶴

風月寒窗寂，丹青半堵開。南牆看儼立，華表認歸來。邈想風聲唳，求棲鳥雀猜。雨餘新著色，點點上蒼苔。《東塘集》卷三。

六 擬詠展觀太上皇帝御書

龍顏祇肅閱堯章，寶軸神毫赫有光。八法心傳齊帝學，萬年奎畫與天長。襲藏肯比唐三傑，墨妙尤卑晉二王。舜治方隆定於一，區區發問陋梁襄。《東塘集》卷五。

七　題關都官西湖孤山四照閣圖

三賢堂趣遠，四照閣詩傳。高節無人繼，孤山祇儼然。《東塘集》卷六。

八　跋本朝六名公帖

道喪嗟耆舊，人亡獨簡編。家藏六君帖，何必萬人傳？《東塘集》卷六。

九　題米元暉《太湖圖卷》

水際天低岸遠，山腰霧捲雲鋪。擬喚松江小艇，歸來好趁蓴鱸。《東塘集》卷六。

一〇　題邵氏《集瑞圖》

詩歌召伯意懷哉，愛及甘棠勿剪摧。自是慶源鍾草木，故將多瑞秀雲來。《東塘集》卷六。

一一　題惠老所藏《歲寒圖》

寒梢獨挺昂霄意，蒼蓋猶矜傲雪顏。盤膝倦吟無一事，老僧心與白雲閒。《東塘集》卷六。

一二　題信相寺黃筌畫花竹

生成造化奪工夫，盡入黃家幾畫圖。可惜春來誤遊子，攀花不落有還無。《東塘集》卷六。

一三　題寄顏畫士姜元愷

丹青以意不以色，人不論形當論心。我有平生方寸地，煩君更向筆端尋。《東塘集》卷六。

一四　題汪伯時家藏顏魯公書裴將軍帖

詩成小見英雄手，筆落能令風雨驚。萬古言言有餘烈，從今詞翰豈虛名。《東塘集》

卷六。

一五　跋蘇文忠公帖

世言晚食同於肉，緩步猶云可當車。三復文忠二三帖，古人深意在徐徐。《東塘集》卷六。

一六　題山谷居士書坡公帖

當年二老歎云云，猶喜坡翁返故鄉。展卷如今但陳跡，丘原無復起蘇黃。《東塘集》卷六。

一七　葉信父家聽琵琶

娉婷未嫁惜琵琶，借與詩人著意誇。不數前人推引曲，只矜趙女綺羅花。《東塘集》卷六。

一八　《成都府太守圖像册》序

　　士大夫非一時毀譽爲可信，而數十百年以至於愈久愈遠，其毀譽乃可信也。蘇文忠公見王元之繪像，想其流風餘烈，願執鞭而不可得，此豈一時之譽哉！昔也敬其人，今睹其像，而益知所敬者以愈久愈遠而愈信也。

　　余來成都，暇日過清陰館，見府尹繪像，蓋自漢以來至於今，所謂執鞭欣慕者，何可一二數。嗚呼！是真有可信者矣。

　　余慮屋壁將壓，何以傳遠，乃更繪以繪而册藏之，隸於司府帑者。雖然，予將解組而去，圖寫正未能就，而一時毀譽亦不能免。譽生於愛，毀生於怨，譽固益美，而毀亦余藥石也。余烏得而盡知之哉！他人烏得而遽信之哉！數十百年又當有真毀者出焉。因記册首，庸以自警，且告來者。《東塘集》卷一八。

一九　跋王順伯郎中定武本《蘭亭修禊序》

　　余幼侍先君，見薛氏子爲先君道定武《修禊序》刻頗詳。薛之伯祖師政嘗帥定，謂初得刻於定之殺狐林，後置郡廨，歲月久矣。薛至定，士夫乞墨本者狎至。薛惡摹打有聲，自刊別本，留譙樓下，多持此以授覓者，蓋先後已二刻。居亡何，薛之子紹彭私又摹刻，易元殺狐林本以歸。自是定武所藏，殆薛父子所重刊二本耳，故非舊物也。

　　然好事者稽究源流，次第真贋，各據所聞以定勝否。年來有剜本之説，謂薛所得殺狐林本欲以自別，乃取"湍流帶右天"五字，各劓一二筆，私以爲記。又有取況之說，謂定武者於"仰"字如針眼，"殊"字如蟹爪，"列"字如丁形。紛紛之論，莫知孰是。

然余獨信薛者，蓋其家所親見而身歷之，豈今所謂定武本者，或出於薛氏父子所重刊者耶？抑所挾歸者中更多故，將又轉而之他也？今觀順伯所藏，余亦未敢遽以薛語劓本、取況之說爲證，然在等輩，實稱第一。余雖隨羣嗜此，所蓄益未敢信是〔一〕。夫以右軍平生得意書，一字一筆，皆足以心會而神遇，要不必苦計較毫釐疑似之間。余自此更當訪佳本，以求正於順伯云。《東塘集》卷一九。

〔一〕是：原無，據《蘭亭續考》卷一補。

二〇　跋汪季路太博定武本《蘭亭修禊序》

頃歲有薛氏子，爲先君道其族伯紹彭定武《蘭亭帖》三本始末，語與前輩所書略同。去春，余跋王順伯定武本嘗及之矣。

《蘭亭帖》距今歲月滋久，本既弗一，好事者說亦紛異。然物之真謬，雖相去毫釐，吾人若具眼力，少加訂正，便可盡見。如順伯與今季路所藏，一見知爲至寶物也。蓋肥瘦別定武先後本，亦是要論。

余留都下九年，士夫家所有，幸數見之，往往筆瘦而刻畫太明者甚多，校之肥本，自"永和九年"而下只此一行，其運筆自然，氣象渾厚，已不可及。其間如會、有、咸、流、弦、暢、清、可、浪、猶、齊、攬數字，相去尤不勝天淵，他皆如此。又肥本字畫之傍，石紋自然皴動，如輕煙籠染，扠拭未去之狀，俗語謂之粉紋，此又不可僞爲。前歲見范元卿所藏，渠却未深信肥本者，人固各有見也。尤延之領袖博雅，定武古本偶未得刮目，嘗見沈虞卿之本，似不順伯、季路者。余雖隨羣嗜此，而所儲殊未確，僅有一二可以備遺，然必求有以頡頏於尤、沈、王、汪之門可也。《東塘集》卷一九。

二一　跋唐人臨晉人帖

俗子贋作，虞伯施題於後，反爲此帖之累，當剔去之，尤伯長父子之言信矣。予亦謂並其後八字宜斥去，不然，豈當使斯人寄俗子籬下耶？《東塘集》卷一九。

二二　跋蘇文忠公帖（一）

四帖皆先生早年字，其法蓋自二王。如《跋語帖》，雜之二王而無辨。先生嘗和鮮于詩云："獨作五字詩，清絕如韋郎。"今又進其文於屈、宋之列，前輩成就學士大夫類如此。嗟乎！今不復見也。《東塘集》卷一九。

二三　跋蘇文忠公帖（二）

　　字愈小愈難，愈小而體法俱備，此尤難者也。
　　坡字散在人間固多矣，未嘗見小字精妙如此帖者。蓋不盈毫忽，而八法之體皆具，鍾、王帖中所無也。臨安三茅觀有褚遂良書《陰符經》真跡，字極小，而精絕與坡帖甚相似，皆一世奇寶也。《東塘集》卷一九。

二四　跋《清溪》帖

　　池陽自唐杜牧之賦《弄水亭詩》，本朝東坡先生賦《清溪詞》，而亭與溪之名遂大聞於世。其風月變態，草木呈露，山川秀遠之狀，二公詩詞盡之矣，兹不敢復云。
　　淳熙己亥，某來爲郡，乃即故址，爲亭巋然，伐石作記，稍還舊觀。暇日登亭誦詩，對溪歌詞，恨九原之不可作也。元豐間，符離使君張公翊嘗以青溪之景命良筆圖之，携至京師。東坡首爲賦詞，又囑秦少游書牧之《弄水亭詩》於圖後。於是一時名公篇什序跋，殆八十餘人，文與名而並傳，景以人而俱重，翰墨璀璨，溢於編帙。後世誦之者，如生乎其時而身見之，誠池陽之盛事也。
　　某既得其帖於張使君，凡歲月先後，悉仍其舊，不復差次。迺刻寘亭上，俾日對溪山，款致風月。復忘不韙，輒繼牧之之韻，以道立亭思古意云。《東塘集》卷一九。

二五　跋米元章大字《多景樓帖》

　　淳熙壬寅十二月，汪伯時自淮歸衢，道由錫山，泊舟梁溪之下，携賓客訪陸泉。樽酒貳篚泉，酌薄暮，倚春松，臨清流，爲九曲流盃之制。賓主交罰，亡能免者。
　　俄焉明月在天，松影墮地，泉落流散，循除自鳴，主人不勸而客自飲。余醉卧亂石，勺飲已不可進。伯時撼余曰：“君毋醉，吾有醒具矣。”遂出《多景樓帖》，余讀之醒然，如對偉丈夫，如觀萬濤奔崩，又如項羽破章邯時也。軒然大呼，索酒三酌，有飲必酬。客有善飲者，爲之辟易。
　　夜既半，踏月歸步，山行如晝，余獨愀然。《東塘集》卷一九。

二六　跋米公法帖

　　人之云亡，心之憂矣，信哉！頃見章申公家所刊《東坡自海外歸毗陵六月帖》，方以建中靖國改元之意爲當時賀，甫旬日而公亡矣。使天假之年，所謂“如有用我者，吾其爲東周乎”。《東塘集》卷一九。

二七　跋米元章帖

此帖米爲代人書者，今留汪氏。嗟夫，物之遷徙，豈獨此哉！觀此令人百念灰冷。《東塘集》卷一九。

二八　跋蔡君謨書柳子厚詩大字

君謨大字真跡流落人間者，僅見此爾。聞公之曾孫文昌公嘗見之，自謂家藏未有也。豈伯時嗜古至到，造物固私之，不容以異姓爲後耶？《東塘集》卷一九。

二九　跋蘇子美《寶奎頌帖》

觀《寶奎頌帖》，使人襟度飄然，如排閶闔而上蓬萊也。潤色皇猷，黼黻王度，非斯人其誰？嗚呼惜哉！《東塘集》卷一九。

三〇　跋李北海帖

李北海七十字，若草草不經意，而法度咸陳，毫釐必具。好事者蓄前代名帖，往往僅得墨本，方訂正優劣，不勝異同。嗚呼！是未見真者爾，何紛紛墨本爲也！《東塘集》卷一九。

三一　跋李西臺臨魏晉帖

唐人臨書，多用粉蠟紙、薄紙，或冷金硬黃，是直欲真相似者。

《西臺帖》獨用厚牋摹搨，筆勢迅速，意足而迹弗拘，此尤不可及。不然，有若似孔子，豈真似孔子者耶？《東塘集》卷一九。

三二　跋范石湖草書詩帖

右石湖先生翰墨也。

紹熙癸丑，某將指肅客事已，道由吴門，見公於壽櫟堂，飲食教誨，載辱竟日。某因出道間詩編呈似，公不鄙焉而覽之。既又伸楮和墨，取四絶作草聖，頃刻即就。公曰："予屬和未暇，書此以當和篇耳。"蛟龍驤騰，蜿蜒起伏，筆端變態，不可窮盡，視杜祁公、蘇滄浪、黄太史之筆，誠兼有之。

又六年，某繆制蜀閫，繼公於十九年之後，流風善政，殆不止於猶存也。仰企前規，如在左右，慨念疇昔洒翰之寵，何可自祕，敬鑱樂石，留置郡齋，庶幾夫古人挂劍之義，且以慰蜀民愛棠之思云。因挈大軸，命小史展卷簷前，月華下照，字畫交映，三復未竟，已聞家僮鼻息雷鳴矣。嗚呼！所謂得之心而寓之酒者，豈獨山水之樂哉！

翼日，因書其事於帖。《東塘集》卷一九。

三三　跋范季海摹范侍讀留題趙州諸石刻帖

癸卯年在錫山，與新澧州使君范邦定邂逅相遇。邦定以侍讀公之適孫也，屢出侍讀在資善堂所得阜陵舊學時奎畫，及公自書數帖。君臣之遇合，豈一言一見之頃哉！

後十五年，今復見公留題善本，且聞阜陵蓋嘗宣取而賜覽焉。唐太宗得魏徵身後一紙，書而記之於笏，殆不足道也。雖然，季海萬里使敵，方驅馳鞍馬間，一見此刻，下馬瞬息，急脫墨本以歸。非敏且勇，誰能辦此。

漢陳湯出西域，所過城邑山川，必常登望，其志遠且大矣。卒之將義兵，行天誅，斬郅支單于，懸於稿街，爲漢雋功。今季海泛馬敵廷，能於登望俄頃中，遇事敏且勇如此，使得萬人而往，則威震百蠻，當不在陳湯下，尚他日見之。《東塘集》卷一九。

三四　跋惠齋草書《千字文》

自昔學士大夫以翰墨稱者，固不乏人。而閨閫之間，能擅其美者，自晉、宋至今，僅一二數也。唐仙女吳彩鸞工小楷，一日夜書《廣韻》一部，得之者售金可一兩，亦以罕得爲寶爾。

惠齋未笄，已落筆數百紙，散在人間。今又存二十年矣，草書《千文》，特其一也，真衛夫人之亞。吳彩鸞，其惠齋之細也耶？子由遣示《千文》，因著數語。《東塘集》卷一九。

三五　跋米友仁《瀟湘長卷》

余讀賈誼《度湘水賦》，其言造託湘流之意悲矣，恨未身到也。今觀米公橫卷，而弔原思賈，使人興懷，愧無健筆以賦之。

淳熙辛丑三月上巳日，建袁說友起巖甫書於池陽清靜寮。文淵閣四庫全書本《續書畫題跋記》卷二。

三六　題唐人臨本《蘭亭帖》

富沙袁說友敬誦蘇、富諸鉅公題跋，注想典刑，如生乎其時也。輒冒不韙，書歲月於下方。文淵閣四庫全書本《蘭亭續考》卷一。

范士衡藝話（一則）

范士衡（生卒年不詳）字正平，一字平甫，豐城（今江西豐城）人。官欽州推官。晚事朱熹，熹以老友相稱。

跋朱熹書《說卦傳》

字原有品，品又不一。如筆力雄渾者擬之以荒荒油雲，寥寥長風，超心象外，得其環中；冲淡者擬之以素，處以默，妙機其微；高口者擬之以月出東斗，好風相從，太華夜碧，人聞清鐘。此三品比字之最上品者也。我老友晦翁兼之，寧不超前絕後哉！范士衡。清抄本《十百齋書畫錄》癸卷。

楊簡藝話（七則）

楊簡（一一四一～一二二六）字敬仲，慈谿（今浙江慈谿）人。乾道五年進士，授富陽主簿，會陸九淵道過富陽，言語相契，事以師禮。淳熙中，爲紹興府司理參軍，以朱熹薦除浙西撫干，宰饒之樂平。紹熙五年，召爲國子博士。因上書辯趙汝愚去國事，主管台州崇道觀。嘉泰四年，權發遣全州，未及對，論罷，主管建昌軍仙都觀。嘉定元年，除秘書郎，遷著作佐郎，兼權兵部郎官。二年，除著作郎，遷將作少監。三年，兼國史院編修官、兼實録院檢討官。求去，得知溫州。五年，除駕部員外郎，改除工部員外郎。六年，除軍器監兼工部郎官，遷將作監。七年，以兩院進御集實録，轉朝散大夫。告老乞祠凡十餘章，主管成都府玉局觀。家居十四載，築室慈湖，與四方學子講學其間，學者稱慈湖先生。寶慶二年卒，年八十六。楊簡以道學知名，其文根柢儒學，温潤爾雅，不規時好，作俗下語。其詩不乏道學氣，語多平淺，頗仿邵雍《擊壤》之體。平生多所著述，今存有《楊氏易傳》《五誥解》《慈湖詩傳》《慈湖春秋傳》《先聖大訓》《石魚偶記》等。又有《慈湖遺書》十八卷、《續集》二卷。

一　乾道撫琴有作

蕭蕭指下生秋風，漸漸幽響颺寒空。月明夜氣清入骨，何處仙佩摇丁東？野鶴驚起舞，流水喧復鳴。一唱三歎意未已，幽幽話出太古情。龍吟虎嘯遽神怪，千山萬壑風雨晦。海濤震蕩林木響，亂撒金盤冰雹碎。和氣回春陽，縹緲孤鶩翔。三江五湖煙水濶，波聲颼颼鳴漁榔。悲猿臨澗欲渡不敢渡，但聞澗下蕭颼松風長。閒雲曳碧落，勢去還回薄。神仙恍惚無定所，微吟似欲止所作。御風一笑歸蓬瀛，猶有餘音遶寥廓。

文淵閣四庫全書本《慈湖遺書》卷六。

二　過庭書訓

世謂王逸少書爲天下第一，吾謂逸少書俗字爾。異日嘗以白象山先生，先生驚曰："何故？"予是時對曰："鄉間有一富户爲桃枝細器，寸盈二十篋，緣以小黑漆，誠極精巧。里人或識之，曰，是某家器物也。故士大夫恥效之。今逸少之書何以異此？孔門安得如許暇逸用力於字畫也？"先生笑而無語。

予又曰："逸少如傾國之色，麗則麗矣，而少莊敬中正之容，君子所不道。"故吾字畫惟方正古樸和平，近於隸。蓋今之楷即隸之訛，隸者篆之變。篆極善，隸庶幾，楷猶庶幾，至於草，去古遠矣，孔門之所惡。今世通行之書不用篆隸，故予爲楷而似隸，庶幾乎三代莊敬中正之遺風不遂泯絕也。歐陽正矣，和矣，而不古，病在於不方而媚。虞、柳病與歐同，而又弱。顏方正莊敬古質，善矣，所少者和爾。蔡與歐、虞、柳同。凡是去取，非吾一人之獨見，乃萬古默同之心。其自晉以來，學王之徒，其中心之隱當亦默同。此默同之心即道心，顧知之者鮮。女既知之矣，其敬之戒之，毋荒墜。慶元二年仲冬之十三日付恪。四明叢書本《慈湖先生遺書》卷三。

三　跋汪尚書達古字碑刻

自正學不明，士大夫以放逸爲事業。夫是以草聖之名出，世俗所膾炙，而不知古聖賢之所蹙。漢晉而降，沈浸乎飄逸放肆淵海之中，不自知其非，其字畫，其辭章議論皆自略同，故治日少，亂日多，哀哉！且小學家推尊王右軍第一，某熟觀諦玩，美則美矣，要無齊莊中正氣象，無三代氣象。然則今字畫宜何從？

古文世莫曉，古文一變而爲篆，篆一變而爲隸，隸又變而爲楷，至於楷不可復變矣。而世爲楷者，其間亦或有飄逸放肆意態；今能去飄逸放肆意態，則正矣。

慈湖楊某敢奉上帝命，鍼千載之膏肓。而疾勢方張，一齊不勝眾楚，所恃以無恐者，灼知舉天下萬世人心本善、本正、本清明、本無放逸，本與堯舜禹湯文武周公孔子同，本與天地同。俗習雖深固，其本有者豈不隱然有感於中？《慈湖先生遺書》卷五。

四　蛙樂賦

至矣乎，至矣乎！音聲之妙，有如此不可以言道，不可以意傳者乎！

靜夜兮寂然，發機兮捷然。有唱輒酬兮，翕然驟然。千簧競奏，萬珠紛聯。此斷兮彼續，甲洪兮乙纖。各出其奇，互發其妙。離離然，粲粲然，若星辰之綴懸；泠泠然，激激然，若巖隈之溜，澗下之泉。又若急雨過瀟湘之上，織錦濯蜀江之芳鮮。宮商迭播，角羽相先。律不知其何律兮，呂不知其何呂。惟睹夫大積焉而不苑，並行而不謬。隨之不見其後，迎之不見其前。如彼萬象森羅，參錯畢見。其瑩然之鑑，澄然之淵。至動矣而靜，至繁矣而不喧。

是音也，可聞而不可聽，可以默識而不可口宣。孔聖遇之而忘齊國之肉味，黃帝得之而大張於洞庭之原。胡爲乎獨不見省於橫目之士，至憎而爲煩？甚以爲冤。冤矣乎，冤矣乎！俯不睹其爲地，仰莫知其爲天。雖百師曠何所措其耳，雖千子期惡從探其源？然則是其要妙終而不出其秘，以啟後來之惓惓者乎。

西嶼楊子於是爲之歌曰：竹風之蕭然，松月之炯然，佐以絲桐之灑然，繼以是歌之油油然，可謂昭然灼然。《慈湖先生遺書》卷六。

五　心畫賦

硯者，天池也。墨者，玄雲也。筆者，龍也。乘龍者，不知其爲何神也。迎之不見其首，隨之不見其後。操則存，捨則亡。出入無時，莫知其鄉。忽焉有感而動，乘龍飲天池之水，運磨玄雲，須臾下膏澤以潤洽萬物。隨物爲形，爲圓爲方，爲正爲旁。或直而遂，或曲而彊。或來或往，如飛如翔。如金如玉，如齋如莊。變化萬狀，眾善中藏。粹然之容，燁然之光。其不可窮盡之妙，豈鍾、王、歐、虞諸子所能夢而見、覺而望？

彼方且馳鶩矜衒乎放蕩之晉世，以文飾姦，可恥可歎之唐。後世又從而祖述之，不復知三代之王。古列聖人典章鐘鼎刻畫具在，睹之使人溫良恭敬，中正精粹之德生。

今觀《蘭亭》遺稿，亦有油然感動於中者乎亡？吁吁嘻嘻！壞人心，敗風俗，使成人鮮德，小子無造，享國者不長，皆斯類有以共成其殃。而天下猶不知其故，反相與助其狂瀾，擷其餘芳。《慈湖先生遺書》卷六。

六　論禮樂（節錄）

《樂記》亦非知道者作。其曰："人心之動，物使之然也。"此語固然，庸眾者不知其非，而知道者不肯爲是言。蓋知道則信，百姓日用斯道而自不知。百姓日用無非妙者，惟不自知，故昏亂也。故曰"物使之然"，則全以爲非，裂物我，析動靜，害道多矣。禮樂無二道，吾心發於恭敬，品節應酬文爲者，人名之曰禮。其恭敬文爲之間有和順樂易之情，人名之曰樂。庸眾生而執形動意，形不勝其多，意亦不勝其多。不知夫不執不動，則大道清明廣博，天地位其中，萬物育其中，萬事萬理交錯其中，形殊而體同，名殊而實同，而《樂記》諄諄言禮樂之異，分裂太甚，由乎其心之未明，故其言似通而實塞，似大而實小，是謂以其昏昏，使人昭昭。己自疑阻，安能使人不疑阻？其引孔子之言善矣。其曰"禮樂之情同"，亦庶幾焉。要其本旨不爲大道，故曰似通實塞。其情狀尤著者，曰"禮樂極乎天而蟠乎地"。蟠之爲言，乃記禮者之意態；而禮樂之道非動靜之可言，而況於蟠乎？又曰"窮高極遠而測深厚"皆意說。又曰："樂者敦和，率神而從天；禮者別宜，居鬼而從地。"尤其可笑。孔子曰："禮本於大一，分而爲天地，轉而爲陰陽，變而爲四時。"嗚呼，聖言至矣！聖人雖因人心以天地爲二，故曰分；以陰陽爲流轉，故曰轉。今人心本無禮樂蟠乎地之意，何爲又增益之，以起其意乎？辭意甚明，與聖言霄壤矣。

《樂記》又曰："鐘以立號，號以立橫。"橫非正音也。又曰"君子聽鐘聲則思武臣"，亦偏矣，失中和之道矣。又曰："磬以立辨，辨以致死。君子聽磬聲則思死封疆之臣。"死節雖正，而專言於此，亦偏矣，失和矣。又曰"絲聲哀"，哀非中正之聲也。"竹聲濫"，濫亦非正音。又曰："君子聽竽笙簫管之聲，則思畜聚之臣。"吁，異哉！《大學》曰："與其有聚斂之臣，寧有盜臣。"而作《樂記》者反思之乎？

《樂記》曰："其本在人心之感於物也。"吁，亦末矣！夫樂之道無本末，無始終，如欲啟誘庸衆，姑言其本，則人心之未感於物者，其本也。《易》曰："乾元，萬物資始。"樂者，樂也。樂說何自而生乎？知此則知樂矣，則知宮商角徵羽上下抑揚之妙矣，則知動靜一矣，感與未感一矣。今也專指感於物者爲本，則蔽惑人心，害其本然之妙矣。

即實而言，樂即禮，禮即樂，名殊而實一。姑循學者進德次序而言，則由禮節以入於和樂之妙，故曰修禮以耕之，播樂以安之。而《樂記》曰："知樂則幾於禮矣。"尤其失言。《樂記》又曰："仁近於樂，義近於禮。樂率神而從天，禮居鬼而從地。"於大道一貫之中，而妄立町畦，至此重復。又曰："樂由中出，禮自外作。樂由中出，故靜；禮自外作，故文。"又曰："樂章德禮，報情反始。"又曰："樂統同禮。"辨異分裂，堅定如此，害道爲甚。嘽慢，邪也；簡節，正也；猛厲，邪也；剛毅，正也；《樂記》乃一之，何也？

樂有所謂九夏，夏大也。大哉樂乎！樂音生於人心，播於歌詩。鐘鼓筦絃笙磬通於天地，感於鬼神，節於四時，明於日月，動散於雷霆風雨，發育於萬物，大矣哉！王出入奏《王夏》，王之一出一入至大也，出入之時大矣哉！孔子曰："正明目而視之，不可得而見也；傾耳而聽之，不可得而聞也。"不特王之出入至大也，尸之出入亦大也，故尸出入奏《肆夏》。不特尸之出入至大也，牲之出入亦大也，故牲出入奏《昭夏》。牲之爲物微也，疑不可以言大也。烏乎，大哉！天地之間何一物之不大也？何一物之可以明目而視，可以傾耳而聽也？是故賓來則奏《納夏》者，明乎賓之來，主之納皆大也，皆孔子之所謂不可見、不可聞也。臣有功奏《章夏》，明乎臣之有功，君之章至大也，亦不可見、不可聞也。夫人祭奏《齊夏》，齊敬之心，又何其至大也！族人侍奏《族夏》，又何其至大也！至於客醉而出，或者以爲醉而已，出而已，何足以爲大也，而奏《祴夏》焉，聖人於是特明其至大而無以加也。是故有牘焉，有應焉，有雅焉，雖在乎陶陶之中，而步步應四時之節。公之出入也，奏《驁夏》，又以明公之一出一入，其大與天地同，與四時同，與鬼神同，與古列聖同。天下無二道也，是故天下無二大也。人皆有是大，而自謂不能者，自賊者也。謂其君不能者，賊其君者也。謂人不能者，賊夫人者也。聖人先覺，我心之所同然耳。一旦覺之，何所不通？何所不同？是故九《夏》一《夏》也，於以明天下之無二大也。聖人於禮樂，一名一物而致其深旨焉，其啟佑萬世至矣。

汲古謂："《樂記》者，以其記樂之義，是否？"先生曰："《樂記》非聖人之言。曰'樂由中出，禮自外作'，又曰'樂由天作，禮以地制'。夫道一而已矣，《樂記》

之書似高深而實不知道，徒惑亂後學。又曰：'禮樂極乎天而蟠乎地，窮高極遠而測深厚。'曰蟠曰測，意狀益露。"

汲古謂："樂者，聖人所以善民心，移風俗。何周之旄人掌舞夷樂，而祭祀賓客亦舞之？"先生曰："聖人之心，天地之心也。聖人爲天地兩間之主，雖四夷之民皆吾赤子也。人心皆天地之心也，四夷之樂以中正之音一之，皆可以同天地之和，感人心之善。"《慈湖先生遺書》卷九。

七　跋《臥雪圖》

右《臥雪圖》，宋馬和之所作也。司徒裔孫登聞鼓院判袁熙默請予志其後。

按袁安隱居洛陽城中，西漢元始間舉明經，爲太子舍人。時大雪，洛陽令出按行，至安門，見安僵臥，謂曰："何以不出？"安曰："大雪不宜干人。"令舉孝廉，起爲陰平長。至和帝時爲司徒，史稱其賢。

和之錢塘人，紹興中進士，官工部侍郎。善山水人物，筆力高古，爲南宋畫史第一，皆可愛重，熙默其寶之。慈湖楊簡書。文淵閣四庫全書本《石渠寶笈》卷三二。

蔡戡藝話（六則）

蔡戡（一一四一~?）字定夫，仙游（今福建仙游）人，居武進（今江蘇常州武進），蔡襄四世孫。以蔭補溧陽尉。乾道二年進士及第，歷江州觀察推官。七年，召試館職，授秘書省正字。八年，徙知江陰軍。淳熙初，知隨州，轉京西轉運判官。五年，改廣東轉運判官。十年，充淮西總領使，措置屯田，孝宗御筆褒獎之。十一年，除湖廣總領，召爲司農卿。光宗初政，進奏謹始八事。紹熙元年，知明州，以言者論罷。五年，遷知臨安府。寧宗即位，遷戶部侍郎。慶元二年，知隆興府。嘉泰元年，知靜江府，兼廣西經略安撫使。開禧初，請老，以寶謨閣學士致仕。蔡戡爲人侃直忠亮，所奏多經世有用之言。其文謹嚴得體，豐約中度，詩圓美清道，渾然不見刻雕之跡。其論邊事，則以嚴守自備爲主。著有《靜江府圖志》十卷，《定齋集》四十卷，均佚。後者四庫館臣輯自《永樂大典》，編爲二十卷。

一　跋東坡先生墨跡帖

鍾、王無文稱，韓、柳無書名，惟東坡先生詞翰俱妙，卓冠今古。

岳大用家藏此帖，蓋先生夢中所爲詩文，而醉所書也。常人醉夢時顛倒錯亂，何所不有，先生乃超絕如此，真天人耶！乾道己丑八月二十有一日，觀於二樂堂。文淵閣四庫全書本《定齋集》卷一三。

二　跋尚丈鄰祖與知己書

古人重知己之義，以死報，曷若以言哉？尚公忠於知己如此，使其立朝事君，決非持祿固位者。

某將漕嶺表，公之曾孫中庸適在幕中，遇事不肯詭隨。今觀此帖，乃知家學之有自也。《定齋集》卷一三。

三　跋周昉《雙陸圖》

凡書畫以氣韻爲先，形似備具而氣韻索然，不得爲名筆。

唐徐彥遠《畫記》云："周長史畫人物，初年太肥，晚乃稍減。"此疑初年筆也。然眉目生動，意態閒遠，當於形似之外求之。《定齋集》卷一三。

四　王東卿惠墨戲副之以詩，因次韻謝之

戲拈禿筆聊復爾，一翦吳淞半江水。歸心已逐水東流，夢到家山四千里。

枯槎怪石出天然，筆力挽回三百年。但見毫端侔造化，不知胸次蘊天淵。

揮翰等閒遊戲爾，誰能十日畫一水？煙雲杳靄咫尺間，遠勢應須論萬里。

玉篸羅帶故依然，吏部文章二百年。畫筆詩篇兩奇絕，正須妙手寫龍淵。

軒冕儻來真漫爾，穩泛瀟湘弄煙水。憑君收入畫圖中，一抹雲山數千里。東卿已有行色。

近時畫手説超然，小景仍推趙大年。誰識當家老摩詰，有如珠玉韞深淵。《定齋集》卷二十。

五　題墨梅

誰作橫枝太逼真，枝頭的皪眼俱明。也知筆力窺天巧，無奈清香畫不成。《定齋集》卷二十。

六　次張伯信韻題吳園畫軸

誰把吳園較輞川，畫圖猶復想當年。要知故國非喬木，文采風流尚宛然。《定齋集》卷二十。

詹阜民藝話（一則）

詹阜民（生卒年不詳）字子南，號默信，嚴州遂安（今浙江淳安西南）人，大方孫。學於陸九淵，從張栻遊。嘉定初爲天台縣令，歷官宗正寺丞，兼駕部郎中，知徽州。

題定武《蘭亭帖》

慶元戊午，詹阜民子南，趙師夏致道，與武子以是日脩故事於此地，武子出示同觀。相望八百四十有六年矣，懷想風流，爲之慨然。文淵閣四庫全書本《蘭亭續考》卷一。

錢聞詩藝話（一則）

　　錢聞詩（生卒年不詳）字子言，號全室翁，嘉興（今浙江嘉興）人。紹興三十二年上舍釋褐。淳熙五年爲國子博士。八年知南康軍。後以朝奉大夫知嚴州，十六年六月罷。工詩，有《全室翁集》二十八卷、《廬山雜著》三卷。

題米友仁《瀟湘圖》

　　雨山晴山，畫者易狀；惟晴欲雨，雨欲霽，宿霧曉煙，已泮復合，景物昧昧，時一出沒於有無間，難狀也。此非墨妙天下、意超物表者，斷不能到。故侍郎米公或得之，必寶玩珍愛，靳不與人，與人而又戒其勿他與也。淳熙辛丑秋八月吉，錢後人聞詩子言書。文淵閣四庫全書本《石渠寶笈》卷四二。

謝深甫藝話（一則）

謝深甫（生卒年不詳）字子肅，台州臨海（今浙江臨海）人。乾道二年登進士第。累遷大理丞。江東大旱，擢爲提舉常平，全活者甚眾。紹熙改元，除右正言，遷起居郎兼權給事中。二年知臨安府。三年除工部侍郎，兼吏部侍郎。四年兼給事中。寧宗即位，除煥章閣待制、知建康府，擢御史中丞。慶元元年，除端明殿學士、簽書樞密院事，遷參知政事，再遷知樞密院事兼參知政事。六年，拜右丞相，封申國公，進岐國公，改封魯國公，以少傅致仕，卒。後其孫女爲理宗后，追封信王，易封衛、魯王，諡惠正。編有《嘉泰條法事類》八十卷。

高宗親征詔草跋

深甫布衣時，在田野間得此詔讀之，嗚咽流涕。

逆亮侵軼當不足平，但憾未知掌帝制者是誰，而能宣寫上意，感動人心，振勵士氣，一至於此。逮今獲見詔草，廼文恭魯公真跡，塗改竄定，筆墨如新，使人起敬仰歎，知公忠憤激烈，詞藻英發，果能竦羣聽、激眾怒而挫虓虎於掌肱間也。

然自中興以來，咫尺之書爲尊擗者多矣；惟親征之詔，垂四十餘年，凡稍有知識者皆尚能傳誦，聞而思奮，言之入人深未有若是者。端由思陵恢復之志寤寐弗忘，而公之精誠許國，動金石而貫日月，所以形諸播告者炳炳如丹，雖千百載猶不泯也。慶元六年□月二十八日，臨海謝深甫謹書。道光三年重刊本《陳文正公家乘》卷一。

李大異藝話（一則）

李大異（生卒年不詳）字伯珍，新建（今江西南昌）人。乾道八年進士，歷官司農寺丞。寧宗即位，出爲夔州路轉運判官。慶元末，爲廣西憲。嘉泰三年六月，除秘書監。四年正月，爲中書舍人。遷右諫議大夫，與韓侂胄不合，罷，出知鎮江，特授徽猷閣待制知婺州軍州事。嘉定元年，知平江府。三年，知建康府。後歸居豫章，築堂曰風雩。大異與兄大性、弟大東並爲名臣，所作制、表，數爲時人稱引，楊萬里《跋李伯珍詩卷》以"清新俊逸，奄有二子成三人"稱其詩。其詩文集久已失傳。

題《橫山買馬圖》

度嶺而西，爲州二十有五，而道里延袤，與蠻錯居。有永平、橫山二寨。永平通交趾，暨於海外；橫山通自杞、羅殿諸蠻，控連巴蜀。宋刻本《方輿勝覽》卷三九。

林子冲藝話（一則）

　　林子冲（一作宇冲，生卒年不詳）字詹叔，一云字通卿，號雲岫居士，福州侯官（今福建福州）人。之奇從子。學行俱佳，有聲鄉閭。紹熙四年舉進士，授迪功郎，除建昌軍南豐縣主簿。郡守陳歧知其才，延請增訂《樂書》，多所補正，爲周必大、楊萬里稱道。官終將樂丞。丁外艱，以哀毁卒，年僅五十四。

《樂書》跋

　　右陳賢良所著《樂書》，貫穿六經，網羅百氏，上自皇王，以至我宋，本末條貫，靡不備述。秩以八音，分以三部，屏去四清二變之説，確乎鄭衛不能入也。

　　書凡二百卷，建中靖國初中闕寫以進，儲之秘府，久而未彰。中闕陳先生本務稽古，得其家藏副本，令子冲中闕以廣其傳。子冲自惟末學，豈足以窺前賢之閫奧？隨文繹義，補闕訂訛，不敢不盡心焉。若夫一二制度，有文而亡其圖，非蕉陋之所能增益，姑以俟知者。門生迪功郎、建昌軍南豐縣主簿林子冲謹書。十萬卷樓刊本《皕宋樓藏書志》卷一一。

曾丰藝話（一一則）

曾丰（一一四二~?）字幼度，號樽齋，樂安（今江西樂安）人。乾道五年進士。淳熙七年，爲贛縣丞。九年，知會昌縣。十二年，爲廣東漕屬。十六年，知義寧縣。慶元元年，知浦城縣。嘉泰初，罷歸。開禧間，知德慶府。丰以詩文名，其文根柢深邃，多言之有物，如《六經論》等，發諸儒所未發。虞集《曾樽齋緣督集序》稱其氣剛義嚴，辭直理勝，有得於《易》之奇、《詩》之葩。其詩學楊萬里，不乏新奇。趙蕃有詩題其集，稱"江南山水盡宜詩，幾欲經營竟不奇。不料此編能到手，意曾關處輒能知"。然多喜用金石全句，難免牽強不工。著有《緣督集》四十卷。

一　題滄洲畫趣

一身超忽白雲表，雙眼低回白蘋杪。沙隨風捲黃莫涯，草與天連青未了。摩詰胸中幾麋丸，詩寫其真更留殘。破除桑落斗升後，收入鵝溪尺寸間。想象啟家聊寓目，指顧瀛洲方策足。中人宜在瀛洲宿，中宵夢在滄洲浴。覺寫兩洲爲一軸，馳譽丹青從謂俗。文淵閣四庫全書本《緣督集》卷三。

二　淳熙丙午，夏陳伯英爲知己入廣爲幕賓，暨秋仲，翩然而返，取陶淵明《歸去來》中語，揭其遊息所曰載欣。予聞之，託於琴爲賦連韻

伯牙家有焦尾琴，朱絃長掛窗壁陰。出大都邑初何心，直爲鍾期舊知音。玉軫調罷不自禁，聲諧匏土革木金。試彈一曲萬籟瘖，動盪南風鼓精祲。長養餘恩到魚禽，齊娥趙女秋夜砧。怨入離鸞別鶴深，轉調忽落思歸吟。元亮歸歟故丘林，粉黛候門玉差參。卓氏心挑涙空淫，鐵脚豈受魔女侵。撫玩無絃喜不任，羲農遺意絃外尋。阿舒阿宣立森森，大孫倚膝小捉襟。上百千壽酒再斟，爛醉欲眠不脫簪。大槐宮裏無升沉，醒浮烟浦登雲岑。高山流水弔古今，墨子從今突長黔。《緣督集》卷四。

三　上浙東帥王尚書 _{希呂字仲行}

太古犧媧氏，創爲琴與笙。氤氳弸混沌，噢咻擘冥莖。合氣歸三律，分音麗五行。未歌先協律，無韻不成聲。曲度初焉刳，詩機寖以萌。朝廷風化洽，里巷頌聲盈。玄鳥三夫倡，卿雲百辟賡。口姑隨所發，心自得其平。三代德爲政，四詩辭見情。挈收歸禮義，點檢中章程。傳久寧無雜，刪多亦已精。王通續似贅，束晳補疑羸。聖事難爲僭，時名可與爭。道人中曠絕，樂府四紛更。體變從蘇李，枝分入遜鏗。春容七字律，挺拔五言城。老杜牧全氣，新功集大成。統經唐末亂，派轉國初清。歐定聖俞價，蘇成山谷名。江西容入社，天下指爲榮。顧我耽餘習，如今費半生。閒中無益作，醉裏不平鳴。改罷令兒誦，吟成喚客評。槁肝隨血嘔，枵腹欠書撐。亂稿囊成瘦，狂題壁被黥。捫心終鹿鹿，撐俗強錚錚。要得誰然否，能爲我重輕。宗風晉王導，詩學漢匡衡。廢食毛錐子，忘年墨客卿。風騷潛出入，古律恣縱橫。造化隨機掇，江山與筆攖。千年傳有嫡，四海敵無勍。妙韻敲三籟，徽音逼六莖。何當被金石，直可薦宗祊。宿傑饒先駕，新英聽主盟。聞韶醒耳閔，慕藺倒心旌。傴僂循涯進，慇懃曳蹤迎。觀天醼甕坐，持斧郢門呈。魚未經燒尾，龍猶要點睛。金篦輕發膜，銀海驟增明。肯作招風木，甘爲附驥虻。龍門難得到，王府不妨傾。訖我無嫌富，山巖可以盛。《緣督集》卷八。

四　贈畫工懷玉

撙齋一味好哦詩，試看傳神筆是非。雖得掀髯搜句狀，更參會意點頭機。《緣督集》卷九。

五　贈畫師韓暉

史皇法外有遺機，難弟難兄似得之。信意揮毫無點誤，蠅成於點誤還奇。

工於繪事諱言工，韓滉心寧與俗同。惡語發揮非敢惜，所疑不是子家風。《緣督集》卷九。

六　題三生圖

閒去閒來自在嬉，故人不記問爲誰。都來一箇真消息，安用頻更可漏爲。《緣督集》卷九。

七　老范善畫牛，有學爲《八牛圖》者，一犢在前，又置一持竿牧其後。有客過予，携此圖出，因題二絕句酬之

熟事爲山白水牛，曉那須放夜那收。牧童已作冗員看，況復持竿在後頭。
誰謂羣牛戲寫真，犢前牝後更精神。不知老牯心枯淡，豈有將身作化身。《緣督集》卷九。

八　有售畫於予，令作楊柳黃鸝、池塘萱草，既成，可觀用，隨題賦二絕句

尋常罵在柳間鳴，嬌色嬌聲兩盡情。茲狙爾嬌明弄色，殆銜何恨暗吞聲。
一段池塘萱草奇，其形便畫理便詩。到離形處畫之妙，詩妙更無形可離。《緣督集》卷九。

九　樂論

論曰：聖人近取諸身，遠取諸天地以作經，是故有氣。氣，道之噓吸也。噓吸之益，是爲慘舒。今也有人能噓能吸，能慘能舒，而不能聲，是之謂病瘖。人之病於瘖，天地中之一廢人爾，固無用也。天地而病於瘖，太空中一廢物爾，又安能造化萬物哉？益之外又有呼焉，小呼爲風，大呼爲雷。雷之動也轟然，風之鼓也哮然。轟然哮然者，天地之聲也。雖然，於其未也，則有無聲之聲存，陽唱而陰和者是也。夫所謂和唱，天地自聞爾，萬物不之聞也。人有對瞶者言，言則費矣。瞶者誒曰："子曷不與我言？"天地以爲吾之唱和，萬物不之聞。彼其謂我瘖，於是以其不可聞者寓諸其可聞者，而名之曰雷風，是謂有聲之聲。

聖人之道仁義。仁，天地之噓氣也；義，天地之吸氣也。天地之噓吸爲陰陽，吾道之噓吸爲仁義。《易》也，《書》也，《詩》也，《春秋》也，則聖人所以幹仁義之氣以終萬物也。四經之外有《禮》，所以色仁義之氣以信萬物之目也。目則信我矣，而耳未我信，則五經之作，名爲廢經，於是又有《樂》焉，聖人所以聲仁義之氣以信萬物之耳也。

孟子曰："樂斯二者。"二者，仁義之謂也。然則孔子之教天下，曷不亦曰《樂》，樂仁義而已矣，必也聲乎，何哉？曰：聖人之作經，則亦輔天地之自然而已矣。天地有聲，吾道雖欲無聲，得乎？雖然，亦嘗及之矣，而弗敢專，用教天下也。曰：無聲之樂，氣志既得，意者以爲無聲之樂，我徒自聞，天下不之聞。天下不之聞，要有能聞之者，姑曰勿卹焉可也，而彼將以爲吾道瘖。吾之作經，所以鳴吾道也，而自爲病瘖然，獨得勿卹乎哉？於是以其無聲者，散諸其有聲者，而託於八物。八物之鳴，陰陽之聲也。陽之不能不爲聲〔一〕，猶其不能不爲色也。陽聲起於東北故清，陰聲起

於西南故濁。聲之不能不爲清濁，猶色之不能不爲舒慘也。何者？皆是氣也。樂生於風，風生於氣。

君子曰：至治之世，天地之氣合以生風。三皇之世，天地之氣漸合矣，而未甚也，故其樂野。五霸之末，天地之氣判然不合矣，故其樂乖。野，東北之聲然也；乖，西北之聲然也。以其始者與其末者，而推其中者，則五帝之樂惟《韶》爲盛，蓋東南之聲然歟。而三王之樂惟《武》爲疵，則西南之聲然歟。

子曰："《武》盡美矣，未盡善也。"嗟夫，天下之事，難乎其兩盡也哉！兩盡爲天下極，其斯以爲《韶》歟！而或者以《武》則疵矣，《勺》之盛何可掩焉？嗟夫！二毛久矣而藥髭鬢，真氣憊矣而餌金石，多見其無補於壽也。

由是論之，天地之氣，蓋大合於唐虞之時，而沿商迄周，則其漸不合矣乎！天地之氣合則爲仁，不合則爲義。既曰禮樂皆自仁義出，則安得有先後？曰：六經，天地生成夫人也，故形氣具。形氣具，故聲色具。樂，聲也。天一生水而水生聲，地二生火而火生色。水，陰也；火，陽也。陽主進而陰主退，孔子所以先禮而後樂也。

雖然，陽中之陰，陰中之陽，禮中之樂，樂中之禮，君子則亦混融之而已矣。聖人之經五則刖，七則贅。贅未之聞也，而或者之論去其樂，不殆於刖歟？刖則樂矣，吾道不殆於瘠歟？嗟夫！人之未立於言也，亦嘗瞑目而混融乎否？

斷曰：陰陽之氣噓吸於四時，而清濁之聲與之相始終。仁義之氣噓吸於四經，然則樂也者，與四經相始終歟！《緣督集》卷一四。

〔一〕下"不"字原脱，據文意徑補。

一〇　跋王荊公帖後

右荊公手筆，外著鬜領之形，中函嫖姚之氣，頎乎喬松之聳壑，挺乎修竹之皷風，頹乎疏梅之橫水也。態度不同，同歸於清，所謂瘦硬通神幾是耶？

大抵公之字猶其人。蓋嫖姚者，公得志於時；又若鬜領，則公所守固，不爲富所淫〔一〕。雖身享廟廊之奉，日饜棧羊，終猶有飯蔬氣習在，其貌曾未改山澤之臞也歟？《緣督集》卷二〇。

〔一〕"富"下似脱一"貴"字。

一一　跋山谷帖

右少陵《灔澦》《白帝》詩，皆摹岷江日月，雷霆風雨、雲龍氣象。黃山谷追書之，蓋元祐元年中伏日也。

杜之詩固清矣，詩中景物尤其清者；加之黃山谷之胸次與岷江等，想其當落筆時，毫瀝生冰，手膚生栗，凜然覺暑氣逡巡，豈復知其爲中伏哉！《緣督集》卷二〇。

游九言藝話（四則）

游九言（一一四二～一二〇六）字誠之，號默齋，建寧府建陽（今福建南平建陽）人，初名九思。十歲爲文詆秦檜，及長，銳志當世。師張栻，以祖蔭入仕，舉江西漕司進士第一，歷古田尉、江州録事參軍、沿海制司幹官。淳熙十五年，監文思院上界。張栻帥廣西，辟置幕下。慶元間，起爲江東撫幹。記上元縣明道祠，痛譏黨禁，聞者壯焉。知全椒縣，以不便親養辭。開禧元年，爲淮西安撫司機宜文字，尋知光化軍，薛叔似辟充荆鄂宣撫參謀官，未行。二年卒，年六十五。端平中特贈直龍圖閣，謚文靖。其詩格不甚高，而時有晚唐遺韻，不涉生硬枒椏。著有《默齋文稿》，任勉之刊行，劉光祖、魏了翁爲序，原本已佚。今存《默齋遺稿》二卷。

一　聽鄭三彈雙韻子歌

寒窗積雪生虛明，玉壺風折層簷冰。朱霞秀色妙公子，理絃燈下聲亭亭。遊絲兩兩掛孤月，雙聲應手無留停。月寒照户砌虫泣，雲凍出浦邊鴻征。蒼蠅撲紙窗欲透，螺贏穴桑兒未成。琵琶寬詳雙韻切，含凄盡向絃中説。酒酣踈綺雜娱乐嬉，誰道壯夫心更折。一從敵騎下河南，學得聲容難辨別。鶵鵠金屋沸歌吹，鼠頭寶陌行靴韈。帕腰慢舞作彎弧，捉耳醋觴真折膱。眼前猶聽舊歌辭，鳳韶豈獨鏘虞時。罷彈三唱寢不熟，風定寒江靜夜悲。民國六年李氏宜秋館刊宋人集乙編本《默齋遺稿》卷上。

二　跋劉少府與諸將書

某爲童子時，已熟聞鄉老談道故寶文閣學士劉公之爲人，蓋英豪豈弟，萬夫之特。其發爲功業，光明俊偉，如溫太真、李文饒不足多尚。參佐忠獻張公撫帥川陝，摧方張之虜，卒全蜀漢，使國家駐蹕江南，無上流之憂，公之策略固已載在國史。至於風儀偉然，急人之急，憂人之憂，捐金指廩，築室分田，以居故舊煢獨，四方士夫蒙被不可勝數。公薨之日，家無餘資，此雖古人不多見。

某恨生晚，不得執鞭爲役，心常欣慕焉。回視世間，卑陋局促，終日營營，真使人慨歎。其孫學雅出公在川陝時與諸將書稿，愛國拳拳，處事精密，幅紙即可見，其翰墨之妙又餘事耳。學雅其保之，此非止私家之藏，百世之下秉文筆者有取焉。《默齋遺稿》卷下。

三　贈寫真葉君序

頃有寫真者謁余求數語，謂欲藉手諸公問，且戒曰："當借高論，毋卑我。"

余戲應之曰："天下百工商旅皆可誇也。余嘗旦而入市，徧閱標榜，無一謙詞者。名飲酣沽，率自矜其美好；甌契瓦擊，率自眩其神奇。至於往來貿易，伎藝瑣碎，類皆即事自名，以致來者。獨寫真不然，懸之通衢，人見之以爲肖似，則是技之良精；人不以爲似，是拙工矣。君雖欲自譽不可，而余何以譽君？又如一世之士，視百工商旅高矣，然亦不免稍自推揚之以濟其售。言詩視李白，言文視韓退之，言律己視伯夷、曾參，言兵識孫、吳，言治齊卓、魯，言理財抗績管、蕭、桑、劉，而當世用之，亦安能盡名其然不然者？惟寫真又異乎是，其精粗美惡，有標的具在，無所自遁。子持其技，即往路人而卜焉，此余序意也。"寫真者不懌而去，余是説留胸中。

久之，江西葉君自言本書生，已而棄故業爲此，又求序於余。余以此説示之，曰："君知書者，得毋再不懌乎？"葉君曰："然。余之技所與交者，上而薦紳大夫，下而百工商賈皆有之。得君之説，非惟可以自警，有求余技者亦因以警之。"余瞿然，不知其意將出此也，業已戲言，因書以爲贈。文淵閣四庫全書本《古今事文類聚》前集卷四一。

四　跋蘇養直墨跡

後湖胸中本無軒冕，是以風神筆墨，皆自蕭散，非慕名隱居者比也。士生斯世，苟無功利及人，區區奔走，老死塵埃，不如學蘇養直。中華書局一九八二年校點本《鶴林玉露》卷五。

袁文藝話（一二則）

袁文（一一四三～一二〇九）字質甫，自號逸叟。四明鄞縣（今浙江寧波）人。好讀書，汲汲覃思，學業日富，而不務進取，有園數畝，悠遊成趣。取歷代史籍、文集、小説、雜編，著《甕牖閒評》一書，專以考訂辨正爲事，於音韻文字之學尤精審。

《甕牖閒評》（選錄　一二則）

余嘗得周子發真跡一軸，云："王羲之嘗書《蘭亭會敘》。隋末，廣州僧得之。唐太宗特工書，聞右軍《蘭亭》眞跡，求之，得其他本，知第一本在廣州僧處，難以力取，故令人詐僧，果得之。"其説如此。而宋景文公《雞跖集》亦云："余幼時讀《太平廣記》，見唐太宗遣蕭翼購《蘭亭帖》，蓋譎以出之，輒嘆息曰：《蘭亭敘》若是貴耶！以太宗之賢，巍巍乎近世所無，奈何溺小嗜好，而輕失信於天下也。"觀景文公所書，益知子發之言爲不謬。惟是《蘭亭》一篇，梁昭明太子集魏晉以來諸公雜文作《文選》，而《蘭亭》獨不入。本朝太宗摹魏晉以來諸公眞跡作《法帖》，而《蘭亭》復不入，抑可謂之不幸矣！

余家有林逋眞蹟一帖，其末後只作："君復再拜。"夫君復蓋逋表德，烏可以代名？後觀柳公權與弟帖云："誠懸呈。"王逸少敬謝帖云："王逸少白。"盧循與廬山遠公書云："范陽盧子先叩頭。"此數人者，皆以表德代名，則知古自有此體，逋爲不妄也。

米元章崇寧間出守無爲軍官，亦不甚卑微，其一帖云："雖無一粒田，且望豐歲物賤而養生耳。"夫元章事官如此，至無一粒田，足見其平日胸次之不凡鄙也。

前輩作字亦有錯誤處，初不是假借也。米元章帖寫"無耗"作"無好"，蘇東坡帖寫"墨仙"作"默仙"，周孚先帖寫"修園"作"脩園"，以至王荊公作詩其間，有"千竿玉"三字，却寫作"千岸玉"，恐皆是其筆誤耳。

作畫形易而神難。形者，其形體也；神者，其神采也。凡人之形體，學畫者往往皆能；至於神采，自非胸中過人有不能爲者。《東觀餘論》云："曹將軍畫馬神勝形，韓丞畫馬形勝神。"又《師友談紀》云："徐熙畫花傳花神，趙昌畫花寫花形。"其別形神如此，物猶且爾，而況於人乎！

余嘗見《虢國夫人夜遊圖》，乃晏元獻公家物，後歸於內府。徽宗親題其上云："張萱所作。"蘇東坡諸公有詩，皆在其後。而黃太史跋東坡此詩，乃云"周昉所作《虢國夫人夜遊圖》"，疑太史未嘗見此圖，以意而言之耳。

前世皆病蘇東坡不當呼李伯時爲畫師，蓋東坡嘗有詩云："前世畫師今姓李，不妨重作《輞川圖》。"殊不知東坡乃用王摩詰之語耳。摩詰自作《輞川圖詩》云："當世謬詞客，前身應畫師。不能捨餘習，偶被時人知。"東坡蓋本於此。

建中靖國間，饒德操題《周昉畫李白詩》云："烏紗之中白苧袍，岸中攘臂方出遨。"此本最佳也。今之畫李白者，作緋袍。其服色未爲深害，但裏用白夾，寓所謂裹白者，何爲鄙俚至於如此？而今士大夫收本，往往皆同，舉此可爲千載一笑。又古詩云："日暮倚修竹，佳人殊未來。"所謂佳人，乃賢人也。今畫工竟作一婦人，彼縱不知詩，寧無一人以曉之耶？以上文淵閣四庫全書本《甕牖閒評》卷五。

琵琶不謂之彈，而謂之抹，故王建詩云："琵琶先抹綠腰頭。"白樂天詩云："谷兒抹琵琶。"則知"細抹將來"，正謂琵琶也。

棋，至難事也，而詠棋爲尤難。嘗觀杜牧之詩云："羸形暗去春泉長，猛勢橫來野火燒。"劉夢得云："雁行布陣眾未曉，虎穴得子人方驚。"黃太史詩云："心似蛛絲遊碧落，身如螳殼化枯枝。案：螳殼，《黃庭堅集》作蜩甲。"觀此三詩，皆道盡棋中妙處，殆不容優劣矣。至王荊公、蘇東坡則不然，荊公之詩云："戰罷兩奩收黑白，一枰何處有虧盈。"東坡之詩云："勝固忻然，敗亦可喜。優哉布哉，聊復爾爾。"二詩理趣尤奇，其見又高於前三公也。

研墨所貴無聲，不可不知也。蔡君謨詩云："玉質純全理致精，鋒芒都盡墨無聲。"黃太史詩云"但見受墨無聲松花發"是矣。以上《甕牖閒評》卷六。

王老志將死，有衣六七襲，悉封還素所遺之者。王直方病革，凡所蓄書畫，悉分與平日相知。二公可謂達矣。夫衣物書畫，在世已爲贅疣，況死後復何用耶？余老矣，且家素貧，無他嗜好，止有些小書畫、衣物，他時亦當分與親識之貧者，俾全無掛慮，身後即空矣。古詩云"而今身畔全無物"，豈不快意也哉？《甕牖閒評》卷八。

陳亮藝話（三則）

陳亮（一一四三～一一九四）字同甫，原名汝能，人稱龍川先生，婺州永康（今浙江永康）人。爲人才氣豪邁，喜談兵，嘗考古人用兵成敗之跡，著《酌古論》。隆興初，婺州以解頭薦，時方與金人議和，亮持不可，上《中興五論》，不報，退而力學著書十年。淳熙五年，更名爲同，六次詣闕上書，極論時事，直斥當世朝廷大臣，爲大臣交沮，歸鄉里。十一年，醉後大言，被逮入獄，孝宗釋之。紹熙元年十二月，復因家僮殺人下獄，以辛棄疾等解救，得不死。四年策進士，光宗親擢爲第一，授建康軍節度判官廳公事，未到任而卒，年五十二。宋乾道、淳熙年間，浙學興，性命之說盛，陳亮却提倡"實事實功"，反對空談性理。其文上關國計，下繫生民，反對偏安江左，力主收復中原，充滿愛國豪情。其論作文之法，主張"不用古人句，祇用古人意"，"能造古人所不到處"，"使事而不爲事使"，反對"直使本事"，文章布局講究首尾連貫，反對隨"規矩尺寸走"（《庶齋老學叢談》卷中、上）。文章學習歐陽修，序記諸體頗似歐文，政論文宏偉博辨，橫鷔絕出，議論縱橫，氣蓋一世，不可控抑。陳亮存詩不多，創作成就最大的是詞，自稱作詞"本之以方言俚語，雜之以街譚巷歌，摶搦義理，劫剝經傳，而卒歸之曲子之律"（《與鄭景元提幹》），多寫平生經濟之懷，充滿憂國憤世之情。詞風頗似辛棄疾。編有《歐陽文粹》《蘇門六君子文粹》，均有傳本。著有《龍川文集》四十卷。又著有《龍川詞》。

一　跋焦伯強帖

寶元、康定之間，本朝極盛之時也。諸公巨人踵武相接，天下毫髮絲粟之才，皆得以牽連成就，況若伯強之卓然能自見者乎！其於骨肉書翰之間，恩意藹然，蓋非其異行也。

魯多君子，而宓子賤稱焉。事衰世之大夫，友薄俗之士，雖豪傑拔出之才猶懼其不免，是以君子論其世也。中華書局一九八七年本《陳亮集》卷二五。

二　跋米元章帖

本朝詩文字畫之盛，到元祐更無着手處。元章以晚輩一旦馳驟諸公間，聲光燁然，此帖亦可窺一斑乎！淳熙己亥四月之晦，龍川陳亮爲先友之子王晦叔書之。《陳亮集》卷二五。

三　書作論法後　_{意與理勝}

大凡論不必作好語言，意與理勝則文字自然超衆。故大手之文，不爲詭異之體而自然宏富，不爲險怪之辭而自然典麗，奇寓於純粹之中，巧藏於和易之內。不善學文者，不求高於理與意，而務求於文彩辭句之間，則亦陋矣。故杜牧之云："意全勝者，辭愈樸而文愈高；意不勝者，辭愈華而文愈鄙。"昔黃山谷云："好作奇語，自是文章一病；但當以理爲主。"理得而辭順，文章自然出羣拔萃。《陳亮集》卷二五。

趙蕃藝話（二九則）

趙蕃（一一四三～一二二九）字昌父，號章泉，信州玉山（今江西玉山）人。居玉山之章泉，故世號章泉先生。少從劉清之學，以祖父賜致仕恩補饒州浮梁尉，福州連江簿，皆不赴。初任吉州太和簿，榜齋名曰思隱，在官清苦，惟以賦詠自娛，楊萬里贈詩有"西昌主簿如禪僧，日飡秋菊嚼春冰"之句。調辰州司理參軍，與知州爭獄事罷。時劉清之知衡州，遂求爲監衡州安仁贍軍酒庫，至衡而清之罷，與之同歸。奉祠家居，積三十三年，年垂五十，猶受學於朱熹。寶慶元年，除太社令，三辭不拜，特改奉議郎、直秘閣、主管建昌軍仙都觀，又三辭不允。越三年，差主管華州雲臺觀。紹定二年，致仕，卒年八十七。趙蕃少喜作詩，以詩代書，援筆立成，不經意而平淡有趣，讀者以爲有陶靖節之風。朱熹欲其詩"刊落枝葉，就日用間深察義理之本"（《答徐期遠書》），復稱其詩"孤瘦"（《答鞏仲至書》）。劉克莊稱其"五言有陶、阮意"（《瓜圃集序》），方回稱其"平生恬淡，而詩尚瘦勁，不爲晚唐，亦不爲江西，隱然以後山爲宗"（《跋趙章泉詩》）。《文淵閣書目》卷一〇著錄《章泉趙先生詩》一部十二冊，未見傳本。清人自《永樂大典》輯《乾道稿》一卷、《淳熙稿》二十卷、《章泉稿》五卷，有《四庫全書》本。

一 題《歸去來圖》

淵明豈樂居巖藪，逢此百罹聊飲酒。龔生未免不食亡，孔融竟落姦雄手。想見龍眠下筆時，佇目精神思尚友。開圖我亦有遺恨，不得執屨從其後。文淵閣四庫全書本《乾道稿》卷上。

二 近乏筆，託二張求之於市，殊不堪也，作長句以資一笑

詩老作詩窮欲死，序詩迺得歐陽氏。序言人窮詩迺工，此語不疑如信史。少陵流落白也竄，郊島摧埋終不起。是知造物惡鐫鑱，故遣饑寒被其體。嗟我少小不解事，失身偶落翰墨裏。年來百念已灰滅，只有宿心猶在此。後來不作諸老亡，冥行恐墮澗谷底。雖云黃卷可尚友，糟粕詎能臻妙理？率然有作每自厭，一紙真成再三毁。庶幾

穮裦望豐年，亦學乘流到涯涘。那知事逈有大繆，藝未及成窮已至。皆言詩工固可俟，窮爲先兆自應爾。坐茲不復置追悔，志在溫飽誠足鄙。玄泓管楮日相從，固異小人甘若醴。朅來中書忽告老，一朝左右手俱廢。嘲風咏月不耐閒，按圖姑聽求諸市。我詩縱不稱犀象，葦管雞毛那慣使。紛紛著墨與水浮，勢如絲亂安得治。戲題滿几輒大笑，翻憶兒詩汙窗紙。操舟無長病河紆，我詩固說當罪已。僕舊詩云："我無操舟長，顧病河流紆。"又聞工欲善逈事，未有不先資利噐。作牋搜乞累朋友，往往猶吾歎崔子。錦囊藤篋世不乏，鼠齧蟲攻誰料理。那知我輩有百艱，此事且然他可比。《乾道稿》卷上。

三　題江貫道《江行晚日圖》

霞尾千山赤，雲腰幾樹連。若非彭蠡正，當是洞庭偏。歲月驚飛鳥，功名憶墮鳶。開圖若有感，歸思忽無邊。《乾道稿》卷下。

四　題《釣雪圖》

一日得此圖於表弟劉和叔，許弟令予作詩，因題數語，竟未識舟中垂釣者果誰何耶。跋詩多矣，而予之所知者四人：曾丈宏父，寓居上饒溪南，與先君遊甚厚；謝公景思，於予爲表伯父；德莊趙公，嘗與武義叔祖同僚，雅多見其詩文；劉丈凝遠，則予之所願學者。遂表而出之，趙號介庵，劉丈號遠齋云。

空濛天外林，璀璨岸頭石。何許放舟回，寂然方自得。沙鷗故飛飛，湖雁更歷歷。顧我亦忘機，相看同一適。畫師端爲誰，釣者亦安在。我不識若人，相望大千內。曾恨固無遺，謝興亦不淺。入言介庵介，我謂遠齋遠。《乾道稿》卷下。

五　帖俞王諸君求筆

顏公筆法有家法，豪錐料得皆千金。聞道分張遍親友，可能乞我助呻吟。《乾道稿》卷下。

六　呈尤運使袤延之五首（選一）

少年見公文，大類韓退之。《集古》一千卷，復楷歐少師。楷歐亦類韓，萬頃定渺瀰。於今到收歛，寧易窺涘涯。文淵閣四庫全書本《淳熙稿》卷一。

七　病中寄呈王信州老謝丈（節錄）

韓詩不可犯，顏字不可瀆。《淳熙稿》卷二。

八　聞潘衡有婢出適安福，傳其法造墨甚精，孫温叟捧檄其縣，詩從乞之

如聞墨潘氏，一派傳婢子。世上多徇名，我曹寧貴耳。公其品題之，爲我致窗几。定知青出藍，未信橘爲枳。升堂與入室，亦喻接花理。又如淮王仙，雞犬悉飛逝。況兹薪水供，得法信有是。我書初不工，爲詩長費紙。筆墨倘精妙，尚可令予起。誓將掃竈煤，頓頓燒寒葦。度日有不煩，掃煤復何自。公聞應大笑，士窮乃如此。非但我有求，知名渠自爾。《淳熙稿》卷三。

九　題彦真天開圖畫

湘山不爲高，湘水未爲遠。湘城幾何家，湘景無不輓。滕侯宅雖早，郭圃市之晚。紆餘直陂陁，突兀對偃蹇。登臨適正畫，亭榭愜深穩。詩材浩無窮，畫手羞用本。雖然倏變化，正以發關鍵。《淳熙稿》卷四。

一〇　贈彈琴李晞尹

臨川郡古多奇跡，嚴黎已老裘父沒。江山縱是詩得摹，峩峩洋洋亦其物。謫仙幾世之雲仍，平生嗜渠如嗜文。光風霽月胸次有，渭北江東腳底頻。忽來過我今幾日，擬欲贈行空四壁。臨分謾與一篇詩，箏笛紛紛敢謂知。《淳熙稿》卷六。

一一　題《三徑圖》

憶在宜春日，曾看《三徑圖》。腥羶尚京洛，羈旅久江湖。豈曰有安宅，絕然忘故都。人琴悵俱已，松菊孰充娛。《淳熙稿》卷八。

一二　題舊日所藏晉陶淵明採菊東籬下，悠然見南山畫

未必形模似，良由意象高。見山非得得，遇酒輒陶陶。蕪沒念三徑，飄零悲二毛。南征儻亡恙，歸老舊蓬蒿。《淳熙稿》卷八。

一三　周愚卿以二蘇先生、李公擇、黄魯直、秦少游真跡見示，敬賦四十字

蘇李是吾師，黄秦實嗣之。愛其吟可老，得自買傾資。有本皆如是，斯文不在兹。

因知迺翁意，遺子以鏐錤。《淳熙稿》卷八。

一四　題劉正之所得綿州摹本畫鷹

姿態何雄傑，盤拏更崛奇。曾聞左綿畫，舊熟少陵詩。説似殊方寄，還容老眼窺。君手速收卷，燕雀恐驚疑。《淳熙稿》卷九。

一五　使君以十月上休日燕通判教授縣令録参沅陵、貴溪兩尉曹，蕃亦與焉，坐間出示宋莒公草書、劉賓客詩圖，李西臺、吕東萊、朱希真、趙忠簡詩帖，蕃賦詩十二韻以紀其事

假日黄堂燕，窮冬白晝長。風流話前哲，翰墨出珍藏。莒國龍蛇字，西臺錦繡章。東萊先理致，朱老繼顛狂。最後吾宗帖，深於往事傷。污泥躍鰍鱓，大藪暴豺狼。薄暮仍添火，終筵更益觴。時雖當歲廩，氣乃返春陽。此固公為德，寧云勢所當。廣文忘獨冷，半刺喜翱翔。四士俱才茂，一夫惟鬢霜。駸駸看霄漢，買犢自耕桑。《淳熙稿》卷十二。

一六　贈徐處士

南朝文士數徐陵，騎省流風篆法存。翰墨了知無異道，丹青今復見諸孫。規模要自胸中具，繩尺嫌於筆下論。太息藝成頭已白，誰能持使獻金門？《淳熙稿》卷十三。

一七　四絶句（選一）

作畫與作詩，妙處元同科。苟無自得處，當復奈渠何。《淳熙稿》卷十六。

一八　題沈弟所作短軸

冥冥細雨熟黃梅，欲起看山懶又回。咫尺忽能來萬里，恍然墮我曉船開。作詩政欲江山助，老矣東西南北人。弟却把詩摹作畫，東西南北是知津。《淳熙稿》卷十七。

一九　帖永新韓主簿

韓君惠我涪翁帖，三世風流不在玆。諸老當年會臨汝，更須多有未傳詩。《淳熙稿》卷十七。

二〇　魏昭父惠新刻李西臺諸公帖二首

墨妙初聞探錦囊，刻成愈覺爛生光。登登打就分來處，雨合新篁夏日涼。

翰墨要知真有種，怪來下筆每多姿。不如家學相傳授，玉軸錦囊皆得師。《淳熙稿》卷十七。

二一　題子璿《浯溪圖》

璿之戲墨萬之詩，不到浯溪坐可知。凜凜元顏千載意，若爲付與水雲期。《淳熙稿》卷十七。

二二　從李崇道覓潘衡墨四首（選一）

人言潘谷久騰空，衡也崎嶇隱墨中。谷見坡詩衡用訣，了知真是一家風。《淳熙稿》卷十七。

二三　觀祝少林所藏畫三首

蕭寺相從三十日，知君有畫未曾窺。煙雲過眼還收去，恰似憑欄立久時。米元暉畫。

沈牛二可歸耕去，百尾言之無乃多。安得神仙張果老，爲君叱起滿池阿。《百牛圖》。

吾祖曾爲沙苑牧，有孫窮相合騎驢。朝來忽起馳驅興，爲見龍眠十馬圖。李龍眠畫。《淳熙稿》卷十七。

二四　觀徐復州家書畫七首

草衣舊識牡丹碑，字字騰挐更倔奇。我亦參軍成潦倒，愧無筆力欠渠詩。潘逍遙字草衣，寺在信州水南，有《逍遙詩》云："水南聞有牡丹花，多少遊人耳畔誇。潦倒參軍來看晚，數枝已謝病僧家。"

蘇公書法自顏行，猶謂蔡公居第一。見東坡《跋歐公論書帖》。我窮頗亦類賈胡，筆勢翩翩疑可識。蔡、蘇二端明帖。

世人競寫襄陽字，政似云師太白詩。才匪若人寧躐等，自顛自醉祇成癡。米元章字。

曠懷誰不作山遊，誰似柳州談永州。何能乞我一片石，刻此數紙俱傳流。克齋舅寫柳州《永州山水記》。

萬竹陰中屋數間，幾回剝啄叩柴關。忽開短紙霜雪幹，如對照人冰玉顏。楊謹仲所臨文與可墨竹。

誤筆猶能作悖牛，信知書畫本同流。不惟下筆蘇仙似，更似斯人不可求。楊謹仲草蟲。山谷《跋坡公書》有"不可乞"之語。蕃嘗從楊丈求字，其與頗艱。

並竹作門亭得山，我來還值雪消殘。江梅未有臘梅破，丈室不須香屈盤。《淳熙稿》卷十七。

二五　崑山兄惠筆頗佳，謝之並呈克齋舅二首

吾舅書名早並詩，我兄名譽稱家兒。異時大小歐陽體，肯道外人那得知。

殷勤雙筆肯輕投，識面端能解所由。自笑真成似羅趙，流稱安得並何劉。《淳熙稿》卷十七。

二六　題楊補之畫梅

翠篠橫侵鶴膝枝，江南籬落雪殘時。楊郎筆下煙嵐集，留作晴窗覓句資。《淳熙稿》卷十八。

二七　簡沈沅陵求《潮州韓文公廟碑》並抄山谷碑詩二首

公曾數載潮陽掾，筆力怪來韓與蘇。壁上廟碑當乞我，庶求涓滴潤焦枯。

涪翁昔在黔戎貶，逸翰遺章久更多。字畫公今元祐腳，擬煩妙手定如何。《淳熙稿》卷十八。

二八　題王叔毅畫

乾道八年歲壬辰秋旱，冬十二月八日纔微有雪意。晚復快晴。予時將自玉山還章泉山居，秣馬且行。湍石俞季揚以此畫二紙示予，云：「臨川王叔毅所作也。」予即折簡問名於晉陵孫子進，子進以「欲雪弄晴」名之。季揚令予作詩。予且迫歸，有所不暇。季揚強之以俱。道間無事，欲爲下語，而耳目所接，率如畫者。自惟詩材素屢而又厭以此境，若勉有所作，亦何能工？遂書八句，聊記其實，不復加礱括也。

天公知君有此畫，要遣題詩與當價。故令欲雪還弄晴，盡日神機不容暇。毫端自出右丞維，孫郎一見欣得之。寫真命意兩俱盛，我今落筆胡能奇？文淵閣四庫全書本《章泉稿》卷一。

二九　題畢叔文所藏趙祖文畫

數月湖山路，未看湖上山。塵埃苦相敗，疾病亦多關。見此微茫畫，如行慘澹間。小舟帆正飽，何日載余還。《章泉稿》卷二。

游次公藝話（一則）

游次公（生卒年不詳）字子明，號西池，建安（今福建建甌）人。操子，工詩詞。乾道中，以文章受知，入范成大廣西帥幕，唱酬甚多。嘗約賦劉婕妤事，次公先成，眾人斂手。後爲安仁令，淳熙十四年，通判汀州。工詞，雄健豪放，想象豐富，風格似蘇軾。

畫虎圖

平生射虎裴將軍，馬獰如龍弓百鈞。手撚白羽旁無人，注虎使虎不敢奔。須臾叢薄斕斑出，人馬不知俱辟易。矢如蓬蒿弓減力，將軍得歸幾敗績。徐行爪牙無不露，眈眈垂頭若微顧。尾翦霜風林葉飛，倏忽山頭日光暮。包家畫出眞於菟，我尚不敢編其鬚。昔人作詩譏畫圖，吁嗟畫圖今亦無。文淵四庫全書本《宋詩紀事》卷五十七。

詹體仁藝話（一則）

詹體仁（一一四三～一二〇六）字元善，建州浦城（今福建浦城）人。幼出爲伯舅張氏子，後復本姓。隆興元年進士，授饒州浮梁尉，調泉州晉江丞。以梁克家薦召爲太學録，昇太學博士、太常博士，遷太常丞，攝金部郎官。光宗即位，提舉浙西常平，除湖廣總領，遷司農少卿，除太常少卿。光宗卒，密贊趙汝愚奉寧宗登極，因與宰相議山陵事不合，除太府卿知福州，歲餘論罷，退居雪川，以經史自娛。嘉泰中，起知靜江府，移知鄂州，除司農卿，復總湖廣餉事。開禧二年卒，年六十四。體仁少從朱熹學，博極群書。爲文明暢，悉根諸理。著《象數總義》一卷、《曆學啟蒙》一卷、《莊子解》五卷，已佚。清朱秉鑑輯有《詹元善遺集》二卷。

題定武《蘭亭》帖

前輩論定武《蘭亭》石本，風流秀潤，骨肉相稱。視其筆意，右軍清真氣韻冠映一代，猶可想見。今觀此帖，寧不信然？己未中冬，武夷詹體仁。文淵閣四庫全書本《蘭亭續考》卷一。

李如箎藝話（二則）

　　李如箎（生卒年不詳）字季牖，號東園，處州麗水（今浙江麗水）人。少遊上庠，博學多聞，與紹興諸魁皆友善。嘗爲通州酒官，淳熙中官廣州司理參軍。光宗時任舒州桐城縣丞。著有《東園叢說》三卷（存）、《輿地新書》十卷、《樂書》一卷、《琴書》一卷。《四庫全書·東園叢說》提要云："《東園叢說》三卷，舊本題宋李如箎撰。如箎始末未詳，據卷首紹興壬子自序，則括蒼人，時爲桐鄉丞也。又有紹興甲寅建安周庭筠刻是書跋，稱爲東園先生，則東園其號矣。其書諸家不著録，莫考其所自來下。"

評司馬光范鎮所論律〔一〕

　　鎮得蜀人房庶言尺法，庶言："嘗得古本《漢書》，云：'度起於黃鐘之長，以子穀秬黍中者，一黍之起，積一千二百黍之廣，度之九十分，黃鐘之長，一爲一分。'今文脫去'之起積一千二百黍'八字，故自前世累黍爲之，縱置之則太長，横置之則太短。今新尺横置之不能容一千二百黍，則大其空徑四氂六毫，是以樂聲太高，皆由儒者誤以一黍爲一分，其法非是。不若以千二百黍實管中，隨其短長斷之，以爲黃鐘九寸之管九十分，其長一爲一分，取三分以度空徑，數合則律正矣。"鎮盛稱此論，以爲先儒用意皆不能到。其意謂制律之法，必以一千二百黍實黃鐘九寸之管九十分，其管之長一爲一分，是度由律起也。光則據《漢書》正本之"度起於黃鐘之長。以子穀秬黍中者，一黍之廣，度之九十分，黃鐘之長，一爲一分"。本無"之起積一千二百黍"八字。其意謂製律之法，必以一黍之廣定爲一分，九十分則得黃鐘之長，是律由度起也。《書》云："同律、度、量、衡。"先言律而後及度、量、衡，是度起於律，信矣。然則鎮之說是，而光之說非也。然庶之論積一千二百黍之廣之說則非，必如其說，則是律非起於度而起於量也。光之說雖非先王作律之本，而後之爲律者，不先定其分寸，亦無以起律。又其法本之《漢志》之文，則光之說亦不得謂其非是也。故嘗論之，律者，述氣之管也。其候氣之法，十有二月，每月爲管，置於地中。氣之來至，有淺有深，而管之入地者，有短有長。十二月之氣至，各驗其當月之管，氣至則灰飛也。其爲管之長短，與其氣至之淺深，或不相當則不驗。上古之聖人制爲十二管，以候十二辰之氣，而十二辰之音亦由之而出焉。以十二管較之，則黃鐘之管最長，應鐘之管至短；以林鐘比於黃鐘，則短其三分之一；以太蔟比之林鐘，則長其三分之一；其餘或長或短，皆上下於三分之一之數。其默符於聲氣自然之應者如此也，當時惡睹所謂三分損益哉！又惡睹夫一千二百黍爲黃鐘容受之量與夫一黍之廣一爲一分之説哉！古之聖人既爲律矣，欲因之以起度、量、衡之法，遂取秬黍之中者以實黃鐘之管，滿龠傾而數之，得黍一千有二百，因以制量；以一黍之廣而度之，得黃鐘管九十分之一，因以起度；以一龠之黍之重而兩之，因以生衡。去古既遠，先王作律之本始，其法不傳，而猶有所謂一千二百黍爲一龠容受之量與夫一黍之廣一爲一分者可考也。推其容受而度其分寸，則律可得而成也。先王之本於律以起度、量、衡者，自源而生流也；後人以度、量、衡而起律者，尋流而及源也。光、鎮爭論往復，前後三十年不決，大概言以律起度，以度起律之不同。鎮深闢光以度起律之説，不知後世捨去度數，安得如古聖人默符聲氣之驗，自然而成律也哉！至若庶之增益《漢志》八字以爲脱誤，及其他紛紛之議，皆穿鑿以爲新奇，雖鎮力主之，非至當之論有補於律法者也。中華書局二十四史本《宋史》卷八一《律曆志》一四。

〔一〕據《宋史》，此文出自李如箎《樂書》，然此書已佚。

《東園叢説》（選録　一則）

歌鐘二肆與其鎛磬

《傳》云："鄭人賂晉侯，以歌鐘二肆與其鎛磬者。"按《周禮·小胥》："凡懸鐘磬，半爲堵，全爲肆。"鄭康成曰："鐘磬編懸之十六枚，而在一簨簴謂之堵。鐘一堵、磬一堵謂之肆，蓋贈晉侯以四堵之鐘也。又新築人仲叔于奚請曲懸，是欲鐘磬各用一肆，以借大夫之禮也。蓋天子宮懸鐘磬各四堵，其形如宮諸侯軒懸鐘磬各三堵，敞其一面，形如軒大夫曲懸鐘磬各二堵。又徹去其一方，其形曲也。《周官》曰：判懸士特懸鐘磬各一堵，三方皆無，祇有其一，故曰特也。十六枚爲一架者，是爲編鐘。編磬又自有鎛鐘。鎛磬隨月律而爲之制，皆特懸於一架。"文淵閣四庫全書本《東園叢説》卷上。

許及之藝話（一九則）

許及之（？～一二〇九）字深甫，溫州永嘉（今浙江溫州）人。隆興元年進士。淳熙七年，知袁州分宜縣。以薦除諸軍審計，十四年，遷宗正寺簿。十五年，爲拾遺。光宗即位，除軍器監，遷太常少卿，以言者罷。紹熙元年，除淮南運判兼提刑，以鐵錢濫惡貶知廬州。召除大理少卿，權禮部侍郎。寧宗即位，除禮部侍郎。慶元二年，除吏部尚書，兼給事中。諂事韓侂胄，無所不至。四年，進同知樞密院事。六年，以母憂去位。嘉泰二年，拜參知政事。三年，進知樞密院兼參知政事。四年，罷。開禧三年，韓敗，降兩官，泉州居住。嘉定二年卒。及之在當時以"詞章精敏"見稱（樓鑰《禮部侍郎許及之該覃恩轉官制》）。其詩師法王安石，《四庫全書總目》卷一九五稱其氣體高亮，琅琅盈耳，遠過宋末江湖詩派之刻畫瑣屑。孫衣言跋稱其"七言古詩用意妙遠者，幾非後人所能驟然領略，其他古詩亦皆排奡峭屬，在南宋詩人中當爲健者，不但超越江湖一派。惟近體詩篇幅淺狹，殊乏深意，則所謂下筆稍易者耳"。《宋史·藝文志》著錄《許及之文集》三十卷、《涉齋課稿》九卷，已佚。清四庫館臣據《永樂大典》輯爲《涉齋集》十八卷，《大典》誤題爲許綸《涉齋集》，綸爲及之子，此集蓋其所編。

一　次韻誠齋醉臥海棠圖之什　繪放翁醉帽墮地

海棠寧莫種，種須千萬株。濯錦江頭錦漫谷，斧斤不赦如薪枯。乍逢樵人莫逢楊氏女，遺恨年年泣朝露。楊氏自媚昭陽宮，海棠自映扶桑樹。山城幽獨逢坡翁，一洗千載塵埃蒙。張園錦障人所惜，醉裏看花盡英特。酒滿衣襟花滿裳，只許茶鐺近筆牀。顧影鬅鬙醒還臥，烏巾正堪漉白墮。只恐明朝雨霏霏，花雨征帆各自飛。休論長篇與短韻，且與春風寫音問。此人此句皆可圖，底須紫鳳並天吳。文淵閣四庫全書本《涉齋集》卷五。

二　次王宣甫題《媚川圖》韻

底須屏障寫天吳，絕境橫前與畫俱。兩塔屹波流不去，千帆破浪遠如無。空明水月光爭媚，開闔雲山妙莫摹。扁榜首蒙摩詰句，小亭從此有詩圖。《涉齋集》卷十一。

三　題惠崇小景

寒林幾吹折，凍柳不勝垂。老去機心熟，驚鷗莫浪疑。崔嵬吾肺腑，面目似廬山。江上風濤穩，扁舟得往還。舒徐春晝永，取次小桃紅。獨爵把枝穩，矜呼立晚風。兩蛙隨步武，先後得位置。不作渴雨鳴，豈不賢鼓吹。《涉齋集》卷十三。

四　題文與可山水

踈篠寒林手，文家富轢材。片縑雲氣足，彷彿認蓬萊。《涉齋集》卷十三。

五　題洪子恂所畫《盤洲圖》

林塘天遺得，花木地宜栽。細紀平泉詠，揮毫落海苔。《涉齋集》卷十三。

六　題《車盤圖》

牛磨人俱轉，車旋水即流。爭如霖雨足，所至息人牛。《涉齋集》卷十三。

七　趙昌芍藥

風雨藥欄西，殘紅落錦溪。明窗時展卷，春色任提携。《涉齋集》卷十三。

八　題所藏二《修禊帖》後

昭陵脱手已非真，石本流傳喜似人。澹墨似肥濃似瘦，驪黃不見見精神。《涉齋集》卷十六。

九　王晦叔惠《聽雨圖》，次蔡韻奉寄

拂拭滄波遠接天，摩抄喬木老生煙。題詩作畫人何在，萬古蓬窗一覺眠。
常日京華藪澤思，六年身悟畫中詩。須知妙處無今古。得畫還如聽雨時。《涉齋集》卷十六。

一〇 題張野夫所藏顏持約《大招圖》

顏君思似龍眠苦，賈賦傷於宋玉悲。萬古忠魂元不没，令人惆悵《大招》詞。《涉齋集》卷十六。

一一 題洪子恂所畫《盤洲圖》三首

昔見園成今創始，今爲圖就有聞孫。長松鉅竹知無恙，直節清標想故存。
摩挲指點經行處，盡和詩篇二百餘。已是步趨瞠若後，或看晚節在歸歟。
有筆堪耕須苦志，無田可種莫憂貧。細推方寸遺寬地，有此孫枝亦可人。《涉齋集》卷十六。

一二 題《浯溪圖》

山川自昔因人勝，豈愛浯溪愛漫郎。不得中興攄老筆，兩章秋月漫争光。《涉齋集》卷十六。

一三 跋諫長畫軸後《五王按樂圖》

玉笛牀頭取次橫，自吹頭管按新聲。梨園舊譜今何在，一段風流畫得成。《涉齋集》卷十六。

一四 題《曉蓮圖》

生綃未展已生凉，白白紅紅映兩廂。賴得轉庵先著語，幾成虛送許文昌。《涉齋集》卷十六。

一五 題潘德久所藏楊補之竹梅

竹弟梅兄已可人，老楊筆力更精神。轉庵不用持相惱，買得梅坡入夢頻。《涉齋集》卷十六。

一六 聽湘西許老彈琴

顏裏常春鬢已秋，抱琴時與破牢愁。自言舊曲都忘却，彈未終時且罷休。《涉齋集》

卷十六。

一七　聽德久彈《秋思詩》

　　潘郎胸次有經綸，指下聲如筆下真。已是不禁秋意思，更彈《秋思》苦撩人。《涉齋集》卷十六。

一八　十四弦

　　馬上征人濕擁氈，猶將愁思曲中傳。向來有句真成讖，小雨斜風十四弦。《涉齋集》卷十六。

一九　跋所見《蘭亭》帖

　　去年使金還定武，送伴以民間所藏書本見示，正類此。若郡所持售者又不及府治續刻本，因書於後。永嘉許及之，紹熙甲寅九月望。文淵閣四庫全書本《蘭亭考》卷六。

袁燮藝話（三〇則）

袁燮（一一四四～一二二四）字和叔，號絜齋，鄞縣（今浙江寧波）人，文子。乾道初，入太學，師陸九齡，與沈煥、楊簡、舒璘朝夕切磨。淳熙八年進士，調江陰尉，授沿海制屬。寧宗即位，召除太學正，旋以僞學黨禁罷。久之，得浙東帥幕，再爲福建常平屬官。嘉定元年，召爲宗正簿、樞密院編修官，權考功郎，遷奉常丞。二年，出知江州，提舉江西常平，權隆興府事。俄以都官郎召，遷司封郎官，兼國史編修、實錄檢討官。明年，遷秘書少監兼國子司業，秋，進祭酒，冬，除秘書監，仍兼祭酒。九年，權禮部侍郎，進侍講，猶兼祭酒。十一年，除禮部侍郎兼侍讀。十二年，與史彌遠爭和議，罷歸。十七年卒，年八十一，諡正獻。燮文根本至理，淳樸質直，不事雕繪，而真氣流溢，頗近自然。奏議以誠動人，銘志叙事有史法。晚年好詩，嘗賦《進德堂》諸篇，趣味幽遠，託興遙深。博覽群籍，編有《先秦古書》《兵略》《皇朝要錄》若干卷，與修《寧宗玉牒》《經武要略》《孝宗寶訓》等史書。今存《絜齋家塾書鈔》《絜齋毛詩經筵講義》。《絜齋集》二十六卷，後集十三卷，紹定間其子袁甫初刻，明以後散佚。清人自《永樂大典》中輯爲二十四卷。

一 跋丁未御書

君臣父子，人之大倫也。君父蒙塵於外，而臣子恬然坐視弗救，豈復有人心哉！

靖康之禍，慘矣。公卿大臣，平居獻佞貢諛，臨難奉頭鼠竄，宗邑傾危，曾莫之恤。延康尚書何公獨能忠義奮發，糾合同盟，倡大義於天下。聖心簡在，寵以奎畫。其後歸諸御府，而別錄之，以寶藏於家，尚書之志念深矣。

昔穆王命君牙曰：“惟乃祖乃父世篤忠貞，服勞王家。”孟子亦稱：“故國非喬木之謂，世臣之謂也。”尚書忠義如此，後嗣子孫誠能續而不絕，斯足以世其家矣。嗚呼！其偉矣夫。文淵閣四庫全書本《絜齋集》卷八。

二 跋宣和六年御製賜沈晦

國朝取士之盛，是年爲最。蓋承平既久，俊秀雲集，徽皇聖度相容，纖芥之善，網羅不遺。殿廬考閱將軍，別有旨以御前特試者參入五等，凡七十餘人，非故事也。或者聖意自有所在耶？沈公晦萬言正對，爲天下第一。既而致身侍從，直道進退，蔚爲名臣。

其曾孫臨川法曹燧，示臣以聞喜宴所賜御詩，既見當時寵光之盛矣。而復以乃祖奏議一巨編俾臣觀之，忠鯁深切，皆足以感格君心，興起世道。臣益知徽祖所以簡拔真才，蓋不專取夫象數之學。嗚呼，偉哉！《絜齋集》卷八。

三　跋高公所書《孝經》

《孝經》一書，百行之根源也。贈特進四明高公嘗親筆之，以授其孫，傳之至今。

特進乃春官貳卿介弟，貳卿以學行之粹，著稱於紹興間，與秦丞相相忤，終其身不復用，屏居鄉間。士之得於親炙，有所啟發者多矣，況其同氣之親乎。

今觀其遺書，楷而有法，無一點一畫猝然而作者。揚子雲言："書，心畫也。"柳誠懸亦云："心正則筆正。"心者一身之宗主，家傳之要道也。人孰不愛其子孫，與之爵秩，心不正則不能繼；豐其財用，心不正則不能保。惟此心之傳，精純不雜，氣脉不間，其將彌久而彌昌乎？

公之曾孫國子進士指得此一編，保而藏之，所以寶此心也。高氏之興，庶乎未艾，余是以嘉之。《絜齋集》卷八。

四　跋二王帖

穆王命君牙："惟乃祖乃父，世篤忠貞。"又曰："纘乃舊服，無忝祖考。"宣王命召穆公，亦以康公期之。曰"召公維翰"，謂康公也；曰"召公是似"，欲穆公似乃祖也。治世盛時，所貴乎世家者蓋如此。

今觀二王相繼，名德巋然，可謂盛矣。爲之後裔者，可不自勉哉？《絜齋集》卷八。

五　題王逸少帖

鐘鼎古篆莊重有典則，如正人端士，對之令人起敬。篆變而隸，猶曰近古。自東晉以來，推王逸少爲第一，不知篆隸之遺法歟，抑逸少自出新意爲之歟〔一〕？深曉書者，當能辨之。《絜齋集》卷八。

〔一〕逸少：原作"少逸"，據上文徑乙。

六　跋范文正公環慶帖

范文正公以英邁宏傑之才震耀當世，區置西事，具有方略。觀此一帖，可推而知矣。

夫人物偉特如是，而形於字畫，乃爾精謹，何也？志氣要當恢張，保養務在兢業，闕一焉不可。兢業而不恢張，則所志者狹矣；恢張而不兢業，則所養者虧矣。古人有言："膽欲大，心欲小。"公兼斯二者，茲所以爲一代之傑也歟？《絜齋集》卷八。

七　跋杜正獻公帖

位乎百僚之上，當天下之重任者，孰爲先務？秉公心，行正道而已。杜公居相位日淺，功業亦不多見。然至今天下推爲正人，觀其遺墨，猶使人斂衽起敬，況親炙之者乎。

嗚呼！正人之可爲貴也如此。《絜齋集》卷八。

八　題楊省元泌所藏東坡帖

蘇公才華擅一世，而未嘗有矜己輕物之心。觀此數帖，樂易慈祥之氣猶可挹也。

雖然，公非苟同者。自荊公猶不爲少屈，趨捨殊途，因應鑿枘，而於楊子親厚如此，其有契於心也夫。《絜齋集》卷八。

九　跋林叔全所藏東坡帖

古之君子無一念不在國家，未嘗爲身計也。大義所在，九死不顧，遑恤他哉？觀公此帖，足以知其平生之志，不在於區區口體之養。高名全節，迄今炳煥，信非偶然。

吾鄉清敏豐公，致身常伯，累鎮大藩，而資產纔七十畝，與公俱爲元祐名臣，厥志同爾。龔彥和遠謫窮荒，囊無一錢，手執紙扇，沿途乞丐，以達貶所。陳後山守道固窮，不勝饑凍，以至於死。若此二公者，雖一畝之田，亦無有矣。

竊悲末俗之陋，追想前輩高躅，遂敬書之。《絜齋集》卷八。

一〇　跋涪翁帖

涪翁一代人傑，言爲世準，無一可議。

此卷所云，士不可以一日不學，民不可以一日無教，其言當矣。然論爲人父母，非聽獄求盜之謂,則所未喻。夫獄訟得其情,盜發而輒得,非細故也。其爲急務,與勸學養士等爾,而抑揚若是,不亦偏乎?

雖然,先聖言兵食可去,信不可去,豈謂兵食果可闕哉?正欲甚言民信之重,不得不爾。故曰:"不以辭害意。以意逆志,是爲得之。"如是而觀涪翁之語,亦無可議者矣。《絜齋集》卷八。

一一　跋涪翁帖後

涪翁書大率豪逸放肆,不純用古人法度。常稱:"杜周有言,三尺法安在哉?前王所是著爲律,後王所是疏爲令。"以此論書,而東坡絕倒。雅意於不俗,有戈戟縱橫之狀,不得已焉耳。

今觀此帖,乃能斂以就規矩,本心之所形也,良可寶云。

嘉定十四年七月丙子,鄞川袁燮書〔一〕。《絜齋集》卷八。

〔一〕"嘉定"以下,原無,據《寶真齋法書讚》卷一五補。

一二　跋江諫議民望與超然居士帖

諫議江公以讜言結知徽皇,天下推爲正人。既而流落不偶。梁師成見柱上刻公姓名,乃奎畫也,請所以簡記之,故帝稱其忠。師成曰:"何爲不用?"帝曰:"我用斯人,爾輩何所容其身乎!"及宣和間,公避寇抵京師,遊郊外佛廬,與禪衲語。師成屬寺僧具素饌延之,一後生在焉,公知其爲梁氏子,亟起,僧固留之。厥子因前,具言乃父歸向之意甚切。食罷,語之曰:"寄謝尊君,燕雲之役,謹不可與。"公豈爲師成者哉?時方貴幸用事,足以力阻建議者而罷其役,故以斯言曉之。惜乎僅能勿與,而弗能止也。

然公之忠誠,無有愧怍,此超然居士所以心服其賢而交情至篤歟?傳曰:"不知其人,視其友。"斯亦足以知超然之賢矣。《絜齋集》卷八。

一三　題趙華閣帖

華閣趙公,人物之魁楚也。有家傳之學,有師友之訓。志操之挺特,器業之宏偉,足以有爲於斯世矣,而雅意靜退,不以立朝爲榮,而欲以外庸自見。平生所蘊,形於施設者,不過一州一路而止,其亦狹矣。雖然,賢者所行,足爲世準。使爲士大夫者聞公難進易退之風,砥礪廉隅,有特立之操;爲守爲帥者聞公政事之美,則而傚之,有可紀之績,所及不既廣乎。

某始叨從班,公即以書見教云:"我先公之居此地也,專以論思獻納爲職,奏篇甚富，凡當世利害，知無不言。"某自聞斯語，服膺不失，二三年間，馨惓惓之忠，有犯無隱者，公實敎之也。以某一介推之，則知受敎於公，有所興發者多，而孰謂其狹哉？嗚呼，可敬也夫！《絜齋集》卷八。

一四　題唐子西與游公帖

某之先君嗜古好書，於唐子西遺編愛之尤篤，嘗手自抄成一巨帙，意者深有契於心耶？所與游公帖："不喜使君得循州，喜循州再得使君。"有味其言，故游氏子孫寶藏至今。某因是以知游公之賢，且有懷於先君，故併識之。《絜齋集》卷八。

一五　跋林戶曹帖

建炎猾夏之禍，四明最酷，玉石俱焚。戶曹林公挈家浮海，獨免於難，若有以相之。人皆稱公仁厚喜施，義所當與，傾倒不靳，此念篤切，感通神明，茲所以獲爲善之報。財雄一州，而後人資用僅給，蓋所散者多矣。

今觀遺墨，清雅可愛，靈臺湛然，不爲俗氛所汨，流露宜爾也。我先祖朝奉實公子婿，亦以好施著稱鄉黨，殆薰炙使然。

公之曾孫叔全亦清謹士，出示此卷，因併述之。《絜齋集》卷八。

一六　題楊誠齋帖

楊公不妄許可，而書辭有云："平生得友，議論、印券、志趨、符節，無如左右者。"其賢可知，蓋家庭義方之敎也。《絜齋集》卷八。

一七　題誠齋帖

誠齋楊公未第時，嘗小蹶矣，自期以千里之姿，必能致遠，竟如其言。歷官中外，表表可紀，抽身早退，晚節益高，其平生之志也歟？《絜齋集》卷八。

一八　跋傅給事帖

楊應誠之難信，甚易知也。以高皇之聰明，寧不知此？二聖越在沙漠，朝夕思念，不勝痛切。凡有獻策者，無所不納，庶幾乎萬一耳，此聖人之心也。

給事傅公亦豈不知應誠之爲非，然與之長書，反復激切，幸其一悟，爲國家計，不得不然，其忠臣之心歟。

夫心者源也，高宗紹開中興，傅公爲名侍從，皆源於是。觀此卷者，盍以是思之。《絜齋集》卷八。

一九　跋正言楊公帖

君子之出處，隨其時而已。有道則見，無道則隱，隨時之意也。

正言楊公之去，實當元祐二年，可謂有道之時，奚去之果？或者如疏廣、受，歸休於漢氏中興之日歟？

二疏之歸，元康三年也。東坡蘇公讚之曰："殺蓋、楊、韓，蓋三良臣。先生憐之，振袂脫屣。"按寬饒、延壽、惲之誅，乃在神爵、五鳳間二疏既歸之後，曰"先生憐之"，何哉？獨趙廣漢以元康二年誅，踰年二疏遂致其事，亦可謂見幾而作者矣。

若夫元祐垂簾之時，正人雖滿朝，而矯枉者或過於正。時論少偏，必有不契於楊公者矣。勇決丐歸，求仁得仁，奉陵寵以宸翰，焜燿無窮，與夫貪進不止、湮沒無稱者豈不相遠哉！余是以深嘉之。《絜齋集》卷八。

二〇　跋寺丞楊公帖

賢者在朝則國重，爲此論者，亦謂有好賢之心矣。余以爲能重其國，正不必膠於在朝與否也。見遠識微，奉身而退，與斯道爲郛郭，獨不足以重其國耶？涪翁《釣臺》詩："能令漢家重九鼎，桐江波上一絲風。"子陵一布衣耳，能使東京士大夫砥礪名節，以沮姦雄之心，子陵實使然，豈必居其位耶？

然則寺丞楊公不屈於權臣用事之日，可謂剛毅有守矣。余聞古人重世家，取其源流相續也。公之伯父正言公，乞身於元祐二年，天下高其節，既無愧古人矣。公復繼之，又無愧於伯父。繼公而作，其可有愧於公乎？果無所愧，則足以世其家矣。可不勉哉！《絜齋集》卷八。

二一　題呂子約帖

呂氏再世居鼎輔，正獻公之子原明又甚賢，故其門爲最盛。右丞遭僞楚之變，雖不能死，然以大義開曉僭逆，迎奉昭慈，垂簾聽政，不爲無功矣，而議者終疑之。子約及其兄禮部口雖不言，常有蓋前人愆之意。禮部既卒，子約獨當門户之責，益自憤勵。卒以觸權要，獲罪謫死。

方彭忠肅公之攻韓也，子約以爲已甚，既而自攻之。友人石應之問其故，子約曰："彼從臣，可以從容獻納。我小官，幸而獲對，敢不亟盡忠乎？"其大節如此，門户於是乎有光矣。子約剛介寡合，而於曾君道夫書問不絕，或者其臭味草木也夫。《絜齋集》卷八。

二二　題晦翁帖

淳熙己丑之歲，四明大饑，某待次里中。晦翁貽書郡守謝侯，謂救荒之策，合與某共講之。某雖心敬晦翁，未之識也。久而呂子約爲倉官，晦翁屢遺之書，未嘗不拳拳於愚不肖。自念何以得此，或者過聽，以爲可教耶？

後七年，子約爲太府丞，表對鯁切，權臣惡之，貶謫以死。晦翁痛傷之，與曾君道夫帖，言之不置。夫君子之善善惡惡，豈有私意？優於天下而喜，邦家殄絕而憂，根諸中心，形於翰墨。道夫寶藏之，時時覽觀，有所感發，其用力於斯道者耶？《絜齋集》卷八。

二三　跋家藏顧宏所臨王摩詰《雪江圖》

後世率以臨畫不足爲奇，惟真跡乃可貴。然韓退之《畫記》有云："得閻本，絕人事而摹得之。"是非真跡也。失之於閩中，而往來於懷不能自釋，何惓惓若是耶？

王初寮生於極盛之時，所見名畫多矣，而顧謂此圖爲珍玩，不以爲臨本而鄙之，豈其風流餘韻有可貴者耶？《絜齋集》卷八。

二四　題臧敬甫所藏李伯時畫觀音佛

觀音入定，一念不萌。龍眠寫之，渾然天成。非觀音之心，至簡至易，匪高匪深，或者神交默契，無間之可尋耶？《絜齋集》卷八。

二五　跋林郎中韓幹馬

嘗觀杜少陵《丹青引》有曰："至尊含笑催賜金，圉人太僕皆惆悵。"所以詠曹將軍畫馬之工也。馬之真者曾不霑賜，而畫者反賜之金，顛倒如此，其惆悵固宜。因茲以思，真不勝僞，大抵如此，亦猶篤實之士不容于世也。

雖然，將軍之技幾於道矣，弟子如韓幹，且不能及矣，況尋常之流乎？披圖閱之，凜然生意，動心駭目，可貴也哉。《絜齋集》卷八。

二六　跋林郎中巨然畫三軸

僕嘗論技之精者，與人心無不契合。庖丁之解牛，輪扁之斲輪，痀瘻之承蜩，其實一也。

今觀此軒所藏巨然墨妙，凡三軸，有無窮之趣，而無一點俗氣，渾然天成，刻畫不露，深有當於人心，可謂精矣。是以君寶之。《絜齋集》卷八。

二七　跋林郎中惠崇畫

惠崇筆跡，時一見之，類多贗者。故雖得其髣髴，終不足以取信。惟此卷最真，無毫髮遺恨，良可珍也。《絜齋集》卷八。

二八　題《豢龍圖》

良馬苦羈馽，巨魚畏緍罟。神龍獨超軼，威燄莫能禦。噓爲寒空雲，散作無邊雨。能幽復能明，可敬不可侮。如何豢龍氏，狎玩等兒女。巍然受其朝，勁氣金石沮。龍兮喪其魄，聽命無敢拒。刳復察秋毫，洞見龍肺腑。飲食不強致，嗜好隨所取。日日飽甘滋，馴伏固其所。誰謂有餘知，拘牽乃如許。人生天地間，良心實爲主。利慾汨其真，甘與俗子伍。胡不鑒此圖，保養虛明府。道義有真樂，不羨圭與組。於我如浮雲，服膺聖師語。吾家素風在，辛苦立門戶。勇決早抽身，從我涉幽圃。《絜齋集》卷二十三。

二九　題《朝鯉圖》

魚品不勝多，而鯉爲之宗。曷爲此獨貴，無乃能爲龍？一躍浪千級，一噓雲萬重。變化須臾間，神妙無終窮。其他點額輩，不敢攀高蹤。維人亦如是，拔萃斯爲雄。聖師名其子，勉以德業崇。我作《朝鯉圖》，一鯉居其中。衆鯉競趨之，若效臣子恭。巨鱖獨不朝，悍然欲爭鋒。可憐汝無識，不揆資凡庸。一生只爲魚，鯉豈汝可同？我亦不如鯉，年老無成功。時時展此卷，著鞭期變通。《絜齋集》卷二十三。

三〇　謝毗陵使君惠畫

都尉風流貴公子，結交海内知名士。磨礱禁臠驕侈習，雅意登山與臨水。十幅煙江疊嶂圖，當時展玩忘朝晡。老仙一顧歎奇絕，落筆妙語春華敷。此詩千載傳不朽，此畫如今寧復有？我来薄宦大江濱，無價之珍俄入手。一山雄特倚天立，下視羣峯如拱揖。斷崖飛出玉虹龍，元氣淋漓鬼神泣。山中喬木堪棟梁，山外煙波凝翠光。數間野店傍林樾，一葉扁舟浮渺茫。往時只誦蘇公句，想像都尉圖中趣。豈期今日見逼真，端與前輩同機杼。自憐老大無他求，塵勞羈絆空悠悠。安得千巖萬壑裏，尋幽擇勝道遙游。我心欲往足無力，縱觀此畫如親歷。毗陵使君真可人，嘉惠不啻千金直。平生辭受關鑰嚴，兹焉詎敢傷於廉。毗陵萬口皆歸重，道義相與吾何嫌。《絜齋集》卷二十三。

許開藝話（二則）

許開（生卒年不詳）字仲啟，丹徒（今江蘇鎮江）人，乾道二年進士。慶元五年由諸王宮大小學教授除司農寺丞，仍兼實録院檢討官。開禧元年權發遣臨江軍，嘉定元年爲江東提刑。官至中奉大夫，提舉武夷冲祐觀。著有《志隱類稿》《二王帖評釋》，今存。

一 題右軍大令像龍舒石刻

米禮部云，右軍筆陣圖前有自寫真，今雖不復見，觀此亦足以想其彷彿。東里周子中云，心慕二公之人品則瞻之在前，手追二公之墨妙則忽焉在後，故併取而刻之，以爲卷引。橫山草堂叢刻第一集《二王帖評釋》卷一。

二 二王帖書跡跋

言父子之異者曰向、歆，言父子之同者曰羲、獻。考向、歆之《春秋》則未嘗必異，視羲、獻之行草則未嘗或同，真大醉之辭，那得知之辭。唐孫過庭並載於譜，蓋因是爾。歐陽文忠公亦云羲、獻世以書自名而筆法相去遠甚，父子之間不同如此，然皆有足喜也。取其所可喜，不誚其所不同，二王帖於是刻石清江。郡博士時君涇嗜古且耐勞，躬自模搨，毫髮幾無遺恨，可一洗他本而空之。丙寅歲元夕，假守許開題。
《二王帖評釋》卷一。

何澹藝話（一則）

何澹（一一四六～？）字自然，龍泉（今浙江龍泉）人。乾道二年進士第一，淳熙二年，召爲秘書省正字，歷校書郎、秘書郎。九年，除秘書丞。十年，爲著作郎。十二年，爲將作少監。十三年，爲將作監。十五年，爲國子司業，遷祭酒，除兵部侍郎。十六年，光宗內禪，拜右諫議大夫兼侍講，劾罷周必大。紹熙元年，除御史中丞，以繼母喪去。起知泉州，移明州。寧宗即位，召爲中丞，即劾趙汝愚，又論僞學。二年，除同知樞密院事、參知政事。六年，遷知樞密院事兼參知政事。嘉泰元年，以忤韓侂冑罷，提舉洞霄宮。起知福州，移知隆興府。嘉定元年，除江淮制置大使兼知建康府，移江陵。奉祠，賦閒幾二十年，卒。何澹少負軼才，落筆不凡，以能文稱，所謂篇章曠而清，銘碣典而潤，記序婉而富，箋翰妥而熟。著有《小山雜著》八卷、《歷代備覽》二卷、《笑林》三卷，均佚。

高宗親征詔草跋

紹興辛巳，魯閔陳公親征之議，時有陰掣其肘者，如寇公澶淵時，事勢日危，人情日洶，而公意方銳，乃能坐制逆亮之命。親征詔書，魯公受命擬，上手自刊定，而以其稿示伯父。

後四十年，此稿復歸於公之孫大監，大監將入石以永其傳，公之英氣凜凜溢於翰墨之外，千年猶一日也。故嘗謂景德敗盟，非萊公無以恢承平之緒；辛巳敗盟，非魯公無以振中興之業。國家倉卒擾攘之際，豈全軀保妻子之臣所能辦哉？慶元庚申重五，括蒼何澹書。道光三年重刊本《陳文正公家乘》卷一。

張棱藝話（一則）

張棱（生卒年不詳），饒州鄱陽（今江西鄱陽）人。淳熙間知隨州，紹熙二年初由知信州換秀州。

跋米芾帖

米南宮守無爲日，先伯宰廬江，情義相厚善，往還書尺俱親染。先公平日尤嗜此書，得此數帖，每深寶惜。今用摹刻於漢東全慶堂，庶與好事者同之。淳熙丁未小寒日，郡守鄱陽張棱跋。中華書局香港分局一九八〇年本《叢帖目》卷二。

宋光宗藝話（四則）

　　宋光宗趙惇（一一四七～一二〇〇），孝宗第三子。紹興二十年，授右監門衛率府副率，轉榮州刺史。孝宗即位，拜鎮洮軍節度使、開府儀同三司，封恭王。乾道七年二月，立爲太子，四月判臨安府，尋領尹事。淳熙十四年，參決庶務。十六年二月，受內禪，建元紹熙。在位五年，禪位於第二子嘉王趙擴。慶元元年十一月，上尊號曰聖安壽仁太上皇帝。六年八月卒，年五十四，謚曰憲仁聖哲慈孝皇帝，廟號光宗。開禧初詔令編修《光宗御集》，已佚。

一　陸瑾《漁家風景圖》

　　翠嵐迎步興何長，笑領漁翁入醉鄉。日暮渚田微雨後，鷺鷥閒暇稻花凉。文淵閣四庫全書本《式古堂書畫彙考》卷三十三。

二　徐崇嗣《沒骨牡丹圖》

　　已過穀雨十六日，猶見牡丹鬬淺紅。曾不爭先及開早，能陪芍藥到薰風。《式古堂書畫彙考》卷三十三。

三　楊補之《紅梅圖》

　　去年枝上見紅芳，約畧紅葩傅淺妝。今日亭中足顏色，可能無意謝東皇。《式古堂書畫彙考》卷三十三。

四　唐張萱《遊行士女圖》

　　閒來洞口訪劉君，緩步輕擡玉線裙。細白桃花擲流水，更無言語倚彤雲。《式古堂書畫彙考》卷三十三。

倪思藝話（一則）

倪思（一一四七～一二二〇）字正甫，號齊齋，又號景迂老人，湖州歸安（今浙江湖州）人。乾道二年進士，授遂安軍節度掌書記。調筠州軍事判官，辯廬陵冤獄，爲提刑辛棄疾所知。淳熙五年，中博學宏詞科。七年，除國子正。八年，遷太學博士。十一年，除校書郎兼魏惠憲王府小學教授。十三年，進秘書郎，以論事詳當超遷著作郎。十六年五月，遷將作少監兼權直學士院，七月，除將作監兼權中書舍人，十月，除中書舍人。紹熙二年，兼侍講，六月，除禮部侍郎。四年正月，兼權吏部侍郎，出知紹興府，主管浙東路安撫，未行，改婺州，辭不行，提舉江州太平興國宮。慶元元年五月，召爲吏部侍右郎官。二年，因忤韓侂冑，出知太平州。嘉泰元年，提舉興國宮，差知泉州，以劾罷。三年，提舉玉隆萬壽宮。四年，起知建寧府，以劾罷，削一秩。開禧二年，召爲禮部侍郎兼直學士院，忤韓侂冑，予祠。三年，侂冑既誅，召除兵部尚書兼侍讀。嘉定元年，進禮部尚書。以論史彌遠專權，出知鎮江府，改福州。復上書請改史彌遠拜相制詞，被劾落職。二年，奉玉隆祠。五年，以陳備邊十事，爲御史所論，永置閒散。八年，復元官。十一年，提舉嵩山崇福宮。十三年致仕，卒年七十四。諡曰文節。著有《齊齋甲稿》二十卷、《乙稿》十五卷、《兼山小集》三十卷、《兼山四六集》十卷、《詞科舊稿》五卷、《翰林前稿》二十卷、《南征南轅詩》二卷、《論著》三十卷、《近體樂府》二卷、《些章》二卷等二十餘種，均已佚。今存《經鉏堂雜誌》八卷、《馬班異同》三十五卷、《重明節館伴語錄》一卷。倪思在當時以議論抗直、文詞穩重見稱，而《四庫全書總目》卷一二四論其《經鉏堂雜志》，則以"議論空疏，多無根據"譏之。

題定武《蘭亭帖》

曩年沈揆虞卿蓄《蘭亭叙》刻凡百餘本，予嘗見之，要各有所長，而以定武刻爲冠。予聞沈何以別其爲定武本，沈以斲損湍流、帶右天字爲驗。今觀王順伯跋云："未斲損前本尤可貴重。"則是沈之前說尚未盡也，以是知見聞不可不博。開禧丁卯正月望題，倪正甫。文淵閣四庫全書本《蘭亭續考》卷一。

黃樵仲藝話（一則）

　　黃樵仲（生卒年不詳）字道夫，號敬齋，漳州龍溪（今福建漳州）人，預孫。淳熙五年登進士第。初調永福尉，再調汀州錄事參軍，俱有善績。謝事歸家。朱熹守漳州，禮請入學。及講小學書，熹每稱善。著有《禮記解》《小學口義》。

與張得一道士帖

　　缺然不講道話久矣。炎暉爍宇，不審即日浩養何如？每到琴軒，頗思論琴之意。夫學琴，雖未能忘乎形聲者也，苟心無所事乎機，手無所恃乎巧，清音妙韻，本於無何有之鄉。松風蕭蕭，山水激激，湘江月白，萬籟合乎太虛，有能而對之。方是時也。窒慾以虛其心，滅學以空其性，則予之遊是軒也，與子共之，不識能進於是乎？幸數以書見及。清抄一百五十卷本《聖宋名賢五百家播芳大全文粹》卷一一〇。

鞏豐藝話（四則）

鞏豐（一一四八～一二一七）字仲至，號栗齋，婺州武義（今浙江武義）人。乾道間，從呂祖謙學，入太學。淳熙八年進士。紹熙初，教授漢陽軍，代還，授江東提刑司幹辦公事，以母喪免，起爲福建帥司幹辦公事。寧宗時，知臨安縣，奉祠。嘉定中起爲提轄左藏庫，復授宮觀，十年卒，年七十。其文不尚險怪，以理屈人，得言外趣。尤工於詩，多達三千餘首。朱熹稱其詩"雄麗精切"（《答鞏仲至書》），又謂其"苦心欲作詩"，却"不透得上頭一關"（《答黃直卿書》）。葉適盛讚其詩文："君文蚤貴重，蜀錦載胡車；離離三千首，雅正排淫哇。石碑富規制，玉策垂芬葩。簡牘尤妙美，一字不可加。"（《哀鞏仲至》）《直齋書録解題》卷二〇著録其《東平集》二十七卷，已佚。今存《後耳目志》一卷、《栗齋詩集》一卷。

一　詠豫章蕉葉素扇

寶月乘鸞空復情，頗嫌携重愛携輕。犀皮赤柄終傷俗，細骨洪蕉竟入清。格調不殊蒲處士，工夫全藉楮先生。文饒空賦桐花鳳，絢麗虚成畫史名。原注：李衛公有《畫桐花鳳團扇賦》。　文淵閣四庫全書本《江湖後集》卷一。

二　跋《蘭亭》帖

蔡山甫論《蘭亭》，以古本爲右云。區區寶愛定武本者，是不知有唐刻本也。此亦頗鍼流俗之膏肓。鞏豐。文淵閣四庫全書本《蘭亭考》卷七。

《後耳目志》（選録　二則）

東坡詩書

東坡平生詩學劉夢得，字學徐季海。晚年妙處，乃不減李、杜、顔。

評東坡文與書

　　李端叔評東坡文云：長江巨浸，千里一道，滔滔滾滾，到海無盡。如風雷雨雹之驟作，崩騰洶湧之掀擊，聳一時之壯觀，極天地之變化。王履道評東坡書云：世學公書者多矣，劍拔弩張，驥奔猊抉，則不能無至於尺牘狎書，恣態橫生，不矜而妍，不束而嚴，不軼而豪。蕭散容與，霏霏如既雨之雲；森疎掩斂，熠熠如從月之星；紆餘宛轉，纚纚如縈璽之絲。恐學者所未到也。二公之論，頗得其妙。以上文淵閣四庫全書本《說郛》卷二十下之《後耳目志》（誤作曾鞏）。

王叔簡藝話（一則）

王叔簡（生卒年不詳）字敬父，廣安軍渠江（今四川廣安）人。淳熙五年進士。十年以太學錄兼國史院編修官，除博士，累遷校書郎兼國史日歷所檢討官。紹熙初除秘書郎，次年假朝奉大夫、守太常少卿兼史館修撰。進著作佐郎，出知洋州。

題李伯時飛騎習射圖

飛毬飲羽柳如截，馬氣橫生人更傑。不作遊觀御寶津，騎戰還應一當百。天家行樂少人知，龍眠屬從天上歸。意象慘淡研精微，曹霸以來無此奇。壯夫披圖雙淚垂，時危那得生致之。文淵閣四庫全書本《宋詩紀事》卷五十五。

汪逵藝話（一則）

汪逵（生卒年不詳）字季路，信州玉山（今江西玉山）人，應辰子。乾道八年進士。淳熙末爲太學博士、太常博士，紹熙元年爲朝奉郎、太常丞兼實録院檢討官，慶元元年任國子司業，嘉泰四年罷知處州，與祠。嘉定元年除秘書少監，權工部侍郎，擢禮部、吏部侍郎。五年，除吏部尚書。

書《盤谷序》碑本

逵頃在成都，見樊澤之所藏《盤谷序》碑本，云得之邵公濟，作橫卷刻，字畫甚新，略無殘闕處。家中所藏本，乃刻之方石，殘闕殊甚，其下方十餘字不復存，字體絶不相類，自是兩本。家中本有《後語》，《集古録》《金石録》本亦皆有之，記得樊本無之。洪慶善所見似亦與家中本同，惟"樂且無央"不同。以上文意觀之，恐舊自作"無殃"也。大氏家所藏本與方本所記多同，但"蓊茂"、"盤旋"、"友人"、"於時"、"可以稼"王處，家本所闕，而"天子"二字，家本似續改刻耳。又嘗以所見樊本及家本校今方本，所不同者五處，如"不可幸而致"，"不"，樊作"弗"，家本闕。"大丈夫不遇"，"夫"下樊本有"之"字，家本闕。"僥倖"，樊本、家本"僥"並作"徼"。"不祥"，樊本、家本"不"皆作"弗"。"飲則食"，樊本同，家本闕。《田氏先廟碑》"海外"二字，方氏蓋從石本而不著其説，"橐兜"則石本省"卜"作"橐"，方作"橐"者，誤也。宋刻本《朱文公校昌黎先生集》卷首。

尹猷藝話（一則）

尹猷，紹熙時人。餘不詳。

東坡書陶淵明《飲酒詩》卷跋

右坡翁大字書淵明《飲酒詩》一卷，乃過海後北歸時所作，已駸駸絕筆矣。曩昔《醉翁亭記》等書，皆當退舍，第玄黃牝牡，能令凡目生花。願武鄉珍藏什襲，以俟九方皋，勿輕出以貽俗子嗤也。紹熙改元良月上浣，尹猷識。適園叢書本《珊瑚網》卷四。

趙不譾藝話（一則）

趙不譾（生卒年不詳）字師厚，宗室。慶元六年任昭武假守，嘉定二年罷知汀州。累官至朝議大夫。

《金石録》後記

趙德父所著《金石録》，鋟板於龍舒郡齋久矣，尚多脫誤。茲幸假守，獲睹其所親鈔於邦人張懷祖知縣。既得郡文學山陰王君玉是正，且惜夫易安之《跋》不附焉，因刻以殿之，用慰德父之望，亦以遂易安之志云。開禧改元上巳日，浚儀趙不譾師厚父。

上海書畫出版社一九八五年排印本《金石録校證》卷末。

虞從龍藝話（一則）

虞從龍（生卒年不詳），西隆（今廣西凌雲）人。紹熙初爲江華縣尉。

重刻蔣之奇《寒巖銘》跋

右銘元刊于寒亭之上，年深字淺，幾不可讀。既新泉亭，得沒字碑于巖左，意昔爲斯銘設也，乃徙刻之，且以彰二公愛賞之志云。後治平一百二十有四載，邑尉西隆虞從龍俾邑人李挺祖下闕。同治九年刻本《江華縣志》卷一。

黃𰯲藝話（一則）

　　黃𰯲（一一五〇～一二一二）字子耕，隆興府分寧（今江西修水）人，庭堅弟叔敖之孫。早從郭雍、朱熹學，又得黃氏詩法，名重江西。淳熙進士，調瑞昌主簿，監文思院。知盧陽縣，陳詩勸民，一如家人，薦授處州通判。召主管官告院、大理寺簿、軍器監丞，一歲三遷，人皆欣喜，獨以無山水題品請去。嘉定二年，出知台州。五年，改袁州，過撫州，得疾謝事，卒年六十三。著有《復齋漫稿》二卷，已佚。葉適《黃子耕文集序》謂"豫章黃子耕，少所樹立，便入高人勝士之目，不獨倚先世爲重也"。嘗編《山谷年譜》三十卷。

題《蘭亭考》

　　《蘭亭考》用意勤甚，欲人無所不知，詎可厭其多耶？先太史字畫多法《蘭亭》，至謂遊荊州得古本《蘭亭》，因悟筆意，是殆有言語不可傳者矣。雙雷黃子耕。_{文淵閣四庫全書本《蘭亭考》卷末《群公帖跋》。}

羅點藝話（一則）

羅點（一一五〇～一一九四）字春伯，號北庵，撫州崇仁（今江西崇仁）人。登淳熙三年進士第，授定江節度推官，累遷校書郎兼國史院編修官，秘書郎兼皇太子宮小學教授。以戶部員外郎兼太子侍講出使浙右，遷起居舍人，改太常少卿兼侍立修注官。試兵部尚書，屢勸光宗朝重華宮。寧宗立，拜端明殿學士、簽書樞密院事。紹熙五年卒，年四十五。

跋《蘭亭考》

脩禊叙，是右軍得意處。當落筆時，自有神助，醒後更寫十數本，終莫能及。此豈當以筆畫求哉？

山谷晚得定武本，已僅能髣髴存筆意。今距山谷又幾何時，商榷真贋，大似逐塊，摹寫肥瘦，各自成妍。當時存之於心，會其妙處爾。解賞此語，許渠具一隻眼。文淵閣四庫全書本《蘭亭考》卷七。

滕璘藝話（一則）

滕璘（一一五〇～一二二九）字德粹，號溪齋，徽州婺源（今江西婺源）人。與弟珙受教於朱熹。入太學，淳熙八年進士，授鄞縣尉，調鄂州教授，歷四川制置司幹官，知嵊縣，簽書慶元府節度判官，主管官告院，奉仙都祠。起通判隆興府。歷浙東、福建帥司參議官，以朝奉大夫致仕。紹定二年卒，年八十。著有《溪齋類稿》三十卷，已佚。

題晦菴先生真跡後

晦菴先生世家吾鄉，中徙於閩，倡明道學，戶外屨滿，而鄉人未有至者。

淳熙乙未，先君始命璘兄弟修書辭以請教。先生報書，示以爲學之要。明年，先生來歸，始克謁見而請益焉。自後通書，悉蒙見答，訓迪備至。今老矣，無以仰副先生期待之意。而弟珙不幸早世，所藏真跡，散逸之餘，僅存三十紙。每一覽之，悚然起敬，恨先生不可復見也。刻之博雅堂，以示子孫，俾知先生不忘故鄉、私淑諸人者如此。先生嘗銘先君墓，又嘗跋叔祖溪堂先生傳與弟珙《景呂堂》詩文，並附於後云。門人新安滕璘書。文淵閣四庫全書本《新安文獻志》卷二二。

林至藝話（一則）

　　林至（生卒年不詳）字德久，嘉興華亭（今上海松江）人。淳熙四年進士。登朱熹門。慶元五年爲淮南西路幹辦公事，歷校書郎、秘書省正字，嘉定二年除秘書郎，後通判建州，十一年知道州。著有《易裨傳》，今存。

《蘭亭考》跋

　　繭紙入昭陵，唐筆各名家，世重定武本，頗似聚訟，字畫反不逮古，何耶？澤卿薈萃有條理，可爲禊帖忠臣矣。文淵閣四庫全書本《蘭亭考》附《群公帖跋》。

李延智藝話（一則）

李延智，淳熙中官銅山尉。餘不詳。

三大士名石刻跋

右都大提舉茶事李公書三大士號。銅山尉李延智介至上人而得之，字體精妙，筆力遒勁，與石曼卿三佛名可抗衡矣。謹磨崖深刻，以永其傳，再拜稽首而爲之讚曰：

鼎立大士名，羲畫配禹疇。懸藤挂絕壁，砥柱屹中流。劫銷永不磨，世道驚蜉蝣。

民國十九年鉛印本《中江縣志》卷一六。

楊文焯藝話（一則）

楊文焯（生卒年不詳），代州崞縣（今山西代縣西南）人，存中孫，樞密倓之子。紹熙四年爲朝奉郎、直秘閣、通判臨安府。

跋高宗孝宗賜父祖御札

右高宗皇帝御札一十有九，壽皇聖帝御札一十有二，賜臣先大父和王臣存中也。壽皇聖帝御札有八，賜臣先父樞密臣倓也。

國家讎恥之痛，自建炎及隆興，天子銳志，未嘗一日不北向也。義激於心，志形於詞，此所見者特其大略也。開大帥府之初，大父遭逢簡拔，宏濟艱難，期於剋復而後已。嗣聖龍飛，中興老臣惟大父在焉。總師旅，壯戎昭，狂敵遁聾，又將以有爲也，而大父亡矣。先父繼被擢用，晉位樞庭，軍政重寄亦備見於親灑之筆，豈苟然哉！伏讀而歎兩朝眷倚之異，未有如大父之隆，而先父辱知於壽皇，豈止焜耀一時而已哉！如徒積玩寶笥，隱而不見，俾聖謨神算弗克彰顯，是臣蔽天地之大義，沒祖父之至寵，豈所以侈大貺、昭令績也？

用敢采求樂石，編次刊上，庶幾貽之後代，永永光明。若夫翰墨飛蟠，燦然霞綺之映漢，炯然星辰之下垂，顧臣麼微，安敢迫視？臣無任欽戴惶懼而已。紹熙四年五月旦日，朝奉郎、直秘閣、通判臨安軍府兼管內勸農事、賜緋魚袋臣楊文焯拜手稽首恭書。文淵閣四庫全書本《趙氏鐵網珊瑚》卷二。

楊汝明藝話（一則）

楊汝明（生卒年不詳）字叔禹，眉州青神（今四川青神）人。登紹熙四年進士第。歷官校書郎，嘉定八年官軍器少監，兼權左侍郎官、考功郎官。爲起居舍人，禮部侍郎。歷瀘南帥，官至工部尚書。

東坡贈文長老詩跋

右東坡先生遺鄉僧文老三詩，余家舊藏第三詩，以示今主僧本覺。覺遂集先生帖中字足□前二詩，併刻之石。余西歸過寺，裴徊周覽，喜其能補□□之闕云。乙卯九月旦，眉山楊汝明。光緒刻本《兩浙金石志》卷一〇。

饒延年藝話（一則）

饒延年（一一五〇～一二三〇）字伯永，號止翁，撫州崇仁（今江西崇仁）人。陸九淵弟子。

無絃琴

月作金徽風作絃，清音不在指端傳。有時彈罷無生曲，露滴松梢鶴未眠。文淵閣四庫全書本《古今禪藻集》卷十二。

葉適藝話（一一則）

葉適（一一五〇~一二二三）字正則，號水心，溫州永嘉（今浙江溫州）人。早年意志慷慨，雅以經濟自負。淳熙五年進士第二，授平江節度推官，歷武昌軍節度判官，浙西提刑司幹辦公事，以薦召爲太學正，遷博士。進奏，除太常博士兼實錄院檢討官。嘗薦陳傅良等三十四人，皆召用，時稱得人。光宗即位，由秘書郎出知蘄州，召爲尚書左選郎官。寧宗即位，遷國子司業，除太府卿，總領淮東軍馬錢糧。韓侂胄專政，趙汝愚貶衡陽，適亦被劾主管冲佑觀。起爲湖南轉運判官，遷知泉州。召入對，除權兵部侍郎，以父憂去。開禧初，除權工部侍郎，改權吏部侍郎兼直學士院，以疾力辭兼職。北伐兵敗，除知建康府兼沿江制置使。兵退，兼江淮制置使，措置屯田，遂上堡塢之議。侂胄誅，以附和用兵奪職奉祠十三年。嘉定十六年卒，年七十四，謚文定。葉適是南宋中後期著名思想家，是"永嘉學派"鉅子。在哲學方面，他與"永康學派"的陳亮一起，提倡功利，反對空談性理，與朱熹、陸九淵形成尖銳對立。在政治方面，對南宋政權弊政予以批判，要求限制貴族特權，以緩解財竭、兵弱、民困、勢衰的社會危機。對外則反對妥協投降，主張抗擊金人，收復失地。葉適在文學方面重視社會功用，主張爲文必須"關教事"，反對離開現實專事模擬。所作散文藻思英發，自成一家，尤長於政論文，"在南渡卓然爲一大宗"（《四庫全書總目》卷一六〇）。所作墓銘也備受推崇，"筆勢雄拔如太史公，嘆詠悠長如歐陽子"（真德秀《跋著作正字二劉公墓銘》）。亦工詩，吳子良《荊溪林下偶談》認爲水心詩早已精嚴，晚尤高古，古調好爲七言八句，語不多而味甚長，其間與少陵爭衡者非一，而義理尤過之。他"廣納後輩，頗加稱獎"（《荊溪林下偶談》卷四），對四靈詩風的形成有着直接的影響。著有《習學記言序目》五十卷、《水心先生文集》二十八卷、《拾遺》一卷、《別集》十六卷。

一　贈徐靈淵

歐虞兼褚薛，事遠跡爲塵。今日觀來翰，如親見古人。盡歸嚴號令，富有活精神。碑板荒唐久，誰看走四鄰。文淵閣四庫全書本《水心集》卷七。

二　劉高士自畫琴橫膝前對雲起求詩

試向遮巖擁壑時，弄絃調軫按前徽。未須寫就多情曲，饒與閒雲自在飛。《水心集》卷八。

三　《徐斯遠文集》序（節錄）

斯遠盡平生文纔二十餘首，首輒精善，疑其親自料揀，應留者止此爾。徐觀筆墨輕重，以十一斂藏千百，雖鋪寫縱放，亦無怠惰剝落之態，逆流陡起，體勢各成，殆非料揀所能致也。詩險而肆，對面崖壑，咫尺千里，操捨自命，不限常律。光緒八年瑞安孫衣言刻本《水心文集》卷一二。

四　題桑世昌《蘭亭博議》後

字書自《蘭亭》出，上下數千載，無復倫擬，而定武石，遂爲今世大議論。桑君此書，信足以垂名矣。

君事事精習，詩尤工。其《即事》云："翠添鄰甃竹，紅照屋山花。"蓋著色畫也。《水心文集》卷二九。

五　題畫婆須密女

舊傳程正叔見秦少游，問："'天知否？天還知道，和天也瘦。'是學士作耶？上穹尊嚴，安得易而侮之！"薄徒舉以爲笑。如此等風致，流播世間，可謂厄矣。

且《華嚴》諸書，乃異域之放言，婆須密女豈有聲色之實好，而遽以此裁量友朋乎？志意想識，盡墮虛假。然則元祐之學，雖不爲羣邪所攻，其所操存亦不足賴矣。此蘇、黃之流弊，當戒而不當法也。《水心文集》卷二九。

六　題唐誥書

唐字於中代多作欹側枯瘦體，而八法遂散。然此書有韻態，尚未失痺麻散餘意也。《水心文集》卷二九。

七　題沈朝議得何清源帖

往在荆渚，有蜀客繫舟，出數十大卷，皆本朝名卿相書也，良以得縱觀爲幸。如清源何公書，今始一見爾。沈公自罷宋州僉幕，終身不復仕。靜退無求之澤，宜庇其後人哉！《水心文集》卷二九。

八　題《掃心圖》

以爲無可掃，則掃之者妄矣；以爲有可掃，則是掃安從起？"人心惟危，道心惟微。"其精其一，其永勿失。《水心文集》卷二九。

九　送徐致中序

徐致中在零陵，得單秉文筆法，以自書《論語》《大學》諸篇遺予。予得之驚喜，爲作詩云："歐、虞兼褚、薛，字遠筆爲塵。今日覩來翰，如親見古人。盡歸嚴號令，富有活精神。碑版荒唐久，遄看走四鄰。"然致中書暴進，而予素不知書，恐見者嗤侮，遂不敢出此。因其赴龍谿丞，謾書以別。

致中云："今人字不用法，隨帖摹寫，止取形似，雖有巧拙，豈足評論。"予問："當用何法？"致中言："王逸少則不可知。凡書皆一法，如匠造屋，主人位置裝折不同，木之分寸必應繩墨。故分爲點畫，合而爲字，無妄施者。"致中所造如此，當遂名家，更須歸日驗之。叢書集成初編本《隱居通議》卷一七。

一〇　禮樂論

唐世禮備樂闕。《唐志》所載，其間儀品最密，節目最詳，貞觀初已自行得一番，上下儀制整肅，施之宗廟、朝廷、交際，各有其節，張説《開元禮》又從而爲繁縟盛大之文。蓋遺文古事在開元方始畢具，張説適當盛時，故能銓採詳備如此。

禮樂既至開元而備，然自此亦遂壞矣。古之聖人以禮樂治天下，因人情而不敢過，使之上下可以通行，此所謂就他本根處做工夫。後世爲禮苟簡，但文飾已備便休，更不復以推行堅久爲意，而以禮文亟備爲心。所以開元之後，人主狃於奢泰，隄防決壞，別開門路，遂至崇非聖之書，行不經之禮，求方士神仙以爲樂。漢世亦如此，禮文至武帝稍備。武帝以爲治天下止於如此，故其欲無窮；唐至開元之禮備，而玄宗之心亦遂壞。故曰禮樂非聖人不能行，非積德不能興。其上下和合，君臣際會，皆能通知禮樂之情僞，爲治之時，斤兩皆到一處，政事備舉，室家給足，奪攘之禍屏息，信遜忠厚之心油然而生，各就本身做到，然後爲禮樂之成。而成、康之盛，號稱禮樂最備。

後世則不然，但考求其節目，考論其制度，使爲禮樂之備，不知精神運動全不相關，則禮之備乃所以爲禮之壞也。漢武帝、唐明皇同出一律，樂之要處在於聲音感人，不知舜曰："予欲聞六律、五聲、八音，在治忽，以出納五言，汝聽。"皆就微眇處察之，則歡樂愁怨悲傷愉佚皆由聲音可見。古之聖人薰陶天下之人，納之於律呂，導之於五聲，和之於八音，播之於鐘鼓，拊搏管磬弦匏，上自天子，下至庶人，同出於一，便是禮之至樂之極，以之事天則天神降，以之事地則地祇格，以之祭山林川澤，神靈並至，福祥自臻。他全自人本心做出，以禮樂爲正。其所以防範斯民，周旋情僞之至，皆是禮樂之功用，惟不可化者然後以刑折之，此朝廷之上所以不可一日無禮樂也。

後世治天下不如此，但以刑法獄訟、簿書期會爲本，而以大勢服民，乃是劫持天下之道，使以力相從，別去不得，方始更要立禮成樂，却是別立一箇道理，根脚不牢，所以做不成。漢時賈誼、董仲舒、劉向、王吉爲之，臣者欲興禮樂而其君不可，唐太宗欲興禮樂而其臣不能。雖君臣各有所偏，然漢、唐禮樂自無緣可以製作。《文中子》載王通河汾往來之人，房、杜、王、魏皆許以經濟之才，獨是禮樂不許，惟以許董常，不知就使董常在，禮樂又如何興得？

《文王》之詩言"雍雍在宮，肅肅在廟，不顯亦臨，無射亦保"。有這般資質，方可與務禮樂。自立國之始，至於治國之成，須是逐節做得無憾處。唐太宗貞觀之治，於一二節已做不盡，而況禮樂之由興，自非太宗資質之所及也。古樂最是散亡，而唐制度尤爲苟簡，不復可考，只是器數已不能合。所謂律度長短，自天寶後，更安史之亂，盡用胡樂，雅樂於是而亡。樂本起於黃鐘之律，天下之數皆由此起，然其説不一，其義難知，往往當世明智之士敝精力以求之猶未得其當。本朝仁宗世，盡合天下論樂，推本其致，迄無成説。文淵閣四庫全書本《十先生奧論注》續集卷一二。

一一　題《蘭亭》帖

此本所從得題識號澹巖老人者，故右丞張澂也，距今五六年矣。及郭由中乙丑、米元暉丙寅歲月皆可次第。余既不能知書，姑信其遠者，則此帖貴矣。文淵閣四庫全書本《蘭亭考》卷七。

歐陽謙之藝話（一則）

歐陽謙之（生卒年不詳）字希遜，廬陵人。學於朱熹。

題《睢陽五老圖》

厚德良多積善根，賢才他日在兒孫。當知相里非凡壻，豈有陳平久席門。五老繪圖千載譽，群公詩禮百年存。憑君挾取傳家學，青史賢良有後昆。文淵閣四庫全書本《宋詩紀事》卷五十八。

陳藻藝話（一則）

　　陳藻（一一五一～一二二五）字元潔，號樂軒，福州福清（今福建福清）人。師林光朝高弟林亦之，復傳門人林希逸，共倡伊、洛之學於東南。家貧，移居福清橫塘，閉門授徒，不足自給，浮遊東南，崎嶇嶺表，歸買田數畝，又爲人奪去。屢舉進士不第，布衣終身。後林亦之四十年卒，年七十五。景定四年，贈迪功郎，諡文遠。其詩粗率真樸，自抒性情，所謂"群誚鄙俚，自謂奇崛"（林希逸《樂軒詩筌序》）。其文講究鍛煉字句，不主宏放，闡學明理，不求希世苟合（劉克莊《樂軒集序》），師法林光朝《艾軒集》，雖"蹊逕太僻，不免寒瘦之譏，然在南宋諸家中，實亦自成一派"（《四庫全書總目》卷一五九）。著有《樂軒集》八卷。

和琴薰閣

　　閣倚琴薰誦子虛，果然少壯入鄉書。未遊唐殿哦詩句，且把牙弦卧海隅。有據論文須博浩，無根話性合驅除。擢犀拔象塵埃裏，把出重看是捷途。文淵閣四庫全書本《樂軒集》卷二。

王楙藝話（四則）

　　王楙（一一五一～一二一三）字勉夫，號野客。家本福清，其先徙居平江，遂爲長州（今江蘇蘇州）人。少孤，力學。母親去世後，疏食布衣，絕意仕進，題所居曰分定齋，隱居讀書著述，時人稱之爲"講書君"。晚年得拘攣之疾，仍手不釋卷。所著惟《野客叢書》三十卷傳世，主要考證典籍異同，記述文人逸事。

《野客叢書》（選錄　四則）

古文奇字

　　劉棻嘗從揚雄學作奇字。所謂奇字者，古文之變體者也。自秦壞古文，有八體：一曰大篆，二曰小篆，三曰刻符，四曰蟲書，五曰摹印，六曰署書，七曰殳書，八曰隸書。王莽時，使甄豐改定古文，復有六書：一曰古文，孔氏壁中書也；二曰奇字，即古文而異者；三曰篆書，秦篆書也；四曰佐書，即隸書也；五曰繆篆，所以摹印也；六曰鳥書，所以書旛信也。《唐書·藝文志》有古文奇字三卷。郭璞好古文奇字，韓退之謂略識奇字是也。僕怪司馬相如賦，其間古字聱牙，殆不可讀，而當時天子一見大悦，則知當時君臣素明古字之學，後世士大夫讀書作文，趣了目前，他不甚求解，所謂古字之學，漫不復傳，往往以爲不急之務，而不知有不識字之誚。文淵閣四庫全書本《野客叢書》卷二。

度曲二首

　　《漢元帝讚》："自度曲，被歌聲。"應劭注："自隱度作新曲。"瓚注："謂歌終，更授其次。"引張平子《西京賦》"度曲未終"之語爲證。師古曰："應説是也。大各切。"僕觀《西京賦》，復引元帝自度曲爲證，正如瓚之失，是不深考耳。二者各有意義，豈一律哉？元帝度曲，乃"隱度"之"度"，音鐸。如應劭所注、師古所音是也。《西京賦》乃"度次"之"度"耳，音杜，豈元讚之意哉？注但見元讚有此二字，故引爲證，而不知其意自別。《古文苑》宋玉《笛賦》"度曲羊腸"，此語却可以爲證，而又在漢讚之先，注者不知之。近觀《藝苑雌黃》辨此二音，頗與僕意合，然亦不推原宋玉之語，夫豈未之考乎？今人詞中用度曲二字，類謂祖元讚，非也。《野客叢書》

卷九。

晉帖

《閣下法帖》十卷，淳化中所集，其中多弔喪問疾。國子祭酒李涪所《撰刊》誤云："短啟出於晉宋兵革之際，時國禁書疏，非弔喪問疾，不得輒行尺牘。故羲之書首云'死罪'，是違令也。"僕觀書牘，首云"死罪"，自漢魏以來已多如此，不但晉之也，恐非冒禁之故。孔融、繁欽、陳琳諸人書牋，皆先言"死罪"，然後云云。晉宋以來如阮嗣宗、謝玄暉、任彥昇之徒亦然。僕又觀《墨客揮犀》謂法帖中多弔喪問疾者，蓋唐帝好晉人墨跡，捨弔喪問疾之書，悉入內府，後歸昭陵，無有存者。惟弔喪問疾者以不祥，故多在人間。二說不同。

明妃琵琶事

傅玄《琵琶賦序》曰："故老言漢送烏孫公主嫁昆彌，念其行道思慕，使知音者於馬上奏之。"石崇《明君詞》亦曰："匈奴請婚於漢元帝，以後宮良家子配焉。昔公主嫁烏孫，令琵琶馬上作樂，以慰其道路之思。"其送明君亦必爾也，則知彈琵琶者，乃從行之人，非行者自彈也。今人畫《明妃出塞圖》，作馬上愁容，自彈琵琶，而賦詞者又述其自鼓琵琶之意矣。魯直《竹枝詞》注引《傅玄序》，以謂馬上奏琵琶，乃烏孫公主事，以爲明妃用，蓋承前人誤。僕謂黃注是不考石崇《明君詞》故耳。以上《野客叢書》卷十。

毛珝藝話（一則）

毛珝（生卒年不詳）字元白，三衢（今浙江衢州）人。一生漂泊江湖，豪於詩，有聲端平間。著有《吾竹小稿》一卷。

書墨竹

伯夷有夙世契，子猷結千古交。煙外三葉五葉，雨中一梢兩梢。文淵閣四庫全書本《江湖小集》卷十二《吾竹小稿》。

費少南藝話（一則）

費少南，紹熙初以朝散郎權知隆慶府。餘不詳。

跋中興頌磨崖碑後　劍州

昔黃太史庭堅讀元次山《中興碑》，有二三策之句，蓋本傳所載時議三篇，大率憤激，不獨頌中興爲焜燿之美也。然元道州所作而顏魯公書之，二公英氣凜凜，發揮詞翰，真亘古奇作。有志之士步趨古人，非索之辭氣筆劃間，將無以景往行而嗣芳躅。

舊刻磨闕失真，別駕吳君旰攝州，脩學校，崇名節，以作士氣。慨念中興之烈，而惜舊碣之蕪漫，重刻堅珉，俾傳無斁，志可見矣。少南來領郡事，嘉君之志，因爲書月日於後。

紹熙二年二月既望，朝散郎、權知隆慶軍府兼管內勸農事、借紫費少南謹跋。巴蜀書社影印明刊本《蜀藻幽勝錄》卷四。

莊夏藝話（二則）

莊夏（？～一二一七）字子禮，號藻齋，泉州永春（今福建永春）人，淳熙八年進士。慶元中知贛州興國縣，歷太學博士、國子博士，除吏部員外郎，遷軍器監，太府少卿，出知漳州。爲宗正少卿兼國史院編修官，權直學士院，兼太子侍讀。試中書舍人兼太子右庶子、左諭德。除兵部侍郎，以煥章閣待制與祠歸。嘉定十年卒。

一　《東觀餘論》跋

夏丁卯之冬，涉筆著廷，公猶以天官兼史院。月中一再至，因獲侍閒燕於道山堂。語及《東觀餘論》，夏恨建本訛閟不可讀。公曰家有手校善本，惜不曾携來。其時未敢率而有請也。

明年，蒙恩假庚節江左，與公之宅相盧廣文申之同官池陽，廼囑以書致懇。公許諾。又踰年，夏就易漕，寄申之沿檄中都，囑申前請。公念其請之勤也，機務餘暇，以録本手校寄示，疑即闕之，或旁質於它書而兩存之。既又得蜀本參校，而刪其重出者。夏於金陵汪氏得三劉本，亦因以是正一二。繇是向之訛閟者什去七八矣。

公每謂書自鍾、王以來，以意行筆，率多破體，後學沿襲，漫不合於古。今所校本，一點一畫，悉考正於《説文解字》，如次弟之"弟"從韋束，失逸之"逸"從走兔，"奇"字從大從可，"皆"字從比從白，士卒之"卒"從衣，秀彦之"彦"從文。若此之類，訂改者衆，不惟文義瞭然，而字體悉正，信可以傳後矣。遂録本於計臺，以成公志，且賀兹書之遭也。嘉定庚午秋七月，溫陵莊夏敬書於籌思堂。明抄本《東觀餘論》卷末。

二　跋東坡墨跡

謝太傅東山之志，始末不渝，迫於委寄，悵然自失。李文正公辭榮鼎軸，便欲爲洛中九老之會，竟以事奪。蘇文忠公亦欲買田陽羨，種橘荆溪，南歸及門，齎志以殁。士大夫出爲時用，雖致位通顯，皆有歸營菟裘之心，然係縻於君恩，推荁於私愛，獲遂其初志者幾人！

余蒙同官董掾出示先世所藏《楚頌帖》，三復而有感焉，敬書其末。嘉定辛未閏月七日，溫陵莊夏子禮書於江寧館。文淵閣四庫全書本《鐵網珊瑚》卷三。

董居誼藝話（一則）

董居誼（生卒年不詳）字仁夫，臨川（今江西撫州）人。淳熙八年進士，歷官太常博士、右正言、權工部侍郎。嘉定間爲四川制置使，大失士心，爲金人所敗，落職，永州居住。

跋曾氏諸帖

予生平閱前輩翰墨不少，獨南豐、湘潭、文肅、文昭手澤雖在鄉里，乃未之見。道夫曾兄一日出此軸以相示，見其書猶見其人焉。歛衽讀之，所得多矣。若夫四公之文章履行，近世諸賢已自著語，無所容喙，姑紀歲月，以附卷尾。嘉定甲申夏六月甲午，里人董居誼。文淵閣四庫全書本《式古堂書畫彙考》卷一二。

李澄叟藝話（一則）

李澄叟（生卒年不詳），湘中（今湖南）人，寧宗嘉定時年七十餘尚在世。善畫，著有《畫山水訣》一卷。

《畫山水訣》序

山水之畫，由來久矣。昨自南渡以來，雖有李、蕭二君，後數十年間渺然無聞，何也？以其無門可造也。澄叟雖淺陋，自幼存心，盤礴乎其間者六十餘年，不爲不老矣。雖未至於洞徹幽微，然薄有所得者數十事，聊開此門之一論，以貽將來同志者之萬一。時嘉定辛巳六月吉日。美術叢書本《畫山水訣》卷首。

吕皓艺话（一则）

吕皓（一一五二～一二二八）字子阳，號雲谿，婺州永康（今浙江永康）人。師愈子。初以賑粟補官。淳熙八年貢於禮部，不中，遂絶意科舉。淳熙九年，父兄爲人誣構入獄，上書孝宗，願納所得官贖其罪，情辭慷慨，朝奏夕報可，由是孝義之聲聞天下。日夜礪志於學，以孝悌薦，以遺里逸召，皆辭不就。隨力行義於鄉里，不爲毀譽所動。晚年，士子多踰鄉越里以就學。著有《空士本末》《三徒隸》《西征唱酬》《老子通儒論》《事監韻語》《遁思遺稿》等，已佚。今存《雲谿稿》一卷。

潘叔潛《臥遊圖》序後

潘君叔潛，余舊契也。曩在應門，師友過推，余不在二三後。叔潛時年最少，能以俊稱。其中鄉薦，嘗幾首選而失之。既而先生浸登顯庸，其徒參商不復合。雖如叔潛與余厚善，三十年間，亦僅三四會面而已。嗚呼，交遊離合之際，可悲也已！

余既窮居雲谿之上，與俗益絶。俄而叔潛與余老友孫端叔聯轡來訪，排户直入，坐余牀，縱談及詩。端叔即舉似所題叔潛《臥遊圖》及《農圃圖》二章，想其幽居逸興，蕭然晉宋間人也。

然昔之逸士，尚有病不能履，扶板輿而登陟；有攀躋窮峻巘，不得食而號者。觀叔潛精悍如許，且力可遠逮，顧乃不出户庭，而按圖求山，若自以爲足，得非好之猶未篤邪？昔之窮士帶經而鋤，叩角而歌，以至灌畦負薪之類，無非以其身親之，豈謾爲之圖以寓意云乎哉？_{續金華叢書本《雲谿稿》。}

唐大受藝話（一則）

唐大受（生卒年不詳），處州（今浙江麗水）人，紹熙中曾爲新昌縣令。

題孔子像墨本

縣丞汪君得中一日出示宣聖像墨本，再拜以進。歎其筆法入妙，氣象尊嚴，使人如親侍洙泗間。問其畫者，曰名士劉子仁也。又有石，不存矣，主簿何君清卿請刊諸縣校，以廣其傳。大受敬贊成之，因書以識。紹熙壬子季冬望日，攝令古栝唐大受。石刻史料新編本《越中金石記》卷四。

喻瑽藝話（二則）

喻瑽，孝宗時人。餘不詳。

一　《蘭亭博議》跋

《蘭亭》專論損壞處，惟《博議》上一跋云：此是右軍平生得意書，不必計較於毫釐之間。如堯舜君臣，都俞虞歌，區區四凶，正何傷於極治也。又爭肥瘦本，亦惟《博議》云：世人於《蘭亭》肥瘦二本，互有去取，余以爲飛燕、太真俱是國色也。文淵閣四庫全書本《六藝之一錄》卷一四九。

二　跋榮次新所藏本《蘭亭》帖

世人於《蘭亭》肥瘦二本，互有去取。余獨以爲飛燕、太真俱是國色，未可以己所好惡爲高下也。

頃歲楊公盤齋爲余言，薛道祖是其姻，道祖在中山得《蘭亭》石本於公廚歸，宣和中有旨索取，薛氏父子通夕摹揭，意欲取捷，覆紙三重併摹之，故字畫肥瘦不同。始余知肥瘦本未易高下，既有聞楊公之說，顧猶未敢斷以爲一本也。

淳熙戊申，汪季路自江南從事秩滿，過錫山，舟中出所藏本，謂余曰："本有肥瘦之異，當以孰爲勝？"余以所見與所聞楊公者告之、季路笑曰："摹打有不同耳，非有二本也。不然，豈應毫髮無不相似耶？"是余之所見未爲不然，而盤齋之言猶季路之精鑒，爲不可及也。余因與季路他日視《蘭亭叙》，肥本墨必淡，瘦本墨必濃，墨之濃淡，亦致肥瘦之一端也。因相與大笑，《蘭亭》自是無遁形矣。世人又於"湍流帶右"四字完闕者，亦要致去取，而不知摹打之時有前後，此尤可鄙。壬子首夏，東平榮公俾余識於其所藏本之後。喻瑽。《六藝之一錄》卷一六〇。

包遜藝話（一則）

包遜（一一五二~?）字敏道，建昌軍南城（今江西南城）人。與兄約、揚初學於陸九淵，後登朱熹之門。兄弟自相師友，切劘講貫，壯老如一，造詣益高，啟迪後進，聽者欣然忘倦。紹定二年，時年七十八。

跋江泰之所收象山札子墨跡

象山先生論詩，又岀告往知來、以意逆志者之外。蓋其精鑑如權度，舉天下之輕重長短，毫髮絲粟不可得而加損也，豈特於詩爲然哉！

當程君札送詩至，時僕在席下，先生顧諸生曰："誰能代答？"須臾呈稿者數人。先生歎曰："將紙來。"一筆寫就。雍正刊本《象山先生年譜》卷中。

單煒藝話（二則）

單煒（生卒年不詳）字炳文，號定齋居士。本開封（今河南開封）人，南渡居沅陵（今湖南沅陵），遂爲沅陵人。以武舉得官，仕至路分都監。與姜夔爲友，好古博雅，善書畫，於考訂法書尤精。

一　題姜夔家藏《蘭亭》帖

靖康後舊刻無幾，余收八帖，皆故家物。字體筆法與損闕處校之，只一石爾，惟肥瘦不同爾。流俗不識妙處，但以其無皺剝古意，豈能辨前代所摹石未漫滅時本哉！單丙文書於漢江舟中。第三本，紹熙壬子至後三日。　文淵閣四庫全書本《蘭亭考》卷七。

二　跋王獻之帖

淳化官本法帖，今不復多見，其次絳帖最佳，而舊本亦已難得。嘗以數本較之，字畫多不侔。

煒家藏舊本第九卷大令書一卷，第四行內"面"字右邊轉筆正在石破闕處，隱然可見。今本乃無右邊轉筆，全不成字，其"面"字下一字與第五行第七字亦不同。又第七行第一字，舊本乃行書"止"字，今本乃草書"心"字，筆法且俗。以此推之，今之所見，多非舊本。

《臨江帖》大率與舊本同，其間此一帖尤不差，但字體頗肥，不逮絳帖之遒勁也。文昌廣漢張公帥襄，暇日，煒因質所疑，乃蒙印可，俾模於石，用廣其傳。紹熙三年壬子歲秋九月，大梁單煒書。中華書局香港分局一九八〇年本《叢帖目》卷二。

黃榦藝話（一則）

　　黃榦（一一五二～一二二一）字季直，又字直卿，號勉齋，福州閩縣（今福建福州）人。早年受業朱熹，熹稱其志堅思苦，以女妻之。慶元元年，授迪功郎、監台州戶部贍軍酒庫，隨朱熹返閩，教授諸生。熹編《禮書》，獨以《喪》《祭》二編屬榦。熹病危，出所著書授榦，謂吾道之託在此。嘉泰二年，調監嘉興府崇德縣石門酒庫。開禧二年，爲荆湖北路安撫司激賞酒庫兼準備差遣。三年，知臨川縣。嘉定四年，移知劍浦。五年，改知臨江軍新淦縣。六年，通判安豐軍。七年，添差通判建康府，除權發遣漢陽軍、提舉義勇民兵。八年，奉祠，主管武夷山冲佑觀。九年，除權發遣安慶府事，兼制置司參議官，所至多善政。十一年七月，除大理寺丞，論罷，奉祠歸鄉，弟子日盛，巴蜀、江、湖之士多從之學。嘉定十四年卒，年七十。理宗端平中謚文肅。其詩清新淡雅，文多質直，不事雕飾，雖筆力未爲挺拔，而氣體醇實，不失爲儒者之言。其《與辛稼軒侍郎書》言朝無可倚之人，野無可用之士，"語文章者多虛浮，談道德者多拘滯"，可謂深中時弊，非朱學末流空談性命者可比。著有《書説》十卷、《六經講義》三十卷、《禮語意原》一卷，均已佚。今存《勉齋先生黃文肅公集》四十卷、附録一卷。

跋三衢毛氏《增韻》

　　書，六藝之一；諧聲，六書之一也。字書、音韻之學，其來尚矣。
　　古者教人，八歲入小學，教之以六藝，十有五歲而後大學之教行焉。夫必先之以小學，而習之以七年者，蓋其切於日用之實，不若是，無以博其識、養其心，而爲進德之基。其騖高者既忽之而不習，徇卑者又與大學而併廢之，不惟不習，而反笑人之習，則其不如古也宜哉。攬毛公之所述，爲之三太息云。開禧乙丑二月五日，長樂黃榦書於石門酒庫。元刻元延祐二年重修本《勉齋先生黃文肅公文集》卷二〇。

張鎡藝話（一三則）

張鎡（一一五三～?）字功甫，一字時可，號約齋居士。祖籍成紀（今甘肅天水），徙居臨安（今浙江杭州）。工字畫。詩風源自晚唐，與姜夔並稱；亦工詞，清逸疏朗，受南渡詞風影響。今存《玉照堂梅品》《桂隱百課》《四並集》《仕學規範》。著有文集《南湖集》二十五卷，原書已佚，清四庫館臣自《永樂大典》輯出十卷。《仕學規範》分爲爲學、行己、涖官、陰德、作文、作詩六類，統載宋名臣事狀，並徵引原文，各著出典。

一 雜興（三十九首選二）

伯牙善鼓琴，知音一子期。已得慰生平，絕絃勿復悲。深沉揚執戟，玄文準伏羲。千年未願賞，豈欲求當時。

淵明膝上桐，一絲不肯挂。彈聲聒天地，無人知此話。謂琴只這是，世間何用絃？謂在有無中，其然豈其然？文淵閣四庫全書本《南湖集》卷一。

二 觀舊寫照有感

趙茂寫我真，今朝喜重見。相望十五載，容貌盡更變。恰如逢故人，省認向時面。自憐歲月去，亟若弦上箭。其間憂與病，往往幾歷遍。寒暑外侵薄，思慮內縈纏。幻形類草木，孰能永葱蒨？髮幸纔半白，登臨未衰勌。逍遙溪復壑，安穩寢並膳。十年每一畫，能用幾何絹。會看烏帽下，滿垂銀色線。莫嫌老易來，身健儘堪羨。賴有難畫者，炎天飛雪片。浩刧且長存，那隨時序轉。《南湖集》卷一。

三 題畫雲山團扇

若箇大圓鏡，處處山河影。誰謂懶拙翁，而能作斯景。縈予説是語，未免臚窺井。若解目前機，不應言不領。《南湖集》卷二。

四 跋周昉畫《錫宴圖》

汾陽賸建扶危功，清議那有魚軍容。倖人恃寵自矜伐，似可唾去極力攻。今也束帶比肩立，絕口不問如盲聾。水衡有錢誰敢費，設席授几爲爾供。金鵝罩底果何品，異饌定不人間同。翠環玉勺未分勸，坐列有序隨卑崇。君恩天大且籠蓋，天意不假人方窮。鳳凰五章爲世瑞，亦許梟獍鳴雌雄。西山靈木作上藥，道旁惡草毿茸茸。方圓白黑正殊調，端在處者全吾躬。魯叟當年諾陽虎，望之計拙排顯恭。我披此畫屢歎息，杜老謀深言至公。《南湖集》卷二。

五 馬賁以畫花竹名政、宣間，其孫遠得賁用筆意，人物山水皆極其能。余嘗令圖寫林下景，有感，因賦以示遠

世間有真畫，詩人幹其初。世間有真詩，畫工掇其餘。飛潛與動植，模寫極太虛。造物惡泄機，藝成不可居。爭如俗子通身俗，到處堆錢助痴福。斷無神鬼泣篇章，豈識山川藏卷軸。我因耽詩鬢如絲，爾緣耽畫病欲羸。投筆急須將絹裂，真畫真詩未嘗滅。《南湖集》卷二。

六 舊藏文與可墨竹，未有對者，叔祖閣學以一枝爲惠

崔黃拂素桃李開，春閨融豔蜂蝶猜。范郭揮毫水石具，古愁宛奧關山廻。近代名家工寫物，妍媚嶙峋空傑出。此君孤稟歲寒姿，不入尋常丹粉律。江南鉤鎖殊拘攣，直榦蟠鬱羞雲煙。湖州書飽翻老墨，放枝落紙爭流傳。有來一幅垂虛壁，冷葉疏莖伴幽寂。眼空四海無與儔，出手知公不勞力。世間快意非人爲，曩昔經營心坐馳。從容會合若符節，辛苦反悟皆兒痴。從今相對成三友，憎愛俱捐保長久。茂林分蔭已無窮，更合新詩同不朽。茂林，南園亭名。《南湖集》卷二。

七 朱師闡畫《梅溪春曉圖》

梅溪之水何清哉，萬頃玉碧天邊來。兩山拱抱各異狀，上有磅礴巨石散落生莓苔。松蘿籠蒙共糾結，帶映萬薋紛瑤瑰。香繁粉豔露凝濕，下視凡卉真輿臺。露裾褊襦彼仙子，褰裳矯首遙相俟。心清悟物思相羊，指點八極供翱翔。胎仙舞空爲前導，紫芝煜煜更芬芳。時當初霽放曉色，赫日滉瀁咸池光。羅浮幽夢奚煩數，西湖漫賦橫斜句。相逢玙棹定情親，翠杓瑤罌恣傾舉。東鴉西兔從飛馳，維北有斗南有箕。化工精妙得師旨，寫入縑素不使捐毫釐。何當著身此溪上，溪清梅白森相向。吾與二子成三人，共看桑田乾海浪。《南湖集》卷二。

八　題畫二首

幾欲疏方沼，泓澄豢小魚。畫屏先我意，覓句爲君書。扇舉萍疑動，紗明水一如。林塘能早就，肯但植芙蕖。

草樹秋聲合，乾坤夜氣生。念閒無復夢，坐久屢聞更。未試從長劍，相親幸短檠。欠伸聊覓枕，誰會此時情。《南湖集》卷四。

九　題趙祖文畫

破煙飛鷺不排行，林外青山閟曉光。村犬吠人循岸走，見成詩句省思量。《南湖集》卷七。

一〇　題郭水堅畫美人二首

從來憨態最難宜，只把紅綃映雪肌。自是一枝香杏了，莫嫌都不帶花枝。

雲鬟釵梁倚鬢鴉，玉溫冰潔謝鉛華。欲知占斷人間韻，便是春風最後花。《南湖集》卷七。

一一　聽琵琶

四絃么鳳雜雛鶯，不作商舡塞路聲。花影透簾清晝夜，細將攏撚説多情。《南湖集》卷八。

一二　題荷花畫屏

芙蓉世界水爲宮，宴處鏗轟沸鼓鐘。後乘舞妃香十里，月寒誰見曉騎龍。《南湖集》卷八。

一三　題畫扇

誰將琢月揮雲筆，偃仰江山尺素中。眼界未舒君莫厭，出門三丈軟塵紅。《南湖集》卷八。

康復藝話（一則）

康復，洛陽（今河南洛陽）人，紹熙間在世。餘不詳。

題《蘭亭》帖

　　石刻如右軍臨鍾繇墓田帖，長安范氏玉石，河南靈寶經變相小楷，秘閣開皇右軍諸帖，與定武《蘭亭》，則石工妙矣。

　　高氏所藏《蘭亭》舊本，藏久斷爛，僅可褾軸，而意韻態度，邈焉古高。如晉宋閒人物，風流超逸，後人皆不可及。此本紙墨俱稍新，而筆法備具，精神氣骨，有跳天臥閣之雄，觀之可喜可愕。及與舊本竝觀之，則品格標韻似覺少低，然皆佳本。洛人康復。紹熙癸丑上元日。文淵閣四庫全書本《蘭亭考》卷七。

趙汝談藝話（二則）

趙汝談（？～一二三七）字履常，號南塘，臨安府餘杭（今浙江杭州）人，太宗八世孫。年十五，以大父恩補將仕郎。登淳熙十一年進士第，歷添差江西安撫司幹辦公事。佐丞相趙汝愚定大策。汝愚去國，與弟汝讜力上疏乞留汝愚，斬韓侂冑。歷湖北、江西提舉常平。理宗立，授江西轉運判官。端平初，任禮部郎官，改秘書少監兼權直學士院，遷宗正少卿，權吏部、禮部侍郎，權給事中，權刑部尚書，嘉熙元年卒。後諡文懿。汝談兄弟以宗室能文而享高名，被推爲"一代騷人之宗"（劉克莊《趙逢原詩序》）。爲文有西漢風，瑰奇精妙，有"辭章雅健"之稱（衛涇《從事郎趙汝談特授行太社令制》）。尤以四六知名，真德秀謂其師法王安石（劉克莊《跋張天定四六》）。論詩不滿晚唐體，主張抑其清麗而增進格力。著有《易》《書》《詩》《論語》《孟子》《周禮》《禮記》《荀子》《莊子》《通鑑》《杜詩》等注及《南塘先生四六》。

一　跋東坡帖

葉少由來過，告其季父恭叔死矣，且出其所藏坡帖二紙相示，余欲留之諦玩，而愴然感舊不暇也。姑識歲月於卷末而歸之，庶它日冀復覽焉。嘉定辛未中和節後八日，趙汝談。文淵閣四庫全書本《續書畫題跋記》卷六。

二　跋曾氏諸帖

頃年嘗見曲阜手澤於番陽彭尚書家，後又兩見文肅真帖，然忘其處所矣。若南豐與湘潭翰墨，則未之見也。來撫，訪跡故家，於是識湘潭之孫濰，而因得盡窺其先世四君子典刑。雖紙敝墨渝，生意曄然故在，不謂衰暮潦倒，猶有此一幸遇也，敬書以志喜。嘉定癸未夏，浚儀趙汝談。文淵閣四庫全書本《趙氏鐵網珊瑚》卷三。

孫應時藝話（七則）

　　孫應時（一一五四～一二〇六）字季和，號燭湖居士，又號竹隱，餘姚（今浙江餘姚）人。八歲能文，師事陸九淵。早入太學，登淳熙二年進士第，調台州黃巖尉，有惠政，常平使者朱熹重之。繼爲泰州海陵丞，丁父憂，服除，知嚴州遂安縣。紹熙三年，丘崈帥蜀，辟入制幕，知吳曦之將叛，人服其先見。慶元中，知常熟縣，爲郡守捃摭貶秩。開禧二年，起判邵武軍，未赴任而卒，年五十三。應時學問深醇，自遊太學已爲士友所推，登科以後，聲譽藹然。與兄應求、應符皆以文學知名當世。著有《燭湖集》十二卷，已佚。四庫館臣自《永樂大典》輯出，編爲二十卷，附編其父介及其兄應求、應符詩，並録應時父子志傳行狀、子祖開補官省札諸篇爲上、下二卷。

一　跋淳安縣學昌黎先生像

　　世所傳昌黎先生像多妄，乃江南韓熙載耳。先生嘗貶連之陽山，連之學有先生像，實張忠獻公所藏善本，今州守陳侯曄摹以遺淳安丞魏君鹿賓，而某獲見焉。再拜，歎曰：

　　嗚呼偉哉！此皇甫持正所謂神人端士，朗出天外，不可梯接者耶？東坡翁所謂"騎龍白雲鄉，飄然來帝傍"者耶？英風奇氣，凛凛若此，宜其文起八代之衰，而道濟天下之溺，忠犯人主之怒，而勇奪三軍之帥也。宜其能開衡山之雲，馴鱷魚之暴也。五百年之間，必有名世者，天之賦予，豈輕也哉！

　　按先生自道有慢膚多汗、腰腹空大之語，此本尚頗不合。至其精神照世，則決非他人無疑矣。陳侯愛文好古，尤慕先生。頃歲宰淳安，作便齋，植松竹，曰"讀書林"。今在連築堂曰"仰韓"，其風流趣尚美矣。猶不忘淳安之士，而屬魏君刻先生像於其學。魏君又賢，滿秩迫去，猶惓惓就兹事，皆宜書，俾傳之者有以知其所從來也。紹熙壬子歲閏二月甲寅，後學會稽孫某謹識。文淵閣四庫全書本《燭湖集》卷一〇。

二　跋王獻之保母帖

　　嘉泰二年歲在壬戌，會稽之黃閔有樵者斸廢壤破故冢，得小硯及磚十數以歸。一日，携硯獻其主人錢清王畿。畿乃士人，因視其硯甚潤，腹背有"晉獻之永和"五字，異之。從至其家，又搜得二，出此志，遂傳於世。

羲、獻帖獨此未經摹搨轉刻，猶是當時手跡，幸而早遇好事，得不碎毀。自興寧乙丑至是，適八百三十八載，而子敬固逆知之。古人卜筮精妙，多如此。物之成敗隱見，豈偶然哉！志文十行，字百有十七，闕不可識者十四。樵者未幾死，莫知其破冢之處云。餘姚孫某季和父識。《燭湖集》卷一〇。

三　跋司馬家藏薛紹彭臨《寶章帖》

右，薛紹彭道祖臨晉人書，藏故海陵使君司馬季若家。紙暗墨渝，人莫之識。嘉泰壬戌歲九月，其子述封以問余，余試尋之王氏《寶章集》，乃其最後一帖，梁中書令臨汝安侯志所書也。凡六行三十六字，隱隱皆是。

《寶章帖》二十有六，武后時王方慶所獻。逸少子孫世皆善書，可謂盛哉。我宋建中靖國間，吳興劉燾無言讎書秘閣，摹得之，刻於其郡之墨妙亭。今亭中古帖，惟此獨存，然字不藏鋒而體濁，首尾一律，自是無言筆法耳。

是帖所臨，秀勁奇逸，勝之遠甚。道祖故有書名，思陵《翰墨志》所謂蘇、黃、米、薛者也。魏泰則曾子宣丞相夫人之弟，有《東軒筆錄》行於世，因併誌之，復以歸司馬氏。燭湖孫某書。《燭湖集》卷一〇。

四　燈下學書偶成

學書乃一樂，人或罕知趣。而我欲成癖，矻矻了朝暮。天資苦凡弱，師法非早悟。目力又已衰，怳若在煙霧。雖然日數紙，就視輒自惡。旁人謬慫恿，定未識佳處。右軍固神品，大令亦體具。嫡傳張與顏，尚未肯懷素。頗怪近世評，似為米老誤。雄奇在風骨，檃括須法度。安得再少年，令我進一步。人高書乃高，此語俗子怒。《燭湖集》卷一五。

五　贈篆字高光遠秀才

書家千載得陽冰，想像規模亦眼明。心手相忘容力到，風姿迥出自天成。屠龍絕技常難售，畫虎何人浪自名。良苦窮途説奇字，誰能載酒似西京。《燭湖集》卷一八。

六　題光福劉伯祥所藏東坡枯木及漁村落照圖

灑落胸中丘壑，崢嶸海外風霜。幻出小山枯木，教成千載甘棠。

夕陽雁影江天，明月蘆花醉眠。乞我煙波一葉，伴君西塞山邊。《燭湖集》卷二〇。

七　秋日遣興（六首選一）

學書成癖故童心，頗復欣然得趣深。一字千金亦安用，等閒容我度光陰。《燭湖集》卷二〇。

趙汝述藝話（一則）

趙汝述（生卒年不詳）字明可，宗室。登淳熙十一年進士第，調南劍州順昌尉。嘉定六年，主管官告院，遷將作少監，權侍立修注官。八年，爲朝議大夫，任起居郎，兼國史院編修官，兼實錄院檢討官，兼樞密副都承旨。十年，爲兵部侍郎。服闋，改刑部侍郎，遷尚書，知平江府，卒，謚榮虛。

題司馬溫公墨跡

溫公起《通鑑》草於范忠宣公尺牘，其末又謝人惠物狀草也。幅紙之間，三絕具焉，誠可寶哉！岐國汝述明可識。適園叢書本《珊瑚網》卷三。

敖陶孫藝話（一則）

敖陶孫（一一五四～一二二七）字器之，號臞翁、臞庵，福清（今福建福清）人。淳熙七年鄉薦第一，省試下第，客居昆山。寶慶元年，因"梧桐秋雨何王府，楊柳春風彼相橋"之詩，被構陷於江湖詩禍之中，奉祠歸鄉。三年卒，年七十四。敖陶孫記覽廣博，爲文有氣骨，而尤以詩知名。其詩多古體，雄渾深厚。又作《詩評》，以形象的比喻評論前人，辭意雅確，各得其當，歷來備受稱道。著有《臞翁詩集》二卷。

贈墨工陳伯升

古墨法變今百年，雪齋乃能幻神藥。杜乂膚清衛玠神，眼明再見老陳作。墨如人意隨短長，用之不盡渠解笑。須君筆端馭龍蛇，他日始信入木妙。文淵閣四庫全書本《兩宋名賢小集》本《臞翁詩集》。

趙淳藝話（一則）

趙淳（？～一二〇九）字清老，其先孟州河陽（今河南孟縣南）人。少從軍，開禧二年爲武經大夫、鄂州江陵府駐扎御前諸軍都統制，兼京西北路招撫使。尋兼知襄陽府。三年以守城功轉忠州團練使，擢殿前副都指揮使、兼江淮制置使。嘉定二年五月，卒。

壽字跋

有士大夫政和甲午歲遊嶽，見五華洞石壁上有"壽"字，體法不凡，人莫能識。乃以千錢募工人，得紙本以歸，因刻石以傳世。新定趙史君茂嘉復模於郡齋。淳偶得之，不敢藏於家，刊諸東巖石上，期與好事者共之。慶元元年乙卯歲中秋日，河陽趙淳謹跋。民國《湖北通志》卷一〇四。

陳文蔚藝話（二則）

陳文蔚（一一五四～一二四七）字才卿，自號克齋，信州上饒（今江西上饒）人。淳熙十一年與同里余大雅師事朱子，篤信謹守，傳其師說。舉進士不第，紹熙二年，至嘉興，遊吳江。慶元初，回上饒教授子弟。三年，應朱熹之邀講學武夷精舍；其學以求誠爲本，以躬行爲事。端平初，講學龍山書院、袁州書院。二年，進所著《尚書類編》（已佚）、詔補迪功郎。卒年九十四。其文多論學之言，淳厚精確，語言質實，有朱子之遺風。其詩頗拙俚，多道學氣，不及朱熹遠甚。著有《克齋集》十七卷。

一 題鄭好古松圖和趙國興韻

筆端老木千歲心，一見洗我塵土襟。坐久令人忘慍喜，古今碧澗落寒冰。乍濃乍淡陰復晴，晦明變化天所成。相畫之法如相士，骨奇肉瘦神必清。煙淡雲疎天羃幎，頃刻風雷暗塵壁。畫工羞看手如神，十日一水五日石。文淵閣四庫全書本《克齋集》卷十四。

二 先生跋所藏湯君墨梅，約諸人賦詩，俾文蔚亦題其後

皎皎冰雪姿，黯淡宜水墨。却恐施丹素，翻令涴顔色。孤山水雲深，庾嶺林月黑。晴窗一揮染，想像意俱得。《克齋集》卷十四。

章良能藝話（一則）

　　章良能（？～一二一四）字達之，麗水（今浙江麗水）人，居吴興（今浙江湖州）。淳熙五年進士。慶元六年，爲樞密院編修官，兼實録院檢討官，除著作佐郎。嘉泰元年，除起居舍人。出爲江南西路轉運判官，開禧二年，調江南東路轉運判官，召爲宗正少卿。三年，權兵部侍郎，兼修國史，除禮部侍郎。嘉定元年，除吏部侍郎，擢監察御史。二年，同知樞密院事。六年，除參知政事。七年卒。著有《嘉林集》一百卷，已佚。

題李伯時《飛騎習射圖》

　　禁營貔虎天廄龍，技癢不奈芻粟豐。聞道寶津嘗護駕，前期踴躍矜驍雄。紅綃低繫柳枝碧，滿滿彎弓矸髮射。偶然穿葉未爲奇，截下紅綃方破的。綵繩長曳綵毬輕，閃爍眩轉如奔星。弦頭霹靂起馬脚，回看一箭落欑槍。烏紗帽穩春衫薄，文鞴焕爛青絲絡。千步塲深隔九關，畢景馳驅有餘樂。李侯應奉隨春官，日晏歸穿衛士班。平生抵死憐神駿，絶藝那能不細看。不學閻公伏池側，倉皇丹粉供宣索。他年乘興試追尋，妙處秖須憑子墨。十六蹄翻意態真，馨控應節顧盻親。當時騎士盡應爾，尚想元豐兵制新。慨今多事困供億，養兵殆且殫民力。未聞士歌馬騰槽，安得從容觀戲劇。文淵閣四庫全書本《宋詩紀事》卷五十五。

劉過藝話（一則）

劉過（一一五四～一二〇六）字改之，自號龍洲道人，吉州太和（今江西泰和）人。爲人尚氣節，喜飲酒，以功業自許。博學經、史、百氏之書，好言古今治亂之略，論兵尤善陳利害。淳熙間與劉仙倫齊名，有"廬陵二劉"之稱。曾多次上書宰臣，陳恢復方略，勇請用兵，謂中原可一戰而取，不被採用。紹熙五年扣閽上書，請光宗過宫，言極剴切，備受稱許。慶元五年，遊東陽，往來山谷間，賦詩最多，集爲《東陽遊戲》。屢試不第，漂泊江淮，以詩詞客食四方，與陸游、陳亮、辛棄疾等交遊。開禧元年，至京口，與岳珂相識，與章升之、黃機、王邁等遊處，廣題郡中名勝，尤以《多景樓》一詩知名。二年，辛於昆山，年五十三。劉過以詩詞久負盛名，其詞縱情抒寫平生豪氣，多慷慨激昂，或感愴時事而言詞激切，或爲收復中原而大聲疾呼，與劉克莊同稱爲繼辛而起的豪放派作家，雖偶有粗率之筆，然雄健可喜，不乏感人的愛國篇章。其詩多悲壯感慨，意氣豪邁，清新而壯，滿懷愛國激情。孫德之稱其文工辭藻而尚體要，四六雅馴而工，散文雄深而清（《書劉改之詞科進卷》）。著有《龍洲集》十四卷。《直齋書録解題》卷二一著録《龍洲詞》一卷。上海古籍出版社一九七八年出版有點校本《龍洲集》，爲詩文詞合集。

題一犁春雨圖後

阿耘無田食破硯，奉親日糴供朝飯。有田正恐拙把犁，何得受爲圖畫看？汝父名汝汝當知，有田無田未可期。有田不畊汝懶病，無田畫田真畫餅。畫田之外更畫牛，捉捕風影何時休？頭上安頭入詩軸，全家不應猶食粥。文淵閣四庫全書本《龍洲集》卷二。

朱權藝話（二則）

朱權（一一五五～一二三二）字聖與，號默齋，徽州休寧（今安徽休寧）人。淳熙十四年進士，朱晞顏辟爲象州連山縣尉兼主簿。慶元五年，調會稽縣丞。開禧元年，改如皋縣。嘉定七年，知餘干縣。十二年，差監行在左藏東庫。十四年，監行在都進奏院。十五年，出知惠州。紹定二年轉朝散大夫致仕，五年卒，年七十八。著有《納言》十篇，《末議》四篇，《默齋文集》二十卷。

一 溫公隸書六字跋（一）

先正司馬文正公隸古六大字，中經黨書之禁，人莫敢傳。至紹興間，福州長樂縣令楊君德載、蘇君文瓘相繼各得三字，刻於縣治，乃復流布於世。

然觀二君所跋，皆以"公生明"爲先，"思無邪"爲次，某竊謂史克頌晉之一語，夫子刪《詩》而存於經。他日復特舉焉，以蔽《詩》之三百。則斯語也，其旨可謂宏遠矣。尊經之學，固當先之。今摹刊於如皋便齋東壁。文淵閣四庫全書本《新安文獻志》卷二二。

二 溫公隸書六字跋（二）

荀卿著書，無慮十餘萬言，溫公獨書此一語，何也？

"思無邪"者，正心誠意之本；"公生明"者，治國平天下之要。公取卿是語以配經，豈苟然哉。今刊寘西壁。

噫！聖賢之言雖有先後之序，莫非正大之理。溫公抱誠明之學，平居暇日，採摭經傳格言，形諸心畫，既躬行以光輔元祐之盛，流傳不朽，啟迪後來。某雖不敏，請事斯語矣。《新安文獻志》卷二二。

曾三異藝話（四則）

曾三異（生卒年不詳）字無疑，號雲巢，新淦（今江西新幹）人。三聘弟。淳熙間，鄉貢進士。少有詩名，爲周必大門人。端平元年，年八十餘授承務郎、主管潭州南嶽廟，差充館閣校勘。年九十卒。博學工文，尤精考訂，著有《本朝新舊官制考》，已佚。今存《說郛》本《同話錄》一卷。

《同話錄》（選錄　四則）

散樂

散樂出《周禮》注云："野人之能樂舞者。"今乃謂之路岐人。此皆市井之談，入士大夫之口而當文之，豈可習爲鄙俚？

古簫

古簫，都下所謂排簫是也。今言簫管，乃別器等，秦樂也，乃琴之流。古瑟五十絃，自黃帝令素女鼓瑟，帝悲不止，破之，自後瑟止二十五絃。秦人鼓瑟，兄弟爭之，又破爲二，箏之名自此始。今之制十三絃，而古制亦有十二絃者，謂之篆箏。世俗有樂器，小而用七絃，名軋箏，今乃謂之篆。如是，則簫管以二物爲一名，篆箏以一名爲二物矣。或云蒙恬分瑟爲兩，則恐無爭之義。

聲

聲者，氣之精萃也。一紙之鬲，而氣不能達；墻垣之間，聲可得聞。聲之感通者甚神。故詩能動天地、感鬼神，樂能治神人、和上下，皆主其有聲也。

古畫有據

予家舊畫《楊妃上馬圖》，乃明皇幸驪山時故事。侍御之人無它仗衛，但有兩璫，各挾彈前導，意其燕遊戲具，非有謂也。後乃聞乘輿燕遊，前以擊彈代鳴鞘。大抵古畫有據，而不苟用器物制度，固有不能言傳，因畫乃見者。以上文淵閣四庫全書本《說郛》卷二十三上《同詁錄》。

姜夔藝話（一五則）

姜夔（一一五五？～一二二一？）字堯章，鄱陽（今江西鄱陽）人，夔子。自幼隨父宦遊至漢陽，父卒於官，繼依姊居。成年後出遊，涉江淮，往來沔、鄂近二十年。淳熙間，客湖南，結識蕭德藻，蕭妻以兄子，攜之同寓湖州，卜居苕溪，所居近白石洞天，因號石帚，又號白石道人。一生布衣，常以清客身份遊於名人鉅公之門，結識楊萬里、范成大、尤袤、朱熹、張鎡、樓鑰、京鏜等名流俊士，往來於湖州、杭州、蘇州、金陵、合肥等地。此後得貴冑張鑒資助，長期寓居杭州，漫遊浙東、無錫等地。紹熙二年，至蘇州訪范成大，作《暗香》《疏影》。慶元三年，進《大樂議》《琴瑟考古圖》於朝。五年，又上《聖宋鐃歌鼓吹》，與免解。嘉泰間作詞賀辛棄疾再度起用，頗得賞識。晚年生活淒苦，約在嘉定十年前後去世，死後至貧不能葬，友人葬之於錢塘門外。姜夔爲人狷潔清高，在詞、詩、文、詩歌理論等方面都有卓著的貢獻。其詞成就最高，多寫羈旅之愁、身世之感與惜別相思之情，詞風清勁騷雅，氣格超妙，遣辭造語，謀篇布局，無不精深華妙，曲折頓宕，自具特色。姜夔精通樂律，集中多有自製之曲，其中十七首自注工尺旁譜，是研究宋代詞樂的珍貴材料。姜夔在當時即盛負詞名，黃昇《花庵詞選》以爲"不減清真，其高處有美成所不能及"。主張詞要清空的張炎對他更是讚不絕口。其詞對後世影響甚大，"宗之者張輯、盧祖皋、史達祖、吳文英、蔣捷、王沂孫、張炎、周密、陳允平、張翥、楊基，皆具夔之一體"（朱彝尊《詞綜序》）。清代浙西派領袖朱彝尊、厲鶚等人對他尤爲推崇。姜夔的散文成就主要在詞序，姜夔詩在當時亦頗負盛名，幾可追步尤、楊、范、陸四大家。《直齋書錄解題》卷二〇載《白石道人集》三卷，《宋史·藝文志》載《白石叢稿》十卷，已佚。今存《白石道人詩集》一卷，《白石詩説》附刻詩集後，《白石道人歌曲》六卷，《別集》一卷。人民文學出版社一九五九年出版有夏承燾校輯《白石詩詞集》。

一　書乞米帖後

銀鈎鐵畫太師字，從人乞米亦可憐。五倉空虛胃神哭，竟日悄悄無炊煙。仙人留書説服氣，道士辟穀期引年。人生不食浪自苦，獨不見子桑鼓琴十日雨。文淵閣四庫全書本《白石道人詩集》卷上。

二　與和甫、時甫分題畫卷，夔得《剡溪圖》

枯槎啅乾鵲，交臂失夫君。奈此一尊酒，憑高空水雲。《白石道人詩集》卷下。

三　《絳帖平》序

小學既廢，流爲法書，法書又廢，唯存法帖，法帖乃古人陳跡耳。況數經摹刻，已失筆意，然苟能習之，亦勝面牆。

法帖始自貞觀，褚遂良所校館本十七帖是也。我太宗皇帝造《淳化閣帖》十卷，自後有所謂劉丞相沆潭、潘尚書師旦絳、臨江劉次莊、宗氏將字、世章汝刻《續帖大觀》之類，不可勝計，要皆本諸《淳化帖》。《淳化帖》今難得，而諸家舊帖亦不易致，《絳帖》傳至今者復有三四本，潘師旦所刻爲勝，絳公庫本次之，厥後漫滅，屢經補治，甚至字畫乖譌，嘗以相校，乃知其有三四本也。

嘉泰辛酉，予入越，友人朱子大以絳帖遺予，歸而玩之，因爲之本事釋文，名曰《絳帖平》。按：《淳化帖》，王著所集，其間固已真僞混淆，名代爽失。潘氏不悟又從而刻之，如劉次莊、王輔道、劉無言諸人皆嘗刊帖，亦不知其非也。世有劉氏《釋文》二卷，山谷《跋法帖》一卷、《跋絳帖》一卷、《評潭帖》一卷，秦少游《官帖通解》六篇，米元章《官帖跋》一卷，黃長睿《刊誤》十篇，陳去非《校定釋文》一卷，俞子才《潭帖釋文》一卷，秘閣有《法帖字證》二卷，北方有《絳帖字鑑》二卷；近日榮有《絳帖釋文》一卷，並《說》一卷，《曾氏釋文》一卷。諸家惟黃長睿鑑賞最精，然恨太略。

予因《絳帖》條疏而增備之，使覽者識其真僞，通其義理，然後究其點畫，不爲無益於翰墨矣。若王著以率更爲何氏，東坡以鐵石爲梁人，米老以王恂爲張旭、以《晉帖》爲羊欣，劉氏以臨海爲諧誨、以修齡爲修郚，諸如此類，不可悉數，皆辨正之。蓋帖雖小技，而上下千載，關涉史傳爲多。惟慚淺陋，考訂未詳，故著其所解，闕其所不解，以俟博識之君子。嘉泰癸亥五月九日，番陽姜夔堯章序。中華書局香港分局一九八〇年本《叢帖目》卷一。

四　題《蘭亭》舊本

《蘭亭》乃是舊本，今定州贗本，略以十數，亦各有好處。然余輒能辨之。黃庭堅、周翰嘗觀。文淵閣四庫全書本《蘭亭考》卷七。

五　題定武舊刻《蘭亭叙》帖（一）

　　嘉泰壬戌十二月，因與鄰人湯升伯過童道人許，見此禊帖，知是烏臺盧提點者所藏定武舊刻。後數日，雪後更欲雪，上車寒凜，因詣童買得之。白石道人姜堯章書。文淵閣四庫全書本《蘭亭續考》卷一。

六　題定武舊刻《蘭亭叙》帖（二）

　　廿餘年，習《蘭亭》皆無入處。今夕鐙下觀之，頗有所悟，漫書於此。癸亥三月十二日，白石。《蘭亭續考》卷一。

七　題定武舊刻《蘭亭叙》帖（三）

　　天下能事，無有極其至者。袁昂謂右軍之字勢雄強，龍跳天門，虎卧鳳闕，歷代寶之，永以爲訓。然右軍在時，師法平南王廙，又衛夫人書《大雅吟》《賜子敬》，右軍亦嘗臨學；同時有荀輿字長倩，寫《狸骨帖》，右軍自謂不及也。大抵右軍書成，而漢、魏、西晉之法盡廢。右軍固新奇可喜，而古法之廢，實自右軍始，亦可恨也。
　　今官帖中有張芝章草帖、皇象《文武帖》、鍾繇《宣示帖》、王世將廙上表二首，其筆高絶，具存古意，而《宣示帖》乃右軍所臨，不失鍾法也。右軍之前既多名書，右軍同時又有世將、李、衛、長倩、王洽、謝安、珉、珣諸人，皆妙於此，故《蘭亭》不見稱於晉，而至隋、唐始顯爾。癸亥六月九日，白石書。是日，天乃大熱。《蘭亭續考》卷一。

八　題別本《蘭亭》帖

　　《蘭亭》出於唐諸名手所臨，固應不同。然其下筆，皆有畦町可尋。惟定武本鋒藏畫勁，筆端巧妙處，終身效之而不能得其彷彿。世謂此本乃歐陽率更所臨，予謂不然。歐書寒峭一律，豈能如此八面變化也！此本必是真跡上摹出無疑。
　　學右軍書者，至《蘭亭》止矣。今世所傳石本一角者，皆定武所自出也。然其工拙妍醜，如人面之不同，覽者自當具眼可爾。又定武一石，前輩紛紛，各有異論。既自具眼，必知所擇，定不向人言下轉也。此卷有山谷題字，山谷之言云爾，乃知當時真贋混殽久矣。
　　山谷之孫字子邁，今爲農丞，過予，見後題，欲乞去。予不忍與，以爲去此題，則《蘭亭》廢矣。周翰者，文及甫之字，多見其名於書帖後，雅尚如許，亦足以贖粉昆之疵矣。嘉泰壬戌十有二月，白石道人姜夔堯章書。《蘭亭續考》卷一。

九　進大樂議

紹興大樂，多用大晟所造，有編鐘、鎛鐘、景鐘，有特磬、玉磬、編磬，三鐘三磬未必相應。塤有大小，簫、篪、篴有長短，笙、竽之簧有厚薄，未必能合度。琴、瑟弦有緩急燥濕，軫有旋復，柱有進退，未必能合調。總衆音而言之，金欲應石，石欲應絲，絲欲應竹，竹欲應匏，匏欲應土，而四金之音又欲應黃鐘，不知其果應否。

樂曲知以七律爲一調，而未知度曲之義；知以一律配一字，而未知永言之旨。黃鐘奏而聲或林鐘，林鐘奏而聲或太簇。七音之協四聲，各有自然之理。今以平、入配重濁，以上、去配輕清，奏之多不諧協。

八音之中，琴、瑟尤難。琴必每調而改絃，瑟必每調而退柱，上下相生，其理至妙，知之者鮮。又琴、瑟聲微，常見蔽於鐘、磬、鼓、簫之聲；匏、竹、土聲長，而金石常不能以相待，往往考擊失宜，消息未盡。至於歌詩，則一句而鐘四擊，一字而竽一吹，未協古人槁木貫珠之意。況樂工苟焉占籍，擊鐘磬者不知聲，吹匏竹者不知穴，操琴瑟者不知絃。同奏則動手不均，迭奏則發聲不屬。

比年人事不和，天時多忒，由大樂未有以格神人、召和氣也。宮爲君、爲父，商爲臣、爲子，宮商和則君臣父子和。徵爲火，羽爲水，南方火之位，北方水之宅，常使水聲衰、火聲盛，則可助南而抑北。宮爲夫，徵爲婦，商雖父宮，實徵之子，常以婦助夫、子助母，而後聲成文。徵盛則宮唱而有和，商盛則徵有子而生生不窮，休祥不召而自至，災害不祓而自消。

聖主方將講禮郊見，願詔求知音之士，考正太常之器，取所用樂曲，條理五音，櫽括四聲，而使協和。然後品擇樂工，其上者教以金、石、絲、竹、匏、土、歌詩之事，其次者教以戛、擊、干、羽、四金之事，其下不可教者汰之。雖古樂未易遽復，而追還祖宗盛典，實在兹舉。中華書局二十四史本《宋史》卷一三一《樂志》六。

一〇　雅俗樂高下不一，宜正權衡度量議

自尺律之法亡於漢、魏，而十五等尺雜出於隋、唐正律之外，有所謂倍四之器，銀字、中管之號。今大樂外有所謂下宮調，下宮調又有中管倍五者。有曰羌笛、孤笛，曰雙韻、十四弦，以意裁聲，不合正律，繁數悲哀，棄其本根，失之太清；有曰夏笛、鷓鴣，曰胡盧琴、渤海琴，沉滯抑鬱，腔調含糊，失之太濁。故聞其聲者，性情蕩於內，手足亂於外，《禮》所謂"慢易以犯節，流湎以忘本，廣則容姦，狹則思欲"者也。家自爲權衡，鄉自爲尺度，乃至於此。謂宜在上明示以好惡，凡作樂製器者，一以太常所用及文思所頒爲準。其他私爲高下多寡者悉禁之，則斯民"順帝之則"，而風俗可正。《宋史》卷一三一《樂志》六。

一一　古樂止用十二宮議

周六樂奏六律、歌六呂,惟十二宮也。"王大食,三侑。"注云:"朔日、月半。"隨月用律,亦十二宮也。十二管各備五聲,合六十聲;五聲成一調,故十二調。古人於十二宮又特重黃鐘一宮而已。齊景公作《徵招》《角招》之樂,師涓、師曠有清商、清角、清徵之操。漢、魏以來,燕樂或用之,雅樂未聞有以商、角、徵、羽爲調者,惟迎氣有五引而已,《隋書》云"梁、陳雅樂,並用宮聲",是也。若鄭譯之八十四調,出於蘇祇婆之琵琶。大食、小食、般涉者,胡語;《伊州》《石州》《甘州》《婆羅門》者,胡曲;《綠腰》《誕黃龍》《新水調》者,華聲而用胡樂之節奏。惟《瀛府》《獻仙音》謂之法曲,即唐之法部也。凡有催者,皆胡曲耳,法曲無是也。且其名八十四調者,其實則有黃鐘、太簇、夾鐘、仲呂、林鐘、夷則、無射七律之宮、商、羽而已,於其中又闕太簇之商、羽焉。

國朝大樂諸曲,多襲唐舊。竊謂以十二宮爲雅樂,周制可舉;以八十四調爲宴樂,胡部不可雜。郊廟用樂,咸當以宮爲曲,其間皇帝升降、盥洗之類,用黃鐘者,羣臣以太簇易之,此周人王用《王夏》、公用《夏》之義也。《宋史》卷一三一《樂志》六。

一二　登歌當與奏樂相合議

《周官》歌奏,取陰陽相合之義。歌者,登歌、徹歌是也;奏者,金奏、下管是也。奏六律主乎陽,歌六呂主乎陰,聲不同而德相合也,自唐以來始失之。故趙慎言云:"祭祀有下奏太簇、上歌黃鐘,俱是陽律,既違禮經,抑乖會合。"

今太常樂曲,奏夾鐘者奏陰歌陽,其合宜歌無射,乃或歌大呂;奏函鐘者奏陰歌陽,其合宜歌蕤賓,乃或歌應鐘;奏黃鐘者奏陽歌陰,其合宜歌大呂,乃雜歌夷則、夾鐘、仲呂、無射矣。苟欲合天人之和,此所當改。《宋史》卷一三一《樂志》六。

一三　祀享惟登歌徹豆當歌詩議

古之樂,或奏以金,或吹以管,或吹以笙,不必皆歌詩。周有《九夏》,鐘師以鐘鼓奏之,此所謂奏以金也。大祭祀登歌既畢,下管《象》《武》。管者,簫、篪、篴之屬。《象》《武》皆詩而吹其聲,此所謂吹以管者也。周六笙詩,自《南陔》皆有聲而無其詩,笙師掌之以供祀饗,此所謂吹以笙者也。周升歌《清廟》,徹而歌《雍》詩,一大祀惟兩歌詩。漢初,此制未改,迎神曰《嘉至》,皇帝入曰《永至》:皆有聲無詩。至晉始失古制,既登歌有詩,夕牲有詩,饗神有詩,迎神、送神又有詩。隋、唐至今,詩歌愈富,樂無虛作。謂宜倣周制,除登歌、徹歌外,繁文當刪,以合乎古。《宋史》卷一三一《樂志》六。

一四　作鼓吹曲以歌祖宗功德議

　　古者，祖宗有功德，必有詩歌，七月之陳王業是也。歌於軍中，周之愷樂、愷歌是也。漢有短簫鐃歌之曲，凡二十二篇，軍中謂之騎吹，其曲曰《戰城南》《聖人出》之類是也。魏因其聲，製爲《克官渡》等曲十有二篇；晉亦製爲《征遼東》等曲二十篇；唐柳宗元亦嘗作爲鐃歌十有二篇，述高祖、太宗功烈。

　　我朝太祖、太宗平僭僞，一區宇；真宗一戎衣而却契丹；仁宗海涵春育，德如堯、舜；高宗再造大功，上儷祖宗。願詔文學之臣，追述功業之盛，作爲歌詩，使知樂者協以音律，領之太常，以播於天下。《宋史》卷一三一《樂志》六。

一五　王獻之保母志跋

　　予學書三十年，晚得筆法於單丙文，世無知者。遼海叢書本《白石年譜》第七頁。

衛涇藝話（六則）

衛涇（一一五五～一二二六）字清叔，初號拙齋居士，改號西園居士，自號後樂居士，華亭（今上海）人，後徙崑山（今江蘇崑山）。少有節操，從李去智學。淳熙十一年，舉進士第一，特與添差鎮東軍簽判。十四年，除秘書省正字。十五年，除校書郎。十六年，遷著作佐郎。紹熙元年，遷著作郎兼司封郎官。二年，出爲淮東、浙東兩路提舉。慶元初，召爲吏部員外郎兼實錄院檢討官。二年，遷右司員外郎。三年，爲左司員外郎，遷起居舍人，假工部尚書使金，還，除知慶元府兼沿海制置使，以言者論罷。十年不調，辟西園，取范仲淹格言名其堂曰後樂。開禧元年，得旨入朝。明年，除中書舍人兼直學士院，論北伐非計，不聽。三年，自吏部尚書除御史中丞，拜參知政事。嘉定初，兼太子賓客，欲去史彌遠，史諷御史劾罷之，出知漳州。五年，知潭州。八年，知隆興府。九年，知揚州。十七年，除資政殿學士、金紫光祿大夫致仕。寶慶二年卒，謚文節。涇以文學知名，其《應詔論北伐札子》，力詆韓侂胄開釁之非，詞意切直；劾易祓、朱質、林行可狀，詆斥姦佞，切中要害。其文章議論，有益當世，而和平溫雅，具有典型。著有《後樂集》七十卷，已佚。清四庫館臣自《永樂大典》輯爲二十卷。

一　跋楊文公墨帖

昔人云，文章餘事，士以德業爲本。文公國朝盛時道德文儒，行誼氣節固與歐、蘇馳驅千古，若文體之變，時有先後，易地皆然，要不必論。

江州使君公聞孫也，自其先世裒集真墨，迄今七十餘年，將鋟木以廣其傳。寶慶丙戌春，書來遺録本，恨見之晚。觀諸賢題跋，已盡稱揚之美。頻年衰病，筆墨流落，然亦毋庸贅語。玩閱數過，亟以歸之。因附名卷末，庶託不朽云。清明日，吳郡衛某書。文淵閣四庫全書本《後樂集》卷一七。

二　御翰"友順"二字跋文

嘉定乙亥冬十月，臣涇昧死再拜言："皇帝陛下，臣之先世嘗以'友順'名所居之堂，歲月踰遠，扁榜未立，無以稱爲人子顯揚其親之意。陛下不以臣愚戇，幸嘗備位丞弼，願有以寵嘉之。"聖恩俞可，於是親御翰墨，大書二字以賜。奎壁之光，下飾蓬陋，絢爛焉奕，萬目聳瞻。臣稽首頓首，對揚休命。

退竊念列聖寶章宸畫寵錫臣下，必皆一時勳舊文學之士，日侍閒燕，僅乃得之。如臣去違軒陛，身落江湖，誠不自意冒膺殊榮，凌兢奉承，懼弗克任。惟先臣季敏與伯父臣時敏孝友天至，人無間言，斯堂之名，義蓋取此。臣兄弟臣涇臣濟臣洽臣湜、從兄弟臣沂臣漑臣汋臣洙追繹先志，聚居族食，俾世世子孫罔敢失墜。而臣猥緣末學，謬忝世科，誤陛下拔擢，皆非蒙昧所能及，實先訓有以成之也。

夫天典民彝，風俗之感化關焉；襲光睿藻，萬世之表勸形焉。然則陛下之所以詔臣者，豈惟臣一家之私，所以風厲天下者至矣。兹庸摹刻，被之琬琰，併識下方，傳之無極。

嘉定九年正月十一日，資政殿大學士、通議大夫、知隆興軍府事兼管內勸農營田使、江南西路安撫使、馬步軍都總管、吳郡開國公、食邑二千四百户、實封三百户臣衛涇拜手謹書。《後樂集》卷一七。

三　皇太子寶翰"後樂"二字跋文

皇帝陛下既大書"友順"二字賜某，命揭於先人之廬，某又因暇日即所居葺成一堂，竊取文正范公之語名曰"後樂"，而皇太子殿下復灑寶翰，俾勒爲華榜，以侈榮遇。於是兩宮筆墨之妙重輝迭明，照映江湖，永爲山林一隅之鎮。

惟范公起諸生，少有大節，每日誦曰："士當先天下之憂而憂，後天下之樂而樂。"夫憂樂以天下而先後在吾身，則其所謂憂樂亦異乎人之憂樂矣。其後參仁宗皇帝大政，爲宋名臣。

某生晚陋，道德勳業不足彷彿萬一，然竊知師慕。今年衰志惰，退藏邱壑，仰窺皇帝陛下聖化日新，皇太子殿下溫文日就，顧雖老矣，猶得與魚鳥之微遊泳德澤，某之憂固可忘而樂則無窮也。殿下以某嘗陪儲賓末綴，故將貴及之。敢併刻諸石，以誇耀永世云。嘉定十年六月初三日，資政殿大學士、通奉大夫、提舉臨安府洞霄宮、吳郡開國公、食邑二千四百户、食實封三百户衛某謹跋。《後樂集》卷一七。

四　聞和叔撫琴

蓐收傳令待殘更，斗轉參橫露氣清。誰弄瑤池三尺玉，怪來萬壑動秋聲。《後樂集》卷二十。

五　跋南豐帖

南豐兄弟之文自成一家,嘗得玩誦其翰墨。及湘潭帖,今始見之。道夫力學,當世其家,所勉之而已。時嘉定丙子上巳後二日〔一〕,吳郡衛涇書於臨川驛舍。文淵閣四庫全書本《式古堂書畫彙考》卷一二。

〔一〕丙:原闕。按:嘉定紀年地支爲"子"者唯嘉定九年丙子,徑補。

六　跋《蘭亭》帖

余家有定武李氏所藏,世稱善本。因見此刻,略無少異。衛涇書。文淵閣四庫全書本《蘭亭考》卷七。

晏袤藝話（一則）

晏袤（生卒年不詳），青州臨淄（今山東淄博東北）人，紹熙、慶元間爲南鄭令。

書《漢永平碑》陰

漢中郡太守鄐君修橋格碑，壹百五十有九字。漢明帝永平六年刻於褒余谷中，其紀號先《巴官鐵盆銘》一歲。紹熙甲寅三月甲□，南鄭令晏袤以堰事至褒谷，獲此刻於石門西南險側斷崖中。先是癸丑夏秋積雨，苔蘚剝落，至是□畫始見，字法奇勁，古意有餘。與光武中元二年《蜀郡太守何君閣道碑》體勢相若。建武、永平去西漢未遠，故字畫簡古嚴正，觀之使人起敬不暇。

昔高皇帝興王漢中，出散入秦〔一〕，道由子午，塗路澀艱，因秦取蜀之石牛，開通石門。史雖不書，靈帝建寧五年衡官掾仇審頌太守李禽《郙閣碑》云〔二〕：“嘉念高帝之開石門，元功不朽。”則石門雖基於秦，而開於高帝明矣。至威帝建和二年，漢中太守王升鐫碑石門中，紀永平四年司隸校尉楊君孟文以詔書鑿通石門，則又從而廣之。通道幾五十年，至安帝永初元年，西夷虐殘，橋梁斷絕〔三〕，復循子午，凡十五年。至順帝延光四年，詔益州刺史罷子午道，復通褒余。則此路自秦漢以來，通塞屢矣。

今碑刻於永平六年，載漢中郡以詔書受廣漢、蜀郡、巴郡徒二千六百九十人，開通褒余道。太守鉅鹿鄐君部掾治級，王弘、史荀茂、張宇、韓岑等典功作〔四〕，太守丞廣漢楊顯始作橋閣六百廿三、大橋五，爲道二百五十八里。九年四月成就，刻石紀工器錢粟成數於崖壁中，去石門不百步。惜乎崖廡碑斷，字有□闕。今所鑿棧道石竅具存，乃知楊孟文治石門於四年辛酉歲，鄐君、楊君治橋。壹千一百三十三年之後，物之顯晦，蓋有定數如此。鄐君、楊君爲民興此閣道，三年而後成，曾不諱勞，而史逸其名。非苔蘚封護至今，必爲風雨所剝，此□遐亦摩滅矣。敬書碑陰，俾來者有以取信焉。夏四月旬六日，臨淄晏袤書〔五〕。叢書集成初編本《石門碑醳》。

〔一〕散：原作“馘”。據漢《司隸校尉楊孟文石門頌》（見洪适《隸釋》卷四）改。
〔二〕閣：原作“間”，據《隸釋》卷四《李禽析里橋郙閣頌》改。
〔三〕絕：原作“繼”，據《司隸校尉楊孟文石門頌》改。
〔四〕等：原作“第”，據原書所載《漢永平碑》改。
〔五〕袤：原作“衷”，據上文徑改。

祝寬夫藝話（六則）

祝寬夫（生卒年不詳）字公濟。開禧三年爲迪功郎、司理參軍。

跋唐太宗屏風書

　　右唐太宗屏風書，余從兄季平家所藏，蓋從祖紹興初爲江西漕屬，以重賂得於北人之南渡者。凡十一幅，皆絹素也。其上雜繪禽蟲水藻之文，猶隱隱可認。

　　按《唐會要》，貞觀十四年四月二十二日，上自爲真草書屏風，以示羣臣。筆力猶勁，爲一時之絕，誠可寶也。淳熙九年冬十一月，祝寬夫公濟跋。萬曆拓本《戲鴻堂法書》卷二。

家誠之藝話（一則）

家誠之（生卒年不詳）字宜父，眉州（今四川眉山）人。紹熙、慶元間知邛州，刻文同《丹淵集》，並編有《石室先生年譜》一卷（見《丹淵集》卷首）、《丹淵集拾遺》二卷（《丹淵集》附錄）。

《丹淵集拾遺》跋

人知愛湖州之畫，而不知愛其文，非文有不工於其畫也，人之所見之不至也。且畫之奇怪，本出於文章之餘，而文之高古，又出於其人之胸懷本趣，是豈有兩法哉！

湖州之文一出，東坡兄弟皆敬而愛之，前輩大老如文潞公亦爲之延譽，司馬溫公則至於心服，趙清獻公則至於歎服，荆公、蜀公又皆形之歌詠，湖州之爲人可知矣。

湖州三仕於邛，筆墨遺跡甚多。後一百三十年，誠之被命守邛，凡故舊之相屬者，必湖州墨林是求，而不及其文焉，則知湖州之文者能幾哉！東坡嘗讚其墨竹曰："其詩與文，好者益寡，有好其德如好其畫者乎？"又讚其飛白曰〔一〕："始予見其詩與文，又見其行草篆隸，以爲止此矣。復見其飛白，則予之知與可者固無幾，而其所不知者蓋不可勝計也。"然則自當時知之者已寡，況後世乎！

邛舊有湖州墨林堂，誠之既爲立祠堂上，以致邛人不忘之意，又刊其集，以廣於世，庶幾因其文以知其人勁正豪邁，不獨在於區區之疏篁怪木也。雖然，湖州之文散落不存者多矣。石林先生云："東坡倅杭，與可送以詩，有'北客若來休問事，西湖雖好莫吟詩'之句。"及詩禍作，世以爲知言。而東坡亦嘗移書湖州，趣其賦黃樓。二者集中皆無之。間有詩與坡往還者，輒易其姓字，如杭州鳳咮堂，坡所作也，則易以胡侯。詩中凡及子瞻者，率以子平易之。蓋當時黨禍未解，故其家從而竄易，斯文厄至於如此，可勝歎哉！今但掇拾其遺亡數篇，以附於後，後有同志者，或又能訪其遺餘，尚可以續編云。慶元元年五月既望，曲沃家誠之跋。四部叢刊影印明毛氏汲古閣刊本《陳眉公先生訂正丹淵集》卷末。

〔一〕曰：原作"田"，據文意徑改。

任希夷藝話（二則）

　　任希夷（一一五六~?）字伯起，號斯菴，眉山（今四川眉山）人，伯雨四世孫，徙居邵武。少刻意問學，爲文精苦。弱冠登淳熙二年進士，調浦城簿。從朱熹學，篤信力行，熹稱爲開濟士。調蕭山丞。開禧初，爲太常寺主簿，奏乞編修禮書，又奏周敦頤、程顥、程頤倡百代絕學，乞定議賜諡。嘉定四年，以宗正丞兼太子舍人，除著作郎。五年，遷將作少監。六年，除秘書少監。七年，除秘書監、中書舍人。八年，遷禮部侍郎。九年，權工部尚書。十一年，爲禮部尚書兼修國史，兼給事中。十二年，權吏部尚書，簽書樞密院事。十三年，權參知政事。史彌遠柄國久，執政皆具員，議者頗譏其拱默。十四年，出知福州。十五年，請祠，提舉臨安洞霄宮。卒，贈少師。端平元年，賜諡宣憲。著有《斯菴集》，已佚。

一　題司馬溫公史草

　　溫公修《通鑑》，起草於書牘間，可見當日用意之虔。至答送物狀，亦自爲檢。前輩之不苟如此，可師也已。嘉定八年十二月十四日，任希夷觀於玉堂夜直。適園叢書本《珊瑚網》卷三。

二　跋《忠宣公守尚書右僕射兼中書侍郎誥》

　　忠宣之誥，蘇文忠之辭，文正家之世寶。希夷獲佐文昌公於儀曹，遂得再拜敬觀。
　　竊謂與政慶曆而不登台司，兩相元祐而僅踰再稔，斯搢紳所共惜。德厚流光，又將有所待已。詩人美召虎之辭，曰"自召祖命"，又曰"作召公考"，希夷庶幾見之，輒識卷末。嘉定丙子上巳，眉山任希夷書。文淵閣四庫全書本《范忠宣集補編》。

高似孫藝話（二則）

高似孫（生卒年不詳）字續古，號疏寮，慶元府鄞縣（今浙江寧波）人，文虎子。早有俊聲，詞章敏贍，博學強記，爲程大昌所賞識。淳熙十一年進士，調會稽主簿，吏道通明。樓鑰除給事中，舉以自代。慶元五年，除校書郎，上韓侂胄生日詩九首，皆暗用"錫"字，寓九錫之意，爲清議不齒。六年，通判徽州，道過金陵，嘗有詩投留守吳琚。嘉泰三年，知信州，放罷。開禧元年，知嚴州，奉祠。嘉定元年，起知江陰軍。十六年，除秘書郎。十七年，爲著作佐郎。寶慶元年，出知處州。晚家於越。卒，贈通議大夫。陳振孫《直齋書錄解題》卷二〇謂其讀書以隱僻爲博，作文以怪澀爲奇，人品雖卑，而詩猶可觀。然其《緯略》諸作，並不詭詞炫俗，其言篤實，無所贗託，不得譏以隱僻。劉克莊盛讚其詩，以爲能參誠齋活句（《茶山誠齋詩選序》）。著述甚多，今存《唐科名記》一卷、《剡錄》十二卷、《史略》六卷、《子略》四卷、《蟹略》四卷、《硯箋》四卷、刪定桑世昌《蘭亭考》《唐樂曲譜》一卷、《緯略》十二卷、《選詩句圖》一卷、《文苑英華纂要》八十卷。其詩文集，《直齋書錄解題》卷二〇著錄《疏寮集》三卷，今存一卷。又有《騷略》三卷，《剡溪詩話》一卷。

一　燕文貴山水圖

道山堂上銜府畫，展卷猶能記老燕。十日何由辦水石，千金乃可分江天。楚湘兩岸風落木，海嶽三秋鴈度川。大山小山俱好隱，江南夢去曲肱眠。文淵閣四庫全書本《兩宋名賢小集》卷三百十三《疏寮小集》。

二　《蘭亭考》序

宋臨川王義慶採擷漢晉以來佳事佳話爲《世説新語》，極爲精絕，而尤未爲奇也。梁劉孝標注此書，引援詳確，有不言之妙。如漢、魏、吳諸史及子傳牒志之書皆不必言，只如晉一朝史及晉諸公列傳、譜錄辭章，皆出於正史之外，是曰注書之法。

禊之爲帖，風流太甚，自晉以來，難乎下語。桑君盡交名公鉅卿以及海内之士以充其見聞者固不一，然與予遊從三十年，見必及此，其有贊於帖考者尤爲不一。今兹浙東臺使齊公屬加彙正，遂略用史法翦裁之。爲此書者無非風流大雅之事，又無非博古好事之人，若齊公獨拳拳於此者，是爲風流大雅、博古好事之極矣。

嘉定十七年秋九月日，朝議大夫、新除秘書省著作佐郎、兼權侍右郎官高似孫謹書。_{文淵閣四庫全書本《蘭亭考》卷首。}

蔡淵藝話（一則）

蔡淵（一一五六～一二三六）字伯靜，號節齋，建陽（今福建南平建陽）人，元定長子。元定謫道州時，淵奉母家居，隱居不仕，黃榦、廖德明、張洽、萬人傑、陳孔碩等從之遊，包揚、陳文蔚、潘柄、李方子皆執經以質其學。端平三年卒，年八十一。淵邃於《易》，著有《古易協韻》《大傳易說》《象數餘論》《太極通旨》《化原聞辨》《中庸通旨》《大學思問》《論孟思問》《詩思問》《節齋吟稿》等，已佚。今存《周易卦爻經傳訓解》《易象意言》，及輯本《節齋公集》一卷，收入《蔡氏九儒書》。

題張生所畫朱文公像

張生父子稱紫陽，形容人物非尋常。能傳遺像數百本，粹然千載存無忘。言學工夫日星皎，無言氣象真難曉。後學深明未發時，始信張生功不少。

文公先生教人，有曰："於靜中體認大本未發時氣象分明，即處事應物，自然中節。"材叔父子來往先生之門久矣，熟識先生靜坐時氣象，故所傳像不特工於形肖之間，而得其所存之妙焉。凡學可以言傳者，先生之書盡矣。惟此有非言之所能到，志先生之學而欲深造先生之道，必於此而求之，毋忽。戊子立秋日，蔡淵書。四部叢刊本《西山先生真文忠公文集》卷三六。

周綸藝話（一則）

周綸（一一五六~?），吉州廬陵（今江西吉安）人，必大長子。慶元三年，通判撫州。嘉泰間，官朝請大夫、行大理司直。開禧二年，與曾三異纂集其父詩文爲《周益國文忠公集》二百卷。嘉定七年，除工部郎官。

先公所題《居潁帖》跋

先公己亥年既題《居潁帖》，其後庚子年再得蘇氏《秋寒帖》副墨並蘇丞相二跋，遂改初本。方崧卿已刻於《六一帖》第三卷，今以舊稿手澤具在，故兩存之。綸謹書。

咸豐元年續刊《廬陵周益國文忠集·省齋文稿》卷一五。

曹彥約藝話（六則）

曹彥約（一一五七～一二二八）字簡甫，南康軍都昌（今江西都昌）人。天資邁爽，嘗從朱熹講學。淳熙八年進士，歷廣德軍建平尉、桂陽軍錄事參軍，辟司法參軍，知樂平縣，主管江西安撫司機宜文字。開禧二年，主管京湖宣撫司機宜文字，以守禦功，進知漢陽。嘉定初，提舉湖北常平，權知鄂州兼湖廣總領。二年，改提點刑獄，遷湖南路轉運判官。三年，除知潭州、荊湖南路安撫。五年，召爲吏部郎，以事罷。七年，主管武夷山沖佑觀。八年，爲利州路轉運判官兼知利州。十年，差知隆興府兼江南西路安撫。十二年，遷大理少卿，權戶部侍郎，以寶謨閣待制知成都，改知福州，辭，提舉亳州明道宮。十四年，提舉常德府桃源萬壽宮、嵩山崇福宮。理宗即位，以兵部侍郎兼同修國史、實錄院同修撰。寶慶元年，除禮部侍郎。二年，兼侍讀。三年，除兵部尚書，辭，求去，知常德府，提舉嵩山崇福宮。紹定元年卒，年七十二。其文敷陳祖訓，規箴時政，論事利害，確鑿有識。詩詞韻語雖嫌質樸，但詞達理明。著有《輿地綱目》十五卷、《昌谷類稿》六十卷，已佚；今存《經幄管見》七卷。文集已佚，四庫館臣據《永樂大典》輯有《昌谷集》二十二卷。

一　方南康席上觀贛妓秀英作墨梅竹

南州佳人號秀英，竊弄毛穎親儒生。解衣傍若無我輩，疎梅矮竹真天成。公主朝粧弄眉墨，誤作鉛華污宮額。此君劍器藏鋒鋩，張顛幻出公孫娘。我來忽見驚心目，張八何生魏何熟。酒酣耳熱且勿喧，爲我慇懃寫雙幅。文淵閣四庫全書本《昌谷集》卷一。

二　跋安道人世通所藏范忠宣帖

前輩書翰平易真實，皆可爲後生矜式。況忠宣范公公論所敬，片文隻字，不多落人間，尤所願見。嘉定辛巳五月戊申，昌谷曹某書。《昌谷集》卷一七。

三　跋李壽翁侍郎家所藏名公帖

在晉則趙文子、叔向，在衛則蘧伯玉、史魚，纔一見頃耳，道同言合。舉當世之賢,未有易此數人者。《昌谷集》卷一七。

四　跋陳令舉《騎牛圖》

身不能採薇,不可以學扣馬之諫;婦不能荆釵,不可以學《五噫》之歌。耕莘釣渭,非膏粱文繡所能辦也。必能筦榷,不以紆朱懷金爲樂;必能騎牛,不以高車駟馬爲優,安往而不得?

貧賤,然後敢論時事矣。士大夫食君禄,知天下事不盡如人意,觸機而來,憤悱出一語。異時窘於奉養,不但縮舌唶齒而已,方且三緘其口不暇,疇望其安於筦榷騎牛而不悔?能扣角而歌之,此令舉所以爲不可及也。

當熙寧新法時,蘇長公以譏時抵獄,孔經父以對策報罷,考其歲月尚在令舉後。元氣正脉,愈抑愈烈。謂制科不足以得士,而欲廢之,厚誣也哉!寶慶改元三月甲申,東匯澤曹某書於吴山寓舍。《昌谷集》卷一七。

五　跋高金紫所書《孝經》

觀金紫高公所書今文《孝經》,其誠其敬,藹然見於筆畫間。前輩風流,百年幾見,可以傳子孫,可以警後學。寶而藏之,豈但魏公之笏而已!《昌谷集》卷一七。

六　跋楊文公真墨後

寶慶改元之初,昌谷曹某以衰晚侍經幄,得讀《三朝寶訓》。明年二月戊申,至《優近臣篇》,真宗皇帝與王魏公論楊文公歸陽翟事,稱其"峭直無所附會,文學固無及者,或言譏朝政,何也"?魏公以爲怨家讒譖之語,保其必無,真宗皇帝亦深悟其説。彥約既讀畢,即口奏:"人臣峭直無所附會,則流俗嫉之,讒譖易至。蓋峭直之人好自修飾,持身廉謹,不可誣以貪墨;遇事公平,不可誣以冤濫。其人必風度高爽,議論磊落,惟有譏議朝政一説,可以動人主之聽。自古小人之害君子,多用此策。非啟沃如王旦,有以保其不然;聖明如真宗,有以悟其文致,則不測之禍未可知也。"上以爲然,是日侍講宗正章少卿同對知狀。

後三月文公五世孫九江使君録示文公真墨二册,附諸賢題跋其後,多有及陽翟事者。又摹印孝宗皇帝所賜其祖中舍御製,知楊氏世有顯人,又皆受累朝簡注如此,造物者之無負於峭直也,宜哉!因録戊申口奏之説以告。五月甲子,敬書於吴山寓舍。《昌谷集》卷一七。

杜思恭藝話（一則）

杜思恭（生卒年不詳），紹興府上虞（今浙江上虞東南）人。淳熙十四年進士，嘉泰間爲吉州左司理參軍，官至平樂令。與陸游遊，得其詩文甚多，刻於桂林崖石。

刻陸游手跡序

余在鄉曲，每從放翁陸先生遊，得其書、疏、詩、文幾數十軸，皆襲藏於家，將爲傳世之寶。兩年來奔走無定止，比至桂林，纔獲一通寒溫問。又辱惠以近作十餘紙，語精而墨妙，灑然如見其人，置諸篋笥，常隱隱有金石聲。因思王榮老欲渡觀江，傾所蓄珍異禱於神而風不休，及取山谷先生所書蘇韋州詩獻之，始得安流以濟。

放翁先生文章翰墨凌跨前輩，爲一世標準，顧余方僕僕羈旅中，得此奇玩，安知不爲幽靈之所覬覦耶！用是不敢秘，命工刻於崖石，與世人共之。慶元三年四月既望，會稽杜思恭書。光緒六年補刻本嘉慶《臨桂縣志》卷六。

蔡建侯藝話（一則）

蔡建侯（生卒年不詳）字行甫，寧宗時人。見所撰《孫尚書內簡尺牘序》。

《孫尚書內簡尺牘》序

言，心聲也；書，心畫也。有是心，斯有是言；有是言，斯有是書。呂相之絕秦，魯仲連之下聊城，張子房之遺項羽，皆是書也。世變愈下，而書之爲體亦不一，或一幅二幅至五七幅，如今之所謂內簡尺牘者是也。夫苟心不能聲之於言，而言不能畫之於書，亦何取於鱗番□幅之爲禮也哉！

富春故侯孫公覿獨造是三昧，凡其片紙隻字之遺落人間者，無不寶之以爲矜式。蓋其於書也無所不覽，故其爲聲畫也，貫穿史傳，義精理明，有非後世所謂鱗番□幅者比也。其門人李公祖堯得公之遺帖獨富，嘗類而箋之，且欲刊之書肆，以便覽者，其用心亦勤且公矣。

昔五臣注《文選》，東坡譏其淺陋；至論李善，則有詳備可喜之説。夫以一己之所學，而究他人之所得，能極其詳備，抑非所謂可喜者乎？苟知東坡之所以喜，則是書之出，當令紙價驟貴矣。慶元三祀閏餘之月，梅山蔡建侯行甫謹序。清乾隆十二年精刻本《宋孫仲益內簡尺牘編注》卷首。

向水若藝話（三則）

向水若（生卒年不詳）字冰甫，號松林居士，其先開封（今河南開封）人，寧宗時在世。

一 題文潞公札

公之勳德，舉天下孰不仰而敬之？公之字法，則天下之所未聞。非未之聞也，兵火殘燼之餘，十真九僞，識者稀有。蓋公之真跡，益艱得而見矣。

此三帖舊藏許仲謀家，觀元暉之跋，在承平時，好事者已保而珍之，況今之日耶。然非元暉之明，則曷知公之於草法極留心也哉？尤當嗇於襲室而靳諸俗眼，期百世之傳云。慶元戊午元日，松林居士向水若冰甫書於月河別止之冰齋。光緒三十一年刻本《辛丑消夏記》卷一。

二 題定武《蘭亭帖》

定武《禊叙》有三，曰肥，曰瘦，曰五字損本，予皆舊藏焉。今又得此肥本於施武子，因以識之。嘉定戊寅重九日，古汴向水若冰甫。文淵閣四庫全書本《蘭亭續考》卷一。

三 題蔡端明詩稿

余舊得君謨所書詩十數幅一卷於秦忠獻公家。今又復得此三紙，紙雖一同，而界行不接，故難續於其後。因書以識。嘉定壬午歲除先五日，松林老人向水若冰甫。上海書店本《秘殿珠林石渠寶笈合編》第三編第一四○七頁。

李壁藝話（一則）

　　李壁（一一五九～一二二二）字季章，號雁湖居士，又號石林，丹稜（今四川丹稜）人，燾第六子。以父任授監鳳州比較務，主管刑、工部架閣，通判永康軍。以詞賦冠類省試，登紹熙元年進士，除將作監簿。二年，召試館職，對策五千言，深議無隱，除正字。五年，爲校書郎。慶元元年，除著作佐郎兼權刑部郎官，三年，出知眉州，移漢州，提點夔路刑獄。嘉泰三年，除秘書少監，遷宗正少卿，仍直院。四年，權兵部侍郎，俄改權禮部侍郎兼內制，兼樞密副都承旨。開禧元年使金賀生辰，還言兵未可動。二年，起草伐金詔書，權禮部尚書，拜參知政事。三年，預誅韓侂胄事，兼同知樞密院事，後爲御史劾罷，謫居撫州。嘉定二年，令自便。越三年，復元秩，奉洞霄祠。八年，以御史奏削三秩，仍罷祠。越四載，乃復。十三年，起知遂寧府，繕城郭，閱禁旅，百廢俱興。明年引疾奉祠。十五年卒，年六十四。平生嗜學，博覽群書，諳熟本朝典制。爲文本於明理實用，不爲浮言詭詞。少而好詩，晚謫臨川，有《王荊公詩注》五十卷（存），以注釋精準見稱，所作絕句也與王安石相似。有《雁湖集》一百卷、《內外制》二十卷、《臨汝閒書》百五十卷、《援毫》八十卷、《涓塵錄》三卷，已佚。今存《中興戰功錄》一卷，有《藕香零拾》本。

曾子宣與宋親帖跋

　　味南豐先生《右軍墨池記》，方勉學者進於道德，何暇役心字畫間者。今觀此帖，亦未嘗不善也。
　　新安朱公因睹親筆而極論先生之文。蓋壁慶元初與公同在史院，暇日評本朝諸老之作，公所推許，視今卷中語一同。又爲壁誦《范貫之奏議集序》，不遺一字。時公春秋已高，強記猶爾。況其論說魁偉，闡明聖真，蓋將與先生並傳於千載，而未知孰爲先後也。染翰工拙，宜公所略，而獨有感於斯文，視先生記墨池之意，亦何以異哉？嘉定元年四月，眉山李壁。文淵閣四庫全書本《六藝之一錄》卷三五二。

周南藝話（二則）

周南（一一五九～一二一三）字南仲，號山房，平江府（今江蘇蘇州）人。黃度壻。年十六，遊學吳下，從學葉適。紹熙元年進士，調池州教授。慶元初，黃度以忤韓侂胄罷官，南同罷，俱入僞學黨。開禧三年，授秘書省正字，旋丁母憂。嘉定二年服除，再爲正字，以對策詆權要罷。嘉定六年卒於家，年五十五。周南詩文俱工，詩不多，而富有韻味，議論精到。文長於四六，以俊逸流麗見稱。制誥諸篇，尤稱雅制。所撰《劉先生傳》是宋代戲劇史十分珍貴的資料，生動反映了當時的街頭演出的盛況。著有《周氏山房集》二十卷、《後集》二十卷，已佚，清四庫館臣自《永樂大典》中輯爲《山房集》八卷、《山房後稿》一卷。

一　書胡澹庵爲忠獻作《卞壺祠記》後

右，《晉驃騎將軍卞侍中祠記》，紹興辛巳故資政殿學士澹庵先生胡公筆也。距今五十二年矣。石未克立，而廟及忠孝亭滋圮。某既繕而新之，會公之仲子將漕適至，亟請於參預樓公，書而刻諸祠下。惟澹庵先生行遠之文足以垂世扶教，某幸甚得附名於碑陰云。文淵閣四庫全書本《山房集》卷五。

二　書僧仲殊詩詞真跡後

右，僧仲殊詩詞，癸亥秋得於葉石林家。

石林書院，今景德寺側，天台倅葉松所居是也。葉氏謂此編仲殊所自寫，牘背皆元祐間刺字。仲殊死於承天寺僧房。嘗見老僧能言其詩，甚異。嘉定庚午周南書。《山房集》卷五。

裘萬頃藝話（八則）

　　裘萬頃（？～一二二二）字元量，號竹齋，新建（今江西南昌新建）人。淳熙十四年進士。紹熙四年，授樂平簿，與洪邁詩篇往來，有"雲歸青嶂雨初歇，花卧碧苔春已休"之句，洪極歎賞。嘉定六年，召除吏部架閣。七年，遷大理司直，求爲江西撫幹以便養親。與真德秀、楊簡交遊，雅相傾倒。秩滿不調，退歸西山。十五年，以曹彥約等薦再入江西幕，一月而卒。裘萬頃爲人耿直，不尚名利，倪祖義《跋竹齋遺稿》稱其"文章典雅，字畫妍秀，足以自成一家"。其詩不作硬語，恬淡峻潔，在當時與胡桐原、萬澹庵、徐竹堂號稱"四傑"，在後世以生於豫章而不染江西陋習見稱。著有《竹齋詩集》三卷、附錄一卷。

一　從人覓墨梅

　　熏爐束詩魂，茗盌驅睡思。掩關寂無營，翰墨自娛戲。山寒溪正清，月澹雪初霽。橫斜兩三枝，見說可人意。天機如胸中，出手特餘事。何時翦冰紈，來對病居士。文淵閣四庫全書本《竹齋詩集》卷一。

二　書率更西林碑

　　冉冉老將至，區區心已疲。文章非世用，字畫漫兒嬉。廬阜多名刹，隋人有斷碑。驪黃雖易辯，堂奧未容窺。《竹齋詩集》卷二。

三　贈畫工

　　綵筆三生夢，春蓮萬葉花。笑人爲市道，隨分足生涯。山路渾如水，溪流淺見沙。能來良不惡，看我傲煙霞。《竹齋詩集》卷二。

四　善利閣次伯仁所題趙子良畫四首

箜篌君鄉來，分明記江樹。想君詩成時，夢作白鷗去。
平生交遊間，吾幘蓋屢岸。區區稻粱謀，君亦逐鴻雁。
風簷手君詩，心跡已清絕。何當更長吟，坐對澄江雪。
扁舟兩漁翁，清唱發日暮。安得如鴟夷，相與五湖去。《竹齋詩集》卷三。

五　題蘇希亮畫

石梁渡山澗，上有秦人居。歲寒不種桃，汲泉灌佳蔬。《竹齋詩集》卷三。

六　題希亮畫

晚牧歸來月在山，夜深茅舍不勝寒。棲烏欲動催翁起，快傍煙汀把釣竿。《竹齋詩集》卷三。

七　題《昭君圖》

紛紛爭賂毛延壽，今日丹青竟不傳。萬事無過真實處，後人贏得寫嬋娟。《竹齋詩集》卷三。

八　題老悟畫卷四首

中興以前作山水，只說李成與郭熙。誰知淳熙有此老，健筆不減巨然師。
吏隱三年楚水頭，每隨鳧鴈栰扁舟。歸來喜色驚鄰里，分得瀟湘一片秋。
何處移來一川竹，空濛煙霧染人衣。其間應有葛陂杖，時出林梢帶雨飛。
謖謖風前荷葉枯，搖搖霜後蓼花疎。春鉏舊有江湖約，數輩相依正要渠。《竹齋詩集》卷三。

韓淲藝話（三二則）

韓淲（一一五九～一二二四）字仲止，號澗泉，祖籍雍丘（今河南杞縣），寓居上饒（今江西上饒）。元吉子。以父蔭入仕，任主簿，爲平江府屬官，又嘗官貴池。慶元六年藥局官滿，還家。嘉泰元年秋，入吳。未幾，辭官歸隱上饒，家居二十年。嘉定十七年，卒。淲幼承家學，清高絕俗，人品學問具有根柢。於文章所得頗深，所撰《澗泉日記》議論精審，在宋人說部中堪稱卓然傑出者。其詩與趙蕃（號章泉）齊名，並稱"二泉"，畢身以吟詠爲事，存詩二千四百餘首，極爲戴復古、方回稱道。其詞反映現實者雖不多。其著作存《澗泉集》二十卷、《澗泉日記》三卷，皆清四庫館臣從《永樂大典》中輯出者。詞集《澗泉詩餘》一卷，乃從《澗泉集》中析出。

一　夜過斯遠聽琴

琴聲類箏笛，俗手多一律。伊嚘悅兒女，焦急涴桐漆。予嘗爲作評，當是養心術。大絃寬而和，小絃精且密。製作務高雅，資材在清實。既鼓復以歌，其氣可平壹。昨從東海君，置酒風月室。歡然十指間，揮弄俄頃畢。灑落冰雪容，輝潤金玉質。人品既如許，古樂復在膝。顧予面生塵，見之頗自失。急歸卧南山，十日不敢出。文淵閣四庫全書本《澗泉集》卷四。

二　題趙希遠小景

春風吹綠樹，占斷江頭路。水煖浴鴛鴦，汀沙澹吞吐。斷取置轉庵，又作筆下句。長安紅塵中，相對得幽趣。《澗泉集》卷四。

三　次韻斯遠弄琴

開門有詩來，殷若金石聲。虛堂坐以詠，澹與秋氣清。豈無如此句，豈有如此情？懷哉我所尚，求田乃歸耕。時乎發鳴彈，浩浩非營營。大音知者希，既和應且平。楓林月在户，寒影膝上橫。想當三歎後，却手復起行。華髮老相看，百事皆已經。《澗泉集》卷五。

四　太白襄陽歌圖

謫仙非詩畫非畫，山簡襄陽別有話。空令江左作圖看，竹院留藏我悲咤。傳聞邊頭腥甲兵，峴首依前漢水清。隻輪不返邊塵掃，莫負當年力士鐺。《澗泉集》卷六。

五　寫捕魚雪圖軸

前村後村雪模糊，漁家敗屋臨江湖。綸收網結閉門坐，樹籬草岸炊煙孤。波停水凍魚不食，平者爲沙高者石。可惜都無一句吟，筆幻生綃定誰識？《澗泉集》卷六。

六　馬圖云韓幹筆

韓幹畫肉不畫骨，駿尾蕭騷倏超忽。世間凡馬徒區區，筆底丹青色尤勃。風塵頇洞心力短，世代推遷辭氣訥。鷹鶩相呼可奈何，金粟堆前龍蕩窟。《澗泉集》卷六。

七　成趣園（節錄）

徐子筆端妙天下，成趣園成記如畫。丹青寫就未必工，裝點鋪模誠可詫。《澗泉集》卷六。

八　題紫溪春晚圖畫

東風滿地吹瑤草，水煖雙流山四抱。參差樓觀倚晴空，林霶乍收初日杲。杏桃婀娜開花早，蝶遶鶯遷魚在藻。人家籬落動耕桑，溪女往來翁喚媼。務頭臘酒賤仍好，麥熟官清農晏保。岩嶼峰高多醉遊，天目潭深無旱禱。誰把丹青能一掃，點綴毫芒殊可玫。分明融蕩紫溪春，路入煙霞是仙島。《澗泉集》卷六。

九　晁家觀葉少蘊、朱希真詩帖，尹家諸賢書尺

摩抄石林帖，太息巖壑詩。竹院茶話久，方齋酒行遲。南遊耆舊盡，北客子孫知。聚集麥秋日，飄流桃夏時。《澗泉集》卷八。

一〇　閒居圖

閒居本在我，山林皆畫圖。百世有新舊，一朝非捲舒。薰風入窗牖，晚雨過庭除。小醉同杯者，幽偏得自如。《澗泉集》卷八。

一一　聽琴

以彼發此意，因此知彼聲。山川既間遠，天地亦清寧。獨撫曲空奏，相宜調易成。何由俗子愛，宜是老夫驚。《澗泉集》卷九。

一二　題昌甫所得陸待制手書，次韻昌甫之題句

放翁遺墨幾何年，雲遶秋山月滿川。摸索空驚久零落，追思猶恨少留連。貞元人事誠如夢，正始文風信若仙。江海淒涼易陳跡，山陰茅宇賀家船。《澗泉集》卷十四。

一三　題《隆中圖》

何意求聞達，偶逢劉豫州。隆中三顧處，抱膝也風流。《澗泉集》卷十五。

一四　次韻潘舍人畫軸

風霜歸老榦，歲月長枝柯。矗矗荒村外，人人占落坡。
尋詩小醉時，不許老農知。葉葉泛輕舠，試渡野水陂。
突兀是茅屋，搖兀是土橋。看山看水去，忘饑付木瓢。
荒虛成莽蕩，幽遠似模糊。便做山中客，能題一字無。《澗泉集》卷十五。

一五　次韻昌甫所題唐宋諸賢畫像石刻（五首選四）

誰云詩好不言寒，隱隱長身擁鼻端。塵世出門真有閡，強歌聲裏且求安。孟郊。
不見高人王輞川，興來獨往句能傳。短衣袖手看雲起，賀監何須水底眠。王維。
唐人楷法今人少，筆數當年虞與歐。想見臨池池水黑，恨無身世與同遊。王羲之。
放翁所刻《章泉賦》，雅道誰能見一斑。却怪我來居澗谷，摩挲墨妙得詩閒。陸游。
《澗泉集》卷十八。

一六　黃帳幹琴一張，云澄心堂舊物也，因以次韻

江南書院初圖霸，乃斲清琴爾許精。却憶焦桐裁爨下，要知徽外是眞情。
當年五柳先生手，白日無絃撫此琴。中散飛鴻有天眼，《廣陵》一曲亦何心。
草衣塔院聽鳴絃，妙悟分明恰似禪。愧我初非子期耳，但知聲和醉吟邊。《澗泉集》卷十八。

一七　新亭圖

新亭地望是神州，夷甫諸人話轉愁。又見江南描畫出，古今容易得悠悠。《澗泉集》卷十八。

一八　李白泛舟圖

採石磯頭捉月僊，脱靴意氣尚飄然。沈香亭北驚塵世，且惜閒身棹酒船。《澗泉集》卷十八。

一九　次韻林德久所賦《東坡海外三適圖》

玉堂學士何清眞，惠州儋州猶若人。豈是故作排遣計，却疑畫師筆有神。
胸羅星斗明是非，旁人誰知杜德機。濯足理髮兩眼睡，千載寂寥吾與歸。《澗泉集》卷十八。

二〇　題煙月竹石

和月依風遠弄明，細看密密更亭亭。文湖州去坡僊已，詩眼逢君亦爲青。《澗泉集》卷十八。

二一　題水石松梅

絕壑移陰上壁間，潺潺猶聽瀉狂瀾。亂梅香噴青松起，但覺庵中六月寒。《澗泉集》卷十八。

二二　老仙釣臺觀了思所作蘭松梅竹

帶得西湖一樹清，却因松竹並蘭生。如今收拾歸橫卷，冷坐釣臺非有情。《澗泉集》

二三 南唐畫有宣和題

南唐三主御屏風，流轉宣和畫苑中。今日江南談舊話，遺黎無泪濕清紅。《澗泉集》卷十八。

二四 馬圖

朔風鬃尾自蕭騷，却喜丹青眼力高。君欲案圖來索駿，人間誰復九方皋？《澗泉集》卷十八。

二五 宣和畫猿

宣和殿上退朝時，萬歲山中猿挂枝。今日江南無塞北，不禁毫素尚淋漓。

雪霜繁處是陰山，八駿周遊更不還。猶有遺黎抱弓劒，猿聲依舊嘯林間。《澗泉集》卷十八。

二六 自吳中持陳紹之墨梅歸置屋壁

西湖貌得一枝來，長夏風軒盡日開。老眼暗中時摸索，便知玉雪不能猜。《澗泉集》卷十八。

二七 題墨梅

只在山林不見花，誰將水墨試橫斜。與君一笑風霜裏，從此留詩到酒家。《澗泉集》卷十八。

二八 楊補之梅花小軸

臘前到處見梅蕊，影落寒窗只自知。珍重西江三昧手，玉谿西隱看橫披。《澗泉集》卷十八。

二九 畫竹

萬葉扶疎落畫簷，清風吹影上疎簾。人間翰墨閒遊戲，一筆揮成不用添。《澗泉集》卷十八。

三〇　伯皐所藏名妓墨竹，逼令題之，可謂戲劇

夜寒窗靜密還開，翠袖移將影下來。只是風前猶愛惜，更教月底共徘徊。《澗泉集》卷十八。

三一　南庵聽琴

霜晴隨意到南庵，近有溪流遠看山。小醉情懷聽別鶴，數聲清弄入幽閒。《澗泉集》卷十八。

《澗泉日記》（選録　一則）

范成大字致能，先公亦與之善。官參政，葺園圃之勝，求壽皇御書爲"石湖"之榜，因自號"石湖居士"。喜寫草書行書，又喜賦詩，人亦多喜之。文淵閣四庫全書本《澗泉日記》卷中。

戴援藝話（一則）

戴援（生卒年不詳），宣城（今安徽宣城）人。慶元前後在世。

跋顔魯公帖

　　右，顔魯公帖。按番本乃《送劉太冲叙》也，並及其仲氏太真。新舊《唐史·文藝》有《太真傳》，不紀其與伯氏繼登天寶上第。文集三十卷，見《館閣書目》。墓在縣北，號柘塘神。市人月有祭，禱必應。溧陽人尤神之。《神道碑》裴度譔，蔣潼書。

　　昔曾易置丞廨，旋轉縣齋。援到官，初得之縣庖下，僅存三百七十有九字。同郡李兼經從相與起敬鄉賢，出其家藏顔帖，再摹入石，並斷碑匣置廳壁。叙言彭城華望以劉於此邑爲著姓，《姓纂》云：宣城、陳留是也。開府澤公州山正禮表，其先世也。平原從事，銓部甲乙，顔常汲引冲也。蹉跎卑位，悼其窮也。句溪春水，此邑時屬宛陵也。鄭薰《北望樓記》，言元載貶顔夷陵別駕，後遷廬陵刺史，道出莆塘，有《左伯桃詩》，第序腦亡"太冲彭"三字，考《汝越帖》亦然，莫可補闕云。慶元己未上巳，宣城戴援跋，邑人秦堉書額，毗陵潘壽仁模刻。民國《江蘇通志稿·金石》一三。

陳淳藝話（二則）

陳淳（一一五九～一二二三）字安卿，號北溪，漳州龍溪（今福建漳州）人。淳熙十六年鄉貢進士。爲朱熹晚年高弟，曾兩度從學，一在紹熙元年熹守漳州時，一在慶元五年，不久熹即病逝。淳追思師訓，無書不讀，義理貫通，洞見條緒。著有《北溪字說》，是疏釋朱熹《四書集注》的重要參考書；《嚴陵講義》以天理爲中心，論述道統傳衍；《似道之辨》《似學之辨》，宣揚朱學，力闢陸九淵心學及科舉之學。嘉定十年，以特試寓中都，四方學子登門求教者甚眾。嚴州守鄭之悌迎講於郡庠，淳以《道學體統》四篇發明正學，以似道、似學二辨排斥異端。既歸泉南，士人求學益眾。十五年，以恩循修職郎。十六年，以特奏恩授迪功郎、泉州安溪主簿，未赴而卒，年六十五。淳雖不爲世用，而名動天下，憂時論事，感慨動人。詩文多質樸真摯，無所修飾，而不以文采稱。著有《北溪大全集》五十卷。

一　用明師叔韻贈畫工張子英

雖憑縑素狀儀容，的自毫心蘊妙鋒。箇箇本來天所賦，隨人變化有奇工。文淵閣四庫全書本《北溪大全集》卷三。

二　上傅寺丞論淫戲札

某竊以此邦陋俗，常秋收之後，優人互湊諸鄉保作淫戲，號乞冬。羣不逞少年，遂結集浮浪無圖數十輩，共相唱率，號曰戲頭。逐家裒斂錢物，豢優人作戲，或弄傀儡，築棚於居民叢萃之地、四通八達之郊，以廣會觀者，至市廛近地，四門之外，亦爭爲之，不顧忌。今秋自七八月以來，鄉下諸村，正當其時。此風在在滋熾，其名若曰戲樂，其實所關利害甚大：

一、無故剝民膏爲妄費；二、荒民本業事遊觀；三、鼓簧人家子弟玩物，喪恭謹之志；四、誘惑深閨婦女出外，動邪僻之思；五、貪夫萌搶奪之姦；六、後生逞鬪毆之忿；七、曠夫怨女邂逅爲淫奔之醜；八、州縣一庭紛紛起獄訟之繁。甚至有假託報私仇，擊殺人，無所憚者。其胎殃產禍如此，若漠然不之禁，則人心波流風靡，無由而止，豈不爲仁人君子德政之累？

　　謹具申聞，欲望臺判案榜市曹，明示約束。並帖四縣，各依指揮散榜諸鄉保，申嚴止絶。如此，則民志可定，而民財可紓，民風可厚，而民訟可簡。闔郡四境，皆實被賢侯安靜和平之福，其大幸也！《北溪大全集》卷四七。

趙師夏藝話（一則）

趙師夏（生卒年不詳）字致道，號遠菴，太祖八世孫，居黃巖（今浙江黃巖）。從朱熹學。登紹熙元年進士第，累官大理司直、知南康軍，以朝奉郎知西外宗正事。

題石曼卿詩題

節度推官廳事舊有《籌筆驛》詩刻，流傳入郡圃中。師夏請於使君，得復舊貫。暇日過袁君木叔家，見《古松》詩筆，其嚴密勁健，尤爲卓絕，因摹刊之，以爲《籌筆驛》詩刻之對。

曼卿翰墨，不多見於世。巍然從事之廬，破屋數間，雖不足以避風雨，而二刻屹立於中，未可以爲陋也。又得文昌樓公爲之題識，益光榮矣。木叔之先君子好奇嗜古，所畜前輩遺墨甚眾，此其一耳。慶元己未上元日，古汴趙師夏書。文淵閣四庫全書本《鐵網珊瑚》卷三。

樓洪藝話（一則）

樓洪（生卒年不詳），鄞縣（今浙江寧波）人，璹孫。

《耕織圖詩》跋

周家以農事開國，《生民》之尊祖，《思文》之配天，后稷以來，世守其業。公劉之厚於民，太王之於疆於理，以致文武成康之盛，周公《無逸》之書，切切然欲君子知稼穡之艱難。至《七月》之陳王業，則又首言授衣，與夫"無衣無褐，何以卒歲"。條桑載績，又兼女紅而言之。是知農桑爲天下之本。孟子備陳王道之始，由於黎民不饑不寒，而百畝之田，牆下之桑，言之至於再三，而天子三推，皇后親蠶，遂爲萬世法。

高宗皇帝身濟大業，紹開中興，出入兵間，勤勞百爲，櫛風沐雨，備知民瘼。尤以百姓之心爲心，未皇它務，下務農之詔，行親蠶之典。於時先大父爲臨安於潛縣令，勤於民事，咨訪田夫蠶婦，著爲《耕織二圖詩》，凡耕之圖廿有一，織之圖廿有四，詩亦如闕繪以盡其狀，詩歌以盡其情。一時朝野傳誦幾徧。尋因薦入召對，進呈御覽，大加嘉獎，即以宣示後宮。則是圖是詩，宜與《周書·無逸》之篇，《豳風·七月》之章，併垂不朽者矣，亦何藉於金石而後久永？第洪等每懷祖德，不忘國恩，用鐫諸石，自有所不能已者耳。嘉定庚午十月望，孫洪謹識。知不足齋叢書本《於潛令樓公進耕識圖詩》卷末。

徐璣藝話（一則）

徐璣（一一六二～一二一四）字文淵，一字致中，號靈淵，永嘉（今浙江溫州）人。以蔭入仕，歷官建安主簿、永州司理、龍溪丞，除武當令，改長泰令，未至官。嘉定七年卒，年五十三。徐璣學晚唐詩，宗賈島、姚合，與徐照、翁卷、趙師秀相互唱和，合稱"永嘉四靈"。其詩講究琢句，自謂"昔人以浮聲切響、單字雙句計巧拙，蓋風騷之至精也"。多贈答送別之作，題材較窄，境界不高，詩風尤與徐照相近，"如出一手"（《四庫全書簡明目錄》卷一六）。著有《泉山集》，已佚。今存《二薇亭詩集》一卷。

題陳西老畫《蜀山圖》

壁立青山帶峽溪，閒雲盡日自高低。知他春樹深多少，應有清猿在裏啼。文淵閣四庫全書本《二薇亭詩集》。

俞成藝話（一則）

俞成（生卒年不詳）字元德，東陽（今浙江東陽）人。寧宗時布衣。屢舉不第，功名念灰，以討論書卷爲事。著有《螢雪叢説》二卷（存）。《四庫全書總目》卷一二七謂"其書多言揣摩科舉之學，而諄諄於假對之法，以爲工巧，論皆迂鄙"。

《螢雪叢説》（選録　一則）

試畫工形容詩題

徽宗政和中，建設畫學，用太學法補試四方畫工，以古人詩句命題，不知掄選幾許人也。嘗試"竹鎖橋邊賣酒家"，人皆可以形容，無不向"酒家"上着工夫，惟一善畫，但於橋頭竹外掛一酒帘，書"酒"字而已，便見得酒家在竹内也。又試"踏花歸去馬蹄香"，不可得而形容，何以見得親切？有一名畫，克盡其妙，但掃數蝴蝶飛逐馬後而已，便表得"馬蹄香"出也，果皆中魁選。夫以畫學之取人，取其意思超拔者爲上，亦猶科舉之取士，取其文才角出者爲優。二者之試，雖下筆有所不同，而於得失之際，只較智與不智而已。文淵閣四庫全書本《説郛》卷十五上《螢雪叢説》卷上。

楊妹子藝話（三則）

楊妹子，恭聖皇后之妹。餘不詳。

一　題趙伯驌畫

蓮開宮沼年年盛，香染斑衣葉葉新。願借琴音奏清雅，薰風涼殿壽雙親。_{文淵閣四庫全書本《宋詩紀事》卷八十四。}

二　題菊花圖

莫惜朝衣準酒錢，淵明身卽此花儔。重陽滿滿杯中泛，一縷黃金是一年。_{《宋詩紀事》卷八十四。}

三　題馬遠畫梅

重重疊疊染緗黃，此際春光已半芳。開處不禁風日煖，亂飄晴雪點衣裳。_{白玉蜨梅。}
銖衣翠蓋暎朱顏，未委何年入帝關。默被畫工傳寫得，至今猶似在衡山。_{著雪紅梅。}
夭桃豔杏豈相同，紅潤姿容冷淡中。披拂輕煙何所似，動人春色碧紗籠。_{煙鎖紅梅。}
渾如冷蜨宿花房，擁抱檀心憶舊香。開到寒梢尤可愛，此般必是漢宮妝。_{綠萼玉蜨。}

《宋詩紀事》卷八十四。

湯正仲藝話（一則）

湯正仲（生卒年不詳）字叔雅，號閒菴，南昌（今江西南昌）人，後居黃巖。楊補之甥。工圖繪。

題自畫《霜入千林圖》

昔王充道送水仙五十枝與山谷先生，欣然作，詠"凌波仙子生塵襪"之句，至今膾炙人口。余欲水墨畫五十枝俱梅，號曰《霜入千林圖》。凡落筆趣向，疏澹稠疊，纖悉去處，癖於七載而就，所謂"能事不受相促迫"是也。他日此軸流傳，名世之家，爲余愛惜之。嘉泰改元歲在辛酉季夏上休日，江右湯正仲叔雅書於丹丘寓舍云。文淵閣四庫全書本《續書畫題跋記》卷二。

米憲藝話（一則）

米憲（生卒年不詳），襄陽（今湖北襄樊）人。友仁子。寓居吳中。

《寶晉山林集拾遺》序

先祖南宮以文章翰墨雄視一代。當崇寧間，名動天子，擢從外郡，對便殿，進奉常博士，踐南宮舍人，駸駸清望矣。而百未施一，天不假齡，悲夫！此所以重識者超群邁往絕俗之歟歟？

然字畫之傳，內而秘府，外而巨室，遠而遐方異裔，幽而山區海聚，人皆秘玩，一紙殆踰千金，其視朵雲之翰，籠鵝之墨，高麗之募金，老人之求判，殆越宇宙而同時。至於大章短篇、閎深雄麗，敻絕一時，故先祖雖未顯而文價已喧。如《寶月觀賦》一出，巨儒若東坡，最擊節賞音，他可知矣。

先祖遺文，按待制蔡公天啟誌墓文有《山林集》百卷，若《宣已子》《聖度錄》等，又數十卷。適靖康變故，先君閣學僑寓溧陽，僅脫身於崎嶇兵火之中，異時寶晉所藏，皆希代所見，靡有孑遺，故先集亦不復存在，以故尚未顯行於世。

憲不肖之孫，緬想祖烈，重以先君閣學治命，每歎遺稿未克廣傳，爲沒齒深恨。憲欽承先訓，剗心療形，遠求傳訪〔一〕，裒聚纍積，迨今五十年矣，而六丁勒將，毫芒僅存，故梵皮雜置，青氈並藏，自《書史》《畫史》《硯史》外，其他詩文纔百餘篇，懼遺編之墮地，致潛德之晦蝕，乃即筠陽郡齋命工鋟板，以遺世之欲見是書者，庶可無愧於彥芳之藏筆，魏之寶笏。如其發揮幽光，垂示將來，則有俟於大手筆序而冠諸篇首云。嘉泰改元初祀，歲次辛酉，月紀太蔟，日御乙亥，嗣孫米憲拜手謹識。抄本《寶晉山林集拾遺》卷首。

〔一〕傳：似爲"博"之誤。

林正大藝話（一則）

林正大（生卒年不詳）字敬之，號隨菴。永嘉（今浙江溫州）人。開禧中爲嚴州學官。著有《風雅遺音》四卷，皆取前人詩文，檃括其意，製爲雜曲。

《風雅遺音》序

古者燕饗則歌詩章，今之歌曲於賓主酬獻之際，蓋其遺意。乃若花朝月夕，賀筵祖帳，捧觴稱壽，對景紓情，莫不有歌，隨寓而發。然風雅寥邈，鄭衛紛綸，所謂聲存而操變者，尤愈於聲操俱亡矣。則懷似人之見，得無有感於昔人之思乎！

世嘗以陶靖節之《歸去來》、杜工部之《醉時歌》、李謫仙之《將進酒》、蘇長公之《赤壁賦》、歐陽公之《醉翁記》類凡十數，被之聲歌，按合宮羽，尊俎之閒，一洗淫哇之習，使人心開神怡，信可樂也。而酒酣耳熱，往往歌與聽者交倦，故前輩爲之檃括，稍入腔律，如《歸去來》之爲《哨遍》，《聽穎師琴》爲《水調歌》，《醉翁記》爲《瑞鶴仙》。掠其語意，易繁而簡，便於謳唫，不惟可以燕寓懽情，亦足以想像昔賢之高致。予酷愛之，每輒效顰而忘其醜也。

余暇日閱古詩文，擷其華粹，律以樂府，時得一二，裒而錄之，冠以本文，目曰《風雅遺音》。是作也，婉而成章，樂而不淫，視世俗之樂固有閒矣。豈無子雲者出，與余同好，當一唱三歎而有遺味焉？嘉泰壬戌日南至，隨庵林正大敬之書。清刻本《風雅遺音》卷首。

施宿藝話（三則）

施宿（生卒年不詳）字武子，湖州長興（今浙江長興）人，元之之子。紹熙四年進士。慶元間知餘姚縣、遷紹興府通判。嘉泰中知盱眙軍，又爲淮南轉運判官。八年，以贓私罪追奪官爵，仍籍其家。撰有《嘉泰會稽志》（存）、《東坡先生年譜》（存）、《大觀法帖總釋》等。

一　題蘇魏公家本《蘭亭》

《蘭亭修禊叙》，世固不乏，特佳本則精神煥發，意態橫生。平生所閱亦多，然如此本不過五六，與宿得於蘇魏公家本爭雄長，皆熙寧以前所搨。山谷所謂"肥不剩肉，瘦不露骨"，正此帖也。吳興施宿題。文淵閣四庫全書本《蘭亭考》卷六。

二　《石鼓音》序

《石鼓》《詛楚音》者，皆直寶文閣臨川王公順伯所爲書也。公稽古成癖，至忘渴饑，《石鼓》考辨，尤爲精詣。蓋自南渡以還，故家之藏絶不多見，況摹有精粗，故亦艱得佳本參校同異。

宿乘傳海濱，賓朋罕至，時尋翰墨，拂洗吏塵，以先後得於北方及石林葉氏本，訂其筆意，粗得一二，乃略倣古人八行足成是書。如《詛楚文》，山谷先生、浮休張公皆嘗有釋〔一〕，王氏尋訪未獲。比歲里居，得石林三文，音釋頗備，又頃從互市得朝那碑陰，有畢造記，徙置宋城縣治，是歲蓋紹興八年也。先一歲爲丁巳，金人既廢劉豫，至己未正月嘗歸我河南、陝西地。碑云"歲在敦牂"，則戊午歲也。其意蓋不肯用彼年號，故爲此間歲月。皆併錄之，異時中原掃清，猶可按圖問此石之在否也。

嗚呼！自周至戰國，遺文見於金石者不過三數，祐陵悉萃之保和，寶護甚至，至用金填鼓文，以絶摹拓。一旦烽煙擾攘，四海橫流，泯焉無復遺蹤，良可哀歎。此書之刻，使好古者相與讀之，猶足想絶學於千載。

穆王"吉日癸巳"，諸家所記皆言在趙州廨，石林跋乃以政和五年歸内府矣，其説爲信，因附卷末，庶廣異聞。第石林諸跋，其間亦有譌舛而無別本可證者，不容臆決，姑俟知者正之。嘉定六年重五日，吴興施宿書。文淵閣四庫全書本《周秦刻石釋音》。

〔一〕休：原作"林"，據《六藝之一録》卷二八改。

三 《大觀帖總釋》序

大觀初，徽宗視淳化帖板已皺裂，而王著一時標題多誤，臨摹或失真，詔出墨跡，更定彙次，訂其筆意。仍俾蔡京書籤及卷首，刊石太清樓下。中華書局香港分局一九八〇年本《叢帖目》卷二。

程珌藝話（四則）

程珌（一一六四～一二四二）字懷古，自號洺水遺民，徽州休寧（今安徽休寧）人。以先世居洺州（今河北永年東南），因自號洺水遺民。少穎悟，卓犖有大志，十歲賦冰，有"莫言此物渾無用，曾向滹沱渡漢兵"之句。紹熙四年進士，趙汝愚見其文，稱爲"天下奇才"。授昌化主簿。調建康府教授，改知富陽縣。除宗正寺主簿，歷右司郎官、秘書丞。求補外，除江東運判、浙西提舉。入朝權尚書吏部侍郎、兼同修國史、實録院同修撰、兼權中書舍人，徙禮部侍郎、兼直學士院。理宗即位，兼侍讀。寶慶改元，試禮部尚書，明年權吏部尚書，拜翰林學士、知制誥，兼修玉牒官。紹定改元，出知建寧府，奉宮祠，起知寧國府、贛州、福州。以端明殿學士致仕，淳祐二年六月卒，年七十九。珌於書無所不讀，爲文自成機杼，遣詞雅健精深，根本義理，以"宗歐、蘇而長於文章"見稱（毛晉《洺水詞跋》）。立朝以經濟自任，所論備邊、蠲税諸疏，皆關國計民瘼，論説剴切，利病井然。於詩詞皆不甚擅長，清馮煦《蒿庵論詞》云："與辛幼安周旋而效其體者，若西樵、洺水兩家，惜洺水味薄，西樵筆亦不健。"著有《洺水先生集》六十卷、《内制類稿》十卷、《外制類稿》二十卷，已佚。明嘉靖間程元昺搜刻爲二十六卷，今存。又存《洺水詞》一卷。

一　跋楊文公真墨

富貴百年事，功名千載人，後世有作者，不易斯言矣。且公在祥符間與欽若輩比肩於朝，今二百年，而公之字畫猶爲人所重，彼欽若輩姓名今皆安在邪？

雖然，顔魯公之字，人謂其筆端挾忠誼之氣，然則豈其字之重哉，士當知其所以爲重者矣。矧公之孫爲掖垣，掖垣之孫爲今刑部尚書郎。刑部儒雅飾吏，士林推許，然則天之祚忠義，烏有終窮邪？明嘉靖三十五年程元刻《程端明公洺水集》卷十三。

二　跋山谷兄弟《山礬梅花圖》

瑒類德人，梅稱勝士，品雖不同，清淑所寄。我相昔人，好竹而清，好桂而神，好菊而隱，好萱而慈。好之伊何，染懿餐和。不知瑒之爲馨，我之爲馨邪？梅之爲潔，我之爲潔邪？故曰"玄牝之門，爲天地根"。《程端明公洺水集》卷一三。

三　跋僧知雲草書《南嶽草菴歌》

予嘗謂篆依於科斗，隸依於篆，楷依於隸，行依於楷，而草又依乎行也。由唐以後，神於險怪，聖於徑省，離其本真，鑿空營結。秋河明滅，春霧霏微，甚者至不能自辯。此坡仙所以起惝怳之愁也。

南嶽此歌人皆能誦，故今讀之，乃能纍纍若貫珠然。予頃歲嘗評師草矣，今又十年，尚未離此業。蓋吾法本空，吾字本幻。投其筆，火其書，宴坐焚香，遊神太虛，故紙敗墨勿留吾廬。師當是時，又豈神品之所能拘？《程端明公洺水集》卷一三。

四　書山谷帖後

右軍無筆法，公孫無劍法，司馬子長無史法，不知皆何從得之。

兩曜列宿皆出沒瀛海，然天積氣，地凝氣，乃獨不旋轉邪？

寶慶丙戌五月望日，平地湧水，山多剝裂，得非運動之時邪？七夕後三日記。

長江大河，泰山喬嶽，皆浮寄水面。而人生浮寄六七十年，乃動欲與天地等久，日月長春，使漆園、禦寇諸子見之，則將如何分別小大年邪？《程端明公洺水集》卷一三。

釋居簡藝話（三五則）

釋居簡（一一六四～一二四六）字敬叟，俗姓王（一云姓龍），潼川（今四川三臺）人。幼喜佛書，依邑之廣福院圖澄得度，參別峰涂毒於涇山。往育王參佛照光，出入其門十五年。走江西，訪諸祖遺跡。嘉泰間，初住臺之般若，遷報恩光孝寺。後居杭之飛來峰北磵，起應雪之鐵佛、西余，常之顯慶、碧雲，蘇之慧日，湖之道場。嘉熙中，奉詔住净慈光孝寺。淳祐六年卒，年八十三，僧臘六十二。爲佛照德光禪師法嗣。居簡工詩文，與士大夫多交遊。《四庫全書總目》卷一六四云："張誠子（自明）序稱：'讀其文與宗密未知伯仲，誦其詩合參寥、覺範爲一人，不能當也。'……居簡此集，不摭拾宗門語録，而格意清拔，自無蔬筍氣。位置於二人之間，亦未遽爲蜂腰矣。"著有《語録》一卷、《北磵詩集》九卷、《北磵文集》十卷，今存。

一　贈陳生

寫字與刻字孰難？曰寫字難。晝被忘穿，臨池忘緇，專心致志，僅彷彿古人用筆意。公孫氏劍舞，觀者得草聖之妙，彼順朱耳。

或曰："鑿爲筆，鎚代腕，欲顔則顔，欲柳則柳，勁鐵瘦蔓，出筆墨畦畛。與夫遊刃肯綮，砉然中桑林之舞，十九年若新發於硎，何以異？故曰刻字難。"往復競辯，侃侃不相下，欲解其紛而未能也，則謂之曰："昔人夢鹿，子知之矣。敢用是而中分之，曰二難。"

丁亥九月幾望，丁山法堂紀歲月，郡刻工陳文頗臻妙，策其勳，弔其貧，書以爲贈。文淵閣四庫全書本《北磵集》卷六。

二　跋祁公子美帖

婦翁鉤畫遒勁，於冰過清。甥館行草掀舉，比玉尤潤。晉東土以東牀坦腹蕭灑爲名談，恐不足語於吾慶曆之盛。《北磵集》卷六。

三　書楊補之梅

寓素於玄，質成烏有；責芳於影，夢酣黑甜。展卷臨窗，色香俱在。柄此能事，屬諸逃禪。詠姑射真，須春風手。先驅醉穎，珠玉在側；後振綵毫，覺我形穢。《北硯集》卷六。

四　跋陸永仲題江貫道《寒林圖》

陸永仲題江貫道《寒林》一幅，梵蓬居藏護惟謹。貧約奉母，貿易斗升，終母之生，百紙殆盡。年八十八，始以此軸遺圓方外。自題曰："方外佳友也，非暗投矣。"余讀至此，歎其辦菽水，紓頷，白眼奇跡，鑿方枘圓，但知愛親，不知愛畫。

顏平原粥盡乞米，後世有《乞米帖》。梵蓬居以畫市米，當時謂之《市米畫》。顏貧於忠，梵匱於孝，法當配顏，傳諸無窮。若永仲云："結囊勿浪出，寒具染凡指。"方外其從事斯言。《北硯集》卷七。

五　跋穎德秀書《文賦》後

異時觀老坡與參寥一帖云："見穎上人數紙，不覺驚喜。雖猊奮鬣，已過老彪。"及觀穎書《柳鬼傳》，遒婉而勁，《文賦》尤老成。

穎書此賦，毋慮十數本，篤於文也，第未見其文。余不解書，喜蓄前輩逸跡，每得一帖，則必曰：奇技也，豈彼能，我獨不能？奇玩也，豈彼有，我獨不有？夜以繼日，思竭吾力，兼而有之，然終不能有。

或曰："我安用是為？治人者勞心，治於人者勞力。人將勞吾力矣。外物則德全，玩物則德喪；物將喪吾德矣，所有不既多乎？"余敬受教。《北硯集》卷七。

六　跋五公帖

或謂前輩貶米南宮字如仲由未見孔子時，吾未見其貶也。秦淮海飄飄凌雲之氣，見於觚牘。參寥謹嚴而疏蕩，稱其為人。無為子、辯才師字雖不工，率意信手，拔俗千丈。

西菩僧舍故紙中，得此五公，豁然眼明。《北硯集》卷七。

七　跋小米畫

毫素傳衣，蕭然名家。彷彿樹杪，溟濛水涯。吾不知雲藏山耶，山藏雲耶？《北硯

八　跋《六代傳衣圖》

自老胡，至老盧，一金襴，一瓦盂。蔓不可滋，蔓滋難圖。遂使芽蘗，千差萬殊。曰法曰心，自相牴牾。矧乃繪事，唐捐工夫，加以語言，毀譽太虛。繫影載馳，捕風載驅，一之謂甚，其可再乎？《北磵集》卷七。

九　跋虞仲房隸字

丹丘林詠道出虞兵部書杜工部《李潮八分小篆》《王宰山水圖》兩篇。隸法壞自公始，然亦自成一家。搏搦騫騰，鯨鵬撮摩，天矯容與，煙雲捲舒。數十年間，豐功厚德之所載識，借公爲重，不專在翰墨也。不知公者，獨以隸古稱，豈知公哉？

昔歐公以墨君稱文湖州，而其篆、真、草、隸皆入神，道德文采，光明照人。荊公誦其詠鷺，歐云："與可拾得耳。"好賢莫如歐公，而以墨君失之文湖州，後世慎無以隸古稱公，而蹈墨君稱湖州之轍也。《北磵集》卷七。

一〇　跋雪竇老融牛軸

畫牛至戴嵩，能事畢矣。雪竇老融，則又出於規矩準繩之外。晴春自牧，如超方之士，得友得師，心平氣定，有日新之功。露地而眠，則飽道足學，片石深雲，燕晦自若，不動聲氣，物來斯應，新生之特，不受控勒。方其解衣盤礴，想像乎尋牛訪跡；其既成也，庶幾乎人牛兩忘。已而不復自惜，與好事者共之，不見筆墨畦畛，則又何以異夫轉位回機，聖凡所不能測。或者以秀關西讓龍眠之説繩之，不直老子一笑。《北磵集》卷七。

一一　跋橫浦帖

橫浦不喜東坡，晚自嶺外歸，始誠服焉。手書其《韓愈廟碑》《讀孟郊詩》《送琴聰序》，無慮十數。

舊在閩中，見於韶石諸孫，紙尾有大慧題字云："橫浦喜書此，使韶藏護惟謹。"今復見此叙，字差小於鄉所見。橫浦小字不易得，尺牘之類亦且大。把玩不忍置，雖無玉蕤薔薇，冷泉芳栢，可熏可濯耳。《北磵集》卷七。

一二　書橘洲《跋育王僧圖》後

雪竇弗作，晦堂灰冷，遺質而耆文，滔滔者皆是。蓋常笑橘洲《跋育王僧圖》云："佛世比丘，皆龍虎變化，後世皆黃茆白葦。"抑有所激而云爾。

始圓上人欲走江西，學佛照鄉語。時盍語之曰："少林嘗走竺西乎？"必曰："未也。"則又語之曰："子過少林遠矣，使後世謂吾不解禪，顧不偉歟？"《北磵集》卷七。

一三　題彧侍者《牧牛圖》

牧牛看牛，孃安大仰，無所用吾力也。佛印四牛，畫蛇也。梁山十牛，蛇足也。自得六牛，足屨也。按圖索牛，猶索馬也。孃安大仰，逸嚮遺韻掃土矣。舉圖而捐之，不見全牛，而頭角全露。至於人牛兩忘，入鄽垂手，皆此牛也。昧夫在御而他求，何獲焉？《北磵集》卷七。

一四　跋山谷《綠茹讚》真跡

山谷草聖不下顛張醉素，行、楷弗逮也，然皆自成一家法。如王、謝子弟，不冠不襪，雖流俗人盛服振衿不如也。

右《綠茹讚》，疑其宜州腕力潛微時作，不然，何以綽約柔緩也如此。《北磵集》卷七。

一五　跋平江寧上人《孔子廟堂碑》

書學廢，識書者益尠，韓愈稱："羲之俗書，吾所以望後世者益狹。"

虞書《孔子廟堂碑》，唐人駸駸晉人者，南北壞斷，贗跡實繁。此本蓋亦未易得。當自其殘闕處而求其全，沈潛往復而遺其全，然後殘闕之大全，了了在目，雖有智巧，不得而形容於語言之間也。《北磵集》卷七。

一六　跋清真亮老所得勾獻可孟藏春詩

蓄奇玩，衲子所深戒，懼喪志也。然寓意不留，意何傷乎？

亮清真得小米雲樹半幅，桃源太守勾獻可久假而不歸，留詩以爲謝，江東部使者孟藏春次韻補其虛橐。捨畫而得詩，與嗜畫何異哉。雖然，殆不足與暢法師白玉塵尾同日語。《北磵集》卷七。

一七　題惠崇《柳塘春水》

鴛鴦容與於老柳煖煙春漲中，便覺瀟水湘波，回塘曲渚，欸乃一聲，悠然到耳，而忘其爲畫也。《北磵集》卷七。

一八　跋諸尊宿帖

翰墨不足論諸老，然皆可觀。若曇與訥固擅書名，佛智老禪又自得筆外意，韓子蒼評大慧書如古錦囊。師子非老於研墨者，未易語此。《北磵集》卷七。

一九　跋陸放翁帖

鏡湖一曲，皆翁吟嘯提封，翁所自有，非若賀秘監請而有也。遂與山僧巷友爭漁樵席，翰墨淋漓，人爭得之，是三帖遂爲勤上人所藏。《北磵集》卷七。

二〇　跋圓悟真跡

《示惠悟宜人語》，在建炎初元仲夏，老子間關江淮煙塵時也。一言一語，務開晦昧，正人心，揭正眼，曾無纖毫自爲安適計。蓋佛祖在人間世別無他事，惟此事耳。自此歸雲居，尋歸少城，婆娑大隱。得人雖不若全盛時，潛符密契，若惠悟者，未易一二數。攬此舊墨，使人拳拳。《北磵集》卷七。

二一　跋老融散聖畫軸

自普化金華至蜆子凡十輩，意緒情態皆不失傳記所載，非高懷逸想，經營盤礴，不見筆墨畦畛，若老融自成一家者，未易模寫。

曩留四明最久，間得之，好事者輒取去，今僅存觳觫一紙。議者以其微茫淡墨不足以永久，遂目之曰罔兩畫。行輩中壽此山一時名德，作詩尚奇澀，時號梵語詩。良金華玉，市有定價，浮俗不知也。

因書融卷後，解嘲壽云。《北磵集》卷七。

二二　跋《禪會圖》

經史無禪字，往往時君世主樂從方外人訪此字義，則必據問爲説，問其字輒不識，其故何也？字，跡也；義，宜也。遺跡而宜義洞然，心初未畫之文爛爛經史中，絲髮不隱，使自見之，聖益聖，賢益賢，執而泥，抑將瘝焉。

善畫者狀意以顯義，自唐肅宣文、後唐少主、潮朗刺史、老龐翁嫗兒女，難疑答問之情態意緒了了在目。終之以靈照昆弟坐亡立蛻，或謂了此義者，止於坐亡立蛻也耶！夏蟲不可語於冰，夫是之謂。《北磵集》卷七。

二三　跋譚浚明所藏山谷《巖下放言》真跡

放言於規矩準繩之外而不失規矩準繩，然字亦放，若孔子從心時不踰矩矣。往往不識此等氣象，故有軟語之譏。

公自黔涪起廢，舟泊灩澦，鄰檣二客乘月吟嘯，曰："今代無詩人，魯直軟語定不能寫此奇偉之觀，盍聯句賦此？"其一曰"千古城西灩澦堆"，其次曰"上陵下浸碧崔嵬"。酒數行，悲嘶不已，而苦澀不續。公朗吟云："曉濤激噴萬丈雪，夜浪急回千里雷。"二客詰姓字，公曰："軟語魯直。"客愧謝移櫂。

右五篇字字有法度，爲公非家藏，今爲譚浚明所珍。寶慶二年清明，北磵鳳泉展玩於介亭之陰。《北磵集》卷七。

二四　跋歐陽率更九成宮《醴泉銘》

貞觀初，歐、虞、褚、薛以王佐才弄翰，追配二王，謹嚴瘦勁。歐陽絕出，流落天壤間者何限，獨《化度寺記》《醴泉銘》最爲珍玩，習之者往往失其韻致，但貴端莊如木偶，死於活處，鮮不爲吏牘之歸。

贋刻誤人，人亦罕識真，忽見此本，殆未易得，反復數日，書以歸之。《北磵集》卷七。

二五　跋《蓮社圖》

此圖之作，始於龍眠李伯時。

余則喟然而作曰：理亂不關懷，利害不入耳，迭評遞品爲佳士，不救覆亡身隨戮，辱不爲也，非不能也。遂使此一十八人放於匡山之陽，鑿池種藕，授《詩》譚《易》，爲般舟之學，身土俱厭，冀西向之歸。吁，兹何時哉！《北磵集》卷七。

二六　題《瀟湘八景》

少時誦寂音尊者《瀟湘八景》詩，詩雖未必盡八景佳處，然可想而知其似也。忽展橫幅於飛來濃翠間，詠少陵所謂"湖南清絕地"，便覺精爽飛越。《北磵集》卷七。

二七　題《廬山圖》

曾見廬山，是謂不負眼。識其面目，弗俟步屧煙霏，臨眺寒翠。出奇品評，取巧圖寫，捨是未必不若毛延壽之於歸州女兒。

偶閱此卷，殆庶乎萬一。《北磵集》卷七。

二八　跋瑱師所作《飲中八仙圖》

飲中趣，詩人歌之；詩中畫，畫者臨之，可以止矣。

題跋者方爭妍取奇，角其力於八仙酣適之地，若非耽其所嗜，若路逢麴車，則必欲坐詩窮於作歌者之間關浣花、瀼西，突不黔而後已。北磵不敏，請避三舍。《北磵集》卷七。

二九　跋方別駕味道記黃叔向《欓舟圖》

欓舟，有待也。記之者能道其意中事，從而發其蘊者稱是。半淮吹腥，豐豕嘯類，餘波末流，無所不至，纜可以解矣。運一耳目，均諸同舟，風怒雲黑，水立畫暝，不約而同，若左右手，飛廉海若，無用夫勇，則於吳起掉舌，魏文忮險，果虛語哉！《北磵集》卷七。

三〇　跋《西嶽降靈圖》

降靈筆墨自龍眠，此圖之工緻，開卷即知爲龍眠老手。布置人物，雜以鬼怪，洎妙麗乘跨，皆不失幼長貴賤之序，進退嚮背之宜。雲中捲舒出沒非全完，而全完出人意外。至於毫芒瑣屑，出奇策勝，疑其爲老劉，或其徒劉朝圭所能。蓋嘗見諸白玉樓畫於臨川陸伯敬。伯敬，象山之子，自言得之於荊門，而毫芒瑣屑，出奇策勝，與此無有二，可珍也已。

紙絹之壽，千年半千不足計，不幸落浮俗富貴家，藏以什襲，肆羽魚宅於中，與塵俱盡，豈若遇名流時一鑑賞之爲愈？譬夫朝聞夕死，豈不佳於什襲一千半千載，壽於羽魚宅哉！《北磵集》卷七。

三一　書鏡潭照藏主水墨草蟲

鏡潭照草蟲水墨出奇，便覺蘭陵畫手，風斯在下。當如伯樂相馬，取其神駿，遺其牝牡玄黃。《北磵集》卷七。

三二　題水墨狸奴

鼠不仁，執之尤不仁。寫生者增其狰獰，益重吾之好生。《北磵集》卷七。

三三　題龍眠《控馬圖》

銕踠趣，銕蹄踏，行如雲，立如玉。誰寫神駿，一空冀北。矧乃御者，非賤工也。《北磵集》卷七。

三四　跋甜畫

寫生最難，形容其難更難。題跋亦難，不問工拙又難，順情胡寫又更難，胡寫了欲人不笑倍復難。於前數難，思其所以難而却其請，而求免見訝，難矣哉！《北磵集》卷七。

三五　跋陶山帖

陶山謂荊公素不好習書，不欲踏人腳跡。不特書爾，至於問學，不喜觀左丘明，肯踏他人跡哉？得時行道，凡所建明，眾所不與，此其特立獨行者如此。

右一帖筆勢掀舉而穩重，雖不習書，吾必謂之習矣。陶山、東萊書其後，吾欲分其一，又恐天下奇物不可離其偶，屬恢護持以傳世，後見我必出此作供。《北磵集》卷七。

曾漸藝話（一則）

曾漸（一一六五～一二〇六）字鴻甫，建昌南城（今江西南城）人。紹熙元年進士，授承事郎，簽書南康軍判官。歷知滁州、興化軍。召爲秘書丞，數遷至秘書少監。官至權工部侍郎。開禧二年卒，年四十二。著有《武城集》二十四卷，曹彥約爲序，已佚。

題《蘭亭考》

澤卿彙次《蘭亭考》，凡方冊所紀，卷軸所題，亦略備矣。其不可致者，天上書耳。秘閣藏唐人鈎摹，并鍾離景伯摹三軸，皆有跋語，録以遺之。南城曾漸書於道山堂。文淵閣四庫全書本《蘭亭考》卷末。

劉宰藝話（一四則）

劉宰（一一六六～一二三九）字平國，號漫堂。鎮江府金壇（今江蘇金壇）人。紹熙元年進士，調江寧尉，歷真州司法，授泰興令。韓侂胄方謀用兵，宰言其輕啓兵端，爲國深害，果如其言。爲浙東倉司幹官，尋告歸，監南嶽廟，退居雲茅山之漫塘。嘉定間，屢召不就。理宗朝，累召爲籍田令、通判建康府，皆不就，以直秘閣主管仙都觀致仕。端平元年，復以太常丞召，一時譽望收召略盡，唯宰與崔與之不至。隱居三十年，平生無所嗜，唯於書無所不讀。嘉熙三年卒，年七十四。其學一以程、朱爲歸，所與遊者亦多朱熹門人。詩文淳古恬淡，質樸自然，不事雕飾而明快暢達，《漫塘》一賦，尤爲著名。時人稱其"學術本乎伊洛，文藝勝於漢、唐"（趙葵《漫塘劉先生文集序》）。著有《京口耆舊傳》九卷、《漫塘文集》三十六卷。

一　題王氏天開圖畫卷後

濃淡非粧點，縱橫謝剪裁。憑欄一凝睇，圖畫信天開。文淵閣四庫全書本《漫塘集》卷一。

二　題龍祠米元暉詞後　以有改"勝尋"爲"尋勝"者作

醉筆淋漓紀勝尋，重來尚想百年心。浪將一字殊先後，誰識朱弦太古音？《漫塘集》卷一。

三　題張端衡竹木石畫

槎牙高樹蕭梢竹，絕島風煙開短軸。更煩點筆作衰翁，嘯月吟風飲山淥。《漫塘集》卷一。

四　題瀑布畫

洩雲澒洞遮山腹，古木槎牙繚山足。舉頭百丈瀉寒泉，知有高峯插天綠。《漫塘集》卷一。

五　題劉文簡所藏墨梅卷

煙雨和成宛擅場，新來飄著雪衣裳。以吾不可學渠可，善學楊君祇此郎。楊補之甥湯君所畫，自謂得補之白黑相形法。此幸乃為倒暈素質以反之。《漫塘集》卷一。

六　題王荊公半山圖

歸來心事平，蹇驢踏秋風。舉鞭問髯奴，何如浣花翁。道旁幾高松，風來自相語。桃李今何之，歲寒予與汝。《漫塘集》卷二。

七　題解生《山水圖》

長江之水西南來，江北江南圖畫開。君從何處得此景，錦帆似泛長江回。槎牙老樹連荒島，兩兩人家出林杪。鷗飛欲下洲渚寬，雲橫不斷關山杳。圖窮雙嶼金焦峙，仙宮縹緲浮寒水。拖樓捩轉吳波平，閶闔中天日月明。《漫塘集》卷四。

八　觀《瀑布圖》

仰觀山模糊，俯視山歷歷。見卑不見高，此恨通今昔。觀者笑且言，畫手非用力。安知畫工心獨苦，世上悠悠幾人識？君看白練飛，杳不見來跡。疑從九霄中，直下恣噴激。六月天無風，大暑鑠金石。此景獨清涼，飛雪灑石壁。此豈銀河翻，餘派墮空碧。抑豈龍門決，洪波迕八極？方知畫者心，不止存目擊。山上更有山，去天不盈尺。丹崖與翠巘，羣仙所遊息。煙雲不可到，日星在几席。甘露被草木，醴泉出巖隙。流落人間者，萬派祇餘瀝。知畫豈予能，因畫重悽惻。聖賢言外意，未可紙上得。所以說詩者，要在以意逆。安得畫外觀山人，共向畫中探端的。《漫塘集》卷四。

九　跋趙憲汝楣唐率更《千字文》跡

草非草，真非真。柳之骨，顏之筋。歐張瘦硬可通神。衆體備，兼衆美。莫臻興嗣書，無首亦無尾。當年好事人，各欲徇所嗜。割截同至寶，得中固為喜。莫將俗眼看，墨脫字已漫。當年寶匣中，什襲幾歲寒。祇今煙雲披，星斗尚闌干。麟角鳳觜毋輕棄，煎膠續弦端有冀。君不見四愗寶此不寶他，固應落筆驚風雨，走龍蛇。《漫塘集》卷四。

一〇　題陳少陽畫像

陳公以布衣扣閽，恨不手鋤姦佞。今雖死，垂紳正笏，生氣凜凜，姦佞盍少避，恐不殷太尉無恙時。《漫塘集》卷二四。

一一　跋晦菴書"陶窗"二大字

半山《謝公墩》詩云："公去我來墩屬我，不應墩姓尚隨公。"晦菴先生匾故鄭君之室曰"陶窗"。二公魂交，千載如見，故先生有云："倘九原可作，某人必不作半山語。邂逅神遊，山間一笑。"第未知誰爲賓主耳。《漫塘集》卷二四。

一二　跋楊文公書《遺教經》

文公晚悟佛理，此經乃佛末後語，意其書此，必公垂沒之年。按公之沒年僅四十有七，則氣血猶盛壯也。嗚呼，豈不自知其當然者耶！《漫塘集》卷二四。

一三　跋《聽雨圖》

蔡天啟《中書集》中有跋畫一段云："余官京師十五年，日有藪澤之思，偶得尺素，作平岡老木，以其餘地授伯時，請加遠水歸雁，以扁舟載。僕因題詩其左，曰：'鴻雁歸時水拍天，平岡老木尚寒煙。付君餘地安漁艇，乞去我春江聽雨眠。'伯時唯唯，然懶不能竟。他日彥舟取去，以示令戩，即取筆點染如詩。明年冬，余補常倅，歸過彥舟，壁間見頗有佳思。初夏泛小舟至村舍歸，泝珥瀆河至十八里店遇雨，宿橫塘埭下。閉臥篷中，夜分不寐，聞歸雁聲，因記曩時，復作絕句云：'平野風煙入夢思，殷勤作畫更題詩。扁舟臥聽橫塘雨，恰值江南歸雁時。'自作詩畫至今六年，而竟踐之。念曠蕩之可樂，悼歲月之不留，於是悵然者甚久。舟過丹陽，宿北山僧舍，因書以遺令戩，且寄彥舟以跋前畫云。"

李伯時風流文雅，無所不學，而於畫尤工。令戩宗枝之秀，彥舟王氏渙之，與兄漢之俱爲名侍從，皆一時見推於蘇門者。余里中友王君虎文，彥舟曾孫，其家收古書畫甚多，竊意蔡天啟所題畫軸猶爲家寶，故書其事遺之，亦綴小詩云："我是江南把釣翁，橫塘埭下幾經從。開編喜見詩中畫，太息難追物外蹤。"《漫塘集》卷二四。

一四　題桂山君所書"和氣""敬愛""忍耐""輸機"八字後

和順之氣積於中，而敬愛之情達於外，蓋兄弟之常，而妻子間之，則臨事必將求勝，臨財必將求多。求勝則爭，求多則奪。忍耐以抑其求勝之心，輸機以息其求多之念，桂山君之慮遠矣。《漫塘集》卷二四。

劉學箕藝話（二則）

劉學箕（生卒年不詳）字習之，建寧府崇安（今福建武夷山）人。子翬孫，玶之子。青紫滿家，應得一官，而廉靜退託，志在四方，足跡半九州，遊襄漢，經蜀都，寄湖浙，歷覽名山大川，取友於天下。嘉泰四年返鄉里，年未五十，移家於南山之下，引泉植竹，造亭立館，取其最宏敞者，扁曰方是閒堂。日與賓客飲，飲醉吟詩，詩成更飲，常至達旦。六經諸子、史傳百家之書、天文地理經緯之學、古今文集、醫藥方技，莫不研究。其人元資秀發，發而爲詩，所作歌行，放笑縱橫，時露奇崛。詞風近辛棄疾。著有《方是閒居士小稿》二卷。

一 送畫士張道人序

侔揣萬類，揮翰染素，雖畫家一藝，然眸子無鑑裁之精，心胸有塵俗之氣，縱極工妙，而鄙野村陋，不逃明眼，是徒窮思盡心，適足以資世之話靶，不若不畫之爲愈。

今觀昔之人以一藝彰彰自表於世，皆文人才士，非以人物山川、佛象鬼神著，則以樓觀花竹、翎毛走獸顯。蓋未有獨任一見而得萬物之情，兼備諸體而擅眾作之美。雖張僧繇、吳道子、閻立本諸公不能之，況萬萬不及比者自謂能之，可乎？

古之所謂畫士，皆一時名勝，涵泳經史，見識高明，襟度灑落，望之飄然，知其有蓬萊道山之豐俊，故其發爲毫墨，意象蕭爽，使人寶玩不寘。今之畫士祇人役耳，視古之人又萬萬不啻也。亦有迫於口體之不充，俛就世俗之所強。問之能彼乎？曰能之；能此乎？曰能之。及其吮筆運思，茫昧失措，鮮不刻鳥成鵠，畫虎類狗，其視古人神奇精妙，每不逮之。所以若然者，未可悉尤之畫工。畫工雖志在阿堵，而亦有不專在夫阿堵也。

道人張生畫虎探三昧，摹寫形狀，蹲踞出伏，橫行妥尾，不下包貴父子，世以"張畫虎"目之。遠來訪予，留半歲，爲予作虎圖、花木毛翎數十軸，綽有奇趣。予嘗爲攷之，自唐迄今，名流固多，而張其姓者獨不少，如僧繇、詢、南本、騰、贊、景思、質、圖、玫、元、昉、翼、戩、經、璪、素卿、道陵者得十有七人。出於神僊，出於大夫士，俱非庸俗輩。工佛像者有之，翎毛者有之，風林水石者又有之，皆曲盡奥妙，表表傳於今。今張生豈其遠裔歟？不然，何其多能，仍兼其伎也？

一日辭去，求詩於予。予病酒，不暇作，特序畫之所以然而送之，繼爲之説曰：夫畫之多品，均是藝也，鮮有精其能焉。蓋有精於此而粗於彼，得其偏而遺其全。今子遂並有之，殆造化者私於子矣。然未審子之致精措慮，果有合於前古，無粗彼遺全之譏；而一唱三歎果得意外不傳、神彩飛動之旨不乎？今予所得者畫爾，神聖工妙則有世之鑑別者在，予不得而知也。子姑行，挾是以養身助道，不患人之不我知。若猶未能皆偶也，子其遲之，毋怨。皇宋嘉定丁丑重陽後十日序。文淵閣四庫全書本《方是閒居士小稿》卷下。

二　畫壁賦

方士李畫松竹梅蘭山石於南堂之照壁，方是閒主人見而賦之。其詞曰：

彼方外之士兮，能卓犖而不羣。登吾南堂兮，運乎中書之君。心役手兮倏然前陳，枝與條兮生意若神。染墨寫真兮，豪釐莫差其形。松老而壽兮，歷世故之舊兮。竹清而瘦兮，中立而不疚兮。梅偃蹇而橫枝兮，吐歲寒之芳姿。蘭滋芳於水涯兮，美不蘄人之知。介於石兮，黝而醜兮。合四花兮，成五爻兮。客至顧瞻，心齋咨兮："忽清風之來兮，儼芳馨之紛披。過日華之西兮，亂雲影之參差。聊延佇以終晷兮，撚髯鬚而吟思。方其火雲張去聲空，袢暑金液，散髮舒嘯，氣息呼吸。面之以揚清泠，挹之而傲泉石。及其遐想玄陸，霰雪交集，北風呼號，萬木凍立。吾不知松竹梅蘭之爲畫耶？意其真是而相錯乎山之隙也？"

余曰："噫嘻，世固有之。萬物變幻，子奚不思。彼林林總總之衆兮，與之形質而不卑。小大之齊，人不可得而推之兮，又烏能妙結而全窺。惟天地造物之巧兮，有非人力之所能爲。今摹狀而傳真兮，乃工於畫筆之所移。是人力足以奪造化之權，而造物者果不勝人力之巧思者耶？且夫瀛洲之儔兮，名昭於前兮。千古不泯兮，託筆墨以傳兮。凌煙之像兮，勳業相望兮。顔範具瞻兮，炳丹青以狀兮。此其是耶，色非丹臒；抑猶非耶，宛其林壑。理固弘深，言求博約。"客惟唯唯，俯不見答。畫耶真耶，一笑而作。《方是閒居士小稿》卷下。

周端臣藝話（一則）

　　周端臣（生卒年不詳）字彥良，號葵窗，建業（今江蘇南京）人。紹熙三年曾遊龍井廣福寺，有題詩。又與翁孟寅等唱和。曾官御前應制。約卒於理宗淳祐、寶祐年間。端臣頗有詩名，其詩屬江湖派，多法晚唐體。著有《葵窗稿》，已佚。近人周泳先輯有《葵窗詞稿》，存詞九首。

聽無悔琴

　　悟琴如悟道，神閒若無營。在心不在指，以意非以聲。鏘爾風篁韻，泠然天籟鳴。曲終各一笑，相對無虧成。文淵閣四庫全書本《江湖後集》卷三。

周文璞藝話（三則）

周文璞（生卒年不詳）字晉仙，號方泉，又號野齋、山楹，原籍陽谷（今山東陽谷）。慶元間，爲溧陽丞，歷官內府守藏吏等職。與韓淲、姜夔、葛天民等人交遊。能詩，《四庫全書總目》卷一六二謂其"古體長篇微病頹唐，不出當時門徑"，古體短章、近體小詩"可肩隨於白石、澗泉諸集之間"。著有《方泉詩集》四卷。

一　古琴歌

山人袖攜古琴來，形橫拙醜腹破穿。上兩金字亦殘漫，自云得自十年前。十年前宿野店間，野店岑寂無炊煙。只將百錢乞翁媼，回買濕薪煨澗泉。老翁持出一木段，刀痕鑿痕斧痕滿。秀才望見三嘆羨，學琴以後何曾見。此是成都雷氏爲，揩摩雷氏分明現。持歸修治調曲成，曲成他人不肯聞。初彈《羑里》可釋憾，再鼓《廣陵》如雪冤。《將歸》古操次第傳，龍入我舟何可憐。文淵閣四庫全書本《方泉詩集》卷二。

二　歐陽琴歌

嗚呼箇是文忠琴，嗚呼此琴今尚存。堂中圖書散失盡，留得七絃傳子孫。六言自書書在腹，古錦梅花留不得。嗣孫賢者能忍貧，不向豪家博珠玉。初鼓如撼昭陵松，鞏原流水青溶溶。三宗龍衮在帝左，曾把鈞天賜與公。再鼓似播清潁水，只將漱流肯洗耳。曾蕪兩生招不來，自寫新聲付兒子。堯囚山，舜放野，自茲以下不平苦。與君所得婦女謗，此日一洗清萬古。小儒昔誦五季傳，頗訝《春秋》體微變。今來再聽七絃琴，南薰遺製喜復見。浮雲流盡白日逃，何用《廣陵》與《離騷》。譜成只度歐家曲，秋聲賦共廬山高。琴有公題。　《方泉詩集》卷三。

三　聽琴

嚮人欲抱舜文絃，可惜書生不值錢。彈出履霜空作惡，一林風露已鳴蟬。《方泉詩集》卷四。

王象之藝話（二則）

王象之（生卒年不詳）字肖父，一作儀父，婺州金華（今浙江金華）人。自少隨父宦遊四方，江、淮、浙、閩無不涉足。慶元元年登進士第。寶慶初官長寧軍文學，紹定中知分寧縣，嘉熙中知江寧縣。象之博學多識，著有《輿地紀勝》二百卷（今存，闕三十一卷）、《輿地圖》十六卷，搜求頗勤，於西蜀諸郡尤詳。

一 漢石刻《治道記》跋（一）

右，西漢刻石廿有九字，在永康軍，過紫屏鋪二里道旁。乾道丙戌余始得之荒萊中，出石三面，高卑凸坳，刻隨其勢，蓋孝、哀時刻也。

西漢字世固罕有，歐陽文忠以未之見爲憾，從劉原父得銅器款識數字，已爲可寶，而不得石刻也。今此刻天下漢隸莫先焉，而不與《集古》所録。世豈無抱道負材之士，不爲世知，如此石者乎？可不爲之太息哉！民國二十二年刻本《灌縣志·文徵》卷一。

二 漢石刻《治道記》跋（二）

右，東漢刻石十有六字，在范功平磨崖之西五十餘步，字大小等而筆意精妙，去地數寸，剝蝕甚於前刻，模者必偪而得。

蜀之漢刻最多，此刻《尊楗閣記》三十有八年，其次在第三矣，甚可愛也。余得前刻十日，小子武仲始見而模本云。五年太子晉原李公爲作屋護之，索余考鐫之石，東萊蔡迨書。《灌縣志·文徵》卷一。

李心傳藝話（二二則）

李心傳（一一六七～一二四四）字微之，一字伯微，號秀巖，隆州井研（今四川井研）人，舜臣長子。慶元元年舉鄉薦。二年，舉進士下第。累舉不中，遂閉戶著書。嘉定元年，奏進《建炎以來繫年要錄》。十一年，與魏了翁、虞剛簡等講學於成都府。寶慶二年，魏了翁等二十三人交章奏薦，以布衣應詔，差充史館校勘。三年，特補從政郎。紹定二年，授承事郎，依前秘閣校勘。四年，賜同進士出身，除國史院校勘官，擢將作監丞兼國史院編修官、實錄院檢討官。五年，除秘書郎，專修《中興四朝帝紀》。六年，添差通判成都府。端平元年，遷著作佐郎，兼四川制置司參議官，舉薦門人高斯得及牟子才等同修《十三朝會要》。三年書成，召爲著作郎兼權工部郎官。嘉熙二年，除秘書少監，兼史館修撰，薦高斯得、杜範、王遂爲史館檢閱。進秘書監兼權工部侍郎。三年，除工部侍郎。淳祐元年，罷職，寓居湖州霅川。二年，《四朝帝紀》成書，忤史嵩之，罷祠。四年卒，年七十八。李心傳以編年史學知名，與李燾並稱"二李"，父子兄弟，又有"井研四李"之號。著述頗多，今存《建炎以來繫年要錄》二百卷、《建炎以來朝野雜記》甲乙集各二十卷、《舊聞證誤》四卷、《道命錄》十卷、《丙子學易編》一卷。尚有《讀史考》《辨南遷錄》《西陲泰定錄》及詩文集一百卷等，已佚。

一　《蘭亭續考》序

王逸少歿垂二百七十年，而所書《脩禊叙》自人間復歸御府；又近二百七十年，而自昭陵復出人間；後百三十餘年，而定武石本始傳於世；又後六十餘年，而石歸天上；又後二十年，而復失於維揚。自是百餘年間，士夫所藏，真贗相雜矣。惟嘉禾俞壽翁以酷好精識之故，家有此帖數十，多渡江以前中山摹揭之舊，因次第其所藏與所見，粹爲一編，以續桑氏之考，抑可謂太清而不俗矣。

余嘗怪昔之善書者如漢之蔡中郎、唐之顔魯公，率爲人忌嫉不得其死，而本朝坡、谷二公，亦流離困躓於嶺海之外。絕藝之足以累人如此。彼右軍者顧乃生都顯名，衆所歆慕，誓墓辭官，卒以樂死。雖與元司馬竝世，而不與達空函者同科，遺墨流傳，復無蘇、黃禁錮燔削之禍。歷十二朝，自天子至於庶人，莫不愛重，所遭乃爾，絕藝果足以累人哉？然文皇所儲丈二之軸，至三千六百紙，而更六百年，復古殿中所存纔兩行耳。今仙馭上賓五十六載，所存兩行又不知其安在，則右軍真跡遂絕於世矣。雖他帖之傳尚十百，然皆不得與《蘭亭》比，矧臨摹刻畫，大抵失真。則壽翁於此寶藏，折衷以示後人，亦志據依遊之一助，未可以玩物而疵之也。披攬再三，遂復題其卷首。淳祐壬寅小寒節後五日，蜀人李心傳序。文淵閣四庫全書本《蘭亭續考》卷首。

二　題沈伯愚所藏《蘭亭》帖

余從士大夫家見《蘭亭》石刻多矣，皆號定武本，雖秘府之藏，亦未免雜贗也。紹定癸巳脩禊之月，舟過禾興，欣遇沈公之孫寺丞出示家世所寶二軸，望之知其為真也。

此軸本吳傳朋得諸薛氏，而博古如尤、王，善書如朱、范，同所鑑賞，則又信而有徵矣。近歲士人作《蘭亭考》凡數萬言，名流品題，登載略盡，惜無以此軸示之。陵陽李心傳書。《蘭亭續考》卷一。

三　題魯雲林藏《蘭亭》帖

魯氏此帖藏之百年，而壽翁表出之，非篤好何以至此？後山陰修禊之八百六十有九年，中冬月上朔日，蜀人李心傳觀。《蘭亭續考》卷二。

四　題姜堯章藏《蘭亭》帖

董承旨者名誠，劉信叔子壻也。劉氏世為貴將，則此帖繇來可考矣。鑱去五字，所傳亦不同。

昔右軍既書此文，甚自愛賞，更書之無能及者，則謂《蘭亭》不見稱於晉，恐未為確論也。摩抄墨本尚爾，況其真跡耶！淳祐辛丑歲十有一月庚子哉生霸，越六日乙巳，秀巖老人李心傳題。《蘭亭續考》卷二。

五　題洪內相所題《蘭亭》帖

紹定之季歲，予罷史職歸巖居。春三月，過御溪，沈虞卿侍郎之孫提舉君以家藏《禊帖》示余，求識其後。秋九月過梁溪，尤伯晦、仲晦方里居，邀予與蔣良貴共飯，日加巳已速客，席閒設大几，錦褾玉軸堆積其上。余雅聞遂初圖書之富也，亟起觀之，則多元老鉅儒所嘗鑑賞者。良貴拔其尤者，謂予各題數語。觴每行，趣輒更一二軸。

遲明飲散，予遽解舟，今不憶所題若干，亦不憶有無《禊帖》在其閒也。

淳祐初年小寒節前五日，俞壽翁走价以此帖示余，實沈貳卿於羣玉暨史園兩嘗出示坐客者，而尤公遺墨在焉，其爲定武眞帖不疑矣。前後同觀者十有六人，大抵二熙名士，其閒蓋有出處與隆替對者，自是右軍輩人物，書翰其一也。後之覽者，又當有感於斯文。陵陽李心傳書。《蘭亭續考》卷二。

六　題劉明達所題《蘭亭》帖

俞壽翁寄似《禊帖》四，皆定本也，但筆跡微有肥瘦之不同爾。聞諸前輩，謂此石將歸天上，好事者疊紙以拓之，紙在上者字微瘦，理宜爾也。此帖差瘦勁，余一見之，便覺與沈貳卿家本相類，視壽翁所評亦然。因識其後。淳祐元年冬十有一月乙巳，研溪李心傳。《蘭亭續考》卷二。

七　題高皇賜鄭諶本《蘭亭》帖

此帖嘗經思陵賞識，無復可議，況後有驪珠三十六耶。

思陵本斅黃書，後以僞豫遣能黃書者爲閒，改從右軍，而紹興之初筆勢已如此，乃與《戒石銘》字體頓異，殆天縱也。

鄭諶，寺人中之粗能詩者，上雖以此帖畀之，未幾屬鞭之除，復以其交通士大夫而止，蓋畏公議如此。

後百有十年，承議郎臣俞松以示前史官臣李心傳，因憶傳舊聞，龔識其後。《蘭亭續考》卷二。

八　題江南蕭翼取《蘭亭圖》

此卷不知何人所作，觀其意象，殆二人初相見時也。或謂當作老僧蒼皇印，口呿而不能合之狀，迺爲眞失《蘭亭》爾。昔政和畫學，以"午陰多處聽潺湲"命題，眾皆作清流激湍，而聽者坐其側。最後納卷者獨爲藤蔓膠輵，樹影正中，而有人屬耳於崩崖亂石之間，上攬之以爲眞聽潺湲者，遂除畫學錄。然則摹寫之工，固不在乎泥其跡，毋亦對談之頃，而《蘭亭》已落吾度中耶？壽翁試評之。淳祐二年春正月甲午，雪濱病叟書。《蘭亭續考》卷二。

九　題范文正公所藏《蘭亭》帖

余嘗評壽翁四《禊帖》，以瘦本爲勝，後見周益公之說亦然。壽翁復以二帖示余，亦瘦本也。沂公作相時，定武石似未刻，豈其子孫所藏耶？淳祐壬寅歲雨水節，雪濱病叟李心傳書。《蘭亭續考》卷二。

一〇　再題范文正公所藏《蘭亭》帖

余既題此帖後五旬有一日，壽翁復以示余，反復觀之，真善本也。以《集古録》考之，當嘉祐中定武民間石刻已出，但未入公廨爾。然世傳薛紹彭易之以歸長安，後其弟嗣昌獻諸朝，今觀嗣昌大觀初題識，乃以爲得長安崔氏所藏真跡而刻之，則又非定本也。蓋薛本倖存於靖康北狩之日，而復逸於建炎南渡之時，自是絶跡矣。今壽翁訪求至十數帖而未已，其殆有《蘭亭》癖耶？心傳嗣書。《蘭亭續考》卷二。

一一　題歐陽文忠公所藏《蘭亭》帖

《集古録》所收《蘭亭》四刻，王沂公家本纔居一爾，而沈、陳二跋咸稱焉。或疑其有一誤，然沂公家自有石，則摹傳宜不止此。但渡江之後所存絕少，滋爲可愛爾。虞卿鑑賞甚精，兹壽翁所以爲據也。歐公録沂而舍定，政謂其纖毫無異，不必並列爾，非有所輕重也。淳祐壬寅歲清明後五日，蜀人李心傳觀。《蘭亭續考》卷二。

一二　題王沂公本《蘭亭》帖

此帖信美矣，唯室以爲王沂公家本，蓋有所授，第併指定武石刻，則似未深考耳。歐陽公既叙沂本，而繼之云：「又有別本在定州民家，二家各自有石，校其本纖毫無異，故不復録。」然則二本皆佳也，奚必以定本爲貴哉！唯室紹興名士也，余嘗得其《步里客談》一編，今又見其三詩，風流可想矣。淳祐壬寅歲季春之四日，霅溪病叟書。《蘭亭續考》卷二。

一三　題高宗臨寫本《蘭亭》帖

德壽臨《蘭亭》，世所藏者不一，而垂針、蟹爪之體各具，真宸筆也，但摹刻者視真跡爲稍腆耳。嘗聞普安、恩平宗藩竝立之時，上各賜以所臨《蘭亭》，而批其後云：「依此進五百本。」其後重華書七百本上之，而恩平訖無所進，蓋懃怠之分，天命之所以去留也，書帖云乎哉！淳祐二年修禊日，承議郎臣松以真跡示臣心傳，龔題其後。《蘭亭續考》卷二。

一四　題曾公序所藏賜本《蘭亭》帖

壽翁以三《禊帖》示余，其末用「青社忠臣曾孫之印」，蓋曾威愍家所藏也。威愍建炎初帥京東，死國難。

余聞定刻以瘦本爲貴，而此首帖特秀潤。昔歐陽文忠公評李陽冰《忘歸臺》等諸碑，謂三石皆活，歲久漸生，刻處欲合，故多瘦細，時有數字筆劃偉勁者乃真跡也。然則此帖殆亦活石所刻，但摹打有先後，故潤瘦不同耶？反復視之，滋爲可愛，其他亦不足較也。淳祐壬寅歲北至日，秀巖李心傳審定。《蘭亭續考》卷二。

一五　題曾魯公所藏《蘭亭》帖

論漢魏以後法書，東晉爲第一；就晉人論之，右軍又爲第一。

右軍遺墨流傳至國初者尚數十紙，而《蘭亭》臨本特爲士大夫所稱。余嘗見壽翁所藏《蘭亭》石刻凡十餘，而此最後出，蓋曾魯公家故物也。定本始見《集古錄》中，後六十年乃歸御府，魯公所藏，豈其居撰席時與歐陽公俱得之耶？或謂右軍風流人物，與謝太傅自是輩流，不應專以筆札之工爲貴。余謂有如此人作如此字，乃所以爲第一，宜壽翁之寶藏而無斁矣。淳祐橫艾攝提格皋月幾望，雪濱病叟李心傳書。《蘭亭續考》卷二。

一六　題薛道祖臨寫本《蘭亭》帖

定刻得薛氏父子而顯，觀道祖臨帖，殊可賞愛，豈心誠求之之故，《蘭亭》自入渠筆端耶？如未能然，匠意經營，終不近爾。帖藏卞山已久，今乃入於御溪，歐陽公謂物常聚於所好者是也。淳祐二年孟秋九日，雪濱病叟李心傳題。《蘭亭續考》卷二。

一七　題榮次新所題賜本《蘭亭》帖

此榮氏賜本真定刻也，但次新謂慶曆中宋景文帥定武得此石留於公帑，則小誤。景文鎮中山在皇祐中，墓碑可考。建炎初宗元帥守汴都，得此刻致之維揚行在，渡江時失之，自是絕跡。余嘗讀洪丞相《隸釋》云："碑刻不必問所從，但以書之工拙爲斷。"此帖既佳，而其來復有自，非壽翁篤好之未易致也。淳祐二年八月端午，雪濱病叟李心傳書。《蘭亭續考》卷二。

一八　題王順伯所藏《蘭亭》帖

王順伯好古博雅，在二熙間爲第一，所藏諸《禊帖》，尤遂初極稱之。袁起巖所賦，茲其一也。賞音本在筆墨外，何必此優而彼劣？其然耶，其未必然耶？壽翁試評之。淳祐壬寅歲秋八月哉生明，雪濱病叟李心傳書。《蘭亭續考》卷二。

一九　題葉石林所藏定武斷石本《蘭亭》帖

壽翁以此軸示余，石既中斷，故闕十六字，字亦瘦勁。榮次新所謂第三本也。康生朔南徧歷，至乾道間尚存此帖，未知何時歸山，今又易主。蓋余行四方所未見者，滋爲可貴也。淳祐次年龍集攝提格旻天中月皇極之日，雪濱病叟題。《蘭亭續考》卷二。

二〇　題徽宗書王維《蘭亭圖》

王右丞所畫《蘭亭圖》，祐陵標題，仍書何延之所作記於後，逮今百三十三年矣。爰自火龍騎日以來，天上圖書散落人間，不知其幾，其至江左者僅毫芒耳。臣松得之以示，臣龔攬流涕。記中數字，殆是筆誤，讀者以意屬焉可也。王圖已經睿鑑，故不復論。淳祐三年白露節日，前史官臣李心傳謹記。《蘭亭續考》卷二。

二一　題徽宗臨寫絹本《蘭亭》帖

秘府藏祐陵書百餘軸，臣三入承明，備見之矣，大抵政宣間所賜臣下親筆也。《紹興日曆》載高廟聖語云："近有進先帝御札者，宸翰小璽，皆人偽爲之。"時渡江未久也，而贗本已出矣，何耶？淳祐癸卯二月幾望，臣松以帖示臣，龔攬再三，筆勢似與秘府所藏稍異。因憶蔡絛《史補》：政和初宰臣言近降御筆，有不類上書者。上曰："比得一工製筆，其管如玉，而鋒長幾二寸，是以用之，作字軟美。"乃知崇、觀、政、宣，筆法固已不類，此帖殆崇、觀間所作也。帖中"領"、"悟"、"惓"三字，咸從右軍之舊，不復釐正，蓋自來臨摹之本如此。惟"麗"字特有所避，故與諸本不同云。前史官臣李心傳龔書。《蘭亭續考》卷二。

二二　題東坡書《乳泉賦》

趙京兆所藏此軸，奇偉特甚。以歲月驗之，蓋蘇公元符北歸所書也。時方厄於章、蔡之餘，而人之貴重如此，豈待百年而後定耶？若夫筆老墨秀，挾海上風濤之氣，以平生所見論之，當爲海內蘇書第一。紹定癸巳歲九月七日，陵陽李心傳謹書。適園叢書本《珊瑚網》卷四。

2095

戴復古藝話（一三則）

戴復古（一一六七~?）字式之，號石屏，黄巖（今浙江台州黄巖）人，敏子。少孤，承父志篤意學詩。從林憲、徐似道遊，又登陸游之門，詩益進。浪遊江湖幾五十年，以詩遊諸公間，口不談當世事，爲世所稱。復古以詩名滿江湖近五十年，早年受江西、四靈影響，所謂"冷淡篇章遇賞難，杜陵清瘦孟郊寒"（《戲題詩稿》）。又師陸游，詩風豪健輕快。作詩主張"須教自我胸中出，切忌隨人腳後行"（《論詩十絕》），自稱"胸中無千百卷書，如商賈之貲本，不能致奇貨"。爲詩純任自然，姚鏞稱其天然不費斧鑿處，大似高適，眞德秀謂"高處不減孟浩然"（《石屏詩集跋》）。其詞音韻天成，不費斧鑿，時出新意，無一語蹈襲。所著詩集，嘉定七年，鞏豐編爲《摘句》，趙汝讜嘗選爲《石屏小集》，紹定間，袁甫選爲《續集》，蕭泰來選爲《第三稿》，端平間，李賈、姚鏞選爲《第四稿》。明弘治間，裔孫戴鏞等匯輯爲《石屏詩集》十卷，由宋鑒、馬金刊行。

一　求先人墨跡呈表兄黄季文

我翁本詩仙，遊戲滄海上。引手掣鯨鯢，失脚墮塵網。身窮道則腴，年高氣彌壯。平生無長物，飲盡千斛釀。傳家古錦囊，自作金玉想。篇章久零落，人間眇餘響。搜求二十年，痛淚濕黄壤。君家圖書府，墨色照青嶂。我翁有遺跡，數紙古田樣。髣髴鍾王體，吟句更豪放。把玩竹林間，寒風凜悽愴。昂昂野鶴姿，愧無中散狀。兒孤襁褓中，家風隨掃蕩。於玆見筆法，可想翁無恙。幽居寂寞鄉，風月共來往。衆醜成獨妍，羣瘖怪孤唱。一生既蹉跎，人琴遂俱喪。託君名不朽，斯文豈天相？舊作忽新傳，識者動慨賞。嗟予忝厥嗣，朝夕愧俯仰。敢墜顯揚思，幽光發草莽。假此見諸公，丐銘松柏壙。君其啓惠心，慰彼九泉望。文淵閣四庫全書本《石屏詩集》卷一。

二　題姚雪蓬使君所藏蘇野塘畫

高者爲山，坳者爲壑。爲煙爲雲，渺渺漠漠。水鳥樹林，人家聚落。騎者何之？

舟者未泊。三尺紙上，萬象交錯。天機自然，神驚鬼愕。嗚呼！此吾故人野塘蘇元龍之墨跡，中有石屏老淚痕，又與野塘添一筆。《石屏詩集》卷一。

三　毗陵太平寺畫水呈王君保使君　畫龍篇在後

何人筆端有許力，捲來一片瀟湘碧？摩挲老眼看不真，怪見層波湧虛壁。天慶觀中雙黑龍，物色雖殊妙處同。能將此水畜彼龍，方知畫手有神通。龍兮水兮終會遇，天下蒼生待霖雨。《石屏詩集》卷一。

四　趙尊道郎中出示唐畫《四老飲圖》，滕賢良有詩，亦使野人著句

采芝商山秦四皓，象戲橘中爲四老。我疑此畫即其人，有時以酒陶天真。丹青不知誰好手，作此飲態妙入神。摩挲半世江湖眼，古錦軸中舒復捲。細將物色辨人物，迺是晉時劉畢與陶阮。一琴無絃橫膝上，一琴團團明月樣。一人持杓坐甕邊，一人手攜文一編，是中必寫《酒德篇》。諸君傷時強自遣，麴生風味況不淺。五胡妖氣蔽神州，誓江不救中原亂。新亭舉目愁山河，萬事何如一樽滿，一杯一杯醉復醉，天地陶陶盡和氣。道術相忘禮法疎，形骸懶散無機事。此畫流傳知幾載，生綃剝落精神在？何人爲我更作杜陵《飲中八仙歌》，將與冰壺主人爲此對？《石屏詩集》卷一。

五　題申季山所藏李伯時畫村田樂圖

春秧夏苗秋遂穫，官賦私逋都了却。雞豚社酒賽豐年，醉唱村歌舞村樂。皷笛有聲無曲譜，布衫顛倒傞傞舞。欲識太平真氣象，試看一作觀。此畫有佳趣。管絃聲按宮商發，細轉柳腰花十人。羅幃繡幙拂香一作春。風，九醞葡萄金盞滑。王孫公子巧歡娛，勿將富貴笑田夫。非渠耕稼飽君腹，問有黃金可樂無？《石屏詩集》卷一。

六　盧申之正字得《春郊牧養圖》二本，有樓攻媿先生題詩，且徵予作

竹弓鳴，雁鴨驚。飛來別浦無人境，春風不搖楊柳影。長頸紛紛占作家，半遊波面半眠沙。或行或立或如舞，或隻或雙或羣聚。飲啄浮沈多態度，物情閒暇世忘機。分明一片太古一作平。時，巧僞不作民熙熙。

我之居，元在野，平生慣識牛羊者。今見蒲江出此圖，半日不知渠是畫。一犍當前轉頭立，一犍度浦毛猶濕。中有一蒼騎以牧，秸羜相隨數十足。殿後兩枚黃觳觫，分明如活下前坡。路轉南山春草多，耳根只欠牧兒歌。《石屏詩集》卷一。

七　題曾無疑《飛龍飲秣圖》

雲巢示我良馬圖，一騎飲水一騎芻。竹批雙耳目搖電，毛色純一骨相殊。何人貌此真傳奇，筆端疑有渥洼池。駑駘當用驊騮老，贏得畫圖人看好。盆中飲，槽中秣，無用霜蹄空立鐵。何如渴飲長城濠上波，饑則飽喫天山禾。振首長鳴載猛士，龍荒踏碎犬羊窠。《石屏詩集》卷一。

八　儒衣陳其姓工於畫牛馬魚，一日持六簇為贈以換詩

生絹六幅淡墨圖，伊人筆端有造化。驊騮汗血捉電光，牯牸倦耕眠草下。陂塘漠漠煙雨後，出水羣魚戲瀟洒。細看物物有生意，不比尋常能畫者。請君就此三景中，揮毫添我作漁翁。岸頭孤石持竿坐，白鷺同居蒲葦叢。有時尋詩出遊衍，欸段徐行山路遠。奚奴逐後背錦囊，木杪斜陽鴉噪晚。有時簑笠過田間，農婦農夫相往還。手放鉏犁吹短笛，日暮青郊黃犢閒。王孫貴人不識此，此是吾儕佳絕處。掛君圖畫讀吾詩，令人懶踏長安路。《石屏詩集》卷一。

九　黃州棲霞樓即景呈謝深道國正

朝來欄檻倚晴空，暮來煙雨迷飛鴻。白衣蒼狗易改變，淡粧濃抹難形容。蘆州渺渺去無極，數點斷山橫遠碧。樊山諸峯立一壁，非煙非霧籠秋色。須臾黑雲如潑墨，欲雨不雨不可得。須臾雲開見落日，忽展一機雲錦出。一態未了一態生，愈變愈奇人莫測。使君把酒索我詩，索詩不得呼畫師。要知作詩如作畫，人力豈能窮造化！《石屏詩集》卷一。

一〇　毗陵天慶觀畫龍，自題姑蘇羽士李懷仁醉筆，詩呈王君保寺丞使君

姑蘇道士天酒星，醉筆寫出雙龍形。墨跡從橫奪造化，蜿蜒滿壁令人驚。一龍翻身出雲表，口吞八極滄溟小。手弄寶珠珠欲飛，握入掌中拳五爪。一龍排山山為開，頭角與石爭崔嵬。波濤怒起接雲氣，不向九霄行雨來。萬物焦枯天作旱，兩雄壁隱寧非懶。真龍不用只畫圖，猛拍欄干寄三歎。《石屏詩集》卷一。

一一　題姪孫豈潛家平遠圖

好山橫遠碧，平野帶林塘。四望耕桑地，幾年雲水鄉。海天龍上下，秋日鶴翺翔。

覷物忽有感，無心住草堂。《石屏詩集》卷二。

一二 正應求出示蜀中山水障，氣勢甚雄偉，李巽巖題其後，論其畫筆之源流二百餘字

妙甚丹青手，能移造化功。三川山水國，半幅畫圖中。玉局人何在，銅梁路可通。巽巖扛鼎筆，文與畫爭雄。《石屏詩集》卷四。

一三 題牛圖

牡丹花下連宵醉，今日閒看黑牡丹。得此躬耕東海曲，一貧無慮百憂寬。《石屏詩集》卷六。

榮傳辰藝話（一則）

榮傳辰（生卒年不詳），開封（今河南開封）人，慶元間爲成都徵官。

宋徽宗《柳雅》《蘆雁圖》跋

傳辰丱角時，恭聞曾外祖莘公樞密遭遇徽廟，聖眷最隆，宣和寵錫墨寶尤多，恨東西萬里，無從瞻觀。慶元三祀，傳辰備員成都徵官，因到陳齋，獲觀《柳雅》等圖，杏箋樂章。傳辰重念先伯父符寶，曩亦蒙寵錫雙燕便面，後經靖康兵火，亂離無存。今捧對寶圖，誠爲希世之珍，悲感不能自已。開封榮傳辰恭書。江蘇古籍出版社一九八四年版《古書畫僞訛考辨》上卷。

金盈之藝話（二則）

金盈之（生卒年不詳），祖居汴京（今河南開封），後南渡。嘗官從政郎、衡州錄事參軍，著有《醉翁談錄》八卷（存）。

一　御書扇銘

故刑部尚書孫公，諱直孺。紹興初，侍講禁中，上以所御白團扇親書十字賜之，云"文物多師古，朝廷半老儒"之句。後十七年，公之子臣樅屬某爲之銘。曰：

天厭隋亂，唐室代興；於赫太祖，大入繼明。手持三尺，除殘禁暴。日月宣光，風霆布號。功侔堯旬，德配禹天。卑宮菲食，吾無間然。賢路宏開，正直是與。儒先首尊，御於帝所。著爲世準，聖聖相因。稽經問道，如出一人。偉歟胡公，萬人之傑。耆儒宿艾，歷宗三葉。扇出上方，寶墨未乾。天縱筆妙，宛若龍鸞。璧月煌煌，光燭蔀室。子孫祝之，稽古之力。古典文學出版社一九五八年版《醉翁談錄》卷一。

二　竹石銘

劉文伯晚景次需之暇，於所居之側妝飾一軒，瀟灑可人。其中一壁，但畫竹石而已。劉酷愛之，日遊其中。江永之一日來訪，劉乃具酒，拉親舊飲於是軒。永之既醉，忽舉筆題兩句於畫壁之旁云："此石拳然，此君蕭然。"劉意殊不樂。江久乃再續云："是謂歲寒之操，人與物以俱堅。"劉乃大喜。遂題兩句於江所題之後壁云："壁上有人題好句，天應錫我老何難。"飲坐客爛醉乃散。《醉翁談錄》卷一。

高翥藝話（二則）

高翥（一一七〇～一二四一）字九萬，號菊澗，餘姚（今浙江餘姚）人。幼習科舉，穎拔不羈，及累試不第，即棄去，致力於詩，師事林憲，得其句法。題所居曰"信天巢"，與詩友唱酬爲樂。隱居教授，多所成就。既而游歷錢塘、金陵、洞庭、彭蠡，登臨名山大川，當世名流如杜旃、周文璞、劉過、釋義銛皆與遊，而多隨陳宓、許復道遊宦。晚年歸隱西湖，與周文璞詩酒相樂。淳祐元年卒，年七十二。高翥頗有才情，筆力甚健。其詩與陸游、楊萬里諸人都有淵源，頗爲後人推重。著有《菊澗集》二十卷，已佚。今存《菊澗小集》一卷。

一　恭跋思陵宸翰拓本卷後

淡黃越紙打殘碑，盡是先皇御賜詩。白髮內人和淚讀，爲曾親見寫詩時。文淵閣四庫全書本《菊澗集》。

二　謝張致遠嵩嶽圖

先世前蹤不可追，君從何處得全碑。上橫嵩嶽幾千丈，下列齊公二四詩。室號揖仙懷舊事，庵名面壁認頹基。青氈真是吾家物，欲以瓊瑤厚報之。《菊澗集》。

蘇泂藝話（五則）

蘇泂（一一七〇～？）字召叟，山陰（今浙江紹興）人，頌四世孫。與趙師秀同年。少從陸游學詩，又隨祖宦遊入蜀，以薦作過短暫朝官，後落拓走四方，在荆湖等地作幕賓，又嘗再入建康幕府，身歷開禧北伐，終偃蹇不遇，歸鄉以老，卒年七十餘。以詩名，與辛棄疾、劉遇、王柟、潘檉、趙師秀、周文璞、姜夔、葛天民等人往來唱和。其詩法源自陸游，所作鑱刻淬煉，自出清新，在江湖詩派之中，可謂卓然特出。《直齋書録解題》著録《泠然齋集》二十卷、《泠然齋詩餘》一卷，均佚。清四庫館臣自《永樂大典》中輯爲《泠然齋詩集》八卷。

一　王千里得晉獻之保母碑及硯，索詩

客從王家來，示我王家物。云是彼樵者，墾山之所得。升沉有時節，至寶不浪出。祖先暨兒息，嗜好俱第一。青氈未渠失，近代無此筆。觀其逼人處，造次神品入。石遺半缺齾，行草百十七。昭陵不可及，季孟精爽集。天地倏開張，鬼神爲之泣。泓也玉璧姿，肯爲泥沙没。嗚呼黄祊殉，人事止枯骨。臨池例飲墨，有底鵝領識。夫君矧其後，妙契過漂石。恝然今視昔，年數正八百。碑云後八百載知獻之保母宮於兹土。　文淵閣四庫全書本《泠然齋詩集》卷一。

二　老杜浣花溪圖引

拾遺流落錦官城，故人作尹眼爲青。碧雞坊西結茅屋，百花潭水濯冠纓。故衣未補新衣綻，空蟠胸中書萬卷。探奇欲度羲皇前，論詩未覺國風遠。干戈崢嶸暗寓縣，杜陵韋曲無雞犬。老妻稚子具眼前，弟妹飄零不相見。此公樂易真可人，園翁溪友肯卜隣。隣家有酒邀皆去，得意魚鳥來相親。浣花酒船散車騎，野墻無主好桃李。宗文守家宗武扶，落日寒驢馱醉起。願聞解鞍脱兜鍪，老儒不用千户侯。中原未得平安報，醉裏眉攢萬國愁。生綃鋪墻粉墨落，平生忠義今寂寞。兒呼不蘇驢失脚，又恐新來有新作。常使詩人拜畫圖，煎膠續絃千古無。《泠然齋詩集》卷二。

三　題司馬提舉畫鷹

舊讀少陵句，今觀司馬鷹。風雲千變化，天地一飛騰。側目看枝鳥，囘身掣臂繩。何由飲西顥，真逐羽毛升。《泠然齋詩集》卷四。

四　謝耕道一犂春雨圖

好事圖形復賦詩，豈知真箇把鉏犂。野人開卷微微笑，最憶輕簑帶濕歸。《泠然齋詩集》卷七。

五　馮生畫荷花

湖上看花意欲迷，年年花謝憶花時。如今一見馮生畫，早晚看花更不疑。《泠然齋詩集》卷八。

趙汝鐩藝話（五則）

趙汝鐩（一一七一～一二四六）字明翁，號野谷，太宗八世孫。居袁州（今江西宜春）。嘉泰二年進士。博學工文，才力深厚，尤長於詩，爲江湖詩派重要詩人。江湖派詩人每多短於古體，而趙之古體詩却很有成就。近體詩暢快流利，脫胎於四靈，且受楊萬里影響。其詩深得劉克莊稱許，摘引其警句頗多，推崇有加。著有《野谷集》，劉克莊爲序。今存《野谷詩稿》六卷。

一　三閣曲

叔寶沉迷建鄴宮，厭厭夜飲清晝同。金碧三閣揷晴漢，沉檀十里聞香風。疊石爲山水爲沼，後庭萬花坏春叢。狎客倡酬女學士，污詞媚句爭新工。被之絃歌恣酣樂，千娥行列紛青紅。將軍忽遇韓擒虎，江神今識清河公。憑欄碧月詞未終，誰知攜手兩妃遊井中。文淵閣四庫全書本《野谷詩稿》卷一。

二　水琴

盎缶停涵水一泓，中存雅意超器形。欲滴未滴天地寂，須臾宮商若相賡。妙趣不勞徽外索，泛聲不自絃上生。小點恩怨作兒語，大點九皋聞鶴鳴。疎數變化似有節，多是洋洋流水音。殘瀝斷續楚天曉，餘響勾引南風薰。平生箏笛厭鄭衛，羌借古韻洗古心。又不如鼽䶎北窗睡，兩耳不聽無虧成。《野谷詩稿》卷三。

三　聽琴

午睡誰叩門，隔籬喚童子。童子走來報，一二琴道士。摘茗烹沙銚，推窗拂石几。高山流水音，屢彈不肯止。我心本虛淡，無用宮商洗。淵明未嘗絃，妙趣豈假此。道士頗不樂，拂衣抱琴起。《野谷詩稿》卷三。

四　聞舟中笛

　　橫笛秋蓬底，銜山夕照殘。孤音起水面，餘韻到雲端。吹怨蘆聲慘，含悽雁影寒。有人江閣上，斂翠凭欄干。《野谷詩稿》卷五。

五　胡教醵杯觀畫圍棋

　　山餚野蔌且隨宜，約定同來最怕遲。朋友每思相聚樂，塵埃難得有閒時。春回畫筆丹青軸，電落文楸黑白棋。醉客坐間誇俊逸，掀髯連寫數篇詩。《野谷詩稿》卷六。

趙汝績藝話（四則）

趙汝績（生卒年不詳）字庶可，號山臺，浚儀（今河南開封）人，寓會稽（今浙江紹興），太宗八世孫。江湖派詩人，嘗與戴復古、曹松山等人唱和。著有《山臺吟稿》，已佚。

一 陳老畫牛

老融弃髮逃於禪，胸藏丘壑身林泉。時拈寸草幻墨汁，慘淡咫尺生風煙。尤工畫牛古絶比，不特形似真神全。平生知己一玫瑰，惜墨如命詩猶傳。至今鄞人懷片紙，如護圭璧珠璣然。陳生少壯曾入室，妙處已覺墻及肩。岸痕樹影彷彿地，雲陰雨氣冥濛天。寒禽立背渡淺水，野犢沒足行淤田。礪角思鬬力居尾，倚木揩痒勢擁前。或沿草徑逐羣去，或傍茅簷抱犢眠。如何盡得此態度，前身想住桃林邊。世人貴耳不貴目，嗚呼此畫空爾妍。我方求之不論錢，卷收更閱三十年。欲尋此老不可得，摩挲陳跡方爭憐。文淵閣四庫全書本《江湖後集》卷七。

二 題黃存之《春莊雨急圖》

山濃樹密春欲浮，農夫有事營西疇。鵜鴣聲歇風雨急，田塍滑澾如翻油。牢披蓑衣緊繫笠，渾身水流兩股慄。揀時浸種開稻包，心急鞭牛牛步急。前年春寒再移秧，去年夏旱赤地荒。東隣西保幾人在，渠今尚得本身强。低頭無言心似苦，定願五風十日雨。禾頭粒粒飽秋露，糠粃充腸米田主。我家鏡湖烟水湄，身雖不耕眼見之。何人得此畎畝趣，短紙寫出無聲詩。坐令展卷三太息，力穡莫供浮末食。君看此輩終歲勤，返向溝中作捐瘠。《江湖後集》卷七。

三 謝高左藏惠墨竹

幅牋幻墨起秋風，便與蘭亭景致同。料得揮毫盤礴際，渭川千畝在胸中。《江湖後集》

卷七。

四　韓仲龢墨竹

　　墨暈生冰硯影寒，素毫幻出碧琅玕。尋常夜月窗前見，此度秋風紙上看。《江湖後集》卷七。

魯之茂藝話（一則）

魯之茂（生卒年不詳）字伯秀，號雪，嘉興府海鹽（今浙江海鹽）人。寧宗朝爲郎官，善畫梅竹。

跋《蘭亭會妙》

之茂爲兒童時，侍先祖龍舒府君，常見几間捲舒《蘭亭會妙》，喜動顏色，抱之茂於膝上指示，且曰："此王右軍蘭亭脩禊叙草也。筆意精妙，於時寶之。劉餗《蘭亭嘉話》云：'《蘭亭叙》自梁亂出在外，陳天嘉中，僧智永借得之。隋平陳，或以獻諸晉王，即煬帝也。僧智果借搨不還。後果死，歸弟子辨才。唐太宗爲秦王時，見模本喜甚，使歐陽詢求之。武德二年入秦王府，貞觀中榻十本賜近臣，世言蕭翼取者妄也。後遂入昭陵。'溫韜之亂，發唐諸陵，《蘭亭》復出人間。世所傳模刻本極多，而今獨以定武爲貴者，自山谷始，所謂彷彿存古人筆意者是也。慶曆中，韓魏公守定武，有李學究者得此刻，魏公力求之，乃埋石土中，別刻本以獻。李死，其子稍稍摹以售人。宋景文爲帥，伶人孟水清得之以獻子京，子京愛而不敢有也，留於公帑。元豐中，薛師正爲帥，携石去。其子紹彭道祖刻別本在郡。大觀中，次子嗣昌始納之御府，龕於宣和殿，後與岐陽石鼓俱載以北。或云：道祖別刻本，剜去'湍流帶右天'五字，又云剜去者別本也。今此數刻字皆全。又云此皆未剜去之前模本也。傳刻既多，工有巧拙，自各存其妙，然真跡已千百年不可復見矣，故題之曰《蘭亭會妙》。"

之茂痛念先祖誨言，時已七十年矣，遺墨如新，不覺感愴墮淚，遂書於後。文淵閣四庫全書本《蘭亭續考》卷一。

鄭价藝話（一則）

鄭价（生卒年不詳）號裕齋，嘉定中人。

跋《蘭亭叙》搨寫本

信以傳信，疑以傳疑，事物皆然，而字畫爲尤甚。

世之法書，亘古窮今，王逸少爲稱首，永以爲訓，不可復加。然精粗真僞，在當時在後世，或猶有疑者。逸少嘗作意書表上穆帝，帝使張翼擇紙色長短相類者臨寫，而題後答之，初亦不覺，詳視乃歎曰："小兒亂真乃爾耶！"在當時已自疑如此。

唐初去永和猶未遠，相傳以叙草爲遺蹤之冠。太宗寤寐求之，以王氏家傳在其孫智永、弟子辨才處，用房玄齡計得之。及攷紀聞所載，乃云元草爲隋末時五羊一僧所藏，誓與死守，太宗以威驅勢脅而又得之。二説不同，則此叙真蹤又有可疑如此。自匣殉之後，獲見硬黃響搨者，且爲欣幸。迨於明皇始刊之於學士院。洎顯宗朝，又刊於翰林待詔所。攷二石，一乃懷仁所臨，前瘦而後肥；一乃王承規模刻，豐殺得所，轉摺精神。至石晉時，耶律輦藏北去，遺是石於殺虎林，遂號爲定武本，亦不知其爲學士院本耶？或待詔所本也？後汴京書坊亦刊一石，咄咄逼近，而摹思差劣，識者謂之贗本，時人鮮克致察，而墨本茲焉可疑。宣政初，薛紹彭易定武石歸藏於家，敲刷過多，駁駁剝裂，上之天府，更以他石別鐫，其致疑滋甚。二百年間，博雅君子家摹而户刻之，無非根苗於定武本，其庸工者駁乎無以議爲，而精緻者得其十六七，互相詆訾，而收藏者爲疑，又將如何？自非得之之正，傳之之的，雖明察秋毫，欲决其近似之惑，亦忍乎其難哉！

雙槐仙祖政和間爲博士日，得是本於定守之故家，歸秘篋，示爲子孫矜式。淳熙中，圖入伯父位，愛護惟謹。近爲鬻碑者所得，不期而遇，若有神明呵禁之爲者。价驚喜之餘，亟以倍價復歸，較之所集蘭畹數十本，何啻驪珠之與魚目，瑜瑾之與砥砆！筆勢自然，精微遒勁，玩味不能釋手，信乎其爲王承規舊本也。因驗諸《易》，得卦之《睽》，象曰："上火下澤，睽。君子以同而異。"蓋始焉同於槐堂，而中也異於圖析。初九曰："悔亡勿追，自復。"蓋幾爲鬻碑負之而走，幸終歸於我。上九乃曰："群疑亡也。"蓋家傳之可信，而絕無前所謂數者之疑。吁！合極而睽，睽極而合，至理所存，非偶然者。謹薰沐裝軸，永爲青氈之藏，抑當思其信以守器之誼，則其傳斯無忝爾。嘉定己巳中秋，鄭价裕齋誌。文淵閣四庫全書本《蘭亭續考》卷一。

王遂藝話（一則）

　　王遂（生卒年不詳）字去非，一字穎叔，金壇（今江蘇金壇）人。慶元六年，以父任主富陽簿。嘉泰二年進士及第，仍舊任。歷官差幹辦諸司審計司。紹定三年，知邵武軍兼福建招捕司參議官。改知安豐軍，遷國子監主簿，又遷太常寺主簿。六年，拜監察御史，遷右正言，尋拜殿中侍御史，奏論剴切，直聲震中外。端平三年，遷戶部侍郎兼同修國史、實錄院同修撰，出知遂寧府，除四川安撫制置副使兼知成都府，改知平江府。嘉熙元年，差知慶元府。歷知太平州、泉州、溫州、寧國府，淳祐四年，知建寧府。差知隆興府兼江西轉運副使。改知太平州，復知隆興兼江西安撫使。召權工部尚書，以龍圖閣直學士致仕，卒年七十六。諡正肅。爲文雅健，爲劉宰所稱許。有諸經講義、奏議、《實齋文稿》，已佚。

題東坡書《乳泉賦》

　　天一生兮上浮，羽人竢兮丹丘。遡儵耳兮東注，夾崑崙兮倒流。嘉熙三年四月旦，王遂題。成都古籍書店一九八五年本《汪氏珊瑚網法書題跋》卷四。

陳宓藝話（一一則）

陳宓（一一七一～一二三〇）字師復，號復齋，莆田（今福建莆田）人，俊卿子。少登朱熹之門，長從黃榦遊。以父蔭入仕，慶元三年，監泉州南安鹽稅。歷主管南外、西外睦宗院。嘉定三年，知安溪縣。七年，入監進奏院，尋遷軍器監簿。九年，因指陳敝政，忤史彌遠，出知南康軍，造白鹿洞，與諸生討論。改知南劍州，仿白鹿洞規制，創延平書院。十七年，改知漳州。聞寧宗卒，請致仕。寶慶二年，起提點廣東刑獄，不就，主管崇禧觀。紹定三年卒，年六十。端平初，追贈直龍圖閣。陳宓稟性剛毅，持論剴切，詩文也多及時事。在朝時，寺丞丁焴使金，宓詩有"百年中國豈無人"之句。鄭性之序其文集，稱其文"和緩明白"，詩"雅正和平"，與朱熹一脉相承。著有《論語注義問答》《春秋三傳鈔》《讀通鑑綱目》《唐史贅疣》等，已佚。今存《復齋先生龍圖陳公文集》二十三卷。

一　題君謨臨《蘭亭》

蔡公書所以冠一代者，源流正也。韓子曰："夫沿河而下，苟不止，雖有疾遲，必至於海。"其公之於《蘭亭》與。續修四庫全書影印清抄本《復齋先生龍圖陳公文集》卷一〇。

二　跋李陽冰《千文》

科斗書蒼頡作，即古文也。大篆，史籀作。小篆，李斯、胡毋敬作。隸書，程邈作。至漢師宜官魏梁鵠爲最，鵠弟子又易隸爲八分，鍾、胡二家俱傳之，而鍾氏少異。楷書則漢上谷王次仲所作也。草書則始於章帝時，齊相杜度所作，後有崔子玉、崔實益工，至張芝而絕倫矣。考其時，則草書未有楷書之前已有之。故今草書多篆隸體，而與楷遠。篆籀最爲近古，後千餘年未有名世者，至唐李陽冰盡得其法。

觀其言曰：陽冰志在古篆殆三十年，見前人遺跡，美則美矣，惜其未有點畫，但偏傍摹刻而已。緬想聖達立制造書之意，乃復仰觀俯察六合之際焉，於天地山川得方圓流峙之形，於日月星辰得經緯昭回之度，於霞雲草木得霏布滋蔓之容，於衣冠文物得揖遜周旋之體，於鬚眉口鼻得喜怒慘舒之分，於蟲魚禽獸得屈伸飛動之理，於骨角齒牙得擺拉咀嚼之勢，隨手萬變，任心所成，可謂通三才之氣象，萬物之情狀者矣。常痛孔壁遺文，汲冢舊簡年代浸遠，謬誤滋多，蔡中郎以"豐"同"豐"，李丞相將"朿"爲"宋"，魯魚一惑，涇渭同流。學者相承，靡所遷復。每一念至，未嘗不廢食雪泣，攬筆長歎焉。天將未喪斯文也，故小子得篆籀之宗旨。嗟乎！足以見其用功之深而造妙之至也。

自獲此書，久欲摹刻，以壽斯脈，因循不勇，乃於中秋忽形夢寐，蓋時數當傳不能抑也。於是命精工爲之，無秋毫憾。《復齋先生龍圖陳公文集》卷一〇。

三　跋郡中正己齋蔡忠惠帖後

忠惠翰墨散落海内，藏於其家者，直太山一毫芒耳，而摹刻猶有遺者。儀真太守長樂陳公韡治莆，下車旬浹，詣忠惠家，拜遺像，觀手跡，得公四帖，皆國家要務，及杜、韓、富、歐四公與公往復手束。殊勳盛德，風流遺韻，藹然如新，使覽者如寘身慶曆、皇祐時。於呼盛哉！由慶曆至今百八十餘年，豈無好事者？公刻石於旬月之間，使忠惠勤政忠勞之心，由是可考。杜公之清直，韓、富之勳德，皆於是乎見。

歐公謂忠惠筆法初年與末年驟進不類，故常以見好學之益。然則是帖之刻，豈特玩情筆研而已，尚論人物，追攷世代，在筍百八十餘年，而幽光復耀於今日，夫豈偶然？

莆郡有齋曰"正己"，潘侯峙所書，因以名是帖云。《復齋先生龍圖陳公文集》卷一〇。

四　跋于湖書《凱歌》

于湖詞翰爲乾道、淳熙間絕唱，人得其殘篇斷稿，往往如珠玉。而後生晚輩多效顰，遂使流風餘韻爲世俗所溷，令人慨歎。

令尹鄒君出示樞密劉公《凱歌》，二公勁正剛方之節，超逸邁往之氣，至今猶生，信名不可以虛得也。《復齋先生龍圖陳公文集》卷一〇。

五　跋殿丞焦公墨帖

轉庵先生道莆田，出其外祖父殿丞焦公墨帖示某。某讀而歎曰：

愛其子，人之至情也，陳元不能不疑於孔子，而責善之道，孟子猶懼其失之過。下此則惰敖，而教諭之意亦隨之矣。

焦公之爲人，某何敢贊。觀其書，知其以愛子之誼行於姻黨，其忠且厚矣。雖然，教之者易，受教者難。世固有寶父師之訓，歷歲踰時，棄不甚惜者。其能取遺書斷簡，佩服藏玩，千里自隨，若父祖存焉，豈復有哉！今轉庵又以此道施之外曾祖父，某是以重爲之歎。《復齋先生龍圖陳公文集》卷一〇。

六　跋葉雲叟示朱文公書軸

某丙子歲蒙恩畀南康郡符，道建陽，拜文公先生像於祠堂，始見黃先生於寓舍。蓋尊慕積數十年，始諧素志。是時葉雲叟在焉。

後六年，自建陽來謁某於延平〔一〕，携黃先生序一首、詩一首、書十五首。先生不可復見，雖平生言談戲笑尚留追憶，況文與翰乎！其於教人之術，慨見於造次書尺間，在他人猶當寶，況如雲叟廿年遊從之舊乎。雲叟貧，事親孝，跬步不離侍側，留之不可。

歸其所示書卷，復以勉之。《復齋先生龍圖陳公文集》卷一〇。

〔一〕謁：原作"謂"，據文意逕改。

七　跋朱文公答李從事書

右朱文公先生與子能帖。先生於海內人士莫不引而進之，況子能好學能文，又出於名臣之後，宜其禮貌之勤勤，勸誘之拳拳也。

先生歿未久，殘編遺墨已爲世寶。歲月其邁更百年，此豈直與兼金白璧較輕重哉？翰墨言語尚如此，則先生殫精竭力所著之書，學者讀之，又當如何哉？《復齋先生龍圖陳公文集》卷一〇。

八　跋趙侍郎粹中遺墨帖後

侍郎趙公事孝廟爲右史，不一歲，直前之奏，無慮五六，無非天下大計，人之所難言。都俞一堂，其應如響，欲天下不治得乎？三復遺墨，感歎不已。《復齋先生龍圖陳公文集》卷一〇。

九　跋族子惟孝《蒲巖記》

心猶火也，必有所麗，然後不失其正。上焉者麗於道，其次麗於物之不爲病者〔一〕，凡書畫草木皆是也。

余族子惟孝兄弟喜昌蒲，求天台、鴈蕩、羅浮、九江、仰山、武夷蒲澗之種，高者踰尺，次八九寸。隨狀爲目，由石郎而下凡十八品。手植而時溉之，不瘠不腴，長不過寸，暢茂之意，四時有常度，風雨晦明，晨朝莫夜，心無他繫，率寓於是。恬清怡愉，氣因以平，與世之好尤物而外騖者有間矣。侍郎陳公、夕郎劉公皆爲記而詠之，是物蓋有榮焉。

余牽於吏役，思與族人遊，三年於兹矣。書來俾予識於卷後，書以歸之，留其副以當畫記，用浣塵慮。嘉定癸酉季夏十九日，書於安溪縣齋。《復齋先生龍圖陳公文集》卷一〇。

〔一〕"病"字上原空一格，當有脱文。

一〇　跋東坡書劉禹錫詩

坡公筆法，涪公評之至矣。某獨歎公於古人詩多手書之，所以資記誦於不忘。遊戲翰墨，無非有益，以絶代之天資，汲汲猶若此，學者其可怠哉！《復齋先生龍圖陳公文集》卷一〇。

一一　贈建寧張生

圖與書並行，皆所以詔後世，而圖之功尤著。揭象示人，雖庸人孺子皆知勸慕，則圖有力焉。荀子狀聖賢之貌，必有所本。二疏去國，亦必有丹青之者。惜今不傳，以此知畫不可無也。

建安張君，其父以聚星顯名，見稱文公朱先生。其子克紹其父，神全意妙，又爲真玉堂所愛。近世搢紳咸在所筆，賢否高下，不待讚述，見者自知，比之班馬，豈不益信。

勉哉！士大夫勿謂張君一技而可忽。《復齋先生龍圖陳公文集》卷一七。

張鎬藝話（一則）

張鎬（生卒年不詳），金壇（今江蘇金壇）人。嘉定六年監登聞鼓院，擢太府丞。六月，右諫議大夫鄭昭先劾其試郡潮陽時專事苛斂，放罷。嘗於其居地建學，名申義書院。

蘇文忠大字詩帖跋

右書東坡一首。坡公墨妙如繁星麗天，照映千古，疇敢輕肆摹畫。鄉人許傳正持示真跡一卷，遂得肅衽一觀，何其幸耶！嘉定癸未脩禊後三日，越隱張鎬題。叢書集成初編本《寶真齋法書讚》卷一二。

曾從龍藝話（一則）

曾從龍（一一七五～一二三五）初名一龍，字君錫，晉江（今福建泉州）人，公亮四世孫。慶元五年進士第一，授簽書奉國軍節度判官廳公事。嘉泰二年，除秘書省正字。三年，除校書郎，遷秘書郎。四年，除著作佐郎，遷著作郎。開禧初，出知信州。三年，召爲兵部員外郎，除左司員外郎。嘉定元年，除起居舍人，使金賀正旦。二年，除起居郎。三年，權禮部侍郎，除中書舍人，兼國子祭酒。四年，擢給事中，除吏部侍郎。五年，兼中書舍人，兼直學士院，尋權刑部尚書。七年，除禮部尚書，昇兼太子詹事。八年，簽書樞密院事。十二年，同知樞密院事兼江、淮宣撫使，改參知政事，尋以論罷，提舉洞霄宮。起知建寧府。寶慶初，爲湖南安撫使兼知潭州。紹定元年，改知隆興府，復提舉洞霄宮。端平元年，除沿江制置使，兼知建康府。二年，進知樞密院事，兼參知政事，督視江、淮、荊、襄軍馬，卒年六十一。

跋東坡墨跡

坡老墨跡，三尺童子亦知敬之重之，不待贅語。惟其處覊困流落之餘，而泰然不以窮達得喪累其心，此坡老之所以深可敬重者，予故表而出之。壬戌季夏中瀚，清源曾從龍君錫書。文淵閣四庫全書本《趙氏鐵網珊瑚》卷三。

趙與旹藝話（七則）

趙與旹（一一七五～一二三一）字行之，一字德行，太祖七世孫。寧宗即位，補官，歷婺、泰、衢三州管庫，監御前軍器所司行在草料場。蹭蹬三十年，未嘗一日忘科舉，而屢試輒不偶。積階至忠翊郎。理宗立，予換文階，得麗水丞。紹定四年卒，年五十七。與旹嘗從學於楊簡。嘉定中著《賓退錄》十卷，考證經史，辨析典故，率多精核，爲世所推，今存。又有《甲午存稿》，已佚。

《賓退錄》（選錄　七則）

《蘭亭》石刻，惟定武者得其真。蓋唐太宗以真跡刻之學士院。朱梁徙置汴都。石晉亡，耶律德光輦而歸。德光道死，與輜重俱棄之中山之殺狐林。慶曆中，爲士人李學究所得，韓魏公索之急。李瘞諸地中，而別刻以獻。李死，其子乃出之，宋景文公始買真公帑。熙寧間，薛師正向爲帥，其子紹彭又刻別本留公帑，攜古刻歸長安。大觀中，詔取真宣和殿。靖康之變，金襲以紅毯輦歸。今東南諸刻無能彷彿者，天台桑澤卿世昌編《蘭亭博議》一書甚詳。與旹參會衆說，芟繁撮要，記其本末如此。所取何子楚遠之辭居多。諸說之異同者，則附著其下，雖未能定其孰是孰非，然薛師正長安人，王順伯謂其攜以歸洛。宗忠簡守汴，日夕從事戰守，且其天姿剛正。王仲言謂其爲人主搜羅玩物於艱難之時，皆不敢謂然。開元五年，置朔方節度，自是始有方鎮。周希稷所云，乃是全不知有史策。若謂太宗分賜諸郡猶可也。夫以一石刻之微，而言人人殊，莫能定於一，然後知考古之難也。

"吾不試，故藝。"余妄意夫子天縱之聖，藝皆不學而能，非若常人嘗試而爲之。故其多能皆本於自然，而非有意於多能也。古今諸家皆無此說。余亦未敢自以爲是。以上文淵閣四庫全書本《賓退錄》卷一。

梁武帝命袁昂作《書評》，其答啓云："奉敕遣臣評古今書，臣愚短，豈敢輒量江海？但天旨諭臣斟酌是非，謹品字法如前。"今《淳化法帖》第五卷，智果書此一段，謂爲梁武帝評書，《中興館閣書目》亦然，誤也。其略云："王僧虔書猶如揚州王謝家子弟，縱復不端正，奕奕皆有一種風氣。王子敬書如河朔少年，皆充悦，舉體沓拖而不可耐。羊欣書似婢作夫人，不堪位置而舉止羞澀，終不似真。阮研書如貴胄失品次，不復排突英賢。王儀同書如晉安帝，非不處尊位而都無神明。殷均書如高麗人，抗浪，乃不有意氣，而姿顏自足精味。徐淮南書如南岡士大夫，徒尚風軌，然不寒乞。陶隱居書如吳興小兒形狀，未成長，而骨體甚峭快。吳施書如新亭傖父，一往揚州，逢人共語，語便態出。柳產書如深山道士，見人便欲退縮。曹喜書如經論道士，言不可絕。王右軍書字勢雄強，如龍跳天門，虎臥鳳閣，故歷代寶之，永以為訓。蔡邕書骨氣洞達，爽爽如有神力。程曠平書如鴻鵠弄翅，頡頏布置，初雲之見白日。蕭思話書如舞女低腰，仙人嘯樹。李鎮東書如芙蓉之出水，文彩如鏤金。金桓玄書如快馬入陣，隨人屈曲，豈須文譜。范懷約真書有分，草書無功，故知簡牘非易。皇象書如韻音繞梁，孤飛獨舞。孔琳之書如散花空中，流徽自得。李巖之書如鏤金琢玉，光采自照。薄紹之書如龍遊在霄，繾綣可愛。崔子玉書如危峰阻日，孤松單枝。邯鄲淳書應規入矩，方圓乃成。師宜官書如鵬翔未息，翩翩而自逝。梁鵠書如龍威虎震，劍拔弩張。張伯英書如武帝愛道，憑虛欲仙。衛恒書如插花舞女，援鏡笑春。索靖書如飄風忽舉，鷙鳥乍飛。鍾繇書如雲鶴遊天，羣鴻戲海，行間茂密，實亦難過。"米元章採隋、唐至本朝，得一十四家續之："僧智永書經，氣骨清健，大小相雜，如十四五貴胄禰性，方循繩墨，忽越規矩。褚遂良如熟馭戰馬，舉動從人，而別有一種驕色。虞世南如學休糧道士，神意雖清，而精氣疲困。歐陽詢如新痊病人，顏色憔悴，舉動辛勤。柳公權如深山道人，修養已成，神氣清健，無一點塵俗。顏真卿如項羽掛甲，樊噲排突，硬弩欲張，鐵柱特立，昂然有不可犯之色。李邕如乍富小民，舉動屈強，禮節生疏。徐浩如蘊德之人，動容溫厚，舉止端正，敦尚名節，體氣純白。沈傳師如龍遊天表，虎踞溪旁，神情自如，骨法清虛。周越如輕薄少年舞劍，氣勢空健，而鋒刃交加。錢易如美丈夫，肌體充悦，神氣清秀。蔡襄如少年女子，體態嬌嬈，行步緩慢，多飾繁華。蘇舜欽如五陵少年，訪雲尋雨，駿馬青衫，醉眠芳草，狂歌院落。張友直如宮女插花，媚嬌對鑒，端正自然，別有一種嬌態。"《賓退錄》卷二。

《列仙傳》："琴高，趙人也，以鼓琴為宋康王舍人，行涓、彭之術，浮游冀州、涿郡間二百餘年。後辭，入涿水中取龍子，弟子潔齊候於水傍，且設祠屋。果乘赤鯉出，祠中留一月餘復入水去。"今寧國府涇縣東北二十里有琴溪，溪之側，石臺高一丈，曰"琴高臺"。俗傳琴高隱所，有廟存焉。溪中別有一種小魚，他處所無，俗謂琴高投藥滓所化，號"琴高魚"。歲三月，數十萬一日來集，漁者網取，漬以鹽而曝之。州縣須索無厭，以為苞苴土宜，其來久矣。舊亦入貢，乾道間始罷。前輩多形之賦詠。梅聖俞、王禹玉、歐陽文忠公皆有《和梅公儀摯琴高魚》詩。聖俞詩云："大魚人騎上天去，留得小鱗來按觴。吾物吾鄉不須念，大官常膳有肥羊。"禹玉詩云："三月江南花亂開，青溪曲曲水如苔。琴高一去無蹤跡，枉是漁人尚見猜。"文忠詩云："琴高一去不復見，神仙雖有亦何為。溪鱗佳味自可愛，何必虛名務好奇。"聖俞又有《宣州雜詩》二十首，其一云："古有琴高者，騎魚上碧天。小鱗隨水至，三月滿江邊。少婦自撈摝，遠人無棄捐。憑書不道薄，賣取青銅錢。"聖俞，宣人也。汪彥章嘗賦長篇："百川萃南州，水族何磊砢。其間琴高魚，初未到楚些。豈堪陪薨鮮，裁用當清果。土人私自珍，千里事封裹。遂令四方傳，嚌嚼亦云頗。俗云琴高生，控鯉宛溪左。靈蹤散如煙，遺鬣尚餘顆。向來騎鯨人，逸駕嘗慕我。不應當時遊，反用此么麼。得非效《齊諧》，怪者記之過。彭越小如錢，蹤跡由漢禍。越書載王餘，變化更微瑣。因知天地間，人莫窮物夥。區區於其中，臆決蓋不可。僞真吾何知，且用慰頤朶。"故山谷《送舅氏野夫之宣城》詩有云："藉甚宣城郡，風流數貢毛。霜林收鴨腳，春網薦琴高。"蜀人任淵注此詩，不知宣城土地所宜，但引《列仙傳》事，直云琴高鯉魚也。誤矣。公儀詩恨未見，汪詩不載集中。

《漢書・揚雄傳》云："劉棻嘗從雄學作奇字。"韓文公《題張十六所居》詩云："端來問奇字，爲我講聲形。"然傳但云"學作奇字"，不言"問奇字"，後來相承而用，蓋又以韓詩爲本。《傳》又曰："家素貧，嗜酒，人希至其門。時有好事者，載酒肴從遊學。"與前"學作奇字"，凡隔數十字，了不相涉。而近世文人多云"載酒問字"、"載酒問奇字"之類，不知何所本也。《藝文志》云："蕭何草律，太史試學童能諷書九千字以上，乃得爲史。又以六體試之，課最者以爲尚書御史史書令史。六體者，古文、奇字、篆書、隸書、繆篆、蟲書。"師古曰："古文，謂孔子壁中書。奇字，則古文而異者也。"許叔重《說文解字》云："亡新居攝，使大司空甄豐等校文書之部。時有六書：一曰古文，孔子壁中書也。二曰奇字，即古文而異者也。"與顏注合。其後晉衞巨山《四體書勢》、元魏江式《論書表》皆同。然則奇字者，與科斗文字略相似，而異於小篆，六書之一體耳。今人纔見書籍中難字，便謂之奇字，非也。《容齋三筆》摘《周禮》中字如"囗"、"磬"、"飄"、"螽"之類，凡數十爲一則，題曰《周禮奇字》。且云前賢以爲此書出於劉歆，歆嘗從楊子雲學作奇字，故用以入經，蓋亦失於詳考。學奇字者，歆之子棻，亦非歆也。以上《賓退錄》卷五。

吳傳朋說出己意作"遊絲書"，世謂前代無有。然《唐書・文藝傳》：呂嚮能一筆環寫百字，若縈髮然，世號"連綿書"。疑即此體也。《賓退錄》卷七。

葛常之《韻語陽秋》云："《晉書・阮咸傳》云：'咸善琵琶。'今有圓槽而十三柱者，世號阮，亦謂阮咸，相傳謂阮咸所作，故以爲名。而咸傳乃不及此。山谷《聽宋宗儒摘阮歌》云：'手揮琵琶送飛鴻，促弦聒醉驚客起。圓璧庚庚有橫理，閉門三月傳國工，身今親見阮仲容。'則亦以爲仲容所作，豈咸用琵琶餘製而作阮邪？"據此，則是常之不知阮咸所出。余按《國史纂異》云："元行沖賓客爲太常少卿時，有人於古墓中得銅物，似琵琶，而身正圓，莫有識者。元視之曰：'此阮咸所造樂具。'乃令匠人改以木，爲聲清雅，今呼爲阮咸者是也。"《盧氏雜說》云："《晉書》稱阮咸善彈琵琶琶，後有發咸墓者，得琵琶，以瓦爲之，時人不識，以爲於咸墓中所得，因名阮咸。"陳晉之暘《樂書》云："阮咸五弦，本秦琵琶，而頸長過之，列十二柱焉。唐武后時，蒯朗於古塚得銅琵琶，晉阮咸所造也。元亨中，命工以木爲之，聲甚清澈，頗類《竹林七賢圖》所造舊器，因以阮咸名之，亦以其善彈故也。聖朝太宗於舊制四弦上加一弦。"三說蓋大同而小異，今世所行皆四弦十三柱者。與時竊聞今禁中女樂別有所謂阮，其制視民間者絕不同，且甚大，須坐而奏之。鄉人郭子雲應龍守南安時，大庾令之婦乃出宮人，能爲此，郭蓋親見之。《唐書・樂志》云："五弦，如琵琶而小，北國所出。樂工裴神符初以手彈，太宗悅甚，後人習爲搊琵琶。"則是唐已有五弦矣。不知暘因唐之太宗而誤爲本朝邪？抑別有考按邪？《賓退錄》卷九。

費袞藝話（二則）

費袞（生卒年不詳）字補之，無錫（今江蘇無錫）人。國子監免解進士。幼承家訓，博學工文。《宋史》無傳，生平不詳。所著筆記《梁谿漫志》十卷，記述宋代政事典章，考證史傳，評論詩文，間及傳聞瑣事，第四卷則全記蘇軾事，是宋代筆記中史料價值較高的一種。

《梁谿漫志》（選錄 二則）

東坡教人作文寫字

葛延之在儋耳從東坡遊，甚熟，坡嘗教之作文字，云："譬如市上店肆，諸物無種不有，却有一物可以攝得，曰錢而已。莫易得者是物，莫難得者是錢。今文章，詞藻、事實乃市肆諸物也；意者，錢也。爲文若能立意，則古今所有翕然並起，皆赴吾用。汝若曉得此，便會做文字也。"又嘗教之學書，云："世人寫字，能大不能小，能小不能大。我則不然，胸中有個天來大字，世間縱有極大字，焉能過此？從吾胸中天大字流出，則或大或小，唯吾所用。若能了此，便會作字也。"嘗爲作《龜冠詩》送其行，葛以語胡蒼梧，蒼梧爲記之。此大匠誨人之妙法，學者不可不知也。中華書局一九八五年校點本《梁谿漫志》卷四。

老泉讚畫五星

老泉讚吳道子畫五星云："妝非今人，唇傅黑膏。"予嘗疑霄漢星辰之尊，而妝飾乃如是之妖，何也？及觀唐《五行志》，元和末，婦人爲圓鬟、椎髻，不設鬢飾，不施朱粉，惟以烏膏注唇，狀若悲啼。乃悟唐之俗工作時世妝，嫁名道子，以紿流俗，星辰不如是也。《梁谿漫志》卷五。

洪咨夔藝話（六則）

洪咨夔（一一七六～一二三六）字舜俞，號平齋，臨安府於潛（今浙江臨安西）人。父鈙，號谷隱，有詩名。嘉泰二年進士，授如皋主簿。尋試爲饒州教授。作《大治賦》，爲樓鑰所賞識。授南外宗學教授，以言去。復應博學宏詞科，崔與之辟置淮東幕府。與之帥成都，除籍田令、通判成都府，尋知龍州。出蜀時，得書數千卷，藏之蕭寺，父子考論諷誦，學益宏肆。嘉定十七年，召爲秘書郎。寶慶元年，遷金部員外郎。以言事忤史彌遠，罷。讀書故山，達七年。紹定六年，彌遠死，召爲禮部員外郎，即乞進君子退小人，拜監察御史，劾去樞密使薛極等，朝綱大振。端平元年，乞下詔求言，登進諸儒，除殿中侍御史，擢中書舍人，尋兼權吏部侍郎，與真德秀同知貢舉，俄兼直學士院。遷吏部侍郎兼給事中，乞爲濟王立後，擢給事中。三年，進刑部尚書，拜翰林學士、知制誥，卒年六十一，諡忠文。咨夔以論事謇直、制詞貼切著稱，其詩常有諷刺官吏、反映民生疾苦，描寫鄉村風情之作，爲江西詩派風格，也受到楊萬里的影響，時有新巧之比喻。存詞四十餘首，《四庫全書總目》云："其詞淋漓激壯，多抑塞磊落之感，頗有似稼軒、龍洲者。"著有《春秋説》三十卷、《平齋文集》三十二卷及《平齋詞》。

一　俞拙庵偈語跋

士君子平生學力，最可驗於啟手足之頃。曳消搖之杖，易華晥之簧，蓋安之以爲常，而不以爲異也。

拙庵居士業儒好修，以拙自喜。拙則靜，靜則平，平則澄而明。理明志定，不爲氣所動，故能無怛化。病革，家人環泣，撝勿泣，命子德藻滌研濡筆，手書四句偈以訣，神宇凝正，鉤畫勁峭。實踐素履，絃攝呈露，坦然以方寸遺子孫，非學力之驗耶？至此然後知簸弄精光於百巧者之不如拙。四部叢刊續編本《平齋集》卷一〇。

二　徽廟草書《千文》跋

臣恭惟徽宗皇帝聖學天縱，秕糠姚姒。萬幾餘閒，遊戲翰墨，元氣淋漓，不擇地而施。梁周興嗣所次《千文》，遂被異世非常之遇。高宗皇帝中興江左，志在復古，列聖雲章奎畫，厚募歸之東序。每得宣和宸藻，輒悲不自勝，以故左璫慮傷上意，多抑不進。

此文其一也，龍騰電掣，出入造化，躪鑠轢羲，前無千古，甲丁護持，劫燼不壞。凡十有六紙，悉以交龍篆章券其縫。

臣子述博古識真，恭襫而寶襲之。一日出以示臣，臣聞紹興間上知懷素千文藏董弅家，命朱勝非諭指投進。使此書得陳乙覽，豈復求鶩於野乎？感歎之餘，謹拜手稽首志其末。寶慶初元寒食日，臣洪某。《平齋集》卷一〇。

三 高廟《千文》跋

經乾緯坤者，典學之全功；出聖入神者，遊藝之餘事。

臣恭惟高宗皇帝斷鼇立極，息馬論道，緝熙光明之學，追媲三五，倬彼雲漢，敷賁石經，龍畫螺書，旁分偏刻，莫不大關造化，細及庶務，垂則於億萬世。《千文》特《凡將》下陳，何與大學，娟娟餘閒，亦復肆筆及之。

臣子述所藏臨智永書，識以彭城瑤暉奉華印章。劉望彭城，或謂當時劉貴妃所得好賜。楷法遒潤，草聖妍力，神動天隨，超絕眾妙，視永所書可謂集厥大成，金聲而玉振之矣。

我太宗皇帝嘗行草《千文》賜李至，至請鑱諸石以詔方來。上曰："梁武得鍾繇破碑，俾周興嗣次韻，非垂世立教之道。《孝經》百行之本，朕當親書。"觀思陵奎藻者，當以熙陵之意參之。寶慶改元清明後一日，臣洪某九頓首謹記。《平齋集》卷一〇。

四 題《洪崖圖》

洪崖三皇時有道之士，其見於隋唐間者曰張氳，或曰薀，自號洪崖先生，出入以髯髦五雪驢一自隨，此圖是也。

吳興葉子淵得晁氏所藏龍眠本，手臨以見遺。老人戲題云："先生固清高，弄拙反成巧。一人御六子，終被雪兒炒。"此畫此詩俱有眼也。猶子穡弦誦之暇，取所畫臨之，一發輒破的，老瞶為明，因識其末。紹定癸巳立秋日。《平齋集》卷一〇。

五 題《西嶽降獵圖》

君玉以《宮車遊獵圖》二寄示，共七紙。鞁箙前驅，嬪御紛從，來輿去馬，蹴踏雲氣，其精妙瑰怪，縱橫變化，出天入神，歎非龍眠莫能作而不能名之，轉似都官隆山李成之，曰："《西嶽降獵圖》也。吾家絹本得之康節孫邵公濟家，人物部分與此無一不合，獨第七節前多馬上美人四。"因合二圖爲一，次第其先後以復，得非兩家所藏同出一時之筆，紙其創絹其成歟？絹壽止五百年，紙壽千年，君玉倒黃河以洗研，挹玉井以濡翰，醉攬風露，吸金天之晶而賦之，必有與此畫相爲壽者。紹定癸巳立秋日，於潛洪某舜俞書於繡山堂。《平齋集》卷一〇。

六　觀劉忠肅所書《金剛經》

此必非在臺省時所書，閒退中移心法耳。《平齋集》卷一〇。

戴栩藝話（二則）

　　戴栩（生卒年不詳）字文子，一作立子，永嘉（今浙江溫州）人，溪族子。嘉定元年進士。十六年，以監草料場門檢點試卷。十七年，除架閣。歷官太學録、太學博士，通判信州。淳祐四年，以實録院檢討官除秘書郎，出爲湖南安撫司參議官。栩爲葉適門人，守其師傳，故研煉生新，《論聖學》《論邊備》等札子，敷陳剴切，尚存典型。又與永嘉四靈爲里人，故詩風相近，但與四靈專主清瘦不同，命詞琢句，多以刻鏤爲工。著有《五經說》《諸子辯論》《浣川集》十八卷，已佚。清四庫館臣自《永樂大典》中輯爲《浣川集》十卷。

一　題顧凱之畫《洛神賦》，歐陽率更書，高宗御跋，壽右司

　　建安七子雲錦裳，東阿冠珮儼帝傍。美人依約駐何許，扈言和飾含芳薌。虎頭妙處似癡絕，丹青貌出花邊月。空詞無色重徘徊，多態有輦轉蕭屑。軟風吹香熊耳蒼，蘅皋芝田晴翠長。玉笙飄斷牽情夢，羽葆翻開顧影光。蘭釵橫珓雙鳳舁，調高不染巫峯雨。龍髓生霞謝露鉛，蟬衫如水縈金縷。瀛洲學士老率更，服暗編簡誰施媸。平生肝腸忽嫵媚，神氣鈎畫同飛揚。閱晉經唐今幾昔，光景常鮮日月白。紹興天子曾品題，價重珊瑚何翅百。吾聞商雒神靈居，祇今王會臨皇輿。願公翊我九疇主，更覿龜呈綠字書。文淵閣四庫全書本《浣川集》卷二。

二　次韻盧直院題秀邸所贈《春龍出蟄圖》

　　中興斷鰲四極立，黃河不動銀河濕。羣龍作御翊天飛，豈有泥蟠初破蟄。畫家畫甜難盡神，詩家詩苦空絕塵。上聖調合二能事，從此角𩫞成活身。王門沉沉風鐸語，妙舞停鸞歌罷句。夜半祥光挾電生，知從所賜春龍處。明朝黃麻出漢宮，草麻因贈玉堂翁。見者傳觀互矜詫，我爲指點開鴻濛。九州未畫一豐草，龍豢於官猶在島。後來盛理稱太平，麟鳳不厭郊原小。我願萬物常安舒，澤焦潤槁旱已拘。百靈有職不相襲，崑崙日月自出入。《浣川集》卷二。

張淏藝話（五則）

張淏（生卒年不詳）字清源，號雲谷，單父（今山東單縣）人，寓會稽（今浙江紹興）、武義（今浙江武義）。慶元二年預鄉選，尋以蔭補官。累官主管吏部架閣文字、奉議郎。撰有《會稽續志》《雲谷雜記》（今皆存）。

《雲谷雜記》（選錄　五則）

觀泰山刻石，益知金石刻之可貴，而史傳傳寫舛謬，誤人多矣。然此文率以四字爲句，今史或有五六字爲句者，如"廿有六年"史作"二十有六年"，"親輶遠黎"史作"親巡遠方黎民"，疑太史公所衍，未必盡是傳寫之誤。要之，此乃秦本文，豈容以意增損哉！

《晉書·王羲之傳》：羲之性愛鵝。山陰有道士養好鵝，羲之固求市之。道士云："爲寫《道德經》，當舉羣相贈。"羲之欣然寫畢，籠鵝而歸。其任率如此。蔡絛《西清詩話》云："李太白詩'山陰道士如相訪，爲寫黃庭換白鵝'，換白鵝乃《道德經》非《黃庭》也。"黃伯思《東觀餘論》云："黃庭真帖，爲逸少書。僕嘗考之，非也。按陶隱居《真誥翼·真檢論》上清真經始末云，晉哀帝興寧二年，南嶽魏夫人所授云云，惟有《黃庭經》一篇得存。蓋此經也。僕按：逸少以晉穆帝升平五年卒，是年歲在辛酉。後二年，即哀帝興寧二年，始降黃庭於世，安得逸少預書之？又按：梁虞龢《論書表》云：山陰曇䤯村養鵝道士謂羲之曰：'久欲寫河上公老子，縑素早辦，無人能書，府君能自屈書《道德》兩章，便合羣以奉。'於是羲之便停半日，爲寫畢攜鵝去。而《晉書》本傳亦著道士云，爲寫《道德經》畢，當舉羣相贈耳，初未嘗言寫《黃庭》也。以二書考之，即《黃庭》非逸少書，然陶隱居與梁武帝啓云：逸少有名之跡不過數首，《黃庭》《勸進》《告誓》等，不審猶有存否？蓋此啓在著真誥前，故未之考證耳。至唐張懷瓘作《書斷》云：樂毅《黃庭》，但得幾篇，即爲國寶，遂誤以爲逸少書，李太白承之作詩：'山陰道士如相見，應寫黃庭換白鵝。'苟欲隨之耳，初未嘗考之。韓退之第云"數紙尚可博白鵝"，而不云《黃庭》，豈非覺其謬歟？"伯思之論，似若詳悉矣。以予考之，其説非也。蓋書《黄庭經》換鵝，與書《道德經》換鵝，自是兩事。伯思謂《黄庭》之傳在右軍死後二年，此最失於詳審也。道家有《黄庭内景經》，又有《黄庭外景經》，及《黄庭遁甲緣身經》《黄庭玉軸經》，世俗例稱爲《黄庭經》。《内景經》乃大道玉晨君所作，扶桑大帝君命暘谷神王，傳魏夫人，凡三十六章，即《真誥》所言者。《外景經》三篇，乃老君所作，即右軍所書者，與夫人所得者初不同。予家舊藏右軍所書《外景經》石刻一卷，凡六十行，末云永和十二年五月二十五日在山陰縣寫。以歐陽《集古録》目校之，與文忠所藏本同，則右軍之寫《黄庭》甚曉然。緣諸公考之未詳，故未免紛紜如此。黄伯思謂與梁武啓在著真誥之前，此又曲爲之辯也。予又嘗於道藏中得務成子注《外景經》一卷，有序云：晉有道士，好黄庭之術，意惠書寫，嘗求於人，聞王右軍精於草隸，而性復愛白鵝，遂以數頭贈之，得其妙翰。右軍逸興自縱，未免脱漏，但美其書耳。張君房所進《雲笈七籤》亦載此序，最爲的據也。蓋《道德經》是偶悦道士之鵝而寫，若《黄庭》是道士聞其善書且喜鵝，故以是爲贈而求其書，此是兩事頗分明。緣俱以寫經得鵝，遂使後人指爲一事，而妄起異論。惟李太白知其爲二事，故其詩右軍一篇云："右軍本清真，瀟灑出風塵。山陰遇羽客，邀此好鵝賓。掃素寫《道德》，筆精妙入神。書罷籠鵝去，何曾别主人？"此言書《道德經》得鵝也。《送賀賓客歸越》一篇云："鏡湖清水漾清波，狂客歸舟逸興多。山陰道士如相見，應寫《黄庭》換白鵝。"此言書《黄庭經》得鵝也。太白於兩詩各言之，初未嘗誤，乃後人自誤也。以上文淵閣四庫全書本《雲谷雜記》卷一。

秦漢以前字畫，多見於鐘鼎彝器間。至東漢時，石刻方盛。本朝歐陽公始酷嗜之，所藏至千卷，既自爲跋尾，又命其子棐撮其大要而爲之説，曰《集古録目》。晚年自號六一居士，《集録》蓋其一也。其門人南豐曾公，亦集古篆刻爲《金石録》五百卷。後來趙公明誠所蓄尤富，凡二千卷，其數正倍於歐陽公，著《金石録》三十卷。石林葉公夢得，又取碑所載事與史違誤者爲《金石類考》五十卷。近時洪文惠公适，集漢魏間碑爲《隸釋續》凡四十八卷。昭武李公丙類其所有，起夏后氏竟五季著於録者，亦千卷，號《博古圖》，正訛謬，廣異聞，皆有功於後學。《隸釋》復刻其文，前代遺篇墜歟，因得概見於方策間，尤可貴也。《雲谷雜記》卷三。

鮑欽止《王略帖讚》云："昭回於天垂英光，跨頡歷籀化大荒。煙華淡濃賦低昂，一噫萬古稱天章。鸞夸虬引鵠序行，洞天九九歸遼陽。茫茫十二小劫長，璽完神訶命苾藏。"欽止自注云：九九，謂帖有八十一字。十二小劫，謂自晉至今十二代也。帖乃米元章所藏，故欽止於末句及之。此文辭語俊逸，筆力超詣，非後人所可企及，惜乎以洞天爲九九爾。按道家洞天，自十大洞天之外有三十六小洞，天故世有洞天六六之語。欽止記之不審，誤謂六六爲九九也。

文士厭於求索。人以才藝名世者，未嘗不役於人，久之，亦自以爲厭。魏韋仲將善書，時起凌雲閣，忘題榜，乃使仲將懸櫈上題之，比下鬚髮盡白，裁餘氣息，還語子弟云：宜絕楷法。文與可妙於墨竹，四方之人持縑素而請者，足相躡於其門。與可厭之，投諸地而罵曰："吾將以爲韈。"士大夫傳之以爲口實。此一藝名於時尚如此，況乎文章議論足以榮辱千古者乎！嘗見歐陽公與劉道原手簡云："某今日不入正爲凌晨稍涼爲江氏作誌幸語其家勿相煎。"又一簡云："承見諭某爲之翰家遣僕坐門下要誌銘所以兩日全不能至局。"大熱如此。又家中小兒女多不安，更爲人家驅逼作文字，何時免此老業？江氏，鄰幾之家之翰孫甫也。杜甫云："能事不受相促迫。"二家子弟，豈知此乎？以上《雲谷雜記》卷四。

鄭清之藝話（四則）

鄭清之（一一七六~一二五一）字德源，初名燮，字文叔，別號安晚，鄞縣（今浙江寧波）人。少從樓昉學，能文，樓鑰極稱賞之。嘉泰二年，入太學。嘉定十年，登進士第，調峽州教授。十四年，差湖廣總領所準備差遣，除國子監書庫官。十六年，除國子錄。因參預史彌遠謀立理宗，遷宗學博士、宗正寺丞，除起居郎，兼樞密院編修官。寶慶元年，改兼兵部郎，兼國史院編修官、實錄院檢討官。二年，權工部侍郎，暫權給事中。紹定元年，遷翰林學士、知制誥兼侍讀，簽書樞密院事。三年，進參知政事。四年，兼同知樞密院事。六年，拜右丞相兼樞密使。端平二年，進左丞相。三年，以天變求去，提舉洞霄宮。嘉熙三年，封申國公。四年，於里第築小圃，名"安晚"，理宗親書其匾，與朋友嘯詠其中者九年。淳祐四年，拜少保，兼侍讀，進封衛國公。五年，進封越國公。七年，復拜右丞相，兼樞密使。九年，遷左丞相，兼樞密使。十年，奏進《十龜元吉箴》。十一年，致仕，卒年七十六。追封魏郡王，賜謚忠定。鄭清之以政事文學兩全，頗得稱賞。其詩多直抒性情，風格與白居易爲近。著有《安晚堂集》六十卷，已殘，今存卷六至卷十二。

一 題偃溪聞長老《堯民擊壤圖》

炊煙萬井著僧居，人在康衢畫不如。寄語偃溪烘淡墨，圖中添我一柴車。<small>文淵閣四庫全書本《安晚堂集》卷十二。</small>

二 書西湖雷峯雲講主草書 <small>寶慶丁亥閏夏</small>

余以執事出郊，歸塗午漏，下逭暑於雷峯老師肅客，迺二十年前所識雲上人也。因索草書縱觀，成古風十韻以贈。

雲師一生耽聖草，銀鐵蟠空覷天巧。老來逸氣未全平，筆底鋒鋩猶獨掃。開關勇士爭赴敵，劍戟弓戈奮相繚。睡龍決起求領珠，劃木抓巖紛怒爪。風雷喧豗撼坤軸，飛電交橫印清沼。忽然天宇變空澄，千丈孤峯立寒峭。張顛驚號智永泣，剝筋椎髓爲君飽。恨予不習草書訣，九轉枯腸秖自攪。雲師雲師汝誠能，春蚓秋蛇幾時了。何如認取主人翁，破衲蒙頭紙窗曉。《安晚堂集》卷十二。

三　題御書《真武讚》

真聖觀在城南六和塔之側，寶慶二年道士江師隆創。《真武讚》，今上皇帝御製御書，其詞曰："於赫真武，啟聖均陽。克相炎宋，寵綏四方。累朝欽奉，顯號徽章。其右我宗社，萬億無疆。"

臣恭惟皇帝陛下嚴恭寅畏，惟典神天。如鼓應桴，有禱斯格。真武聖靈於國家福祐最顯，禁中尊奉，端自前朝。陛下加以徽稱，讚以天筆，海內莫不知所敬仰。臣於龍山真聖觀因睹鑑義江師隆所藏真武聖像，神采雄毅，意非吳道子不能作，遂俾刻石。摹本上進，蒙御書聖製讚於上方，於以傳示萬世，與國同休。

淳祐六年七月吉日，少師、奉國軍節度使、充泉觀使、兼侍讀、越國公鄭清之恭書。武林掌故叢編本《臨安志輯逸》卷八。

四　跋太宗行書蔡行敕

此卷乃太宗皇帝御筆敕一道，蓋不允蔡行辭中書省事者。觀茲字畫飛動，若虎踞龍騰，風雲慶會，正以見聖天子生知不測，遠異常流。當時在廷之臣，得之爲至寶。中書公非問學忠勤有素，曷承寵錫若是哉！誠金玉錦繡，奚足比美！蔡氏子孫，當知其所重，永寶其藏。用是書之，以誌景仰云。淳祐丙午三月望日，鄭清之書於養魚莊。

適園叢書本《珊瑚網·書錄》卷三。

張世南藝話（一〇則）

張世南（生卒年不詳）字光叔，鄱陽（今江西鄱陽）人。家富藏書，少隨父宦遊，見聞廣，多搜訪異書。紹定間，撰成《遊宦紀聞》十卷，自稱嘗官閩中，多記永福縣事。與劉過、高九萬、趙蕃、韓淲諸人遊，而述程迥之說尤多。其書多記雜事舊聞，語多精賅，《四庫全書總目》卷一二一評其爲"宋末說部之佳本"。

《遊宦紀聞》（選錄 一〇則）

書大字用松煙墨，每患無光彩，而墨易脫。偶得太乙宮易高士書符，用墨訣試之，果妙。其法以黃明水膠半兩許，用水小盂，煎至五分，蒸化尤妙。如磨松墨時。以膠水兩蜆殼，研至五色見浡作，再添膠水，俟墨濃可書則止。如覺滯筆，入生姜自然汁少許。或溶膠時，入濃皂角水數滴亦可。文淵閣四庫全書本《遊宦紀聞》卷一。

蜀之岷山有焦夫子，國初時人，亡其名。以博學教導後進，故世以夫子稱。貌陋且怪，長目廣鼻，虬髯垂瘦，性率，不自飾，雖冠帶，往往爬搔捫虱。然爲歌詩有驚人句，今蜀人止能誦其一聯云："兩輪日月磨興廢，一合乾坤夾是非。"熙寧中，文與可因至天彭，館於徐公園。杯酒譚笑中，肆筆成夫子像於亭之壁，曲盡寒酸態度。元豐壬戌，郡守聶子固懼其歲久隱晦漫滅，遂徙其壁於郡圃凝翠亭，今不復存矣，有石刻在。世南嘗得其本。今人但見與可枯木竹石，未嘗見其爲人物。坡公謂"與可詩文不能盡，溢而爲書，變而爲畫，皆詩之餘"。誠哉是言也！《遊宦紀聞》卷二。

永福縣之東南八十里，羅漢寺之仙巖，有篆書十，形體奇怪，環布巖石，不著姓名，人所未識，號曰"仙篆"。歐陽公永叔嘗得之，喜其無鐫刻之跡，如指畫成文，欲以番夷金書字圖號譯之，未暇也。蔡端明時守三山，以道家書釋之，曰："貧道守眞一，中有不死術。"亦莫得其據。政和三年之夏，邑宰陳武祐，好奇之士也，訪求其詳，知篆有三：一在安仁寺仙人山，寺僧憚墨蠟之費，撩斸而瘞之；二在中和寺黃坑之崖，今存焉，字皆奇怪，亦不可識；三即羅漢寺之仙巖也。安仁者，掘而得之，僅完三字。又於上生院僧景純得所藏善本四字，餘不復有。遂再鋟諸木，列巖之堂，今聞亦有不存者。余嘗見碑本，字勢夭矯，灑落奇妙，枝葉不屬而脈絡皆通，信是奇怪。不知蔡忠惠觀道家何等書而識之？此字恐子雲未必識也。《遊宦紀聞》卷三。

武永福邑有東嶽宮，乃吳太博經刱。大門內建三清殿，上梁日，邑中諸寓公咸在。吳以書梁儷語，首遜給事黃公龜年。公即領畧，立解手帖，濡墨作字，云："風馬雲車，儷百順勾陳之衛；金枝玉葉，拱萬齡宸極之尊。"詞語鏗潤，筆法高古。太博初見公略不經思，復疑帛書非法，既而雙美，吳始大喜心服，歸語家人子姪輩曰："吾邦山川之秀，有如此公者，操行過人數等，不獨詞翰可敬。"其未第時，最貧素，自處澹如。應鄉貢，引保日，有考官某縣尉居簾內，見公十輩，微徑僅可著足，下臨無際，人莫敢進。獨主巖者藏貯其中，來往如猱，亦野性便習然也。詹事王公十朋曾遊，作十奇律詩，五言六十字，見公集內。士友吳信可亦有紀遊詩云："曾訪神仙巖洞來，人言偉觀似天臺。藤蘿足下猨猱嘯，鐘鼓聲邊日月開。燈續佛光凝紫翠，雲將蜃氣作樓臺。最憐貫石神龍尾，猶帶天東雨露回。"《遊宦紀聞》卷四。

東坡先生嘗親筆錄其外曾祖程公逸事云……汪公應辰刻先生手書於石，筆法遒美極可愛。

辨博書畫古器，前輩蓋嘗著書矣。其間有議論而未詳明者，如臨、摹、硬黃、響搨，是四者各有其論。今人皆謂臨摹爲一體，殊不知臨之與摹迥然不同。臨謂置紙在傍，觀其大小濃澹形勢而學之，若臨淵之臨；摹謂以薄紙覆上，隨其曲折宛轉用筆曰摹。硬黃謂置紙熱熨斗上，以黃蠟塗勻，儼如枕角，毫釐必見。響搨謂以紙覆其上，就明窗牖間，映光摹之。辨古器則有所謂欵識、臘茶色、朱砂斑、真青綠、井口之類，方爲真古……所謂欵識，乃分二義。欵謂陰字，是凹入者刻畫成之；識謂陽字，是挺出者，正如臨之與摹各自不同也。臘茶色亦有差別。三代及秦漢間之器流傳世間，歲月寖久，其色微黃而潤澤。今士大夫間論古器，以極薄爲真，此蓋一偏之見也。亦有極薄者，有極厚者，但觀製作色澤自可見也。亦有數百年前句容所鑄，其藝亦今鑄不及。必竟黑而燥，須自然古色，方爲真古也。以上《遊宦紀聞》卷五。

秦會之當軸時，幾務之微瑣者，皆欲豫聞，此相權之常態。然士夫投獻，必躬自披閱，間有去取。吾郡德興士人姚敦臨，字公儀，能篆書，秦喜之，令作二十家篆《孝經》上表以進，時紹興十一年二月十九日也，許授以文資。未降旨間，會之招飲，姚喜，忘其敬，不覺振股，以此惡之。尋得旨，令充樞密院劾士，辨驗篆文而已。又有蜀士投啓千冊，其間一聯云："乾坤二百州，未有託身之所；水陸八千里，來歸造命之司。"秦尤稱道之，遂得昇擢。《遊宦紀聞》卷六。

世南近於三山郡齋，獲觀龍眠所作《奉節圖》，後題云："景文老兄持節守大名，從迓吏以訪別。念非仁者不能以言爲贈，贈之以佛衣綾而不受，贈之以紋縠而不受。戲作《奉節圖》，以見分手之拳拳。然朝廷委寄之重，雅歌長嘯，無復愧於古人矣。元祐坤成節日，龍眠山中人李公麟書。"景文，即劉季孫也平之子，東坡嘗薦之，後知隰州而歿。有詩寄坡云："四海共知霜鬢滿，重陽能插菊花無。"死之日無一錢，但有書三萬軸，畫數百幅耳。其家藏王子敬《黃柑三百顆帖》，坡嘗有詩與景文云："君家子敬十六字，氣壓鄴侯三萬籤。"坡一日語景文曰："一則仲父，二則仲父，以何爲對？"劉云："可對：千不如人，萬不如人。"坡爲絕倒。

龍圖馬公遵字仲塗，吾郡之樂平人。至和間爲諫官御史，言時政多聽用。國史有傳。今其家藏蔡忠惠帖，用金花牋十六幅，每幅四字。玩其波畫，令人起敬，真奇物也。世南嘗屢得觀之，云："梅三、馬五，蔡大皇祐壬辰中春寒食前一日會飲於普照院。仲塗和墨，聖俞按紙，君謨揮翰。過南都，試呈杜公、歐陽九評之，當處在何等？馬五諾我，精婢潤筆，皆是奇事。"凡六十四字，今前一紙四字不存。南軒先生嘗跋云："蔡端明此書大得顏平原浯溪磨崖刻筆意，世人但知其端嚴有法度，而不察其操縱運用妙處，何異趙括讀兵書乎？前輩評端明正書爲本朝第一，蓋不誣也。"以上《遊宦紀聞》卷九。

歐公小草，世不多見。沙隨先生家有所藏石刻，東坡跋云："文忠小草《秋聲賦》《歸鴈亭》詩，當爲希世珍藏。而思仲乃得之老人家箱篋間，以苴藉縆纊者。荊山之人，以玉抵鵲，非虛言也。"《遊宦紀聞》卷十。

名山樵子藝話（一則）

名山樵子，寧宗時人。餘不詳。

題趙千里夜潮圖

八月錢塘江上水，風靜波平清澈底。夜半潮聲帶月來，沙頭眠雁還驚起。何人一幅鵝溪絹，畫出長江千萬里。莫道波聲靜不聞，請君默坐聊傾耳。文淵閣四庫全書本《宋詩紀事》卷九十六。

周假菴藝話（一則）

周假菴，佚名，寧宗時人。餘不詳。

題趙千里夜潮圖

煙蒼蒼，江茫茫，明月夜挂天中央。奔潮不盡當日恨，金波怒，捲虯龍。長浦口，秋飛揚，鷗雁不眠聲周章。風高沙漲望難到，羽翰但逐潮低昂。窗閒簾炷香，開卷有素商。何須八月上錢唐，對此秋濤生錦囊。文淵閣四庫全書本《宋詩紀事》卷六十一。

陳鑒之藝話（四則）

陳鑒之（生卒年不詳）初名璟，字剛父，閩縣（今福建福州）人。淳祐七年進士。嘉定間，漫遊杭州、京口，與敖陶孫、陳起、曾由基等江湖派詩人多有唱酬。其古詩排奡中具停蓄之勢，律詩亦深穩有致。如"彎彎竹逕霏霏雪，小小溪橋澹澹雲"（《探梅》）一聯，王士禎謂能寫梅之神，可與林逋"暗香"、"疏影"句並傳（《宋百家詩存》轉引）。其詩今存《東齋小集》一卷。

一 蔣實齋出示孟浩然畫像，因賦二絕

吟鞭遙指鹿門歸，水色山光件件詩。縮項鯿魚元自好，當年應悔識王維。

誦詩縱不忤龍顏，榮貴無過是好官。未必一僮隨瘦馬，千年傳得畫圖看。文淵閣四庫全書本《東齋小集》。

二 同潘孔時飲愸宜園，孔時出寶晉數帖，呼道人吹簫，次日有詩，予用韻答之（節錄）

危亭三面立老竹，寶晉數帖清人心。《東齋小集》。

三 和友人題《唐明皇楊太真對弈圖》

風流陣退却圍棋，心醉妖妍落子遲。還記行兵南詔否，輸贏應不到雙眉。《東齋小集》。

四 題村學圖

田父龍鍾雪色髯，送兒來學尚腰鐮。先生莫厭村醪薄，醴酒雖釅有楚鉗。《東齋小集》。

曾由基藝話（一則）

　　曾由基（生卒年不詳）字朝伯，號蘭堂，三山（今福建福州）人。仕宦臨安，嘗受託校勘《春秋分紀》《李雁湖文集》。與陳鑒之交遊，《與陳剛父論詩》有"少陵久矣跨鯨遊，近說西江沸不休"、"半世工夫緣底事，旁人却作等閒求"之句。著有《蘭墅集》《蘭堂續稿》，已佚。

題畫梅水仙山礬三友圖

　　野梅清靖節，水仙韻坡公。山谷秀而野，厥有山礬風。陶蘇黃三君，時異風味同。後人思典刑，寫入畫圖中。文淵閣四庫全書本《江湖後集》卷十三。

黃大受藝話（一則）

黃大受（生卒年不詳）字德容，自號露香居士，南豐（今江西南豐）人。秉姿簡重，志慮深遠，而沉鬱下位，百弗一究。嘗遣其子載從李守約學朱子之學。嘉定間，以詩遊士大夫間，遊蹤及今江西、湖南、湖北一帶。著有《露香拾稿》一卷。

江行萬里圖

雪山西來接海白，天之所以限南北。誰人胸裏著輿圖，揮斥荊吳入綃墨。濃濃淡淡兩岸山，煙波瀰茫江面寬。水空漠漠鳥飛絕，漸看漸遠天漫漫。客舟泝流先後去，風帆飽腹如飛舞。有時小艇絕波來，不知何處橫江渡。鍾山隱隱開金陵，雨花臺前留玉京。汀洲劣處小孤出，垂楊綠引潯陽城。蘄黃紫翠照卷雪，武昌樓臺半明滅。周郎赤壁杳難憑，洞庭寒烟濛孤月。西江耿耿沙籟清，三十六灣斜照明。黃陵廟深楚山澗，九疑成削黏天青。我來展軸驚快覩，恍然對面水仙府。片時行盡江南天，弔古何勞出門去。南巡真人忘却歸，軒轅龍去眇難追。咸池曲絕誰奏樂，風雨啼痕滿竹枝。六朝虎士工設險，蹴踏滄波當揮劍。血流不惜惜江流，肯放飛埃過天塹。濫觴曾聞蕩雍丘，楫聲若爲空悠悠。江聲至今恨不盡，枉白萬古英雄頭。兩階干羽享波后，八公草木今健否。長安正在碧雲邊，斜日西風重回首。文淵閣四庫全書本《江湖後集》卷六十四。

釋師範藝話（三則）

釋師範（一一七八~一二四九）字無準，俗姓雍，梓潼（今四川梓潼）人。年九歲，依陰平山道欽出家。紹熙五年始具戒遊成都，謁於老僧堯和尚，有省。出遊廣浙，謁佛照於育王，人稱烏頭子。侍破庵居靈隱，大悟。同月石溪遊天台、雁蕩，歷住清涼、焦山、阿育王，移住徑山。召入大內說法稱旨，賜金襴衣，加號佛鑑禪師。淳祐八年，築室明月池上，榜曰"退耕"。次年三月，書遺表及偈而卒，年七十二。其弟子編有《無準師範禪師語錄》五卷、《無準和尚奏對語錄》一卷，今存。

一　跋弼知客山水軸　破庵石田癡絕跋在前

弼知客以山水小軸示余，軸雖小，而有無盡之意。無盡之意不可形容，不可形容處，已為吾父兄形容矣，徑山尚何言哉。《續藏經》第二編第二十六套第五冊《無準師範禪師語錄》卷五。

二　題《牧牛圖》

誰家牯，誰家犢？谿東谿西，水甘草足。宜乎後夜當春耕，懷袖應難秘斯軸。《無準師範禪師語錄》卷五。

三　題僧畫草蟲

似則似矣，是則未是。若是利衲僧，不作這般蟲豸。《無準師範禪師語錄》卷五。

王夢龍藝話（一則）

王夢龍（生卒年不詳）字慶翔，紹興府新昌（今浙江新昌）人。登慶元二年進士第，歷知龍游、金華二縣，咸有惠政。遷大理寺丞，極言和好不可恃，攻守不可弛。擢監察御史、除直秘閣、知溫州，移知婺州。召除司農卿、權戶部侍郎。以疾辭歸。晚憩龜潭，人稱龜潭先生。

僧文聳刻白樂天《沃洲山記》跋

石城以池涵佛窟之奇，而劉緦爲之製碑；沃洲以列巘平津之勝，而樂天爲之作記。二刹爲南明冠，不專在泉石，而在二公之詞章矣。

會昌中用道士説毁浮圖，劉侍中碑乃從而沒。後數百年，有□書衲子墨其文於寺壁。至嘉祐己亥，長老宗幼文始鐫之翠琰，邑尉吳處厚特紀詩碑陰，美好事也。建炎間，以草竊發據寺院，白太傅記亦遭其毁。後數十年，有能文行者書其詞於佛殿。至嘉熙庚子，住持聳別峰乃勒之堅珉，里人王夢龍遂與之題跋，重好古也。

夫文之顯晦繫於時，時之淹速繫於人。宗解笑□□□□爲爾寂寂，隨人作計，余豈免□公一抵掌也。石刻史料新編本《越中金石記》卷五。

牟益藝話（二則）

牟益（一一七八～？）字德新，一作德彰、德彩，蜀（今四川）人。咸淳時爲待詔，畫入能品。晚年喜篆書，深究古文，嘗取石鼓鐘鼎文爲辨證一篇，以糾釋文之訛。

一 《擣衣圖卷》跋

右謝惠連《擣衣詩》五言十二韻，曲盡閨闈婉嫡動息瞻伸之態，意韻萬千，妙在言外，詠歎不已。因取周昉美人，稍加位置，畫爲橫卷。思短筆拙，雖不足以形容謝詩妙處，若曰模章寫句，亦自謂得其彷彿。

顧年踰耳順之三，疲弊精神，尚爾兒戲，良可憫笑。志之所好，自忘其勞，不知視苦身疾作務積而不能用，與夫夜以繼日，思慮善否者，其爲樂果何如，得失果惡乎在？寓目者毋徒議筆墨之工拙，試與共商確之。嘉熙庚子良月既望，蜀客牟益德新書。

文淵閣四庫全書本《式古堂書畫彙考》卷四五。

二 再跋《擣衣圖卷》

戊戌春，寓番易安國僧舍，嘗作此圖，積日月而後成。雖不自以爲奇，念爲之勤，非知音不妄出。

後二年，携至豫章，遂歸連帥文昌吳公。是歲秋，館於東湖董良史圃中，復爲此紙，視前增人十，樹四，砧杵之上又加屋焉。始題數語於後，聊披閱以自娛。良史既見，有欲得之色而不言。僕曰："子欲之乎？"曰："是所願而不敢請。"僕曰："子以我爲難乎？嬉戲鄙事，取之於己而不竭者，於朋友又何難？"遂舉以遺之。

良史好古博雅，藏書萬卷，古玩名帖羅列几格，乃欲以此圖錯置其間。猶肆設席，水陸畢陳，而山肴野蔌尚所不棄。竊喜小道獨有所偶，於是載書。《式古堂書畫彙考》卷四五。

于有成藝話（一則）

于有成（生卒年不詳）字君錫，臨安府鹽官（今浙江海寧西南）人。嘉定元年登進士第。歷官秘書丞、將作少監、秘書少監，兼國史院編修官及實錄院檢討官。紹定五年除直顯謨閣、知寧國府。

《橫浦集》序（節錄）

先生著述，天下罔有闕違，獨簡帖字畫得者稀少。先生筆下如三峽倒流，遇順傾寫，凡見之真草，橫斜曲直，有張草聖之筆。用之琬琰，燦然可觀，如龍蛇之奮蟄，如珠之走盤，亦足以增人意氣。書心畫也，豈執筆學古人手法而後能爲之？明刻本《橫浦集》卷首。

徐照藝話（二則）

徐照（？～一二一一）字道暉，一字靈暉，自號山民，永嘉（今浙江溫州）人。嗜茶，喜遊山水，布衣終身。工詩，好苦吟，自謂"吟有好懷忘瘦苦"（《山中寄翁卷》）。嘗與葉適、潘檉、薛師石等遊從唱和，而與同郡徐璣、翁卷、趙師秀酬唱尤多，共倡晚唐詩，號"永嘉四靈"。嘉定四年，卒。其詩刻意矯江西詩派之弊，宗姚合、賈島，主張"捐書以為詩"，以"不用事"為第一格（《四庫全書總目》卷一六二），講究練字，形成清瘦新巧的詩風，但不免題材狹窄，氣格卑靡。著有《芳蘭軒集》。

一 夜聽黃仲立彈《廣陵》

月色照君琴，移床出木陰。數聲廣陵水，一片古人心。投劍功無補，衝冠怒亦深。縱能清客耳，還是亂時音。文淵閣四庫全書本《芳蘭軒集》。

二 訓贈徐璣（節錄）

字學晉碑終日寫，詩成唐體要人磨。《芳蘭軒集》。

魏了翁藝話（三六則）

　　魏了翁（一一七八～一二三七）字華父，號鶴山，邛州蒲江（今四川蒲江）人。自幼穎悟，日誦千餘言，過目不忘，鄉里稱爲神童。年十五，著《韓愈論》，抑揚頓挫，有作者風。慶元五年進士，授簽書劍南西川節度判官廳公事。嘉泰二年，召爲國子正。三年，改武學博士。開禧元年，召試學士院，以阻開邊忤韓侂胄，改秘書省正字。二年，出知嘉定府。丁父憂，築室白鶴山下，開門授徒，蜀人盡知義理之學。嘉定初，知漢州，繼知眉州。四年，擢潼川路提點刑獄。八年，兼提舉常平等事，遷轉運判官。十年，知瀘州，繼知潼川府。十五年，召爲兵部郎中，改司封郎中兼國史院編修官。十六年，遷太常少卿兼侍立修注官。十七年，遷秘書監、起居舍人。理宗立，遷起居郎。寶慶元年，御史劾其朋邪謗國，謫居靖州，士人不遠千里負書從學。乃著《九經要義》百卷，訂定精密。紹定四年，復職，主管建寧府武夷山沖佑觀。五年，起爲潼川路安撫使，再知瀘州。端平元年，召權禮部尚書兼直學士院，兼同修國史、侍讀，俄兼吏部尚書。還朝六月，前後二十餘奏，皆當時急務。爲忌者排擠，以同簽書樞密院事督視江淮京湖軍馬。尋以簽書樞密院事召回，改湖南安撫使、知潭州，復力辭，詔提舉臨安府洞霄宮。未幾，改知紹興府、浙東安撫使。嘉熙元年，改知福州、福建安撫使，卒年六十。了翁在當時號稱"真儒"，以學術、文章、政事得享盛名，與真德秀並稱"真魏"。立朝直言敢諫，無所忌避。出任地方官，常親詣學宮，親爲講撰，爲士論所服。其學篤志純，根柢深厚，造詣精粹。其詩文淳正有法，紆徐宕折，出於自然。此時理學盛行，士子志道忘藝，以爲性外無學。了翁無理學家空疏迂腐之病，而有歐蘇豪贍雅健之文。其詩根柢六經，刊落浮華，不染江湖遊士叫囂狂誕之風。著述甚多，合編爲《重校鶴山先生大全文集》一百一十卷。

一　撫州崇仁縣玉清觀道士黃石老工古篆，以李公父書來問字

　　聖學不嗣千餘年，併與小學遺其傳。其間明道寧乏賢，謂書小技藝也。揚子《通天地人》曰：儒通天地而不通人，曰技。姑舍旃。十字九舛不可鐫，楮生墨墨色有冤。動以經史爲執言，豈知魏晉幾變遷。況今經字宗開元，請觀未有韻書前。訓纂字林形相沿，形聲迭推義乃全。韻書既作人趨便，未能書法窮根原。但以聲韻求諸篇，形存聲亡韻亦牽。

叔重少温工磨研，二徐鄭郭柜後先。書法賴此差綿延，許李焉得無謬悠。楚金分韻猶拘攣，若更捨此狥俗妍。不學操縵求安弦，玉清道士來臨川。用意周敻兼秦山，携書過我渠江邊。試令立柱與畫桡，畏闌磯磴棄枘橼。已能諧世而取憐，猶欲度外求方圜。眉山夫子思涌泉，相與共講扶其偏。道士捆載明當還，更以一語申惓惓。能於此處知其端，事事物物誰非天。九章八卦莫不然，一毫人力無加焉。文淵閣四庫全書本《鶴山集》卷五。

二　羅五星善弈棋干詩

少年不識棋，但見剥剥琢琢更相圍。有人指授予，衝關奪角刼復持。少年不識星，但見腷腷膊膊還如棋。亦有告予者，縮贏伏見元有期。七年五嶺讀書暇，時把二事相悦怡。久之劃然悟，是間有數人不知。三百六十一棋子，此是乾策藏其奇。萬有一千五百二十星，若以三十六乘之。乘之既盡除坤策，恰與棋數無參差。此理極精密，歸後不復思。羅生挾二長，過我瀘之湄。怳如著我五嶺上，欲與之語無閒時。此須靜觀乃有得，而我家住西山西，生揣我何時歸？《鶴山集》卷六。

三　贈畫工王生

七年謫五嶺，二年守三瀘。蠻煙瘴雨中，不改舊時吾。此來懶看鏡，謂我衰且癯。王生忽肖象，氣貌何手据。悔不貤王生，圖作一病夫。庶幾轉而上，聽我歸林廬。及此未衰日，更讀幾年書。《鶴山集》卷六。

四　贈畫工王三錫傳神

氣質紛不齊，四海無似人。藉令貌相近，氣有醇不醇。善觀人品者，儀觀與機神。正邪眸子見，善惡眉間分。且如孔與虎，二人自非倫。而俱類孔子，俗眼何昏昏。古人有夢遇，便知爲良臣。又能記眉目，曉然得其真。此須以神會，難與淺者論。王生歸爲我，試語司寇君。此理充得去，三代同此民。《鶴山集》卷六。

五　潘舍人昌年《集篆韻》序

求字之法〔一〕，必本於形聲。未有韻書之前，《訓纂》《字林》等書則以形相沿者也。韻書既作，學者趨便就簡，不復知有造書之意，則不過比聲以求之〔二〕。或形存而聲亡，則茫無所考，而韻書窮矣。徐鼎臣兄弟著書以行於世，可謂許氏忠臣，乃亦分類韻譜以從世好，豈勢之所趨不得不然邪？

潘侯之書集韻也，依楚金部叙而加詳焉。既具形體，又推其聲之所從，或同音而異形，或同形而異聲〔三〕，或變古而從今，或非今而是古，皆兼舉而備錄之。嗚呼！

聖門之學，志道據德依仁固也，而必藝之遊，蓋物雖有本末，學雖有大小，而交養互發，則固未嘗相離也。《記》曰"息焉遊焉"，鄭氏曰"閒暇無事謂之遊"〔四〕，此最爲善發聖門之旨。而去聖既遠，禮樂失傳，射御與數亦罕有知者。惟六書之學猶見於篆籀僅存之餘，而舉世忽之，寧十字九舛，安於晉魏以後之俗書而恬不爲怪也。偉哉，潘侯乃獨用力於此！

以余之幸嘗有聞也，益知侯用心之獨苦也。今學者縱未能力探本始，而因聲求形，因形得意，循是以知類焉，其於求仁入德庶幾亦有發乎。四部叢刊初編影印宋刻本《重校鶴山先生大全文集》卷五三。

〔一〕字：原作"子"，據文淵閣四庫全書本改。
〔二〕比：原作"此"，據同上改。
〔三〕形：原作"異意"，據同上刪改。
〔四〕謂：原作"於"，據同上改。

六　跋文忠烈公真跡

右，潞忠烈公三帖，皆元祐初公以師垣便章軍國時也。帖所謂"腹疾"，則元年九月也，公以是久在告，不克陪宗祀。時年八十一，得疾稍間，而筆力遒勁若此。且其詞氣謙厚，惟恐失一士之心。衛武之詩曰："抑抑威儀，維德之隅。"睇其隅而有諸中者可知矣。

後一帖雖史牘，而緘封乃公花書。唐人初未有押字，但草書其名以爲私記，故號花書，如韋陟五雲體是也。國朝大老亦多以名爲押而圈其下，今其可考者如趙清獻、王文公皆然，而熙寧間至有"花書盡作棬"之語，益可推見。今併存此幅，以識前輩典刑云。《重校鶴山先生大全文集》卷五九。

七　跋閬中蒲氏所藏石、范、文三家墨跡

石才翁才氣豪贍，范德孺資禀端重，文與可操韻清逸，世之品藻人物者固有是論矣。今觀其心畫各如其爲人，昔人所謂心正則筆正，渠不信矣夫？《重校鶴山先生大全文集》卷六〇。

八　跋蘇氏帖

蘇氏翰墨其散落人間者何可勝計，而楊氏與三先生爲比鄰，所蓄尤夥，且可信不誣。今觀少公帖所謂"與家兄同住京"，則熙寧二年所遺也。時長公判官告院，少公爲條例司檢詳。帖又謂少公已改差陳州教授，則三年所遺也。其字體與中年以後極不相類，乃知前輩於小學猶進進不已，況其大者乎！聞楊氏所儲尚多，其晚年既貴，尤篤於故舊之義，此尤當令後生輩見之也。

新陽安別駕宋希古以是軸轉似，敬題其後而歸諸楊氏，其謹護之。《重校鶴山先生大全文集》卷六〇。

九　跋陳思王帖

按隋秘府所藏有魏《黃初篇》，其書至唐初已亡，莫知爲何等書也。以類推之，如子建之遺文在當時固多有存亡者，奚獨《鷂爵》等賦云乎？唐太宗出御府金幣致天下古本，命魏元成及虞、褚定其真僞，篇各有印，印以貞觀爲文。今《鷂爵賦》及《贈王仲宣》詩皆有此印，疑爲唐秘府所藏矣。亡何，遽爲武氏子脂澤所得，良爲可惜。最後有在建業文房而後歸之浮休張氏，蓋幾於屢厄而僅脱者，一縑素之傳固亦有幸不幸哉！今自隋煬帝至浮休居士所題，其爲帖凡五，雖乏精神，頗多態度。或疑贋僞，或謂臨模，固亦在疑信間，然跡其所由來，則源流固自可考。今藏於新普安史君任公之家。

嘉定八年春王正月，臨邛魏某得與寓目，輒題其後。《重校鶴山先生大全文集》卷六〇。

一〇　跋東坡書張志和《漁父詞》大字

文忠公自謂作大字不如小字，雖亦有之，然其英姿傑氣有非筆墨所能管攝者，則無問大小一也。《重校鶴山先生大全文集》卷六〇。

一一　跋山谷與楊君全詩帖真跡

右二詩一帖，筆意清贍，與世所藏者絕異，蓋元符三年所作，公晚年書也，後此者五年而公下世。

公嘗自謂年衰病侵，百事不進，惟覺書倍增勝。前輩進學之功，雖於書翰餘事猶然。今藏於楊氏之孫齊巽，余同年友也。

嘉定九年春二月，携以過余於梓州，因書其後。《重校鶴山先生大全文集》卷六〇。

一二　跋丹淵《墨竹詩》帖

右墨竹二幅，行草三幅，皆迫近文湖州，乃李致堯筆也。雙魚印爲"時雍"二字，圓印文爲"致堯"，而方印則云"李大醉墨"。

致堯，隋之長子，故自謂"李大"。致堯早以書畫名於時，元符初黃魯直在戎州，致堯嘗從乞書，黃甚予之，距元祐四年蓋十年耳。其後爲尚書即馮澥書奏疏，由是被遇，爲書學博士云。《重校鶴山先生大全文集》卷六〇。

一三　題趙侍郎公碩帖後

米南宮心畫高妙，不肯爲他人下筆，獨爲劉巨濟書此詩。浚儀趙公才思詞華〔一〕，雖見之餘事者類絕人遠甚，亦爲米公臨此帖。前輩高懷曠度，雖一技一能樂取諸人，不必皆自己出也。

米帖今刻諸括蒼□宅，趙帖今藏諸成都貢士郭之章家，郭之先君子嘗事趙公云。
《重校鶴山先生大全文集》卷六一。

〔一〕詞：原作"詳"，據文淵閣四庫全書本改。

一四　跋孟蜀斷甓

凡前代之遺編斷簡，苟嗜古者皆知好之，亦有事雖么瑣而以久見貴者。且王、孟之在蜀也，何翅井蛙甕蠛，昶於建之墳墓獨能爲之厲禁〔一〕，其厚於前人之意猶可槩見。於此以知秉彝之不可殄滅，雖紀綱大壞之時而猶然也。

伯起藏書至此，亦可謂好古博雅也矣。《重校鶴山先生大全文集》卷六一。

〔一〕墳：原作"世"，據文淵閣四庫全書本改。

一五　跋山谷所書香山《七德舞》

黃太史得書之變者，今此帖又因觀《海怪圖》以發其趣，故視他書尤更沈着痛快。然不出其氏名稱號，豈猶有所靳於戴純師邪？

此詩舊本"子夜"作"夫子"，"今來"作"爾來"，"治定"作"理定"。以"子夜"對"辰日"，則今本爲是，惟廿有九、廿有五，以字書及秦漢銘文證之，只當作一字讀，今乃併二字爲一，成六言，其偶然邪？今藏於資中李氏，誠爲可寶云。《重校鶴山先生大全文集》卷六一。

一六　題米南宮帖

本朝以書名家者至黃太史、米儀曹各得書法之變，自成一家，未易優劣。景獻兼二者而有之，可謂奇遇，但今米帖間有弱筆，乃不逮黃，何也？《重校鶴山先生大全文集》卷六一。

一七　跋程正伯家所藏山谷書杜少陵詩帖

前輩評昌黎示符、樊川示宜詩，謂不當以利祿施於始教者，今杜詩、黃字皆同此意。古今人己之學之異自孔子時而既然矣，此四君子者，抑未免稍徇流俗以爲循誘之術乎！《重校鶴山先生大全文集》卷六一。

一八　跋顏魯公爭坐帖

魚朝恩擠郭令公，折元載，搖相里造，侵王縉，一時權燄熏灼若此。魯公秉義以奪其驕，至今幾五百年，尚凜凜有生意，猗其偉與！但其間稱譽朝恩尚數十言，大半於行間增入，豈猶未免於危行言孫邪！

米南宮云：縫有顏氏"守一圖書"，且顏字以彥。彥從文從厂，下三畫則當在文字之傍，而移於厂下者也。今印文從卒從囗，書字下從者，今從曰〔一〕。《重校鶴山先生大全文集》卷六二。

〔一〕曰：原作"且"，據文淵閣四庫全書本改。

一九　跋蘇文定公帖

蘇氏兄弟平生大節在於臨死生利害而不可奪，其厚於報知己，勇於疾非類，則歷熙、豐、祐、聖之變如一日，而後知世之以文詞知二蘇者末也。

此祭文、書、疏凡八紙，距今一百三十有四年，一時風誼尤可想慕。撫卷太息，書而歸之番陽張氏。《重校鶴山先生大全文集》卷六二。

二〇　跋米友仁帖

米南宮大字雅逸，細書結密，皆有可法，至好爲小篆，則有不知而作者。元暉雖不逮其父，然如王、謝家子弟，竟自有一種風格也。《重校鶴山先生大全文集》卷六二。

二一　跋斜川帖

斜川侍坡翁至儋耳，父子相對如霜松雪竹，堅勁不搖，而作詩結字乃爾潤麗，其襮順裏方者乎！《重校鶴山先生大全文集》卷六二。

二二　跋聶侍郎子述所藏徐明叔篆《赤壁賦》

才知之士滿天下，而書學不得其傳，許叔重稽諸通人，作《說文解字》，猶未能無闕誤，李少溫《中興篆籀》而所刊定尚多臆說，信書學之難能也。

徐鼎臣楚金兄弟最有能稱，一時如鄭仲賢、郭恕先皆號善書，皆自許氏。非謂許氏果能盡字書之蘊，蓋捨是則放而無據耳。

舊聞徐明叔善篆，今觀其遺墨，則《說文解字》之外自爲一家，雖其名"兢"字見於印文者亦與篆法不同。又有"保大騎省"之文，"保大"爲南唐年號，"騎省"乃雛熙職秩〔一〕，亦所未喻。姑識所疑，以俟識者。《重校鶴山先生大全文集》卷六二。

〔一〕雛熙：當作"雍熙"（宋太宗年號）。

二三　跋陳中舍貴誼所藏杜正獻草書

杜正獻公嘗爲詩曰："老來楷法不如初，試向閒齋習草書。落筆何曾見飛動，彫章早已過吹噓。"公楷書端勁如其人，逮暮年始學草書，而歐、蔡、蘇、黃皆盛許之，豈非大本先立則縱橫造次無往不合邪！《重校鶴山先生大全文集》卷六二。

二四　跋楊文公書《遺教經》

某自結髮遊聖人之門，窮益深，測益遠。今髮星星矣，大懼年數之不足，其於他道蓋未暇及也。今伏觀內翰文公手書《遺教經》，歎先賢餘力所及猶若此，謹拜手書於下方。《重校鶴山先生大全文集》卷六三。

二五　跋楊文公真跡

公博極羣書，自經史百氏以及於《凡將》《急就》之文，稗官虞初之說、旁行敷落之義，靡不該貫。今於公之裔孫紹雲見公手抄唐人詩及《遺教經》，益知公所以用力於文者蓋若此。

嗚呼，此公之所以爲文與？曰不然也。同時以文鳴者如王定國、丁謂之、孫漢公、曾正臣、梅昌言、錢希白諸人，非不爭相長雄，而天下之士獨宗楊、劉，至於以文易名，則公擅其美。文乎文乎，其纂組綴緝之云乎？正色直道，不苟於合，能使人主憚其性氣。雖在上前，亦曰"如此富貴非臣所願"。他日昭陵語王文康曰〔一〕："楊某爲國竭忠，有君子之大節。"然則是可以爲文矣，是以謂之文也。

劉中山與公齊名，其出處大致亦近之。《重校鶴山先生大全文集》卷六三。

〔一〕語：原作"記"，據文淵閣四庫全書本改。

二六　跋番陽董氏所藏東坡墨跡

蘇文忠雅耆陶公文，其有感於《歸去來詞》，蓋元豐五年之夏蔡、章被遇而呂正獻不合之時也。長公在黃，少公在筠，此何時也，而猶可以仕乎！《否》之訟曰"大人否亨"，其遯曰"包羞"，然則以亨易羞，果孰爲得失乎？

遺墨藏於義夫之族子熰，臨卬魏某與之爲寮，因得寓目，因識其後。《重校鶴山先生大全文集》卷六三。

二七　跋東坡趙德麟《字說》真跡

趙德麟始以僚屬受知於蘇公，今蘇集有倡醻、《字說》與《秋陽》《春色》二賦，世之賢德麟者以此。

雖然，嘉祐、元祐之蘇公，孰不知趨而和之？迨蘇公度嶺，諸賢皆坐廢錮，德麟與焉，而猶卷卷於片文遺墨之是寶，於是有以知德麟之所存者遠矣。

予歸自謫所，今安德節度趙公之子與洗武叔携《字說》真跡相視。安德以儒科發身，器周才裕而局不得施，而有子是紹，茲其爲麟不已多乎！嗚呼，武叔其尚勉之哉！《重校鶴山先生大全文集》卷六四。

二八　跋陳猷《春龍出穴圖》

天基節前一月獲觀於白鶴山。是日邸吏以友人陳和仲塤奏札錄本見寄，其間有云："陛下居飛龍在天之位，而晦之以潛龍勿用之德。"讀之慨然，識其說於此。《重校鶴山先生大全文集》卷六四。

二九　跋王荊公真翰

按集所載與此小異，蓋爲江寧守陳和仲作也。介甫既爲相，而庫屋寒蔬，不改其素，所以見信於當時而得以肆行其志也。《重校鶴山先生大全文集》卷六四。

三〇　跋御書"鶴山書院"四大字

臣伏見廬山、嵩嶽、衡麓、睢陽各有書院，自太平興國訖大中祥符，錫之號榮，被以詔墨，至近世東湖、北巖、濂谿、象山之稱，皆嘗有請於朝，風聲所形，聞者興起。

臣生於卭之鄙，自開禧邊議不合去，之古白鶴山之下，築室聚友，將終身焉。兩朝聖明，照知臣心，訖荷眷憐，致位通顯。茲又蒙陛下申錫寶翰，賁燿林廬。

臣竊惟先朝賜書，必以名賓實，顧臣熏心患難，舊讀荒蕪，大懼無以稱塞隆指。其自今乞身得請，將歸老鶴山之麓，顧瞻奎文，帝臨有赫，誓畢餘齒，力求初心，以無忘君師訓迪之意。《重校鶴山先生大全文集》卷六五。

三一　題陳思《書苑菁華》

古以書爲名，如《周官》"達書名於四方"，《儀禮》"百官書於束"，則今所謂字也。是故欲知學者，不先識字則無以名百物，雖顛張草聖、阿買八分，猶爲不識字也。

臨安粥書人陳思乃能集漢晉以後論書者爲一編，曰《書苑菁華》，亦可尚矣。雖然，是猶後世誇工鬪妍，非吾所謂識字者。若好學者又於此遡流尋源，以及於秦漢而上，求古人所以正名之意，則讀書爲文也，其庶幾乎！《重校鶴山先生大全文集》卷六五。

三二　題深衣畫像

言忠信，行篤敬，言若易，聖猶病。申六言，以自儆。行顧言，言顧行。《重校鶴山先生大全文集》卷六五。

《經外雜抄》（選錄　二則）

山谷自評元祐間字云："字中有筆，猶禪家句中有眼。"

"陽冰志在古篆，殆三十年見前人遺跡，美即美矣，惜其未有點畫，但偏旁模刻而已。緬想聖達立製造書之意，乃復仰觀俯察六合之際焉，於天地山川得方圓流峙之形，於日月星辰得經緯昭回之度，於雲霞草木得霏布滋蔓之容，於衣冠文物得揖讓周旋之體，於鬚眉口鼻得喜怒慘舒之分，於蟲魚禽獸得屈伸飛動之理，於骨角齒牙得擺拉咀嚼之勢，隨手萬變，任心所成，可謂通三才之氣象，備萬物之情狀者矣。常痛孔壁遺文汲冢舊簡，年代浸遠，謬誤滋多。蔡中郎以豊同豐，李丞相將束爲朿，魚魯一惑，涇渭同流，學者相承，靡所遷復。每一念至，未嘗不廢食雪泣，攬筆長嘆焉。"右李陽冰《上李大夫論古篆書》。以上文淵閣四庫全書本《經外雜抄》卷一。

《師友雅言》（選錄　二則）

李肩吾云：孔子謂吾自衛反魯，然後樂正，雅頌各得其所。雅頌即樂也。古樂不存，惟於雅頌見之。

鶴山云：有問舜作五絃之琴，今乃七絃，何也？某答曰：文武添二絃以象君臣。《國語》載武王伐紂，數皆尚七。以上文淵閣四庫全書本《鶴山集》卷一百九《師友雅言》上。

鄒登龍藝話（一則）

鄒登龍（生卒年不詳）字震父，臨江（今江西樟樹西南）人。隱居不仕，結屋於邑之西郊，種梅繞之，自號梅屋，有林逋遺風。與戴復古、宋自遜、劉克莊等多唱和。工詩，戴復古跋其詩，稱"讀鄒震父《梅屋詩卷》，如行春風巷陌間，見時花遊女，動人心目處多矣"。真德秀亦以"言造理而句入律"，"金至百煉而精，珠穿九曲而巧"相稱，劉克莊則謂其詩"語極清麗"（《梅屋吟跋》）。著有《梅屋吟》一卷。

題杜少陵草堂圖

背郭好林塘，誅茅作草堂。因吟白鴉谷，爲卜碧雞坊。籠竹如煙淨，江梅帶雪香。四松經喪亂，閱世幾風霜。_{文淵閣四庫全書本《兩宋名賢小集》卷二百七十一《梅屋吟》。}

真德秀藝話（一八則）

真德秀（一一七八～一二三五）字景元，後更爲希元，號西山，建州浦城（今福建浦城）人。幼嗜書，一意於學。弱冠再貢於鄉，慶元五年進士，授南劍州判官。繼中博學宏詞科，嘉定元年遷太學博士。歷遷校書郎、秘書郎、軍器少監，又遷起居舍人，兼太常少卿。以權臣擅政，力請外任，出爲江東轉運副使，歷知泉州、隆興府、潭州。理宗即位，召爲中書舍人，尋遷禮部侍郎、直學士院。在任屢進鯁言，爲權臣史彌遠所忌，罷職歸。後復用，歷知泉、福州。端平元年召爲户部尚書，改翰林學士、知制誥，拜參知政事。二年卒，年五十八，謚文忠。德秀以學術、政事、文章享盛名，其學力崇朱熹，號稱一時大儒。其文以義理爲主，務爲實用。所爲制詞，溫潤閑整，論、序、記諸文，也以"平正"見稱。其詩多道學味，氣格較弱。詞僅存《蝶戀花》一首，雖非高作，亦發於情性。著述甚多，有《西山甲集》《對越集》《翰林詞草》《江東救荒錄》《清源雜志》《星沙雜志》等，今存《三禮考》《四書集編》《政經》《西山政訓》《大學衍義》《讀書記》《心經》《教子齋規》《諭俗文》《西山題跋》《衛生歌》，輯有《昌黎文式》《文章正宗》《文章正宗續集》。清康熙中家祠刻爲《真西山全集》。文集有《西山文集》五十五卷。

一　題《八君子圖》後

劉子出西江，訪我江之東。何人與偕來，銜袖八鉅公。韓歐開濟姿，如晴月生空。潞公山嶽重，文正霜檜同。玉立者坡仙，天遊匪涪翁。一朝參我前，毛髮生清風。凄其趙韓王，小異凌煙中。半山執拗面，亦得傳無窮。趙中令像與今原廟侑食本不同，故云。　文淵閣四庫全書本《西山文集》卷一。

二　贈邵邦傑

邵邦傑妙絲桐之技，又善寫神，西山翁嘉之，爲賦絕句。

五寸管能摹造化，七絃琴解寫人心。平生不作麒麟夢，且聽高山流水音。《西山文集》

卷一。

三　贈吳景雲

昭武吳景雲善篆工刻，爲余作小印數枚，奇妙可喜，因有感，爲賦二首。

錕鋙切玉爛成泥，妙手鐫銅亦似之。若會此機來學道，石槃木鑽有通時。
腰間爭佩印纍纍，眞印從來少得知。不向聖傳中有省，黃金斗大亦何爲。《西山文集》卷一。

四　贈蕭長夫序

　　始余少時，讀六一居士序琴之篇，謂其憂深思遠，有舜與文王、孔子之遺音，而淳古淡泊，與堯舜三代之言語、孔子之文章、《易》之憂患、《詩》之怨刺無以異，爲之喟然，撫卷太息，曰：琴之爲技，一至此乎！其後官於都城，以琴來謁者甚衆。靜而聽之，大抵厭古調之希微，誇新聲之奇變，使人喜欲起舞，悲欲涕零，求其所謂淳古淡泊者，殆不可得。蓋時俗之變，聲音從之，雖琴亦鄭衞矣。屈子有言："覽椒蘭其若茲兮，又況揭車與江蘺？"琴猶如此，則凡世俗之樂日淪於鄭衞而不可禁者，固其所也。
　　三山蕭長夫學琴四十年，饑寒流落，困悴無聊，獨不肯遷就其聲以悅俚耳。嘉定丙子秋，過予大江之東。予與之登鍾山，訪定林，酌寒泉而憩修竹。長夫忻然，爲鼓一再行，雍雍乎其薰風之和，愔愔乎其採蘭之幽，跌宕而不流，悽惻而不怨，信六一之言有不吾欺者。蓋其嘗遊紫陽先生之門，習聞君子之義，其能窮而不變也固宜。雖然，遊先生之門者衆矣，顧未聞有不變其學如君之不變其技者，此予之所以重歎也。
　　於其行，飲之酒而爲之歌曰：古音之寥寥，聽者欲睡兮。新聲之洋洋，喜不知止兮。自戰國已然，況今之世兮。嗟嗟蕭君，娛衆所棄兮。我琴可破，志不可徙兮。彼斲方爲圜，眞子所恥兮。霜風翛翛，裂子之袂兮。子毋好遊，從此歸兮。予將俟子於仙遊，從子於武夷兮。《西山文集》卷二七。

五　贈篆字余煥序

　　予嘗歎世變所趨，大抵自厚而薄，自簡質而浮華，自莊重而巧媚。凡文章技藝以至器用之末，何莫不然？姑即字畫言之，自蟲魚之體一變而爲篆，再變而爲隸，又變而爲眞、行，變之極爲草，習之者易成，玩之者易悅，而姿態百出，古意蕩然矣。
　　建陽余君煥工大小篆，筆勢奇偉不常。予嘗使之書聖賢言揭坐側，如正人端士，服古衣冠，巍坐拱手，使人望之起肅敬心，雖嚴師畏友曾不過是。然余君挾此技遊四方，其能知之者甚少，愛而說之者又加少，豈非簡質而不華、莊重而不媚，能使人敬而不能使人喜與！此予之所以重嘆也。雖然，天下未嘗無好古之士，子第行，當必有知子者。紹定元年十月，余君將之東浙，書以遺之。《西山文集》卷二七。

六　送蕭道士序

　　大江以西，天下多名山處，玉笥則其尤也。按道家言，是爲梁蕭子雲修鍊昇真之地，然其事跡茫昧，不可復考矣。余在豫章時，考按圖書，慨然有高舉遠遊之思，念將上印綬於朝，凌大江，陟西山，歇旌陽之廬，窺洪崖之井，繇葛峰以歷玉澗，遡章水而登崆峒之巔，出麻源，道樵川，然後歸而自休焉。事顧有大謬不然者，越三年，□□湘中，又二年而召，假塗清江，郡人張元德邀余爲閤皁之行。垂命駕，弗果，則所謂玉笥者，固無因而至焉。蓋前後數年，再躡江西之境，而四五名山者，迄不獲寄一跡其間，吁，可恨矣！

　　今年憊臥於招鶴之草堂，有方士自玉笥來見者，其謁則氏蕭而名守中也。曰：嘻，子非子雲之裔也耶！鄉吾欲遊玉笥而不可得，今見從玉笥來者，得問此山無恙，則吾志亦愜矣。因留之山房，數與語而又知其能琴與詩也。余於絲桐之奏蓋所喜聞，而有未忍者，獨索其詩讀之，則皆翛然清絕，非吸沆瀣、餐朝霞者不能道也。夫山川之秀傑者，其鍾於人必異，因吾子襟韻之不凡，益以信玉笥之爲奇觀也必矣。雖然，有疑焉，子之名中而字默也，豈非以多言爲誡耶？

　　予聞伯陽氏之爲道也，損之又損，以至於無爲，故學之者亦必墮肢體，黜聰明，離形去智，然後同於大通。今子戒於言而歸之默善矣，顧未能無琴與詩焉，是知多言之害而未知多藝之累也。子默迴然而笑曰："有是哉！然琴以養吾之心而吾本無心，雖終日彈而曰未嘗彈可也；詩以暢吾之情而吾本無情，雖終日吟而曰未嘗吟可也。琴未嘗彈與無琴同，詩未嘗吟與無詩同，曾何累之有哉？"余曰："子之言達矣。"遂書以爲東歸之贈。寶慶丙戌中元前六日，西山居士真某序。《西山文集》卷二八。

七　送陳宗望序

　　富沙陳宗望以寫真名，於人之神情意態，落筆輒盡其妙，故自號曰"肖齋"，談者弗之過也。

　　然予嘗竊嘆，世之人於所不必肖者，常責其必肖，而於所當肖者，或未嘗求其肖焉。何哉？夫所爲摹寫形貌者，特以識壯老之容而已，似焉固可喜，其或未深似焉，吾之妍蚩醜好固無與乎彼也。而好事者於其甚似則矜而賞之，曰天下之良工也，否則賤之矣。蓋凡天下之理，尸其名者責其實，顓其藝者蘄其工，故畫雖小技，必以肖爲能。此夫人所共知也，吾之生有甚當肖者，亦嘗思之否乎？

夫父乾母坤而爲之子，原其所受之理未有一毫之不相似者，利害汩其真，欲惡遷其神，於是天人之分始離矣，甚者形存而理喪，去庶物無幾焉。豈其初之固然耶？夫知繪其形之當肖，而不知有踐形惟肖之義，其不謂之惑耶？

予晚而知學，方惴惴焉懼不得爲天地克肖之子，而陳君乃寫予陋質以示，其肖耶否耶固所不暇問，獨以嘗所嘆者語之。嗚呼！知余說者可與論務內之學矣。紹定二年七月甲申，西山翁真某書。《西山文集》卷二八。

八　送造墨楊伯起序

學者以紙爲田，筆爲耜，而墨其膏液也。三者其重均爾，然製作之法，墨爲最難。

予友楊伯起挾此技遊四方，得者寶之。予嘗叩其法，歷歷爲予言：煙欲浮而輕，膠欲老而澂，均調揉治，不失其劑量，然後吾墨以成。雖然，是直其粗耳，至若心悟神解，超然法度之外者，予亦不能評也。

嗚呼，技之進於道若是乎！雖然，是墨也作之難，用之尤難。予觀昔之聖賢，以其心之精粹假此而出，一話一言，澤潤千古，猶善植者匪稷則黍也。後之不賢者，以其心之滓穢假此而出，一點一畫，流毒九有，猶不善殖者匪稂則莠也。然則其用不亦難乎？予故筆是說以告吾徒之用此墨也〔一〕。《西山文集》卷二八。

〔一〕也：似當作"者"。

九　問答·問禮樂　用"和爲貴"章

敬者禮之本，制度威儀禮之文；和者樂之本，鐘鼓管磬樂之文。禮樂二者，闕一不可。《記》曰樂由陽來，禮由陰作。天高地下，萬物散殊，而禮制行焉。天尊於上，地卑於下，萬物散殊，有大有小，此即制之所由起，蓋禮主乎別故也。流而不息，合同而化，而樂興焉。陰陽二氣流行於天地之間，未嘗止息，二氣和合而化生萬物，此樂之所由興，蓋樂主乎和故也。所謂陰陽二氣者，日月、雷霆、風雨、寒暑之類皆是。二氣和合，方能生成萬物。故禮屬陰，凡天地間道理一定而不可易者皆屬陰。樂屬陽，凡天地間流行運轉者皆屬陽。禮樂之不可闕一，如陰陽之不可偏勝。一歲之間，寒暑之相易，雨露霜雪之相濟，方能氣候和平，物遂其生。陽太勝則亢而爲旱，陰太勝則溫而爲水，有陰無陽則物不生，有陽無陰則生而不成。禮勝則離，以其太嚴而不通乎人情，故離而難合。樂勝則流，以其太和而無所限節，則流蕩忘返。所以有禮須用有樂，有樂須用有禮。此禮樂且是就性情上說，然粗精本末，亦初無二理，禮中有樂，言嚴肅之中有自然之和，此即是禮中之樂。樂中有禮，言和樂之中有自然之節，此即是樂中之禮。朱文公謂嚴而泰，此即禮中有樂。和而節。此即樂中有禮。《西山文集》卷三〇。

一〇　問興立成

　　古之詩出於性情之真。先王盛時，風教興行，人人得其性情之正，故其間雖喜怒哀樂之發微或有過差，終皆歸於正理。故《大序》曰："變風發乎情，本乎禮義。發乎情，民之性也；本乎禮義，先王之澤也。"情謂喜怒哀樂，此乃民之性不能無者，然其歸皆合於正理，故曰本乎禮義。先王之澤，言文、武、成、康之化入人也深，故雖叔季之世，人猶不失性情之正。三百篇詩，惟其皆合正理，故聞者莫不興起其良心，趨於善而去於惡，故曰"興於詩"。

　　禮樂之原，出於天地自然之理。《樂記》曰："天高地下，萬物散殊，而禮制行矣。流而不息，合同而化，而樂興焉。"禮者天地之序也，樂者天地之和也。天高地下，此即自然之尊卑；萬物散殊，有大有小，有隆有殺，此即自然之等級。聖人因此制為之禮，所以法天地之序也。君父在上，臣子在下，此即天高地下之象也。自是而下，兄弟、夫婦、師友、賓主以至於輿臺皂隸，名位分守，粲然有倫，此即萬物散殊之象也。陰陽五行之氣，流行於天地之間，未嘗少息，相摩相盪，為雷霆，為風雨，以化生萬物，聖人因此作為之樂，所以象天地之和也。雷霆風雨，皆是陰陽之氣相摩盪而成。惟其二氣和合，所以能化生萬物。樂有五聲十二律。五聲：角屬木，徵屬火，商屬金，羽屬水，宮屬土。木、火陽也，金、水陰也，土中氣也。十二律：黃鐘十一月，太蔟正月，姑洗三月，蕤賓五月，夷則七月，無射九月，此六陽律也；大呂十二月，夾鐘二月，仲呂四月，林鐘六月，南呂八月，應鐘十月，此六陰律也。陽律曰律，陰律曰呂，故曰六律六呂。陽月用陽律，陰月用陰律，以之候氣則埋之密室，上與地平，實以葭灰，覆以緹素，以候十二月之中氣。冬至氣至，則黃鐘之管飛灰衝素，大寒以下，各以其月隨而應焉。五聲十二律，亦皆陰陽變錯而成，故樂音之和與天地之和相應，可以養人心、成風俗也。自周衰，禮樂崩壞，然禮書猶有存者，制度文為尚可考尋，樂書則盡闕不存。後之為禮者，既不能合先王之制，而樂尤甚焉。今世所用，大抵鄭衛之音雜以夷狄之聲而已，適足以蕩人心，壞風俗，何能有補乎？故程子慨然發嘆也。然禮樂之制雖亡，而樂之理則在，故《樂記》又謂致禮以治身，致樂以治心。外貌斯須不莊不敬，則嫚易之心入之矣；中心斯須不和不樂，則鄙詐之心入之矣。莊敬者，禮之本也；和樂者，樂之本也。學者誠能以莊敬治其身，和樂養其心，則於禮樂之本得之矣，是亦足以立身而成德也。三百篇之詩雖云難曉，今諸老先生發明其義，了然可知，如能反覆涵泳，直可以感發其性情，則所謂"興於詩"者，亦未嘗不存也。《西山文集》卷三一。

一一　跋安、吳二宣撫所稱安居士帖

　　觀安、吳二公之書，則君之為一世奇士也可知也。

予聞青城、峨眉諸山，往往有隱君子在焉，而世人莫之識。如安君者，固有識之者矣，而莫或用之，卒流落東南以死，其可惜也夫！其亦可歎也夫！《西山文集》卷三四。

一二　跋陳復齋爲王實之書《四事箴》

余在星沙，以"廉仁公勤"四事勉僚屬，王實之作此箴遺予，嘗揭之幙府之壁，與同僚共警焉，今復齋陳公師復又爲大書此本。

實之之箴，明厲峻切，讀者已知悚畏；復齋之字，森嚴清勁，見者便如端人正士之在前，尤當凜然興敬也。《西山文集》卷三四。

一三　跋東坡書《歸去來辭》

東坡謫嶺南，故舊少通問者，在蜀惟巢元修，在吳則僧契順，皆徒步萬里，訪之於荒陬絕徼之外。元修以是登名青史，號稱卓行，契順亦託此以傳，真可敬哉。契順之言曰："惟無所求，故來惠州。"蓋有求則有欲，有欲則失其本心，是非顛倒，有不自知者。世之小人疾視君子，至欲擠之死者，豈皆其本心？正坐有欲故爾。趙公珍藏此帖，間出以示人，所補多矣。己卯歲除前十日，書於南昌郡齋。

近歲有嘗登大儒先生之門者，既而黨論起，其人畏禍匿跡，過門不敢見，則以書謝曰："非不願見也，懼爲先生累耳。"先生答曰："予比得一疾奇甚，相見則能染人，不來甚善。"聞者代爲汗下。吁，之人也，蓋以通經學古自名，而其行義顧出一浮屠下，昌黎墨名儒行之說，渠不信然？因戲書於後，以發千古一笑。《西山文集》卷三四。

一四　跋鄭居士手寫《古文孝經》

自唐玄宗《御注孝經》出，世不復知有古文，先正司馬公作爲《指解》，太史范公復爲之說，於是學者始得見此經舊文，然誦而習之者蓋鮮，況能服而行之者乎！

居士鄭公居其父喪時，手抄此經，遵守惟謹，可謂篤志力行之士。方其落筆時，用紙蓋不暇精擇，此豈有意於傳哉！距今八十有五年，蠹蝕之餘，墨色如新，使人捧玩起敬，爲善之不可揜類若此。

嗚呼！昔人於其先一器一物猶謹而藏之，況此編居士之心法在焉！主簿君孝且賢，寶之以傳於後，使鄭氏子孫世爲篤孝之門，豈不休哉！主簿名堯佐云。《西山文集》卷三五。

一五　跋畫師帖　朱文公以陸探微所畫師子像遺其外孫黃輅，輅字子木，勉齋長子也。

昔者君子之立於世也，其德則剛健之德，其情則正大之情，故以之閑吾道而異端襫氣，以之正朝綱而姦邪喪魄。自孟子沒，惟伊川程夫子、晦庵朱先生爲能兼之。嗚呼偉哉！

子木之幼也，晦庵已深期之，今其問學日進而氣志日彊，蓋庶乎不負先生之期許者。雖然，豈易事哉！夫必剛健之德不爲慾奪，正大之情不以私汩，卓然自立，萬物莫能攖，然後有以勝此爾。子木其勉之。《西山文集》卷三五。

一六　楊慈湖手書孔壁《孝經》跋

司馬文正公平生未嘗草書，雖造次顛沛間，一點一畫必如法度，觀其書者即知公之爲人。

慈湖先生楊公道德學問追媲前修，而於翰墨尤極嚴謹。嘉定初，獲侍公於著廷，見其酬答四方書問，無一字作行狎體。蓋其齋莊中正，表裏惟一，故形於心畫亦絶類文正公，而清勁過之。

傅君俓所藏孔壁《孝經》，又其得意書也。嗚呼！先生不可作矣，學者即此而觀之，猶足以窺大賢氣象而知立德之本云。《西山文集》卷三五。

一七　跋蔡節齋題張生所畫文公像

節齋之學，能言文公所未嘗言；材叔之筆，能傳文公所不可傳。道技雖不同，其皆有得於文公之文者耶！《西山文集》卷三六。

一八　跋陳北山帖

北山先生陳公辭章翰墨爲近世第一，此其未五十時書也，筆勢遒美已如此，至晚歲則猶龍騰虎踔，不可搏執矣。予嘗見公所作《贛州三橋詩》，又自書而篆之，每歎息，以爲《袁州學記》號稱三絕，然非一人之手，而公獨兼之，豈可及哉！

此帖與建陽陳君朝瑞，蓋公同門友也。是時僞學之論方譁，文公先生力請致厥事，廟堂未之許，帖中所及正指此也。後十餘年，天子始誅權臣，而文公與朝瑞久已仙去。獨北山年幾八十，盡見更化後事，出入中外垂二十稔，卒不肯少變所守，高卧不出，以眉壽終。帖中所謂不易初度，此其素心也。

朝瑞居與文公鄰，壯老相遊從，於學無不通貫，登紹熙四年第，得尉永豐，未上而歿，士類惜之。此其假令邵武時也。有子庚，能不墜世學，持此帖示余，爲識其末。《西山文集》卷三六。

謝采伯藝話（九則）

謝采伯（一一七九～一二五一）字元若，臨海（今浙江臨海）人。宰相深甫之子。嘉泰二年進士。歷知嚴州、徽州、湖州、廣德軍及大理寺丞、大理寺正、保康軍承宣使等，以節度使終。卒贈魏國公，謚文靖。著有《密齋筆記》五卷、《續記》一卷，佚。清四庫館臣自《永樂大典》輯出，凡五萬餘言，雜論經史，援引史傳，持論多中理。

一　《續書譜》序

姜夔，字堯章，番易布衣也，自號爲白石生，好學無所不通。嘗請於朝，欲是正頌臺樂律，以議不合而罷。有《大樂議》《琴瑟考》《鐃歌》等書傳於世。予略識於一友人處，知其爲名士，頗敬之，不知其能書也。近閱其手墨數紙，運筆遒勁，波瀾老成。又得其所著《續書譜》一卷，議論精到，三讀三歎，真擊書學之蒙者也。

夫自大學不明，而小學盡廢，遊心六藝者固已絕無僅有，而堯章乃用志刻苦，筆法入能品，予固恨其不遇於時，又自恨嚮者不能盡知，而不獲摳衣北面以請也。因爲鋟木，以志吾過云。嘉定戊辰，天台謝采伯元若引。百川學海本《續書譜》卷首。

二　題蘇軾書斬蛟橋

奕修宰義興，寄東坡書斬蛟橋石刻。徐歸自泉南，□思亦藏真跡，恍不知何在。怏怏數日，忽記有兩木篋未啟，遂登南樓，一扣肩鑰得之。筆力遒勁，神采煥發，石刻奪氣。紹定庚寅謝采伯書。民國《江蘇通志稿·金石》一六。

三　題東坡乞居帖

東坡《乞常州居住奏狀》，不知何緣流落人間。公之名節文章豈待讚歎，今觀其詞翰凜然不可迫視，豈以窮達得喪動其心者哉！

文集中亦有此一奏稿，其詞加詳，意者以此狀爲簡略，不足以動君父之聽，故改用加詳者。不然，即先上此奏，未能從欲，而再用文集所載者，俱未可知也。當時玉音竟俞其請，天地之大德、君臣之大義盡矣。後之閱斯文者，想例以爲不祥之金，不復留字。僕生也晚，不揆固陋，輒疥卷末云。嘉定庚午中秋，天台謝采伯元若書於四明貢院。文淵閣四庫全書本《清河書畫舫》卷八下。

《密齋筆記》（選錄　六則）

秦檜修禮樂，文太平，止專用一宦者邵諤主之，人呼爲邵局。今渾儀樂器中猶鑄邵姓名。禮樂之器間有不合經典處，是欠名儒討論。文淵閣四庫全書本《密齋筆記》卷一。

郗儉、梁鵠各受豐爵不次之除。鵠得法於師，宜官，皆號善書者也。魏晉以來，楷書日盛，皆鴻都門學之餘習，正書遂爲後世不刊之法，與李斯之篆、程邈之隸同科。梁武教諸王書，令殷鐵石於大王書中撮一千字不重者，每字一片紙，雜碎無叙。召周興嗣，謂曰："卿有才思，爲我韻之。"興嗣編次之，一夕而成，鬚髮皆白。

齊名之人與警策詩句，其實有優劣。天生奇材，天然奇句，皆無對。如鍾、王、羲、獻、歐、虞、李、杜、韓、柳、顏、柳，優劣自顯。然故梁武帝蕭子雲評書皆云："子敬不及逸少，逸少不及元常。"杜詩、韓筆、顏書，規模大，氣韻高古，餘則失於華巧有餘，如"池塘生春草，園柳變鳴禽"，"紅藥當階翻，蒼苔依砌上"，"天際識歸舟，雲中辨煙樹"之類，則第二句便不及。"竹送清溪月，苔移玉座春"之類，上一句便不及。當以是推之。

果齋先生云："作詩寫字，都先要有骨，則其進未易量。"郤昂《岐郇涇寧八坊馬記》爲李祐作，云："開元初，二十四萬疋。至十九年，四十四萬疋。"與張燕公爲王毛仲作《隴右監碑》略同。然燕公記其政有八，而郤昂止述馬名。燕公文尤奇麗，以《隴右監》石刻並觀，優劣可見。

應劭曰："昔客爲齊王畫者，王問：'畫孰最難？孰最易？'曰：'犬馬最難。鬼魅最易。犬馬旦暮在人目前，不類不可，類之故難。鬼魅無形者不見，不見故易。'"東坡《净因院畫記》常形常理用此意。

米元章不喜韓馬。有周百範者，以龍眠二馬換大防《樓公白集》。大防曰："古有以妾換馬者。以書換馬，自攻媿始。"正似王晉卿欲取東坡海石，錢穆父、王仲至謂："不可許坡，請易以韓幹二散馬。"晉卿難之，穆父欲兼取。蔣穎叔欲焚畫碎石。世上雅事，何時無之？論議紛紛，不及書馬。兩從不作難也。然晉卿以韓馬"照夜白"易米芾家顔書，朱巨川告劉涇，又以硯山一石易韓馬。夫晉卿重於易海石而不靳博顔書，顔書貴矣。元章復以易硯石，又常以韓馬雜它物易劉涇《貞觀御史内史官奴帖》，數捐韓馬以貿易，好嗜自有異耶！米氏《畫史》記馬佳本不定爲韓，止云："唐人妙手，且譏世俗見馬，即命爲曹韓筆，宜其不甚愛重也。"以上《密齋筆記》卷三。

留元剛藝話（一則）

留元剛（一一七九~?）字茂潛，號齊雲山人，泉州永春（今福建永春）人，留正孫。開禧元年舉博學宏詞，特賜同進士出身。歷國子監學錄、秘書省正字、太子舍人。嘉定初遷秘閣校理。累遷起居舍人，兼權直學士院，以內艱去。起知溫州，移知贛州，除起居舍人，旋奉祠。十三年，褫職罷祠，築圃北山，號雲麓子。有《雲麓集》《顏魯公年譜》（存）。

跋顏真卿刑部尚書告身

右顏氏告，世傳魯公親筆，或謂頵頔輩所書，英邁誼氣，千載不磨，所以興起人心爲世所重者，要之不專以字畫論也。

《華州刺史》《太子少師》告舊刻於永嘉郡齋，沂陽有《薛王友》《蘭陵夫人》告，巴陵有《刑部尚書》告，今以墨本合而模之，勒於樂石。嘉定乙亥長至，清源留元剛謹跋。中華書局香港分局一九八〇年本《叢帖目》卷一三。

吕午艺话（五则）

吕午（一一七九～一二五五）字伯可，號竹坡，歙縣（今安徽歙縣）人。嘉定四年進士，授烏程主簿。調當塗縣丞，與吳淵、吳潛兄弟定交。江東提舉徐僑辟爲幕屬，趣行帖至十八。僑以田事忤史彌遠，以言罷。午還當塗，監溫州天富北監鹽場，改知餘杭縣。寶慶三年，以言罷，而名益重。浙東提舉章良朋辟置幕屬，旋兼沿海制置司事。差知龍陽縣，以治績差兩浙轉運司主管文字，謁史彌遠。差監三省樞密院門兼監提轄封樁上庫。丁父憂，嘉熙元年，起爲太府寺簿，遷監察御史。三年，以論趙葵左遷宗正少卿兼國史院編修官、實錄院檢討官。淳祐元年，出知泉州。二年，除浙東提點刑獄。三年，復入爲監察御史，兼崇政殿説書，遷起居郎兼史院官。四年，丁母憂。間居十二年，寶祐三年卒，年七十七。著有《竹坡類稿》。吕午兩爲諫官，以風節自勵，知無不言。理宗嘗稱其議論甚明切，又謂其論邊事甚好。

一　送祝伯益東遊序

六月之杪，予以倉檄至秋浦，寓道紀堂，日趨臺治，循牆北鄰，見有大題扁，榜曰新安祝秘校，知其爲鄉人而未之識也。

一日過予，自言本儒家者流，談天説詩，評論人物，衮衮不休。三十年前所得諸公贈語，皆朗誦無遺忘。聞者驚悚，謂君强記若此，使業儒不廢，胡可量也？捨是而以五行之説遊，不幾於左計乎？

予謂儒學與藝術，大小雖不同，均可託以行道。嚴君平賣卜，拳拳依忠孝以教人，此豈直拘泥蓍卦而已哉？五行之説始於箕子之疇，演於劉向之傳，至以人之始生年月日、所直日辰支干相生，勝衰死相生，推人壽夭貴賤，則見於唐李常容，近世乃盛行，能造其奥者百不一二。祝君獨以儒業此，故其推明辨説，皆有據依，驗之多奇中，不止如庸術揣摩迎合，以規小利。士大夫其不敬愛之？所謂鐵中錚錚者也。

又數日來謁，將東遊金陵，抵北固，走淮甸，還道浙右，以達於京，且索詩贈行。予方有公事，未暇著語，姑述其梗概而申告之曰："君嘗業儒，亦聞孟軻氏之言乎？曰：'口之於味也，目之於色也，性也。有命焉，君子不謂性也。仁之於父子也，義之於君臣也，命也。有性焉，君子不謂命也。'軻之意蓋欲使人知命而不迷其性，盡性而不徒委於命。其以天理人心詔天下後世，最爲明切之。君言命，如能持是以遊於今之世，而不囿於星翁曆史之粗，庶不畔於吾儒。名公鉅卿必自有刮目倒屣者。"君曰："諾，盍爲我書之？"北京圖書館藏清抄本《竹坡類稿》卷一。

二 《王昭君辭》序

"女無美惡，入宮見妒；士無賢不肖，入朝見嫉"，世率以爲名言。以予觀之，女惟美故惡者妒之；士惟賢，故不肖者嫉之。明妃入漢宮，絕世而獨立，其輩行妒之久矣。當元帝按圖召幸時，諸宮人皆重賂畫工，爲進身計。明妃以色自負，獨不與。故畫工惡圖之，使不得見。人莫不歸咎於毛延壽之徒，不知諸宮人之重賂，政所以使之惡圖明妃，而後己可進也。一旦爲和戎故，召見間，帝始驚悔。畫工皆誅死，竟亦何益！前輩謂蛾眉先妒，明妃爲去國之人，信哉！

嘗因是論賢者不幸與群小並立，群小不惜金珍交結佞幸，以圖干進。賢者方厭惡唾罵之不暇，決不肯效尤。彼又懼賢者之進，必不便於己。其交結佞幸，不特自爲，並欲傾讒賢者。迨事變興，賢者已見擠而去，見大夫無可使者，人主始追咎左右平時毀譽之失實，赫然震怒，重置之法，不幾於噬臍乎？

故爲人上者，於賢不肖之進退，能先覺而無後悔，不至如元帝之於明妃則善矣。雖然，明妃近在掖廷，爲左右所蔽，不見御，帝昏迷可知。及因事而悟，尚能奮威斷以誅畫工。望之、猛、房爲恭、顯所譖以死，而於恭、顯寂不聞行畫工之誅，何耶？毋乃重於色而輕於賢耶？抑雖悟猶不悟，有若涑水易欺難悟與終不能悟之言耶？是可爲萬世戒矣。

九華陳君民瞻，取前載明妃出處本末與古今歌詠，會粹成編，且鋟之梓。或疑其何必爲一婦人屬意如此。比攜編踏門告曰："觀諸公詠明妃事，言人人殊，而於世教互有益，爲我下一轉語，以見不徒編次之意。"予謂昔之編國風者，於詠婦人女子詩靡不備載，聖人不刪焉，所以垂勸戒也。民瞻之意，殆出於此，故爲即其關於君道之大者書之。淳祐元年五月二十五日，竹坡呂午伯可序。《竹坡類稿》卷一。

三 跋于湖真跡

某總角學書，即知以于湖墨妙爲法，心摹手習，凡二十餘年，竟不能彷彿其萬一。於是隨意所向，日改月變，迄無定體，又十有餘年，而書愈拙。然異時敬摹於于湖者，皆石刻耳，往往宛轉模寫，寖失本真。如羲之《蘭亭》，雖真刻且罕得見，安得見所謂真跡者？

豐儲施君季彪，于湖之玉潤也，故所蓄真跡甚富。一日出示兩軸，其一乃于湖屬稿，遒勁飄逸，輾轉百數，手不容釋。既自語學石刻二十年，且以不成廢，今頭顱如許，而真跡之精妙又若是，不可復學矣。

輒撫卷太息，謹書生平敬慕不可到之意而歸之。《竹坡類稿》卷三。

四　跋《漁社圖》

余自癸酉暮春，試吏烏程，李君謙父數爲余言其先正西塞漁社風景之美，去城十八里而近。沉首朱墨，迄終更不得一至爲恨。再轉而丞當塗，君來訪道舊，且出示《漁社圖》。展玩，始知道場孤在其左右，疇昔固嘗以公事扁舟輕車往來兩地，誦東坡佳句，閲春申君故壘，而未知西塞介其中，若此不遠也，益使人悵然。君謂余，是可無一語？

竊惟三年簿領，多贅郡幕，飲冰自誓，遇事必與人分曲直，而不敢爲一毫過甚。故雪人至今不相忘，余亦夢寐無時不在苕溪之上，得非所謂前緣者耶？今雖幸連得奉親竊稍，貧窶如故，望黃山白水，無田廬可以歸耕，異時或有買山之資，當卜鄰西塞，與君相過從，遡元真子之清風，景漁社主人之高致，盡滌塵襟，以酬素願，亦可爲一快。

君笑而許之，因涉筆以示信。《竹坡類稿》卷三。

五　跋晦庵與程倅帖

晦庵以道學師表當代，一遺墨落人間，便爲至寶。

午松榆小子，生晚不及預門弟子列，而於其格言大訓，發前聖之秘，開學之迷處，心誠好之。又以有連，故得其遺帖。一一皆先生晚年之筆，結字剛健，兼以婉熟，襲藏篋笥，如寶曲阜履然。每一啟觀，想見道德之腴，溢從手指間出也。

今又從汪君左直獲睹此帖，端拜圭復，筆精墨妙，而翫其詞旨，竊謂君子之道三焉，語及食祿之當盡心，不曠官也；諄復於難進易退之說，不枉道也；惓惓鄉曲長上之間，不忘本也。夫豈若《青李》《來禽》等帖字畫之工而已？

端平二年八月二十八日，新安學吕午拜手敬書。《竹坡類稿》卷三。

張端義藝話（一一則）

張端義（一一七九～？）字正夫，自號荃翁，原籍鄭州（今河南鄭州），居姑蘇（今江蘇蘇州）。少苦讀，肆舉子業。在當時江湖詩壇上頗有詩名，李昴英《題節推張端義荃翁集》謂其詩"骨處實，眼處活，峭奇而非怪，含婉而不怒，多從胸中流出"。又著有筆記《貴耳集》三卷，多記朝廷軼事，兼及詩話，亦有考證。四庫館臣謂其論詩論文論時事，往往可取。文集名《荃翁集》，今不傳。

《貴耳集》（選錄 一一則）

思陵偶持一扇，乃祐陵御筆，畫林檎花上一鸚鵡。令曾覿進詩云："玉輦神遊事已空，尚餘奎藻寫春風。年年花鳥無窮意，盡在蒼梧落照中。"思陵感動出涕。《桯史》所載康與之，非也。

孝皇同恩平在潛邸，高廟乃書《蘭亭序》二篇賜二王，依此樣各進五百本。孝皇書七百本上之，恩平卒無所進。高廟賜二王宮女各十人。

《舜典》曰："八音克諧，無相奪倫，神人以和。"自宣政間，周美成、柳耆卿輩出，自製樂章，有曰《側犯》《尾犯》《花犯》《玲瓏四犯》。八音雜律，宮呂奪倫，是不克諧矣。天寶後，曲遍繁聲，皆曰入破。破者，破碎之義。明皇幸蜀。宣和之曲皆曰犯。犯者，侵犯之義。二帝北狩，曲中之讖，深可畏哉！

東坡在儋耳，無書可讀，黎子家有柳文數冊，盡日玩誦。一日遇雨，借笠屐而歸，人畫作圖，東坡自讚："人所笑也，犬所吠也，笑亦怪也。"用子厚語。

嵩山極峻，法堂壁上有一詩曰："一團茅草亂蓬蓬，驀地燒天驀地紅。爭似滿爐煨榾柮，慢騰騰地暖烘烘。"字畫老草，旁有四字，勿毀此詩。此司馬公書，柱間大隸書"旦光頤來"。旦，公兄；頤，程正叔也。壁門題云："登山有道，徐行則不困，措足於實地則不危。"皆公八分書。以上文淵閣四庫全書本《貴耳集》卷上。

朱晦翁、王伯昭《琴說》：琴大弦散，聲中黃鐘，二太簇，三仲呂，四林鐘，五南呂，六黃鐘，七太簇清。若按中徽，其所中之律爲如此，則是專以黃鐘爲宮，不復可遺想矣。今世所傳琴曲五調，余嘗以音律考之，皆仲呂一均也。宮調乃仲呂，餘調仿此。夫仲呂，四月之律，萬物長養之時，作五弦之琴以歌《南風》，其此之謂乎？後人增爲七弦，乃加其清聲，此段說仲呂一均，又與前說不同。均字，鄭漁仲《書略注》云："作韻也。"《貴耳集》卷中。

歐陽公《論琴帖》："爲夷陵令時，得琴一張於河南劉，蓋常琴；後作舍人，又得一琴，乃張奧琴也；後作學士，又得一琴，則雷琴也。官愈昌，琴愈貴，而意愈不樂。在夷陵，青山綠水，日在目前，無復俗累，琴雖不佳，意則自釋；及作舍人學士，日奔走於塵土中，聲利擾擾，無復清思，琴雖佳，意則昏雜，何由有樂？乃知在人不在器也。若有心自釋，無弦可也。"

韓愈、皇甫湜，一世龍門，牛僧儒攜所業謁之，其首篇《說樂》，韓見題，即掩卷而問曰："且道拍板喚作甚？"牛曰："樂句。"二公大稱賞之，因此名動京師。

"筆之用以月計，墨之用以歲計，硯之用以世計。筆最銳，墨次之，硯鈍者也，豈非鈍者壽而銳者夭乎？筆最動，墨次之，硯靜者也，豈非靜者壽而動者夭乎？於是得養生焉，以鈍爲體，以靜爲用，惟其然，是以能永年。"此唐子西《硯銘》。

伶者，自漢武時東方朔以諧謔進，其間以言語盡規導之意，至唐高力士輩出，人主溺於宴安鴆毒，爲昏之道絕矣！及五代李亞子，歐陽公作《伶人傳》首焉，極稱請箭前驅，縞素從戎，繫燕父子以組函梁君臣首，入於太廟，還矢先王，而告以成功，其意氣之盛，何其壯哉！晚年耽於詼諧，與周匝、景進、敬新磨狎泄，終至亡國，死無以葬，以樂器焚之，何其始英武後荒迷耶！嘗讀放翁《南唐書》，有一事可取。李王召一名將欲害之，酌酒一杯與其將飲，將知內有毒，堅不肯飲，奉杯前曰："臣當先奉爲王壽。"君臣交爭不決。有一伶人自殿下舞上殿曰："此酒臣先飲。"奪將手中杯，一舉而盡。再舞下殿，及殿門而卒。一時倉卒，遂解君臣之疑。雖曰小人以一死存國體，可謂知幾之士矣。

史同叔爲相日，府中開宴，用雜劇，人作一士人念詩曰："滿朝朱紫貴，盡是讀書人。"旁一士人曰："非也。滿朝朱紫貴，盡是四明人。"自後相府有宴，二十年不用雜劇。以上《貴耳集》卷下。

張煒藝話（四則）

張煒（生卒年不詳）字子昭，杭州（今浙江杭州）人。仕履不詳。著有《芝田小詩》一卷，收入《江湖後集》卷一○。其詩具江湖詩派風格，清新淡泊，大多爲隱居、詠物等閒逸之作。

一　雜詩

笙簧世所貴，正調多溺沉。有人懷古心，臨風理瑤琴。一彈秋月高，忽覺開塵襟。或疑澗泉聲，忽作鸞鳳吟。得意自怡悅，子期難再尋。銅壺一枝梅，儘可爲知音。文淵閣四庫全書本《江湖後集》卷十《芝田小詩》。

二　題夏訓武珪畫牛

枯木立數莖，斷岸走千尺。旁有牧牛兒，放牛倚拳石。牛閒芳草間，兒倦眠踢蹄。畫手筆入神，淡墨奪真跡。憑誰喚兒醒，落日歸路僻。覺來橫短笛，吹斷遠山碧。《芝田小詩》。

三　柯山製墨胡處士求隸字

有客落魄遊京都，形服差類山澤臞。袖携一紙故友書，來求古隸銘墨模。我方臨池且自娛，觸撥雅興生江湖。坐扣墨法果不誣，出示數餅泥金濡。質模溫潤凝龍酥，麝氣酷烈清透膚。浣濯研沼塵滓無，磨動淳漆生金壺。吳牋半幅翻雪腴，碧雲掩冉生兔鬚。豪家有錢貯金珠，誰肯淡好如吾徒。自憐我爲貧所拘，傾囊盡易令無餘。臨行束擔付獠奴，就索詩句榮歸途。天下具眼不可污，芳名豈借人言沽。《芝田小詩》。

四　試宣毫

中山瑞獸久不出，天下筆工徒負名。近聞宛陵獲數輩，束縛管製差專精。携入京師求鑑賞，一見不以他毫輕。呼童滌硯淬璺玉，催我紙上雲煙生。《芝田小詩》。

史彌寧藝話（八則）

史彌寧（生卒年不詳）字安卿，鄞縣（今浙江寧波）人，浩從子。嘉定六年知邵州。八年，任滿，再知。景官右史。著有《友林詩稿》二卷。今存《友林乙稿》一卷。集中多近體詩，命意遣詞務取鮮新，往往傷於纖仄，而一字一句之奇巧，亦清警可誦。其論詩有"詩家活法類禪機，悟處工夫誰得知"（《詩禪》）之句，與嚴羽"妙悟"之旨相近。

一　聞笛

卸帆沽酒荻花村，水色天光淨不分。霜月淒涼何許笛，一聲吹裂洞庭雲。文淵閣四庫全書本《友林乙稿》。

二　陸放翁畫像

詩酒江南劍外身，眼驚幻墨逼天真。是誰不道君無對，世上元來更有人。《友林乙稿》。

三　題劉君鼎臣《盤谷圖》

崖壁開張半幅慳，權名人見若為顏。那知別有真丘壑，不在區區紙上山。《友林乙稿》。

四　觀畫

江山梅竹好精神，漁父畦丁也逼真。終是有些堪恨處，畫中更欠著詩人。《友林乙稿》。

五　書蘇道士江行圖後

叟也胸中天地寬，雲煙袞袞出毫端。如何萬里經行處，不費晴窗半日看。
詩酒漂零自在身，吳檣楚柂往來頻。拂開數匹臨川紙，一一江山是故人。
飄然雲鶴老江湖，匠出煙波絕世無。一見昏眸爲渠豁，平生空掛《輞川圖》。《友林乙稿》。

六　有惠廬山圖者

生平巖岫飽躋攀，忽得雲巒挂壁間。不怕老來無脚力，閉門端坐看廬山。《友林乙稿》。

七　看李成畫

巖壑蟠胸秦太虛，輞川一見病全蘇。可愁地僻無醫藥，繞屋營丘山水圖。《友林乙稿》。

八　孤山

孤山數幅古名畫，著在暗香踈影邊。不是逋僊有梅癖，梅花清韻似逋僊。《友林乙稿》。

劉昌詩藝話（一則）

劉昌詩（生卒年不詳）字興伯，清江（今江西樟樹）人。紹熙間，客居淮南。開禧元年進士。嘉定六年，知六合縣。八年，刻《蘆蒲筆記》於縣齋。所著《蘆蒲筆記》十卷，多糾吴曾《能改齋漫録》之失，考經證史，可資考據。

《蘆蒲筆記》（選録　一則）

米小儀題禊帖詩

圖契朴琱推聖智，萬古奔沈餘末伎。蘭亭醉墨更無加，始信功名皆儻爾。庾翼兒郎豈不黠，自是家雞愍野雉。退之疆括六藝疎，見處纔能到姿媚。相公有官那得取，不與官家深自秘。却因同好露心胸，謾使蕭翼誇末計。摸金不必曹阿瞞，温韜家有昭陵器。披沙只恐取黄金，剔軸誰能收故紙。天章寶閣高嶻峩，永表文皇好文藝。至今油蠟傳未休，善本何辭萬金棄。文淵閣四庫全書本《蘆蒲筆記》卷十。

吳泳藝話（一則）

吳泳（一一八〇～？）字叔永，號鶴林，潼川府中江（今四川中江）人。少孤，與弟昌裔共學。嘉定元年進士。紹定二年，召爲太府丞。四年，除秘書郎。五年，遷秘書丞。六年，除著作郎。端平元年，爲軍器少監。二年四月，除秘書少監，十二月，爲起居舍人，兼權吏部侍郎，直學士院。權刑部尚書兼修玉牒。在朝近十年，嘉熙二年，以讒毀罷，出知寧國府，提舉太平興國宮。三年，起知溫州。淳祐元年，退居湖州雪川，時年六十二。五年，起知隆興府，改泉州，以言罷職。泳生當南宋後期，國勢日蹙，而能正色直言，無所回避，慷慨敷陳，頗中肯綮，充滿憂國憂時之情。執掌內外制多年，理宗稱其制詞最爲得體。其他文章亦明辨駿發，頗有蘇軾遺風。論詩力主以《詩經》爲標本，認爲其備眾體，反對"從晚唐諸人做起生活"（文集卷三二《答劉藏道書》），所論顯然是爲當時江湖、永嘉詩派而發。論詞主張詩詞各有體，批評魏了翁以《易》《玄》之妙譜入歌曲，非詞人之體。著有《鶴林集》，已佚，清四庫館臣自《永樂大典》中輯爲四十卷，頗有漏輯者。

御書"宗濂精舍"跋記

臣嘗考國朝建立書院，隸於今職方者三：潭曰嶽麓，衡曰石鼓，南康曰白鹿洞。皆繇上方表賜敕額，蓋所以揭聖範、崇道規也。道術既裂，聖真無統，士各阿其所好而立之師，門各尊其所授而名其學，刊山結廬，互相標榜，書院、精舍之名幾徧郡國，殆失古者天子命之教然後爲學之義。

前江西漕臣萬里緬思南昌故郡濂溪周子嘗兩仕其邑，既景乃岡，崇設精舍，又力請於上，定之曰宗濂。奎畫爛垂，宸光下燭，奕奕甍宇，巋然若揭於秋屏列岫間，至是學不爲私學矣。郡守臣泳與轉運判官臣穎茂祇拜雲章，虔奉惟謹，青衿之子，相與詠陶遊息其中，不亦盛歟。

夫營道之有濂溪書院，本其所生之地名之也。康廬之有濂溪書堂，指其所樂之處名之也。今南昌之有宗濂精舍，即其所仕之邦名之也。然以臣管見窺測聖意，所謂"宗濂"者，豈但以官業吏道爲宗哉？春臺熙和，風光而月霽，其粹行可宗也；夜堂澄寂，玉振而金聲，其令儀可宗也；水花净植，可望而不可親，其灑落襟度可宗也；庭草交翠，可觀而不可盡，其一般意亦可宗也。若夫圖披剝陰陽，畫分動靜，以演《河圖》之生數；書辯誠幾德，原理性命，以發《大傳》之精蘊，此又斯道之宏綱大用，學者尤當詳玩密察而宗師之也。

聖上考文稽古，遊思理學，祖堯舜而宗仲尼，且謂周敦頤實繼往聖絕學，故肆筆大書，札賜方國。由濂溪以遡洙泗，由洙泗以鄉唐虞之閎道，此則君師所以寵綏四方之志也。

臣職在宣化，敢不拜手稽首，答揚光訓？題於下方。淳祐丙午夏四月朔。文淵閣四庫全書本《鶴林集》卷三八。

華岳藝話（三則）

華岳（？～一二二一）字子西，號翠微，貴池（今安徽貴池）人。爲武學生，輕財好俠。開禧元年，叩閽上書，諫朝廷不宜用兵，乞斬韓侂胄、蘇師旦、周筠以謝天下。下大理獄，編管建寧。侂胄誅，放還，復入學。嘉定十年，登武科第一，爲殿前司官屬，鬱鬱不得志。十四年，任殿前司同正將，謀去丞相史彌遠，事覺，下臨安獄，杖死東市。華岳是愛國志士，不肯附和浮議，勇鬭權奸。其文伉直，"持議頗允"（《四庫全書總目》卷一六二）。其《翠微北征錄》收錄《平戎十策》和《治安藥石》，作於建寧獄中，言涉邊機，議論風生，闡發了他抗金復國的理想，以及具體的政治軍事措施，有理有據，不同泛談。《上寧宗皇帝諫北伐書》（《翠微南征錄》卷一）則情辭並茂，慷慨激昂。其詩均見於《翠微南征錄》中，頗粗豪，多抒寫憤懣不平之氣，與同時江西、江湖派詩人之作迥異。詞作久佚，孔凡禮《全宋詞補輯》從《詩淵》中輯得十八首，與辛派詞風接近。著有《翠微先生北征錄》十二卷、《翠微南征錄》十卷。

一　贈陳道人　道人陳守一善畫，出錦軸求詩

君不見樵人王翰畫山水，一夜風雷揭窗紙。又不見長沙洞清畫龍蛇，滿軸煙雲翻攧指。二子相去數百年，筆端妙意誰能傳？雙溪道人何所授，一見筆法堪齊肩。筆一淡，輕煙映出，垂楊岸。遠山依約有還無，斜照不紅秋水慢。筆一濃，黑雲萬疊翻狂風。江天日暮暗煙靄，天地星斗皆昏朦。瀟湘詩人不解語，被君吐作無聲句。何時覓取綃一縑，寫我英姿伴煙雨。文淵閣四庫全書本《翠微南征錄》卷二。

二　僧畫

王叔珍所收十軸，乃政和僧人所畫。叔珍欲增其價，求一轉語於軸角。

萬景峯前老禪叔，搜羅風月歸巖谷。胸中有句吐無聲，寫作生綃三四幅。《翠微南征錄》卷三。

三 琴

翠微得雷霹材，斲曰"天籟"，鐫二十八字於底。

月浸虛堂夜氣清，起聽萬籟寂無聲。輕輕拂動匣面塵，玉笋不彈風自鳴。《翠微南征錄》卷三。

黃順之藝話（一則）

黃順之（生卒年不詳）字佑甫，邵武（今福建邵武）人。開禧元年進士，爲涇縣主簿。江湖派詩人，嘗與葉紹翁、陳起等唱和。

聽悟師彈《招隱》

悟師手攜清風琴，爲我再奏《招隱吟》。九原靈均不可作，後人遺恨空沈沈。我今聽之淚霑襟，楚山日落秋聲起。古猿啼月空山裏，千年愁思上青楓。幽蘭無香桂花死，吾道非耶何至此？曲中歷歷分明道，苦怨王孫負春草。歲晚山中難久留，憶君一夕令人老。王孫王孫知不知，琴心招君胡不歸？下沿湘江之水流，上逐湘山之雲飛。一彈一招一太息，水流雲飛朝復夕。文淵閣四庫全書本《宋詩紀事》卷六十。

沈説藝話（一則）

沈説（生卒年不詳）字惟肖，號庸齋，龍泉（今浙江龍泉）人。寧宗時，由上庠登科。晚年，臥病不出，營別墅以居。其詩筆致清淺，時有雋句。俞文豹謂其"全類淵明"，王士禛則批評他"摹擬四靈"，"家數小，氣格卑"（《帶經堂詩話》卷一〇）。詩集今存《庸齋小集》一卷。

贈段琴

我琴未絃時，渾然心與耳。自從識開指，反爲琴所使。清風千古曲，雪澗敲寒玉。誰能繼此音，蒼梧泣修竹？文淵閣四庫全書本《兩宋名賢小集》卷二百八十四《庸齋小集》。

葉寘藝話（四則）

葉寘（生卒年不詳）字子真，號坦齋，池州青陽（今安徽青陽）人。隱居九華山，以著書自娛。嘉定間，胡榘爲侍郎，主和議，袁燮與之廷争，辭歸，太學生三百人作詩送行，寘作《三學義舉頌》。後監司論薦，補迪功郎、池州簽判。著有《愛日齋叢鈔》十卷、《坦齋筆衡》一卷，已佚。清四庫館臣自《永樂大典》中輯爲《愛日齋叢鈔》五卷。《四庫全書總目》卷一一八提要稱其"書中大指主於辨析名物，稽考典故。凡前人説部，如趙德麟、王直方、蔡絛、朱翌、洪邁、葉夢得、陸游、周必大、龔頤正、何薳、趙彦衛諸家之書，無不博引繁稱，證核同異，其體例與張淏《雲谷雜記》、葉大慶《考古質疑》彷彿相近。特其文筆拖沓，頗傷冗蔓；又援引多而斷制少，往往惝怳無歸，不能盡出於精粹。然徵摭既富，中間訂訛正舛，可採者亦多"。

《愛日齋叢鈔》（選録　四則）

司馬光爲《耆英會序》云："樂天在洛，與高年者八人遊，時人慕之，圖傳於世。宋興，洛中諸公繼而爲之，再矣。圖形普明僧舍，樂天之故第也。"《筆談》亦謂樂天居洛，與高年者八人遊，謂之九老，洛中士大夫至今居者，繼而爲九老之會者再矣。今考修香山故事，惟至道初李文正公罷相後以司空致仕，年七十七，思樂天洛中之會，適交遊中有此數，欲繼其事爲宴集，故相宋惠安公、吳僧贊寧預焉，會蜀寇起而罷，其事當在京師。至和間，杜正獻公亦已致仕，與凡老年得謝者爲五老會，其事又在南都，謂再爲洛，未能詳後是。如米元章《九雋老會序》云："中散大夫河間公靖鎮吳，俗乃闢羣齋，會九雋老。"則其事在吳。名氏且未悉著。獨潞公以元豐五年尹洛爲耆年會，凡十三人，可以踐唐賢遺躅而過之矣。又元豐初，趙清獻守杭，趙康靖自南都來，年八十一，共遊湖山，爲《二老圖》。清獻時七十一，程給事師孟守越，又減清獻一歲，嘗同唱和，清獻謝事過之，因增程公爲《三老圖》。盛哉，承平典型也！渡江以來，有若史忠定《六老圖》、周益公二老堂會，清時勝事，各擅一門，豈惟家庭之慶？又有劉汭者，寫益公與兄乘成居士必正、楊文節爲《三老圖》，平園《誠齋集》有詩，亦廬陵佳話也。文淵閣四庫全書本《愛日齋叢鈔》卷二。

《宛陵集》中賦石昌言《白鶻圖》詩：“雙睛射空眼角聳，筋爪入節韝絛垂。翅排霜刀毛綴甲，雪色愁突秋雲扠。當時始得不知價，朝發海東夕九疑。世爲奇俊玩不足，奪質移神歸畫師。而今推尚深堂上，燕雀屏絕寧來窺。畫師黃筌出西蜀，成都范尹能具知。范云筌筆不敢次，自養鷹鶻觀所宜。毯毛植立各有態，剜奇剔怪乃肯爲。尋常飼鷹多捕鼠，捕鼠往往驅其兒。其兒長大好飛走，其孫賣鼠迭又衰。”范君語此亦有味。欲戒近習，無他，移此即事垂戒，異夫品藻丹青之作。題下自注：“得黃筌事於景仁。”按《東齋記事》：黃筌、黃居寀、居寶，蜀之名畫手也，尤善爲毛翎。其家多養鷹鶻，觀其神俊以模寫之，故得其真。後子孫有棄其畫業而事田獵飛放者，既多養鷹鶻，則買鼠以飼之。又其後，世有捕鼠爲業者，其所置習不可不慎。人家置博弈之具者，子孫無不爲博弈；藏書者，子孫無不讀書。置習豈可以不慎哉！予嘗爲梅聖俞言：“聖俞作詩以紀其事，蓋即前詩也。蜀公晚年得謝，始追述館閣以來故事，遂亦具載，當以爲宛陵詩箋。”《愛日齋叢鈔》卷三。

少陵謁玄元皇帝廟，有吳道子畫圖，賦詩曰：“畫手看前輩，吳生遠擅場。”黃魯直舉此，以爲古人於能事不特求誇時輩，要須於前輩中擅場耳。王定國謫全過戎，出文字數十篇，魯直曰：“若欲過今人則可矣，若必欲過古人，宜盡燒之，更讀書一年。”《與洪駒父書》云：“學問文章如甥，才氣筆力當求配於古人，勿以賢於流俗遂自足也。”又云：“望甥不以今所能者驕人，而思不如舜、禹、顏淵。”此老警策後進，必使師古，其言多推孝友忠信爲根柢，專門名師，善誨人者不能加也。退之有《答李翊書》云：“不知生之志，蘄勝於人而取於人耶？將蘄至於古之立言者也。蘄勝於人而取於人，則固勝於人而可取於人矣；將蘄至於古之立言者，則無望其速成，無誘於勢利，養其根而竢其實，加其膏而希其光，根之茂者其實遂，膏之沃者其光燁。”仁義之人，其言藹如也，正魯直此意，所謂若欲過今人則可矣是也。世以今人自足者，宜有所儆哉！退之以攘斥佛老自任，凡送僧詩，俱謔浪不少假，乃疑其晚喜大顚，於神仙事尤不肯信。如《謝自然詩》：“秦皇雖篤好，漢武洪其源。自從二主來，此禍竟連連。”《桃源圖詩》：“神仙有無何渺茫，桃源之說誠荒唐。”《誰氏子》詩：“神仙雖然有傳說，知者盡知其妄矣。”《華山女詩》：“仙梯難攀俗緣重，浪憑青鳥通丁寧。”《記夢詩》：“我能屈曲自世間，安能從汝巢神仙。”意向可見。乃謂姪孫韓湘獻花爲藍關之讖，公嘆異之，動輒得謗信矣。《愛日齋叢鈔》卷四。

“宰相安和，殷生無恙。”右軍帖中語，東坡《題潭帖》云：“宰相當是簡文帝，殷則長源也耶。”黃伯思《刊誤》或云：“《宰相安和帖》，乃郄愔書，謂宰相，簡文作相王時也；殷生者，殷浩也。然此或是書郄愔帖語耳，而‘結’字實近時人僞作。愔書自與逸少早年抗行，而此帖了無晉韻，其非審矣。”余讀劉潛夫詩：“厭倦今書尺，時將晉帖看。殷生與宰相，一體問平安。”但云“晉帖”，則右軍、郄愔不必論，發揚帖中意有味也。《愛日齋叢鈔》卷五。

陳耆卿藝話（三則）

陳耆卿（一一八〇～一二三六）字耆老，號篔窗，台州臨海（今浙江臨海）人。八歲學屬文，十二歲入鄉校。年三十五登嘉定七年進士第。十一年，爲青田縣主簿，以書見葉適，適許爲晁、張之流。十三年，爲慶元府學教授。歷舒州教授。寶慶二年，召試館職，除正字，遷校書郎。紹定元年，除秘書郎。三年，遷著作佐郎。六年，除著作郎。端平元年，兼國史院編修官、實錄院檢討官，除將作少監。爲沂王府教授，官至國子司業。端平三年卒。耆卿師事葉適，遠參洙泗，近探伊洛，涉獵多而培植厚，故其文縱橫馳驟，一歸於法度，奇而不怪，巧而不浮，爲世所宗。吴子良稱其文"探周、程之旨趣，貫歐、曾之脉絡"，與吕祖謙、葉適一脉相承，因此"統緒正而氣脉厚"，"歸然爲世宗"（《篔窗續集序》）；尤稱賞其四六，以爲"理趣深而光焰長，以文人之華藻，立儒者之典刑，合歐、蘇、王爲一家者也"（《荆溪林下偶談》卷二）。所存詩詞不多，詩風淡雅，詞皆詠物之作。著有《論孟紀蒙》，已佚。編有《嘉定赤城志》四十卷，今存。又有《篔窗集》初集三十卷、續集三十八卷，原集已佚，清四庫館臣自《永樂大典》中輯出詩文，編爲《篔窗集》十卷。

一　贈畫墨竹葉漢卿序

此君自王子猷即可膾炙百世，長子孫於巖穴者。月纍歲積，人既飫其真，則又欲圖其假以自近，漢卿其傑也。

漢卿衣鶉衣，盃酒外，懶不收束，疑與竹反，而旦旦摹畫之，抑其中偶有合邪？俾之試所習，初不經意，已乃奇態橫發，瞥眼百尺，風披雨灑，如在瀟湘，其可以傳無疑也。

余嘗論世間繪事，宜得天然奇趣，若葉葉而較，節節而數，殆類刻楮，愈肖愈非。知是説者，可以慨然矣。世見蕭協律、文與可殘根墜籜，則起恨不同時之歎。至吾漢卿醉墨淋漓，縱橫滿屋，或不知寶愛之，可怪也哉！文淵閣四庫全書本《篔窗集》卷三。

二　代跋錢君《韻補》

龜圖鳥跡，漆書石鼓，其狀幽眇譎奇，人所罕見，亦人所難通也。乃若目於斯，耳於斯，習其畫而迷其讀，非陋歟？

韓退之云："凡爲文辭，當多識古字。"夫多識古字，未足爲文也，然不識則無以爲文。今六經之字，豈必盡古，學者例以監韻爲師，監韻所不載，不之味也。

溪南錢君，味乎世之所不味，旁羅周抉，根括蔓引，足以鳩棼紉闕，與前人分功。甚矣，其志完而力富也！其老猶爾，而況其壯之日哉！

余與君別三年，吏氛壓首，覽卷心目爲開，頗恨路遠，不能效漢人載酒之問，而徜徉其間也。《篔窗集》卷七。

三　題湯正仲墨梅

閒庵筆底回三春，平生愛爲梅寫真。只今龍鍾已八十，雙瞳挾電搖青旻。芒鞋轍跡半天下，學語兒曹讀君畫。孤根踞鐵幾經年，轉作平梢月倒掛。我家破屋同蝸牛，素壁懸来春復秋。試摶纖練覓天巧，門外觀者何其稠。真花著雪苔枝醜，君爲描摸應添瘦。朝開暮落春不留，豈若墨本堪不朽。臨風靜玩意趣長，何當爛熳揮滿床。孤山老人醉中見，便欲信手賦暗香。《篔窗集》卷十。

齊碩藝話（一則）

齊碩（生卒年不詳），青州（今山東益都）人。嘉定十四年知台州，十七年爲奉議郎、浙東提舉、兼知慶元府。寶慶元年除金部郎官。累遷大理寺卿。

《蘭亭考》跋

嘉定辛巳冬，碩蒙恩守台。行山陰道上，壑流巖秀，洞心駭目，想像入東晉諸賢高風逸韻，邈乎其不可挹也。至郡，有以桑君《蘭亭考》見示者，其稽稡訂證靡有遺恨。豈惟歎其識見之該洽，暇日開卷，往往令人神遊茂林修竹之下。

癸未，司庾入越，間得一至山中，雖永和陳跡已不復見，而高林崇阿正自無恙。矧思陵所臨《禊帖》有光燭天，倉司郡齋咸有舊刻，嘗經前輩品題，俱在考中，真足以慰懷古之意。然則是編可謂有功於《蘭亭》，當行於越，無可疑者。

內相高公曩嘗叙其編首，今吏部復刪潤之，豈非是編之幸！碩得附名其末，抑又幸也。甲申季冬十日，青社齊碩謹書。文淵閣四庫全書本《蘭亭考》卷末。

李從周藝話（一則）

李從周（生卒年不詳）字肩吾，一云名肓吾，字子我，號螾州，彭山（今四川彭山）人。魏了翁門人。精六書之學，著有《字通》二卷（存）。

《字通》序

字而有隸，蓋已降矣。每降而輒下，不可不推本之也。此編依世俗筆勢，質之以《説文解字》，作楷隸者於此而推之，思過半矣。名之曰《字通》。文淵閣四庫全書本《字通》卷首。

包恢藝話（四則）

包恢（一一八二～一二六八）字宏父，一字道夫，號宏齋，建昌南城（今江西南城）人。慶元六年，嘗見朱熹於武夷，後尊崇陸九淵之學。嘉定十三年進士，調金溪主簿，歷光澤主簿、建寧府學教授、沿海制置司幹官、沿江制置使機宜、發運幹官。遷武學諭、宗正寺主簿，添差台州通判，改臨安府通判，知台州。改福建提點刑獄，知建寧，兼轉運判官，爲侍御史周坦論罷。後起爲廣東轉運判官，權經略使，浙西提點刑獄，知隆興府兼江西轉運使，改湖南轉運使。景定初，召爲樞密都承旨兼侍講，權禮部侍郎，拜大理卿，遷中書舍人。改刑部侍郎。四年，出知平江府兼發運使。移知紹興府。度宗即位，召爲刑部尚書，咸淳二年，簽書樞密院事。三年，致仕。四年卒，年八十七。著有《敝帚集》，已佚。清四庫館臣自《永樂大典》中輯爲《敝帚稿略》八卷。包恢歷仕所至，政聲赫然。父輩皆從朱熹、陸九淵學，少聞義理之學，學力深厚，爲文皆據義理，下筆輒汪洋放肆，娓娓不窮。所作大都疏通暢達，沛然有餘，奏札諸篇，剴切詳明。雖自稱"素不能詩"（《答傅當可論詩》），却頗善論詩，在當時大力提倡陶潛詩風，强調詩貴自然。

一　跋山谷書《范孟博傳》

《范孟博傳》，昔太史黃公所書，今閩帥文昌趙公家所藏也。某蒙公出示兩巨軸，因得以刮目快睹，而爲之感歎不能已。蓋以《范傳》之清節照映，黃書之筆勢飛動，固已爲世之至寶，况凡所題跋，皆前後名世士，發揮殆盡，似無復可措一詞矣。

退獨念人之所難，莫難於生死。吾夫子曰："無求生以害仁，有殺身以成仁。"孟子曰："所惡有甚於死，故患有所不避。"此可以觀人矣。而先儒又謂："感慨殺身易，從容就死難。"是能死者，又當於其處死之際觀之。

孟博之始繫獄而期以死也，其仰天而告，則欲上不負皇天，下不愧夷、齊。追再繫獄而知必死也，其與母訣，則以弟孝敬而足養母也，己歸黃泉而可從父；與子言，則以惡不可爲，我不爲惡。所以自處與其處母子間者，曲致其義，真可爲從容以就死，而非徒曰感慨以殺身者歟？彼猶有議其激作名聲、品覈裁量之過，而卒陷黨議者，曾不思大義介節，出嬰其鋒，其偉然剛直之氣，自凜然足以破姦邪之膽，遂使羣雄相視，不敢去臣位尚數十年，誰實致之？謂孟博董爲過者過矣。

或者又疑白刃可蹈，中庸不可能，其死也，果中節乎？抑不知世之貪生失節、全軀保妻子者身亡心存，固已不見齒錄於世；其次大命至止，而獨顧戀繫累，覬存殘喘餘息，欲絕而不肯絕者何限。有如病亡之時，非臨難赴死之比也，而咿嚶涕泣，留連妾婦，分香賣履，區處衣物，平生姦僞垂死盡見者，以孟德而視孟博，蓋天壤也。不彼之尤而反求疵於此，何哉？

太史之書此傳，其以氣節事體亦有相似者歟？初以史事往涪州、戎州矣，繼又以承天記文而往宜州，橫禍所加，隨處安受，不悔不折，有孟博之風矣。觀其自述在宜州之日，所僦之舍上雨傍風，無有蓋障，人以爲不堪其憂，余既設榻焚香而坐，與西鄰屠牛之機相直，蓋悠然自得也。不幸竟死於宜，可勝嘅哉！然遂獲與孟博相從於地下，太史何憾也！

文昌公家之藏此書，是又以忠定之大忠大義決大議、定大策，而措國家於泰山之安者，其事固非可與范、黃二公同日語也。然功在社稷，雖與日月爭光，而邪議敢爲蔽蝕，亦嘗妄目爲黨，乃人自絕耳，於日月乎何傷？至是而反觀范、黃輩，豈不可爲增感慨而重太息哉！

忠定嘗兩帥福，迄今賢賢親親、樂樂利利，沒世不忘也，是封福王。文昌公復來帥於六十年後，爲於前而美既章，爲於後而盛有傳，世守忠孝，自子而孫，其猶宗周文公之有伯禽、僖公歟？文昌公欲刊范傳、黃書於忠定新祠，則將見與西湖之水同其清，水晶之宮同其明，千載猶一日也，其眞得所託也歟！

太史嘗自謂其雜書他日或可作安石碎金見愛者，或謂之然。今傳與書並傳，則不啻渾然真金，而價又增矣。

某濫司閩臬，方大有愧孟博澄清之志，而太史又嘗稱史君宗英景道之秀，以爲每見景道尚有典刑，尤喜予筆墨，在文昌公殆過之遠甚，惜太史之不及見耳。

公命某識其說，因不揆，僭加贅疣於其軸末云。文淵閣四庫全書本《敝帚稿略》卷五。

二　跋克堂先生墨跡後

仁者天下之廣居，義者天下之大道。乃人心之所固有，不待借居於外而居，借路於人而行，所謂非由外鑠我也，而由人乎哉！然則人既不患無此居此路矣，所大患者有此居而終日終年奔走於逆旅荒墟之場，而未嘗反吾之家居；有此路而終日終年冥行於荊棘險阻之境，而未嘗由吾之正路。此孟子他日之所哀也。

先君子之心畫高古勁健，仁義筆也，其牛馬走某拜觀而哀之。江子遠能寶而藏之，其志美矣。然如徒藏此字畫而不體先君子之心，則畫無乃徒爲虛畫乎？必居此居，乃爲屋下主；必行此路，乃爲路上人。或不居不由，則予之所哀，又有甚於孟子之時矣。

子遠方寸之內，仁居義路自備也，盍思所以居於斯，由於斯乎？某敢拜手敬書。《敝帚稿略》卷五。

三　跋晦翁先生二帖

前輩名儒嘗評晦庵先生字畫之精神風采，邵康節所謂"天外鳳凰飛處別"者也，世以爲確論。有如其片言隻字傳在人間者，爭寶藏之，字畫云乎哉？

瑞之陳兄公明方少年而喜學，恨生之晚而不及見先生也，得此二帖而珍之，其所志當有在矣。慕其德猶鳳凰，則必不肯混於雞鶩之羣；想其飛在天外，則必不屑棲於林木之末。且二書中固非有他答問，然如以目昏不讀書爲天意，以欠人文字多爲債負，聞人稱之尤多見公論之不掩，其懇切於成己成人之事者，無小大類如此。讀書知人，尚友論世，雖生晚而不及見，如將見之矣。

某之先君子從學四十餘年，慶元庚申之春，某亦嘗隨侍坐考亭春風之中者兩月。每一追思，常歎景星之還復快睹。且家積其前後書問至十數巨軸，比年不幸連遭寇燬，盡爲六丁取去。今陳兄之出示是帖，拜手敬讀，重有感焉，乃忘其僭而書此以歸之，亦因以寓勵翼之意云。《敝帚稿略》卷五。

四　贈寫神丘照堂

嘗觀孝子圖，畫子事母事。聞君畫最工，事毋孝亦至。人稱汝畫奇，未知事母慈。我今爲拈出，欲以勵孝思。畫不在丹青，照不在眼睛。方寸不可亂，昭昭在心明。畫到精一處，人人定相如。但疑心本一，奚爲面差殊。我心猶赤子，我貌極老衰。君雖欲畫我，安能作嬰兒。《敝帚稿略》卷八。

程公許藝話（四則）

程公許（一一八二～一二五一）字季與，一字希穎，號滄洲，叙州宣化（今四川宜賓西北）人，一云眉山（今四川眉山）人。嘉定四年進士，爲華陽尉，調綿州教授，知崇寧縣，通判簡州、施州。端平初，授大理司直，遷太常博士。嘉熙元年，任秘書丞兼考功郎官。二年，爲蔣峴劾罷。三年，李宗勉入相，以著作佐郎召，兼權尚左郎官，兼直舍人院，遷著作郎，將作少監，兼國史編修、實録檢討。淳祐元年，遷秘書少監，兼直學士院，拜太常少卿，出知袁州。以杜範薦召爲宗正少卿，再遷起居舍人，提舉玉局觀。退居三年。四年，擢起居郎兼直學士院。五年，兼權中書舍人，權禮部侍郎，遷中書舍人，進禮部侍郎。七年，鄭清之再相，屏居湖州四年。十一年，差知婺州，未赴，召權刑部尚書，爲陳垓劾罷，卒年七十一，謚文簡。公許自幼習舉子業，喜吟詩作賦，文思一動，伸紙濡筆，飆激泉涌不能遏。立朝敢言，當代推其風節，初不以文采見長，然所作才氣磅礴，剴切詳明。王邁《滄州塵缶編序》稱其詩兼學陶、杜之體，其勢雄健，步驟迅捷，時乎綺麗，時乎蕭散，奇譎百態，不受羈束。著述甚富，有內外制、奏議、《奉常擬謚》《掖垣繳奏》《金華講義》《進故事》，均佚。淳祐元年曾自編其詩文爲《滄洲塵缶編》，原集已佚，清四庫館臣自《永樂大典》中輯爲十四卷。

一　題夾江馮臨父玉山莊圖

後溪劉先生爲題小絕，故秘書郎薛公賦長篇，今益部祥刑秘閣張公屬公許賦，併呈山房邵傳中，康節曾孫也。

天下最佳處，惟二室三川。一氣所融結，何地無雲煙。憶遊古南安，倦憩大觀前。十洲與三島，渺莽雲水連。追隨子邵子，飛步山房巔。醉歸迷夕靄，笑歌呼渡船。至今詩篋中，秀色餘芳鮮。永願借一廛，抱耒耕石田。不學谷口隱，姓名京師傳。邂逅大馮君，爲我開愁邊。煙霞粲畫本，風月起筆椽。上有玉山莊，遙把峩峯妍。士爲聲利役，何如擁腫全。脫粟幸可飽，苦茶宜活煎。畫計不用決，與山終薄緣。三間苟完矣，萬松想蒼然。羊腸摧君軥，問君歸何年。早逐山房翁，江郊掉吟鞭。往來成二老，日醉壺中天。對峙五言城，寫之七絲絃。勿遣俗士駕，汙我青苔錢。文淵閣四庫全書本《滄洲塵缶編》卷三。

二　遂寧喻生畫鹿甚精，介同官梁知丞謁余，因令作八幅圖帳，適赤城觀。主惠一鹿甚馴，未數日，忽又一鹿犇至縣圃，非邑士所豢養者，竟不詳其所自來。物理感召，畫龍而致真龍，似未足爲誕也，借邑士張權父詩韻以贈之（節錄）

（詩略）《滄洲塵缶編》卷五。

三　和使君王子堅遊鄧氏天開圖畫韻

春風滿城開笑顏，使君明當出遊山。東州山川北佳麗，凌雲耀日季孟間。紫絲步障元不要，飛檻層欄一憑眺。歲豐民樂徵調寬，挾四老仙共舒嘯。使君吟肩李杜齊，落筆便覺三山低。招來倦客同賡載，韻險令我窘見擠。煙霞風月無疆界，不憂寒具油侵壞。寄謝摩詰休苦心，使君詩是有聲畫。《滄洲塵缶編》卷七。

四　題宋器之《煙波圖》

萬頃煙波一釣翁，玄真心事偶相同。平生我亦輕軒冕，分取苕溪半席風。《滄洲塵缶編》卷一二。

黃敏求藝話（一則）

　　黃敏求（生卒年不詳）字叔敏，修水（今江西黃巖）人。嘉定九年丙子、十四年辛巳、嘉熙三年己亥曾三遊解空寺。與鄭會有唱和。著有《橫舟小稿》，收入《江湖後集》。其詩宗法晚唐，而如《柳絮》云"近日柔絲可著鴉，又分晴絮落天涯。絕無氣力元非雪，空費形容不是花"，《冰棚》云"橫竹旋排蒼葉密，小窗移在綠陰中"、"分我清涼詩境界，一蟬吟到夕陽紅"等，則學楊萬里。

水墨水仙

　　玉潤金寒情窈窕，縞裙翠帶態輕盈。只愁微月清無對。更畫梅礬作弟兄。文淵閣四庫全書本《江湖後集》卷十三。

杜範藝話（三則）

杜範（一一八二～一二四五）字儀甫，改字成己，號立齋，黃巖（今屬浙江黃巖）人。嘉定元年進士，調金壇尉，再調婺州司法參軍。紹定三年，為主管户部架閣文字。六年，遷大理司直。端平元年，授軍器監丞。二年九月，除秘書郎，尋拜監察御史。以論鄭清之妄邀邊功，用師河洛，改太常少卿。三年十月，遷秘書監，兼崇政殿說書。十二月，除殿中侍御史。再論清之、李鳴復，改起居郎，出為江東提點刑獄。嘉熙二年，知寧國府。四年，召權吏部侍郎兼侍講，拜吏部侍郎兼中書舍人，改禮部尚書。淳祐二年，擢同簽書樞密院事。四年，遷同知樞密院事，拜右丞相兼樞密使。五年卒，年六十四，謚清獻。杜範有公輔才，正色立朝，議論鯁切，奏疏多悱惻懇到，深中時弊，足以徵其忠愛之忱矣。雖以餘事作詩文，也多"淵茂條達，氣體豐潔"（王棻《杜清獻公集跋》）。著有古律詩歌詞五卷，雜文六卷，奏稿十卷，外制三卷，進故事五卷，經筵講義三卷。明嘉靖間，黃綰刻為《杜清獻公集》十九卷。

一　跋林逢吉晦翁二帖

康吉堂富藏古賢名帖，而於文公二帖，尤所珍愛。世之尚異挾奇，借耳目之玩者，決不解此。

余觀軸尾所誌，考訂紹興事為詳。公之前帖殆可句釋，不得不然之論，言巽而旨微矣。後帖莫知何時，有黨無黨，所不敢聞，細玩斯語，其關於世道，尤可深慨。逢吉珍愛此帖，更為予訂之。嘉熙元年夏五至日，杜某題。文淵閣四庫全書本《清獻集》卷一七。

二　跋王維畫《孟浩然騎驢圖》

孟浩然以詩稱於時，亦以詩見棄於其主。然策蹇東歸，風袂飄舉，使人想慨嘉歎，一時之棄，適以重千古之稱也。明皇雖善揚相如忠佞之言，而積忤生憎，已萌於此〔一〕。此力争之九齡所以得罪，媚柔之林甫所以見用，而卒以危社稷也歟。《清獻集》卷一七。

〔一〕已：原作"也"，據同治九年吳縣孫氏刻本《杜清獻公集》改。

三　題晦翁書《出師表》後

　　余自少讀《出師表》，輒爲之喟然感涕。嗚呼，世無忠臣，志士坐視國家之傾覆而莫之救也，悠悠千古，此恨何窮！今觀文公之字畫飛動，其一時慷慨激烈之氣尚可想見。使九原可作，捨二公，吾誰與歸！嘉熙己亥立秋後十日，京兆杜某書於宛陵郡齋。
《清獻集》卷一七。

方大琮藝話（七則）

　　方大琮（一一八三～一二四七）字德潤，號鐵庵，又號壺山，興化軍莆田（今福建莆田）人。開禧元年進士，補南劍州教授，改江西轉運司參議，知將樂、永福二縣。端平元年，擢監六部門。三年，遷著作佐郎，除右正言。遷起居舍人，兼國史院編修官、實錄院檢討官。嘉熙元年，兼權直舍人院。爲蔣峴所劾，主管紹興府千秋鴻禧觀，俄起知建寧府。淳祐元年，知廣州。四年，兼廣東經略安撫使。六年，改知隆興府。七年卒，年六十五，謚忠惠。其奏議疏通暢達，切中時弊，論經諸文多持平之論。尤長於四六，善於剪裁，屬對工穩。劉克莊以"典嚴精麗"、"語妙天下"評其文（《鐵庵遺稿序》）。詩多應酬之作。著有《鐵庵遺稿》，已佚。明正德八年族孫方良節等輯成《鐵庵方公文集》四十五卷。又有《壺山四六》一卷。

一　題永福董宰溪莊圖

　　羨君胸次有溪壑，眼底塵埃一洗之。地獻山湖供入畫，天私風月要吟詩。貴人豈復知盤谷，名世應須學武夷。政恐主翁方宦達，買山雖早入山遲。文淵閣四庫全書本《鐵菴集》卷二八。

二　三代禮樂達天下賦

　　三代治盛，四方教宣。因性情之常理，達禮樂於敷天。異世迭興，即中和而默感；斯民共適，通遠近以皆然。

　　昔者人心尚隱於淳龐，世治未離乎簡朴。自聖時啟迪，此化寖盛，故天理形見，夫人皆覺。皇乎三代，斯時已極文明；達在敷天，無往而非禮樂。雖曰《夏》《護》《武》之殊用，忠、質、文之異名。豈無損益，俱曰□□之異；雖異綴兆，均由心感之生。以此周旋於斯世，亦其啟發之真情。

　　自六七世之賢明，迭相製作；使千百年之宇宙，相與流行。觀是時，萬國玉帛，驕趁夏邑之朝；百蠻歌頌，播在商塗之載。朝廷非無儀而偏及江漢，齊晉亦有詩而不遺廊邸。雖是端均散於群心，而極盛無如於三代。當年積累，大恢治具之緒；與世周流，不見聖人之礙。大抵人習於見理，則達理以甚易；道可以合民，非強民而使同。武夫非可肅，況在中林之地；賤隸豈能文，唱成列國之風。良由冠昏濟濟，閭里素習；聲教洋洋，朔南亦通。惟聖化薰陶之無外，故斯民習熟於其中。如奏《關雎》，雖鄉人而亦用；儺觀賓蠟，知大道之爲公。蓋上世蕢桴土鼓之希聲，杯飲汙樽而無體，童謠有樂情而未播於樂，耕遜亦禮意而未聞於禮。於是學校羽籥，合眾諷誦；族黨拜揖，習人孝弟。凡昔時之壅窒未通，故今日之情文大啟。豈特升歌於廟，鏗然此日之皷鼗；抑令酬酢於鄉，藹若當年之酒醴。

後世奏形雅樂，至卿士以未曉；問及封禪，雖儒生而莫談。不思漢廣之夫，知有周禮；殷雷之婦，作歌召南。以後儒之多識如彼，視古者之凡民有慙。此且未達，況乎遠覃。以至野外何施，莫出魯生之兩；軍中自樂，何資唐舞之三。蓋自源流猶未遠於聖人，潰裂已不容於天下。陳非可歸，且負器以歸矣；河不可入，有播鞀而入者。於斯時也，上無宗主，禮樂逸於下而無所歸，所謂渙散而非達也。國家圖書館藏明正德八年方良節刻《宋寶章閣直學士忠惠鐵庵方公文集》卷二六。

三　樂律策

古者有樂之理而後有樂之器，後世之樂，器而已矣。論樂理則造樂之法甚簡而易傳，論樂器則毫釐纖悉皆合可也，一有不合，去理遠矣。樂之亡久矣，非在今世也。器數之日備，製作之日詳，樂何以能亡也？吁！此樂之所以滋亡而不反也。

樂者天地之理也。雪奮於豫，有樂之象而未著也；蟲鳴螽躍，有樂之情而未寓也；蕢桴土鼓，有樂之用而未文也。聖人以爲聲無形而理無所寄，取而寓之器，非聖人之得已也，求理於器而樂始窮〔一〕。蓋葛天、無懷之世而樂之理始露，唐虞之世而樂之理益泄，三代之世而樂之理始盡吐而無所秘。當時製器大抵自律呂始，其法簡而易信，明而有證，理存於器，非器之所能拘。入春秋而益微矣，韶武、磬襄以入於海〔二〕。蓋古者樂器散失垂盡矣，器之存與亡而理則無害也。

自後世不見先王之全器，尋其理而不得，而求詳於器，理遂隱矣。嗟乎！王道微而功化淺，《小雅》廢而鄭詩作，人心純和之氣衝乎其甚微，泊乎其甚危，而入於耳者蕩之，接於目者奪之，而胸中本然之樂與之俱往而不自知。秦人焚滅，秦烏能亡樂之理哉？自諸儒議論之繁，製作之詳，而樂益亡於此。蓋舉世不知有樂理，尚何責製氏之不知其義？彼所謂能紀其鏗鏘者，又豈真得其節奏哉？漢十九章，作者相如，唐十二和，作者孝孫，馳鄭聲、作女樂者爾，非有和順積中者，其知樂之理爲何物？而乃使此曹製作盛典，樂亦不幸哉！

下是而儒者之論興，或分之以八音，或旋之以七調，爲六十律，爲八十四調，百四十四律，變化終於千八聲。數則詳矣，如理何？或較之以水尺，或得之以玉尺，或代之以竹準，著以玉鐘，鳴以笛律，與夫輪扇二十四，木案二十五，器則多變矣，如理何？製是器者非京房、荀勖而誰？非何妥、信都芳、鄭譯而誰？知其器者爾，理非數子所與聞也。不知樂之始作,其意謂何,果止於爲律耶?則伶倫、后夔之智,曾京房、荀勖等輩之不若也〔三〕。

吾觀京房以準代律,而後乎是者,張光不知準之爲意,豈其隔世而生,二子不得以交臂相語耶?鄭譯作七調十二律,而同其時者何妥力詆其非,豈其更相嫉忌,而無人平心之論耶?世無聖賢,數子者以臆爲樂,訾毀不足怪也。尤大可疑者,本朝司馬溫公、范蜀公,當世大儒也,合席論道,非異世也,相與如昵,無嫉心也,而鐘律一議,往復論難,沒二公之齒而不協。故嘗合千載諸儒之論,如聚訟無證之庭,后夔已死,曲直誰聽?今所存者案牘山積爾,卒之人執一說,守死不易,雖二公之異不能使之同,毋惑數子之紛紛也。

嗟乎!今之樂猶古之樂也,古之武夫賤隸、愚婦童子皆可以通知聖人作樂之深意;今海內之大,知樂者幾?細民不與焉,儒者亦不與焉。間有一二人弊精神攷方冊,量尺寸之短長,計黍合之多寡,閉戶而覆之,毫髮不差,出而語之人,動輒抵牾,其深相信者獨心與口爾,有不能以諭其徒,況欲以語當世乎?況欲以感天地動鬼神乎?

嘗謂三代而上,太和猶在,人心尚純,樂乃情性中物,閭閻細民其視管弦絲竹之屬與日用飲食而無所輕重,不待曉之而後知。春秋而降,五嶽氣裂,大音不全,樂之正者日浮,樂之淳者日漓,大樸潰散,人情機巧,鄭衛迭唱,正聲餘幾?閭巷鄙俚之音,上下傳習,熏塞宇宙,真足以動盪情性,流通血脉,雖古之雅樂之入人,恐不如是之深也。儒者憤俗,聽之聾聵,相與模倣古人之形器節文而奏之,強而使之聽,而寂寥淡薄不足悅人意。爲者勞矣,聽者倦矣,則又相與咨嗟歎息曰,安得古人之器數而盡用之,庶其有當人心乎?不知器數可見也,人心已與世日隔矣。雖虞韶未亡,而笙鏞柷敔,節制具在也,試取而奏之,鳳可儀乎?獸可舞乎?雖殷樂未亡,其鞀鼓管磬纖悉可覆也,試取而奏之,祖考可格乎?鬼神可感乎?一秬二米,古人難得之瑞,今復有之,持此可以起數乎?蠏谷之管,其竅厚而均者今復得之,執此可以推律乎?雲和之瑟,空桑之琴,泗濱之磬,一一呈露乎吾前,而又得劉向所校《古樂書》二十三篇以按之,而又得后夔之倫以典之,師曠之聰以聽之,然則古樂其盡在兹乎?

吁!無古人之時,用古人之器,器在而樂往矣。世儒談樂者腐矣,未有真知樂者。寥寥千歲,知音一人。讀馬遷《律書》,其書不言律而言兵,及其述偃兵之效,則曰"人民和樂"。噫,此真作樂者之本意歟,不待器數而樂在其中矣。故曰:真知樂者不言樂。《宋寶章閣直學士忠惠鐵庵方公文集》卷二八。

〔一〕理:原作"多",據文淵閣四庫全書本《鐵庵集》改。
〔二〕武:原作"舞",據同上改。
〔三〕勖:原作"勉",據同上改。

四 策問律呂

問:律呂之興尚矣,自黃帝命伶倫取嶰谷之竹,斷而吹之,以爲律本,起於黃鐘,終於中吕，而十有二律定矣。後世推相生之法爲六十律，又有因而六之爲三百六十，何其煩也？且求聲者以律，造律者以黍，累黍成尺，達於權量，四者既同而後聲必至，聲至而後樂可作。然尺管之數，浸失故制，而知求尺管者復不以權量參校，何其戾也？有作準以定數者，有聚灰以候氣者，有更爲之通制爲十二律者〔一〕，其祖襲果有人乎？有以玉爲之者，有以竹爲之者，有以銅爲之者，其製創亦有人乎？陽六爲律，陰六爲吕，六律或謂之六始，六吕亦謂之六同六間。或以函鐘爲林鐘，或以環鐘爲夾鐘，以小吕爲仲吕，又總謂之十二律，其立名爲孰善？均黃鐘也，宣養六氣，與氣潛於子者有異旨；均大吕也，助陽宣物，與未發萬物者有異論。以至餘律亦皆牴牾不合，其取義爲孰當？自黃鐘至無射，陽下生陰；自林鐘至中吕，陰上生陽，班史載之詳矣。鄭氏以蕤賓三律爲上生，以大吕三律爲下生，其相生之法亦可推乎？黃鐘建子而辰在星紀，大吕建丑而辰在元枵。既以配十二辰矣，復以六律配乾六爻，以六吕配坤六爻，其相配之法亦可考乎？以至用之聽軍聲則何以察吉凶？用之格神明則何以取三宮？

夫一物不知，君子恥之，矧聲律之用，所以占盛衰理亂之大者，顧可略而弗講歟？願條陳之，以袪所惑。《宋寶章閣直學士忠惠鐵庵方公文集》卷三〇。

〔一〕律：原作"笛"，據文淵閣四庫全書本《鐵庵集》改。

五　與畫工黃本軒序

造物之生斯人也，吾意其甚勞而不切。方其分布耳目鼻口也，不知若爲而耳，若爲而目，若爲而鼻與口。目則引而長之，耳則翼而聳之，而其數皆偶；隆之則爲鼻，方之則爲口，而其數皆奇，而鼻又居奇之偶。皮聯於膜，膜聯於肉，肉附於骨，骨牽於筋絡〔一〕，纖悉瑣細，有類兒戲，何爲者哉？

逮夫靜而思之，細而睨之，四肢百骸，各有攸當，視聽言動，闕一不可。若移鼻於口，移口於耳，移耳於目，若復足而手之，頂而踵之，則非人類矣。造物者至此，又若差巧而可笑。

本軒所遊之藝，方其執筆諦視，運思而未獲也，殆類於造物之甚勞而不切者；至其落筆風動，又幾於造物之差巧而可笑者，是各一技也。然而造物之創斯人也，均是耳目鼻口也，而老少妍醜不同。今世之人或老焉而自少之，或醜焉而自妍之，一不當意，則曰我貌不然，又曰某然某不然。嗚呼！是必撄子房而七尺，傅子瞻以鉛華，而後云可也。

本軒儒家裔苗，必將默領於斯言。雖然，又豈特爲本軒歎哉！《宋寶章閣直學士忠惠鐵庵方公文集》卷三四。

〔一〕筋絡：原闕一字，據文淵閣四庫全書本《鐵庵集》補。

六　跋曹忠達所書顯忠廟額摹本後

宣和初元厥十一月，栟櫚鄧公以太學生上花石詩，屏歸里。越月，忠達曹公上小輿書，以秘書正字編置於郴。蓋自了齋忠肅公起劍之沙陽，摧撼流落，更二十年不屈，一日二公聲名暴起，忠肅亦喜其鄉之有人。十室之邑，而同時人物如此，若海內皆然，君德其不隆乎？國勢其不強乎？

忠肅《敢疑論稿》數千言、栟櫚題妙峰閣長句皆嘗見之，墨跡尚新，獨於忠達未之見。今其孫曾宜春通守君南老得所書顯忠廟額於其郡，潸然涕，懌然喜。摹本見寄，盈尺字六，盈寸字二十四，點畫如鐵，神采隱然。署銜以新除校書郎，而書則靖康元年正月二十一日，重令人感歎。蓋公在郴六年而移，在袁一年而召。當祐陵出公所上書令都堂問狀，宰輔咸在，賊黼踞坐詰責，呼吏折辱，豈復知有天道。暨公召之月與黼殛之月同，想其引筆行墨間，正黼倉皇僦舟殞首民家時也。君子豈願其至此，而禍福何若是之易定歟？公既道拜御史，歷三院、諫大夫、中執法，未登樞筦，而虜已迫城，僅能託公移留康邸於外，馳檄書止勤王兵勿散，以啟祀夏配天之業，身陪奉冊，僅七日而死及之，悲夫！始公出位言事，豈不逆見幅裂之證，而欲勇截其橫流，斥不用，用不早，遂使慷慨果銳之意氣，多為廢放閒退之歲月，天耶？人耶？此黼輩所為重可罪也。雖然，自宣和己亥距今周兩甲子，嚮之環坐都堂者遺緒安在，而公之澤演迤未艾，禍福豈不久而愈定歟？為小人者亦可以鑑矣。

通守得乃祖遺跡，寶愛若此，必有慨於前者。讀《敢疑稿》，有曰"袁州編管人陳某"，其斷簡殘牘豈無散落於故家？試併求之。《宋寶章閣直學士忠惠鐵庵方公文集》卷三七。

七　跋杜正甫藏西山帖

西山先生學問道德為百世師，而性雅不喜書，然其片詞半簡為時珍愛如此。學者儻因是有所感激焉，則周程燈印思所陸續，若唐碑晉帖束置高閣可也。余於是有以知正甫矣。淳祐新元辛丑春中後五。《宋寶章閣直學士忠惠鐵庵方公文集》卷三七。

岳珂藝話（七則）

岳珂（一一八三～？）字肅之，號亦齋，又號倦翁。相州湯陰（今河南湯陰）人。岳飛孫，岳霖子。紹熙三年甫十歲，隨父帥廣。嘉泰二年，以蔭監鎮江府戶部大軍倉。開禧元年，試南宮不第，與劉過、辛棄疾相善。預北伐之役，途中所作詩，題曰《北征》。嘉定初，召對，歷司農寺主簿、光祿丞、太官令。嘉定十年，由大司農丞權知嘉興府。十二年，爲江南東路轉運判官。十四年，除軍器監丞、淮南東路總領，並多次攝知鎮江府。紹定六年，因元夕詩爲門人韓正倫告訐，罷官。嘉熙二年，起爲湖廣總領，奉祠。四年，復起爲淮南江浙荆湖八路制置茶鹽使，兼知太平州。淳祐元年，以言官劾其橫斂罷職，居吴門。卒年六十餘。岳珂雖出身將門，而喜文事，其詩雖時傷淺露，少詩人一唱三嘆之致，而軒爽磊落，氣格亦有可觀。珂嘗居嘉興府治西北金佗坊，痛其祖爲秦檜所害，作《鄂國金佗稡編》二十八卷、《續編》三十卷上之。另著有《桯史》《愧郯錄》《寶真齋法書讚》《玉楮詩稿》《棠湖詩稿》等。

《桯史》（選錄　七則）

賢已圖

元祐間，黄、秦諸君子在館。暇日觀畫，山谷出李龍眠所作《賢已圖》，博弈、樗蒲之儔咸列焉。博者六七人，方據一局，投進盆中，五皆齘，而一猶旋轉不已，一人俯盆疾呼，旁觀皆變色起立，纖穠態度，曲盡其妙，相與歎賞，以爲卓絕。適東坡從外來，睨之曰："李龍眠天下士，顧乃效閩人語耶！"衆咸怪，請其故，東坡曰："四海語音言六皆合口，惟閩音則張口，今盆中皆六，一猶未定，法當呼六，而疾呼者乃張口，何也？"龍眠聞之，亦笑而服。文淵閣四庫全書本《桯史》卷二。

宣和御畫

康與之在高皇朝，以詩章應制，與左璫狎。適睿思殿有徽祖御畫扇，繪事特爲卓絕，上時持玩流涕，以起羹牆之悲。璫偶下直，竊攜至家，而康適來，留之燕飲，漫出以示，康紿璫入取淆核，輒泚筆几間，書一絕於上，曰："玉輦宸遊事已空，尚餘奎藻繪春風。年年花鳥無窮恨，盡在蒼梧夕照中。"瑨有頃出，見之大恐，而康已醉，無可奈何。明日伺間扣頭請死，上大怒，亟取視之，天威頓霽，但一慟而已。余嘗見王盧溪作《宣和殿雙鵲圖》詩，曰："玉纖宮扉三十六，誰識連昌滿宮竹。内苑寒梅欲放春，龍池水暖鴛鴦浴。宣和殿後新雨晴，兩鵲螢來東向鳴。人間畫工貌不成，君王筆下春風生。長安老人眼曾見，萬歲山頭翠華轉。恨臣不及宣政初，痛哭天涯觀畫圖。"盧溪、與之，雖非可倫擬者，第詳玩詩語，似不若前作簡而有味云。《桯史》卷四。

記龍眠《海會圖》

李龍眠既棄畫馬之嗜，亶作補陀大士相，以施緇徒。垂老，得匹楮，戲筆五百應真像，幾年乃成。平生繪寫，具大三昧，僅此軸耳。先君在蜀得之，母氏雅敬浮屠，常檀致香火室中。余來京口，因暇日出示王英伯，遂仿貝葉語，爲作記其右曰："南閻浮提，有大善知識，現居士宰官婦女身，在家修菩薩梵行。有一初學與其子遊，以是因緣得至其舍。一日，出示五百大阿羅漢海會妙相一軸，於是合掌恭敬，歡未曾見，如人入暗，忽睹光明，心大歡喜，莫可喻説。宛轉諦觀，神通變化，皆得自在，小大長短，老幼妍醜，各有所別。足踏滄海，如履坦途，蛟、蜃、黿、蛇、魚、鱉、蛙、蛤，俯首聽命，如乘安車。天龍八部，夜叉羅刹，諸惡鬼眾，前後導從，如役僕廝。寶花繽紛，天樂競集，金橋架空，琪樹蔽日。或闚而窺，或倚而立，瓶鉢杖拂，各有所執，凌雲御風，升降莫測。或解衣渡水，或濯足坐石，或挽或負，狀邈迭出。以種種形，成於一色，於一色中，眾妙畢具，如幻三昧，隨刹現形，千變萬化，不離一性。如是我聞，釋迦文佛，既成道已，乃於耆闍崛山集阿羅漢。有學無學，菩薩摩訶薩，次第授記，陳如號曰'普明'，五百阿羅漢，亦同一號，名曰'普明'。既受佛記，即得如來方便法，而《金剛經》云：'實無有法，名阿羅漢。'則是諸大阿羅漢，有法無法，有相無相，皆不可知，不可測。飄流大海，一切眾生，天龍八部，諸鬼神眾，若有若無，若隱若顯，亦不可知，不可測。如夢中語，如水中塵，如暗中影，如空中花，謂之有相可乎？謂之有法可乎？是又不可知，不可測。然則斯圖之作，滄海浩渺，神通變化，奇形異狀，曲極其妙，求諸法耶？求諸相耶？是又愚所不可知，不可測。夫佛於賢劫中，在大梵天，未出母胎，居摩尼殿，集天釋梵八部之眾，演暢摩訶衍法，度無量無邊眾生。其殿百寶裝嚴，眾妙殊特，匪因緣而有，匪自然而成，則是殿是佛，是法是相，謂之有乎？謂之無乎？如此則知海之爲海，羅漢之爲羅漢，蛟、蜃、黿、蛇、魚、鱉、蛙、蛤，天龍八部，夜叉羅刹，似耶否耶？有耶無耶？匪大圓覺，合凡聖於一理，混物我於一心，是否兩忘，色空俱滅。則法且無有，何況於相，相且無有，何況於畫，畫且無有，何況於記。雖然，是理也，爲發大乘者説，爲發最上乘説。若夫即心是佛，因佛見性，善男子、善女子，有能於一切法一切相而生敬心，則聚沙爲塔，畫地成佛，皆是道場。何況圖畫裝嚴，盡形供養，當知是人成就第一，稀有功德，所得福德，亦復如是，不可思議，不可稱量。於往昔時，有大居士號曰龍眠，得畫三昧，始好畫馬，念念勿忘。有大比丘，見而語之，由此一念，當墮馬腹，於是居士蹵然懺悔，乃於一切諸佛諸大菩薩而致意焉。端嚴妙麗，隨念現形，皆得三昧。是羅漢者，居士之所作也。以居士之一念，畫此羅漢，以大善知識之一念，得此羅漢，當知是畫爲第一稀有。畫者，得者，匪於過去無量阿僧祇劫承佛受記，未易畫此，亦未易得此。至於有法無法，有相無相，如魚飲水，冷暖自知。是記也，蓋爲畫設，開禧二年百六日，初學王邁謹記。"英伯它文亦多奇，累試詞闈不偶，今尚在選調中，余前書京口故遊，蓋其人也。《桯史》卷四。

山谷《范滂傳》

山谷在宜州，嘗大書《後漢書·范滂傳》，字徑數寸，筆勢飄動，超出翰墨逕庭，意蓋以悼黨錮之爲漢禍也。後百年，真跡逸人間，趙忠定得之，寶置巾篋，搢紳題跋，如牛腰焉。既乃躬蹈其禍，可謂奇讖。嘉定壬申，忠定之子崇憲守九江，刻石郡治四說堂。《桯史》卷十。

蟻蝶圖

黨禍既起，山谷居黔。有以屏圖遺之者，繪雙蝶翩舞，冒於蛛絲而隊，蟻憧憧其間，題六言於上曰："蝴蝶雙飛得意，偶然畢命網羅。群蟻爭收墜翼，策勳歸去南柯。"崇寧間，又遷於宜，圖偶爲人攜入京，鬻於相國寺肆。蔡客得之，以示元長，元長大怒，將指爲怨望，重其貶，會以訃奏僅免。其在黔，嘗摘香山句爲十詩，卒章曰："病人多夢醫，囚人多夢赦。如何春來夢，合眼在鄉社。"一時網羅之味，蓋可想見。然余觀其前篇，又有"冥懷齊遠近，委順隨南北。歸去誠可憐，天涯住亦得"之句，浩然之氣又有百折而不衰者，存蟻計左矣。《桯史》卷十一。

冰清古琴

嘉定庚午，余在中都燕李奉寧坐上，客有葉知幾者，官天府，與焉。葉以博古知音自名。前旬日，有士人攜一古琴，至李氏，鬻之。其名曰"冰清"，斷紋鱗皴，製作奇崛，識與不識，皆謂數百年物。腹有銘，稱晉陵子題，銘曰："卓哉斯器，樂惟至正。音清韻高，月苦風勁。鎖餘神爽，泛絕機靜。雪夜敲冰，霜天擊磬。陰陽潛感，否臧前鏡。人其審之，豈獨知政。"又書大曆三年三月三日，上底蜀郡雷氏斲，鳳沼內書正元十一年七月八日再修，士雄記。李以質於葉，葉一見色動，掀髯歎咤，以爲至寶。客又有憶誦《澠水燕談》中有是名者，取而閱之，銘文歲月皆吻合，良是。葉益自信不誣，起附耳謂主人曰："某行天下，未之前觀，雖厚直不可失也。"李敬受教，一償百萬錢。鬻者撑拒不肯，曰："吾祖父世寶此，將貢之上方，大璫某人固許我矣，直未及半，渠可售？"李顧信葉語，絕欲得之；門下客爲平章，莫能定。余覺葉意，知其爲贋，旁坐不平，漫起周視，讀沼中字，皆歷歷可數。因得其所疑，乃以袖覆琴而問葉曰："琴之美惡，余姑謂弗知，敢問正元何代也？"葉笑未應，坐人曰："是固唐德宗，何以問爲？"余曰："誠然，琴何以爲唐物？"眾嘩起致請，乃指沼字示之，曰："元字上一字，在本朝爲昭陵諱，沼中書正從卜從貝是矣，而貝字闕其旁點，爲字不成，蓋今文書令也。唐何自知之？正元前天聖二百年，雷氏乃預知避諱，必無此理，是蓋爲贗者。徒取《燕談》，以實其説，不知闕文之熟於用而忘益之，且沼深不可措筆，修琴時必剖而兩，因題其上。字固可識，又何疑焉。"眾猶爭取視，見它字皆煥明，實無旁點，乃大駭。李更衣自内出，或以白之，抵掌笑。葉慚曰："是猶佳琴，特非唐物而已。"李不欲逆，勉彊薄酬，頓損直十之九得焉。鬻琴者雖怨而無以辭也，它日遇諸塗，頮而過之。今都人多售贗物，人或讚嫩，隨輒取贏焉。或徒取龍斷者之稱譽以爲近厚，此與攫晝何異，蓋真蔽風也。《桯史》卷十三。

八陣圖詩

瞿唐灩澦，天下至嶮，每春夏漲潦，砂磧巨石如屋者，皆一夕隨波去。獨諸葛武侯八陣圖，巋然歷千古獨存，識者謂其有神護。紹興中，蜀士有喻汝礪者，持憲節來治於夔。趣召過郡，與夔帥宴江上，謂是圖源委風後，表而詩之，自爲序曰："夔帥任子野，以人日置酒江瀕，觀武侯八陣圖，諸公皆云八陣自武侯始，捫膝先生獨謂不然，乃作古風示之，庶幾諸公知八陣之所由起。"其詩曰："魚復江邊春事起，萬點紅旗颺清泚。主人元是劉夢得，載酒娛賓水光裏。酒闌放腳步沙磧，細石作行相靡迤。臥龍起佐赤龍子，天地風雲入鞭棰。蛇盤虎翼飛鳥翔，四正四奇公所壘。當時二十四萬師，開門闔門隨臂指。幾回嚇殺生仲達，往往宵遁常騎豕。海中仙人丈二履，相與往來逗玉趾。笑云此公大肚皮，龍拏虎擲堆胸胃。江頭風波幾劘蕩，斷岸奔峰俱披靡。陽侯鏖戰三峽怒，秖此細石吹不起。晉大司馬宣武公，常山之蛇中首尾。幕中矻矻何物客，未有一客能解此。千年獨有老奇癲，見之斂袂三歎喟。頗知此法自元女，細與諸公剖根柢。君不見風後英謀盡奇詭，龕定蚩尤等蚍蟻。漢大將軍親閱試，四夷聞風皆褫氣。馬隆三千相角掎，西羌茸茸落牙嘴。而公於此出新意，蓋世功名無第二。不知何處著雙手，建立乃與天地比。河圖洛書亦如此，堂堂孔明今未死。我門生人如死人，老了不作一件事。却被獼猴坐御床，孰際天王出居氾。既不能蹠穿膝暴秦王庭，放聲七日哭不已。又不能斷脰決腹死社稷，滿地淋漓流腦髓。羨它安晉溫太真，壯它霸越會稽蠡。八年嫪戀鮑妻子，灑涕東風肉生髀。斑斑猶在呆卿髮，離離未落張巡齒。愛惜微軀欲安用，有臣如此難準擬。雖然愛國心尚在，左角右角頗譖委。二廣二矩及二甄，《春秋》所書晉所紀。況乃東廂與洞當，復有青龍洎句始。淫淫陳法有如許，智者捨是愚者蔽。此圖昔人之芻狗，參以古法行以己。偏爲前距狄笑之，制勝於茲亮其豈。尒朱十萬破百萬，第顧方略何如耳？嗟我去國歲月老，渺渺赤心馳玉扆。可憐阿㚇財女子，而我未刷邦家恥。屬者買舟瀘川縣，扣船欲泛吳江水。赤甲山前春雪深，白帝城下扁舟艤。胡爲於此久留滯，細雨打篷愁不睡。剽聞逆雛犯淮泗，陛下自將誅陳豨。

六師如龍賊如鼠,殺回屋瓦皆蚩墜。距黍直射六百步,浮尸蔽江一千里。哀哉獼猴太癡絕,垂死尚持虞帝匕。那知光武定中興,要把中原痛爬洗。君不見陛下神武如太宗,萬全制陳將平戎。倚聞獻馘平江宮,坐使四海開春容。六騑還自江之東,光復舊京如轉蓬。蜀花千枝萬枝紅,輒莫取次隨東風。奇癲眼腦醉冬烘,東向舞蹈壽乃翁。醉醒聊作《竹枝曲》,乞與欸乃歌巴童。"喻,三嵎人,靖康初爲祠部外郎。僞楚之僭,集議秘省,簪弁悾惚,喻獨捫其膝曰:"此豈易屈者哉!"即日掛冠去。於是以"捫膝"自號,有集十四卷,它詩文嶮怪挺絕皆稱是,劉後溪光祖實序之焉。《桯史》卷十四。

林表民藝話（二則）

林表民（生卒年不詳）字逢吉，號玉溪，台州臨海（今浙江臨海）人。師葳子。仕歷不詳。曾爲《天台前集》《續集》增補別編。《前集別編》輯補晉、唐以來詩，《後集別編》補錄宋人詩，二編分別成書於嘉定十六年、淳祐十年。又曾續陳耆卿《赤城志》，復別輯詩文纂爲《赤城集》。能詩，多應酬之作，也有一些寫景之作，清新平易，饒有情趣。著有《玉溪吟草》一卷，收入《台州叢書》己集。

一　題方叔所藏馬中遠《春牧晚歸圖》

一抹東風樹色新，牛羊莽莽散平原。微烟細草知歸路，竹塢人家半掩門。文淵閣四庫全書本《江湖後集》卷二。

二　題《六馬圖》二首

駿影爭馳意氣雄，被塵晴苑碧溶溶。誰將妙筆開生面，霧鬣風鬃慘淡容。

龍媒要是龍眠筆，意在能空冀北羣。老我惟知賞神駿，何時變化上青雲。《江湖後集》卷二。

尤熽藝話（一則）

尤熽（生卒年不詳）字季端，常州無錫（今江蘇無錫）人，袤孫。理宗朝，歷官臨安府通判，浙東提刑。

題東坡書《天慶觀乳泉賦》後

萬籟既寂，一氣孔神。吸彼沆瀣，沃此肺膺。至陽之精，天一所生。欽哉此詞，展也大成。熽。文淵閣四庫全書本《石渠寶笈》卷一三。

袁甫藝話（七則）

袁甫（生卒年不詳）字廣微，號蒙齋，鄞縣（今浙江寧波）人，燮子。從楊簡學。嘉定七年進士第一，授簽書建康軍節度判官。十年，召爲秘書省正字，遷校書郎。十二年九月，添差通判湖州。十四年，除秘書郎。十五年，除著作佐郎。十六年五月，出知徽州。丁父憂，起知衢州。紹定二年，移提舉江東常平。六年，以將作監兼國史院編修官、實錄院檢討官，旋出爲江東提刑。理宗即位，知建寧府。端平元年，兼福建路轉運判官。八月，除秘書少監。二年三月，爲起居舍人。遷起居郎兼中書舍人，以論史嵩之罷。嘉熙元年，除中書舍人，權吏部侍郎。遷兵部侍郎，兼給事中。除吏部侍郎兼國子祭酒，權兵部尚書，暫兼吏部尚書，卒年六十七，諡正肅。甫承其家學，以興利除害爲事，所言皆可付諸實施。立朝忠鯁敢言，每遇朝廷大事，侃侃直陳，如論嵩之輕議伐金，力斥史彌遠專政等奏疏，切中要害。其他詩文，也多明白曉暢，切近事理。著有《孝說》《孟子解》《後省封駁》《信安志》《江東荒政錄》《防拓錄》《樂事錄》及文集，均佚。清四庫館臣自《永樂大典》中輯爲《蒙齋集》二十卷。又有《蒙齋中庸講義》四卷。

一　贈包進士序

唐人作字，或取墨妙，或不擇墨，二者不同而同於以字名世。蓋胸中有字，字不在墨。墨誠佳，固足助逸。苟胸中有自得之趣，雖不擇墨焉可也。

雖然，學擇墨易，學不擇墨難，予未善書，敢犯難乎，請姑從其易。

包君所示，頗足起予，且豫藏之，久須更佳。噫！人以久乃見，豈特墨也哉！文淵閣四庫全書本《蒙齋集》卷一一。

二　跋丙戌御書

洪惟聖天子光臨大寶，崇尚儒學，堯章炳炳，士習振起。臣拜手稽首，伏而讀之，至"矯偏適正，崇雅黜浮"之訓，不勝興敬而言曰：

雅者，正也，崇雅即所以適正也。厥初生人，本無不正，因習有遷，乃流於邪。

誕者習妄，輕者習浮，庸者習汙，懦者習媮，由是澆漓卑茶之風成，純厚典實之意泯。本心之正，存者寡矣，挽而回之，其必由學乎？學也者，所以反其不正而歸於正也。善無小，一得其正，何用不臧；惡無大，一失其正，他美莫贖。戒之哉！謹爾話言，詳爾視聽。居必廣居，行不由徑，邪思倏起，改之即止。正途坦然，奚所擬議？他時涖官臨民，一出於正，始足稱聖天子迪爾衢士之意。雖然，師道不尊，學者安仰？端榘矱，揭範模，師以正率之，弟子有弗正乎？

蕞爾守臣，敷述訓言。勒諸金石，於千萬年。《蒙齋集》卷一五。

三　跋仁宗皇帝御書

臣謹按國史，皇祐五年，狄青以樞密副使討儂智高，余靖、孫沔輔之。青用番落騎兵，張左右翼夾擊，智高大敗而遁。蓋仁皇之德威，於是信矣。兵刑一也，古者大刑用甲兵，仁皇兵威之信，繇修明政刑所致。

跪觀奎畫，深見聖心。抑小臣備數司臬，哀矜庶獄，敢不兢兢以聖訓自勉！《蒙齋集》卷一五。

四　跋高宗皇帝賜洪忠宣御書

高宗皇帝賜忠宣公宸翰，恩禮之隆如此，惟忠宣可以無負矣。

忠宣直節，千古有光。權臣氣焰，今何在耶？權臣能抑其爵位，而不能掩其修名；能屈其身，而不能奪諸子孫。衣冠蟬聯，踰久踰盛。

孫儞寶藏奎畫，傳之無極。觀者歎美高皇知公本心，而追恨權臣欺君之罪，天定勝人，於此尤驗。《蒙齋集》卷一五。

五　跋孝宗皇帝賜洪丞相卹刑御書

洪丞相當軸，孝宗皇帝賜以卹刑聖訓，臣於其孫儞獲觀雲章，斂容興敬而言曰：

天地之大德曰生，刑非以殺人也，而生人之德存。我朝欽卹之仁，追配三代，聖子神孫，世世勿墜，天地同德矣。國祚延洪，維天相之。

某職在司臬，每閱獄案，如天鑑臨。茲又佩服寶訓，以自警勵。一本至公，無毫髮私，庶不欺於天，不負於孝廟，且不愧於此心云。《蒙齋集》卷一五。

六　題何智夫宗簿《蘭亭》帖

平生好觀《蘭亭》，而家藏未有善本，自謂有固佳，不有亦佳，可以發好古者一笑。《蒙齋集》卷一五。

七　題趙氏連理木圖

　　連理呈祥炳寸丹，巽齋高致拂雲端。須知念念通冥漠，不見聲聲説急難。義槩莫如生死際，家風要使子孫看。城南我祖嘉名似，從此心期共不刋。《蒙齋集》卷二十。

陳郁藝話（一〇則）

陳郁（一一八四～一二七五）字仲文，號藏一，崇仁（今江西崇仁）人，陳世崇父。閉户終日，研討經籍，不叩權門，不同於江湖詩人的流於干謁。理宗時，曾充緝熙殿應制。景定間，爲東宮講堂掌書兼撰述。爲賈似道所嫉，又爲給事橄駁歸本貫，因賦《念奴嬌》雪詞寓意，語雖粗鄙，亦鳴其不平之氣。德祐元年卒，年九十二。陳郁以詩文名世，真德秀曾選其警句，稱其"學充而意廣，氣大而體不偏"。劉宰謂"其文詞贍旨遠，爲詩深於運思"，潘紫巖謂其詩出入江西、晚唐之間，"而不墮於刻與率"（《隨隱漫録》卷一）。著有《藏一話腴》四卷傳世，多記南北宋雜事，間及詩話，亦或自抒議論，雖不免多失考證，而所記遺聞，可資借鑒。

《藏一話腴》（選録 一〇則）

米元章寫《高麗經》，以孔子爲佛，顔子爲菩薩。余謂元章以字畫名世，技癢而書此語，已不能無罪，况以異教比擬聖賢乎！元章師聖賢也歟？非師聖賢者也。

唐太常丞宋沇傳漢中王舊説云："玄宗雖雅好度曲，然未嘗使蕃漢雜奏。天寶十三載始詔諸道調法曲，與番部新聲合作，識者異之。明年禄山叛。"元微之《立部伎》樂府云："宋沇嘗傳天寶季，法曲番音忽相和。明年十月燕寇來，九廟千門塵土涴。"吁！翕如繹如，繼承長久之意也。促拍袞煞，此何義耶？君子於是思古。

三代而降，典謨訓誥之後，有董、賈、司馬遷、揚雄、二班之文莫可繼，曰"文止於漢"。八分大隸之餘，有鍾、衛、二王之書莫可肩，曰"書止於晉"。《三百篇》往矣，五字律興焉，有杜工部出入古今，衣被天下，藹然忠義之氣，後之作者未之有加，曰"詩止於唐"。本朝文不如漢，書不如晉，詩不如唐，惟道學大明，自孟子而下，歷漢、晉、唐皆未有能爲天地立心，爲生民立極，爲萬世繼絕學開太平者也。

馬融不惟經學精深，詞藻暢妙，觀《長笛》一篇，深於音矣。甚於弈尤爲不淺，

《圍棋賦》云："怯者無功，弱者先亡。離離馬目，連連雁行，踔度間置，徘徊中央。攻寬擊虛，橫行亂陣。收死卒兮，無使相迎。守視不同，爲所唐突。深入敵地，殺士亡卒。狂攘相救，先後並没。事留變生，收拾欲絶。"皆高手語也。以上文淵閣四庫全書本《藏一話腴》內編卷上。

澹庵胡先生於福州僉廳分扇，得一扇，畫古木間一人騎驢向西南行。初見似無思致，及有新興之命，方知畫爲先兆也。先生書一絶於陰云："誰向生綃白團扇，畫將騎客據征鞍。南遷萬里知前定，壁上崖州莫怕看。"《藏一話腴》內編卷下。

朱文濟，昇人，善琴，入翰林待詔。舊琴七絃，阮五絃，太宗詔文濟與蔡裔皆益二絃，文濟以爲非是。上曰："古琴絃五，增文武爲七，今孰曰不可？"文濟曰："五絃猶有遺音，益之二已足。"上怒叱之。裔益絃如詔。又俾文濟益絃鼓之，文濟辭不能。上益怒，獨賜裔緋。裔益富，文濟甚貧。上間以金帛置於文濟旁，以新琴阮命之，辭如初。復使中貴送二人詣相府，詔近臣同聽。文濟弟以琴阮中七絃作古風《入松操》。上以爲有守，終亦賜緋。文濟風骨爽秀，如神仙中人，上令供奉僧元藹寫其真留禁中，聖眷如此。余謂文濟以藝進，守其所學，震之以威而不慴，引之以利而不動，可謂有常者矣。今世假仁義之言，作慷慨之色，不肯在古人後，及臨威見利，外眩中喪，以失其身，此文濟之狗彘也。《藏一話腴》外編卷上。

道士林靈素以方術顯於時，有附之而得美官者頗自矜驕。或有作《靈素畫像詩》云："當日先生在市廛，世人那識是神仙。只今學得飛昇後，雞犬相隨也上天。"

行都城北五十四里，臨平湖岸有山，山有景星觀，觀有邱真人祠，有丹爐。邱本唐人，仕嘗爲郎，棄宦學道，於此飛昇。顧況訪之，有詩曰："五月五日日正午，獨自騎驢入山塢。來到君家不見君，下驢倚杖叩君户。驚起山童開竹扉，黄犬摇尾銜人衣。試問先生往何處，云入山中採紫薇。平明一去今未歸，引我池中看釣磯。池中數個白鷗兒，見人慣後癡不飛。待君歸來君未歸，却復騎驢下翠微。"句句可圖繪也。

黄東浦題二十四字於寓居壁間云："氣韻閒曠，言詞精慎，威儀端闊，動作詳雅，酬應溫恪，接訥謙洽。"字畫宏楷。每訪之，一見使人肅然加敬，前輩踐履蓋如此。

寫照非畫科比，蓋寫形不難，寫心惟難。寫之人尤其難者也。夫帝堯秀眉，魯僖、司馬亦秀眉；舜目重瞳，項羽、朱友敬亦重瞳；沛公龍顏，嵇叔夜亦龍顏；世祖日角，唐高祖亦日角；文皇鳳姿，李相國亦鳳姿；尼父如蒙魌，陽虎亦如蒙魌；竇將軍鳶肩，駱賓王亦鳶肩；楊食我熊虎之狀，班定遠乃虎頭；司馬懿狼顧，周嵩乃狼抗。若此者寫之似足矣，故曰寫形不難。夫寫屈原之形而肖矣，倘筆無行吟澤畔懷忠不平之意，亦非靈均。寫少陵之貌而是矣，倘不能筆其風騷沖淡之趣，忠義傑特之氣，峻潔葆麗之姿，奇僻贍博之學，離寓放曠之懷，亦非浣花翁。蓋寫其形必傳其神，必寫其心，否則君子小人貌同心異，貴賤忠惡，奚自而別？形雖似何益？故曰"寫心惟難"。夫善論寫心者，當觀其人，必胸次廣，識鑑高，討論博。知其人，則筆下流出，間不容髮矣。倘秉筆而無胸次，無識鑑，不察其人，不觀其行，彼目大舜而性項羽，心陽虎而貌仲尼，去其人遠矣。故曰"寫之人尤其難"。本朝士大夫遊戲筆墨者，自坡仙、叔黨、文與可、楊補之、米元暉、廉宣仲而次，遺妙皆為世寶。二十年來，徐抱獨、蘇希亮、高菊磵、趙子固、冨肖白亦各寄興於畫，世亦爭傳。惟寫照入神，今僅葉苔磯一人而已。蓋苔磯讀唐詩數百家，落筆有驚人句，日與褒、鄂人物遊，凡江湖吟人未識則討論之，既識則寫之。今積數卷，每一捲舒，如親與諸吟人談笑觴詠，窮達夷險，洞見肺肝，皆不能隱，真寫心者矣。唐摩詰詩人也，前輩謂其畫中有詩，詩中有畫，其與苔磯同一志趣歟？故寫照非畫科比，寫形不難，寫心惟難，寫之人尤其難者，良有以也。以上《藏一話腴》外編卷下。

楊伯嵒藝話（一則）

楊伯嵒（？～一二五四），一作伯喦，字彥瞻，號泳齋，楊沂中諸孫，居臨安（今浙江杭州）。歷官太社令，端平二年，以朝奉郎通判衢州。淳祐間，以工部郎出知衢州。七年，以吏部郎官除浙東提刑。八年，除樞密院檢詳諸房文字。寶祐二年卒。著有《九經補韻》一卷，摭九經之字以補官韻漏略，考據經義，精確者頗多。又有《泳齋近思録衍注》十四卷，《臆乘》一卷。又輯類書《六帖補》二十卷，多載宋代逸事遺文。

《臆乘》（選録　一則）

絲竹管絃，舊傳王羲之《蘭亭修禊》引用"絲竹管絃"字，故不入《文選》。殊不知西漢《張禹傳》嘗用是四字矣。羲之用祖此。而劉原父注亦云："絲竹管絃物二等爾，於文爲駢。"文淵閣四庫全書本《説郛》卷十一上《臆乘》。

王邁藝話（三則）

王邁（一一八四～一二四八）字實之，號臞軒，興化軍仙游（今福建仙游）人。少有場屋聲，嘉泰四年、嘉定九年兩貢於鄉，嘉定十年第進士，調潭州觀察推官，改浙西安撫司幹官。紹定三年爲考試官，以指責詳定官被誣罷官。調南外睦宗院教授。端平元年，召試館職，次年，除秘書省正字。輪對直言，被劾，通判漳州。又因雷雨上封事，削秩免官。久之，復通判漳州。淳祐元年，通判吉州，遷知邵武軍，奉祠。八年卒，年六十五，贈司農少卿。邁以學問詞章發身，尤練世務，直言敢諫，劉克莊稱"其文字膾炙萬口，其論諫雷霆一世"。其奏疏多區別邪正、剖析時弊之言，屢因言貶官而終不改。寧宗視爲狂生，遂自稱"敕賜狂生"（《四庫全書總目》卷一六三）。文亦多憤世嫉俗之言。古風近體，清拔鉅麗。詞風粗獷，均多憂時之作。著有《臞軒集》二十卷，已佚，清四庫館臣據《永樂大典》等輯爲十六卷。

一 贈傳神莊士儀

畫工亦無數，好手不可遇。非是畫事難，難得畫中趣。況寫佳士照，又不比行路。莊生頗工此，爲我掃尺素。儼然山澤臞，詩肩瘦鳧鷺。老色雖上顏，庾塵莫能污。生畫甚迫真，餘子等孩孺。得錢散酒家，無心問婚娶。醉被風雪欺，衕招鬼神妬。長安多貴人，朱門富紈綺。使聞生之名，當即懸金募。我貧亦如生，正以詩窮故。一畫博一詩，兩手柑分付。文淵閣四庫全書本《臞軒集》卷一二。

二 紹興戒珠寺讀右軍祠堂碑

先祠石刻摩挲久，華胄遥遥企慕勞。字古似觀秦《急就》，詞幽如讀楚《離騷》。不誇絶藝臨池學，只羨清風誓墓高。更有山居須問訊，擬携方士鍊金膏。原注：碑云鍊金膏餐瓊屑。 《臞軒集》卷一五。

三　永嘉何子善琴而有詩名，一日携二妙見訪求詩　用進退韻

山川司馬遊曾慣，湖海元龍氣更豪。詩眼具時穿月脅，琴聲妙處寫雲和。夫君隻手兼雙美，舉世何人賞此高。料得送窮文已辦，雪霜應奈歲寒柯。《矅軒集》卷一五。

耐得翁藝話（一則）

耐得翁（生卒年不詳），端平時人。據余嘉錫考證，其人姓趙，名字不詳。所著《都城紀勝》一卷，又名《古杭夢遊錄》。又著《清暇錄》《就日錄》《山齋愚見十書》等，均已佚。端平二年正月一日，耐得翁所撰《都城紀勝序》云："聖朝祖宗開國，就都於汴（今河南開封），而風俗典禮，四方仰之爲師。自高宗皇帝駐蹕於杭，而杭山水明秀，民物康阜，視京師其過十倍矣……僕遭遇明時，寓遊京國，目睹耳聞，殆非一日，不得不爲之集錄。其已於圖經志書所載者，便不重舉。此雖不足以形容太平氣象之萬一，亦彷彿《名園記》之遺意焉。但紀其實，不擇其語，獨此爲愧爾。時宋端平乙未元日，寓灌圃耐得翁序。"《都城紀勝》皆記杭州瑣事。分十四門，《四庫全書·都城紀勝提要》："謹案《都城紀勝》一卷，不著撰人名氏，但自署曰耐得翁。其書成於端平二年，皆記杭州瑣事，分十四門：曰市井，曰諸行，曰酒肆，曰食店，曰茶坊，曰四司六局，曰瓦舍衆伎，曰社會，曰園苑，曰舟船，曰鋪席，曰坊苑，曰閒人，曰三教外地。叙述頗詳，可以見南渡以后土俗民風之大略。"其中《瓦舍衆伎》一門，提供了比孟元老《東京夢華錄》更爲豐富的戲曲資料，叙述頗詳。

瓦舍衆伎

瓦者，野合易散之意也，不知起於何時；但在京師時，甚爲士庶放蕩不羈之所，亦爲子弟流連破壞之地。

散樂，傳學教坊十三部，惟以雜劇爲正色。舊教坊有篳篥部、大鼓部、杖鼓部、拍板色、笛色、琵琶色、筝色、方響色、笙色、舞旋色、歌板色、雜劇色、參軍色，色有色長，部有部頭，上有教坊使、副鈐轄、都管、掌儀範者，皆是雜流命官。其諸部分紫、緋、綠三等寬衫，兩下各垂黃義。

雜劇部又戴諢裹，其餘只是帽子、襆頭。以次又有小兒隊，並女童採蓮隊。又別有鈞客班，今四孟隨在駕後，乘馬動樂者，是其故事也。紹興三十一年，省廢教坊之後，每遇大宴，則撥差臨安府衙前樂等人充應，屬修内司教樂所掌管。教坊大使，在京師時，有孟角球，曾撰雜劇本子；又有葛守成，撰四十大曲詞；又有丁仙現才知音。

紹興間，亦有丁漢弼、楊國祥。

雜劇中，末泥爲長，每四人或五人爲一場，先做尋常熟事一段，名曰豔段；次做正雜劇，通名爲兩段。末泥色主張，引戲色分付，副淨色發喬，副末色打諢，又或添一人裝孤。其吹曲破斷送者，謂之把色。大抵全以故事世務爲滑稽，本是鑒戒，或隱爲諫諍也，故從便跣露，謂之無過蟲。

諸宮調，本京師孔三傳編撰，傳奇、靈怪、八曲、説唱。

細樂比之教坊大樂，則不用大鼓、杖鼓、羯鼓、頭管、琵琶、箏也，每以簫管、笙、稽琴、方響之類合動。

小樂器只一二人合動也，如雙韻合阮咸，稽琴合簫管，琴合葫蘆。琴單撥十四弦，吹賺動鼓板，渤海樂一拍子，至於拍番鼓子、敲水盞鑼板和鼓兒，皆是也。今街市有樂人三五爲隊，專趁春場，看潮，賞芙蓉，及酒坐祇應，與錢亦不多，謂之荒鼓板。

清樂比馬後樂，加方響、笙、笛，用小提鼓，其聲亦輕細也。淳熙間，德壽宮龍笛色，使臣四十名，每中秋或月夜，令獨奏龍笛，聲聞於人間，真清樂也。

唱叫小唱，謂執板唱慢曲、曲破，大率重起輕殺，故曰淺斟低唱，與四十大曲舞旋爲一體，今瓦市中絕無。

嘌唱，謂上鼓面唱令曲小詞，驅駕虛聲，縱弄宮調，與叫果子、唱耍曲兒爲一體，本只街市，今宅院往往有之。

叫聲，自京師起撰，因市井諸色歌吟賣物之聲，採合宮調而成也。若加以嘌唱爲引子，次用四句就入者，謂之下影帶。無影帶者，名散叫。若不上鼓面，只敲盞者，謂之打拍。唱賺在京師日，有纏令、纏達：有引子、尾聲爲"纏令"；引子後只以兩腔遞且，循環間用者，爲"纏達"。

中興後，張五牛大夫因聽動鼓板中，又有四片太平令，或賺鼓板，即今拍板大篩揚處是也。遂撰爲"賺"。賺者，誤賺之義也，令人正堪美聽，不覺已至尾聲，是不宜爲片序也。今又有"覆賺"，又且變花前月下之情及鐵騎之類。凡賺最難，以其兼慢曲、曲破、大曲、嘌唱、耍令、番曲、叫聲諸家腔譜也。

雜扮或名雜旺，又名紐元子，又名技和，乃雜劇之散段。在京師時，村人罕得入城，遂撰此端，多是借裝爲山東河北村人，以資笑。今之打和鼓、撚梢子、散耍皆是也。

百戲，在京師時，各名左右軍，並是開封府衙前樂營。

相撲爭交，謂之角抵之戲，別有使拳，自爲一家，與相僕曲折相反，而與軍頭司大士相近也。

踢弄，每大禮後宣赦時，搶金雞者用此等人，上竿、打觔斗、踏蹺、打交輥、脱索、裝神鬼、抱鑼、舞判、舞斫刀、舞蠻牌、舞劍、與馬打球、並教船上秋千、東西班野戰、諸軍馬上呈驍騎、北人乍柳。街市轉焦爲一體。

雜手藝皆有巧名：踢瓶、弄碗、踢磬、弄花鼓搥、踢墨筆、弄球子、築球、弄斗、打硬、教蟲蟻，及魚弄熊、燒煙火、放爆仗、火戲兒、水戲兒、聖花、撮藥、藏壓藥、法傀儡、壁上睡，小則劇術射穿、弩子打彈、攢壺瓶即古之投壺。、手影戲、弄頭錢、變綫兒、寫沙書、改字。

弄懸絲傀儡起於陳平六奇解圍。、杖頭傀儡、水傀儡、肉傀儡。以小兒後生輩爲之。凡傀儡敷演煙粉靈怪故事、鐵騎公案之類，其話本或如雜劇，或如崖詞，大抵多虛少實，如巨靈神朱姬大仙之類是也。

影戲，凡影戲乃京師人初以素紙雕鏃，後用彩色裝皮爲之，其話本與講史書者頗同，大抵真假相半，公忠者雕以正貌，奸邪者與之醜貌，蓋亦寓褒貶於市俗之眼戲也。

説話有四家：一者小説，謂之銀字兒，如煙粉、靈怪、傳奇。説公案，皆是搏刀趕棒，乃發跡變泰之事。説鐵騎兒，謂士馬金鼓之事。説經，謂演説佛書。説參請，謂賓主參禪悟道等事。講史書，講説前代書史文傳、興廢爭戰之事。最畏小説人，蓋小説者能以一朝一代故事，頃刻間提破。合生與起令、隨令相似，各占一事。

商謎，舊用鼓板吹《賀聖朝》，聚人猜詩謎、字謎、戾謎、社謎，本是隱語。有道謎、來客念隱語説謎，又名打謎。正猜、來客索猜。下套、商者以物類相似者謎之，人名對智。貼套、貼智思索。走智、改物類以困猜者。橫下、許旁人猜。問因商者喝問句頭、調爽。假作難猜，以定其智。以上文淵閣四庫全書本《都城紀勝》。

江千里藝話（一則）

江千里（生卒年不詳），免解進士，紹定間充句容縣學學長。

《句容五瑞圖》跋

寶慶丙戌，邗城張君偘來宰斯邑，越兩歲而五瑞集焉。士民歌誦盈耳，蓋自有不能已者。漫塘聘君劉先生言語妙天下，平昔不輕許可，其歸美於感召之所自者信矣。山陰王令君亦有跋語，暨諸賢序讚，連篇累牘，未易悉紀。大夫初不自矜，至有謝同僚之詩曰："騰喜聯官忘爾汝，故令元化奪胚胎。"及惠邑士之詩又曰："山川清美天下稀，五瑞同時盍紀碑。碑上只言人物盛，若言德政愧無之。"吁，大夫其謙矣哉！是歲五月既望，免解進士、充縣學學長江千里謹書。句曲司成刊。光緒二十六年刻本乾隆《句容縣志》卷五。

陽枋藝話（一則）

　　陽枋（一一八七～一二六七）初名昌朝，字宗騹，易名枋，字正父，自號字溪居士，合州巴川（今四川銅梁東南）人。八歲能屬文，每賡和父詩。嘉泰二年，受業於朱熹門人度正。嘉定九年，應鄉舉，下之。端平元年，冠鄉選。淳祐元年，以蜀亂免入對，賜同進士出身。五年，攝大寧監司法參軍。八年，爲紹慶府學教授。十一年去官，就養於夔州。咸淳三年卒，年八十一，累官朝散大夫。著《易說》《圖像》、講義、詩詞等十二卷，已佚。清四庫館臣據《永樂大典》輯爲《字溪集》十二卷，集中與人往復書簡，大都講學之語，所言皆明白篤實，不涉玄虛。

詠絲桐

　　地闊天寬人一般，琴心會得語言難。高山流水知音少，月白風清時自彈。文淵閣四庫全書本《字溪集》卷十一。

劉克莊藝話（一六四則）

劉克莊（一一八七～一二六九）字潛夫，號後村居士，興化軍莆田（今福建莆田）人。父彌正，寧宗朝吏部侍郎。克莊本名灼，嘉定二年以蔭補將仕郎，改今名，調靖安主簿，袁燮延爲幕府教官。俄丁父憂，服除，注福州右理曹，改差真州録事參軍。嘉定十七年，改宣教郎知建陽縣，歷潮、吉州通判。端平中，除樞密院編修官、兼權侍右郎官。立朝正直敢言，爲人所忌，出主玉局觀。尋知漳州，改袁州，復爲言者劾罷。李宗勉當國，擢江西提舉，改廣東，昇轉運使。淳祐元年，爲言者所劾，罷主崇禧觀。四年，起爲江東提舉。六年，召除太府少卿。面對言事，頗切時政，理宗嘉之，即賜同進士出身，除秘書少監，尋兼崇政殿説書。是年末，兼中書舍人，力沮史嵩之除職致仕之命。事雖施行，仍爲御史論劾，以秘閣修撰出爲福建提刑。淳祐十年，除秘書監。次年入京，兼太常少卿、直學士院，兼崇政殿説書、史館同修撰。同年十月，除起居舍人。復爲言者論劾，罷提舉明道宫。景定元年，除秘書監、起居郎、兼權中書舍人，復除兵部侍郎兼中書舍人，兼直學士院。三年，除權工部尚書，兼侍讀。同年八月，以寶章閣學士知建寧府。五年秋，以焕章閣學士致仕。咸淳五年正月卒，年八十三，謚文定。

劉克莊文名久盛，兼擅詩、詞、文，詩論也頗具影響，被目爲當時文壇宗主、"中興一大家數"（葉適《題劉潛夫南嶽集稿》、林希逸《後村居士集序》）。尤以詩歌影響爲大，與陸游、楊萬里並稱"渡江三大家"（陸文圭《苕石先生效顰集跋》）。有四千五百餘首詩傳世，憂時傷世之作，慷慨悲壯，筆鋒沉雄犀利，豪邁奔放，也有不少應酬疊和之作及語録式、頌偈式的詩篇，失之粗野淺露。詩中大量使事用典，晚年尤喜以文爲詩，形同押韻散文。其詩初受西崑諸子及永嘉四靈影響，後來轉學姚合、賈島等晚唐詩人，又特別推崇楊萬里與陸游，最後力圖在江西派與晚唐體之間自闢蹊徑，正如方回所稱："劉潛夫始亦染指四靈，後宗放翁，卒自名家。"（《跋胡直内詩》）其詞與劉過、劉辰翁齊名，號稱"三劉"，馮煦甚至認爲"與放翁、稼軒猶鼎三足"（《宋六十一家詞選例言》）。刻意學辛棄疾，喜用事典，帶有散文化、議論化傾向，有"直致近俗，效稼軒而不及"之譏（《古今詞話·詞評》上卷引張炎語、《詞品》卷五）。其文以表、制、誥、啓見稱，"典麗清新、腴贍簡古"，人以小東坡目之（劉希仁《後村先生大全集序》）。《四庫全書總目》稱其"文體雅潔，較勝其詩，題跋諸篇，尤爲獨擅"。克莊所著詩、文、詞等，本以前、後、續、新四集行世，凡二百卷。其幼子季高合而刊之，分門別類，各類大抵以時代先後爲序，頗具章法。惜全集刻本不傳，今可見者唯抄本數種。其詩文亦有散佚，故今本唯一百九十六卷。《後村長短句》五卷，《後村詩話》十四卷，亦單刻行世。

一　月下聽孫季蕃吹笛

孫郎痛飲橫長笛，玉雪胸襟鐵石顏。解噴清霜飛座上，能呼涼月出雲間。病創凍馬嘶荒塞，失侶窮猿叫亂山。可惜調高無聽者，紫髯白盡鬢毛斑。文淵閣四庫全書本《後村集》卷二。

二　棋

十年學弈天機淺，技不能高謾自娛。遠聽子聲疑有著，近看局勢始知輸。危如巡遠支孤壘，狹似孫劉保一隅。未肯人間稱拙手，夜齋明燭按新圖。《後村集》卷二。

三　孟浩然騎驢圖

壞墨殘縑閱幾春，灞橋風味尚如真。摩挲只可誇同社，裝飾應難奉貴人。舊向集中窺一面，今於畫裏識前身。世間老手惟工部，曾伏先生句句新。《後村集》卷四。

四　聞笛二首

少年毬馬逐秋風，笛起連營響裂空。今夕夢回村墅冷，一枝孤奏月明中。

初如廢將哭窮邊，又似孤臣訴左遷。何必謝公雙淚落，野人聽罷亦淒然。《後村集》卷四。

五　象弈一首呈葉潛仲

小藝無難精，上智有未解。君看橘中戲，妙不出局外。屹然兩國立，限以大河界。連營稟中權，四壁設堅械。三十二子者，一一具變態。先登如挑敵，分布如備塞。盡銳賈吾勇，持重伺彼怠。或遲如圍莒，或速如入蔡。遠砲勿虛發，冗卒要精汰。負非繇寡少，勝豈繫強大。昆陽以象奔，陳濤以車敗。匹馬郭令來，一士汲黯在。獻俘將策勛，得雋衆稱快。我欲築壇場，孰可建旗蓋？葉侯天機深，臨陣識向背。縱未及國手，其高亦可對。狃捷敢饒先，誨輸每索再。寧爲握節死，安肯屈膝拜。有時橫槊吟，句法尤雄邁。愚慮僅一得，君才迺十倍。羈圖務並弱，兵志貴攻昧。雖然屢克獲，詎可自侈汰。呂蒙能勝蜀，衛瓘足縛艾。南師未宜輕，夜半防斫寨。《後村集》卷五。

六　蔡忠惠家觀墨跡

維蔡郡之望，過者必式廬。嚴嚴端明廳，遺像猶肅如。頗聞手澤富，倘許窺珍儲。主人命發筒，棐几同捲舒。比顏倍秀麗，眠柳加敷腴。亳杭兩記在，妙與蠟本殊。洛橋字尤佳，其大徑尺餘。班班名臣帖，煌煌昭陵書。坐令承學士，若覿慶曆初。向來故家物，聚散何忽諸。祭器抱他適，玉軸棄路隅。端明夢奠時，麐門唯一孤。厥裔日以蕃，廟院蜂房居。寸紙惜如命，不博明月珠。乃知儒澤遠，浮榮無根株。勗哉守視者，巾襲防蠹魚。《後村集》卷七。

七　郭熙山水障子

高爲峯嵐下清江，極目森秀涵滄浪。始知著色未造極，一似醜女施鉛黃。驚泉駭石聚幽怪，巨楠穹柏蟠老蒼。鹿門寺，華子岡，是耶非耶遠莫詳。疑聞鐘聲起晻靄，似有帆影來微茫。陌窮渡絕雪滿坂，驢鞍釣笠分毫芒。炎曦亭午試展玩，坐覺煙雨生縑緗。古來絕藝必名士，俗史辟易安敢當。大年脂粉米老狂，先朝僅數燕侍郎。吾聞河陽子貴購，父畫一筆不許他人藏。矮屏短岫已可寶，況此四幅垂華堂。嗚呼主人謹護守，神雷鬼電或取將。《後村集》卷七。

八　關仝驟雨圖

四山昏昏如潑墨，行人對面不相覿。凄乎太陰布肅殺，闇然混沌未開闢。千丈拏空蟄龍起，一聲破柱春雷疾。我疑人間瓠子決，或是天上銀河溢。異哉煙霏變態中，山川墟市明歷歷。茅寮竹寺互掩映，疎春殘磬渺愁寂。叟提魚出寒裂面，童叱牛歸泥沒膝。羊腸峻坂去天尺，驢饑僕瘦行安適。林僧卸笠窘廻步，海商拋矴憂形色。縱覽鯤鵬信奇偉，戲看鳧雁亦蕭瑟。乃知畫妙與天通，模寫萬殊由寸筆。大而海嶽既盡包，細如針粟皆可識。向來關生何似人，想見丘壑橫胸臆。嗚呼使移此手爲文章，豈不擅場稱巨擘？《後村集》卷七。

九　蘇李泣別圖　方孚若故物，近爲人取去。

風雲慘悽草樹枯，死笳鳴馬嘶弦驚。鵠起熟看境色非人間，祁連山下想如此。手持尊酒別故人，此生再面真無因。匈奴漢使俱動色，路旁觀者爲悲辛。歸來暗灑茂陵淚,子孟少叔方用事。白頭屬國冷如冰,空使穹廬嘆忠義。茫茫事往賴畫存,每愁歲久縑素昏。即今畫亦落人手,古意淒涼誰復論?《後村集》卷七。

一〇　鎖諫圖

讜言直觸大單于,賴有閼氏上諫書。若把漢唐宮苑比,玉環飛燕總輸渠。《後村集》卷七。

一一　明皇按樂圖

鶯啼花開春晝遲,掖庭無事方遨嬉。廣平策免曲江去,十郎談笑居臺司。屏間無逸不復覩,教雞能鬭馬能舞。嗚呼寧哥吹玉笛,催喚花奴打羯鼓。南衙羣臣朝玉陛,老伶巨璫前後趨。阿瞞半醉倚玉座,袖有曲譜無諫書。金盆皇孫真龍種,浴罷六宮競圍擁。惜哉傍有錦繃兒,蹴破咸秦跳河隴。古來治亂本無常,東封未了西幸忙。輦邊貴人亦何罪,禍胎似在偃月堂。今人不識前朝事,但見斷縑妝束異。豈知當日亂離人,說著開元總垂泪。《後村集》卷七。

一二　題真仁夫畫卷

草木黃落,水雲莽蒼。孤舟卸帆,凍雁失行。昔余遠遊,沿灘泝湘。堠長店疎,僕痛馬僵。行李蕭然,有詩滿囊。今其老矣,寧志四方。撫卷追思,歷歷不忘。《後村集》卷十。

一三　題李龍眠十八尊者

嘗聞天台境,肉身往無從。仁夫示此圖,恍惚遊其中。應真一一若舊識,或踞怪石臨飛淙。山鬼投牒何敬恭,天女問法尤丰茸。盆魚鬐鬣等針粟,放去夭矯拏空濛。山深無人地祇出,被服導從侔王公。前驅鸑獸後夔魖,徐行殿以一瘦笻。巉巉蒼壁謖謖松,下有老宿眉雪濃。石橋滅没雲氣斷,似是鬼國非天宮。層冰融結挾怒瀑,毒虺噴薄含腥風。至人於此方入定,壞衲冪首枯株同。等閒一坐六十刼,汝技有盡吾無窮。書生往往談性命,怵以禍福猶兒童。倒持手版口勸進,對此寧不面發紅。我知龍眠筆外意,要與濁世鍼盲聾。退之云釋善變幻,愷之謂畫能神通。幻耶神耶兩莫詰,與子持扣西山翁。《後村集》卷十。

一四　米元章有帖云：老弟《山林集》多於《眉陽集》，然不襲古人一句。子瞻南還，與之説，茫然嘆久之，似嘆渠偷也，戲跋二首

大令云亡筆不傳，世無行草已千年。偶然遺下鵝羣帖，生出楊風與米顛。

二集一傳一不傳，可能寶晉勝坡仙。蘇郎不醉常如醉，米老真顛却辨顛。世傳米老有《辨顛帖》。　《後村集》卷十。

一五　跋周忘機畫一首

周郎詞藝妙天下，似是詩家非畫家。寧與嵇公寫琴操，不爲盛尹作梅花。《後村集》卷十。

一六　豐湖三首（選一）

小米侍郎生較晚，龍眠居士遠難呼。不知若個丹青手，能寫微瀾玉塔圖。《後村集》卷十二。

一七　題江貫道山水十絶（選一）

世間平遠景，萬幅在洪家。晚至番君國，方知不是誇。《後村集》卷十三。

一八　夢中爲人跋畫兩絶

三相入朝馬，諸姨照夜驄。故應專塞小，留載拾遺公。

花身皆詩料，江山即句圖。暮歸錦囊重，壓殺小奚奴。四部叢刊初編本《後村先生大全集》卷一八。

一九　跋唐賢論史圖

定是當時有難疑，一賢指畫衆肩隨。而今縱有人揮□，問者爲誰聽者誰？《後村先生大全集》卷一八。

二〇　跋張敞畫眉圖

列□新眉淡復濃，黛螺百斛不堪供。廻頭却笑張京兆，只掃閨中兩點峰。《後村先生

大全集》卷一八。

二一　題周從龍養生圖

二圖心悟非師傳，子若通之可以仙。欲向丹房供灑掃，老人爐灶壞多年。《後村先生大全集》卷二三。

二二　尉姓寄百雀圖

猶子知余嗜，封來半尺綃。誰將一兔穎，戲作百鷦鷯。具體侔針粟，卑飛集葦苕。笑他九萬里，辛苦上雲霄。《後村先生大全集》卷二五。

二三　示畫者

眉宇巑岏鬚禿殘，愧君模寫向冰紈。削瓜古有形相肖，擲果今無衆聚觀。且可夷猶狎鷗鷺，不消夭矯比龍鸞。去爲將相開生面，莫貌山翁骨相寒。《後村先生大全集》卷二六。

二四　和長溪葉潘投贈韻　工琴詩書畫

脯麟炰鳳飲鯨吞，肯學寒儒嚙菜羹。琴古無階登舜殿，詩窮作崇客羌村。可憐書畫科俱廢，元朝立書學畫學。誰謂文章技未尊。世上金臺隨處有，吾貧聊復贈君言。《後村先生大全集》卷三五。

二五　雜記六言五首（選一）

曾何薰兮瑟調，亦聞鏗爾琴聲。愛清廟音倡歎，嫌玉臺體浮輕。《後村先生大全集》卷四四。

二六　題法帖

二王萬古擅書名，聞說臨池學始成。《瘞鶴》字猶看不見，《黃庭》小楷付來生。《後村先生大全集》卷四六。

二七　題畫六言一首

子猷無乘興舟，越石有長嘯樓。雪滅千山蹤跡，月照幾家樂愁。《後村先生大全集》卷四六。

二八 題趙昌花一首 _{稿齊侍郎舊物，得之其孫□約}

趙傁生長太平，以著色花擅名。自古良工獨苦，於今墨畫盛行。《後村先生大全集》卷四六。

二九 畫讚

雖則丹青妙，具如齒髮衰。遠孫元未識，認作故鍾馗。《後村先生大全集》卷四八。

三〇 跋孚若贈翁應叟《歲寒三友圖》

孚若晚擯不用，賜金揮盡，嬖奴寵姬皆辭去，然好客愈篤，往往質笥衣、粥廐馬以續車魚之費。後無可質粥，客亦辭去，惟余與應叟一二人留其門〔一〕。悲夫，尚忍言之！

應叟歸，道城南，行西涼之下，謁新丘，登舊山，臺傾池平，竹樹枯死，余知其必發羊曇之哀、動唐衢之哭也。諸人既跋詩畫，余獨記舊事，且繫小詩云〔二〕："易結千金客，難扶六尺孤。憑君傳掬淚，一為灑西峴。"孚若葬處。《後村先生大全集》卷九九。

〔一〕余：原無，據適園叢書本《後村題跋》卷一補。
〔二〕云：原無，據同上補。

三一 跋黃勉齋書卷後

嘉定戊寅，勉齋來江淮，謀制置使軍事。其年三月，行臺駐揚州，勉齋與余子壽、黃德常及余同在軍中，坐起寢食未嘗離也。虜退，凱旋，勉齋力辭召命請祠，余亦求監嶽廟。後數年，同舍郎皆貴顯，子壽、德常今各持節使一路，於是勉齋宰木已拱。予方以格為縣，因葉君雲叟出示勉齋遺墨〔一〕，感歲月之逾邁，悼耆舊之零落，為之慨然。

初，勉齋名重一世，門人高弟甚眾。既歿，篤守師統不畔者，士大夫中惟陳漳州、趙荊門，士人中惟雲叟一二人耳。然則雲叟尤可重也。《後村先生大全集》卷九九。

〔一〕叟：原作"更"，據適園叢書本《後村題跋》卷一改。

三二 跋米元章《焦山銘》

米老此銘不獨筆法超詣，文亦清拔，想見揮毫時神遊八極，眼空四海。《後村先生大全集》卷九九。

三三　跋楊補之墨梅

　　予少時有《落梅》詩，爲李定、舒亶輩箋註，幾陷罪罟。後見梅花輒怕，見畫梅花亦怕，然不能不爲補之作跋。小兒觀儺，又愛又怕，予於梅花亦然。《後村先生大全集》卷九九。

三四　跋惠崇小景

　　王介甫於聲色貨利淡如也，獨喜觀畫，如惠崇者尤爲稱獎。同時僧居寧善作草蟲，介甫亦有五言予之，竊意介甫姑借此以發其詩，非必真喜畫也。《後村先生大全集》卷九九。

三五　跋趙大年小景

　　大年胸次蕭灑，故見於筆端如此，豈睦親宮中終日騎木馬、放鵓鴿者所能爲哉〔一〕！《後村先生大全集》卷九九。

　　〔一〕睦：原作"族"，據適園叢書本《後村題跋》卷一改。

三六　跋李伯時羅漢

　　前世名畫如顧、陸、吳道子輩〔一〕，皆不能不着色，故例以丹青二字目畫家。至龍眠始掃去粉黛，淡毫輕墨，高雅超詣〔二〕，譬如幽人勝士褐衣草履，居然簡遠，固不假袞繡蟬冕爲重也。於乎，亦可謂天下之絕藝矣！《後村先生大全集》卷九九。

　　〔一〕顧：原作"顏"，據適園叢書本《後村題跋》卷一改。
　　〔二〕詣：原作"誼"，據同上改。

三七　跋林氏《瑞雲山圖》

　　噓而族〔一〕，雲之常也；不噓而雲〔二〕，非常也。根而生，木之常也；不根而木，非常也。非常者爲瑞。
　　林氏子光世既合葬其先夫人於滄溪，瞻其麓有五色雲焉，劚其土得蒴山焉。余見其繪事，質於里人而信，識者以爲林氏將興之符〔三〕。自君伯祖舍人忤蔡太師不大用〔四〕，祖刪定抗節死虜中，百年門户，不絕如縷，興之者其在君乎！
　　君才而文，頓挫場屋，挾策干今樞密趙公於淮閫〔五〕，公喜而客之。邊事少寧，公自西府還寓里，追服親喪，君亦歸窆其母〔六〕，余以是知君賓主皆忠孝人也。

夫生養死葬，子道之常，然有牽於世故而不克遂其情者，有奪於王事而不敢顧其私者。自溫嶠、狄仁傑之流，千載而下莫湔此愧，況其餘乎？人能盡其常者而天畀之以其非常者，理也。故自昔甘露靈芝之類多見於純孝之丘墓，而求忠臣者必於孝子之門〔七〕。林君其勉之。《後村先生大全集》卷一〇〇。

〔一〕族：原作"施"，據適園叢書本《後村題跋》卷二改。
〔二〕不嘘而：原作"慶"，據明小草齋抄六十卷本改補。
〔三〕將：原作"稱"，據適園叢書本《後村題跋》卷二改。
〔四〕"伯"下原有"助"字，據同上刪。
〔五〕干：原作"於"；聞：原作"相"。據同上改。
〔六〕其：原作"之"，據明小草齋抄六十卷本改。
〔七〕者必：原無，據適園叢書本《後村題跋》卷二補。

三八　跋卓君景福臨《淳化集帖》

自蔡公仙去〔一〕，里中書學遂絕〔二〕。近歲二陳出焉，崇清宜大字，愈大愈奇；復齋字可至二三尺，而小楷行草端勁秀麗在崇清上，寸紙流落，人爭寶藏。至今後生輩結字運筆，十人中九作復齋體。

然復齋本學歐陽，後謂余曰："少時實師《九成宮記》，今五六十矣，當向上作功夫，豈必尚寄率更籬下也耶！"所跋卓君臨《淳化集帖》凡一百十有五字，老氣森嚴，殆欲掃去歐、虞、褚、薛而自爲一家者。卓君蓋其中表，親授筆法，今亦以能書名。聞之弈家弟子必高師一著，豈惟弈哉？

逸少，衛夫人弟子也，突過其師；大令，逸少子也，與父齊名。卓君勉旃，復齋可作，必有咄咄逼人之歎矣。《後村先生大全集》卷一〇一。

〔一〕仙去：原作"遷居"，據適園叢書本《後村題跋》卷三改。
〔二〕學：原無，據同上補。

三九　跋蔡端明臨真草《千文》

藝未有不習而工者。右軍書《禊帖》至數十本，智永臨《千文》凡八百本，辯才年八十餘，日臨《蘭亭》數過。

忠惠蔡公書法爲本朝第一，然二王帖、真草《千文》《樂毅論》皆有臨本，而《千文》尤爲妙絕，豈非備衆體然後能自成一家歟！《後村先生大全集》卷一〇一。

四〇　跋蔡端明臨《唐太宗哀冊》

文皇帝除亂致治，功德詎可形容，使班、馬秉此筆，必甚奇偉，斯作稍似不稱。

然"沙場罄翦，斗極咸羈。狼山入囿，瀚渚歸池。東旄若木，西旆條支。龍鄉委贄，鳥服來儀"，亦佳語也，今人恐不能道。《後村先生大全集》卷一〇一。

四一　跋山谷書《范滂傳》

黨禍東都最慘，唐次之，本朝又次之。固、喬皆社稷臣，伏刑都市，膺、滂諸賢率身貫五木，駢頸就僇。所殺天下賢俊數千人，其幸而得免如陳寔、申屠蟠之流僅一二數。使孟德、仲謀不生，漢亦必亡。唐末舉當世清流盡投之濁河，而國隨之矣。

本朝黨論屢興，事與漢唐同而治亂與漢唐異，蓋列聖至仁至明，靜觀徐察。竦、夷簡指富、范爲黨魁，而昭陵隨悟；章、蔡請斲君實、晦叔棺〔一〕，族莘老，而泰陵不聽〔二〕；檜欲按誅趙元鎮等家族，上賴思陵保全；侂誣陷忠定王〔三〕，禁道學，因而廢錮名勝，茂陵一旦奮發，雪忠定，弛學禁，而羣賢復用矣。三百餘年之間，邪說終不能以勝正論，小人終不得以勝君子，雖更陽九百六之會，適以開一馬渡江之業，歷丙午、丁未之厄，晏然享太一臨吴之福，有以也夫！

予嘗謂前世黨人有刀鋸之禍〔四〕，若本朝則煙瘴而已。然前世或自繫於獄，或誼不獨生，或以齊名李、杜爲榮，同於爲善，同於嫉惡，同於捨生取義。嗚呼，盛矣哉！季世風俗不然，隨好惡而改化，視勝負爲嚮背，首畔大防者有之，反噬安石者有之，范忠宣諸子多賢，尚勸乃翁求出籍，而"斬頤萬段〔五〕，恕亦不救"者皆是也。此風既成，竊意未必樂范、尹、歐、余同貶，況甘與君、廚、俊、及同死乎〔六〕？

豫章公遠竄不悔，囚宜州譙樓上〔七〕，猶書此傳，無愧於孟博矣。忠定子吏部、孫尚書，當慶元初闔門避謗〔八〕，絶口不自明，尤賢於忠宣之家矣〔九〕。彼世之雍容立朝〔一〇〕、進無刀鋸之禍、退無煙瘴之憂，而不能自彊於善者，覽卷宜有愧色。《後村先生大全集》卷一〇一。

〔一〕晦：原無，據適園叢書本《後村題跋》卷三補。
〔二〕聽：原作"聰"，據同上改。
〔三〕陷：原作"盗"，據同上改。
〔四〕謂前：原作"爲近"，據同上改。
〔五〕頤：原作"熙"，據同上改。
〔六〕"乎"上原有"矣"字，據同上刪。
〔七〕譙：原作"樵"，據同上改。
〔八〕當：原無，據同上補。
〔九〕矣：原無，據同上補。
〔一〇〕彼：原作"此"，據同上改。

四二　跋蔡端明帖（二）

蔡公沒將二百年，宅相子孫寶其遺墨，雖寸紙隻字亦補綴成帙，如襲珠璧，公之擇壻與壻之貽後〔一〕，皆不可及矣〔二〕。

世傳第五倫搰婦翁，張延賞輕子婿，惜其未見此帙也。《後村先生大全集》卷一〇二。

〔一〕後一"壻"字原無，據適園叢書本《後村題跋》卷四補。
〔二〕"皆"下原有"亦"字，據文淵閣四庫全書本刪。

四三　跋蘇才翁二帖〔一〕

二蘇草聖，獨步本朝，裕陵絕重才翁書，得子美書輒棄去。

書家謂才翁筆簡，惟簡故妙。聽蛙方氏所藏二帖，前一幅真才翁筆，後一幅錄杜詩者稍斷裂，以爲才翁耶筆意欠簡，以爲君謨耶字法差縱，莫能定其爲何人書也。然君家自河東轉運公寶藏，至君凡四世，自熙寧甲寅至今將三甲子，可謂之故家舊物矣。《後村先生大全集》卷一〇二。

〔一〕才：原無，據適園叢書本《後村題跋》卷四補。

四四　跋劉原父陳述古帖〔一〕

古靈公字不多見，此帖姿媚如此，可寶也。公是先生帖纔四十字，訕對之語雖簡，賓主之情甚真，尤可寶也。

次山小金紫公字，名嶠，爲太常寺少卿，聽蛙君之高祖父云〔二〕。《後村先生大全集》卷一〇二。

〔一〕述：原作"迹"，據適園叢書本《後村題跋》卷四改。
〔二〕自"帖纔四十字"至文末原誤入作者《跋蔡端明書唐人詩帖》，而又誤繫《跋韓致光帖》三百餘字於此，此據同上刪補。

四五　跋蔡端明書唐人詩帖

右蔡公書唐人四絕句：劉禹錫一，李白二，杜牧一。後題："慶曆五年季冬二十有九日，甘棠院飲散，偶作新字。"是歲公年三十五〔一〕，以右正言、直史館知福州。初疑甘棠院在何處，而歲除前一日觴客結字其間，後訪知院在郡圃會稽亭之後。公集中別有《飲甘棠院》三詩〔二〕，則在郡圃無疑矣。

此一軸大字極端勁秀麗，不減《洛橋記》《冲虛觀詩》，在《普照會飲帖》之上。劉詩二十八字，濃墨淋漓，固作大字常法。及李詩則筆漸瘦，墨漸淡；至牧詩愈瘦愈淡，然間架位置，端勁秀麗，與濃墨淋漓者不少異，在書家惟公能之。故公自云"蓋前人未有"〔三〕，又云"珍哉此字"。

墨林君家藏蔡字多矣，小楷以《茶録》爲冠〔四〕，真草以《千文》爲冠，大字以此帖爲冠。內"淮水東邊舊時月"今作"唯有淮東舊時月"，"雲想衣裳花想容"今"雲"作"葉"〔五〕，"解釋東風無限恨"脱"恨"字，往往飲後口熟手誤爾。《後村先生大全集》卷一〇二。

〔一〕自"是歲"至文末，原誤入作者《跋韓致光帖》，而此處又誤繫前文"帖纔四十字"以下文字，此據適園叢書本《後村題跋》卷四删補。
〔二〕詩：原作"司"，據同上改。
〔三〕有：原作"自"，據同上改。
〔四〕爲：原作"云"，據同上改。
〔五〕雲作：原倒，據同上乙。

四六　跋陳了翁鄭介夫帖

右了翁、介夫真跡，與故河東運判方公者。公名宙〔一〕，字子正，君謨之婿。京認君謨爲兄，及當國，召子正爲農丞〔二〕，語不合，僅七日去國。惟其爲京所薄，所以爲了翁、介夫所厚也。

烏呼，子正亦賢矣哉！《後村先生大全集》卷一〇二。

〔一〕名宙：原倒，據適園叢書本《後村題跋》卷四乙。
〔二〕召：原作"詔"，據同上改。

四七　跋余襄公帖

小金紫公仕仁皇朝，所交遊皆天下第一流人，余襄公亦其一也。予從公之四世孫審權借觀諸帖，僅見十數公真跡，聞韓魏公、龐潁公諸老尺牘尚多散在族中〔一〕，法當裒聚入石，名曰"方氏帖"。《後村先生大全集》卷一〇二。

〔一〕散：原作"散散"，據適園叢書本《後村題跋》卷四删。

四八　跋陳懶散王晉卿帖

前輩謂蘇才翁字筆意高簡〔一〕，今觀陳懶散書亦然。山谷云懶散得才翁屋漏法，不知陳師蘇耶，抑所謂暗合耶。

夫變真爲草，猶厭難趨易爾，若曰事忙不及草書，而草之偏旁點畫反繁於真字，失之遠矣〔二〕。懶散之字既高簡，三詩亦妙。王都尉傅粉貴公子，醉夢玉簫錦瑟間者，而草聖傑然有王子敬、張長史之遺意〔三〕，豈非納交當世偉人，近朱者赤乎？《後村先生

〔一〕高：原無，據適園叢書本《後村題跋》卷四補。
〔二〕之：原作"字"，據同上改。
〔三〕有：原作"者"，據同上改。

四九　跋丘攀桂《月林圖》

余爲建陽令三年，邑中士大夫家水竹園池皆嘗遊歷，去之二十餘年，猶彷彿能記憶其處，丘君月林之勝則未之睹也。圖以示余，且抄時人題詠一帙偕來。

夫題品泉石，模寫景物，惟實故切，惟切故奇，若耳目之所不接，想像爲之，雖有李、杜之妙思，未免近於莊、列之寓言矣〔一〕。余既退老，無復四方之役，深以不獲往遊爲恨。

君名攀桂，方有於科擧，竊意其亦未能擅此一壑也〔二〕，姑書其圖後而歸之。《後村先生大全集》卷一〇二。

〔一〕言：原無，據適園叢書本《後村題跋》卷四補。
〔二〕一：原作"某"，據同上改。

五〇　跋韓致光帖

當朱三飛揚跋扈時，唐名公卿坐微忤而夷滅者甚眾。致光以一詞臣首觸虎狼之怒而去，立節固已奇矣。

以偓集考之，謫官經硤石縣，天復三年癸亥也。史言天祐二年復召爲學士，偓不敢入朝，挈其族南依王審知。按天祐二年弑昭立哀，政出朱氏，尚能召致光還禁林耶？謂不敢入朝，得其實矣。至謂依審知，然審知據福唐，致光乃居南安，曷嘗遂依之乎？

士大夫處亂世〔一〕，鮮能自保，緇郎璨賊，至於賣國與人，亦有植立於暫而改化於久者。馮道相數姓，不以國破君辱爲戚，而以官穹年高爲樂〔二〕。楊凝式諫父之語壯矣，既而身歷五季，每一革命則一進官，終於太子少師〔三〕。致光自癸亥去國至甲戌悼亡十有二年，流落久矣，而乃心唐室，終始不衰。其自書《裴郡君祭文》，首書甲戌歲，銜書"前翰林學士承旨、銀青光禄大夫、行尚書户部侍郎、知制誥、昌黎縣開國男、食邑三百户韓某"。是歲朱氏篡唐已八年，爲乾化四年矣，猶書唐故官而不用梁年號，賢於楊風子輩遠矣。宋景文修唐史，合列於司空表聖之後，不知何以不收，豈爲《香奩集》所累耶？慶曆中，詔官其四世孫奕，足以勸忠臣之後矣。

奕家有致光手寫詩百餘首，刻於温陵，以碑本與墨林方氏所藏甲戌祭文並觀，偏旁點畫無豪芒差，其爲致光真跡無疑。烏呼！以致光晚歲大節如此而世徒以其少作疵之，故曰君子不可不早有譽於天下也。《後村先生大全集》卷一〇二。

〔一〕自"夫處亂世"至文末凡三百餘字，原誤繫作者《跋劉原父陳述古帖》後，並脱此前"士大"二字，此據適園叢書本《後村題跋》卷四乙補。

〔二〕以：原作"已"，據同上改。

〔三〕少師：原作"少保"，據文淵閣四庫全書本改。

五一 跋林竹溪禊帖〔一〕

斷石本

此帖與余家所藏斷石本點畫無毫髮異〔二〕。定石羽化之後，贋本盛行，而真贋遂易位矣。竹溪其珍閟之，十五城勿輕換。

定武本

初，薛氏子竊去舊石〔三〕，刊此本以代之。今士大夫家藏及都城鬻書人所貨，皆薛氏子續刊本也〔四〕。竹溪此本亦然，去斷石本遠矣。

三段石本

此婺州倅廳本也，前輩評其有定武典刑。石初裂爲三，號三段石本，亦名梅花本，後裂爲五。余家兼有此二本，石今不存矣。《後村先生大全集》卷一〇二。

〔一〕禊帖：原無，據適園叢書本《後村題跋》卷四補。

〔二〕"石"上原有"本"字，據同上刪。

〔三〕子：原作"余"，據同上改。

〔四〕本也：原倒，據同上乙。

五二 跋伯時臨韓幹馬

此畫元中題老杜讚於前，伯時自跋其後。元中小楷有名，伯時行書間見，諸帖參校，與此軸字無少異〔一〕，字真則畫真矣。

或言伯時畫以紙不以絹，以墨不以丹青〔二〕，而此用絹又著色，何也？余曰：臨韓幹馬，欲其肖幹，若用素紙，不出色，是伯時馬也，豈曰韓幹馬哉？《後村先生大全集》卷一〇二。

〔一〕與：原無，據文淵閣四庫全書本補。

〔二〕句首原有一"畫"字，據同上刪。

五三 跋戴崧牛

曹霸、韓幹以畫馬遇開元天子〔一〕，崔白以工翎毛待詔熙寧，易元吉以畫猿蒙光堯賜詩。戴牛雖妙，乃未爲人主賞識，若非吾輩田舍漢，殆無人領略此黑牡丹也。《後村先生大全集》卷一〇二。

〔一〕霸：原作"伯"，據文淵閣四庫全書本改。

五四　跋王摩詰《渡水羅漢》

此軸必有十六僧，所存者卷末三僧爾。"王摩詰"三字，恨無摩詰它字可參校〔一〕。上用圓角印，其文爲"埜釋"，豈摩詰別號耶？

世畫渡水僧，或乘龍，或履黿黿，類多詭怪恍惚，不近人情。今最後一僧先登於岸〔二〕，雖目視雲際孤鶴，然脱衣坐磐石上，欠伸垂足，若休其勞苦者。前一僧未渡纔數寸淺水，而中一僧乃倒錫杖以援之〔三〕。三僧者皆至人大士，而涉川之際謹重如彭祖之觀井，曷嘗以蘆渡杯渡爲神哉？

烏乎，此固非摩詰不能作歟！三僧抑禪家所謂老古錐歟！《後村先生大全集》卷一〇二。

〔一〕校：原作"板"，據適園叢書本《後村題跋》卷四改。
〔二〕先：原作"光"，據同上改。
〔三〕中：原作"水"，據同上改。

五五　跋江貫道山水

故參與莊敏龔公家有江貫道山水一巨軸，用疋絹作〔一〕，其布置疏密、點綴濃淡與竹溪此卷皆合，但巨軸之後有葉石林、陳簡齋詩跋。龔畫今在其外孫方君采處。

貫道名參，衢人，其畫因石林得名。南渡召至杭，未見，一夕卒。彼挾一藝而進，使見思陵，不過待詔尚方，或賜金帛，蒙天一笑而已。然命薄如是，士之遇合有大於此者，果可以智力求哉？《後村先生大全集》卷一〇二。

〔一〕疋絹：原倒，據適園叢書本《後村題跋》卷四乙。

五六　跋厲歸真《夕陽圖》

此畫不待模寫"青山猶銜半邊日"之句，而卷中自有蒼然暮色。

畫家以韓滉、戴嵩牛爲神品〔一〕，厲道士唐末五代間亦以此技擅名，其妙不減韓、戴，非近時范顛輩所敢望。但輕蓑短笠，日與穀觫君相周旋，乃在野明農者之事。竹溪方當駕天廄之飛黃，行綠槐之御路，顧寶惜戴、厲二畫，嗜好如此，毋乃侵余之疆乎！

昔徐師川拜内相〔二〕，子蒼寄詩云："尚憶平生故人否，夜驅黃犢在田間。"竹溪他日坐摛文堂，草制罷展卷觀畫，毋忘老夫。《後村先生大全集》卷一〇二。

〔一〕家：原作"象"，據適園叢書本《後村題跋》卷四改。
〔二〕"川"下原有"相"字，據同上刪。

五七　跋韓幹三馬

龍眠馬于今未易得，況幹馬乎？以畫家記載考之，幹仕至太府寺丞，此題云韓將軍筆〔一〕。幹畫馬師曹霸〔二〕，霸仕至左武衛將軍，然則稱將軍者霸也，疑子中誤也。按子中元豐間爲禮官，當使高麗，辭行，謫監杭之樓店務〔三〕，清獻餉畫當在此時。

或曰：清獻亦厚子中耶？余曰：子中在紹聖以前，其議論未嘗不是涑水而非荆舒〔四〕，厚坡公而薄宣、定〔五〕，未出"元祐老姦"之語也，未擲筆而發"名節掃地"之歎也，清獻安能逆料其晚節乎？因數中父子題識，反爲名畫之累。《後村先生大全集》卷一〇二。

〔一〕韓：原作"幹"，據適園叢書本《後村題跋》卷四改。
〔二〕幹：原作"簡"，據同上改。
〔三〕杭：原作"稅"，據同上改。
〔四〕"非"下原有"刺"字，據同上刪。
〔五〕定：原作"走"，據同上改。

五八　跋信庵墨梅

京洛貴人所愛，金盆盛牡丹爾，信庵乃以幾務餘閒爲梅寫真，其蒼枝老幹槎牙突兀者，元暉、宣仲不及也；其繁葩疏蘤幽妍芳潔者，花光、補之復出也。烏乎，其身廟堂而其心巖壑者歟！

頃當國宰相欲求公一筆，公怒曰："趙某乃爲某寫梅耶！"公靳寸墨不予彼相，顧掃匹紙以贈故人，此其所以爲一代之偉人歟！《後村先生大全集》卷一〇二。

五九　跋李伯時畫《十國圖》

十國者：日本，即倭國；于闐，在葱嶺北；三童國人眼皆有三睛，"童"、"瞳"通用，此誤題爲三瞳；日南，古越裳氏，唐爲驩州；天竺，即漢身毒國；拂菻，一名大秦，一名犁鞬；女國有二，一在扶桑東，一在葱嶺南；堅昆，在康居西北；波斯，在達曷水之西；又一國失其名。皆去漢唐舊都萬餘里，然日本、日南、波斯至今猶與中國相聞，則所圖亦非虛幻恍惚意貌爲之者。其王或蓬首席地，或戎服踞坐，或剪髮露骭，或丫髻跣行〔一〕，或與羣下接膝而飲，或瞑目酣醉，曲盡鄙野乞索之態。惟天竺者乘象，往往國俗皆然，不必文殊、普賢也。荒遠小夷，非有衣冠禮樂之教，而其國人所以奉其主者甚恭，或執蓋，或奏技，或獻寶，或雅舞，或膜拜，或進酒〔二〕，或扶上鞍，其笙簫鼓笛樽罍牲果之類亦與今同。又一國不知名者，爲鷙獸將犯穹蒼、或張弓抽矢、或徒手欲搏之狀，華人尊君親上者無以加也。

畫外國人物非一家，精妙鮮有及此。舊題云李伯時學吳道子畫〔三〕，按梁元帝自畫《職貢圖》，至唐猶存，似非道子作古，竊意此畫源流甚遠。留觀數日，以歸竹溪。《後村先生大全集》卷一〇二。

〔一〕丫鬟：原倒，據適園叢書本《後村題跋》卷四乙。
〔二〕酒：原作"上"，據同上改。
〔三〕學：原作"欲"，據同上改。

六〇　跋米南宮帖

光堯尤喜書畫，恨不與黃太史、米南宮同時〔一〕。世謂用徐師川爲執政以其舅，擢元暉爲侍從以其父，余曰：非也。師川不踐僞楚之廷，挂冠而去，元暉父子皆宣仁後外姻，光堯方崇獎名節，方修復元祐政事，故二人者俱貴顯，豈直以詞翰之工乎？

此卷字既雄拔，父書子跋，尤可寶愛〔二〕。《後村先生大全集》卷一〇二。

〔一〕史：原作"公"，據適園叢書本《後村題跋》卷四改。
〔二〕寶愛：原倒，據同上乙。

六一　跋放翁與曾原伯帖〔一〕

余大父著作爲京教，考浙漕試，明年考省試，呂成公卷子皆出本房。放翁《與曾原伯帖》云："主司劉某，天下偉人也，故足以得之。"家藏大父與成公往還真跡，大父則云"上覆伯恭兄"，成公則云"拜覆著作丈"，時猶未呼座主作先生也。成公父倉部娶茶山女。原伯茶山長子，名逢，官至大理卿；仲躬次也，名逮，官至侍從。皆成公母舅。放翁學於茶山，喜成公得薦書，賀原伯如此。

余爲儀真掾，原伯孫黯字溫伯爲揚子宰，出此帖於縣齋。余曰："君收放翁帖千百紙，此幅關我家門户，盍輟以見惠？"溫伯不與。後與溫伯同朝，求之，復不與。

晚使江左，與溫伯書曰："初見帖時，余纔三十，今遂六十，君且八十，不得帖死有遺憾。"溫伯亦愴然，緘帖餉余。帖内曰叔遲者，茶山季子也，名迅；樂道者，溫伯父也，名槃。

溫伯擢第，人物高雅，詞翰精麗，有晉、唐風韻。放翁嘗舉自代，今挂冠居於越上。初，茶山深於禪學〔二〕，厚勤、杲二公，故叔遲入山訪杲，茶山有詩哭勤〔三〕。前輩不獨篤於師友，其於物外高人亦極其惓惓，今士大夫不復然矣。《後村先生大全集》卷一〇二。

〔一〕曾：原作"曹"；原：原作"元"。據文淵閣四庫全書本改。
〔二〕深於：原作"有詩"，據同上改。
〔三〕勤：原作"慟"，據同上改。

六二　跋舊《潭帖》

《潭帖》尤爲坡公所賞，以爲希白作字自有江左風味，比淳化待詔所摹爲勝。世俗不察，爭求閣下本，誤矣。

以余所見，《潭帖》凡有數本，有絕佳者，有稍殘闕者，有行數不同者，有漏落數行者。時謂劉相刊二本，一留郡，一藏家，而後人翻開於黔、和等州者，又不知幾本也。於十卷之末，或題云"慶曆五年"，或云"八年"，或云"六月"，或云"季夏"，或云"模勒上石"，或無"上石"二字，或云"重模"。若以八年者爲重模，則五年下亦有"重模"字，不應一年內已模而復模也。內第三卷山濤帖末有"風筆惻感"之語，《容齋隨筆》已歎其不成文，容齋知其一爾。此卷謝發帖云"執筆惻感"，今至"執"字止〔一〕；濤帖云"風尚所勸云云"，今至"風"字止，却多"筆惻感"三字在濤帖之後，移"所勸"以下十九字在欣帖之後。又第六卷右軍字先後失次尤甚。帖字屢經臨模，固已失真，劉次莊釋文雖有未盡，亦十得五六，加以陳去非、黃長睿、施武子更迭考辨，十得八九。若《潭帖》乃悉顛倒而錯亂之〔二〕，幾成異域神呪矣。往往刊帖之時不敢比擬尚方，欲自爲帖，但異其行數可也，亂其文理不可也。豈劉公本非博雅，或貴重不暇參校，或希白雖工於模字而拙於尋行數墨歟！鐫刻雖工，如不可讀何！

坡既推《潭》勝《閣》，近時陳師復善書，亦於《閣帖》有異論。余恐蘇、陳所見非真閣本爾。真者或七八行爲一板，或十六七行爲一板，皆李廷珪墨模印，其黑如漆，字尤豐黶有精神。蓋熙陵八法既高，王著輩亦精其技，標題可見，非希白敢望。舊《臨江》非不善，失之險薄刻削，去閣本遠矣。帖家固當以《閣》爲祖，《絳》次之，舊《臨江》次之，《潭》又次之，《武岡》又次之。《臨江》佳者可亂《閣》，《武岡》佳者可亂《絳》，《汝》《鼎》拙野，無以議爲也。

余晚得一本，乃以舊《潭》剪碎，按釋文排比裝背〔三〕，歷歷可讀，必一老士人舊物，惜不令希白見之〔四〕。《後村先生大全集》卷一〇二。

〔一〕今至：原倒，據適園叢書本《後村題跋》卷四乙。
〔二〕悉：原作"昔"，據文淵閣四庫全書本改。
〔三〕比：原作"此"，據同上改。
〔四〕之：原無，據適園叢書本《後村題跋》卷四補。

六三　跋馬和之《覓句圖》

夜闌漏盡，凍鶴先睡，蒼頭奴屈兩髁，煨殘火。此翁方假寐冥搜〔一〕，前有缺唇瓦瓶，貯梅花一枝，豈非極天下苦硬之人，然後能道極天下秀傑之句耶！使銷金帳中淺斟低唱人見此卷，必發一笑。《後村先生大全集》卷一〇二。

〔一〕搜：原作"窗"，據適園叢書本《後村題跋》卷四改。

六四　跋《石鼎聯句圖》

此必是臨李伯時、周忘機本子。其模寫侯、劉二子〔一〕，始而倨傲，繼而倡酬，俄而起立，又俄而伏屈，又俄而避席鞠躬，欲罷不能，末而困睡，睡起覓道士不見。與道士終始雍容崛彊之狀，極得韓序之意，余欲記以一詩，未暇也。《後村先生大全集》卷一〇二。

〔一〕子：原作"字"，據適園叢書本《後村題跋》卷四改。

六五　跋楊通老《移居圖》

一帽而跣者荷藥瓢書卷先行，一髻而牧者負布囊驅三羊繼之，一女子蓬首挾琴，一童子肩貓，一童子背一小兒，一奴荷薦席筥籃帛槌之屬〔一〕，又繼之。處士帶帽執卷騎驢〔二〕，一奴負琴，又繼之。細君抱一兒騎牛，別一兒坐母前持箠曳繩，殿其後。處士攢眉凝思，若覓句然。雖妻子婢奴生生服用之具極天下之酸寒襤縷，然猶畜二琴，手不釋卷，其迂闊野逸之態，每一展玩，使人意消。

舊題云《楊通老移居圖》〔三〕，不知通老乃畫師歟，或即卷中之人歟？本朝處士魏野有亭榭，林逋無妻子，惟楊朴最貧而有累，恐是畫朴，但朴字契玄，不字通老，當訪諸博識者。《後村先生大全集》卷一〇二。

〔一〕薦：原無，據適園叢書本《後村題跋》卷四補。又"帛"上原有"布"字，據前引刪。
〔二〕帶帽：原倒，據同上乙。
〔三〕通：原作"君"，據同上改。

六六　又題楊通老《移居圖》

余既書此跋，明日偶翻故紙，得朴集，洛人臧逈為序，言其琴酒自娛，李翰林淑表墓，言其好方藥。又朴絕句云："一壺村酒膠牙酸，十數胡籨徹骨乾。隨著四婆鬘子後，杖頭掃去賽鹽官。"放翁跋云四嫂即處士之配。

蘇嶠季真家有處士夫妻像〔一〕，野逸如生。凡集內所載與卷內物色皆合，騎牛者嫂，作詩送朴赴召者也。《後村先生大全集》卷一○二。

〔一〕季：原作"李"，據適園叢書本《後村題跋》卷四改。

六七　跋石虎《禮佛圖》

石氏自勒已敬重澄公，至虎尤加崇奉。澄公坐磐石假寐，一胡合爪致恭，二胡雛一持香合，一持帨巾，立其後〔一〕。勒至是老矣。合爪者當是季龍，二雛當是宣、韜兄弟。狂羯罪當萬段，果有佛教，必墮惡趣，猶欲求福田利益乎！想見入山作禮時，裸尸抱橋柱、同氣相夷滅境界，歷歷在澄公目中矣。

此畫乃夾漈公舊物，聊存之。《後村先生大全集》卷一○二。

〔一〕後：原作"老"，據適園叢書本《後村題跋》卷四改。

六八　跋明皇《聽笛圖》

張祐所謂"閒把寧王玉笛吹"者，虢、韓兩姨者也，安敢當御榻而坐乎？此背面橫篴，三郎曲肱而聽，幡綽執板立其傍以節之者，其爲玉環無疑也。《後村先生大全集》卷一○二。

六九　跋仁宗宸翰

臣恭惟仁宗皇帝宸翰端重，作顏體，蔡忠惠家尚有之。此金花箋上一字似天篆，下一字御押也。又四小字云"福康公主"，蓋主家舊藏者。

按仁宗公主十有三人，福康最長，制書有"生而甚慧，朕所鍾愛"之語，下降李瑋，後爲楚國大長公主，卒熙寧中。裕陵以主事仁宗至謹，諡"莊孝"。《後村先生大全集》卷一○三。

七○　跋徽宗宸翰（三）

臣恭惟祐陵天縱多能，詞翰爲帝中第一。此三御筆皆付和詵處分邊事。時女真已數犯契丹，故宸翰云："爾詵雖武人，猶能持南北誓好、師出無名之論。"奈何黼主謀於內，貫專征於外，雖种師道之意亦銳。詵以偏郡守臣爭之不勝，及白溝之衂〔一〕，師道遁歸，詵坐違貫節度貶責矣〔二〕。議者追恨燕山之役，至今未已。以御筆觀之：

一，小小劫掠即問有何釁端；二，未得遣問；三，體探戎主住坐〔三〕。上意曷嘗一日忘敵國外患哉？黼、貫罔上誤國之罪，上通於天矣。

世言祐陵書本薛稷〔四〕，信然。於時奎畫之出既多，外庭以有御押者爲真。它旨揮瑣屑何啻千萬紙，字雖逼真，然無御押，但以小紅印印其上，云"違以大不恭論"者，皆弄臣楊球、張補輩爲之，所謂東廊御筆也。《後村先生大全集》卷一〇三。

〔一〕"及"下原有"血"字，據適園叢書本《後村題跋》卷五刪。
〔二〕坐：原作"生"，據同上改。
〔三〕主：原作"生"，據同上改。
〔四〕"薛"下原有"穆"字，據同上刪。

七一　跋高宗宸翰（四）

臣恭惟《樂毅論》乃楷法所從出，其本有至"海"字止者，有終篇者。世云止"海"字者善本也，人多寶藏而惜其不全。故直龍圖閣陳宓用五百錢得都下常賣人籃中別本，無一字闕，自以爲復見古人大全，什襲以爲珍玩，然不知元祐《續閣帖》已有此全本矣。陳號能書，乃不能別〔一〕，惟思陵八法冠古，一覽識真。所臨非一本，賜韓樞肖胄者止"海"字，賜允昇者終篇。紹興間，又嘗別臨本賜諸郡國〔二〕。故參知政事龔公茂良代莆守作《謝表》云："夏侯尚論於古人，樂毅號稱於名將。當七國戰爭之際，士競尚於權謀〔三〕；觀二城取捨之間，兵殆幾於仁義。夷考精微之論，默符惻怛之心〔四〕。爰以燕閒，爲之親灑。"嗚呼！思陵之字，天下之神筆也；龔公之表，天下之雅言也〔五〕。臨《樂毅論》。

臣竊謂字至《蘭亭》毫髮無遺憾矣。然藝不習則不工，雖右軍猶不免於臨池；辯才年八十餘，日臨數本。能積勤然後能絕妙，非偶然得名也〔六〕。光堯以萬機之餘閒，備八法之能事，前人名筆鮮不摹擬，而所臨《禊帖》尤多，宰臣出督視者、從臣除宣撫者、近戚左璫侍燕閒者〔七〕，往往皆拜此賜。諸本散在人間〔八〕，各有恣態，此本尤清麗秀傑〔九〕，得繭紙鬚筆之意。時大將韓蘄王高價得硬黃本〔一〇〕，以爲逸少真跡，馳獻，不知其爲椒房所書也。故相周必大在翰苑，作《太皇閣帖子》，云"筆法似慈皇"，信哉！臨《蘭亭》。

臣恭惟高宗皇帝躬擐甲冑，櫛風沐雨，實開一馬渡江之業。於時蹕無定居，戎務倥傯，而今日臨《禊帖》，明日臨陸柬之所書五言《蘭亭詩》，豈真有觴詠興寄、遊目騁懷之樂哉！臣嘗竊窺宸翰，蓋取羲之登冶城答謝安數語，可以鍼砭晉人清談廢務、浮文妨要之病，且將以倡率南渡諸臣戮力王室、尅復神州之氣。嗚呼，聖謨遠矣！否則晉多名勝，何獨卷卷於羲之也哉！臨陸柬之五言《蘭亭詩》。

臣嘗疑《千字文》，世以爲梁散騎常侍周興嗣所作，然法帖中漢章帝已嘗書此文，殆非梁人作也。光堯所臨不止爲智永體。此軸名爲臨孫過庭，實青於藍。按唐初人多善書，歐、虞、褚、薛各工真行而已，草字唯張長史，後有素、閒二僧，然去長史遠矣。過庭草聖精密妙巧，字字有右軍法，所謂範我驅馳者，非若長史以顛得名也〔一一〕。此匹夫名世之絕藝，而光堯以萬乘帝王能之，聖矣哉！《書譜》《千字》皆過庭得意書，而米芾抑《千文》而揚《書譜》，臣謂此論未公。臨孫過庭《千字文》。　《後村先生大全集》卷一〇三。

〔一〕能：原無，據適園叢書本《後村題跋》卷五補。
〔二〕又：原作"人"，據同上改。
〔三〕士：原作"上"，據同上改。
〔四〕默：原作"然"，據同上改。
〔五〕言：原無，據同上補。
〔六〕得：原作"偶"，據同上改。
〔七〕璠：原作"當"，據同上改。
〔八〕本：原作"客"，據同上改。
〔九〕此：原作"且"，據同上改。
〔一〇〕價：原作"賈"，據同上改。
〔一一〕顛：原無，據同上補。

七二　跋錢忠懿王帖

唐人崇尚文墨，臺閣公卿未有不工此者。風俗既成，雖藩帥節將如于頔、高駢之流，皆以吟詠自喜，如羅紹威、王智興則兼逞詞翰，當時有李陵章句右軍書之作〔一〕。頔、智興一字不傳，無以驗工拙；駢、紹威所作，存者信工。

予讀《絳帖》，有錢忠懿王使院律詩一首，練句結字不在駢、紹威之下。後於墨林方氏見忠懿與其子遺墨五幅，草聖奇古，簡而不煩，得鍾、王意。時忠懿方自杭朝京師〔二〕，每書必云"吾極無事"，又云"不用憂心，事已如此"。識天下之有歸，知王者之無敵，脱屣去之，無一毫失國之恨，異乎事窮勢逼然後面縛奉降牋、揮淚對宮娥者矣。

忠懿書詞既忠孝，筆法又精妙〔三〕，恭惟熙陵評入神品。前世帝王多與臣下爭長，故有用掘筆書或爲累句蕪辭以求免禍者〔四〕。熙陵雲章奎畫前無古人，而推重忠懿翰墨如此，始知王僧虔、沈約、薛道衡輩所遭之不幸也。

初，天聖中文僖公嘗刊忠懿十八帖，與墨林此帖草法酷似，碑本已足貴，況真跡乎？《後村先生大全集》卷一〇三。

〔一〕作：原作"佐"，據清抄無名氏校本改。
〔二〕師：原作"帥"，據同上改。

〔三〕又：原作"文"，據同上改。
〔四〕辭：原作"亂"，據明小草齋抄六十卷本改。

七三　跋宋元憲帖

莒公詩極精麗，字則罕見。此帖與鳳山曾氏帖筆法一同。宣徽必是王君貺，當考。《後村先生大全集》卷一〇三。

七四　跋文潞公帖

潞公自魏移洛，名位重矣，此帖乃言官吏郊餞，小困於酒，亦足以見魏人之愛公，而公雖貴，未嘗尊己而拒人也。

舊見公字多矣，此帖秀美遒勁，有李北海之意〔一〕。吕汲公字亦然〔二〕。《後村先生大全集》卷一〇三。

〔一〕李：原作"吕"，據適園叢書本《後村題跋》卷五改。
〔二〕汲：原作"伋"，據同上改。

七五　跋韓魏公帖

此帖乃謝蔡公書孝親題扁〔一〕，公筆法與歐公酷相肖，所謂"顏筋柳骨"者耶！《後村先生大全集》卷一〇三。

〔一〕扁：原作"篇"，據適園叢書本《後村題跋》卷五改。

七六　跋富鄭公帖

舊説晏元獻公清儉，凡書簡首尾空紙皆手剪熨，置几按以備用。富公此簡僅闊三寸，而布置七行百餘字，若書生燈下作蠅頭者〔一〕，意者二公性相似歟！諺云党進用紙一幅寫一"薑"字不盡，惜不令見此字。《後村先生大全集》卷一〇三。

〔一〕蠅：原作"繩"，據文意逕改。

七七　跋杜祁公帖

二帖一真一草，皆與蔡公者。其呼"記注學士"〔一〕，以脩起居注召時也；呼"知府密學"，進樞直知泉州時也。前真後草。世言公晚喜草書，信然。後簡謝其餉茗者

〔二〕，當時方面大從官餉舊相止如此，彼使隴右諸侯供語鳥、日南太守進名花者，視公豈不有愧哉！《後村先生大全集》卷一〇三。

〔一〕記：原作"起"，據適園叢書本《後村題跋》卷五改。
〔二〕茗者：原作"名"，據同上改補。

七八　跋曾魯公韓康公

前輩嘗舉揚曾公答人儷語，以爲精切，今觀散語亦簡而有味。
韓公善結字。所謂致政少師，必杜公。《後村先生大全集》卷一〇三。

七九　跋荊公帖

此帖頗殘闕，而清臞勁峭之狀、回斡開闔之勢，居然不可掩。
公自言學王濛，近時趙南塘亦學王濛，公得其草，趙得其楷，惟深於帖者知之。《後村先生大全集》卷一〇三。

八〇　跋溫公帖（一）

次道《河南記》，潞公刻之，溫公又以餉人，不待後世子雲〔一〕，同時之人固已重其書矣。時公已貴重，寫到"次道"處輒空一字，其執謙敬友如此。
別一帖謝人送郊茶，豈非以《河南記》答其惠乎？《茶帖》宜在前〔二〕。《後村先生大全集》卷一〇三。

〔一〕子：原作"于"，據明小草齋抄六十卷本改。
〔二〕在：原作"其"，據適園叢書本《後村題跋》卷五改。

八一　跋呂汲公帖〔一〕

此帖蓋答邊臣者。公字有富貴氣，極似潞公。翰墨之妙、算筴之審，方提筆中書、科瑣邊吏之時，鬼章頭顱固已在檻車中矣。《後村先生大全集》卷一〇三。

〔一〕汲：原作"伋"，據適園叢書本《後村題跋》卷五改。

八二　跋小呂申公帖

申公不以字行，大、小東萊字亦然。右跋本朝名相帖十八家。《後村先生大全集》卷一〇三。

八三　跋魯肅簡包孝肅帖

魯、包二公，本朝之蕭、汲也〔一〕。世但仰其大節，至於魯詩律清麗，包筆法端勁，翰墨間風流醞藉，則未有知之者。前爲方楷跋肅簡詩一紙，與此帖無小異。《後村先生大全集》卷一〇三。

〔一〕汲：原作「伋」，據適園叢書本《後村題跋》卷五改。

八四　跋楊文公帖

楊公不以字行，然此帖恣媚有態，蓋公得意書也。《後村先生大全集》卷一〇三。

八五　跋蔡忠惠帖（節錄）

一撥發之微，亦記姓名薦拔之如此。公行草妙逼顏魯公，時定者遂與蔡明遠並傳矣。《撥發帖》　《後村先生大全集》卷一〇三。

八六　跋梅都官帖

時蔡公以密學守泉，故帖有「南方景清物美」之羨。

聖俞不以書名，而結字妍華在歐、蔡之間。所餉蔡公鼠鬚並散卓帖〔一〕，云此葛老加意者。葛亦宣城人，蔡公嘗倩製筆〔二〕，故聖俞有此餉。《後村先生大全集》卷一〇四。

〔一〕卓：原作「散」，據適園叢書本《後村題跋》卷六改。
〔二〕製：原作「繁」，據同上改。

八七　跋宋龍學帖

裕陵御製《韓魏公神道碑》，命次道書，次道乞如太宗皇帝書趙中令碑故事。上曰：「太宗宸翰，子孫安敢倣傚？」又云：「卿父子皆善書。」次道始奉詔。上又求宣獻字，次道遂進數軸。然世但稱父子史學而罕稱其字，裕陵天縱多能，聖鑑尤高，非輕許可者。

墨林所藏次道帖乃行草，恨未見其楷隸爾。次道名敏求，宣獻名綬，字公垂。《後村先生大全集》卷一〇四。

八八　跋蘇文忠公帖（選錄）

懷素工草書，同時如顏尚書、張處士餉酒與魚；前輩如坡公，手錄其醉筆。人固不可以無藝也，此二髠一畏人知其飲酒，一自狀其醉絕，甚可笑。《書懷素自作五言帖》

潘衡何人，乃渡海忍飢，爲公留一年，其人賢於李公麟輩遠矣。墨百日不堅燥非善墨也，然麥墨至今猶托衡名焉。烏乎！墨工能託其身傳其藝如此，士豈可□□自下闕。

墨林所藏坡帖〔一〕，皆晚年時字，此帖在烏台詩案以前，尤清媚可愛。《坡隸四帖》《後村先生大全集》卷一〇四。

〔一〕林：原作"帖"，據適園叢書本《後村題跋》卷六改。

八九　跋錢內翰帖

忠懿真行草字猶有唐人典型，至穆父則本朝人字矣。《後村先生大全集》卷一〇四。

九〇　跋陳殿院帖

殿院與了翁齊名，世謂二陳，字亦清麗可愛。《後村先生大全集》卷一〇四。

九一　跋黃魯直帖（節錄）

本朝草書惟蘇才翁、杜祁公，若山谷草法，錢穆公固嘗評之矣。《書律詩帖》　《後村先生大全集》卷一〇四。

九二　跋蘇才翁子美帖

才翁兄弟皆抱負奇偉，有志於世，然一留落於外，一摧折而死，可悲也。

二蘇書實爲本朝破荒。才翁錄呂丞相事，筆力追王子敬〔一〕，下視張長史，字在紙上，乃欲飛動。其爲發運，置司於許，歎曰："好時好日，在許州過了二年。"世但知哀子美之不遇，若才翁則以爲宦達〔二〕，安知才翁之志尤可哀乎！其年輩稍在蔡公前，以兄自居，呼蔡爲弟，蔡公亦自言草書得才翁屋漏法〔三〕，前輩樸實服善如此。若米顛自以爲勝坡公，師川自以爲過山谷〔四〕，足以發千古一笑而已。《後村先生大全集》

卷一〇四。

〔一〕追：原作"迫"，據適園叢書本《後村題跋》卷六改。
〔二〕宦：原作"官"，據同上改。
〔三〕草：原作"蔡"，據同上改。
〔四〕川：原無，據同上補。

九三　跋陳懶散帖

彥默字子真〔一〕，蘇滄浪之婿也，慕嵇叔夜、陸魯望爲人〔二〕，自號懶散。了翁銘墓，稱其草書得外家法，詩亦有滄浪氣骨。《後村先生大全集》卷一〇四。

〔一〕彥：原作"君"，據適園叢書本《後村題跋》卷六改。
〔二〕此句原作"陵望爲魯人"，據同上改。

九四　跋張義祖帖

友正字義祖，丞相鄧公季子，平生不出仕。世傳其有別業直三百萬，盡鬻以市紙，學書二十年不下樓，有"君謨淺近，元章狂誕"之評。

今觀三帖清妙，信有晉、宋間人筆意。但或者稱其所用筆鋒長二寸，恐不近人情，自鍾、張、羲、獻無此筆也〔一〕。《後村先生大全集》卷一〇四。

〔一〕張羲：原倒，據適園叢書本《後村題跋》卷六乙。

九五　跋周越帖

周越膳部與李西臺同時，所著《法書苑》論古今字學甚詳備。其草書《獵狐篇》非不點綴波畫，矜衒姿態，要似以五陵俠少結束華楚〔一〕，然都無士大夫風度。

歐公評本朝書惟取才翁兄弟及君謨三人，不肯屈第四指，西臺且不見取，況膳部乎？滄浪公亦歎時人以其詩比杜默、字比周越爲不幸〔二〕。默詩所謂聖人門前大蟲者，默、越並稱，其不與越甚矣。葛立方乃謂君謨書初學越，此語全無按據。又躋米於蔡上，非特蔡、米輩行人品判如穹壤，姑以字論，蔡如周公繡裳赤舄，如孔子深衣玄冕立於宗廟朝廷之上，米如荆軻說劍，如尉遲敬德奪槊耳，烏得與蔡抗論乎！是何工於知米而拙於知蔡也〔三〕！《後村先生大全集》卷一〇四。

〔一〕似：原作"以"，據適園叢書本《後村題跋》卷六改。
〔二〕比：原作"此"，據同上改。
〔三〕"知"下原有"周"字，據同上刪。

九六　跋米元章帖

米老字畫極奇崛，詩文不陳腐。自書此詩於綾〔一〕，必是得意之作〔二〕。然爲人矜誕，遂有顛名。余嘗評其詞翰，要是世俗詭異之觀，非天地冲和之氣也。學者當以歐文、蔡字爲師〔三〕。右跋本朝名筆六家。《後村先生大全集》卷一〇四。

〔一〕自：原作"是"，據適園叢書本《後村題跋》卷六改。
〔二〕必：原作"不"，據同上改。
〔三〕文：原作"公"，據同上改。

九七　跋丁章呂蔡帖

丁謂之帖一，章子厚帖二，呂吉甫帖一，蔡元長帖二，元度帖四。

謂之不甚工書，子厚書程沙隨評爲本朝第一。此二帖信佳，一薦同人黃君，云"此爲相近無人，不能獨延之"，豈子厚之力不能館一賓耶？抑持、援輩皆早慧，無待於師友耶？一歎京師無醫。

元長帖皆與彥稽者，恐是方天若字，以"餉荔枝"等語詳之，其爲天若無疑。

元度帖一録《老子》，一録《楚辭》，二小簡〔一〕，疑亦與天若者。一云："家兄入輔幾政，豈獨宗族之幸，鄉間聞之，想亦慶喜。"嗟夫！遭時如君謨，立節如君謨，然後可以言宗族之幸、鄉間之喜。若卞與京，爲國巨蠹，宗族如子應方且閉户退藏，挂冠以避其臭，鄉間如方軫方且叫閽憤激，擢髪以數其罪，而其兄弟不悟，自慶自幸如此，可發識者一噱。

元長書比米顛尤險惡，元度用筆差老。右跋張丁章呂二蔡帖六家。《後村先生大全集》卷一〇四。

〔一〕此數語原作"元度帖一録楚辭二一録小簡老子"，語義不通，據適園叢書本《後村題跋》卷六乙正。

九八　跋坡公進紫薇花詩真跡

後一百六十有一年，淳祐丙午十月二十七日，今上皇帝講《禮記》徹章，詔宰執及講讀官十四人錫宴祕書省，克莊以少蓬説書崇政殿，兼權中書舍人，預焉〔一〕。故事〔二〕，書前人絕句賜羣臣，至是始賜御書聖製七言唐律一首〔三〕。

恭惟帝學同符元祐，克莊翌日恭和以進，又別獻一詩，然惡札蕪辭，上不足以讚明主緝熙，下不足以望前輩風流之萬一。夫必有臣如軾，然後對紫薇花無愧色。克莊末學淺聞，孤負君父獎擢多矣。德言其磨礪以須，它日與坡公並驅者，非子其誰？《後村先生大全集》卷一〇四。

〔一〕焉：原作"爲"，據適園叢書本《後村題跋》卷六改。
〔二〕故：原作"啟"，據同上改。
〔三〕"賜"下原有"一"字，據同上刪。

九九　跋《西園雅集圖》

本朝戚畹惟李端愿、王晉卿二駙馬好文喜士，有劉真長、王子敬之風。

此圖布置園林水石人物姬女，小者僅如針芥，然比之龍眠墨本，居然有富貴態度，畫固不可以不設色哉！

二駙馬既賢而坐客皆天下士，世傳孫巨源"三通鼓"、眉山公"金釵墜"之詞，想見一時風流醞藉，爲世道太平極盛之候。未幾而烏臺鞫詩案矣，賓主俱謫而囀春鶯輩亦流落於他人矣，自是戚畹始不敢與士大夫交遊。山谷詩云："天網恢中夏，賓筵禁列侯。"深味此句，足以悲慨。《後村先生大全集》卷一○四。

一○○　跋巨然《春溪欲雨圖》

本朝僧以畫著名如惠崇、居寧、巨然皆見於荊公詩，今巨然此幅又見於安晚公跋。二公於人之一藝小善記錄如此，其爲天下宰不亦宜乎？《後村先生大全集》卷一○四。

一○一　跋復齋臨《蘭亭》帖

善書者未有不臨《禊帖》，然有貌似之者，有意似之者。余謂貌似之者，優孟之效孫叔敖也；意似之者，魯男子之學柳下惠也。復齋所臨，其意似者耶！《後村先生大全集》卷一○四。

一○二　跋禊三帖

此五字未闕時本，尤可寶，而藏《禊帖》者多以五字闕者判真贗優劣，然則《易》《書》反不如出於秦灰、孔壁者爲可信耶！

此五字闕本，視他本尤奇妙，惜其墨蠟草草，或濃或淡，然筆意神逸，如星斗麗天，非輕煙薄霧所能翳也。

此本與余家所藏薛本無毫髮異，字畫皆極瘦，視今人所寶字畫肥者各不同。尤遂初、王順伯號博雅〔一〕，皆以肥者爲眞。《後村先生大全集》卷一○四。

〔一〕"遂"下原有"切"字，據適園叢書本《後村題跋》卷六刪。

一○三　跋《胡笳十八拍》

右南渡初御府本，奎畫既妙而丹青亦精絕，蓋宣、政間畫學生此時猶多存者，今畫工不能爲也。

胡笳詞惟蔡琰自作者高古悲壯，格在建安、黃初之上〔一〕。此軸乃唐人劉商作，視建安、黃初邈然不及矣，顧亦非今人所能道也。《後村先生大全集》卷一○四。

〔一〕黃：原作"方"，據適園叢書本《後村題跋》卷六改。下同。

一○四　跋《閣帖》

近人多不識《閣帖》，某家珍藏某本，或用高價得某本，皆非眞者。字畫豐穠有精采，如《潭》《絳》則太瘦，《臨江》則太媚，又用李廷珪墨印造。凡淳化間所賜御書、喻言等帖，皆用此墨，不可以僞。

無競弟始傳汪端明季路所記《閣帖》行數，恨無眞帖參校。予偶於故家得第五卷一軸，非《潭》，非《絳》，非《臨江》，非《鼎》《武岡》，甚異之。試取汪氏所記行數視之，皆合。又於某家冥搜，得第六、第九、第十卷，行四方必以自隨，二十餘年而不能合。晚使江左，忽有示此帖十卷者，李瑋駙馬故物也。後有朱印，云"李瑋圖籍，上賜家，傳子孫，有德保，無窮年"，十卷之末皆有此印。用三千楮得之。其秋被召爲少蓬，始呼匠裝飾。大蓬尤伯晦見之，曰："珍物也。"又曰："某有三本。"昔山谷嘗歎無萬二千錢致一本，時幣重物輕，一可當十，彼時已直百餘千，及今安得不愈貴重？然眞帖可辨者有數條：墨色，一也；它本刊卷數在上，板數在下，惟此本卷數板數位皆相連屬，二也；它本行數字，比帖字小而瘦，此本行數字，比帖中字皆大而濃，三也；余所得江東本每板皆全，紙無接黏處，一部十卷，無一板不與汪氏所記合，乃知昔人裝背之際，寧使每板行數或多或寡，而不肯翦截湊合者，欲存舊帖之眞面目，四也。

余得汪氏之訣，不敢獨善，逢人必告。方君敬則楷用余說求得十卷，前四卷稍渾全，後六卷爲或者翦截，然墨色如新，比余本無毫髮異，不謂吾鄉有此秘寶！帖末有端明蔡公親題云："黃子正示及，因習草法。"末有子正印。子正不見它書，惟端明跋某僧臨《眷令頌》云〔一〕："黃元吉子正得之曇休。"子正名元吉僅見此跋。曩余先得四卷，尚未敢深信汪氏；及得江東本，始知汪氏之不誣；及見此本，益知余本之可貴。吾鄉前一輩好古博雅如肯庭鄭氏、雲莊方氏，所收皆贋本，而相誇曰"惟我與爾"，有是夫！

噫，汪氏之譜未行，雖鄭、方不能辨真贋；既行，雖佟之淺闇乃足以識真贋，況若敬則好之篤而求之勤乎？顧或咎余不當以其訣授人，余曰：贋帖惑人多矣，余之說傳，贋帖息而真帖出，不亦書畫家之一快乎！

敬則其取汪氏所記、老夫所跋併刊之，以廣胸次而聚嗜好也。《後村先生大全集》卷一〇五。

〔一〕"云"上原有"頌"字，據適園叢書本《後村題跋》卷七刪。

一〇五　跋《絳帖》

坡公重《潭帖》，山谷自歎《閣帖》不可致，僅藏《潭》《絳》帖。此時二帖未分優劣，自中原幅裂，北碑難得，始輕《潭》而重《絳》矣。

頃見王簡卿侍郎評《絳帖》，尤貴潘氏城塢本。敬則此二十卷，潘本也，凡今本漫漶殘闕處，此皆可讀。後第二卷《唱箭帖》《秀嶽帖》與錢俶詩，視它本彼闕而此全。梁武帝帖與後第十卷顏魯公帖，視它本彼全而此闕。帖家以全多闕少者爲寶，然則潘本《絳帖》中之尤善，此本潘帖中之尤善。《後村先生大全集》卷一〇五。

一〇六　跋盧鴻《草堂圖》

此孚若舊物也〔一〕，今爲方楷敬則珍藏，第所書《十志》多誤字，幾不可讀。如"期仙磴"一章，謂："靈仙彷彿可期，儒者毀所不見則黜之，疑冰之言信矣。"此用蒙叟"夏蟲不知冰"事及荆公"蟲"疑"冰"之意，今書"疑"爲"凝"，大可笑。楊風子之跋贋也，周益公之跋亦贋也。鄭編修家有絹本，亦然。

余既借本命工摹寫，托竹溪林侯作小楷書《十志》。林苦訛字不可致詰，唐文集中無盧鴻，又別無善本可參校，遇訛字則闕之。《後村先生大全集》卷一〇五。

〔一〕若：原作"君"，據適園叢書本《後村題跋》卷七改。

一〇七　跋亞栖書

僧中善書者智永、智果、辨才、懷仁、懷素、高閑，亞栖書皆不足以望其彷彿。

此帖未見所謂飛鳥出林、驚蛇入草者〔一〕。唐末僧如貫休、齋己、亞栖之流，詞翰若不甚高，而自稱譽太過矣。夫字以工爲貴，豈以其嘗供奉翰林、賜紫爲貴哉！鄭谷詩云："愛僧不愛紫衣僧。"谷猶不愛，況人物有高於谷者耶？《後村先生大全集》卷一〇五。

〔一〕者：原無，據適園叢書本《後村題跋》卷七補。

一〇八　跋蔡公帖十二

蔡帖惟《觀書記》真行草諸體皆備，當爲公遺墨之冠。此軸若使靈寶見之，必穴廚後竊去〔一〕；使京東學究見之，必設計豪奪；使米顛見之，必要作贋本脱換。敬則其善藏之，無落諸人姦便。《觀書記》

世人臨書，全如崔琰假作魏武〔二〕，桓溫貌類劉司空，亦可遮瞞俗眼，弟恐爲匈奴使及劉家舊婢勘破耳〔三〕。

蔡公臨《轉授訣》九分逼真，使率更見之，不能辨也。嗚呼，可謂藝之至者矣！臨率更《轉授訣》

右蔡公十帖，雖或止半幅，或止數行，皆有義味可研尋。如云"至杭未嘗遊覽"，足以見其勤於政也；云"忝知制誥，家世孤貧，母氏思歸"，足以見其難於進也；云"造宅已畢，田未有涯"，又足以見其貴而貧也〔四〕。至於論《瘗鶴銘》、諸葛漸筆、唐供奉墨、問歙郡墨工姓字，皆翰墨家所願見者。於時杜丞相、唐彥猷與公皆以書名世，杜餉公鼠鬚筆，公歎其精妙。故相以十筆遺從官，私覿之禮止此，今人寄毛錐子少亦百枝，安得有佳筆哉？墨似廷珪法者，竟不知其爲何人。十帖中或有可疑者，然真跡要非贋筆所能亂。又先賢言語自有一種意度，後人強學之，不近也。

內《卜葬帖》云："地里家説無了期，但無風水，免鄉人言可矣。"通人之論也。近世尤尊用《葬書》，魏元履葬於平阪，穴地三丈六尺，梯而下棺，蔡季通所卜也。既而元履之後遂絶。古人所以行營高燥者，高則遠水，燥則避風，魏公之窆無乃太卑濕乎！莆人重黃涅槃、厲伯韶兩墓師如神，其所點穴或在高峰，或在廣野，有鳳凰展翅、玉帶出匣之説。爲其學者無二師眼力，塊守死法，高則入雲，下則及泉，惜無以公之説藥之。

《論樂帖》云："欲知古樂，必由胡部乃能通。"世儒謂刪後無詩，公之於樂，雖胡部亦不廢，皆學者所當知也。此帖隸法尤妙。雜帖。　《後村先生大全集》卷一〇五。

〔一〕穴：原作"凶"，據適園叢書本《後村題跋》卷七改。
〔二〕琰：原作"炎"，據同上改。
〔三〕婢：原作"碑"，據同上改。
〔四〕"貴"下原有"貧"字，據同上刪。

一〇九　跋杜祁公帖

杜祁公字散見諸帖，皆行草，而楷法極罕見。此帖十一行，一百三十八字，皆端楷無一畫草，又以知古者改官、追贈、婚嫁、生子皆告禰廟〔一〕。

公自題其末云："至和乙未歲季夏録此。"九字草聖尤妙。蔡公復題十字云："杜祁公親書見授，某謹記。"蔡公習於禮者，觀《家庭上壽儀》可見〔二〕，然猶問禮於祁公，得公所録寶藏之如此，此其所以爲前輩歟！《後村先生大全集》卷一〇五。

〔一〕告：原在"廟"後，據適園叢書本《後村題跋》卷七乙。
〔二〕庭：原作"廷"，據同上改。

一一〇　跋唐彦猷諸公帖

此冊位置稍雜。蓋以人論則楊大年、蘇子由、曾子固、范淳夫、陳了翁當作一編〔一〕，以字論則唐彦猷、林夫與別冊才翁、子美字當作一編〔二〕，劉共父樞密帖當編入南渡後諸公翰墨間。

名俊者何人？豈張循王耶？此一幅可疑。《後村先生大全集》卷一〇五。

〔一〕夫：原作"大"，據適園叢書本《後村題跋》卷七改。
〔二〕"才翁"上原有"子"字，據同上刪。

一一一　跋御賜滕元發《畫馬圖》〔一〕

滕公初名甫〔二〕，元祐初避高魯王諱，以字爲名而字達道。

按公事泰陵，歷蘇、杭、鄆三州，帥太原尤有威名。此圖云"賜滕元發"者，必在并門時也。始裕陵常以奎畫處分西北事宜，故前輩有"夜書細札賜邊臣，萬里風雲入長算"之句。若泰陵宸翰，臣庶之家蓋不多見，滕公本傳及他書俱不言嘗有此賜，當以訪博識者。《後村先生大全集》卷一〇五。

〔一〕元：原作"王"，據適園叢書本《後村題跋》卷七改。正文同。
〔二〕公：原作"王"，據同上改。

一一二　跋東坡玉堂詞草

坡公之文，使不善書者書之亦可愛，況公自札乎？

或疑此卷塗抹多而點畫拙，似非公書。夫六十老人，詞頭夜下，攬衣呼燭，頃刻成章，豈暇求工於字畫乎？公固云"乞郡三章字半斜，廟堂傳笑眼昏花"，則此卷乃真跡無可疑矣。《後村先生大全集》卷一〇五。

一一三　跋蘇、黃、小米帖

　　吾里收書畫家有數,昔惟城南蔡氏、萬卷樓方氏,後有藏六李氏、雲莊方氏。然尤物在天地間,聚散來去不常,藏六、雲莊之所收者,往往城南、萬卷舊物也〔一〕。俯仰未三十年,眼中所見書畫凡幾易主。昔藏百千軸者今或無片紙,而錦囊牙籤萃見於墨林方氏、上塘鄭氏、壽峰方氏,則又皆藏六、雲莊之散逸流落者也。墨林、壽峰皆萬卷樓之族,書畫入族人手,猶子孫也。

　　此冊惟坡公《海棠詩》尤真,余所見凡數本,壽峰紙本、墨林絹本,吾里已有二本,未知世間共有幾本也。小米書不及父,恭惟思陵之評〔二〕,萬世公論。其謂山谷字得蒼頡悟門,良不可曉。《後村先生大全集》卷一〇五。

〔一〕往往:原脱一"往"字,據適園叢書本《後村題跋》卷七補。
〔二〕陵:原作"棱",據同上改。

一一四　跋李承之諸帖

　　李承之詩行於世,字則未之見。此帖端勁姿媚,有石曼卿《籌筆驛詩》意度,可寶也。名覺者必是莘老〔一〕,素不工書,此帖乃吏札〔二〕,不必存。孔經父、陳伯修以人重不以字重〔三〕,龔深父亦然〔四〕。《後村先生大全集》卷一〇五。

〔一〕莘老:原作"萃者",據適園叢書本《後村題跋》卷七改。
〔二〕札:原作"禮",據同上改。
〔三〕父:原作"文",據同上改。
〔四〕龔:原作"襲",據同上改。

一一五　跋李忠定手抄詩(節錄)

　　昔於忠定孫景溫架閣家見南渡諸老與忠定詩文,皆忠憤感慨語。又於象先上舍家見忠定手稿數巨編,及當時所畫《宣和金人圍城圖》,虜陣布置、我師守禦甚精詳〔一〕。景溫所藏存亡未可知,象先書畫稍已散落,嘗密訪《圍城圖》,已不存矣。此二冊亦象先舊物,敬則善藏之。《後村先生大全集》卷一〇五。

〔一〕布:原作"有",據適園叢書本《後村題跋》卷七改。

一一六　跋許右丞諸賢書

　　許右丞與李忠定論《易》《春秋》各一書,皆密行細字。二書計三千餘字,皆端重真楷，無一點畫草草。書言："吳元中每得翰經解，必論刺數十條，翰輒因其言，時有刊定。惟論《莊子·内篇》與《易》乾坤相表裏，數往反〔一〕，終不可合。"又云："所誨經史闕文，謹當思而改之。"夫位高則不復學〔二〕，時危則不暇學，三公皆已爲宰輔而猶力於學。時吳過嶺，李過海，許公自言"虜騎渡江，所向摧陷，翰去分寧，扼瀏陽〔三〕，伏平江"。轉徙山谷林薄間，脫死毫釐而猶不忘學〔四〕。今士大夫位望未及三君萬一，已束書不觀，非有胡虜盜賊家族性命之厄，直謂身已貴，不當如窮書生吃吃講貫爾〔五〕。許公書人人當摹一通置之座右。

汪玉山輩行後於許。邦彥豈士美乎？美成乎？與汪玉山、孫仲益帖當削去，吕居仁、韓子蒼、徐師川帖當別編。《後村先生大全集》卷一〇五。

〔一〕數往反：原作"往反數"，據適園叢書本《後村題跋》卷七乙。
〔二〕"夫"下原有"公"字，據同上刪。
〔三〕扼：原作"阨"；瀏：原作"劉"。據同上改。
〔四〕"脫"下原有"而"字，據同上刪。
〔五〕"講"下原有"爾"字，據同上刪。

一一七　跋朱張書

朱、張字固可寶，但其間一二幅使人代作者，不必存也。《後村先生大全集》卷一〇五。

一一八　跋小米、二徐、吳傳朋書

米元暉、徐明叔、徐穉山、吳傳朋皆南渡後善書者，聚爲一編，深合位置，後二帖非其倫也。《後村先生大全集》卷一〇五。

一一九　跋陳懶散帖

此册以字論之，只有陳懶散與蔡子正一帖當留。觀懶散筆意，猶有才翁、子美氣骨，其後遂變爲于湖、石湖矣。《後村先生大全集》卷一〇五。

一二〇　跋小米畫

古畫皆著色，墨畫盛於本朝。始惟文與可、李伯時，後東坡、寶晉父子迭爲之〔一〕，廉宣仲、王清叔亦著名。

然元暉千幅一律，世有"無根樹、濛潑雲"之嘲，可謂善謔矣。叔黨之才百倍元暉，元暉至侍從，叔黨死於小官，命也夫！《後村先生大全集》卷一〇五。

〔一〕東：原作"陳"，據適園叢書本《後村題跋》卷七改。

一二一　跋妙善帖

此老不求工於翰墨，而英傑之氣自不容掩如此，使其衣逢掖，冠章甫，力量氣魄朱晦庵、陸象山輩人也。《後村先生大全集》卷一〇五。

一二二　跋丁晉公諸帖

丁謂之、章子厚、呂吉甫、蔡元長、元度、居安五六公翰墨，世所罕見，彙而藏之，亦可謂之博矣〔一〕。

程沙隨評章子厚書爲本朝冠，又曰後五百年議論乃定。果如程氏所云，則此帖似非真跡。末一幅恐非李資深字，名偶同云。《後村先生大全集》卷一〇五。

〔一〕博：原作"傳"，據適園叢書本《後村題跋》卷七改。

一二三　跋花光補之梅

畫之至者不兩能〔一〕，花光補之專爲梅花寫真，所以妙天下。文湖州於竹，李伯時於馬，皆然。今畫者無所不畫，既不能皆工，歸於皆拙而已。詩與文亦然。《後村先生大全集》卷一〇五。

〔一〕畫：原闕，據適園叢書本《後村題跋》卷七補。

一二四　跋蔡公書《朝賢送行詩序》

此《序》與余所藏《三略》字體無毫髮異〔一〕。《三略》乃寶元己卯墨也，時年二十八；《序》乃慶曆壬午筆也，時年三十一。字雖精麗，未免矜持，視晚守錢塘書《清暑堂記》時，信有老少之異。然欲學公楷法，必自《三略》始，自此《序》始。

余聞古之善書者，由楷以入行草，非由行草而入楷也。羲、獻、虞、褚皆然。本朝惟蔡公備此能事，米無楷字。蓋行草易而楷難，故藏帖之家有贋米無贋蔡。

敬則什襲此《序》，客來求觀，立數丈外視之可也。《後村先生大全集》卷一〇五。

〔一〕序：原作"字"，據適園叢書本《後村題跋》卷七改。

一二五　又跋蔡公書四軸（節錄）

右《孝嚴殿記》，凡一百六十有一字，在公眾書中筆畫差瘦，蓋公暮年得意書，與

《清暑堂記》皆從心不踰矩之筆也。《孝嚴殿記》

蔡公尤自珍其所作散隸。此數紙或斷裂，文義不全，或翻覆紙背書之，譬如珪璧，雖復殘闕，猶可寶也。散隸

余所見《茶録》凡數本〔一〕，暮年乃見絹本，豈公自喜此作，亦如右軍之於《禊帖》，屢書不一書乎？

公吏事尤高，發姦摘伏如神，而掌書吏輒竊公藏稿，不加罪，亦不窮治，意此吏有蕭翼之癖，與其他作姦犯科者不同耶〔二〕！可發千古一笑。

淳祐壬子十月望日某書，時年六十六。絹本《茶録》　《後村先生大全集》卷一〇五。

〔一〕茶：原作"蔡"，據適園叢書本《後村題跋》卷七改。
〔二〕與：原作"歟"，據同上改。

一二六　跋唐明皇《鶺鴒頌》（一）

黃公不知何人，其與忠惠公翰墨往還如此。所收《閣帖》十卷與此卷皆爲蔡氏所藏。當訪黃公始末，它日別爲作跋。《後村先生大全集》卷一〇五。

一二七　跋唐明皇《鶺鴒頌》（二）

始余見此《頌》及《閣帖跋》，深恨不知黃元吉爲何人，後見《集古録跋》云〔一〕："皇祐、至和間，余在廣陵，有勅使黃元吉者以明皇自書《鶺鴒頌》本示余。"乃知元吉爲中貴人也。歐、蔡在當時尤爲嬖宦所仄目，且何爲皆與元吉往還也〔二〕？豈其人嗜好儒雅，異於其類，二公不絶之耶？歐公書其名是矣〔三〕，蔡公並稱其字，則愈可疑，豈字子正者別一元吉耶？然此《頌》歐公尚把玩之，未論真本〔四〕，雖臨本亦可貴也。《後村先生大全集》卷一〇五。

〔一〕録跋：原倒，據適園叢書本《後村題跋》卷七乙。
〔二〕皆：原作"日"，據同上改。
〔三〕其：原作"著"，據同上改。
〔四〕未：原作"末"，據同上改。

一二八　跋《好一集録》

歐陽公集《金石録》千卷，趙德甫《續録》二千卷〔一〕。歐輔臣也，趙宰相子也、侍從也，皆仕當天下全盛、南北未分裂之時，然各費二十年，網羅收拾，所獲止

如此。

　　南渡後，北碑寖難致，方君敬則妙年被服儒雅，凡世間貴介公子裘馬劍射槊棋聲色之事率皆不好，惟酷嗜古文奇字。間有一善碑，一真跡，必高價訪求，不得不止。所收爲吾里諸故家之冠，而北碑尤多，自《石鼓》《蟬山》《詛楚》至隋、唐殘碣斷刻，一一裝飾而笈藏之，積至六百餘卷，日增而未已也。他日君年益壯，仕益顯，網羅收拾益廣，則其數必侔於歐、趙二家矣。余雖老，庶幾見之。《後村先生大全集》卷一〇五。

〔一〕續：原作"績"，據適園叢書本《後村題跋》卷七改。

一二九　庚戌寫真贈徐生

　　此何人耶？問於室，室人不知；問於市，市人不知。或曰：此吾里之後村翁也。

　　余觀世所傳古人物〔一〕，其美晢悅澤者未必然，惟病瘁怪醜者不容僞。今徐生狀余〔二〕，極維摩詰之病〔三〕、屈大夫之悴、壺丘子之怪、哀駘駝之醜，宜似矣而卒不似〔四〕。豈余貌之難似耶？豈生有所靳於余耶？

　　生字少高，其技爲一郡冠。《後村先生大全集》卷一〇六。

〔一〕"世"上原有"古"字，據適園叢書本《後村題跋》卷八刪。
〔二〕今：原作"余"，據同上改。
〔三〕詰之：原倒，據文意徑乙。
〔四〕宜：原作"君"，據適園叢書本《後村題跋》卷八改。

一三〇　又贈陳汝用

　　畫者爲余記顏多矣，朝衣朝冠輒不似，儒衣儒冠輒又不似，暮年悉發篋而焚之。

　　陳生汝用獨爲長松怪石，飛湍急瀑，着余幅巾燕服，杖藜其間，見之者皆曰逼真，他畫師見之者亦曰逼真。

　　昔顧愷之畫謝幼輿，曰此子宜置之丘壑中。陳生得其訣於虎頭耶？然生以藝資身者也，當爲世間貴人冠進賢冠、腰大羽箭者奮妙筆〔一〕，開生面，大則播身價，小則釐金帛，顧乃有意模寫丘壑中人〔二〕，藝雖工，如貧何？《後村先生大全集》卷一〇六。

〔一〕"世"下原有"人"字，據適園叢書本《後村題跋》卷八刪。
〔二〕乃有：原作"愷之"，據同上改。

一三一　跋坡公書韓詩

　　韓詩蘇字，希世寶也。按《惠州圖經》，松風亭在彌陀寺後山之顛。所謂潮士吳、許二君，吴當是子野，許當考。《後村先生大全集》卷一〇七。

一三二　跋歐、蔡二公帖

二府方與客食，從官至不得通，朝廷之體也。參與求黄雀鮓、牛尾狸於三司使〔一〕，朋友之好也。二物易致而東府無之，亦可見當時在外者不以方物爲苞苴，居中者不以鼎實改清儉，惜不使近世公卿見之。

蔡公與筆工信求散卓，且寄絲鞚勒帛與之，前輩克勤小物如此。《後村先生大全集》卷一〇七。

〔一〕求：原作"來"，據適園叢書本《後村題跋》卷九改。

一三三　跋蔡公十帖

此十帖雖一時試筆遊戲，然備真行草隸之體。内一帖云："顧少連以笏擊姦臣，裴延齡、段實以笏擊朱泚〔一〕。"蓋公至大至剛之氣發於翰墨者如此。段太尉名上一字與公父名同偏傍，故不書。

公於八法無所不學，如鍾紹京、歸登輩皆嘗習玩，所以書爲本朝第一。昔桓溫見簡文謚議，曰："此安石碎金也。"余於此十帖亦曰：此蔡公碎金也。《後村先生大全集》卷一〇七。

〔一〕段：原作"改"，據適園叢書本《後村題跋》卷九改。

一三四　跋曾文昭帖〔一〕

曲阜公書咄咄逼唐徐浩、本朝坡公。《後村先生大全集》卷一〇七。

〔一〕昭：原作"招"，據適園叢書本《後村題跋》卷九改。

一三五　跋陳懶散帖

懶公此詩此字，使才翁、子美見之，必有逼我太甚之歎。《後村先生大全集》卷一〇七。

一三六　跋蔡忠惠公《國論要目》真跡

此十二條以公奏議考之，諸疏皆不著年月，但《去冗篇》中稱仁宗廟號，則知其在治平間爲三司使時所上也。

公在諫省方三十餘，立節高而持論峻，及此則年事高，世故練。其所條畫〔一〕，字字忠實。以養兵百二十萬爲自古所未有，以磨勘法行能否無辨爲大獎，以阿附爲邪佞，又以邀虛名賣直譽爲巧詐。蓋此十二條非獨先朝與今人之通患，實千萬世國家之藥石、人主之龜鑑也。

夫子之履、魏公之笏，後代寶之，況公諫草乎？況其行草妙絕不減羲、獻乎〔二〕？余借觀累年〔三〕，以還墨林。《後村先生大全集》卷一〇七。

〔一〕條：原作"僚"，據適園叢書本《後村題跋》卷九改。
〔二〕減：原作"見"，據同上改。
〔三〕借：原作"請"，據同上改。

一三七　跋龍眠畫四天王　以下三篇爲林孟芳作

世言畫神鬼易，畫狗馬難，此論殊未然。自古至今，畫神鬼者多矣，唐惟一道子、本朝惟一伯時入神品，他名筆皆不逮。

孟芳此軸得之福唐官所，故家物也。其畫天王大神通、大威猛之狀，與夫侍女之妍，將吏之武，兵械之盛，不施丹繪而縈映巧妙，變化恍惚，觀者莫知其作如何下筆，非伯時不能作也。

余所寶伯時圖豢龍氏二幅，比此軸規模布置物色筆意皆酷似。借觀久之，以還孟芳。《後村先生大全集》卷一〇七。

一三八　跋楊補之詞畫

藝之至者不兩能，善畫者不必妙詞翰，有詞翰者類不工畫。前代惟王維、鄭虔兼之。維以詞客畫師自命，虔有三絕之名。

本朝文湖州、李龍眠亦然。過江後稱楊補之，其墨梅擅天下，身後寸紙千金。所製梅詞《柳梢青》十闋〔一〕，不減花間、香奩及小晏、秦郎得意之作。詞畫既妙，而行書姿媚精絕，可與陳簡齋相伯仲。

頃見碑本已堪寶玩，況真跡乎？孟芳此卷宜題曰"逃禪三絕"〔二〕。《後村先生大全集》卷一〇七。

〔一〕闋：原作"闕"，據適園叢書本《後村題跋》卷九改。
〔二〕題：原作"顏"，據同上改。

一三九　跋花光梅

曩余爲宜春守，謁仰山祠，閱廟中藏寶，見楊補之梅花障子。其枝幹蒼老如鐵石，其葩蘴芳敷如玉雪，信乎名不虛得也。郡人言神尤寶愛，有位者或借觀越宿不還，輒現變怪。

後爲鄭德言銘墓，其家以補之所作梅蘭竹石《四清圖》六幅潤筆〔一〕，與廟中障子筆意略同。蓋補之畫梅花尤宜巨軸。花光則不然，直以矮紙稀筆作半枝數朵，而盡畫梅之能事。

此卷就和靖八詩，各摘二字，爲梅傳神，爲和靖箋詩，花光得意之作也。末有鄭尚明跋〔二〕，甚佳。

余亦有梅癖者，然善畫不如花光、補之，工詞翰不如和靖、簡齋，未知此跋視鄭老何如耳。《後村先生大全集》卷一〇七。

〔一〕"竹石"上原有"梅"字，據適園叢書本《後村題跋》卷九刪。
〔二〕尚：原作"南"，據同上改。

一四〇　跋《巽嶽降靈圖》

圖中所畫鬼神〔一〕，其服御供帳、鹵簿儀衛，往往侔於王者〔二〕。

余謂百神皆受職於朝，皆當以品秩爲等級。古五嶽視三公，竊意輿服宜用上公之制。然自唐至本朝，嶽神既加帝號〔三〕，則此卷龍駕帝服者非僭也〔四〕。頃見龍眠所繪東皇太乙雲中君，與此本筆意略同，決非俗子摹揭者。《後村先生大全集》卷一〇八。

〔一〕圖中所畫：原闕，據適園叢書本《後村題跋》卷一〇補。
〔二〕者：原闕，據同上補。
〔三〕嶽：原闕，據同上補。
〔四〕"此卷"下原有"則"字，據同上刪。

一四一　陳公儲作山龍自跋詩皆精妙戲題其後

伯時馬，公儲龍。追列闕，拏空濛。挾電雹，驅雷風。裂石出，與天通〔一〕。藝雖工，命則窮。《後村先生大全集》卷一〇八。

〔一〕與：原闕，據適園叢書本《後村題跋》卷一〇補。

一四二　跋術者施元龍行卷

太史公傳日者不三二人，揚子雲以嚴君平與李士元並稱，其爲世所貴重如此。

今挾術浪走四方者如麻粟而世反賤之，何歟？蓋古之士不必蓬被，雖業一技而甚貧窶者亦莫不自重。屈原楚大夫，賈誼、宋忠漢名卿，皆即詹尹、季主而卜，有來而問無往而告也。史記君平垂簾閉肆〔一〕，國初麻衣道者非陳希夷不能致。今術士異於是，有盤街不售，有守門不得見，有不問而告者矣。

上饒施君伯山過余談天，其學兼日者、龜筴之長，決以風鑑，倫類貫串，談論泉湧，品其儕輩皆在下風。然客四方，遊三邊，進不能取一命，退不能謀把茅丘田。別我南轅，姑與之飲。

嗚呼！安得有氣力貴人如燕昭，爲築黃金之臺，如杜工部芘以突兀之廈，如白傅蓋以萬丈之裘，使君不以饑寒累心，術益精，語益驗，爲鐵戶限，非輦金帛而來叩者勿納。《後村先生大全集》卷一〇九。

〔一〕記：原作"君"，據適園叢書本《後村題跋》卷一一改。

一四三　跋信庵爲包君用作墨梅

頃年見信庵丞相爲林肅翁作墨梅橫卷，肅翁自言嘗客於公之塾，後果擢上第，入翰苑〔一〕。

今觀此卷乃爲永嘉包君用所作，筆愈老。君用亦公客也。蓋山相嘗求公一筆不與，若二客未遇，而公直以魁百花、調鼎實之事期之，可謂具眼矣〔二〕。君用勉之，他日科第官職當不在肅翁下。

君用名國器〔三〕，余先君少師同年通守公之孫，余舊同官錄參軍之子。《後村先生大全集》卷一〇九。

〔一〕翰：原作"韓"，據適園叢書本《後村題跋》卷一一改。
〔二〕眼：原作"服"，據同上改。
〔三〕國：原作"因"，據同上改。

一四四　爲徑山聞老跋宸翰

臣恭惟皇帝陛下聖學淵奧，儒釋兼該，奎畫高妙，古今獨步。乃者親御翰墨，賜徑山主僧廣聞號"佛智禪師"。聞佽上恩，出以示臣。

臣謂智之爲義，在儒家曰大智，曰上智；在釋氏書曰佛智，曰菩薩智，惟眞知大覺者能之。昔初祖遇梁帝，忠國師遇唐宗，皆有問答，至今傳誦。聞所以受知於陛下者，雖不以語臣，然牧鄭丞相清之、尤端明焴皆深於佛，皆臣所厚，觀其爲聞序跋，更迭稱讚，竊意聞必有言句上契聖心者，陛下豈輕以名假人哉！

聞將勒石山中，臣幸以薄技待罪禁林，讚歎有分。《後村先生大全集》卷一〇九。

一四五　跋蕭棟所藏畫卷

畫《洛神賦》，余見數本，皆曰龍眠所臨，雖使善鑑定者莫能辨其眞贗。廬陵蕭君此本末有澗泉跋語〔一〕，不必伯時真跡，自可重矣。《後村先生大全集》卷一○九。

〔一〕末：原作"未"，據適園叢書本《後村題跋》卷一一改。

一四六　《崇蘭圖》詩跋〔一〕

　　三公始有山林共隱之約，既使江貫道圖之，又各賦詩以見志。其後簡齋大用，北山入爲詞臣，皆未嘗踐約，而三公相繼仙去矣。

　　此圖流傳，跋者滿卷，如汪公彥章、辛公企李、朱公希真、張公巨山、謝公季思、劉公季高，皆南渡文章宿老，筆精墨妙，照映縑素。乾、淳以後名公卿姓字，亦班班見焉。蓋崇蘭主人沒於紹興壬戌，至是甲子再周。

　　趙氏世寶此圖，今在其四世孫與積處，出以示余。余曰：此君家舊物也，君其珍秘之，無若永禪師藏乃祖《禊帖》不密，爲京東學究所竊。《後村先生大全集》卷一○九。

〔一〕詩：原作"是"，據適園叢書本《後村題跋》卷一一改。

一四七　再題《崇蘭圖》

　　汪公跋此卷年七十四，有衰病龍鍾之歎〔一〕。余書卷末年七十七，衰病龍鍾甚於汪公矣，掩卷慨歎不已。《後村先生大全集》卷一○九。

〔一〕病：原作"漸"，據適園叢書本《後村題跋》卷一一改。

一四八　跋聽蛙方氏墨跡七軸

　　張公不以詞翰名，然行草故自豪邁。所謂學士老兄者，何人歟？下云"負大才名"，必是與王元之輩人。張文定公齊賢帖。

　　楊公帖乃已貴顯時所作，片紙小字極謹楷。茯苓、呵子皆易得之藥，答簡有"珍荷"之語，前輩謙厚如此。許帥不知是何人。所謂壹丸者不知是何藥，而能起重病也。坡公帖十八字耳，居然韻勝。楊文公、蘇文忠公小簡。

　　山谷二帖當是自黔南北歸所作，故有"伯氏道次戎州，人回"之語。山谷帖。

　　《與發句帖》尚易得，惟《跋李邕帖》小字行書者可寶玩。米帖。

居中諱宮，小金紫公之季子，仕止於南昌宰，然與陳了翁、江民表厚善，可以知其人矣。元城帖未知與何人，有"邑事清簡"之語，豈在南昌時所得乎？二公寸紙隻字，它人尚知寶惜〔一〕，方氏子孫其永襲之。了翁、元城帖。

梅聖俞謂郭功甫有太白之才，今觀其自書五言只如此，恐去太白尚遠。然方氏藏之百餘年，竊意同時柬思亭者非一人〔二〕，惜不得盡觀以驗工拙。

坡公二帖皆與南圭使君者，萬卷樓舊物也。烏虖，主人爲吾寶之！《後村先生大全集》卷一一〇。

〔一〕惜：原作"帖"，據適園叢書本《後村題跋》卷一二改。
〔二〕柬：原闕，據同上補。

一四九　跋朱文公帖

曩余宰建谿三年，見文公遺墨多矣，輒能辨其真僞〔一〕，亦能知其交遊往還人爲誰。自谿上歸蹈三紀矣〔二〕，此二帖與子禮六七兄者，行草尤妙，其爲真跡無疑。但恍然不記子禮姓名〔三〕，疑是五夫諸劉。偶涵江山長祝君相訪，其祖姑，文公母也〔四〕，亟以問之。祝亦不記所云，折簡言求之於文公集〔五〕，有誄子禮文，始知子禮乃草堂先生之子，文公夫人之同產也〔六〕。圍兄弟求時官書，而文公乃慮鄉曲見疑而不果作，又勸子禮避嫌，其居鄉謹重如此，學者所當法也。

帖中云子厚者，黃氏名銖，工古體詩，文公序其集。計議陳君得此帖以示余，借觀累日，書其後而歸之。《後村先生大全集》卷一一〇。

〔一〕輒：原作"輙"，據適園叢書本《後村題跋》卷一二改。真僞：原闕，據前引補。
〔二〕矣：原闕，據同上補。
〔三〕記：原作"紀"，據適園叢書本《後村題跋》卷一二改。
〔四〕文公：原作"文父"，據同上改。
〔五〕求：原作"永"，據同上改。
〔六〕"文公"下原有"矣"字，據同上刪。

一五〇　跋蘇才翁二帖

才翁兄弟皆以書名，然裕陵尤重才翁而抑子美。今觀才翁帖，自負得二王意，謂子美有懷素風爾，乃知裕陵聖鑑之爲確論。

才翁使閩與看護同時，今使者碧栖陳公既浚才翁八井，封植君謨道旁松，不幸遭斧斤者栽補之，訪求兩賢遺墨刻之雪觀之上。

惟才翁書尤難得，此二帖皆莆人墨林方氏所藏，碧栖以滄浪三帖易之。去蘇、蔡遠矣，而公懷賢尚友、存古詔後之意如此，豈特翰墨風流與兩賢神交於二百餘年之前哉！《後村先生大全集》卷一一〇。

一五一　跋鄭子善通守諸帖点至〔一〕

淳化帖

《閣帖》止十卷，惟《絳帖》二十卷。此十卷剪截之餘，猶有"日月光天德願上登封書"，闕"封"字〔二〕，九字隱隱可辨〔三〕，蓋《絳帖》別本，失去其半。今題云"淳化帖"，誤矣。文山父子號博雅，亦誤乎？

《法帖》第九卷

此帖摹刻精妙，紙墨皆北碑，然經淳化及元祐、大觀本比對皆不合。它帖板數次第皆列於逐板之前〔四〕，此帖如第一、第二皆列於其頂。相傳元祐諸王借閣本翻開，安知此非王邸本乎？惜也止存一冊，然皆二王字，可寶也。

《禊帖》（一）

此五字不闕本，校余舊藏者無一點一畫不同，但余本有尤、王二公鑑定，真蹟耳。

《禊帖》（二）

此亦五字不闕本，來處甚真。近世惟俞松壽老專收《禊帖》，作《蘭亭續考》。余得其五字闕本，今傅相魯公見而擊節，為跋三百二十八字，始知壽老凡寶三本，以其一遺安晚，其一遺余，留其一尤佳者，後以遺魯公。世傳薛氏子竊定武石以歸，始鐫損五字以掩其跡，故五字闕本尤為世重〔五〕。

《樂毅論》

此五段石本，與余所藏無小異〔六〕，但王順伯跋乃贗本〔七〕，非真筆也。

《黃庭經》

此帖宜年少目明者。伯紀小余七歲，猶能於鴻濛縹渺間望天仙，余目力不逮伯紀，攬卷茫然。

《遺教經》〔八〕

此碑無書人名氏。相傳二王書在京兆府，山谷云"小字莫作癡凍蠅，《樂毅論》勝《遺教經》"，真確論也。歐公謂是唐寫經生所書。

率更《千字》文

以余家舊本參校〔九〕，余本中裂一痕而首尾全。此本尾裂爲四，當是兩處所刊，皆可寶玩。

徐季海題經

徐季海書列於夾漈《金石略》者三十餘種，此碑楷法尤妙〔一〇〕，在西京。

素師草書

素師帖如貞元九年者凡五十二行〔一一〕，比《自序帖》尤神妙，未知刻於何處，當考。

五季遺墨

鄭公見閩王時人及國初人詞翰愛之如此，余見鄭公詞翰亦然。

閱古堂詩刻

頃見范公所書《伯夷頌》，今又見自書《閱古堂詩》，以一代元老大臣而作蠅頭小楷端謹如此。後有忠獻、忠定父子二跋，蓋本朝極盛時也。南北隔絕，堂存否不可知，而況碑乎？覽之三歎。

坡公《石鍾山記》

坡公此記，議論天下之名言也，筆力天下之至文也，楷法天下之妙畫也。夫水石相搏固有聲，然非風無以發之。蒙叟之言曰："是惟無作，作則萬竅怒號。雖大木之竅穴似鼻似口似耳者，皆激謪叱吸〔一二〕，叫譹突咬，況山下皆石穴，又大石可坐百人，空中而多竅，其受風不愈多乎？公夜艤舟其所，聞其噌吰者，又聞其鞳者。李似之侍郎云亦嘗於此艤舟，止聞其吞吐者，疑水仙靳噌吰鞳之聲私於坡公者。"余謂蒙叟固云泠風則小和，飄風則大和，竊意李是夕適值風恬浪靜耳。余平生閱坡字多矣，此卷當爲楷書第一。跋語或以擬《樂毅論》《畫讚》《洛神賦》，非也。惟富季申樞密以爲學徐會稽《題經》，得之。

二蘇公中秋月詩

二蘇公彭城中秋月倡和，七言可拍謫仙之肩。坡五言清麗者似鮑、庾，閒雜者似韋、柳。前人中秋之作多矣，至此一洗萬古而空之。詩既高妙，行書又妙絕一世，諸家所收坡帖皆在下風，子善其深藏之，十五城勿易也。吳才老猶以二公所用韻平仄反切爲疑，前人亦以此議昌黎公。才老以字學名家，未免爲沈約四聲束縛〔一三〕。余謂韓、蘇皆大儒也〔一四〕，語出流傳，入人肝脾，萬世珍誦，豈若場屋舉人規規然檢《禮部韻略》，惟恐其不合格乎？

總跋

端平甲午，文忠真公帥閩〔一五〕，余忝議幕，故尚書郎鄭君伯昌主管機宜。其年真公召，余與伯昌相率祖餞，六月六日也。小舟熱如炊甑，伯昌與真公子仁夫各出篋中書畫俾余鑑定。余非博識者，二人更迭旁諜，余伏艎板操觚，半日間了數十軸，真公見之稱善。後兩家寶藏者皆爲六丁取去，惟跋語留余集中耳。伯昌仙去十年，而子善通守吾州，一日又出法帖六冊、古石刻八軸、五季遺墨一軸、《閱古堂詩》一軸、坡公《中秋月唱和詩》一軸、題跋一軸、坡公《石鍾山記》一軸、題跋一軸，欲余著語〔一六〕。追念往歲舟中作跋甚敏，今留子善卷帙累月，老病畏寒，不能涉筆。此三數日稍暄和，始坐書案，每卷各附管見，又爲總跋以繫焉〔一七〕。於是餘年七十八，距甲午三十有一年矣。《後村先生大全集》卷一一〇。

〔一〕守：原作"宋"，據適園叢書本《後村題跋》卷一二改。
〔二〕闕封字：原無，據明小草齋抄六十卷本補。
〔三〕辨：原作"辦"，據適園叢書本《後村題跋》卷一二改。
〔四〕逐板：原作"其頂"，據同上改。
〔五〕尤：原無，據同上補。
〔六〕小：原作"卜"，據同上改。
〔七〕贗：原作"瞻"，據同上改。
〔八〕教：原作"孝"，據同上改。
〔九〕以余：原倒，據同上乙。
〔一〇〕楷：原作"皆"，據同上改。
〔一一〕貞：原作"真"，據同上改。
〔一二〕謫：原作"滴"，據同上改。
〔一三〕免：原作"勉"，據同上改。
〔一四〕皆：原無，據同上補。
〔一五〕帥：原作"師"，據同上改。
〔一六〕著：原作"着"，據同上改。
〔一七〕跋：原作"叙"，據同上改。

一五二　跋鄭子善《絳帖》

通守鄭君子善示余此帖，前後各五卷，以余所藏《古絳》參校，無一點一畫互異，行數疏密、裂刓闊狹處皆合，其爲真《絳》無疑。惟晉王廙書，余本自"嫂何如"以下始裂四行，此本自"七月十三日"以後先裂三行，則不可曉，豈余本未裂時所印耶〔一〕？惜此本前僅存第六至第十，中間十卷羽化矣〔二〕。古帖寸紙可寶，況十卷乎？《後村先生大全集》卷一一〇。

〔一〕未：原作"末"，據適園叢書本《後村題跋》卷一二改。
〔二〕矣：原作"以"，據同上改。

一五三　跋朱文公書"一軒"

敬則方君以"一"名軒，舊矣，余爲作《一軒詩》亦十餘年矣。人兩端首尾，君持定見；人多歧亡羊，君遵大路。可謂深於主一者，猶慊然若吾斯未之能信。一旦得文公所書"一軒"兩字，喜不自勝，匱藏緹襲，且扁之楣間。

按文公此字爲屏山家子弟作，後歸於文公長孫鉅，鉅以遺番易洪某，今爲敬則所得。劉氏、洪氏守護不謹，以至流落；敬則得之，如獲照乘珠、連城璧，如武夷精舍親付授者，豈非主一之學當然乎！

文公書滿天下〔一〕，余年八秩，讀之未匝。竊以爲玩文公之翰墨不若味文公之論著，敬則富春秋，眼如月，其益勉之，無若宋人然。宋人有拾遺契而喜曰〔二〕："吾富有日矣！"《後村先生大全集》卷一一〇。

〔一〕天：原作"矣"，據適園叢書本《後村題跋》卷一二改。
〔二〕人：原作"公"，據同上改。

一五四　跋莊龍溪民謠

昔孔門論政，曰"期月可也，三年有成"。子產治鄭，輿人始而怨之，三年然後從而歌之。近世張乖崖亦有"只一箇信字，三年做方成"之論。

溫陵莊君謙父宰龍溪僅五月而去，而邑之寄公若士若民，皆詠歌歎美之，或彙成編帙以示余。

今之邑以三考爲任，君之去非有飛語中傷，亦無吏議督責，直以守將不相知，不忍奉行急符以厲民，寧懷橄而去。余雖不詳君之縣譜，而聞其去就大致如此，固士民之所以禽然詠歌歎美者歟！君去，郡政益暴急，歲餘余禍作矣，守將爲公論所繩閒廢。君盛年壯志，強爲善而已，它日所至詎可量哉！《後村先生大全集》卷一一〇。

一五五　跋竹溪所藏方次雲與夾漈帖

昔聞之林井伯、孔初平諸老，言麟臺方公給札時〔一〕，院吏先送策題，却之曰："何待我之淺也！"發策者遂以三國六朝形勢戰守爲問，廋辭僻事，若傲以所不知者。公一揮六千字，條列縷析，如響答聲，凡陳壽、王隱、孫盛、習鑿齒、沈約、魏收諸書所載，無毫粟漏失。學士大夫讀之失驚。入館未幾而去。

性高亢〔二〕，惟友夾漈，善艾軒〔三〕。今遺文惟詩卷，又律賦"一馬渡江，五龍夾日"之聯見於《夷堅志》。素妙心畫，今大字惟存"祥應廟"三字，行草惟竹溪所藏此帖，有二王筆意。以公精博，眼空四海，而猶約艾軒相聚，盡借夾漈新書讀之，前輩尚友服善如此。然則謂公恃材傲物，不容於館閣者，非篤論也。

公子景嚴有父風，趙介庵德莊以子妻之。景嚴死，其後遂衰。

咸淳乙丑九月，與竹溪會於海月堂，竊觀墨本，因題其後。《後村先生大全集》卷一一〇。

〔一〕句首原有"能"字，據適園叢書本《後村題跋》卷一二刪。
〔二〕亢：原作"尤"，據同上改。
〔三〕艾：原作"文"，據同上改。

一五六　恭跋昭陵飛帛書

臣恭惟仁宗皇帝恭儉恬澹，無他嗜好，嘗飛帛書"國泰民安"四大字，後題"慶曆六年五月二十一日賜美人張氏"。

書家以飛帛爲難，自唐太宗後，惟仁宗筆法尤精妙。臣以國史考之，我朝自建隆、淳化至景德，車書混同，方內乂安，然遼、夏猶爲邊患。至慶曆五六年間，始盼曆於夏〔一〕，曩霄始遣使賀乾元節，契丹始獻九龍車。二虜歛塞，天下全盛。前代人主撫昇平，萌侈汰，或喜繁聲，或自度曲，其隆儒右文者〔二〕，不過召相如奏《大人賦》、李白作《清平調》而已。仁宗於早朝晏罷嬪御滿前之際，乃屏去玉笛羯鼓，遊戲翰墨，一則曰國，二則曰民，真堯舜用心也，廟號曰仁，不亦宜乎！

宸奎流落，今爲承直郎、福建路提點刑獄司幹辦公事臣張果寶藏〔三〕。

咸淳二年寒食日，具位臣劉克莊拜手稽首謹書。《後村先生大全集》卷一一〇。

〔一〕於：原作"子"，據適園叢書本《後村題跋》卷一二改。
〔二〕右：原作"古"，據同上改。
〔三〕辦：原作"辨"，據同上改。

一五七　跋鄭南恩家陳復齋遺墨

復齋陳公早以楷法擅名，晚稍縱筆。余叩其旨，公曰："吾老矣，豈能長寄率更籬落下哉？"故凡與人書疏，行草尤妙，有二王筆意。

此一卷乃與故檢院鄭使君諱思忱者〔一〕。公宰安溪，於邑士中得使君而友之〔二〕，相與講學析理，多縈數十百言，少三數行，其論皆折衷聖賢，據依名節。於仕止之際尤嚴，曰："若都不得志，有去而已。"使君誦之終身，又彙其平生往還翰墨爲大帙寶藏之。

使君僅牧恩平，方召用而先去，今學者推爲復齋高第。莆少府必中，使君子也，出以示余。余亦復齋所厚，憶赴靖安簿、儀眞督郵、江淮閫幕，公大書三序相餞，或爲余書碑板歌詩，他尺牘滿篋。余曩不知愛惜，往往爲人取去，晚始收拾，則存者無幾矣。

因記公初歿，竹隱諫議傅公謂二子都官、少卿曰："師復遺墨可裒集爲卷。"傅公名輩先於公而重其心畫如此，若余者非特有愧於傅公，亦有愧於使君父子也。《後村先生大全集》卷一一〇。

〔一〕諫：原作"韓"，據適園叢書本《後村題跋》卷一二改。
〔二〕使：原作"史"，據同上改。後同。

一五八　跋右軍《畫讚》

《畫讚》《黃庭經》《樂毅論》，小楷之本祖也，《洛神賦》咄咄逼乃翁，率更《千文》、褚河南《黃庭》稍拘挾矣。《後村先生大全集》卷一一一。

一五九　跋右軍《禊帖》

此梅花《蘭亭》三段石本，與余家所藏本無小異。《後村先生大全集》卷一一一。

一六〇　跋率更《千文》

余見率更《千文》多矣，此本毫髮無遺恨。今無工小楷者，惜不令趙虛齋、湯東澗見之〔一〕。《後村先生大全集》卷一一一。

〔一〕齋：原作"齊"，據適園叢書本《後村題跋》卷一三改。

一六一　跋《蘭亭辨考》

右《蘭亭考》，甚詳實，然非仲京老子親札，其子雲莊名審誨所書。雲莊，好古博雅君子也。《後村先生大全集》卷一一一。

一六二　跋坡公題背面美人行

卷首所畫背面美人，與余家舊藏本無毫髮異。此卷後坡詩墨濃筆縱〔一〕，暮年書也。畫佳，非周昉不能作。疑此本爲眞，余舊藏者爲臨本。《後村先生大全集》卷一一一。

〔一〕此卷：原倒，據適園叢書本《後村題跋》卷一三乙。

一六三　跋林和靖帖

　　和靖，天聖、明道間詩人，然得闕下方袍及館中三二君子唱和數章，約江夏茂才來看。方袍失其名，館中君子當是李建中輩人，其唱和敢寄和靖，和靖至約客共觀，可見前輩無爭名之意。茂才必亦當時社中人也。

　　坡公評和靖書，謂其少肉，此帖穠豔，非少肉者。《後村先生大全集》卷一一一。

一六四　跋毋惰趙公與兄子書（節録）

　　諸帖皆行草妙絶，有楊凝式、朱文公筆意。方鼎貴而寄錢漆書廚，卷卷於戚家塢書籍籠，無一念忘簡編，此其所以爲毋惰歟！《後村先生大全集》卷一一一。

陳起藝話（一則）

陳起（？～一二五六）字宗之，號芸居，又號陳道人，錢塘（今浙江杭州）人。寧宗時，鄉貢第一，時稱陳解元。事母至孝，開書肆於臨安睦親坊，鬻書以奉母，徧刊唐宋以來諸家詩，尤嗜晚唐，對晚唐詩風的盛行有促進作用。與江湖派詩人多有往來，因取名家小集數十家，選爲《江湖集》，爲人所稱，葉茵贈詩云："氣貌老成聞見熟，江湖指作定南針。得書愛與世人讀，選句長教野客吟。富貴天街紛耳目，清閒地位當山林。料君閱遍興亡事，坐對蕭然一片心。"寶慶元年，以《江湖集》中有"秋雨梧桐皇子府，春風楊柳相公橋"之詩，觸怒時宰史彌遠，被流配，《江湖集》亦遭劈板，且詔禁士大夫作詩。史死後遇赦，重操舊業，又刊行後期江湖詩派作品。其詩在當時頗受稱讚，但今存諸作，成就平平，僅七言絕句寫得尚有情致。今存《芸居乙稿》一卷。

題玉泉畫像次來軸韻

鹿隨寒策穿雲，邂逅靈峯時節。含毫誰貌閒情，莫盡胸中風月。文淵閣四庫全書本《兩宋名賢小集》卷三百四十八。

徐鹿卿藝話（五則）

徐鹿卿（一一八九～一二五〇）字德夫，號泉谷樵友，豐城（今江西豐城）人。博通經史，以文學知名於鄉里，爲後進所宗。嘉定十六年進士。諡清正。爲官廉約清正，敢於直言，凡所建白，皆忠悃激發，不少隱諱，深中當時積弊，劉克莊以董子之醇、貫生之通許之。著有《泉谷文集》、奏議、講義、《鹽楮議政稿》《歷官對越集》，手編《漢唐文類》《文苑菁華》，均佚。明萬曆中裔孫徐即登輯爲《清正存稿》六卷。

一 杜子野寄雲、山、蘭、石四畫且以近詩來，和韻酬之二首（選一）

石瘦蘭馨入骨寒，筆端往往帶儒酸。河陽桃李春風滿，此段煩君更畫看。文淵閣四庫全書本《清正存稿》卷六。

二 贈琴士翁明遠並簡幹教二黃丈

鍾期不作伯牙死，琴墮雲煙蒼莽中。翠玉樓前幾識子，山風吹散又西東。
莫恨吾琴難入俗，俗人不聽韻方高。秦箏耳畔休拈出，韶石亭前走一遭。
靜寄琴中適意吟，魯菴句裏自然琴。琴詩若要清如許，千古寥寥覓賞音。
我亦能琴妙不傳，無琴無譜並無絃。客來問訊琴安在，指似孤鴻落日邊。《清正存稿》卷六。

三 郭府判書"友于堂"榜，謝之以詩

鳥篆開端不露鋒，錐沙成畫體踰工。中間三到屋漏雨，此後仍傳壁坼風。羲獻以來名絕學，徽章之外更明公。朝天此去承清問，一片丹心筆陣中。
堂礙雲霄扁"友于"，黑蛟光射斗牛墟。細筋入骨藏棱外，妙手師心灑墨初。只爲忠誠珍柳筆，多因節義重顏題。知君清德光前古，發露毫端直緒餘。《清正存稿》卷六。

四　史君贈所臨蜀本《三蘇入京圖》，詩以謝之

至和嘉祐正塗開，綵鳳將雛出蜀來。父子名聲天宇小，弟兄筆力海潮迴。岷峨一氣鍾三傑，歐富諸公識異材。後百餘年拜遺像，凜然高節尚崔嵬。《清正存稿》卷六。

五　送造墨堂生序

予來橫江兩載，有以《硯岡文集》惠教者。讀之累日不厭，於是始知有硯岡。越明年，唐君攜墨卿來訪。問其世，則固硯岡之裔也。予已心知其墨之善矣，呼陶泓、毛穎、楮先生面試之，皆曰可，於是又知有唐君。

大抵人之於書於畫，於琴棋筆墨，均名一藝。使庸俗輩爲之，非不具形模也，非不存節奏也，非不備體勢也，然形完而神敝，聲宣而韻淺，外澤而中枯。作者一出意爲之，則相去往往懸絕，是豈可以智巧索哉。採丹若神，運斤成風，必有進乎技者矣。唐君誠有以似硯岡之傳，則墨其餘事也。民國胡思敬校勘本《宋宗伯徐清正公存稿》卷五。

陳振孫藝話（五則）

陳振孫（生卒年不詳）初名陳瑗，字伯玉，所居號直齋。安吉（今浙江安吉）人，一作永嘉（今浙江溫州）人。博通今古，號稱醇儒，有聲當世。著有《白居易年譜》《直齋書錄解題》。其《直齋書錄解題》著錄詩文詞集，多有簡要評語，除具目錄學價值外，在文學評論方面也有重要價值。原本五十六卷，今存輯本二十二卷。

一　張子野《十詠圖》跋

慶曆六年，吳興郡守宴六老於南園，酒酣賦詩，安定胡先生瑗教授湖學，爲序其事。六人者，工部侍郎郎簡年七十九，司封員外郎范説年八十六，衛尉寺丞張維年九十一，俱致仕。劉餘慶年九十二，周守中年九十五，吳琰年七十二，皆有子弟列爵於朝。劉，殿中丞述之仲父；周，大理丞頌之父；吳，大理丞知幾之父也。詩及序刻石園中，園廢，石亦不存。其事見《圖經》及《安定言行錄》。

余嘗考之，郎簡，杭人也，或嘗寓於湖。范説，咸平三年進士，同學究出身。周頌，天聖八年進士。劉、吳盛族，述與知幾皆有名跡可見，獨張維無所考。近周明叔史君得古畫三幅，號《十詠圖》者，乃維所作詩也。首篇即南園宴集所賦，孫覺莘老序之，其略云云，於是始知維爲子野之父也。時熙寧五年，歲在壬子，逆數而上八十二年，子野之生，當在淳化辛卯，其父享年九十有一，正當爲守。會六老之年，實慶曆丙戌。逆數而上九十一年，則周世宗顯德丙辰也。後四年宋興，自是日趨太平極盛之世，及於熙寧、元豐，再更甲子矣。子野於其間擢儒科，登膴仕，爲時聞人。贈其父官四品，仍父子皆耄期，流風雅韻，使人遐想慨慕不能已。可謂吾鄉衣冠之盛事矣！

世固知有子野而不知有其父也。自慶曆丙戌後十八年，子野爲《十詠圖》，當治平甲辰。又後八年，孫莘老爲太守，爲之作序，當熙寧壬子。又後一百七十七年，當淳祐己酉，其圖爲好古博雅君子所得。會余方緝《吳興人物志》，見之如獲珙璧，因細考而詳錄之，庶幾不朽於世。其詩亦清麗閒雅，如"灘頭斜日鳧鷺隊，枕上西風鼓角聲"。又"花有秋香春不知"，皆佳句也。

子野之墓在卞山多寶寺，今其後影響不存矣。此圖之獲，豈不幸哉。中華書局一九八三年標點本《齊東野語》卷一五。

二　《寶刻叢編》序

　　始歐陽充公爲《集古錄》，有卷秩次第，而無時世先後。趙德甫《金石錄》，迺自三代秦漢而下叙次之，而不著所在郡邑。及鄭漁仲作《系時》《系地》二錄，亦疏略弗備。其他如諸道石刻錄、訪碑錄之類，於所在詳矣，而考訂或缺焉。

　　都人陳思，儥書於都市，士之好古博雅，蒐遺獵忘以足其所藏，與夫故家之淪墜不振，出其所藏以求售者，往往交於其肆。且售且儥，久而所閲滋多，望之輒能別其眞贋。一旦盡取諸家所錄，輯爲一編，以今九域京府州縣爲本，而繫其名物於左，昔人辨證審定之語具著之。既鋟本，首以遺余，求識其端。

　　凡古刻所以貴重於世，歐陽公以來，言之悉矣，不待余言。余獨感夫古今宇宙之變，火焚水漂，陵夷谷堙，雖金石之堅，不足保恃。載祀悠緬，其毀勿存、存弗全者，不勝數矣。矧今河洛尚隔版圖，其幸而存且全可椎搨者，非邊牙市不可得。得或賈兼金，固不能家有而人見之也。則得是書而觀之，猶可想象彷彿於上下數千載間，其不謂之有補於斯文矣乎！

　　思，市人也，其爲是編，志於儥而已矣，而於斯文有補焉。視他書坊所刻，或蕪釀不切，徒費板墨、靡棕楮者，可同日語哉！誠以是獲厚利，亦善於擇術矣。余故樂爲之書，是亦柳河東述宋清之意云爾。

　　紹定辛卯小至，直齋陳伯玉父。_{叢書集成本《寶刻叢編》卷首。}

《直齋書錄解題》（選錄　三則）

　　音樂類：劉歆、班固雖以禮樂著之《六藝畧》，要皆非孔氏之舊也。然三《禮》至今行於世，猶是先秦舊傳，而所謂樂六家者，影響不復存矣。寶公之《大司樂章》，既已見於《周禮》，河間獻王之《樂記》，亦已錄於《小戴》，則古樂已不復有書。而前志相承，迺取樂府、教坊琵琶、羯鼓之類以充樂類，與聖經並列，不亦悖乎！晚得鄭子敬氏書目，獨不然其爲説，曰："儀注編年各自爲類，不得附於《禮》《春秋》，則後之樂書固不得列於六藝。今從之而著於子錄雜藝之前。"

　　《琴操》一卷：不著名氏。《中興書目》云："晉廣陵守孔衍以琴調周詩五篇、古操引共五十篇，述所以命題之意。"今周詩篇同而操引財二十一篇，似非全書也。

　　《景祐廣樂記》八十卷：翰林院侍講學士馮元等撰，闕八卷。景祐元年判太常寺燕肅建言：鐘律不調，欲以王朴律準更加攷詳。詔宋祁與集賢校理李照共領其事。照言朴律太高，比之古樂約高五律，遂欲改定大樂，製管鑄鐘，並引校理聶冠卿爲檢討官。又詔元等修撰樂書，爲一代之典。三年七月書成，然未幾照樂廢不用。_{以上文淵閣四庫全書本《直齋書錄解題》卷十四。}

樓杓藝話（一則）

樓杓（生卒年不詳），鄞縣（今浙江寧波）人，鑰從曾孫。嘉定中爲從政郎、添差沿海制置司準備差遣。嘉熙元年爲朝散郎、知南康軍。

《耕織圖詩》跋

男耕女桑，勤苦至矣。聲詩以達其情，繪事以圖其狀，刻寘左右，以便觀省，庶幾飽食煖衣者，知所自云。嘉熙改元正月中澣，從曾孫朝散郎、權知南康軍事杓謹題。

知不足齋叢書本《耕織圖詩》附錄。

趙戣藝話（一則）

趙戣（生卒年不詳）字成德，號吟嘯，休寧（今安徽休寧）人。器識英邁，文學優贍。三請漕貢，試進士不第，隱居池園，以詩文自娛，至觴詠竟日。程珌、呂午、方岳、劉克莊等雅重之。劉克莊稱其宗晚唐而稍超脫，不爲句律所縛，"歌行中悲憤慷慨，苦硬老辣者乃似盧仝、劉叉"（《跋趙戣詩卷》）。著有《吟嘯集》五卷，已佚。

和人淵明採菊圖

淵明爲米腰慵折，送酒人來却強顏。今日東籬重採菊，只應醒眼對南山。文淵閣四庫全書本《新安文獻志》卷五十六。

許棐藝話（五則）

許棐（？～一二四九）字忱夫，嘉興府海鹽（今浙江海鹽）人。嘉熙中隱居秦溪，種梅數十樹，構屋讀書，自號梅屋。慕白居易、蘇軾，室中掛二像事之。好藏書，人有奇編，見無不録，以故環室皆書，積至數千卷。著《樵談》一卷、《梅屋詩稿》一卷、《融春小綴》一卷、《第三稿》一卷、《第四稿》一卷、《雜著》一卷、《獻醜集》一卷。許棐詩屬江湖派，與陳起、劉克莊諸家往還唱和。其跋四靈詩選，以"出自天成，歸於神識，多而不濫，玉之純、香之妙者歟"譽之。《四庫全書總目》卷一六四稱其"生當詩教極弊之時，沾染於江湖末派"，"然其詠歌閒適，模寫山林，時亦有新語可觀"。其詩雖入江湖派，也有《泥孩兒》等直斥現實之作。《樂府二首》脱胎於南朝民歌，清新自然。尤以絕句見長，清俊閒遠，如《山間》《秋齋即事》《雪曉》等。詞傳二十首，皆為小令，俱詠閨情，類皆綿軟輕靡，格局甚小。如《山花子》下片，全學《花間》、南唐體，與溫、韋、馮諸家逼似。南宋詞人而取法五代以上，這在江湖詞壇上尚屬不多見之現象。故《善本書室藏書志》卷四〇稱其"詞筆濃豔綺麗，有《金荃》《陽春》之遺意"。

一 贈畫魚沈秀才

寫字摘文不療饑，生涯換得頗新奇。錦心暗織臨淵網，蓬鬢潛繅釣雨絲。落筆易於投餌處，得錢多似出罾時。漁翁枉占烟波濶，不及君家小硯池。文淵閣四庫全書本《梅屋集》卷一。

二 題吳秋潭隱居圖

到處有茅堪蓋屋，誰家遷檜不成籬。秋潭何事經營晚，應是無人會買詩。《梅屋集》卷一。

三　跋臨上人所藏東坡像

平生所見坡像，此筆最凡，宛然閭里一翁耳，那稱如許文章學問？然文章學問崇坡一生〔一〕，流離萬狀，安得如閭里翁優遊終老，不識半點榮辱邪！《梅屋集》卷五。

〔一〕崇：原作"東"，據《江湖小集》卷七六改。

四　跋劉季必畫冊

讀東坡《石氏畫苑記》，每恨不見其畫。此劉氏畫苑，惜東坡不及見之。《梅屋集》卷五。

五　題松巖所惠雪屏

一玉千山，化工之無盡春也。爲山寫神，筆端之無盡意也。揭之梅屋，往來者之無盡觀也。《梅屋集》卷五。

姚鏞藝話（三則）

姚鏞（一一九一～？）字希聲，一字敬庵，號雪蓬，剡溪（今浙江嵊州）人，憲侄孫。嘉定十年進士。歷縣尉，劉克莊跋其雜著，稱"百詩森嚴，一賦二記峻潔，四六尤高簡"（《跋姚鏞縣尉文稿》）。紹定元年，爲吉州判官。六年，以平寇功知贛州，嘗騎牛於澗谷間，令畫工肖其像，郡人趙東野題詩。端平二年，裒詩文爲《雪蓬稿》，自爲序。嘉熙元年，始得自便。淳祐二年，嘗答張子學問。景定五年，掌教黃巖縣學。以詩名，姚勉稱其"精悍於吟"，欲與姚合集爲《唐宋二姚集》。韋居安稱其"集中警句頗多"，如《題衡嶽》《離衡》《法華寺》等詩。今存《雪蓬稿》一卷、雜著一卷。

一　題畫壁

兩山灌木帶晴鴉，泯泯春流漾浦沙。隔岸小舟呼不應，碧桃花外是誰家。_{文淵閣四庫全書本《兩宋名賢小集》卷三百十六《雪蓬稿》。}

二　題《孔明抱膝長嘯圖》

俗工圖孔明抱膝長嘯者，類多髯而巾九雲，殊不知九雲乃征南蠻後之巾也。

按孔明事昭烈，相後主，凡二十六年，而隕星之變乃五十四，則抱膝長嘯，正年二十四五時。少年英概如此，司馬德操目之伏龍、鳳雛，諒哉！_{宋人小集六十八種本《雪蓬稿》。}

三　題畫卷

蘭幽潔而孤芳，木輪囷而壽考〔一〕，此君子所以不願人知，靜養以樂天之道。_{宋人小集六十八種本《雪蓬稿》。}

〔一〕輪：原作"輸"，據文意徑改。

朱鼐藝話（一則）

朱鼐（生卒年不詳）字子大，安福（今江西安福）人。嘉定十五年領鄉薦。

奉題周南仲正字所藏閻立本畫蘇李別

少卿昔在河梁別，執手踟躕不能發。萬古初傳五字詩，努力相期在明德。子卿海上氊爲食，故人朅來重相覿。不覺看羊度歲年，却因射雁傳消息。人間此是長別離，少卿在虜子卿歸。歸歟尚握漢臣節，留者永衣胡人衣。天長地闊半尺絹，滿眼雲愁風景變。一人仰叫頭脫冠，一人橫涕裛著面。閻君國相稱畫師，未必想像能爾奇。前身恐是胡婦子，曾見兩公分袂時。文淵閣四庫全書本《宋詩紀事》卷六十。

史繩祖藝話（四則）

史繩祖（一一九二～一二七四）字慶長，眉山（今四川眉山）人。篤志強學，曾師從魏了翁。官至朝請大夫，直煥章閣，主管成都府玉局觀。能詩。著有《孝經注》《池陽講書本末》，已佚。今存《學齋佔畢》四卷。《四庫全書·學齋佔畢提要》稱該書"考證經史疑義……援據辯論，精確者爲多，亦孫奕《示兒編》之亞"。

《學齋佔畢》（選錄　四則）

笛見於經

宜黄李郢子經，博洽之士也，綴《緯文瑣語》，其間云："馬融作《長笛賦》云：近世雙笛從羌起。而《風俗通》以爲漢武帝時丘仲所作，則非出於羌人矣。然《西京雜記》：高帝初入咸陽宫，笛長二尺三寸六孔。又宋玉在漢前而有《笛賦》，不始於武帝時丘仲所作。"此李子經之辨，足以破世俗之疑矣。以余觀之，馬融之妄固可嗤，李子經亦爲未詳。余攷之《史記》云：黄帝使伶倫伐竹於昆谿而作笛吹之，作鳳鳴，是起於帝世矣。藉曰：太史公之言，未足以深據。盍不觀《周禮》笙師掌教龡竽笙塤籥簫篪篴管，以教祴樂。鄭司農注謂：篪，七孔，音池。而杜子春謂讀"篴"爲"蕩滌"之"滌"，六孔，即笛之古字也。經言可證如此。後世不深攷而爲説紛紛，可勝歎哉！文淵閣四庫全書本《學齋佔畢》卷一。

瑟先於琴

諸子之書，最有害道而無稽者，如《韓非子》書有云："齊宣王問巨倩曰：儒者鼓瑟乎？對曰：不也。瑟也者，以小絃爲大聲，以大絃爲小聲，是細大易序，貴賤易位。儒者爲害義，故不能宣。王曰：善。"余因涉獵至此而大哂之。烏乎！非何爲出是言？且《魯論》一書，孔子所言，諸弟子所述，言瑟而不言琴，如孔子取瑟而歌，曾點鼓瑟，希由之瑟，奚爲於某之門而非？乃設巨倩之辭，以爲儒者不能，其誰欺乎？或者又曰：六經言皆兼琴瑟，而孔門言瑟而不及琴，何也？曰：示有先也，舉瑟而琴可知矣。亦由六經兼言鳳凰，《論語》止言鳳而不及凰，蓋言瑟而琴可知，言鳳而凰可見矣。按《世本》曰："伏羲作瑟，黃帝作琴。"琴之作後於瑟也。又按《爾雅注疏》："瑟者，登歌所用之樂器。"故先釋之。琴爲樂器，通見詩書，故此釋之詳，此則見先後之序。又如《詩》曰："妻子好合，如鼓瑟琴。"又如《鹿鳴》首章則曰："鼓瑟吹笙。"其三章曰："吹笙鼓琴。"琴固次於笙，下義可見矣。又《禮記》曰："清廟之瑟，朱絃疏越，一唱而三歎，有遺音也。"注謂："此雅淡之樂。"《世本》又謂："瑟者，潔也，使人精潔於心，淳一於行。"而《尸子》亦謂："夫瑟，賢者，以其義鼓之，雖有暴君，爲之立變。"則《尸子》之審音過於非遠矣。因並識之，以洗韓非刑名之陋。

銅皷始於漢

余嘗見陸游務觀《筆記》有云："予初見梁歐陽頠傳，稱頠在嶺南多致銅皷，獻奉珍異。"又云："銅皷，累代所無。及予在宣司，見西南夷銅皷頗精，祕閣下古器庫亦有二枚。此皷乃南蠻用之，不足辱祕府之藏。然自梁時已珍貴之如此，不知何理也？"如上，皆陸放翁之筆。第余嘗觀《東漢書·馬伏波傳》云："援征交趾，得駱越銅皷，改鑄馬式，上之，詔置宣德殿門。"則銅皷已見後漢。傳非異書也，陸氏謂梁方珍貴，已失之矣。而歐陽生自梁距漢世未甚遠，而謂累代所無，尤可訝焉。

《王會》《貢職》兩圖之異

東坡有《閻立本職貢圖詩》，注引《譚賓錄》載：貞觀三年，東蠻謝元深入朝。顏師古奏：昔周武王時，遠國歸欵，乃集其事爲《王會篇》，可圖寫遺後，爲《王會圖》，詔令閻立本圖之。及考唐書，亦同謂之《王會圖》。至武宗時，點戛斯君長來朝，李德裕上言：有詔爲續《王會圖》，即無"職貢"之名。而所謂《貢職圖》者，見於《祕府羣玉帖》中。李公麟所述云："梁元帝時，蕭繹鎮荆時作《貢職圖》，狀其形而識其土俗，首虜而後蠻，凡三十餘國。唐閻令作《西域圖》，兼彼土山川而絶色伽梨，凡九國，中有狗頭大耳鬼國，爲可駭。皆所以盛會同而奢遠覽，亦貢職之流也。元祐元年六月望日，李公麟書於秦邸竹軒。"詳此，則是《貢職圖》乃蕭繹，而《王會》及《西域圖》乃閻立本也。坡指職貢爲閻所圖，誤矣。以上《學齋佔畢》卷二。

游似藝話（二則）

游似（？～一二五一）字景仁，號克齋，又號果山，南充（今四川南充）人，游仲鴻子。嘉定十四年進士。歷官大理司直，昇大理寺丞，遷太常丞兼權兵部郎官。紹定四年，遷秘書丞兼權考功郎中，出為夔路轉運判官，移潼川路提點刑獄，兼提舉常平。遷軍器監、宗正少卿，兼權樞密都承旨。端平三年，以禮部侍郎兼同修國史、實錄院同修撰。遷禮部尚書，兼給事中，權工部侍郎，充四川宣撫司參贊軍事，兼給事中。遷吏部尚書，入侍經幄。嘉熙三年，同簽書樞密院事，拜參知政事。四年，知樞密院事，兼參知政事。淳祐二年，出知紹興府，兼浙東安撫使，奉祠。四年，兼侍講，知樞密院事，兼參知政事。五年，拜右丞相，兼樞密使。十一年致仕，卒謚清獻。嘗以古律詩一編四百七十篇、雜文三百五十一篇寄劉克莊，劉讚其《述懷八首》等詩"體大而思精，調嚴而義密"（劉克莊《與游丞相書》），今多遺佚。

一　跋崔清獻公齋房大書　"東南民力竭矣，諸賢寬得一分，民受一分之賜。"

故丞相清獻崔公居今行古，每以前哲之微言懿行自度，大書深刻，環列齋房。所書凡十二經格言則如"九思"、"九容"等事；先正格言則如司馬溫公言"所為事未嘗不可對人言"，趙清獻公言曰"所為事夜必焚香告天，不可告者不敢為"等語。朝夕顧瞻，周旋罔墜。

溫文正公之清如水而澄之不已，直如矢而端之不止，公實有焉。其施之政無非仁民愛物之事，影響本於形聲，固宜然也。及啟手足前數月，乃復取王文正、邵康節語合而書之，以示其心之所存。

然則公平日之學，蓋以治己之嚴，形為恤民之寬也。今日所書，非以身教有時而窮、言傳無時而盡乎？王公戚嗟於豐盛之餘，心聲一發，生意徧滿，此固不待論；若康節之為此言，則荊舒用事之時也。荊舒律己同符溫國〔一〕，而見之於用，天淵不侔。溫國念念在民，痛詆新法，言不獲用，奉身以退。逮相元祐，改絃恐弗及，故天下誦而歌舞之。荊舒則不然，如酷吏之自潔其身，而慘刻少恩，勇於行不恤之政，卒以貽靖康之禍。康節一分之寬，蓋知其必至此極，而以為猶愈乎已也。

今民力之竭何但過於天禧,亦非熙豐比矣,狼其貪、虎其政者徧天下;彼視荊舒之律己猶萬不及也,而謀其私者過之。則戕國家之根本,斷斯民之命脉,其將何所底止乎!公濡毫及此,治將死深悲之意,而所望於世之賢人君子至切也。學者誠以公之自度者治其身,使私意不存,仁念常著,而又仰高山於兩文正,戒覆輒於一荊舒,則民不止受賜於一分,公庶乎含笑於九原矣。上海古籍書店一九八○年復印明抄本《宋丞相崔清獻公全録》卷九。

〔一〕荊:原無,據上下文意徑補。

二　陸柬之書《蘭亭詩》跋

右唐司議郎陸柬之所書《蘭亭詩》,高宗皇帝嘗俯臨之。似偶得其真跡,既刻之石,遂以附《禊帖》之後。江蘇古籍出版社一九八四年版《古書畫僞訛考辨》卷上。

張侃藝話（九則）

張侃（生卒年不詳）字直夫，號拙軒，祖籍大梁（今河南開封），徙家邗城（今江蘇揚州），紹興末，渡江居湖州（今浙江湖州），巖子。嘉定十四年，監常州奔牛鎮酒稅，調上虞丞。寶慶二年，知句容縣。端平二年，爲鎮江簽判。晚年以退名齋，吳泳爲記。侃爲人蕭散，浮沉末僚，交遊如趙師秀、周文璞輩，皆吟詠自適、恬静不争之士，所作詩亦多清雋圓潤，時有閒淡之致，但未能開闢門户，自成一家。著有《拙軒集》，已佚。清四庫館臣自《永樂大典》輯爲《張氏拙軒集》六卷。近人趙萬里輯有《拙軒詞話》。

一　題李伯時馬

近代李伯時，能畫天廄馬。畫本出心匠，不在韓幹下。真骨獨當御，汗血沫凝赭。爲渠生光輝，神妙非力假。平日熟意態，繪事頗閒暇。誰知贋易真，萬馬悉暗啞。色帶碧雲騢，馬名，梅聖俞都官有《碧雲騢集》。和鸞亦雅雅。一筆竟不予，此意識者寡。文淵閣四庫全書本《張氏拙軒集》卷一。

二　懷仁畫龍

懷仁兩龍今幾載，墨色欲盡形模在。有時驅雨成波濤，妙處暗與神明會。三江七澤龍所居，夜深簸弄明月珠。爲人圖畫雖左計，不識憑依當殿隅。世間紛紛稱畫手，誰識懷仁是劉叟？龍兮龍兮神其靈，長使邦人書大有。《張氏拙軒集》卷二。

三　題禪鄉院壁間墨梅

昔年曾作梅花夢，夢回衣上寒香重。矮窗偶見一枝開，早是江南春意動。凡花不似梅之清，精神骨相由天成。屢從畫手細傳本，但知刻畫非寫生。官塘荒寺門斜掩，歲久廊欹風雨颭。不須晴雪明千堆，賸喜墨痕留數點。《張氏拙軒集》卷二。

四　蘇李河梁相別圖

古人重交情，初不分秦越。詩句聯珠璣，中心瑩日月。何人作此圖，筆墨已超絕。因圖想當時，交情重於別。君不見朔風漠漠沙草寒，子卿仗節歸漢班。河梁執手不忍去，安得同飛無羽翰？《張氏拙軒集》卷二。

五　題剡溪圖

欲識詩清處，須來天盡頭。可人一溪雪，催我上扁舟。《張氏拙軒集》卷四。

六　觀三賢石本墨妙

字既因人傳者多，人能累字又如何。誰知異世三君子，字與名同保不磨。《張氏拙軒集》卷四。

七　跋《韶石圖》

曲江石備八音六律，陳君曄繪成圖，且作《短歌行》貽好事者。按圖經云，舜嘗到是邦，奏《韶》樂於石，後人因以名石，復以名州。夫子曰："《韶》盡美矣，又盡善也。"至齊聞樂，三月不知肉味。宜乎在千百世而下，聞者猶爲之興起也。《張氏拙軒集》卷五。

八　跋李伯時馬

新定趙養源家《天馬圖》，族人德元家《抱月烏圖》，龍眠居士墨戲也。予近以萬錢得橫軸，兩家所有，悉囿於此。雖然，讀坡、谷長篇短韻，則龍眠滿天下之名，不在此畫之傳與不傳也。《張氏拙軒集》卷五。

九　跋王坦道《江淮錄》

予家邛城，淮邦素所稔聞。暨來清谿，有畫生携胡二卿《江行萬里圖》求跋。見其江山歷歷，景態萬狀，已起余笭箵興。今日朱之茂以王坦道《江淮錄》見示，披閱數四，深愧前盟之未踐也。然吾家西塞，近在一雞飛，他日一蓑一笠，往來於煙波間，亦未晚，此又大似逭者之寬限也。戊寅四月四日。《張氏拙軒集》卷五。

徐經孫藝話（一則）

徐經孫（一一九二～一二七三）初名子柔，字仲立，號矩山，豐城（今江西豐城）人。寶慶二年進士，授瀏陽主簿，遷知永興縣。淳祐六年，知臨武縣。後通判潭州。召爲國子博士兼資善堂直講，除監察御史。寶祐元年，劾京尹厲文翁，出知吉州。五年，爲福建提刑，遷安撫使兼知福州。景定元年，召爲祕書監兼太子諭德，遷宗正少卿、起居舍人、起居郎，爲刑部侍郎兼給事中，昇太子左庶子、太子詹事，輔導東宮三年。三年春雷，進言切中時病。累遷禮部尚書，翰林學士、知制誥。以論公田非便忤賈似道，閒居十年。咸淳九年卒，年八十二。謚文惠。有詩文傳世。劉克莊《跋給事徐侍郎先人集》稱其"文字溫潤精切"。《四庫全書總目》卷一六三謂其以伉直自許，立朝大節多有可稱，而文章則非所注意，亦殊有汪洋浩瀚之致。至於奏疏諸篇，或指陳時弊，或彈劾權奸，皆敷陳剴切，辭旨凜然，獨得雄直之氣。惟詩筆俚淺，非其所長。李之鼎《矩山詞跋》稱其詩詞直攄胸臆，與《擊壤集》相似，爲宋人道學派體。詞僅存五首，皆晚年所作，質木無文，與其詩同。原集已佚，明萬曆四十二年裔孫徐鑑輯刻《宋學士徐文惠公存稿》五卷，今存。

自讚夏端甫所繪真

老我不堪位置，歸來久混漁樵。忽然珠玉在側，見之令人意消。文淵閣四庫全書本《矩山存稿》卷四。

孫德之藝話（二則）

孫德之（一一九二～？）字道子，東陽（今浙江東陽）人。嘉熙二年進士，又中宏詞科，官至秘書監丞。後絕意仕進，刻意著述，隱居太白山齋，別號太白山人。方回稱其"有詞學，號孫風"（《跋阮梅峰詩》）。清蔡袁海稱其"序記數篇，筆蒼古，如三代鼎彝，莫名其實"（《道光刊太白山齋遺稿記》）。所著《續大事記》及《太白山齋遺稿》三十卷，散佚不存。明裔孫志輯爲《太白山齋遺稿》二卷，嘉靖間十一世孫學刻以傳世，今存清道光四年孫氏刊本。

一 書定武《蘭亭》後

薛向鎮定武，其子紹彭竊《蘭亭》石本歸長安，而別石於官庫。

初，《蘭亭》有"湍流帶右天"五字損本與原本異。尤延之、王順伯、樓大防諸人，皆謂初刻本不損，獨沈虞卿以損者爲初刻，二說頗矛盾。惟予謂紹彭既私爲己有，恐他人得以爲口實，故刊去五字，使與元本不類，則見者不復致疑於其間，以其繆巧也。若留官庫本，政欲與元本相類，則何用刊去爲？紹彭未鑱換石刻，與再刻本精神風采固自不同，可望而知，覽者詳之而已。辛酉，因定武石刻而書其後。道光四年翻明本《太白山齋遺稿》卷上。

二 跋湯叔雅梅卷

慶元中，予從母姨夫史計使相臨海，得間庵《推蓬圖》一軸，筆力勁甚。史表兄以歸內表郭材甫，材甫以遺予。

予主山陰簿，有趙錄事者，年家也，頗好事，舉以與之。後見間庵所作，鮮有可人意者，嘗念此本不忘。

去年官維揚，會子固出所藏一軸，與史本略相似，予扣之，曰："此豈間庵庚申、辛酉慶元年間筆耶？果也。"子固以予具眼，輒以相贈。其冬，天台惠先生之子到揚，復得此軸，蓋間庵初離江右時名尚未著，故用意極精微。及聲價既重，往往不甚留意，或只布枝行枝，若花片則命女足之。

此二本，皆其得意筆也，特事珍尚。間庵傃關姨夫屋以居，或乏傃金，則挐畫以償，故關氏所蓄最富。間庵蓋得於逃禪，世傳爲其甥者，非也。《太白山齋遺稿》卷上。

汪洙藝話（一則）

汪洙（生卒年不詳）字宋卿，理宗時徽州（今安徽歙縣）人。

晉顧凱之《列女圖》跋

晉顧虎頭《列女傳圖》元跋一十五變四十九人，男廿四，女廿一，童子四。歷歲深遠，流落遺脫。

僕偶得真跡，僅存八變，男十五，女九，童子四，總廿八人，闕七變廿有一人。後於盛文肅公耳孫家見有蟬翼紙臨本，止一十四變，男女童子總四十四，亦少一變，闕五人。卷末有元友、方回、曾逢原、葉夢得跋。因求假摹寫，以補真跡之闕處，且併錄四跋於後。

寶慶改元端月人日，新安汪洙宋卿識。文淵閣四庫全書本《石渠寶笈》卷三二。

曾宏迪藝話（二則）

曾宏迪（生卒年不詳）字幼説，臨江軍新淦（今江西新幹）人。從魏了翁學，登嘉定十六年進士。淳祐中歷官將作監、秘書少監、起居舍人兼秘書監。四年，權兵部侍郎、兼直學士院，尋除集英殿修撰，出知建寧府。

一　石刻竹石畫題識

竹石不著名氏，相傳爲東坡先生歸自海表戲作於□□僧壁，好事者取以爲屏，獻之貴家，轉入御府。嘉定初出，送秘書省，寘之著作堂上。同館之士食已，列坐焚香，瀹茗其下，望其傲風霆、閲古今之氣，使人之意消。衆謂土木之質久必壞，相與謀壽諸石。摹泐事竟，將題識以傳。

或曰："此石室先生文氏所作也。"聞者且信且疑，莫肯涉筆。時宏迪已自少府遷右史，明年再入爲監，石尚未立，乃謚於衆曰："東坡、石室以氣類合，故嗜好者胸中自有成竹，不在乎筆墨畦逕間也。石室嘗曰：'吾墨竹一派近在彭城。'試味斯言，則舉是壁以爲東坡，孰云不可？"衆曰："諾。"

乃識之下方。文淵閣四庫全書本《咸淳臨安志》卷七。

二　書《琴堂箴》後

右丹陽宰漫堂劉先生爲吾邑令羅君愚作，臨邛鶴山魏了翁篆書。吏部羅君爲令日，刻木於堂，尊其所聞，治以最書。紹定間寇燬，寖不復立。淳祐丁未，鶴山先生謚文靖公之兄子高君斯從來爲令，繼聞德言，欲寘座右，訪求未獲。宏迪以所藏抄本獻之，令君喜，即授諸梓，將以復舊觀、廣新益也。

或問："公廉明寬美矣，抑猶未合於理者乎？"令君謂宏迪，子盍釋諸。既謝不敏，則拱而對曰：聞之於師，當理而無私心則仁矣。能克去己私，視聽言動，揆之天理而安，體諸人心而合，仁也。己私未克，意必固我之心生焉。故雖公明廉寬，亦不免過不及之累。夫子許令尹子文以忠，陳文子以清，而於仁則未之許，其斯之謂歟？竊謂學道愛人者，必以去私求仁爲主，自無一事之不合乎理。此漫堂所以作，鶴山所以書，誠有官君子之龜鑑也。

宏迪昨以程藝受知鶴山先生，因獲登門受教，每觀遺墨，襲珍惟謹，遂得拜首而奉德容，以保此邦之闕典。令君以茂才蒞淯邑，下車未遑他務，獨有感於斯文，可謂知本末之先後矣。《詩》曰："惟其有之，是以似之。"《易》曰："知至至之，知終終之。"敢以上爲令君勉，下爲邑人喜。

因記其說於下。同治十二年活字本《新淦縣志》卷二。

朱正大藝話（一則）

朱正大（生卒年不詳），蘇州吳縣（今江蘇蘇州）人，長文姪孫。

《琴史》後序

　　曾伯祖樂圃先生蚤年登乙科，絕意仕進，篤志於學，博極羣書，深造於道，故立言足以垂世。《五經辯說》《春秋通志》，學者賴焉；《琴臺》《吳郡》之志，俯察尤詳。文集且成百卷，中罹兵爻，遺失過半。所幸《吳》《通》二志猶完，文集收拾散亡，僅存十一，俱已鋟版。

　　又有所著《琴史》六卷，經史百家、稗官小說莫不旁搜博取，上自唐虞，下迄皇宋，凡聖賢之崇尚，操弄之沿起，制度之損益，無不備載，使隆古正始之音和平人心，陶成善化，人知崇雅黜鄭，樂正得所復見於今者，是書深有功焉。

　　藏之既久，恐遂埋沒，敬刻於梓，以永其傳，亦欲俾後學知我伯祖讀書之不苟也。

　　紹定癸巳立秋日，姪孫正大謹書。文淵閣四庫全書本《琴史》卷首。

周弼藝話（四則）

　　周弼（一一九四～？）字伯弜，祖籍汶陽（今山東汶上），寓笠澤（今江蘇太湖一帶）。與李龏同庚同里。年少博聞，侍父文璞吟詠。嘉定間進士，十七年，解官歸故里。漫遊吳、楚、江、漢間，是否復官不詳。卒於寶祐五年前。周弜是後期江湖詩派的代表人物之一，其詩各體皆有成就。嘗編選《三體唐詩》六卷，元釋圓至增爲《箋注唐賢絶句三體詩法》二十卷。另有《汶陽端平詩雋》四卷。其《三體唐詩》爲當時初學作詩之人提供作詩之法而編，衹選唐詩中七絶、七律、五律三體，每體之中分若干格，並細緻剖析各"格"的寫法。書中所選詩以中、晚唐爲主，詩多婉曲綿麗，而不流於輕佻靡弱；論詩法又很細膩，足以治江湖派末流粗疏油滑之病。這個選本在元、明兩代十分流行，翻刻極多。

一　題葛稚川移家圖

　　稚川移家入空谷，手招白雲守茅屋。惟恐人窺鍊藥鑪，鎖斷青巒瀉垂瀑。只留一徑通飛鳥，其間想透三仙島。野童猶滴鳳交黎，村老閒鋤燕胎草。又將外物爲真物，反笑山棲衰草窟。玉臼丹成兔欲眠，蚯蚓黃蒿幾攢骨。此去世間應不遠，尚存猶可分苔蘚。兩幅生綃若可憑，先寄胡麻與雞犬。文淵閣四庫全書本《兩宋名賢小集》本《端平詩雋》。

二　天申宮蘇文忠畫像

　　大澤沾荒裔，靈山識老臣。微茫雲外跡，衰病瘴中身。濕草寒碑夕，晴花午殿春。高簷風雨斷，猶避六丁神。《端平詩雋》。

三　題夏肯父曉山圖

　　旦旦自天成，中全一氣清。漸分平與峻，俄轉晦爲明。竹閉鋪沙影，松涵出谷聲。機心都不動，穩看日初生。《端平詩雋》。

四　題僧子温畫水墨蒲萄

纍纍多應半熟時，落斜高掛冷攢枝。分明記得山窗下，一架寒藤帶雨垂。《端平詩雋》。

韓補藝話（一則）

韓補（生卒年不詳）字復善，號思軒，信州玉山（今江西玉山）人。祥弟。嘉定十六年進士。淳祐中知徽州，除户部郎官、淮西總領。遣使南邦，還對稱旨。後以忤時宰出知太平州。宗程朱之學，與其兄祥並稱"二韓"。

御書跋

皇帝即位二十有二年，神化堅凝，宇縣寧謐。深惟人極民彝之大，實儒者扶持之功。法宫靚淵，獨觀昭曠，百爾玩好，拒却不疑。厥既御寶跗，題華扁，用宏賁於首善之地矣，下至方國之建書院者，悉次第而敷錫焉。

臣去冬待罪古歙，乞爲先儒朱熹立祀，因闢黌宇，以育英俊。儒紳勸講，達於帝聰，有旨賜"紫陽書院"四字。鳳飛鸞聳，遒勁偉特，凡厥瞻覯，如望屬車之塵，罔不欽竦而誇耀。臣既率屬拜賜，因念昨以宗正簿入對，玉音諭臣曰："朕宫中無他好，惟讀書寫字而已。"始臣疏遠，未能蠡測，今觀八法精妙，超入神品如此，聖學之進，豈易涯哉！

先是，門臨通衢，惟璿題尊嚴，懼或褻玩，而規祠堂之左，別敞高楹，以虔昭揭。復於直舍後增創傑閣，爲尊奉寶藏之所。工役告竣，進諸生，語之曰："天不愛道，故龍馬龜圖見於河洛；王者重道，故雲章奎畫被於州間。今此數楹之屋，非有虹彩翠氣流離宛延，如唐室千二百區之壯也；偏州斗壘，介在萬山，非有巾卷充街，縝笏匝序，如漢京辟雍之盛也。聖上不泄不忘，寵光無間，非以先儒之道在是乎？人能弘道，非道弘人，惟孝惟忠，克勤罔怠，是所以對揚天子之休命。不然，則暗室屋漏，一念弗謹，天威不違顔咫尺，可不懼諸！"

臣既伐石深刻，謹拜手稽首，書於下方。淳祐六年十有一月望，具位臣韓補謹識。

明正德八年鮑雄刻本《朱子實紀》卷一一。

林希逸藝話（一一則）

　　林希逸（一一九四~？）字肅翁，號鬳齋，又號竹溪，福清（今福建福清）人。師從陳藻，與寒齋林公遇爲友。嘉定末，客居壽陽，集林光朝、林亦之詩，名曰《吾宗詩法》。端平二年進士，授平海軍節度推官。嘉熙二年，編林亦之《網山集》並爲序。淳祐中，累遷國子録，六年，召爲秘書省正字，除校書郎。七年，兼莊文府教授，除樞密院編修官。八年，出知興化軍。次年，刻劉克莊文集。十年，移知饒州，刊《艾軒集》。景定二年，除廣東運判。三年，召除司封郎官。四年正月，以司農少卿兼直舍人院，兼禮部郎官，兼崇政殿説書，除秘書少監，四月，除太常少卿。奉玉局祠。咸淳四年，擢秘書少監。五年，擢翰林權直、遷太常卿，除秘書監，終中書舍人。林希逸工詩善書畫，以道學名世，其文集中多應酬頌美之作。著有《易講》《春秋傳》《鬳齋前集》六十卷，已佚。今存《考工記解》《老子口義》《莊子口義》《列子口義》。《竹溪鬳齋十一稿續集》三十卷，爲其門人福清林式之所編，共十三類。林希逸《離騷》一文闡述了《離騷》的主旨，批評宋人擬《騷》之作：首論《詩》《騷》關係，指責本朝人好議古人；末論屈原之不遇，並舉李、杜等爲例，以説明"《詩》家之風骨蹊徑，與《騷》爲同出也"。

一　題張尚書畫册四首

松間睡道士

高枕松間石，如儂未易知。世情祇益睡，不是學希夷。

犬

辭家何處附書歸，縱獵何年投絏去。斯入咸陽譏洛陽，料知黄耳嗤渠誤。

牡丹

生意草亦佳，可但蓮菊好。富貴本何心，莫以色見我。

雀

勘破鵬鳩事，人間百念消。茂先老自誤，不記賦鷦鷯。文淵閣四庫全書本《竹溪鬳齋十一稿續集》卷一。

二　清古源以隆茂宗畫《華池佛》求跋

畫如禪有派，此派自公麟。試我銀絲髮，幻渠金色身。淡無脂粉氣，清與雪霜鄰。具眼須珍惜，休將示俗人。《竹溪鬳齋十一稿續集》卷二。

三　律論

舉天下之事，若皆出於人爲，而實非人所能爲也。自無而至有，自簡而至繁，由古及今，變不窮而用亦不窮，是蓋自然之機行乎兩間者也。

民生之初，未能佃漁也，而網罟興焉；未能種也，而耒耜作焉。服牛乘馬，則成致遠之利；剡木剡木，則有舟楫之用。是蓋自無而有也。始之爲宮室也，上棟下宇足矣，而層臺累榭、丹楹刻桷，後之宮室爲何如？始之爲飲食也，污樽抔飲足矣，而雞彝犧尊、山罍玉瓚，後之器用爲何如？是自簡而至繁也。無者未始無，而終不能以不有；簡者不終簡，而終不能以不繁。機變之自然，非人所得而強有，亦非人所得而強增也。審乎是，則樂律之變，亦可以意通矣。

竊嘗謂聲與天地俱生，有聲則有樂。且天地之始，有風則有木，風號於萬竅，則小和大和，能言之類，即具五音，豈非律之所由興乎？嶰谷之管、雌雄鳳之鳴，特其機至是不能以自秘爾。《莊子》有曰"樂出虛"，是誠至言也。又其假黃帝之名，談大庭大事，模寫乎流光輝綽之聲，莊周其真知樂者也。黃鐘之九寸三分損一，而十二月之律呂生焉。五聲還相爲宮，而三百六十音之法興焉。是猶未也，增之以三變，演之以八十四調，伸之以百四十四律、千有八聲，機愈出而變愈繁。昔之無者非虧也，今之有者非贅也；昔之無者非未備也，今之有者非有餘也。造化之妙，遊乎天地之間，愈久而愈泄。若是爾，夫何鄭譯之說見排於當時，而技雜夔弄，聲多吳楚，祖孝孫又見譏於後日？譯之說得於龜茲，而孝孫之樂謂之雜夔弄，非誣孝孫也。蓋聲樂之事非獨中國有之，蠻徽之間雖其分寸尺度與中國固殊，而亦自有樂。是皆冥默機契之地，安得以蠻徽爲俱非也？且夫羌人之笛得於龍吟，伐竹而吹，其聲相似，此非一機之所寓乎？伶倫之聽鳳，其有異於是否也？由是而觀，則樂律不可無分寸尺度，而非分寸尺度之所能爲。有其法，無其人，亦徒爾。此議律之事所以啟後世之紛紛也。故嘗謂上黨之黍不足以定律，舜祠之管不足以定律，非不足也，無其人也；得其人，則牛鐸可以諧聲矣。

然則造律之法，學者不可以不議，如欲調律，請俟其人。《竹溪鬳齋十一稿續集》卷九。

四　跋東坡與蘇丞相頌五帖

山谷云："東坡簡札，字形溫潤，無一點俗氣。"觀此卷，真所謂筆圓而韻勝也。前一帖借金帶，乃初除從橐時；第二帖獲譴時。升沉轉眼，榮辱兼之，由今而觀，並可一笑。百世人物，固不可磨也。《竹溪鬳齋十一稿續集》卷一三。

五　跋蔡端明遺建康杜君懿行草四帖

蔡忠惠正字爲本朝第一，行草俱妙，然得者絕少，此卷尤當寶之。《竹溪鬳齋十一稿續集》卷一三。

六　跋東坡"默化堂"三大字帖

堂名，坡所命也　三大字神全而韻勝，其説尤美。此坡仙僧耳所作，與者果誰歟？公方見仇於世，而能求此於公，亦賢守將矣。體四時之運，而無容心於其間，付苦樂於偶然，而隨所寓以自適，此先生養性之法也，豈直爲牧養之妙乎？"默化"之名奇矣哉！雖然，四時化，萬物亦化，其不化者長存，此先生之帖所以傳，先生之名所以在也。《竹溪鬳齋十一稿續集》卷一三。

七　跋山谷與魏彭澤四帖

山谷元祐八年七月除編修官，時方服除。紹聖元年除宣城，改鄂渚，六月離城下，八月至彭澤。四帖皆此時作。所言三前執政微仲鄆州，莘老蘄，子由筠。之報，紹述之禍萌芽矣。明年，先生去黔中矣。

今片札寸簡，百世寶之，而子厚諸人字誅筆撻，童稚鄙惡，得喪榮辱果何如哉！《竹溪鬳齋十一稿續集》卷一三。

八　跋摩詰《看雲圖》　襄陽米友仁元暉、丹陽釋梵隆茂宗同作

陸平原云："情見於物，雖近猶疏；神藏於形，雖遠則密。"觀此筆者，必以是求之，苟知其趣，莫問誰作。《竹溪鬳齋十一稿續集》卷一三。

九　跋徐平父所藏《蘭亭》二帖

山谷謂右軍《蘭亭》，無一字一筆不可，以人意摹寫，或失之肥瘦，亦自成妍。

此卷二帖，皆摹而又摹者，與余所藏頗相類。雖其間有失真處，然亦有可心會者，以山谷之語求之則可。

竹溪林某，咸淳己巳九月己巳書。"可以心會"亦山谷跋中語。 《竹溪鬳齋十一稿續集》卷一三。

一〇　觀慶雲圖

伊昔承天慶，人間有聖君。圖傳何世本，今見古時雲。就日曾謠詠，非煙喜郁紛。筆工疑顧陸，治盛憶華勳。簡冊歌雖在，丹青畫罕聞。坎中元有象，心畫妙羲文。《竹溪鬳齋十一稿續集》卷一八。

一一　無絃琴

道外元無器，聊橫膝上琴。本非絃可弄，自覺趣尤深。早向聲前悟，何勞指下尋。昭文元不鼓，鍾子謾知音。瞶矣鐘名啞，傷哉磬有心。退之如解此，《十操》不應吟。
《竹溪鬳齋十一稿續集》卷一八。

徐元杰藝話（二則）

徐元杰（一一九四～一二四五）字仁伯，一字子祥，號梅野，信州上饒（今江西上饒）人。幼往鉛山從朱熹門人陳文蔚學，後師事真德秀。紹定五年進士第一，調簽書鎮東軍節度判官。嘉熙二年，召爲秘書省正字，遷校書郎。三年，遷著作佐郎兼兵部郎官，出知安吉州，辭。淳祐元年，知南劍州。丁母憂去官，服除，授侍左郎官，兼崇政殿説書，每入講，必先期齋戒。遷將作監。四年，上疏論丞相史嵩之起復，朝野傳誦一時。兼右司郎官，拜太常少卿，兼給事中、國子祭酒，權中書舍人。五年，特拜工部侍郎，暴卒，傳爲嵩之毒死。三學諸生伏闕訟冤，獄迄無成。諡忠愍。元杰學有根本，心繫國事，發爲文章，惓惓納忠，辭旨懇到。其詩亦頗質樸，受真德秀影響，篤守師説。有文集二十五卷，趙汝騰爲作序，景定二年其子直諒刊於興化，已佚。清四庫館臣據《永樂大典》輯爲《梅野集》十二卷。

一　題余豈潛所藏楊補之梅

此花在羣品，有衆美萃。其潔净似《易》，其正葩似《詩》，其屈曲枝幹似《盤》《誥》，其節似《禮》，其樂似《樂》，其謹嚴似《春秋》，蓋花之有文實者也。畫工勘破其魂骨，而後筆法能意足，意足而後不求顔色似矣，觀者當自得之。某觀蘭戲題之後，又賞此卷而爲之書。文淵閣四庫全書本《楳埜集》卷一〇。

二　畫龍

崢嶸頭角見龍神，畫者微茫畫得真。一夜風雷捲將去，沛爲膏澤下於民。《楳埜集》卷一二。

唐士耻藝話（一則）

唐士耻（生卒年不詳）字子修，金華（今浙江金華）人，仲友猶子。以蔭補官，嘉定、淳祐年間，歷任吉州、臨江、建昌、萬安等州軍掾屬，餘不詳。著有《靈巖集》，已佚，清四庫館臣據《永樂大典》輯爲十卷。集中制誥無除授姓名，表、檄、箴、銘、讚、頌各體亦多擬作，題目取自上古至南渡初年時事，多爲詞科之用而作。大抵見聞廣博，持論有據，不爲末流空談之學。

題彭紹墨

彭紹之墨玄又玄，問誰得法託之仙。凌煙膠漆有三昧，魯直之什曹洞禪。我欲大振獅子吼，直恐驚翻龍象筵。紛紛是事但且置，一言爲語千金廉。唐人五字魂逷天，箕斂四大歸新篇。空餘句法落寰海，豆萁不覺相熬煎。中原可復墨可黔，鬢絲白髮知何年。文淵閣四庫全書本《靈巖集》卷八。

謝愈修藝話（一則）

謝愈修（一一九四~?），台州（今浙江臨海）人。餘不詳。

《書小史》序

《書小史》者，中都陳道人所編也。自伏犧畫卦以至五代上下，數千百年之間，字體變化如浮雲。紀傳所載以書名者代不乏人，而人之賢否、藝之高下，雖妙跡不能盡傳於世，觀此亦可概見其萬一。道人趣尚之雅，編類之勤，可謂不苟於用心矣。

予識之五十餘年，每一到都，必先來訪，訂證名帖，飽窺異書，愈久而愈不相忘，亦未易多得也。咸淳丁卯重九，天台謝愈修誌於西湖寓舍，時年七十有四。上海古籍出版社一九九一年影印本《書小史》卷首。

釋紹嵩藝話（一則）

釋紹嵩（一一九四~?），一作少嵩，字亞愚，廬陵（今江西吉安）人。嘉定五年，年十九，漫遊鄱陽、九江一帶，遇景感懷，集句作《漁父詞》二卷。紹定中，住持嘉興大雲寺。能詩，自稱"信口而成，不工句法，故自作者隨得隨失"。紹定二年秋，自長沙訪遊江浙，感物寓意，集古人佳句，成《江浙紀行集句詩》七卷。陳應申跋稱其"穿户於詩家，入神於詩法"，"千變萬態，不梏於所見，如所謂老坡之詞，一句一意，蓋不可以定體求也"。

題印上人關外山水圖

一源淳樸異山川，一簇人家起暮煙。世亂不妨松偃蹇，客程依舊水潺湲。雲横新塞遮秦甸，樹蔭澄江入野船。聞説殽函猶險在，爲師懷想幾淒然。文淵閣四庫全書本《江湖小集》卷六。

趙希崟藝話（一則）

趙希崟（生卒年不詳），一作希塈，開封（今河南開封）人。淳祐中爲江東轉運使。七年四月，爲禮部尚書、督視行府參贊軍事。又嘗官給事中。

題謝太傅像

此維揚郡齋本，蘄春謝長卿家所藏。比於行都見畫像，相傳是顧長康筆，縑腐色剝，幾不可觸，而阿堵中瞭焉，校此本無毫髮差。今維揚舊石不存，遂摹刻於半山，今存本寺。文淵閣四庫全書本《至大金陵新志》卷一二。

趙希邁藝話（一則）

趙希邁（生卒年不詳）字端行，號西里，永嘉（今浙江溫州）人，宗室，燕王房八世孫。歷嘉定尉，平陽丞。端平間，通判雷州，知武岡軍。著有《西里詩稿》，劉克莊《題趙西里詩卷二首》稱"人歎斯文逢厄運，天留此老主齊盟"，又云"到處名山留屐齒，看來元氣在毫端"。詩集已佚。

王生山水歌

范寬山頭李成樹，百年二老皆僊去。如今尺素留人間，縱有千金無博處。後人筆底工一家，聲價隨可喧中華。王君二妙聚一手，參以吟思遊天涯。萬里江山纔數幅，東抹西塗意先足。蒼梢巨石相參差，風雨煙雲在覊束。近時目賤耳反真，畫圖重舊不重新。名家翰墨未必貴，塵漬贗本翻爲真。君提健筆來海外，山若玉簪江若帶。朝昏變態焉可窮，筆未鋪張心已會。嶺南遊者多詩人，見君作畫應憐君。求我新詩寫君畫，終使李范聲名分。文淵閣四庫全書本《宋詩紀事》卷八十五。

葛紹體藝話（二則）

葛紹體（生卒年不詳）字元承，建安（今福建建甌）人，僑居黃巖（今浙江台州黃巖）。與弟應龍號"二葛"，俱師葉適，葉贈詩有"念子身名兩未遂，令我衰病無一好"之句（《水心文集》卷六《送葛元承》），蓋潦倒不得志者。博學善屬文，有《四書述》《東山集》，已佚。《郡齋讀書志》附志卷五下著錄《東山詩文選》十卷，不傳。清四庫館臣據《永樂大典》輯爲《東山詩選》二卷。《四庫全書總目》稱"集中有與趙師秀、翁卷酬贈之作，故其詩頗近四靈"。

一　題韓季默春山圖

春山一簇帶春雲，樓閣高低日欲曛。騎馬棹船遊冶客，一天風月自平分。文淵閣四庫全書本《東山詩選》卷下。

二　題松竹梅畫扇

扇招三友亦風騷，淡墨蕭疎雨露梢。不止暑天涼意足，愛他曾耐歲寒交。《東山詩選》卷下。

王柏藝話（二八則）

　　王柏（一一九七～一二七四）字會之，一字伯會，少慕諸葛亮爲人，自號長嘯，金華（今浙江金華）人。其父及大父皆從學於朱熹、呂祖謙。王柏初爲科舉之學，轉而爲文章偶儷之文，又改從古文詩律之學。工力所到，隨習輒精，有《長嘯醉語》。年三十三，棄去俗學，勇於求道，與其友汪開之著《論語通旨》。端平元年，謂長嘯非聖門持敬之道，改號魯齋。二年，改從黃榦門人何基學，於《四書》《通鑑綱目》標注點校尤爲精審。以教授爲業，曾受聘主麗澤、上蔡等書院，從學者衆。咸淳十年卒，年七十八，謚文憲。王柏天資卓絕，桀驁不馴，後雖折節學問，仍有好高務異之意，敢攻孔子手定之書。詩文雖刻意收斂，然亦時露豪邁雄肆之氣。著述甚富，今存《書疑》《詩辨說》《研幾圖》《天地萬物造化論》等。已佚者有《文章復古》《文章續古》《濂洛文統》《擬道學志》《朱子指要》《詩可言》《天文考》《地理考》《墨林考》《正始之音》《江左淵源》《伊洛精義雜誌》《周子》《發遣三昧》《文章指南》《朝華集》《紫陽詩類》等。其詩文集《甲寅稿》亦已佚，六世孫王迪裒集爲《魯齋王文憲公文集》二十卷。

一　題定武《蘭亭》副本

　　玉華末命昭陵土，《蘭亭》神跡埋千古。率更搨本入堅珉，鹽帝歸裝投定武。薛家翻刻愚貴遊，舊石宣和龕御府。邊塵橫空飛渡河，中原荊棘穴豺虎。維揚蒼茫駕南轅，百年文物不堪補。紛紛好事競新模，傾欹醜俗亡遺矩。如今薛本亦罕見，仿佛典型猶媚嫵。清歡盛會何足傳，右軍他帖以千數。託言此筆不可再，慨然陳跡興懷語。今昔相視無已時，手掩塵編對秋雨。文淵閣四庫全書本《魯齋集》卷二。

二　題東邨所藏《宮錦圖》

　　后德相成帝業昌，不耽歌舞誇新粧。六宮婦式頒鹽事，職雅心專清晝長。忽見雙娥理絲把，寬急對牽身勢強。轉輪飛轉一縷細，文茵獨坐迎微涼。高捲翠簾三四侶，織就五綵成龍章。獻功不闕出宮闈，手授縫人成帝衮。端拱明堂萬國朝，文物聲明光四境。何人遇此一段奇，追記丹青描不盡。器用鋪張規制精，默寓經綸合繩準。世間畫手無此圖，疑是當年閻立本。《魯齋集》卷二。

三　題時遁澤畫卷十首

斷岸臨江渚，風聲瑟瑟寒。蒼髯五君子，莫作大夫看。
浩浩雲橫塢，霏霏雨不收。野橋人少度，寂寞卧清秋。
虎嘯風生壑，龍藏氣吐雲。草廬勿高卧，天地正絪縕。
礚礚林石立，瀹瀹雲壑閟。萬杉最深中，莫有前朝寺。
江村依密樹，目遠送征鴻。不盡暮天碧，誰續蘆花風。
巨石聳鰲脊，飛泉漱雪濤。一聲何處笛，呼雨到江皋。
一壑雲屏展，江橫萬里長。漁舟下灘去，寂寞舞斜陽。
一雲山萬重，天地混不分。須臾風浪惡，舟楫泊江濆。
精藍夾江干，鐘皷時相應。兩山遮不斷，樓閣若爭勝。
浩浩乾坤濶，微微見斷山。頗興浮海意，吾道正多艱。《魯齋集》卷三。

四　題《流觴圖》

東晉群賢事已荒，却於紙上見清狂。茂林修竹今何在，一段風流付夕陽。《魯齋集》卷三。

五　題《浴沂圖》

一時言志聖師前，鼓瑟聲中三月天。誰識詠歸真樂意，如何却向畫圖傳。《魯齋集》卷三。

六　題《長江圖》三絕

一目長江萬里長，幾多興廢要商量。時人莫作畫圖看，說著源頭正可傷。
魚腹江邊八陣圖，嶙峋於此豈良謨。後來浪道長虵勢，用勢還須烈丈夫。
瓜步洲前水最深，幾人恃此縱荒淫。誰云天意分南北，自是人無混一心。《魯齋集》卷三。

七　題立齋《天台圖》

留題已是十年前，展卷重看思惘然。汝以不言傳至道，豈如吾道以言傳？

出處於人不偶然，當時已報赤城緣。丹青有筆誰能畫，聖則堂前月滿川。《魯齋集》卷三。

八　題王伯忠《雪月圖》

片紙裁成數寸慳，王孫風致寄毫端。只於天地交光裹，認得前程萬里寬。《魯齋集》卷三。

九　《墨林類考》序

歐陽公集古之勤，十有八年，得千卷，并包夷夏數千萬里，歷周秦漢魏數千百年，聖賢功業、亂臣賊子事跡，往往史傳之外，證明偽繆，其於所得之多，雖勞而有益也。其後東武趙明誠著《金石錄》三十篇〔一〕，上自三代，下訖五季〔二〕，鐘鼎鬲盤彝尊爵之款識，豐碑大碣，顯人晦士之遺跡，見於金石者皆去取褒貶之，凡爲卷二千。南渡後，昭武李丙亦集錄千卷，越二十年，天下之聞碑名跡，舉萃其家。百世之消息滿空，欽然具於緗帙之上。其他如《復齋碑錄》《東觀餘論》及《夾漈金石》之類，記述不一，謂之博古可也。

論之學，則進德脩業之士有所未暇。東萊先生曰："心思之不可囿而滯也。"其論精警。予固非有此癖好也，亦非有力可以訪求也。類秦漢之名碑，慕其古也；列晉唐之精刻，善其字也。分爲六門，便於討論也。名曰《墨林類考》，總二十卷，亦未備也。

間嘗遐想，在昔往古，隱君逸士嘉言善行沈淪荒墜者，何可勝道？姦回之徒盜名惑世，假託依倚者，宜亦不少。安得強敏有識之士，於進脩之餘，追遊藝之意，衰金石之所載，具其詞章，攷其真偽，評其得失，削其繆妄，續歷代之典法，補史傳之闕遺，庶有益於後世。無玩物喪志之嫌，可以盡掩前人之編，庶幾乎恢拓翰墨之囿，疏暢心思之滯，集金石之大成而玉振之矣。吁，焉知來者之不如今也？

顧予所編不足以議此，因其序以見此云爾。續金華叢書本《魯齋王文憲公集》卷四。

〔一〕誠：原作"識"，據清順治十一年馮如京刻《宋王文憲公遺集》本改。
〔二〕訖：原作"記"，據同上改。

一〇　《考蘭》序

序曰：考古士之常業也，考聖賢之成法，而後識事理之當然。雖天文地理、律曆制度，凡所當考者不一。至於治亂成敗、是非得失之跡，尤不可不考者也。

若夫書之爲藝，有六義，有八體，有脫簡闕文之疑，有豕亥魯魚之辨。考者考其字之訛謬也，非考其字之妍媸也。考其字之妍媸，後世之末學也。

梁武評書，按一時之遺跡，蔽數語以形容，此烏足以盡其精微哉？袁昂又評之，唐人又評之，本朝諸公亦從而評之，大抵皆祖述其意而異其辭爾。梁之庾肩吾又品第其高下〔一〕，唐李嗣真亦效之。此固未易工也，亦不過論其大體而已，未有提出一碑一碣，縱論其善惡者，尤未有一碑變數十百碑，如《蘭亭叙》者也。

予因觀《蘭亭考》而有感焉，推其源流，辨其同異，列其所自出，萃前賢之論讚，亦可謂好古博雅之士矣。問其考精者之所以爲精，不善者之所以爲不善，則未嘗有決詞也。夫以一紙之字，臨摹響搨數十百本而刻之，雖不能不失真，猶可曰互有得失，蓋所傳者之未遠也。然一石之字，搥搨之間，且有紙墨工拙之異，濃淡肥瘠之不同，豈有一碑轉相傳禪，子子孫孫，變而爲數十百種，而有不失其真者乎？一傳而質已壞，再傳而氣已漓，三四傳之後尚髣髴其流風餘韻者鮮矣，盍亦求其初乎？孟子曰：觀水有術，必觀其瀾。此觀其所會也。又曰：水無有不下，性無有不善。此觀其初也。不揣其本而求其末，不探其源而涉其流，今爲士者事事皆然，何獨於《蘭亭》？可歎也哉！

本朝黃山谷最善評書，其論此碑也則曰：褚庭誨所臨極肥，張景元所得闕石極瘦，惟定武本則肥不賸肉，瘦不露骨，三石皆有佳處。又謂定州石入棠梨板者，字雖肥，骨肉相稱，觀其筆意，右軍清真風流，氣韻映冠一世，可想見也。今時論書，憎肥而喜瘦，黨同而妒異，曾未夢見右軍脚汗氣。斯言慷慨激烈，似亦審矣。東坡則曰放曠自得，郭河南則曰神氣飛動，殊覺天成。或曰道媚勁健，或曰溫潤典刑，或曰謝脫拘束，皆未爲精密也。米南宮之讚，雖奇崛鏗鏘，殊覺溷漾，其曰"永和"字全其雅韻，"九"、"觴"字備著其真標，"浪"字無異於書名，"由"字益彰其楷，則亦庶幾乎得其實也。或謂定武本"仰"字如針眼，"殊"字如蟹爪，"列"字如丁形，而爲曾公樂道譏之，曰恐爲九方皋所哂。然驪驤黃牝牡之不記則有之，決不以犬豕豺狼麋鹿而謂之馬也。苟能於"永和"、"九"、"觴"、"浪"、"由"、"仰"、"殊"、"列"九字之中開九方皋之目〔二〕，亦未爲過。

近世如尤錫山、王復齋，皆喜評碑帖。陸象山謂二公於《蘭亭》，一主肥，一主瘦。二公猶爾，其孰能決之？惟高宗皇帝讚曰：禊亭遺墨，行書之宗。真百世不易之訓。

予嘗味山谷之評以薛肥張瘦，惟定武本不瘦不肥，其論雖審，而觀者未悟其意。後之翻刻者止求於不瘦不肥之間，則字畫停勻，反成吏筆，尚何足以語《蘭亭》乎？其意蓋曰定武本有肥有瘦，肥者不賸肉，瘦者不露骨，此右軍之字所以爲行書之宗也。

夫賞鑑識別之嚴，各隨人品而上下，昧者貴耳賤目，矜己忮善，未易以口舌辨也。間有雅尚君子，挈長度短，博覽研校，不過至定武重開本而止。蓋初本罕落東南，未易見故也。葉公好龍，見真龍而反疑之，紛紛皆然。

予見此序亦多矣，雖不能盡知何處所刊，每見善本，亦未嘗不爲之躍然。及見中原故家舊本，於是心降慮消，氣融神暢。又懼其見之未博也，疑必有過於此者，廣採近時精鑑之士所共推爲善本者十餘家，點點畫畫，錙銖而考之，未見其可以伯仲稱也。其肥者必失之氣濁〔三〕，瘦者必失之骨寒，神癡而質俚者有之，意縱而筆狂者有之，或同兒戲，不知其醜而疥於石者繁瑣可羞也。若後世再有王右軍，則後之《蘭亭》或勝；若後世未有王右軍，則《蘭亭》當求初本無疑。不見初本，政自不必觀《蘭亭》也。

昔有所謂《古蘭》《柠蘭》《褚蘭》，今予作《考蘭》四卷，逐字疏於其下云。《魯齋王文憲公集》卷四。

〔一〕品：原脱，據文淵閣四庫全書本補。
〔二〕列九字：原作"九字列"，據同上乙。
〔三〕其：原作"脱"，據同上改。

一一　跋紹興五公帖

予景慕前脩，好觀遺跡，未必盡求其點畫之研也。所恨不能尚及遠古，猶得見乾道、淳熙諸賢之帖爲最盛。近年始得此紹興五公書，凡八紙。

先伯祖莊敏公多子弟代書，而親筆絶少見，此爲晚年親作，雖覺筆力差弱，而恭謹謙厚之風，藹然可親。默成之字歲積漸多，此二帖筆道神健，不可以世故束縛。忠定李公字有典則，端重自在，而出處艱關之狀，微見一二。北山鄭公筆逸情真，雖剸繁劇而有餘才〔一〕。太史范公意度嚴重，運鋒純熟，萬里訃聞之言，凜然忠憤，千古難平。即此五公之賢，推中興人物之盛，惜不得盡有其手筆也〔二〕。《魯齋王文憲公集》卷九。

〔一〕剸：原闕，據文淵閣四庫全書本補。
〔二〕筆：原作"畢"，據同上改。

一二　跋默成十一帖

某自幼知敬默成先生，初得"應仲"、"豆豉"二帖，喜不自勝，寶藏餘四十年，始續得十有二帖，作二卷，亦既書歲月於後矣。

寶祐丙辰之春，內兄伯遠携四十有九帖授予，曰："吾家不知愛，得好事者寶之足矣。"越數月，既成背軸，伯遠復來，展玩歎息而去。未幾，伯遠竟凶。嗚呼！伯遠知予之素所敬愛，故以託其傳，其志亦可悲也。

此十一帖獨首帖爲少年之字，餘皆縱逸豪健而不踰軌則，宜伯皋余君之讚美歎重也。伯皋亦以善書稱，故能參其筆意云。《魯齋王文憲公集》卷九。

一三　跋默成十八帖

右默成十八帖,多南渡搶攘之時,禍亂交挚,人不安厥居。氣象益可想也。

先生之出處大略,興致所寄,莫不灑然。至於奉親之歡,與人之厚,辭受之嚴,操守之固,亦可槩見。此卷所得不既富矣乎!雖多非晚年老筆,真如鳳雛翔於丹山,雖未千仞,終不肯輕下云。《魯齋王文憲公集》卷九。

一四　寶晉小楷跋

寶祐丙辰元夕後五日,邵君出示米南宫小字詩稿一册,再三囑予爲之序。予不善書,何足以知此?

寶晉之字幾滿天下,而小楷不多見。濃墨大書,以逞其逸邁奇倔之勢,是其長也,人亦以是愛之。至於蠅頭細字,而《閒暇》《平安》篇什雖多,而始終如一,何此老之不憚煩也?非故態時露一斑,幾不能辨。靜軒先生所指其精神風格,亦正在故態中。若夫收藏跌宕之氣,運功於毫芒,如觀魚紫硯間而甲胄森然,如走馬蟻封內而動中規矩。此寶晉之異事,而予之所獨愛也。

邵君又言其所自來,得於米氏之子孫,此固其家藏之物無疑。子孫不能保而它人是保,此不足深怪,政不必子孫保,而得它人常保之,乃所以爲可貴也。邵君力學自好,其所保者何止此哉!予將次第而請觀焉。《魯齋王文憲公集》卷一一。

一五　題《九老圖》後

唐有《洛陽九老圖》,傳於世久矣。我朝洛之諸公繼者凡三:其二圖形於普明僧舍,蓋樂天之故第也;元豐中又集於富韓公之第〔一〕,凡十有一人,圖形於妙覺僧舍。時人謂之《洛陽耆英圖》。此則普明之本,亦九人,對弈者文潞公、司馬溫公,觀者富鄭公,舞者趙公正南諱丙,回視持書人則王公君貺諱拱辰也。餘則忘其姓名矣。

此乃花溪胡氏表所摹,當時已悮書棋局爲戲笑。今四十餘年,憂患熏心,笑不上於眉端,欲如往時不可得。而此書亦復流落廢棄於道左,見之惻然。收而表褫之,書其本末於後,時展玩以自警,後之觀者亦有感於予言者乎?《魯齋王文憲公集》卷一一。

〔一〕富韓公:原作"韓富公",徑乙。富韓公即富弼。

一六　題賈菊徑龍眠馬圖

龍眠之馬,皆少年之筆也。初,龍眠好畫馬圖,馬所在至忘食,縱觀神遊於羣馬變態之中。有一僧語之曰："觀君胸中無非馬者，得無與之俱化乎？"龍眠大懼，始絕筆，故曰龍眠之馬皆少年之筆也。人寶龍眠之馬，正犯其所甚懼者矣。

昔有名僧，獨愛養鷹與馬，人問之，曰："獨愛其鋒神峻聳耳。"雖所愛異於人，是亦著物也。菊逕世事佛，敢以二事告之。《魯齋王文憲公集》卷一一。

一七　跋蘇滄浪二詩真跡

老米評公之字，以"五陵年少"方之，亦太貶矣。觀其神韻意度，終非南渡後人所及。三復二詩，尚想幅巾小舟，灑然滄浪之上。其人遠矣，墨猶新也，悲夫！《魯齋王文憲公集》卷一一。

一八　古貴人押字跋

我思古人，嘉言善行不能盡識也，每見其一點一畫，未嘗不玩味其意趣，注心高仰之。寶祐癸丑，得此碑於鬻書人。異哉，人之癖好也！何彙萃者不憚其勞，何刻石者不吝其費？是果何益於世哉？予則因可以觀人物，亦可以觀世變。

蓋古人之押字，實書名而花之，後世乃不然，與其名而不相似，直著其心之精微，寓於數畫之中。字者與人同，未足以深知其人，押則我之所獨，人焉廋哉！予觀司馬文正之押，署名而小花，則不失其制押之原，而精神風致，自然見於誠意之表，特此法未易盡識之耳。以大略言之，凡氣稟之重厚輕浮，心事之坦夷巇險，趣向之邪正，力量之強弱，皆可見也。既於字以得其人，又於人以驗其世，故自唐末終五季，諸人固無足取。觀其押字莫不狂詭飄揚，傾欹放蕩，宜乎亂亡之相尋。及我國家盛時，諸賢之押，何其簡易而平正也！

君子之於物，不以其末而棄之，亦必求其本也。嗚呼！是雖筆墨間之淺事也，其可忽諸？《魯齋王文憲公集》卷一一。

一九　跋趙宰《先天圖》

嘗讀康節之詩曰："皇王帝伯經襃貶，雪月風花未品題。"蓋直欲以是為勳業，為事權，比方聖經，為古人之闕典。

先王之詩未易觀也，朱子曰：康節之學，其骨髓在《皇極經世》，其花草便是詩。草巢之為編，已於花草上見造化，更能敲出《經世》骨髓，使天下之民皆擊壤而歌之，豈不幸歟？《魯齋王文憲公集》卷一一。

二〇　跋朱子大愚帖

先君子仙都府君與獨善汪公契好至厚，某爲兒時，未嘗數日不侍容色也。嘉定辛未，獨善先逝，先君子亦相繼棄諸孤。不數年，伯壽流落，其子開之追尋其迺祖遺書，劬劬懇懇，志甚可悲。紫陽之帖、大愚之詩，尤所寶愛，某故樂與之從遊，爲其摹刻於堅珉。撝堂劉公、船山楊公、克齋陳公皆感其事，慨然題跋於後。不幸元思蚤亡，此一段流風餘韻，漠然不接於耳目。

今年伯壽死，元思始克同葬，原帖與石刻亦次第而出。某復與异二刻龕於麗澤書院，使獨善之高風義槩，與麗澤相爲終始。非特有以慰元思泉下之靈，亦所以勉薄俗而助風化也。

嗚呼！大愚先生忠公於是竟終於貶所，今六十年矣。世變輘轕，師友彫喪，學絶教乖，風頹俗弊，不堪回首。獨善之子若孫今已跡滅祀曠，天難諶，命靡常，惠迪從逆之訓不靈，善人懼而世道來復之期益未可知也。慨念疇昔，烏得不爲之泫然？再與裝褫此卷於腐壞塵蠹之餘，使前賢之遺響尚洋洋乎人耳，觀之者忠義之心庶幾油然而生。扶世教於下者，抑何能已哉〔一〕！北山何子恭父、箕谷倪孟德父、立齋剛仲姪，皆元思之所敬，豈可無一詞相與起其墜於後乎？《魯齋王文憲公集》卷一一。

〔一〕已：原脱，據文淵閣四庫全書本補。

二一　書伯兄《心箴》後

右《心箴》一卷，適莊先兄晚年之筆也，鋒藏力健，氣定神和，非天君泰然，焉能至此？嘗以鄉之前輩曾書，不欲鋟梓，子孫宜寶藏勿墜。《魯齋王文憲公集》卷一一。

二二　跋《字韻》

鐘鼎甗釜、槃彝尊爵之款識，罕傳於後世，而籀篆寂寥，六義荒墜。斯變小篆，邈變隸書，二人雖同時，而斯猶有所宗也，邈則無復絲毫籀法矣。隸轉而楷，楷轉而行，行轉而草，行已不莊，草尤放蕩，世變所趨，淳厚斲喪，可勝言哉？

楷書首以元常稱，惟江左諸賢頗得之。至隋唐，其法漸壞，歐、虞、褚、薛、顏、柳諸公，皆不能逮也。今之學者不能推其原以復乎古，乃欲眩其詭以揚其波。蓋部分偏旁俱壞於能書者之手，取妍好異，惑亦甚矣！後有作者，必將以六義正之。

偶見屏巖上人集《字韻》而有感，遂識於後。《魯齋王文憲公集》卷一二。

二三　適莊友于帖跋

　　某自幼被先兄撫摩教詔之恩，非言可盡。歲晚同居，友愛尤篤。平生罕離侍下，書帖甚少，有時更唱，適意而已。暇日爲某書聖賢格言大字，無非教也。又小楷書《太極圖説》《通書》《西銘》《易傳序》《春秋傳序》，又書韓信登壇問答、草廬三顧問答、王朴《上世宗策》，共爲一集，以爲學問功業之勉。某崦嵫甚迫，深恨無以稱。且約以生既同一門，死將同一壑，又書"懷原"二字表之。

　　自古友于之愛，生死不忍相舍者鮮矣〔一〕。詩詞一軸，姑取一闋書於前，以先兄期望之意，回授後之子孫云。《魯齋王文憲公集》卷一二。

〔一〕舍：原作"合"，據文淵閣四庫全書本改。

二四　跋東邨《繹山碑》

　　東邨趙公出示《繹山碑》，俾予綴名其後，此固予之幸也，而未得其説。

　　徐而思之，好古者先當以其人之可尊，次當以其事之可傳，又其次始以其字之可法耳。三者咸無焉，雖古不足貴也。此碑徒以其篆之古也，然登繹山者不見其石，著《史記》者又無其詞，蹤跡茫昧，不可致詰。自唐已有棗木本，徐騎省模唐刻於後，今不可見矣。徐文寶刻於長安者亦不易。宋公本今刻於墨妙堂者，正與此本同。自騎省以下，又三橅矣，所謂雙鈎者亦隱然可見。東邨謂此雖摹傳之餘，然亦自可貴，此言爲不誣云。《魯齋王文憲公集》卷一二。

二五　跋西樓姪孫三帖

坡字

　　黃山谷云：學子瞻書，但卧筆取妍，至於老大精神，可與顏楊方駕者則未之見也。予嘗謂欲識坡公運用之妙，當於中筆清圓内求之。因有感亡友無適之言，爲之愴然書於後。

米字

　　朱子《字銘》云："放意則荒，取妍則惑。"此八字足爲作字之要訣。惟米南宫字當於放中求妍，此前一帖是也。

周平園字

　　益公之字，端重謹密，如其爲人。此猶中年之作也。每觀《退傅帖》，無異往昔，

二六　跋東邨所藏帖

咸淳辛未之冬，幕長東邨先生出示本朝名公帖，其後有跋，乃李文簡之子校書公及鴈湖也。校書名在慶元黨禁，嘉定辛未僞禁初解，起知三湖。鴈湖字季章，於朱子爲尤密。今言得先公手書凡八紙，止存其二而已。錫山尤公、攻愧樓公固先友也，若後湖蘇公、浮休張公、清江劉公相去差遠，未必及交。内有諱復者，不知爲誰，或疑其姪，顧名雖不甚顯，字已將滅，隱然尚有典刑。

古人所重墨跡，不特取其字也，亦敬其人也。世變之開闔盈虛，豈有窮哉？如慶曆、元祐諸賢之帖，今已不可多見，況晉唐之名家乎？雖然，物必萃於所好，誠能博擷廣受，久而不倦，豈止晉唐之遺跡尚可得，雖鼎彝之潤，篆籀之光，照映於左右，亦不難矣。呂子曰"心思之不可囿而滯也"，是亦不可不鑑也。《魯齋王文憲公集》卷一三。

二七　跋朱子所書《出師表》

聞昔朱文公酒每酣，多朗誦《出師表》，而或書之以贈友人。今見刻本，想其慷慨興起之意猶燁然點畫間。文公嘗曰："孔明有王佐之心，而道則未盡。"學者固不可徒讚歎於文字之間而已，要當知其心之所存，道之所未盡，庶或有得於文公所以書之之意。《魯齋王文憲公集》卷一三。

二八　跋滕行父《三峽圖》

巴峽之險古矣，然則西方之險與？東方之險與？水固無分於東西，險則因水之高下，南渡恃蜀，非恃險也。以魏公之倡義，二吳之忠武，雖有興王之基，亦僅僅自保耳。數十年來，貪風西被，蜀產盡而人心離，故狂戎以數千騎如騁無人之境。今之任蜀，果有張、吳之才與？否則所謂巴峽之險，方爲東南之深虞。

江山如昔而形勢頓異，不知當路者曾以是爲慮與？因觀圖有感，題其後。《魯齋王文憲公集》卷一三。

蕭澥藝話（一則）

蕭澥（生卒年不詳）字汎之，號金精山民，吉水（今江西吉水）人。嘉定九年領鄉薦。紹定中，隱居金精山。淳祐七年進士。著有《竹外蛩吟稿》，已佚。詩多詠史、書後之作。

題《東籬採菊圖》

倒樽醉臥菊籬邊，此段風流亦偶然。要識先生獨醒處，平生心事在寒泉。文淵閣四庫全書本《江湖後集》卷十五。

劉翼藝話（一則）

劉翼（一一九八~？）字驢父，福州福清（今福建福清）人。不喜科舉，致力於詩，與林希逸同學於陳藻，得其詩法。著有《心遊稿》，景定二年，從中摘詩十九首寄贈，林希逸編爲《心遊摘稿》，序稱"時年六十四，好慕如十八九時"。

伯言見和拙作，以漢隸書之，謝以七韻

李潮善八分，求歌杜陵叟。有人和我詩，半紙餘科斗。風雲生其懷，劍戟出其手。石經中郎蔡，新樣元和柳。元常文不傳，退之書何有。待我農隙時，載筆隨君後。袖手眼亦明，聊與之飲酒。文淵閣四庫全書本《兩宋名賢小集》卷二百七十二《心遊摘稿》。

李曾伯藝話（七則）

李曾伯（一一九八～一二六八）字長孺，懷州（今河南沁陽）人，後徙居嘉興，邦彥之後。紹定三年，知襄陽縣。歷濠州通判、軍器監主簿、鄂州通判。嘉熙元年，爲沿江制置司參議官。三年，遷江東轉運判官、淮西總領兼督視行府參議官。四年，除右司郎官，太府少卿兼敕令所刪修官。淳祐二年，爲兩淮制置使兼知揚州，進權兵部尚書。六年，以言落職予祠。九年，知靜江府兼廣西經略安撫使、轉運使。十年，除京湖安撫制置使、知江陵府。寶祐二年，爲四川宣撫使兼京湖制置大使，進司夔路策應大使，賜同進士出身，以事奉祠。四年，爲福建安撫使。五年，除荊湖南路安撫使兼知潭州，兼廣南制置使，移司靜江府。六年，再知靜江府。景定元年，以嶺南敗績落職解官。五年，起知慶元府兼沿海制置使。咸淳元年，以長於邊事爲賈似道所忌，以論褫職。咸淳四年卒，年七十一。李曾伯天才卓越，儒而知兵，屢以疏陳軍政獲遣，所至得將士心。其《陳可齋文集序》謂文有以名世者，有以應世者。所爲多應世之作，集中多奏、疏、表、狀之文，大抵深明時勢，究悉物情，多可以見諸施用。"詩、詞才氣縱橫，頗不入格，要亦戛戛異人，不屑拾慧牙後。"（《四庫全書總目》卷一六三）其文學成就主要在詞，雖多賀壽應酬之作，而風格粗豪，境界開闊。自稱"願學稼軒翁"（《水調歌頭·壽劉舍人》），風貌也似稼軒，而議論過多，不免流於粗豪。著有《可齋雜稿》三十四卷、《可齋續稿》八卷、《續稿後》十二卷。詞集別行，有《影刊宋金元明本詞》本《可齋雜稿詞》四卷、《續稿詞》三卷。

一　題吳太師書軸

活千人者有封。太師吳公，盛德之可紀者，某生也晚，不盡知。但聞當持節時，發粟賑饑，活民陰德不知其幾千人矣。王溥官職某不做，兒子二郎必做，固天下之所共期者。今方旦、奭左右，種、蠹中外，三槐王氏，又不足以望下風矣。緬想典刑，九原不可復作。

一日客趙君必實出示公之遺墨，蠅頭細書，溫然光霽可掬。中間爲士風，爲公道，切切慨歎，真足以砭劑時病，使進諸國醫，此其家藏經驗良方歟！

某歛衽伏讀之餘，趙君倂識軸尾，用拜手謹書。四庫全書珍本初集本《可齋雜稿》卷二三。

二 贈黃虛舟

昔唐人張志和，以煙波釣徒自號"玄真子"。時顏魯公刺史湖州，志和入謁，公問其舟敝漏，請更而已。某嘗謂魯公一代翰墨老手，礱磨浯溪之翠。以爲功名之士勸，而惜不能墨苔雪之水；以爲道義之士重與之舟，孰若與之宇也。虛舟詩伯，睎志和者，今茲來自楚渚，謁我大閫，而我勉齋老先生爲之欣然領會，濃墨大字，賜以"虛舟泊渚"四字，使之增賁邱園，歸耀草木。今世布衣中得此於王公大人者無有也，而況先生筆法今世魯公，志和之所不得者而虛舟今得之，其可無歌？因取是以爲二十八字，其詞曰：唐人筆法說顏書，惜對玄真一字無。今日虛舟載歸去，清風從此盛江湖。虛舟行有日，並作短歌以餞。

君不見，君家知命今師日，白衫騎驢人不識。當時畫作梁園圖，惟有龍眠老仙筆。又不見，異時知命離戎州，終身願學陶朱遊。能令太史爲著語，此比西子同扁舟。君今名在嫡孫行，數載浮家渚宮上。秋風細起鱸魚釣，落日馱成院花樣。孤篷短響成兩奇，一朝復見江南詩。風流信是古難繼，亦有軒輊誰爲之。我知長耳困皁櫪，突市衝籬久狂蹶。逢京兆節僅免辱，入華陰門幾遭詰。不如小艇楓荻洲，水天碧處盟沙鷗。凌波三歎洛妃恨，招魂一洗湘纍愁。騎驢不下竟爲惑，縱葦所之樂何極。與今坐上嘲子瑜，爭似舟中懷李白。奚庸二畝藜莧圖，足歸一枕黃粱娛。持竿鼓枻貴適我，解鞍截鐙無從渠。厥今龍眠麟筆不可復，太史鸞膠尚堪續。我亦苕溪漁隱徒，亦有水調遺子以一曲。《可齋雜稿》卷二五。

三 庚戌過浯溪讀《中興碑》

峿山一何青，浯水一何綠。上有唐朝碑，蒼崖與天矗。清廟做遺音，靈武號實錄。其筆走風雷，其文貴金玉。曾經兩賢手，足耀千載目。後來紀名氏，前鑱後且續。豈無黃絹辭，中寓白圭讀。一辭不敢措，我懼此碑辱。雖然勿泥古，詠嘆豈不足。嶽將降甫申，吾皇車攻復。將墨東海水，且汗南山竹。勒功岱嵩頂，豈但清溪曲。《可齋雜稿》卷二五。

四 跋《宣和浦禽圖》　內有蔡元長筆

大觀盛時，天子臨御多暇，遊戲翰墨，一羽毛，一卉木，皆精妙過人，至今猶有散落人間者。嗚呼美哉！當時臣子頌詠欽讚，固知有將順。

抑思世運推遷，猶時序也，物態豈常春乎！漢文帝元年之詔有曰："方春和時，草木羣生,有以自樂,爲民父母者將何如?"觀此圖,盍舉此以諷彼?京不足以語此。四庫全書珍本初集本《可齋續稿前集》卷五。

五　跋蕭省元書軸

鄱士蕭君嘗館於文靖史公,觀其主自可信其客。持示往來遺帖,蠅頭細楷,字字真實老成,典刑凋落,此空谷足音也。

中間蕭君以文場未利,銳然有遊邊志。公舉似古語,"譬如農夫,是穮是蓘,雖有飢饉,必有豐年",且自謂其年少未第時,受持此四句。公之斯言,真足以迪士類之常心,藥流俗之疾疢,其有功名教云。聞之者求之有餘師。《可齋續稿前集》卷五。

六　跋狄學賓時飛所惠《迴文織錦圖》

婦人操瓢弄翰,至織組以寄閨房之怨,好事者又繪藻之,且冠以金輪晨牝之鳴,本無足奇。顧自治平模本,距今踰二百,蘇、孔、秦諸賢,近世平庵、後谿、悦齋諸老皆嘗經目,墨跡猶潤,是可寶也。

雲洲與余先世交,故其孫輟以遺余,庸識軸末,以遺後之覽者。《可齋續稿前集》卷五。

七　題推篷梅軸

玉奴梳洗罷,平面露新粧。江岸數枝影,篷窗一罅香。橫披含曉色,卧對壓春芳。庾嶺幾多力,剡溪方寸長。蕭然臨水月,即之慣冰霜。老去墨池手,清入詩人腸。孤梢亞籬落,全樹啑玉堂。故舊解後見,雋永約略嘗。重羞籩鼎供,醉夢紙帳傍。賴君潤色之,着我懷袖藏。太緐厭易啟,所取廉毋傷。誰爲語逋遜,樂此同徜徉。《可齋續稿前集》卷六。

曹士冕藝話（四則）

曹士冕（生卒年不詳）字端可，號陶齋，南康軍都昌（今江西都昌）人，彥約子。嘉熙中，爲福建帥司幕僚。淳祐中官霏川。著有《法帖譜系》二卷。

一 《法帖譜系》序

魏晉真墨，世不多見，故家大室號爲收書者，所藏間不過一二。外此率多臨摹響搨，往往失真，無復古意。去古益遠，雖石刻亦復艱得。秦漢豐碑巨碣，唯字畫深且大者僅存。雖日就剝落，而尚或彷彿可辨。至如晉宋諸刻，幾一字不可考矣，可勝歎哉！

恭惟藝祖皇帝承五季分裂之餘，平一天下，諸國賓服，文書禮樂，復見全盛。太宗皇帝文德化成，淳化中盡取御府歷代名跡，刻之秘閣，每大臣登進二府則賜之。於是魏晉書法傳布天下，閣帖之名，蓋始乎此。自是好事者轉相傳摹，而又增益他帖，別爲卷第，如絳帖、潭帖之類。枝分派別，不知其幾。世之得其一二者，未暇詳考，往往自爲珍異，此是彼非，莫知底止。

余生最晚，自幼粗知崇慕書學。第識見淺陋，所得不廣。淳化古帖，恨未識真。近世所藏，率是薦本。絳帖家藏數種，雖有同異，並皆中原新刻。近歲始獲見古本於三衢好事家，然後知單公炳文之論不我欺也。因取平生所見諸帖列成譜系，以備遺忘。若夫考訂不精，紀載未備，尚俟博雅君子矜我者是正而增廣之。

淳祐乙巳仲春日在端午，陶齋曹士冕書。百川學海本《法帖譜系》卷首。

二 《樂毅論》題識

舊傳《樂毅論》，右軍親書於石，世無復有真墨。梁代模出，天下珍之。陳天嘉中歸御府。唐貞觀十二年，內出真跡，命直弘文館馮承素摹寫六本，以賜高士廉等，自是傳於世者寖廣。

國朝高本藏周膳部家，又有文皇手批勅字本傳於世，今皆不可復見。唯舊石出秣陵井中，闕至"海"字者，高學士紳得之，爲世所貴。字畫遒勁，法度森嚴，惜其不完。章氏斫魚石有首尾而闕中段，淳熙秘閣本有尾段而闕其前，二者字既不完，失真遠甚。元祐官本今再刻於會稽，往往出於待詔經生輩所臨；中山劉炎所刻別本亦復塵俗。唯此刻風神俊逸，意度蕭散，深得古人筆法之妙，而又首尾完好。其間"千載一遇"字，重復一句，每字各加一點，獨此與秣陵古本則然。近世重刻海字本，已不復有此疊句，蓋轉相傳搨，未必親見古本也。余頃得秣陵本，刻石久矣，今復見此，因併刻之，而識其後。

嘉熙庚子日南至，匯澤曹士冕書。中華書局香港分局一九八〇年本《叢帖目》卷二。

三　書曹士冕《定蘭審定訣》後

重慶兄作《定蘭審定訣》，未及脫稿，親戚間遽持去。鄭重訪求，僅得臨本，亟請重書，因循弗暇。今已矣，恐此文久而失傳，乃以臨本附於卷末，且□之星鳳樓下，與同志共之。兄字魯可，魯菴蓋其自號云。嘉熙戊戌中元日，士冕敬書。《叢帖目》卷二。

四　跋王羲之鵲不佳帖

右軍鵲等帖，舊藏李簡之少師家，其詳見於寶晉書史。中更搶攘，此帖倖存，殆有神物護持耶？淳祐乙巳夏五，陶齋題。《叢帖目》卷二。

江萬里藝話（一則）

江萬里（一一九八～一二七四）字子遠，號古心，南康軍都昌（今江西都昌）人。連舉於鄉，入太學，有文聲。寶慶二年進士，歷池州教授、沿江制置司準備差遣、兩浙安撫司幹辦公事。端平二年，召試館職，除秘書省正字。三年，除校書郎，遷秘書郎。嘉熙元年，累遷著作郎，旋奉祠。出知吉州，創白鷺洲書院，兼提舉江西常平茶鹽，遷江西轉運判官兼權知隆興府，創宗濂書院。淳祐四年，以駕部郎官召，遷尚右兼侍講，拜監察御史。未幾，遷右正言、殿中侍御史、侍御史，彈擊風生，號真御史。以母病不俟報馳歸，議者謂其秘不奔喪，閒廢十二年。寶祐三年，除知福州兼福建安撫使，以論罷，提舉武夷山冲佑觀。賈似道辟爲兩浙宣撫司參謀官。開慶元年，遷刑部侍郎，兼國子祭酒、侍讀。景定二年，權吏部尚書，同簽書樞密院事。五年，出知建寧府兼權福建轉運使，未幾，知福州兼福建安撫使。度宗即位，召同知樞密院事。咸淳元年，遷參知政事。二年，以忤賈似道丐祠，爲湖南安撫使兼知潭州。五年，召爲參知政事，拜左丞相。六年，出爲福建安撫使。十年，提舉洞霄宮。德祐元年，元兵破饒州，赴水池死，年七十八。諡文忠。以古文知名，周密稱其文中複乾淳體，"自成一家"（《癸辛雜識》後集），《論學繩尺》謂其文"高古"（卷六《子儀單騎見虜論》），劉壎《題古心文後》亦盛讚其文。

《宣政雜錄》（選錄）

唐武后《昇中述志碑》，后自撰，睿宗書，極壯偉，在嵩山下。政和中，河南尹上言，請碎其碑，詔從之。文淵閣四庫全書本《說郛》卷四十七下《宣政雜錄》。

宋伯仁藝話（二則）

宋伯仁（一一九九~？）字器之，號雪巖，湖州（今浙江湖州）人。曾舉宏詞科。紹定六年，監泰州拼桑鹽場。嘉熙元年，寓居臨安，北遊淮揚，復卜居臨安之西馬塍。工詩，與江湖詩人高翥、孫惟信等論詩交遊。性喜梅，築圃栽培，玩花吟詩，刊《清臞集》，又作《梅花喜神譜》，後繫以詩，圖形百種。明潘是仁《雪巖詩集序》稱其詩"天然流邁，不事錘鑿"，《四庫全書總目》卷一六四亦謂其稱意揮灑，本乏研煉之功，"思清而才弱"。其著述今存《酒小史》。詩集有《忘機集》一卷、《海陵稿》一卷、《西塍稿》一卷、《西塍續稿》一卷。

一　聽琴

静夜聽鳴琴，秋風動幽谷。何爲鍾子期，千古無人續？文淵閣四庫全書本《兩宋名賢小集》卷三百四十七《西塍續稿》。

二　簡張寄翁秀才

徽外琴聲局外棋，此心能得幾人知。縱橫漫説三千字，陶寫須吟《百一詩》。秋到蓼花蟬噪後，雨敲荷葉鈞歸時。西湖儘著張公子，莫把吟篷月共移。《西塍續稿》。

趙孟堅藝話（九則）

趙孟堅（生卒年不詳）字子固，號彝齋居士，湖州（今浙江湖州）人。南宋宗室，宋太祖十一世孫。理宗寶慶二年進士。南宋末年兼具貴族、士大夫、文學家三重身份的著名畫家、書畫收藏家。儒雅博識，工詩文，善書法，擅水墨白描水仙、梅、蘭、竹石。其中以白描墨蘭、水仙最精，取法揚無咎，筆致細勁挺秀，花葉紛披而具條理，繁而不冗，工而不巧，頗有生意，給人以"清而不凡，秀而雅淡"之感，世皆珍之。著有《梅譜》《書法論》，已佚。清四庫館臣自《永樂大典》中輯其集爲《彝齋文編》四卷。《彊村叢書》收錄其《彝齋詩餘》一卷。

一 贈筆工吳昇

蘭臺上狸毛，山谷愛雞距。物勝因人成，雅制傳自古。風流渡江初，筆翰猶樸魯。曾窺上方製，遺範典刑具。寸簪束萬穎，贍足飽霜兔。豐融沛行墨，充實自妍富。行間得茂密，夫豈窘尺度。澆浮自趨薄，贏劣醜畢露。清快誇鉤心，節括號釵股。纖纖銛甚錐，祗便庸書伍。殺鋒出光芒，苗枯旱無雨。齟齬癡凍蠅，安能剛石怒。爾來邈東嘉，法則自誰祖。宛見昔製作，齊力萬毫努。吾欲標諸人，示玆明取與。斲雕還反樸，淳風招已去。春苗異蘆筍，廣袖謬纖組。誰能一羽力，回彼滔滔注。百爾今已然，豈但於筆故。文淵閣四庫全書本《彝齋文編》卷一。

二 題趙大年小景

霜輕榆柳未全黃，兩岸菰蒲洲渚長。鷗鳥背人飛撲灕，西風嘗是入斜陽。
一行白鷺過前山，飛去沙鷗半復還。更有精能君見否，黃鸝兩兩綠楊間。《彝齋文編》卷二。

三 跋徐禹功梅花畫卷

余數年前，因康節菴作墨梅，曾題長句曰："逃禪祖花光，得其韻致之清麗；閒菴紹逃禪，得其瀟散之布置。回觀玉面而鼠鬚，已自工夫欠精緻。枝枝例作鹿角曲，生意由來端若介。第傳正印有由自，捨此的傳皆妄耳。僧定花工枝則粗，夢良意到花則未。女中郤有鮑夫人，能守師繩不輕墜。可憐聞名未識面，更有江西畢公濟。季衡醜俗惡札祖，弊到雪篷濫觴矣。所恨二王無臣法，多少東鄰傚西子。此中有閫豈莫傳，要以眼力求其旨。枝分三疊墨濃淡，花有正背多般蕊。鬚飛七出蒂則三，點眼名椒梢鼠尾。夫君已自悟筌蹄，重說偈言吾亦贅。誰家屏幛得君畫，更以吾詩疏其底。"此詩之作，謂學梅江西止爾，初不知禹功之能也。

今觀悟悅頤師所藏徐君禹功之作，蓋於諸人之外，最得逃禪之體者，惜余前未聞知。後人吟更清，豈可少之。然禹功不自標名氏，第曰"辛酉人"，不知淳熙前辛酉，或是慶元後辛酉也？逃禪生於紹聖之丁丑，歿於乾道之己丑。禹功云得之面授受法，其淳熙辛酉人歟。及逃禪之終已年廿八歲矣，何五六十年間愛尚如余，未之知若人哉？信古今人物名氏不得彰聞者有矣。

片楮尺繪，儻未敗腐，知音者存，於是重加三歎。慧辨清勤，茶罷短燭未殘，爲書此。

寶祐丁巳孟夏甲子，趙孟堅子固書於善住方丈之西室。<small>文淵閣四庫全書本《石渠寶笈》卷四四。</small>

四　再跋徐禹功梅花畫卷

自識禹功所畫，其年冬又識江右譚季蕭花韻畫，如鮑安人，亦工枝，稍不清暢耳，遠勝劉夢良也。劉有名，流落江湖間，禹功、季蕭得罕聞。雖余前曾以詩述逃禪宗派，未及二君。世間有藝學不得聞於人者何既哉。

丁巳仲冬望日，子固又記。<small>《石渠寶笈》卷四四。</small>

五　題蘭花圖卷

先一短而後一長，疏密成蕞，則自然有生意也。蔟脘處下筆微細，不要相着，當以丫字頭蔟下。花既舒放，上着抱花一虛欂，花乘欂隨。花體不可欂相反，焦墨點花中鳳舌，多則花爛，少則花咽。如抱芝朝陽，迎照三花，皆帶七分正面。故鳳舌兩分，却不可比藹芳一類點綴。

余患後學不知徑趣，敬述此語。玉牒趙孟堅識。<small>江蘇古籍出版社一九八四年版《古書畫僞訛考辨》上卷第六五頁。</small>

六　題《蘭花圖》

余久不作此，又方病目未愈，子用徵索宿諾良急，强起描寫，轉益拙俗。觀者求於形似之外可爾。《古書畫僞訛考辨》下卷第六一頁。

七　題蘭花軸

　　此軸友人求寫，居多感興，尚未付屬仇香高鑑取，因以歸之。時開慶元九月廿二日題，孟堅頓首。《古書畫僞訛考辨》下卷第六二頁。

八　題褚遂良書《倪寬贊》卷

　　河南三龕孟法師二刻，早年所書；房公喬《聖教記序》，長安、同州本並晚年書。此《倪寬贊》與房碑記序用筆同，晚年書也。容夷婉暢，如得道之士，世塵不能一毫嬰之，觀之自鄙束縛於毫楮間耳。諸王孫趙孟堅子固書。黑龍江人民出版社一九八四年影印本《三希堂法帖》第三冊。

九　又題褚遂良書《倪寬贊》卷

　　《羣玉帖》中，《帝京篇》贗跡可笑，蓋枯且露矣。河南晚年書，雖瘦實腴。孟堅又云。《三希堂法帖》第三冊。

謝奕修藝話（二則）

謝奕修（生卒年不詳），台州臨海（今浙江臨海）人，采伯子，理宗謝皇后親屬。歷通判臨安府，知湖、婺、溫、衢等州，兩浙提舉茶鹽。寶祐四年以中奉大夫、太府卿除秘閣修撰、知紹興府、兼浙東安撫。開慶元年除集英殿修撰奉祠。

一　跋李公麟《九歌圖》

是歲首夏五日，謝奕修借臨於青嶼，且恭自橅寫，皆僅得其一二耳。文淵閣四庫全書本《清河書畫舫》卷八上。

二　跋東坡書《天慶觀乳泉賦》

《乳泉賦》不待多讚，特恨此軸尚有餘紙，安得起坡翁書滿卷後耶？天台謝奕修書於西湖，淳祐甲辰首夏望後二日。文淵閣四庫全書本《石渠寶笈》卷一三。

施樞藝話（一則）

施樞（生卒年不詳）字知言，號浮玉，又號芸隱，鎮江府丹徒（今江蘇鎮江）人。紹定五年舉進士，未第，始學吟詩。端平初，往來家鄉與京城間。二年，入吳。三年，入浙東轉運司幕。嘉熙二年，奉檄至紹興，董築江隄。淳祐三年，知溧陽縣。六年，離任。自編有《芸隱倦遊稿》及《芸隱橫舟稿》。曹庭棟謂"其詩間涉俗調，而清俊之致自在，格律亦老成"（《宋百家詩存》卷一六）。《四庫全書總目》卷一六四謂其自我矜許之。

題桃源圖

山中與世不相關，雞犬桑麻盡日閒。傍水桃花春爛漫，誤傳消息到人間。文淵閣四庫全書本《芸隱橫舟稿》。

朱南杰藝話（一則）

朱南杰（生卒年不詳），丹徒（今江蘇鎮江）人。嘉熙二年進士。淳祐六年，爲海鹽澉浦監酒。十年，爲海鹽監稅官。越二年，轉市舶官。嘗攝華亭事。開慶元年，知溧水縣。景定元年，改知清流縣。著《學吟》一卷，曹庭棟錄入《宋百家詩存》卷一九，稱其詩"似近樸直，然率意處亦具忘言自足之趣"。

題吳梅庵和靖索句圖

童寒鶴冷雪霏霏，正是先生得句時。一段孤清圖不盡，梅花從此厭人詩。文淵閣四庫全書本《江湖小集》卷四六。

方岳藝話（一二則）

　　方岳（一一九九～一二六二）字巨山，號秋崖，祁門（今安徽祁門）人。紹定五年進士。其詩文與四六不用古律，率意而爲，語或天出。其奏議流暢平易，尤以駢文知名，用典精切，紆徐平易，流暢通達。在江湖詩人中，詩名與劉克莊比肩。其詩初入江西派，後受楊萬里、范成大影響，風格疏朗淡遠，琢語清新，不作艱澀之辭，而喜作新巧對偶。其詞近蘇、辛一派，與詩風頗異其趣，對清代陳其年等人詞風有一定影響。著有《重修南北史》一百七十卷、《宗維訓錄》十卷，不傳。《秋崖先生小稿》八十三卷，有明嘉靖五年方謙刻清遞修本，四庫館臣重編爲《秋崖集》四十卷。

一　題八士圖

　　雅聞八士春俱秀，未覺三賢跡已陳。投分不論曾識面，此圖到手便情親。
　　飛絮遊絲芳草路，淡煙疏雨落花天。偶然畫出尋詩意，未必新詩待畫傳。文淵閣四庫全書本《秋崖集》卷二。

二　記畫

　　閒雲古木山藏寺，野渡孤舟水落磯。秋色無人空黯淡，竹門未掩待僧歸。《秋崖集》卷二。

三　夢放翁爲予作"貧樂齋"扁，誠齋許畫齋壁。予本無齋，亦不省誠齋之能畫也

　　晴窗欲曉鳥聲春，喚起藜牀入定身。老去不知三月暮，夢中親見兩詩人。《秋崖集》卷二。

四　書趙相公梅卷

　　一梢兩梢曉灘月，三花五花暮江雪。春風到手眼生寒，煙水村深有茅蓢。《秋崖集》

五　贈寫照吳生

山須未壓稜層骨，詩不能平磊魂胸。煩畫雪溪詩意思，梅花蒼石一橫筇。

幾人堪畫麒麟閣，萬事不如鸚鵡盃。只謂故吾詩瘦耳，寒沙鷗鷺莫驚猜。《秋崖集》卷四。

六　題刊匠圖書冊

黃金漢鼎青錯落，綠玉秦璽紅屈蟠。龍翔鳳翥入刀筆，寶晉山林風月寒。《秋崖集》卷四。

七　簡王尉借書畫

雪屋燈寒費廿年，春臯悔不早歸田。書無靈聖今猶爾，句有神奇亦偶然。如此溪山那得酒，幸而風月不論錢。三三習氣除難盡，忽憶朱家書畫船。《秋崖集》卷一〇。

八　跋吳晞之家集

醫而世十一，世而藝百一，藝而儒千一，不藝世耳，不儒藝耳，奚其醫？

晞之之醫，自其祖曾七八傳，而所謂隱微處士、南薰老人者率有集，方志所書宜信，晞之勉之。

涪翁評畫，謂使其胸中有數百卷書，下筆當不減文與可，矧醫乎哉！晞之勉之。予以掌故過都之年，道病，晞之投方七劑，立蘇醒，因書以附家乘。《秋崖集》卷三八。

九　跋董同年先生所得仁皇御書"刑政"二字

此神文之所以聖也。慶曆之際，於斯爲盛。臣某恭書。《秋崖集》卷三八。

一〇　跋董仲鈞所藏晦庵殘帖

淮南王安丹成，其遺餘於杵臼間者，猶能使雞犬皆仙，此瑤殘帖意與！甚哉，董氏之好學也！後學方某敬觀。《秋崖集》卷三八。

一一　跋李氏唐告

往年泊吕城，尋竹巷李氏，求觀王仲言所謂《唐告》百餘軸者，主人翁入城府，辭焉。他日館丹陽，客有携咸通中大花綾告相示者，問之，大鄭王之胄家金壇西岡，又非仲言所見也。

"唐家三百年冠蓋，誰有詩書到遠孫"，蓋范文正公道吾宗事嘗爲客誦之，甚恨不曾作衛公故物記也。後十年客復來，請余記當時語。客名夢得，連取薦書，爲名進士。歙人方某。《秋崖集》卷三八。

一二　跋岳武穆帖

王之討楊么也，過師吾里，留題東松庵壁上，老墨飛動，忠義之氣煜如。所謂因邀後軍王團練者，蓋後來告變之王貴，號王鶻兒者也。天兵濯征，偏裨之在行者多矣，獨邀斯人者飯，其愛之必異於餘子，孰謂其報知己一至此極哉！司馬文正公之邢恕、王荆公之呂惠卿，世固不少，而逢蒙殺羿，孟軻氏顧捨蒙而羿之責，又何也？

淳祐九年六月朔，敬觀於廬山郡圃之愛蓮堂，附此歎息。《秋崖集》卷三八。

葉茵藝話（六則）

葉茵（一二〇〇？～？）字景文，笠澤（今江蘇蘇州）人。仕途失意，隱居姑蘇，築順適堂，吟弄風月。與林洪、孫惟信、陳起等往來酬唱。淳祐九年，年逾五十，次韻陶淵明擬挽歌辭三首。曹庭棟稱其詩"閒雅似仲先，清矯似和靖"（《宋百家詩存》卷一二）。《機女歎》一詩，以淡語寫深意，屬江湖派中上乘之作。存《順適堂吟稿》五卷。

一　少陵騎蹇驢圖

帽破衣寬骨相寒，爲花日日醉吟鞍。時人秖道題風月，後世將詩作史看。文淵閣四庫全書本《江湖小集》卷四十、四十一、四十二《順適堂吟稿》。

二　孟浩然歸南山圖

笑指南山躍馬歸，明知舉似棄才詩。亭前千古標芳姓，襄陽有孟亭。未可窮通論一時。《順適堂吟稿》。

三　李白詩百篇圖

長安市上醉如泥，旁若無人且賦詩。誰識隱然爲國計，沉香亭畔脫靴時。《順適堂吟稿》。

四　岑參醉落魄圖

醉裏沉思世道危，不堪着眼只攢眉。空留忠憤聲名在，不見招歸舊日詩。岑著《招蜀客歸》一篇，申明逆順之理，抑佞邪之計。今集中無之，事見本集序。《順適堂吟稿》。

五　次禊帖韻

　　梅花舊刻字將磨，勘辨其如病眼何。千載鼠鬚遺墨少，一時贋本誤人多。肯將金谷序文比，因想山陰氣候和。最喜孤居山下姥，慕名特特爲烹鵝。《順適堂吟稿》。

六　林可山薦毛監塲寫梅

　　漢庭延壽丹青名，解使蛾眉休甲兵。之子懶作迺翁畫，直向梅花苦用情。筆端不復污脂粉，臨成天地無邊清。更將此意語君復，歲寒應與孤山盟。《順適堂吟稿》。

溫豫藝話（一則）

溫豫（生卒年不詳），後改名溫革，字叔皮，泉州惠安（今福建惠安）人。政和五年進士，紹興八年五月除秘書省正字，十年十月，以言者論其"專守偏見，譏議紛然"，出爲洪州通判。《八閩通志》載其紹興初"使河南，修山陵，歸奏以實，語甚憤激，忤秦檜意，出知南劍州，改知漳州，甚得民譽，終福建轉運使"。著作有《續補侍兒小名録》《隱窟雜志》《十友璅說》《瑣碎録》等。

《續補侍兒小名録》（選録　一則）

吳太伯祠，在東閶門之西，每春秋季市肆相率合牢醴，祈福於三讓王，多圖善馬彩輿子女以獻之。時乙丑春，有金銀行首糾合其徒，以輕綃畫美人侍婢，捧胡琴以從。其貌出於舊繪者，名美人爲"勝兒"，蓋户牖牆壁間，前後所獻者無以匹也。女巫方舞，有進士劉景復送客之金陵，置酒於廟之東通波館。忽久伸思寢，乃就榻，夢見紫衣冠者言曰："讓王奉屈。"劉生隨至廟，周旋揖讓而坐，王語劉生曰："適納一胡琴妓，藝甚精，而色殊麗，知吾子善歌，故奉邀作胡琴一章，以寵其藝。"初，生頗不甘，命酌人間杯酒一杯與飲。逡巡酒至，並佐酒物，視之，乃向館中祖筵者。生飲數杯而醉，作歌曰："繁弦已停雜吹歇，勝兒調弄邐迤撥。四弦攏撚三四聲，喚起邊風駐明月。大聲嘈嘈奔溷溷，浪蹙波翻倒溟渤。小弦切切怨颸颸，鬼哭神悲任窸窣。倒腕斜挑掣流電，春雷直戛騰秋鶻。漢妃徒得端正名，秦女虛誇有仙骨。我聞天寶十年前，涼州未作西戎窟。麻衣右衽皆漢氏，不省胡塵暫逢勃。太平之末狂胡亂，犬豕奔騰恣唐突。玄宗未到萬里橋，東洛西京一時沒。一朝漢民沒爲虜，飲恨吞聲空嗢咽。時看漢月望漢民，怨氣沖聲成彗孛。國門之西八九鎮，高城深疊閉閒卒。河湟咫尺不能改，挽粟推車徒兀兀。今朝聞奏《涼州曲》，使我心魂暗超忽。勝兒若向邊塞彈，征人血淚應闌干。"歌成，劉生乘醉落魄，草札而獻，王尋譯數四，召勝兒以授之。王之侍兒，見有不樂者，妒色形於座中，恃酒以金如意擊勝兒，面破血淋襟袖，生乃驚起。明日視素繒，果有損痕，歌至今傳於吳中。《纂異記》。　叢書集成初編本《續補侍兒小名録》。

袁立儒藝話（五則）

袁立儒（生卒年不詳），號溪翁，又號建寧堂主，建州建安（今福建建甌）人。曾任大宗正丞。淳祐二年除浙東提舉，三年除侍右郎官，爲兩浙轉運判官，昇副使。後爲福建提舉，十二年移浙東提刑。寶祐中任福建路轉運副使。

一　跋山谷墨跡（一）

《漢武故事》曰："上起神屋，以珠爲簾箔，玳瑁押之。"東坡詞云："銀蒜押簾。"此山谷改"壓簾"作"押簾"之自來也。溫叔皮字畫亦蒼老，嘗爲尚書郎，著《瑣碎錄》。建袁立儒書。故宮影印本《宋四家真跡》。

二　跋山谷墨跡（二）

《酺池寺書堂》詩云："人言九事八爲律。"立儒讀《主父偃傳》，上書言九事，其八事爲律令，一事諫伐匈奴，並識卷後。《宋四家真跡》。

三　得山谷帖記

溪翁續得山谷《題前定錄》等八詩，小點大癡，《螳捕蟬》二篇居其中。遺趙景道者小字，送李北牖者大字，余兼而有之，於好古博雅不曰徒費光陰矣。寶祐甲寅中秋日書。《宋四家真跡》。

四　跋李西臺尺牘帖（一）

西臺字得中，舉進士甲科，太宗嘉之。嘗直昭文館，改直集賢院，出爲兩浙轉司副使。恬於榮利，乞西京留司御史臺，愛洛中風土，遂居之，故號李西臺。東坡賦和靖詩云"書似西臺差少肉"者是也。官至判太常寺。善書札，然絕不多見於世。寶祐乙卯夏五，建寧堂主題。文淵閣四庫全書本《續書畫題跋記》卷六。

五　跋李西臺尺牘帖（二）

　　黄太史嘗有跋云："李西臺書與林和靖極相類，但和靖傷瘦，西臺傷肥。蓋林處士清苦，而李集賢重厚，各似其作人耳。"建寧堂主並録其語。《續書畫題跋記》卷六。

武衍藝話（一則）

武衍（生卒年不詳）字朝宗，原籍汴梁（今河南開封），寓居臨安（今浙江杭州）清湖河。隱居不仕，所居有亭池竹木之勝，命曰適安，因以自號。工詩，名著寶慶間。著有《適安藏拙餘稿》《適安藏拙乙稿》，淳祐元年自為序，又有張實甫、方萬里、趙希意諸家序。趙序謂其生平愛誦趙師秀、戴復古詩，可見其淵源，詩頗有晚唐風致。

韓幹照夜白

八尺□龍雪到蹄，阿瞞騎罷阿環騎。絕憐千古房星魄，不見明時見亂時。

振金歕玉出天閑，幾向驪宮驟月還。脫使幹生天寶後，畫圖那得到人間。文淵閣四庫全書本《江湖小集》卷九十三。

李昴英藝話（四則）

李昴英（一二〇一～一二五七）字俊明，號文溪，番禺（今廣東廣州）人。弱冠以《春秋》首計偕，爲崔與之器重。寶慶二年進士，調汀州推官，以退賊功遷太學正。端平二年，除大理司直、主管經撫司機宜文字。三年，召爲太學博士，除校書郎。嘉熙元年，除秘書郎，遷宗正丞。二年，除著作郎。三年，兼史館校勘，擢權兵部郎中，出爲福建提舉。淳祐六年赴闕，奏請正史嵩之之罪，以伸杜範、劉漢弼、徐元杰三賢之冤，擢右正言兼侍講。與在外差遣。十二年，起爲江西提刑，兼知贛州。寶祐二年，召爲大宗正卿，兼國史院編修官、實錄院檢討官，兼侍講，除右史，遷左史，擢吏部侍郎。三年，因論救御史洪天錫，與俱貶，歸隱五羊文溪。五年卒，年五十七。謚忠簡。李昴英天性勁直，議論高邁。其文簡而有法，婉而成章，江萬里、文天祥皆推服之。《四庫全書總目》卷一六四稱"其文質實簡勁，如其爲人。詩間有粗俗之語，不離宋格，而骨力遒健，亦非靡靡之音"。以詞知名，慢詞最工，喜以高人野語、壯士豪語發之，微近辛棄疾風格；其婉約詞則淒婉纏綿，"絕妙可併秦、周"（明楊慎《詞品》卷五）。著有《文溪存稿》二十卷，又有《文溪詞》一卷。

一　贈傳神張森序

建張材叔以能模寫晦菴翁名江湖間，藝工也，而多從名公卿游，氣象猶士也。非若世之庸手，但能看人顏面，弄粉墨，探理義之精微，豈不有得於公之心也哉！

余曩使建，將繪公像，問孰能之者，皆首稱材叔，後致之，果奇筆也。別十餘年，忽來訪山居，技益老，老益窮，南山數千里，逐食役役無寧歲。蜀僧之蘮傳神得妙，柳仲塗謂其至藝天與纖無差忒。寫太宗龍顏，天爲之笑，寵榮冠一時，品題連篇，不止一仲塗，而材叔至今不遇，何耶？遇不遇有命焉，歸尋舊隱，集西山數老宿褒字遺子孫，足以不朽，孰謂材叔不遇哉！

淳祐十年端午日。文淵閣四庫全書本《文溪集》卷一二。

二　羅浮何君祐夫相訪惠詩，又出所作水墨《魚戲》，題卷末

山頭釣引千鈞魚，鐵橋曾逢稚川奴。風波平地誤點額，戲取墨汁翻模糊。縱觀濠上契妙趣，浩浩胸次涵江湖。墨雲忽從硯池起，撥剌跳出形模殊。大魚騰驤撼風雨，小魚瑣碎遊荇蒲。技如元放幾許奇，金盤一箇松江鱸。試張亭前漲波影，春鋤飛下傍睢盱。世間畫史少活筆，描寫終類鮒肆枯。文溪一灣浮釣徒，欠得龍眠爲嚴瀨。羊裘圖。《文溪集》卷一三。

三　題石室木

似屈纔伸蛇解蟄，似斷還連龍蛻骨。天河失却古槎檠，落在人間撑突兀。若非胸中磊塊灑澆出，老死畫工無此筆。《文溪集》卷一三。

四　題東坡竹

葉葉枝枝各標致，密密疎疎總風味。筆爲化工壁爲地，頃刻種成此君子。雖然月影水影寫眞似，安得千年尚生意？《文溪集》卷一三。

高斯得藝話（一則）

高斯得（一二〇一~?），本名斯信，字不妄，號恥堂，稼子，蒲江（今四川蒲江）人。入太學，登紹定二年進士第，授利州路觀察推官。越二年，辟差四川茶馬司幹辦公事。李心傳辟爲檢閱文字，助修《國朝會要》。端平末，再辟史館檢閱，助修四朝史。尋遷史館校勘，又遷軍器監主簿。因冬雷上封事忤史嵩之，遷太常寺主簿，出爲紹興通判。淳祐三年，添差通判台州。五年，召爲太常博士，遷秘書郎。六年，以言事出知嚴州。八年，遷浙東提點刑獄，改江西轉運判官，爲侍御史周坦劾罷新任。移湖南提點刑獄、湖南轉運判官。以尚右郎官召，改禮部郎中。十二年，權左司，兼侍立修注官，極論時事，爲監察御史蕭泰來論罷。寶祐二年，出爲福建路計度轉運副使。三年，召爲司農卿。四年，改秘書監。六年，丁大全入相，以論奪職。杜門不出，著《孝宗繫年要錄》。度宗即位，召爲秘書監，擢起居舍人。咸淳九年，遷工部侍郎，出知建寧府。德祐元年，召權兵部尚書，上疏指陳時事，忠憤激烈。擢翰林學士、知制誥兼侍讀，簽書樞密院事兼參知政事。以論賈似道忤丞相留夢炎，罷。宋亡，隱居苕霅間以卒。高斯得立朝敢言，搏擊權奸，奏疏所論，多切時事。其詩直抒胸臆，多感時傷事之作，有白居易諷諭詩之遺風。著有《詩膚說》《儀禮合抄》《增損刊正杜佑通典》《徽宗長編》《孝宗繫年要錄》《恥堂文集》等，已佚。清四庫館臣自《永樂大典》中輯爲《恥堂存稿》八卷。

葛德卿篆注兩《千文》序

古者造字本謂之六書，成字而別之謂之六體。六書不可一也，一則鑿；六體不可一也，一則亂。通乎此，始可與論書矣。

夫篆，六體之一也，而六書備焉。六書之鑿昉乎荊舒，六體之亂則今天下之爲書者皆是也。所謂六體，有古有奇，有篆有隸，有繆有蟲，今之爲書者則一之。

予觀葛德卿篆兩千文，其書學之惟精惟一者乎？何以言之？以其爲斯、冰之忠臣故也。昔予學篆於鶴山翁，問以秘訣，翁曰："汝聞柳柳州之論文乎？謹勿怪勿雜而已，惟書亦然。"予服膺焉。今羸老，焚棄筆硯久矣，德卿介吾友劉養源屬序其編。觀其筆跡甚法而媚，故技癢書此。德卿試與從事於斯者印之，是乎否乎，其以告乎我也。

文淵閣四庫全書本《恥堂存稿》卷四。

蕭立藝話（六則）

蕭立（一二〇三～？）原名立等，字斯立，號冰崖，寧都（今江西寧都）人。淳祐十年進士。歷知南城縣，隆興府推官，通判辰州。宋亡，歸隱蕭田，自放於詩。謝枋得跋其詩卷，稱其詩宗江西派，爲澗谷羅椅所知。著有《冰崖詩集》二十六卷，已佚，明弘治十八年九世孫敏輯刊《冰崖公詩拾遺》三卷。

一　贈裱褙匠

牙籤玉軸新未觸，何如頹簷燈火讀。季成驟雨郭熙山，何如一藤煙火間。書畫移人亦尤物，寶繪堂中長公說。子持此藝將歸時，霜刀正足供刈葵。爭名場中困機械，學古悠悠晚知悔。殘編料理數能來，了我明窗讀書債。四部叢刊續編本《蕭冰崖詩集拾遺》卷上。

二　贈周材淑畫，號蒼崖

昔見蒼崖畫，今讀蒼崖詩。問今十日水石間，幻作五字七字何能奇？君言詩畫本一律，等以造化供娛嬉。閉門磐礴天耆定，往往清氣流詩脾。急將畫意入詩律，兔起鶻落無由追。有聲無聲強分別，妙處正不差毫釐。人言精藝不兩能，似亦可洗千年疑。梅花江頭窮竹枝，遥指八境窮煙霏。勿云詩工畫師恥，老瓊笑人焉用彼。江南和糴米如珠，急圖流民獻天子。《蕭冰崖詩集拾遺》卷上。

三　八駿圖

穆王八駿真八龍，萬里歷塊追長風。齊州氈惡塵土境，夜宴阿母瑤池宮。人間亦有千年絹，包裹神奇夜光現，畫師那計馬腹羞，當時下筆親曾見。詩人多事管閒愁，却笑重來不到頭。一聲黃竹斷歸夢，枉使徐土成荒丘。尤物移人吁可怕，此圖至今負高價。君不見華陽有馬閒且都，無人畫作武成圖。《蕭冰崖詩集拾遺》卷上。

四　題仇仁近《山村圖》

帝城誰有青山夢,洗眼新圖竹樹村。此地何須户司馬,斷無人與子爭墩。《蕭冰厓詩集拾遺》卷中。

五　贈畫魚者

人言畫馬落馬腹,畫魚須畫北溟鯤。化作大鵬應不惡,九萬里翼摩乾坤。《蕭冰厓詩集拾遺》卷中。

六　題劍江甘元英詩,號溪山畫譜

一幅亭前溪與山,畫無好手記蒼寒。如今有問名亭意,只就君家畫譜看。《蕭冰厓詩集拾遺》卷中。

董史藝話（四則）

董史（生卒年不詳）字良史，自稱閬中老叟。理宗、度宗時人。生平不詳。有《皇宋書錄》三卷及《外編》一卷（存）。

一 《皇宋書錄》序

伏羲王天下，而龍圖肇文字之理；倉頡生上古，而鳥跡著書畫之形。是以仰觀天文，俯察地理，而鴻濛之奧不得以終，秘粟雨其晝，鬼哭於夜，而幽明之機不能以自寂，所以開創人極、植立世道，自然而然，必不可無者也。故有卦畫而後有篆古，有篆古而後有草隸，草隸變而楷法興，草楷合而行押起，亦自然而然、必不可止者也。始則開物成務，通其變化，至於該萬象以賦形，備千古之紀載，蓋一散而萬，萬散而無有紀極。

鐘鼎古闕周籀、秦斯、程邈、蔡邕、崔度、張、鍾各擅名家，右軍闕長集其大成，諸家異趣，鮮有法之闕唐殆且千載，能者眾多，闕其鋪張有國之文闕集每見述書，輒抄於帙，所記闕緐闕錄凡三卷，列祖爲上篇，前朝臣士爲中篇，闕下篇，其後二卷。外篇第取能書，不復詮次人品，所載悉有依據。

余爲學寡要，比於成名，同好者欲一覽焉，或亦爲稽古之一助。然遺闕尚多，猶望博古君子增而補之，以成一家之書，則幸甚也。

淳祐壬寅冬十一月，閬中老叟董更良史自序〔一〕。知不足齋叢書本《皇宋書錄》卷首。

〔一〕更：當爲"史"之誤。

二 《皇宋書錄》跋

庚申之火，藏書蕩盡，而《書錄》亦不復存。念始者編類非一日，採摭非一書，功成而廢，唯切悵恨。因憶曩時此錄之成，惟匡廬曹谷中稱之，蓋嘗轉寫闕寄聲昌谷，因致此意。咸淳乙丑之夏，乃能以舊錄爲寄，用克修校，復成此稿，或可傳之好事，以畢予志也。

是歲冬至，史載書。《皇宋書録》卷首。

三　《法帖譜系》跋

余酷耆古學，留意法書名跡幾卅年，頗以鑑賞自居。嘗集前賢文集、小説法帖之説，爲考一卷，以便檢閲。

淳祐甲辰冬，因侍陶齋曹公，相與稽訂法書源流，多所未聞。他日，出示《譜系》一編，曰："視子所記如何？"予曰："博矣！"乃請而刻之梓。

東湖董史書。百川學海本《法帖譜系》卷末。

四　《法帖譜系》又跋

庚申冬，鄰火熇虐，潛心閣殲焉。初，余頗惜此板不以他板雜，特儲之閣，逮是他板獲免秦禍，而《譜系》反爲熒惑下取，豈固有數邪！

余藏書滿閣，古帖名碑，秘之寶刻藏中，一旦滅沒於漲天之煙焰，生平日力、事力、心力爲之一空，恨鬱無已，幾成怨天。雖然，天其可怨邪？

因念曩與谷中校讎參訂，以成此書，谷中已矣，書可其傳，遂訪舊本於友朋間，欲復板而行之。月樵劉氏慨然授所藏，俾就此志。嗟夫！予家名跡，已如夢幻誅茅，蓋頭政以爲窘，顧切切於不急之務，痼疾尚堪療哉！

板成，載誌之末，時則景定壬戌夏五月也。史。《法帖譜系》卷末。

謝奕恭藝話（一則）

謝奕恭（生卒年不詳），台州臨海（今浙江臨海）人。嘉定間以承議郎知泉州同安縣，爲方大琮按劾，其劾章云奕恭"以貴胄來試邑"，則亦當爲理宗謝皇后之族兄弟輩。

題李龍眠《九歌圖》

吳師禮安中，王廣陵之壻，建中靖國間臨池擅美，恥於自名，學士大夫有求者面輒發赤，或繼以怒，雖其家僅存數十帖爾，想眼高餘輩，介不妄可。

傅朋，安中子也，出故物歸忠靖曹公題字於後，益知元象龍眠，取重當時，藝云藝云，書畫云乎哉！元載詞源袞袞，文獻所萃，當克繼之。

淳祐壬寅暮春十九日，臨海謝奕恭書於妹倩卷末。文淵閣四庫全書本《清河書畫舫》卷八上。

李衡藝話（二則）

李衡（一一〇〇～一一七八）字彥平，自號樂庵。江都（今江蘇揚州）人。紹興二年進士。喜讀書，家中聚書逾萬卷，道學精明，達理悟性。以禪悟之法論作詩，對南宋時呂本中所宣導的作詩"活法"頗存疑議。著有《樂庵語錄》《和寒山拾得詩》，已佚。其弟子龔昱輯有《樂庵語錄》五卷。

《樂庵語錄》（選錄 二則）

周之禮樂，備於庶事之間，如漢上之遊女無思犯禮，伐條之婦人能勉以正，衰世之公子信厚，中林之武夫好德，無非禮樂中和之發見者。至秦併吞六國，盡有三代禮樂之器，揚子雲乃謂其庶事之不備者，以其皆文具也。文淵閣四庫全書本《樂庵語錄》卷一。

先生每見有精於藝術者，則慨然曰：無乃謬用其心？苟移此心而學道，何所不至！《樂庵語錄》卷五。

俞桂藝話（一則）

俞桂（生卒年不詳）字晞郤，仁和（今浙江杭州）人。紹定五年進士。嘗守海濱，政事之暇，不廢吟詠。與吴惟信、陳起相唱和。翁方綱《石洲詩話》卷四稱其詩"有秀韻"。今存《漁溪詩稿》二卷、《漁溪乙稿》一卷。

贈雲間陸琴士

地僻居閒絶可人，殷勤過我抱桐君。聲中知有遼天鶴，彈散華亭一片雲。文淵閣四庫全書本《兩宋名賢小集》卷三百七。

陳鵠藝話（九則）

陳鵠（生卒年不詳）號西塘，南陽（今河南南陽）人。生平事跡不詳。一生仕途平平，但學問上有一定造詣，曾與洪邁及陸游長兄陸淞談論詩詞。著有《耆舊續聞》十卷，多記北宋故事及南宋名人言行，於詩文宗旨具有淵源，雖雜採眾書，甚或不注出處，以至無所辨別，而可採者也不少。

《耆舊續聞》（選錄　九則）

評者謂羊欣書如婢作夫人，舉止羞澀，不堪位置。而世言米芾喜效其體，蓋米法欹側，頗協不堪位置之意。聞薛紹彭嘗戲米曰："公效羊欣，而評者以婢比欣，公豈俗所謂重儓者耶？"

米芾得能書之名，似無負於海內。芾於真、楷、篆、隸不甚工，惟於行、草，誠入能品。以芾收六朝翰墨，副在筆端，故沉著痛快，如乘駿馬，進退裕如，不須鞭勒，無不當人意。然喜效其法者，不過得外貌，高視闊步，氣韻軒昂，未究其中六朝妙處，醞釀風骨，自然超逸也。

本朝承五季之後，無復字畫可稱。至太宗皇帝，始搜羅法書，備盡求訪。當時以李建中字形瘦健，姑得時譽，猶恨絕無秀異。至熙、豐以後，蔡襄、李時雍體制方入格律，不爲絕賞。蘇、黃、米、蔡，筆勢瀾翻，各有趨向。前此諸人，直與草木俱腐者矣。

徽廟尤喜書，立學養士，惟得杜康稽一人，餘皆體放，了無神氣。因此念東晉渡江後，猶有王、謝而下，朝士無不能書，以擅一時之譽，彬彬盛哉。至若紹興以來，雜書、遊絲書惟錢塘吳說，篆法惟信州徐兢，亦皆碌碌，可嘆其弊也。

本朝自建隆以後，平定僭僞，其間法書名跡，皆歸秘府。先帝時又加採訪，賞以官聯金帛，至遣使詢訪，頗盡採討。命蔡京、梁師成、黃冕輩編類真贋，紙書縑素，備成卷帙，皆皂鸞鵲水錦褾褫，白玉珊瑚爲軸，秘在內府，用大觀、政和印章。其間一印以秦璽書法爲寶，後有內府印，標題品次，皆宸翰也。捨此標軸，悉非珍藏。其次儲於外秘。余自渡江，無復鍾、王真跡，間有一二，以重賞得之，標軸字法，亦顯然可驗。高宗御書賜曹勛。 以上文淵閣四庫全書本《耆舊續聞》卷三。

沈存中《筆談》云："治平中，杭州南新縣今新城民家析柿木，中有'上天大國'四字，予親見之，書法類顏真卿，極有筆力。其木剖偶當'天'字中分，而'天'字不破，上下兩畫並一腳，皆旁挺出半指許，如木中之節。以兩木合之，如合契焉。"是時正中原全盛之時，安知有駐蹕臨安之事，此正符中興渡江之兆。偏方之地，謂之"大國"，而"天"字不破，乃中興再纂紹鴻圖之讖也，莫非前定。存中但記其字體之異，豈知有後日之事耶？《耆舊續聞》卷八。

前輩論藏書畫者多取空名，偶傳爲鍾、王、顧、陸之筆，見者爭售，此所謂"耳鑒"。又有觀畫以手摸之，相傳以爲索隱指者爲佳畫。此又在耳鑒之下，謂之"揣骨聽聲"。畫之妙當以神會，不可以形器求也。此固善於評畫者。然余觀近代酷收古帖者，無如米元章；識畫者，無如唐彥猷。元章廣收六朝筆帖，可謂精於書矣，然亦多贋本。東坡跋米所收書云："畫地爲餅未必似，要令癡兒出饞水。"山谷和云："百家傳本略相似，如月行天見諸水。"又云"拙者竊鈎輒折趾"，蓋譏之也。楊次翁守丹陽，元章過都留數日。元章好易化人書畫，次翁作羹以飲之曰："今日爲君作河豚。"其實他魚。元章疑而不食，次翁笑曰："公可無疑，此贋本爾。"因以譏之。唐彥猷博學好古，忽一客攜黃筌《梨花臥鵲》，於花中斂羽合目，其態逼真。彥猷蓄書畫最多，取蜀之趙昌、唐之崔彝數名畫較之，俱不及。題曰"錦江釣叟筆"，絹色晦淡，酷類古縑。其弟彥範揭圖角絹視之，大笑曰："黃筌唐末人，此乃本朝和買絹印，後人矯爲之。"遂還其人。以此觀之，真贋豈易辨耶？世之溺於書畫者，雖不失爲雅好，然亦一癖爾。歐陽公有《牡丹圖》，一貓臥其下，人皆莫知。一日，有客見之，曰："此必午時牡丹也。貓眼至午，睛細而長，至晚則大而圓。"此亦善於鑒畫者。

歐陽公《石月屏序》云："張景山在虢州時，命治石橋小版，一石中有月形，石色紫而月白，中有樹森森然，其文黑，而枝葉老勁，雖世之工於畫者不能爲，蓋奇物也。景山因謫，留以遺予，因令善畫工摹寫以爲圖，並書以遺蘇子美。其月滿，而旁微有不滿處，正如十三四時。其樹橫生，一枝外出。皆其實如此，不敢增損，貴可信也。"子美、聖俞皆有詩。余嘗於汴岸陳文惠裔孫忠懿家，出示余此屏，自言文忠公所藏之本。其月、樹、枝、葉與公之序無少異，但其圖與石屏微不類爾，豈公所謂"世之工於畫者不能爲"乎？忠懿且求余跋語，余謂：歐公方誇此石"自云每到月滿時，石在暗室光出簷"，聖俞則曰"曾無纖毫光，未若燈照席。徒爲頑瑛一片圖，溫潤又不如圭璧",何貶此石之甚耶！雖然,此屏不幸而遇聖俞,亦幸而有聖俞,則此屏可以長寶,而不爲好事者奪。豈願復有歐陽公者,出而見之乎？

王建《宮詞》百首,多言唐禁中事,皆正史、小説所不載者,每見於詩。如"內中數日無呼喚,拓得滕王蛺蝶圖"。滕王元嬰,高帝子,新、舊《唐書》皆不著其所能,惟《名畫録》略言其善畫,不云其工蛺蝶也。唐世一藝之善,如公孫大娘舞劍、曹剛琵琶、米嘉榮歌,皆見唐賢詩句,遂知名於當世。其時山林田畝潛德隱行君子,不聞於世者多矣,而賤工末技得所附託,乃垂於不朽,蓋各有幸不幸也。以上《耆舊續聞》卷九。

趙希鵠藝話（一則）

趙希鵠（生卒年不詳），宗室，燕王房八世孫，師偃子。著有《洞天清祿》。

《洞天清祿》序

　　唐張彥遠作《閒居受用》，至首載齋閣應用，而傍及醯醢脯羞之屬。噫，是乃大老姥總督米鹽細務者之爲，誰謂君子受用如斯而已乎？

　　人生一世間，如白駒過隙，而風雨憂愁，輒居三分之二，其間得閒者纔一分耳。況知之而能享用者，又百之一二，於百一之中，又多以聲色爲受用。殊不知吾輩自有樂地，悅目初不在色，盈耳初不在聲。嘗見前輩諸老先生，多蓄法書、名畫、古琴、舊研，良以是也。明窗淨几，羅列布置，篆香居中，佳客玉立相映，時取古人妙跡，以觀鳥篆蝸書、奇峰遠水、摩挲鐘鼎，親見商周，端研涌巖泉，焦桐鳴玉佩，不知身居人世。所謂受用清福，孰有踰此者乎？是境也，閬苑瑤池，未必是過，人鮮知之，良可悲也！

　　余故會粹古琴研、古鐘鼎而次，凡十門，辨訂是否，以貽清修好古塵外之客，名曰《洞天清祿》。若香茶紙墨之屬，既譜載而亡謬誤者，茲不復贅，觀者宜自求之。

　　開封趙希鵠序。唐宋叢書本《洞天清祿集》卷首。

俞文豹藝話（一則）

　　俞文豹，字文蔚，號堪隱，處州（今浙江麗水）人。漫遊江湖四十年，晚年居杭州。淳祐三年，撰成《吹劍錄》，考辨前言往事以寓勸戒，而於前人如武王、孟子、諸葛亮、韓愈、程頤、朱熹則力持異論，"以矯史氏之失"（師吳道《答陳眾仲問吹劍錄》），"實多紕繆"（《四庫全書總目》卷一二七）。十年，因病前書"繁蕪"，有好高好奇之弊，又著《吹劍錄外集》，其書記道學黨禁始末甚詳，學問既深，言多醇正。《吹劍錄》有明嘉靖間百川高氏抄本，《外集》有《知不足齋叢書》本、《四庫全書》本。而續錄、三錄散見《說郛》等書，張宗祥合輯而成《吹劍錄全編》。又有《唾玉集》一卷，見《說郛》所引；《清夜錄》一卷。

《吹劍錄外集》（選錄　一則）

　　琴士以藥煮鸛羽代銀甲，屬令賦之："嶧陽孤桐鳴素絲，玉爲軫兮金爲徽。四珍合就已奇絕，尚嫌指聲未清徹。負金羽管長且尖，剪成爪樣鷺膠粘。輕弦入手剩超越，却笑彈箏侈銀甲。要知妙處豈在聲，一撫一拍如淵明。勸君會此不須話，世不宜真只宜假。"文淵閣四庫全書本《吹劍錄外集》。

羅椅藝話（一則）

　　羅椅（一二〇四～一二七六）字子遠，號澗谷，廬陵（今江西吉安）人。以詞賦知名，捐金結客，馳名江湖。後盡棄舊習，徒步百里，請益於雙峰饒魯。年四十三登寶祐四年進士第，初教授江陵，改長沙教授。景定間，知信豐縣，入爲提轄權院，久不遷，每有遷除，則爲賈似道沮抑報罷。又見似道專權，遂爲書極詆之。度宗崩，少主立，似道復專權，遂棄官去。道中見山川城邑，悲吟行歌，至於痛哭。德祐元年，似道兵敗於蕪湖，元兵下饒州，憂憤以卒。羅椅雖以理學自命，而以文章知名。謝枋得謂其詩宗江西詩派，繼趙蕃、韓淲，爲宋末盟主（《蕭冰崖先生詩卷跋》）。詞以"婉麗"見稱（張德瀛《詞徵》卷五）。嘗編選陸游詩爲《澗谷精選陸放翁詩集》十卷。又著有《澗上委稿》，已佚，後人輯爲《澗谷遺集》。

題向伯僑吳松雪霽圖

煖來日曬冰滑，恨極天寒竹脩。雲開梵鐸相訴，水活漁船自流。
天上清流雪片，人間名勝吳松。兩賢相尼窘甚，賴有斜陽半峰。
天隨漫解理艇，不慣雪後霜前。幸自竹篙閑著，拋來借與隣船。文淵閣四庫全書本《江湖後集》卷九。

羅大經藝話（三則）

羅大經（生卒年不詳）字景綸，廬陵（今江西吉安）人。少時曾就讀太學，寶慶二年進士，曾任容州法曹。淳祐十一年，爲撫州軍事推官。博極羣書，於先秦、兩漢、六朝、唐宋文多有品評。著有《易解》十卷，已佚。又有《鶴林玉露》十八卷（一本十六卷），其書體例在詩話、語錄之間，詳於議論而略於考證。所引多朱熹、張栻、真德秀、魏了翁、楊萬里語，而又兼推陸九淵，極賞歐陽修、蘇軾之文，大抵本文章之士而兼慕道學之名，故每持兩端，不能歸一。

《鶴林玉露》（選錄　三則）

東坡謫儋耳，道經南安。於一寺壁間作叢竹醜石，甚奇。韓平原當國，剗下本軍取之，守臣親監臨，以紙糊壁，全堵脱而龕之以獻。平原大喜，置之閲古堂中。平原敗，籍其家，壁入秘書省著作庭。辛卯之火，焚右文殿道山堂，而著作庭幸無恙，壁至今猶存。坡之北歸，經過韶州月華寺，值其改建法堂，僧丐坡題梁。坡欣然援筆，右梁題歲月，左梁題云："天子萬年，永作明主，斂時五福，敷錫庶民，地獄天宫，同爲淨土，有性無性，齊成佛道。"右梁題字，一夕爲盜所竊。左梁字尚存。余嘗見之，墨色如新。坡歸，至常州報恩寺，僧堂新成，以板爲壁，坡暇日題寫幾遍。後黨禍作，凡坡之遺墨，所在搜毁。寺僧亟以厚紙糊壁，塗之以漆，字賴以全。至紹興中，詔求蘇黃墨跡。時僧死久矣，一老頭陀知之，以告郡守。除去漆紙，字畫宛然。臨本以進，高宗大喜，老頭陀得祠曹牒爲僧。中華書局一九八三年王瑞來校點本《鶴林玉露》乙編卷三。

琴以不鼓爲妙，棋以不著爲高。《鶴林玉露》乙編卷六。

繪雪者不能繪其清，繪月者不能繪其明，繪花者不能繪其馨，繪泉者不能繪其聲，繪人者不能繪其情，然則言語文字，固不足以盡道也。《鶴林玉露》丙編卷六。

趙孟淳藝話（二則）

趙孟淳（生卒年不詳）字子真，號竹所，又號虛閒野叟，寓海鹽（今浙江海鹽），孟堅弟。善畫墨竹，亦工詩。古風《穀》云："農夫怨，農夫怨，此怨非是怨年荒，此怨翻因年穀賤。終年辛苦不少懈，及到秋成擬償債"，"況兼荒政輸官急，不管農夫垂淚泣"。關心民生疾苦，風格近於白居易新樂府體。

一　跋趙子固墨跡

余幼年侍彝齋兄游，見其得逃禪小軸及閒菴橫卷，捲舒坐臥，未嘗去手，是以盡得揚湯之妙。先兄好學耽書，每作一事，不造其精處，則不已也。平生留意翰墨之外，他無一毫世俗好。志之專必工，功必精，此豈晚學之所能哉。

予作《此君》，彝齋兄每亦許之，雖法文、蘇，然筆意之傳，實自彝齋兄。皇甫表昔侍彝齋游，所作蓋有源流。先兄已矣，君其勉之。

咸淳戊辰小暑日書於清遠樓。竹所趙孟淳子真。文淵閣四庫全書本《式古堂書畫彙考》卷一五。

二　題高房山夜山圖二首

月底江山如畫好，樓中几席與秋清。剡藤不到高人手，一段風流可得成。

江行山立月盤桓，有客無言樓上看。清興肯隨城漏盡，夜深風露恐高寒。文淵閣四庫全書本《宋詩紀事》卷八十五。

張榘藝話（二則）

　　張榘（生卒年不詳）字方叔，號芸窗，潤州（今江蘇鎮江）人。端平元年，爲建康府觀察推官。淳祐五年，知句容縣。寶祐中，爲江東制置使司主管機宜文字、參議。與魏了翁、趙以夫友善，又與江湖詩人唱酬，許棐稱其"能書能畫又能詩，除却芸窗別數誰"。其詩集已佚，僅《江湖後集》收有其詩五十五首。又長於詞，然多應酬之作，今存《芸窗詞稿》一卷。

一　贈雲竹一老琴師歌

　　昌黎不作穎師已，千古風流隨逝水。大音祇在天壤間，雲竹翁能發其秘。明之爲侯王，幽之爲神鬼。悟翁一轉指頭禪，萬事泯然心耳廢。澗泉淅瀝走宮商，仙佩丁當分角徵。數聲急羽來秋空，夜半西風掠螢砌。諸公不但知此音，真欲鉤深得其藝。大篇小什分珠璣，往往不惜兼金餽。吾聞南風之歌下舜廊，四海熙熙樂平治。願翁持此天上頭，一鼓解民慍，再鼓阜民財，勿作區區自豐計。文淵閣四庫全書本《江湖後集》卷八。

二　題趙子固水仙圖

　　紫府川妃夜宴還，玉盤金椀落人間。香肌不受緇塵污，依約風前響珮環。《江湖後集》卷八。

俞松藝話（二則）

俞松（生卒年不詳）字壽翁，錢塘（今浙江杭州）人。淳祐中官承議郎。平生篤嗜《蘭亭帖》，搜藏至數十本。每有所得，必就李心傳審定題識。淳祐四年，次第其所藏與所見，粹爲二卷，曰《蘭亭續考》，以續桑世昌之《蘭亭考》，今存。

一　題徽宗畫《四禽圖》

徽宗皇帝御畫《四禽圖》，筆勢飛動，神品之上也。淳祐二年歲在壬寅，三月七日手裝。臣松恭題。文淵閣四庫全書本《石渠寶笈》卷一四。

二　《蘭亭續考》跋

《蘭亭續考》前一卷，其間有松所藏本，與他人所藏者合爲一卷。後一卷皆松所藏，嘗經秀巖李先生品題，命工鋟版，以貽同志。

淳祐甲辰中秋日，書於景歐堂。文淵閣四庫全書本《蘭亭續考》卷二。

潘牥藝話（一則）

潘牥（一二〇四～一二四六）字庭堅，以字行。初名公筠，避理宗諱改。號紫巖，閩縣（今福建福州）人。端平二年進士。歷浙西提舉常平司幹官，遷太學正，旬日出通判潭州。淳祐六年，卒於任，年四十三。著有《紫巖集》，已佚。劉克莊謂其文"脫去筆墨蹊徑，秀拔精妙。結字有顏筋柳骨，小楷尤工"，人稱其為太白、子瞻後身。

跋定本《蘭亭》帖

始鄒正言浩赴貶所，其友人告之曰："使君官京師，遇寒疾不汗，五日死矣。獨嶺海之外能死人哉？"友為誰？田畫是也。《蘭亭》佳無說，蘇子瞻、賀方回人所共識，繇田君求楊、趙，又從可知也。

淳祐四年夏至日，長樂潘牥。文淵閣四庫全書本《蘭亭續考》卷一。

宋理宗藝話（二則）

宋理宗趙昀（一二〇五~一二六四），太祖十世孫，榮王希子，母全氏。初名貴誠，嘉定十五年爲邵州防禦使。十七年賜今名。是年寧宗崩，丞相史彌遠與楊後貶皇子趙竑爲濟王，出居湖州，而矯詔立昀爲帝。紹定六年彌遠卒，始親政，史稱"端平更化"。端平元年，與蒙古連兵滅金，以圖收復三京。金亡，蒙古軍入洛，事釁隨起，兵連禍結，境土日蹙。開慶元年，蒙古兵圍鄂州，宰相賈似道諱言其納幣稱臣請和，僞稱獲捷。自後似道擅權，朝綱日壞，國勢益危。其在位也，史彌遠、丁大全、賈似道相繼竊弄威福，與相始終。而同時崇獎理學，黜王安石從祀孔廟，昇濂、洛九儒，表彰《四書》，確立理學之統治地位。在位四十年，年號八：寶慶、紹定、端平、嘉熙、淳祐、寶祐、開慶、景定。前人稱其"聖學高明，尤工於文"（《庶齋老學叢談》卷中）。

一　題趙葵墨梅詩

溪藤疎影勢千尋，筆補春工著意深。止渴調羹歸妙手，誰知一片歲寒心。_{文淵閣四庫全書本《景定建康志》卷四。}

二　題夏珪夜潮風景圖

定知玉兔十分圓，已作霜風九月寒。寄語重門休上鑰，夜潮留向月中看。_{文淵閣四庫全書本《式古堂書畫彙考》卷三十三。}

戴埴藝話（一則）

戴埴（生卒年不詳）字仲培，鄞縣（今屬浙江寧波）人。嘉熙二年進士。嘗持節將漕，頗究心郡國利病。著有《鼠璞》二卷，考證經史疑義及名物典故之異同，持論多精審。其曰"鼠璞"者，蓋取周人、宋人同名異物之義。

溫公蜀公議樂律

觀范蜀公《與司馬溫公議樂律書》，蜀公謂房庶赤法古本《漢書》：度起於黃鐘之長，以子穀秬中者一黍之起，積一千二百黍之廣度之，九十分黃鐘之長，一為一分，今文脱"之起積一千二百黍"八字，故累黍為赤，縱置太長，橫置太短，新赤橫置之，不能容一千二百黍，則大其空徑四釐六毫，是以樂聲太高，皆由談以一黍一分，不若以一千二百黍實管中，隨其長短斷之為黃鐘九寸之管，九十分其長一分，取三分以度空徑，數合則律正，是度由量起。溫公據《漢書》正本謂律法以一黍之廣定為度之九十分，得黃鐘之長，是度由律起。予謂先王吹嶰竹以聽鳳鳴，六律六呂生焉。天地未嘗無自然之中聲，復懼其中聲之不傳，於是因十二筩以製律，而驗之於氣，氣之應有淺深，管之入地有長短，驗子於黃鐘，驗未於林鐘，驗寅於太簇，氣至則灰飛，管差則不驗，律建而天地之中聲有所考。復起於黃鐘之長，取子穀秬中者一黍之廣度之，凡十分黃鐘之長，一為一分，寸、尺、丈、引定而度生焉，度立而黍之長短有所考。復起於黃鐘之龠，以子穀秬中者千有二百實其龠，以井水準其概，合升、斗、斛定而量生焉，量立而黍之小大有所考。復起於黃鐘之重，一龠容千二百黍，重十二銖，兩、斤、鈞、石定而衡生焉，衡立而黍之輕重有所考。四者具存，或自源而徂流，如先王以律起度、量、衡可也。或自流尋源，因度、量、衡以起律，亦可也。四者既亡，周漢之議已為不同，司馬遷、劉歆、班固以為一上一下，劉安、京房、鄭康成以蕤賓為重上生，呂不韋以大呂為重下生，或代律以準，或代律以鐘，或代律以笛，卒無一定之論。況二公當漢唐五代之後，欲爭《律曆志》之全脱，以定一代之制，人固知其為難。然主蜀公之説者，但當辨子穀中者一黍之廣度之，九十分黃鐘之長，一為一分之有合於度與否，不必曰度之起律非也。主溫公之説者，但當辨一千二百黍積實管中為九寸，取其三分以爲空徑，果有合於量與否，不必曰量之起度非也。天文局觀天而驗曆，太史局算曆以測天，所得苟精，未嘗不合。倘溫公因《律曆志》之元本取爲度以作律，驗之於氣灰飛，苟應則度可爲律。蜀公因《律曆志》之古本取爲量以作律，驗之於氣灰飛，苟應則量可爲律。蓋有天地之中土，則有天地之中氣，而中聲應焉。律、度、量、衡者，起於黃鐘，《月令》於中央土有律中黃鐘宮之說，是律呂之出於自然，豈有古今之殊，不能求律於人而求律於天，氣驗則律驗，度、量、衡亦於是而論定矣。正不待較古本、今本之異同也。文淵閣據四庫全書本《鼠璞》卷上。

葛剛正藝話（一則）

葛剛正（生卒年不詳）字德卿，號水雲清隱，丹陽（今江蘇丹陽）人。工篆，著有《重續千字文》二卷（存）。

《重續千字文》序

古篆之書始於蒼頡，著於史籀，同於李斯，備於揚雄、班固之《訓纂》，而分部於許氏之《説文》，其源遠矣！

自散隸之興，趨省便俗，古文幾絶。至唐李陽冰篆獨冠古今，世號"筆虎"，學者師慕。有宋膺運，太宗皇帝新文明之治，爰詔儒臣徐鉉、翰林書學葛湍等校正《説文》，又從而附益之，敕遣雕造，垂範作程，具以六義焕然，於今可玫。

余曩侍先君宦遊通川，時四明潘侯伯恭以其先大夫昌年所書《梁韻千字文》手澤真跡出示，精神態度，勢若飛動。余嘗作摹本，潘侯謂逼真甚，孺子可教，乃盡誨之以用筆之法。臨池積習，閱二十餘載，自謂可以遠紹前脩，因思以廣其傳。

近得朝散侍其公瑋《續千字文》，旨意微奧，文義該洽，卓乎弗可及矣。余不自揣，因綴緝謏聞而三之，悉書以古篆，仍加之詁註，義有未通，則闕疑以俟博識焉。文章翰墨，小伎自嬉，不敢與昔人比，或可發童之蒙，與兔園册並行耳。

淳祐戊申冬至日，水雲清隱丹陽葛剛正德卿序。影宋抄本《重續千字文》卷首。

嚴粲藝話（七則）

嚴粲（生卒年不詳）字坦叔，一字明卿，號華谷。邵武（今福建邵武）人，羽族弟。嘉定十六年進士，有詩名。精《毛詩》，著有《詩緝》三十六卷，採眾家之說而斷以己意，多深得詩人本意，與呂祖謙《讀詩記》並稱。另著有《華谷先生詩抄》一卷、《華谷集》一卷。其《詩緝條例》云："集諸家之説爲《詩緝》，舊説已善者不必求異，有所未安乃參以己説，要在以意逆志，優而柔之，以求吟詠之情性而已。字訓句義插注經文之下，以著所從。乃錯綜新舊説以爲章指，順經文而點掇之，使詩人紆餘涵泳之趣一見可了，以便家之童習耳。"

一 陽關圖

人人腸斷渭城歌，誰獨持竿面碧波。可是無情如木石，祇應此地別離多。《文淵閣四庫全書本《兩宋名賢小集》卷三百二十九《華谷集》》。

二 盤谷圖

聲利爭馳毫末間，幾人能得健時閒。不須展畫相撩弄，昨夜秋風憶故山。《華谷集》。

三 畫梅蘭竹石

正憶吟窗占竹坡，風煙觸眼奈愁何。梅蘭只作從前瘦，石上蒼苔別後多。《華谷集》。

四 次韻宴坐畫圖

京塵倦來歸，故山喜還壁。淡交松桂在，昔別猿鶴憶。晚知閒味深，甘爲幽討惑。尚念身在山，佳處恐未識。看山須全境，一覽盡目力。伊誰有巨軸，亭亭掛空碧。吾聞古靈匠，能事畧翰墨。盤礴溟涬初，太素含黼飾。妙手幹元微，鍊此石五色。天機一呈露，真宰惜不得。寫出萬古愁，蒼茫思何極。煙村帶遠市，雲樹出峭壁。有人閒倚欄，飛鳥亦自適。俗間重小景，局促無奇特。五日十日畫，大類宋楮刻。誰會悠然心，醉來眠對客。《華谷集》。

五　騎牛圖

乃翁騎牛驢馱兒，松間提挈羣僮隨。驢逢短橋兒回顧，牛背推敲了不知。《華谷集》。

六　慈湖墨竹

先生萬慮晝空時，元氣渾淪可得窺。還有發生消息在，揮毫烟雨一枝枝。《華谷集》。

七　琴

孤松風下絃秋清，湘江湛湛湘山青。一聲吹入天冥冥，何處野鶴飛來聽。《華谷集》。

歐陽守道藝話（一〇則）

歐陽守道（一二〇九~一二七三），初名歐陽巽，字公權，後改今名，字迂父，晚號巽齋，吉州（今江西吉安）人。少孤貧，自力於學，年未三十，爲鄉郡儒宗。淳祐元年進士，授雩都主簿，調贛州司戶。江萬里建白鷺洲書院，首聘其講學。湖南轉運副使吳子良聘爲嶽麓書院副山長。景定初，江萬里薦爲史館檢閱，召試館職，除秘書省正字。二年，遷校書郎兼景憲府教授。三年，遷秘書郎，以言罷。咸淳三年，與祠。以呂文德薦添差通判建昌軍，辭不就，遷著作佐郎，兼崇政殿說書，兼權都官郎官。經筵所進，多切時務。遷著作郎。咸淳九年卒，年六十五。守道學術醇厚，文章有"天趣理致"（劉將孫《曾御史文集序》），文天祥、劉辰翁皆出其門下。文天祥稱"六一之學，實傳先生"，"橫經論道，一世宗師"（文天祥《巽齋先生像讚》），雖或過情，也可見其在宋末之影響。《四庫全書總目》卷一六四稱其《復劉學士書》《答丁教授書》等"持論咸有根柢，非苟立異同"。所著有《易故》，不傳。今存《巽齋先生文集》二十七卷。

一　送曲江侯清卿序

曲江侯君清卿與其弟德卿共予學，五月而歸，將別，無以爲贈，遂贈以言，朋友之道也。

惟國家以人文化天下，士風之盛，嶺海之陬無遜江浙。況曲江爲廣名郡，有張子壽、余安道詩書道德之澤，而其地山水清曠，韶石舜峰，列秀森峙，虞氏數千載之遺跡在焉。想古風於寂寥，隔千載其一日，登高望遠，九嶷、蒼梧彷彿隱見，皆足以起人悠然之思，境契於心，而道在耳目間矣。士之生其間，固宜秀穎明達，由積學而至於聖賢不難也，況文章特學之餘事乎！

子韶人也，予將假舜之韶以與子論文。夫韶，舜之至文也，金石絲竹匏土革木，舜之所以爲韶也。八物之雜而聲成文，鳥獸率舞，鳳凰來儀，韶之大成也。雖然，舜世之樂孰有外是八物者哉？今爲子取所謂管者、籈者、柷敔者、笙鏞者、琴者、瑟者、石之可擊拊者也固不乏，工之知音律者皆可能也。然而器具矣，而非韶；韶似矣，而非舜。何也？八物者舜樂之寄也。原舜樂之所自，本乎父子慈愛之間，推而達諸宇宙民物之生意，油然天真之發見，而動乎不自已之機，此樂之不能不韶也。不於其心而於其器，則韶獨舜哉？文之有聲音節奏，不猶樂之聲音節奏歟？

而今之文則正聲罕矣。鄙賤猥惡者下里巴人之曲，靡曼幻眇者桑間濮上之音也，彼豈不用意於文，而卒之非吾所謂文，理不明於心，而徒治其言語之末，俗而不雅，淫而不貞，有由也。理之難明久矣，安能使吾胸中豁然無所滯礙，得之心而應之口與手者，一不悖於理，如古人之文乎？

《易》之文微也，《中庸》之文粹也，六經之文予不能遍舉，子取二書讀之，愈索而愈不窮，如山海之寶藏，隨其所得，皆足以致富，而山海之所有不爲之損，顧吾力有窮焉耳，不然，何莫非吾取富之資？富資於山海，文資於理，理資於學。子歸矣，於予所謂理之明於心者用力焉，本之於經而質之於先儒之訓說，立吾心以爲主，而凡方冊之內，有言理者畢赴焉，使天地萬物之情狀盡至於吾前，而往古聖賢之心事盡契於精神之表，則吾見文思溢出，欲已不能，而何待於握筆引紙，日孳孳焉以求工也。

曲江士風之盛，予雖未盡識，意多有人焉。子歸，其諗之鄉先長者，以決吾言之信否。予言倘其然乎，它日非子見我則我遇子，子出子之文，予將驚焉。

於其別也，書此以告，具以爲再見之左驗。文淵閣四庫全書本《巽齋文集》卷一二。

二　題虞堪畫《武夷圖》

嘗聞此山有仙人蛻骨在絕頂上棺中，棺只如世上木棺，不掩亦不朽，不知幾千百年矣。邑人請仙骨，禱雨輒應，即奉歸之，然山斗絕，不可攀躋，山下能往取骨者惟二人，未嘗過三人，亦未嘗闕。所謂幔亭者，仙人成道時受宴於帝，帷幔遍山，山下人皆得與觀，受麟脯異果之賜。今旁山居者不一姓，皆自稱真君子孫云。

右得之武夷山道士，謾附志於此，他日遇山中人，當更問之。

廬陵歐陽某書。《巽齋文集》卷一八。

三　題郭靖翁梅圖

郭靖翁寄示余梅圖，予展玩日薄晚矣。入夜寒甚，索一二句題後未得，置之就枕，夢一丈夫潔白清峭，服如其容，方獨立，予揖之，慨然謂予曰："予適有思，當就君謀之。"予曰："何如？"曰："予館於此有年，向荷主人之知，捐尋丈地以容我。彼欲以利規主人者，或欲歲效珍奇，或欲日獻甘旨，彼皆善結主人，僕役爲之遊譽者多，爭欲奪吾地以居之，賴主人不聽，予得在此。然今者主人愛我之過，予反有所不堪，方思去之，聞君頗有山林之交，試爲予謀何適。"予曰："何哉，主人愛君之過？"曰："予性便幽僻，不願知於人。荒閒之野，寂寞之濱，足以遂予之雅志。主人既強我在此矣，今乃欲築堂以即我，而日延賓客以狎我，使我日與紛紛者接。夫紛紛中豈無修士，雖然，襟裾塵埃，口腹饘量者將昧予目，逆予鼻，庸能禁其不至哉？予是以思去之。予不幸有清潔之名，主人惟無此意則已，有則彼將競至借予以蓋污也。然將污我，且污主人，必不得已，予將稱病。"正立談，容若遽悴者，予恍然驚覺，斜月在窗，霜氣透帷，思之莫解其說。

既旦，案上郭氏圖在，予悟曰：此梅之神也。圖中有"近樹架屋、迎客看花"等語，梅殆有知耶？

書圖後歸之，寶祐戊午臘，歐陽某書。《巽齋文集》卷一八。

四　題韓子蒼讚韓魏公畫像

觀陵陽韓公記金人拜相州僧寺魏國忠獻公畫像事，爲之太息不已。彼雖敵國，然所敬所慢，施於中國之人，蓋未嘗不嗟王衍之死排牆，郭令公之受羅拜。前代此事不少，靖康之禍，使吾國有人稍堪爲魏公役，彼亦安敢易視。一日敵使至，宰相奉命待之，時圍城破在旦夕，吾相對使者歌曰："細雨共斜風，作輕寒。"彼與副相視怪笑，以此人愚，駭不識緩急至此也。

哀哉！陵陽公有憂持此圖以靖邊壘，噫，更可得數十萬人下拜爾，拜已長驅，誰與禦之！人之云亡，邦國殄瘁。

咸淳己巳季春丙午朔，廬陵歐陽某敬書。《巽齋文集》卷一九。

五　書《廬陵六君子畫像》後

里中朱君少張繪六一翁而下六君子，出以示余曰："聞六君子之風，天下一敬心也，況於生是邦者乎？"

余曰：嗟乎少張！余之對斯圖也無感乎哉？六君子之外，仕宦通顯者幾人？其不入斯圖也，余不欲汎問。六君子之外，隱德韜光者幾人？其不入斯圖也，吾不能盡問。姑就君此圖而論世焉。若東山先生去今固未遠也，先生風節玉立山峙，而於後進嘗樂引之。比其沒時，予年且弱冠，如盞有聞，獨不許一窺其門牆哉？今年日益長，學日不進，而先生遺像與君子並列，視之等爲古人，誦了翁《責沈》之作，面熱而汗下也。吾州儒風不減鄒、魯，山川之氣未歇，安知世復無斯人者？東坡有言：膠西多隱君子，使蓋公真往來其間，於何足以見之？《詩》不云乎："高山仰止，景行行止。"又不云乎："我日斯邁，而月斯征。夙興夜寐，無忝爾所生。"

感歎之餘，爲拜手書其後。《巽齋文集》卷一九。

六　書歐公帖

歐陽氏居廬陵，自唐率更令之孫爲刺史於此郡始。刺史以前廬陵無此氏，猶眉山之蘇自唐相味道始也。今吾郡吾氏支派甚衆，必皆刺史子孫，而譜不可考矣。文忠謂子孫或居安福，或居吉水，或居廬陵。或之者，疑之也。蓋此時已不能盡知，故其所書之名纔止數房。

然譜所不書，謂之非此族類則不可也。此卷蓋譜之初本，與世次碑本不同。碑本刊定而後入石，初本記錄稍異，來者見之，猶有考訂於碑之外。周益公刊公外集，嘗兩存之，而此卷又與外集所收者小異。

予舊名巽，不知公之堂姪名巽也。石本、外集本皆無有，今乃知之。此卷字體殊有公筆意，但頗嫩弱，又略有悞字。如云歆子孫"微"字上加"弱"字，先作"若"，塗去再作"弱"，殆若未曉文義者。又如崇公生二子，長曰昞，次則文忠，而"曰"之下有"曰卒"二字，然後及"曰某"，則文忠名也，三"曰"字並列，則爲兄弟三人矣，然豈有人名"曰卒"者耶？此第二"曰"字蓋"早"字之誤也。誤字至於如此而不悟，疑其爲公家童幼之所書，初學而習公字體者，莫知其的爲誰矣。

書紙書背，其面則吴長文奎以翰林侍讀學士出知鄆州時與公啟，所謂樞密侍郎，則副使時也。以此信其爲必出於公家，傳至於今，斯亦可寶。

景定四年正月望，劉君以示予友周君子直，子直轉以示予，爲書其後歸之。《巽齋文集》卷一九。

七　劉紹佑《千文》跋

隸書始秦李斯、趙高、胡毋敬三人，通作二十章〔一〕。漢興，閭里書師釐爲五十有五，每六十字爲一章，計字三千三百。

小學始於識字，然必音韻諧協，文義可通，始便誦習。是三千三百字雖不見於今，然觀其有章可分，則必有音韻文義者也。梁周興嗣拾斷碑製《千文》，行於世將千載，彼所謂三千三百字非此類與？

吾州名進士劉君紹佑續興嗣文，其數如之，而文義非興嗣所及矣。君以摹本遺予，予讀而善之，曰：君於興嗣之文爲續，則揚雄《訓纂》之廣《史篇》也。興嗣之文已用者不再用，而措辭奇古，復出尋常，則司馬相如之《凡將》無復字也。若夫假字爲訓，而天文地理人事之端，往古來今廢興得失之跡，納鉅於細，該繁於約，使幼學者口誦心惟，預爲方來大學之地，此則致堂先生胡公叙古之本意，豈揚雄、興嗣輩區區於字學者哉！而君之自叙乃以爲戎帳户版、勾稽記識之助，若自小其書者，或者疑之，抑不知書契本以代結繩，君此言蓋原上古造書之本意云。《巽齋文集》卷二〇。

〔一〕章：原作"張"，據《小學考》卷一四改。

八　曾雲巢與曾智甫往來書翰跋

曾丈智甫與其宗雲巢先生爲友，學士侍郎公亦布衣之舊，大小阮往來書尺編成巨軸，出以示某。

雲巢年八十時，筆法與往年無二，前輩之敬，見於寫字，字占人壽，理信有之。學士往往在學舍及初筮時書，智甫珍襲之，暨貴顯，名益大，書宜亦可寶，而軸中乃無有意者。以其名既隆，特欲小疏書問，雖得書亦不欲示人耳，是以可觀智甫友道之一二云。《巽齋文集》卷二〇。

九　《釣雪圖》跋

雲坡李君釣雪，好事者畫爲圖，見其釣不見其得魚也，以示歐陽某。

某謂君曰："有飲食之害者饑則無所擇，寒魚能無饑乎？然且垂釣久之而不可得，人不以饑寒動其心，誰得而餌之？且魚惟不受餌，故得免於刀几；不然，一餌之飽幾何，身亦飽餌者之腹矣。君不受世之餌，而釣之於寂寞之濱；魚亦不受君之餌，而潛之於淵。君毋釣之焉，此魚蓋化於君者。"

乃爲之歌以寫圖外之意，歌曰：上天同雲兮雨雪其霏，之子於釣兮在水之湄。魚潛於淵兮不可求思，泌之洋洋兮可以樂饑。

歌畢還其圖。《巽齋文集》卷二〇。

一〇　題懷芳小草後

蘇子美居姑蘇，買水石作滄浪亭，大涵肆於六經而時發其憤悶於歌詩，至其所激，往往驚絕。又喜行草書，短章醉墨，爭爲人所傳。吾家六一翁銘其墓曰："嗟子之中兮，有韞無施。文章發見兮，星日光輝。雖冥冥以掩恨兮，不昭昭而永垂。"

予友胡伯雨懷芳園亭之勝，當不減滄浪，而歌詩妙語天出，比之子美有其奇偉而無其傷怨。此四詞又得予同年劉澤民書之，二美合併，宜有傳於人。然二君皆不滿中壽，澤民加少，遺墨散落，無與收拾。今之知澤民書者已無幾，況敢望百年天壤間！

伯雨之子蒙亨巫壽此於石，見者初以爲古帖也，既見氏名，始共爲二君太息。嗚呼！予爲伯雨求墓銘於荊溪吳先生，先生從之，發昭昭於冥冥，恃有此耳，亦可以悲夫！《巽齋文集》卷二一。

祝泌藝話（一則）

祝泌（生卒年不詳）字子涇，晚號觀物老人，饒州德興（今江西德興）人。傳邵雍皇極之學於廖應淮。舉進士，淳祐中爲提領所幹辦公事，以承直郎充江淮荊浙福建廣南路都大提點坑冶鑄錢司幹辦公事。著有《皇極經世書鈐》《觀物篇解》《皇極經世解起數訣》《六壬大占》（以上並存）等。至元十六年，元世祖徵之不起，其甥傅立以其書上之。

《皇極經世解起數訣·聲音韻譜》序

聖人因音以製樂，分律以諧聲，五音所以配天五之陽中，六律所以配地六之陰中也。音律又各有陰陽之合，故五音分太、少爲十，與十榦相應；六律合陰呂爲十二，與十二支相符，皆自然之數也。而樂有遺音餘韻，故五音之外有少宮、少徵，十二律之外有四清聲，蓋永歌長言之發越，而音聲之變盡矣。昔人豈强分別於此哉，發於人聲之自然，參乎造化所以然也。

古樂既亡，中度之音聲雖無傳，而存於人者未始亡也。惟人之生，萬物皆備，目之於色，耳之於聲，鼻之於臭，口之於味，皆有一萬七千二十四之別。故聲音臭味之感人，耳目口鼻之辨物，在於人者不約而同。惟四體之中莫辨乎聲音，故其道與政通。雖五方之言語不通，如吳楚之輕淺，燕趙之重濁，秦隴以去聲爲入，梁益稱平聲似去，然至於以言寫聲，以韻叶音，不問華夷蕃漢之殊方。所謂七均十六律之自然者播在樂曲，如規矩之於方圓，繩墨之於曲直，所至會同，非有訓導師保使之然，而自各能叶合。有如謳歌之曲不緣方言而間異，翻切之例不隨風俗而差殊。

傳曰：樂和人聲，此造化之大巧，聖人之至教。人之生陰於天，所以異乎庶物者也。後世聲音之學自唐陸法言之《玉篇》、顧野王之《廣韻》〔一〕，能別五音之呼吸、四聲之清濁矣。至於正韻反韻，沙門神珙作九弄反紐，羅紋側紐，今無能傳其三昧者。惟胡僧了義三十六字母流傳無恙，雖極之遐荒僻嶠亦能傳習〔二〕，故蕃國亦有《廣明韻》〔三〕，則字母之教外薄四海皆用之也。

然揆之自然之聲音，陰陽無不該之物，輕重無不分之理，有陰則有陽，有清則有濁，有輕則有重也。今即了義字母論之，脣音分輕重，齒音分清濁，是矣；舌音分舌上、舌頭，曾知舌頭即重音，舌上即輕音乎？牙音、喉音乃不分輕重，半宮、半徵音又止有二字而闕其一，是了義之字母猶未全。

惟《皇極》用音之法，於脣、舌、牙、齒、喉、半皆分輕與重〔四〕，聲分平上去入，音分開發收閉，至精至微。蓋聲屬天陽，而音屬地陰。天之大數不過七分，而聲有七均；地之大數不過八分，而陰數常偶，故音有十六。不可闕一，亦非有餘也。

余學《皇極》起物數，皆祖於聲音二百六十四字之母，雖得其旨，而未發揚。偶因官守之暇，取德清縣丞方淑《韻心》、當塗刺史楊俊《韻譜》、金虜總明《韻相》，參合較定四十八音，冠以二百六十四姥，以定康節先生聲音之學。若《辨心鑑》合輕重於一致，紊喉音之先後，誠得其當；添入《韻譜》之所無，分出牙、喉之音，添增半音之字，合而成書。尚冀博雅好古君子更釐其未的〔五〕，庶以聲音求數，不遺要眇。蓋以開口內轉爲開音，開口外轉爲發音，合口外轉爲收音，合口內轉爲閉音，此易明而易別也。

余老矣，後有覺者能充之，以定一代之樂，感移人聲，還其真醇，豈小補之，是豈聲音云乎哉！

淳祐辛丑長至後二浹，鄱人提領所幹辦公事祝泌子涇序。十萬卷樓刊本《皕宋樓藏書志》卷四九。

〔一〕唐陸法言之玉篇顧野王之廣韻：此句誤，當作"陳顧野王之《玉篇》、唐陸法言之《唐韻》"。
〔二〕極之：原闕，據文淵閣四庫全書本《皇極經世解起數訣》卷首補。
〔三〕蕃國：原闕。有：原作"看"。據同上補改。
〔四〕輕：原作"清"，據同上改。
〔五〕尚冀：原作"倘"，據同上改。

車若水藝話（三則）

車若水（一二一〇～一二七五）字清臣，號玉峰山民，黃巖（今浙江黃巖）人，似慶孫。弱冠從陳耆卿遊，學爲古文，與年長十三歲之吳子良同門。王象祖盛稱其文，謂其"明而新、清而健，可追古作"（《三臺文獻錄》卷一四引《答車清臣書》）。後從杜範遊，潛心理學。又從王柏、陳文蔚遊，刻意講學。德祐元年卒。著有《宇宙略紀》《玉峰冗稿》，已佚。杜範序其祖所撰《間居錄》，稱其"不襲傳記之舊説，簡策之陳言，迥出新意，自成一家議論"，又稱若水"搜採舊聞，飾而附益"，當爲祖孫同著。今惟存《脚氣集》。

《脚氣集》（選錄 三則）

東坡云："夫畫竹，必得成竹於胸中，執筆熟視，乃見其所欲畫者。疾起從之，振筆直遂，以追其所見，如兔起鶻落，少縱則逝矣。"此語甚妙，豈但畫竹！

王右軍帖，多於後結寫"不具"，猶言不備也。有時寫"不備"。其不具草書，似不一一。蔡君謨帖竝寫"不一一"，亦不失理。然則專學精到者，亦有誤看耶？

堯民擊壤，自唐以來畫爲圖，乃是行坐捧腹牽挽快樂之樣。李伯時臨本極佳，不見所謂擊壤者。《藝經》謂壤以木爲之，前廣後銳，長尺四寸，濶三寸。將戲，先側一壤於地，遠二十四步，一本作三四十步。以手中壤擊之，中者爲上。此戲甚好，比之投壺，尤見爲樸質也。然予謂此説亦未必然。壤即泥也，以手拭一本作式。杖，擊壤以爲音節而歌，其曰："日出而作，日入而息，鑿井而飲，耕田而食，帝力於我何有哉！"真是太平之語，真好文章。"立我烝民，莫匪爾極。不識不知，順帝之則。"更好。以上文淵閣四庫全書本《脚氣集》。

釋文珦藝話（一八則）

釋文珦（一二一〇~？）字叔向，自號潛山老叟，於潛（今浙江臨安）人。早歲出家於杭州，歷遊浙、閩、淮甸，復歸於杭。後被讒入獄，久之得免，遂遁跡不出。終年八十餘。好吟詠，嘗與褚師秀、周密、周璞、仇遠等人唱和。有詩集，已佚，清四庫館臣自《永樂大典》中輯爲《潛山集》十二卷。集中獨吟之作居多，唱和之作較少，多山林閒適之作，比興未深，而即事諷諭，義存勸戒，持論率能中理。

一　羌笛

美竹生窮崖，西人翦爲笛。制度誠簡易，不假金玉飾。五音既繁會，八音亦交出。鳳鳴何雝雝，龍吟尤歷歷。貪者聽之廉，愁者聽之懌。悍者聽之和，勞者聽之佚。遺調感人多，今人孰能識？空復想桓伊，三弄楚天碧。文淵閣四庫全書本《潛山集》卷一。

二　題《醉翁圖》

所畫者誰子，將非高陽兒？滿腹常貯酒，何異於鴟夷。陶陶以自樂，禮法不可縻。釀酒用老瓦，漉酒脫接羅。寧復問升斗，豈嘗辯醇醨。終日但兀兀，一卮掌中持。頗謂有妙理，非人所能知。飲罷忘百慮，袒跣行斜暉。大笑沈湘人，獨醒亦奚爲。《潛山集》卷二。

三　琴泉（節錄）

子期不可作，伯牙終絕絃。泠泠太古音，在此幽澗泉。《潛山集》卷二。

四　月夜聽琴歌

石牀定起夜方中，爲豁幽興開房櫳。吳天潔淨無雲蹤，萬里一色磨青銅。明月皎皎行虛空，穿松透竹光玲瓏。猛虎忽嘯茅屋東，林樹葉葉皆生風。壯哉宿客清溪翁，對月與我調絲桐。不拘商羽徵角宮，五音迭奏意無窮。希聲一一關天聰，天神下假山鬼從。玄鶴抃舞節奏同，延頸舒翼多儀容。嘗聞雅樂與政通，乃知此語非顓蒙。更漏欲徹曲未終，西隣忽打五鼓鐘。溪翁憶着溪頭蓬，抱琴歸去還怱怱。願翁重來勿棄儂，儂欲共爾論心胸。《潛山集》卷五。

五　周草窗命題《異人爪搯仙境圖》

幽齋衆客多清娛，弁翁開卷示此圖。細畫纖纖比毛髮，老眼眴轉眡若無。須臾神定乃能辨，蓬山圓嶠連方壺。山川盤紆體勢遠，樓觀縹緲棼桴鋪。霓旌羽蓋蔽空日，雲軿鶴馭交天衢。瓌麗綺錯千萬狀，一一盡與人間殊。弁翁指陳更詳悉，言是澄江惠氏所寶之舊物。昔有道人方外來，暮夜延之入其室。蕭然獨卧無燈明，時聞爪甲鏗有聲。明發道人不知處，但見桶底搯畫成。吾知道人非小巧，物物之中存幻眇。更於爪畫兩俱忘，當與道人同一笑。《潛山集》卷五。

六　題履道兄《古松圖》

屏間何人畫四松，高標半在煙雲中。人來盡作真松看，槎枒古怪勢不同。一株連蜷如老龍，曾見於康廬窈窱之深峯。兩株橫斜蒼黛色，曾見於鴈蕩高寒之絕壁。最西一株更奇特，老來昏耄記不得。想得當初落筆時，名山洞府徧尋思。細將覽勝探幽興，暗寫凌霜傲雪姿。古來畫者雖無數，少有人能得真趣。畢宏韋偃骨已寒，今日此圖堪獨步。主人勸我爲作歌，才薄無奈此圖何。疾書一百六十字，勿笑迫促無委佗。《潛山集》卷五。

七　山房假寐，夢有一客抱琴奏曲而去，既覺，詩以記之

山房夜坐無衆喧，隱几而卧方澹然。忽夢有人來我前，從容爲我揮五絃。琴聲一一皆清圓，如聽廣樂於鈞天。曲終倏爾升雲軿，亦有笙鶴相後先。未知重會在何年，臨風別恨空綿綿。覺來竟亦何有焉，唯聞漏鼓聲咽咽。因識死生同寤寐，榮枯得失皆無意。《潛山集》卷五。

八　贈山中琴友

雲影晝沉沉，雲邊草徑深。樹爲幽鳥宅，山是隱人心。靜室無他物，清風寄一琴。調高唯自識，不問有知音。《潛山集》卷七。

九　調琴

羣動夜中息，霜清月滿林。野僧無俗事，幽興寄瑤琴。澹澹《思歸操》，悠悠太古心。希聲在自得，不必爲知音。《潛山集》卷九。

一〇　題畫

鷗鷺雪衣明，忘機更閒暇。青青芳草間，嫋嫋垂楊下。蒲長荷已折，秋水碧相涵。日照沙洲暖，鴛鴦睡正酣。淺水與平沙，煙光盡相接。鳥立折茄莖，蟹上枯荷葉。翠羽立蒹葭，巨蟹行沮洳。狂僧淡墨間，無限滄洲趣。《潛山集》卷一一。

一一　墨菊

淵明愛佳色，靈均餐落英。墨衣林下去，標致更凄清。《潛山集》卷一一。

一二　蒲萄畫

弱蔓引修藤，垂旒泫水晶。憶曾江路見，風露熟秋棚。《潛山集》卷一一。

一三　墨萱

丹粉轉成緇，風姿尚瀟灑。對此可忘憂，依依北堂下。《潛山集》卷一一。

一四　書友人墨萱後卷

澹然自忘憂，獨立薰風裏。紅樂非其倫，緇衣古君子。《潛山集》卷一一。

一五　墨水僊

二妃泣蒼梧，淚多衣袂黑。猶似不忘君，垂頭情脉脉。《潛山集》卷一一。

一六　游衢州烏石山觀僧房畫山水

苔徑高低草樹寒，雲從隨處有飛湍。山中老宿居來熟，却畫他山水石看。《潛山集》卷一一。

一七　錦屏山圖

錦屏山勢舞雙鸞，影入嘉陵江水寒。人在東南歸未得，時時獨展畫圖看。《潛山集》卷一一。

一八　書山水畫卷

遠浦漁舟若箇，荒林草屋誰家。不信丹青能爾，分明鴈落平沙。《潛山集》卷一二。

孫子秀藝話（一則）

孫子秀（一二一二～一二六六）字元實，餘姚（今浙江餘姚）人。紹定五年進士，調吳縣主簿，辟淮東總領所中酒庫，知金壇縣。通判慶元府，主管浙東鹽事。爲左司兼右司，再兼金部，差知吉州。開慶初，爲浙西提舉常平，擢浙東提刑兼知婺州，移浙西、江東提刑。度宗卽位，進太常少卿兼右司，兼知臨安府，罷。起知婺州。咸淳二年卒，年五十五。

題東坡書《天慶觀乳泉賦》

腥波暗天，濁浪翻日，蛟蜃黿鼉之所出沒。有屹其島，清泉中發，靜涵太虛，寒侵孤月，汲之無窮，元氣所泄，古今正理不可泯滅，抑斯泉也爲斯人設。

會稽孫子秀書。文淵閣四庫全書本《石渠寶笈》卷一三。

薛嵎藝話（一則）

薛嵎（一二一二~?）字賓日，小名峽，小字仲止，溫州永嘉（今浙江溫州）人，師武子。治《書》，歷三舉，中寶祐四年進士，時年四十五。歷官長溪簿。負才不遇，以詩名，所居曰漁村，題詠頗多。晚年，買山范灣營藏地。詩宗晚唐，筆意古淡。今傳《雲泉詩》一卷。

畫竹

跬步園中種亦難，渭川還有幾千竿。山雲遺我冰綃軸，得與梅花相對看。文淵閣四庫全書本《雲泉詩》。

程驤藝話（一則）

程驤（一二一二～一二八四）字師孟，一字季龍，休寧（今安徽休寧）人。端平三年，爲武學生。開慶元年中周震炎榜進士，授承務郎。官至中書舍人。宋亡後，浪跡江湖。

趙子固水仙圖

幾日東風雨乍晴，獨騎官馬繞湖行。詩成酒力都消盡，人與仙花一樣清。文淵閣四庫全書本《式古堂書畫彙考》卷三十三。

黃震藝話（五則）

　　黃震（一二一三～一二八〇）字東發，慈谿（今浙江慈谿）人。寶祐四年進士，調吳縣尉。歷浙東提舉常平主管帳司文字，提領鎮江轉般倉分司。入爲點校贍軍激賞酒庫所檢察官，擢史館檢閱。以言事出通判廣德軍，尋通判紹興府，昇提舉常平倉司，除知撫州兼本路提點刑獄，以論奉雲臺祠。賈似道罷相，除浙東提舉常平。卒，門人私謐曰文潔先生。黃震以儒學稱，解說經義，務求其是，不執門户之見。學宗朱熹，排佛老，於治術排功利，力詆王安石。爲文簡當，持論侃直，如《平糶倉記》等。所著有《古今紀要》十九卷，詞約事賅，頗有條貫。又有《戊辰修史傳》一卷。《黃氏日抄》九十七卷，收讀書雜記及自作詩文。其中讀詩文集十卷，時有評論，而長於考辨。

一　晦庵書"上方"字跋

　　甘露山主僧道堅新其居，得晦庵所書"上方"扁，云此晦庵鄉僧義雲住山時所得。
　　余按圖經，稱今山麓之寺爲下方。東坡過廣陵，嘗有詩別上方擇老，僧仲殊詠此寺，亦稱"雲幡擁上方"，則寺固有上方之名舊矣。然吾晦翁書而僧私之乎？劉斯立題甘露上方，有"滄江萬景對朱欄"之句，今所見惟寺之多景樓爲然。此扁若以扁此樓，豈不奇？
　　僧曰："不然。物以罕得爲奇。吾僧室而有晦翁書，此爲奇。"余曰："然爾僧人而知敬晦翁書尤奇。其千萬年，永爲大寶鎮。"文淵閣四庫全書本《黃氏日抄》卷九一。

二　跋汪文卿畫梅

　　樂府、墨戲皆技耳，往往一筆一語及於梅，輒使人之意也消，然梅亦豈易知？彼各以技自慊，故或借梅以爲清，描摸詠思，未必得髣髴。吾見梅之有功於技，未見技之有功於梅也。
　　汪文卿吾黨士之騷者也，嗜梅特甚，品別異態，手自圖之，復手自爲之詞，使人披展注視，一唱三歎，灑然神化，猶將身與梅一，況文卿胸中之自得者乎？

因嘗詰之，一元磅礴，不鬱不發，窮崖冱寒，疏英摘索，此太極流行之端，而乾元之仁之初軒豁也，其爲茂叔之窗前草也大矣，亦可以墨跡言語求否耶？文卿大笑，謂此正吾不可形容之妙。《黃氏日抄》卷九一。

三　跋天台劉養源家藏《二駿圖》

二駿離立，潤澤閒雅，雖有追風逐電之才，若無有然，夫子所謂稱其德者非耶？雖然，必其不辱於奴隸人之手者也。《黃氏日抄》卷九一。

四　跋《赤壁後賦圖》

東坡再游赤壁，霜露既降時也。盈虛消息之妙，至此嶄然畢露，坡之逆順兩忘，浩然與造物者游，蓋契之矣。觀此圖者，盍於其水落木脫？《黃氏日抄》卷九一。

五　題盧計議先世東坡竹

金華盧君曾大父從蘇文忠公於黃州，得其親題畫竹，忠簡宗公又爲親題其後。夫二公遺墨流落人間，富貴家千金博易，僅僅一二，尚誇奇寶，況萃見盈尺間，而又皆爲盧君家世作者哉？

咸淳辛未七月。《黃氏日抄》卷九一。

胡仲弓藝話（一三則）

胡仲弓（生卒年不詳）字希聖，清源（今福建泉州）人。紹定間與陳起、劉克莊等唱酬。陳起《江湖後集》録其詩頗多，《四庫全書總目》卷一六五謂其大抵"不出山林枯槁之調"。著有《葦航漫游稿》，久佚，清四庫館臣據《永樂大典》輯爲四卷。

一　僧過澗圖

溪急水搖石，野僧躡石度。寒流漾笠影，歷險無窘步。僕夫後嶺來，木末跡樵路。蒼茫盼精藍，慘澹没烟霧。憶昔山中行，顧瞻歌《陟岵》。今猶夢見之，覺乃忘其故。畫師從何知？展玩失毫素。悵然渺予懷，江鄉碧雲暮。文淵閣四庫全書本《葦航漫游稿》卷一。

二　感古十首（選一）

卞氏璧難售，淵明琴本瘖。自衒亦可醜，三獻機轉深。無絃避俚耳，舉世誰知音？所以古達士，萬事何容心。勿學卞氏璧，請事淵明琴。《葦航漫游稿》卷一。

三　夜聞琵琶

金波西流雲路潔，千星萬星猶點綴。身世如在冰壺中，高卧風檐賞清絕。誰家撥動鬱輪袍，自抱心聲細推説。猝然聞之耳亦清，徐聽令人心欲裂。八音獨有絲聲哀，似此琵琶聲更切。龍香動處絃欲折，自撥一聲三擊節。澁浦有人曾話別，舟中夜聞金縷掣。司馬酒腸剛似鐵，淚珠亦就青衫結。清音巧作聲嗚咽，此器特爲愁人設。韻如寒泉清且冽，安得曹綱同一撥？曲終忽作裂帛聲，萬籟沉沉天地濶。《葦航漫游稿》卷一。

四　題葉山甫見惠古琴走筆以謝

南風之歌久絕響，生民不作聲希想。聲音之道與政通，審音知政惟絲桐。堪嗟世道多翻覆，幾度桑田變陵谷。摩挲古物憶當年，人在春風和氣天。治世之音安以樂，斯琴當年羽衣作。物換星移閱幾周，不圖今日爲君留。袖來贈與無絃客，得之何啻如珪璧。籀文篆古未爲奇，我思古人珍秘時。古人不可得而見，見琴如見當時面。安得尋聲問夔人，爲吾一洗琴上塵？《葦航漫游稿》卷一。

五　舟中夜聞彈箏

艤舟尋近岸，餘興月明中。鼓瑟人何在，彈箏意畧同。聲和隨去浪，調古動悲風。銀甲無由見，清音出繡櫳。《葦航漫游稿》卷二。

六　聽宮人琴

羣哇方雜奏，忽聽數聲琴。天地有清氣，君王知正音。悲風生指玉，明月照徽金。曾撫昭君怨，宮人淚滿襟。《葦航漫游稿》卷二。

七　題陳希夷睡圖

形睡神非睡，心閒身亦閒。是非都不管，高卧華州山。《葦航漫游稿》卷四。

八　題武適安寧卷

聽琴未了聽吟聲，瀉出冰壺一片清。學到唐人超絶處，前身便是武元衡。《葦航漫游稿》卷四。

九　聽賓圭琴

指按金徽星斗寒，試聽一曲話悲歡。妙音怕入時人耳，携入白雲深處彈。《葦航漫游稿》卷四。

一〇　錢塘潮圖

吳縑半幅浪如堆，開卷晴窗殷地雷。一見野人心目爽，中秋曾看夜潮来。《葦航漫游稿》卷四。

一一　觀道君御書

帶草行書十數行，也隨匹馬到錢塘。傷心一幅槐黃紙，猶染宣和御墨香。《葦航漫游稿》卷四。

一二　題高伯壽墨梅

　　纔見梅花喜溢眉，無聲詩索有聲詩。自從即墨移来種，莫辨南枝與北枝。
　　生来潔白本無瑕，翦雪裁冰擅一家。堪歎俗流剛點涴，故將水墨寫梅花。《葦航漫游稿》卷四。

一三　祕書省墨竹

　　寫出此君真面目，筆端造化少人知。我疑與可今猶在，安得東坡共賦詩？《葦航漫游稿》卷四。

胡仲參藝話（二則）

　　胡仲參（生卒年不詳）字希道，清源（今福建泉州）人，仲弓弟。嘗遊京師，多與當時名流交往。舉進士不第。所著《竹莊小稿》一卷，曹庭棟稱其詩"古勁不足，清俊有餘"（《宋百家詩存》），屬江湖詩派。

一　題墨梅竹

　　洗盡丹青料，清高絕點埃。數竿無韻竹，一樹不香梅。與可今已矣，補之安在哉！千年好風致，喚上筆頭來。文淵閣四庫全書本《江湖小集》卷十四。

二　月夜聽琴效《漁父辭》

　　風入古松成節奏，泉奔幽磴響琮琤。琴中彈意不彈聲，猛拂朱絃燈熖落。細敲玉版夢魂清，啼烏枝上月三更。《江湖小集》卷十四。

家鉉翁藝話（一六則）

家鉉翁（一二一三～？），號則堂，眉山（今四川眉山）人，大酉孫。以蔭補官，累官知常州，遷浙東提點刑獄。入爲大理少卿。以秘閣修撰充紹興府長史。咸淳八年，兼權知紹興府、浙東安撫提舉司事。九年，知鎮江府。召爲樞密都承旨。知建寧府兼福建轉運副使。德祐元年，知臨安府、兩浙西路安撫使，遷户部侍郎兼樞密都承旨。二年，賜進士出身，拜端明殿學士、簽書樞密院事。元兵圍臨安，丞相吳堅、賈餘慶檄告天下守令以城降，鉉翁獨不署。旋充祈請使赴元，被留。宋亡，置瀛州十年，改館河間，以《春秋》教授弟子，爲諸生講宋興亡之故。至元二十一年完成《春秋集傳詳説》三十卷。元成宗即位，放還，賜號處士，又數年卒。其學長於《春秋》，對鄉人蘇軾、張栻頗爲推崇，而其學問淵源，則出自陸九淵。其立言大旨，皆歸於敦厚風俗，隨事推闡，未嘗溷漾恣肆。其詞意真朴，文不掩質，異乎南宋末年纖詭繁碎之格（《四庫全書總目》卷一六五）。其詩如《寄江南故人》等，易世悲歌，每爲前人稱道。著有《則堂集》十六卷，已佚。清四庫館臣據《永樂大典》輯爲《則堂集》六卷。

一　《聖門一貫圖》書後

夫子語曾子曰："參乎，吾道一以貫之。"語子貢曰："賜也，女以予爲多學而識之與？"對曰："然。非與？"曰："非也，予一以貫之。"

此二章，聖門傳心之要。語參者，道體之一貫，一本而萬殊也；語賜者，聖學之一貫，萬殊而一本也。世人知尊曾子之所聞，以爲道統之付託在是，故耳於子貢之所聞，往往忽視之而不講。殊不知子貢之多學，乃反博歸約之地。惟博而後能約，非博無以爲約。聖人恐子貢以多學爲務，故告之者如此，非謂多學爲無所用，欲躐而進之於一貫之地也。是道也，如長江、大河，發源乎岷、嶓、積石，固一本也。及其會百川衆流而歸乎滄海，其歸者一也。其一者，百川衆流之所會也。是所謂道體之一貫。又如百尋之木，由根而幹，由幹而枝葉，其扶上出者乃日積月累之功，自本而根一而已矣。是所謂聖學之一貫。

他日夫子又語子貢曰："予欲無言。"子貢曰："子如不言，則小子何述焉？"子曰："天何言哉？四時行焉。百物生焉，天何言哉？"

大哉言乎！乃子貢晚歲所聞。聖人心法之妙，於是盡見。不語他人，獨語之子貢，所以終上文一貫之旨，必子貢之學已造於是而後夫子以是爲告也。嗟夫！時之行，物之生，天道固無所不覆。然天非物，物而生之，加以雕鏤組織之功，亦貫之於一而已。貫之於一，此天道不言之妙而聖學之極功，所以與造物相似者也。

肅寧張舜卿藏此圖，筆法精妙，追輩龍眠。愚妄意欲於曾子之後繪子貢遺像，以見二章付授之深意。已囑郡人韓京叔模臨一本，尚未得之，先書此卷後歸之張氏云。文淵閣四庫全書本《則堂集》卷四。

二　新繪《一貫圖》書後

聖人之道，一本而萬殊；學者之學，萬殊而一致。此曾子、子貢後先所聞兩一貫之大旨也。蓋道體之大原，其初一理也。分而爲二，列而爲四，離而爲八，衍而至於萬，何莫非道體流行之妙？原其初一而已矣，會其歸亦一而已矣。聖人之道，一本而萬殊，曾子所聞於夫子者也。

然學者之造道，必由粗而達之於精，由博而返之於約，由條目支節而貫之於道。是故灑掃應對學也，讀書窮理學也，俎豆之容，登降揖讓之節，千緒萬端，何往而非學？然究其歸，未有出於吾此一之外者。此學者之學，萬殊而一致，子貢所聞於夫子者也。

前一貫猶滄海之納百川，百川之來無窮，滄海之納無量，古往今來，上天下地，一理之外，豈有他哉？後一貫如枝葉之於根本，扶疎上出，萬有不齊，返而貫之，皆不外乎一本。曾子、子貢造道雖有淺深，而萬之必一，一之必萬，聖人所以垂訓而示後者，在兩章無餘蘊矣。

肅寧人舊藏一貫圖，夫子坐於磐石之上，曾子拱而立乎其前。李積中持以示余，余曰：《論語》言一貫者凡再，皆聖人心法之所傳授，不可偏舉也。曾子造道已深，積功已久，其未達者一間耳。聖人呼而語之曰："參乎，吾道一以貫之。"曾子即能於言下應之曰"唯"而無所疑。斯乃亞聖之能事，眾人未易企及。厥後夫子又呼子貢而語之曰："賜也，女以予爲多學而識之與？"曰："然。非與？"曰："非也，予一以貫之。"先啟其疑，待其問乃復告之以一貫之旨。夫聖人豈謂多學者爲不然耶？蓋子貢在聖門爲高弟，學博無所不通，而未至於會歸之地，故夫子先約之於其所已多，然後貫之於吾之此一。是雖隨二子地位之淺深而爲之言，然於一貫之義，語子貢者詳於告曾子。後之學者苟有志於道，當深味聖人立言之旨，必由子貢之所已多而後可希及曾子之一，唯其序不可躐。

積中聞余言，乃命工合二章之意而爲之圖，以子貢從於曾子之後，復持示余，俾書數語於卷末。善乎，積中之有志於道也！

余聞其弱冠之年讀小學書，每章爲之詠歌。既壯，率鄉黨親朋各於其里共開講席，每旬必會，每會必講。《語》《孟》《庸》《學》《詩》《書》，皆其朝夕之所用功者。瀛學久弛，數歲來文風漸將復舊，積中二三子實有以倡之。余觀其勤敏好修，他年必當以道藝自奮，然願有以告。

曾子之一貫，後進所宜慕也；子貢之多學，後進所宜勉也。學博而後內充，內充而後返之於約，其序然耳。是故顏子喟然歎曰："夫子循循然善誘人，博我以文，約我以禮。"博文，學之事也；約禮，所以貫也。學不博將無以爲貫，余所期在於學，子其勉之。《則堂集》卷四。

三　題寧皇《雪月圖》後

物格而知至，學問之大端也。是以孟子平日教人託物引喻，於白羽之白，白雪之白，白玉之白，辨析不遺於毫末，由是而窮理盡性，以造於光明盛大之域，格物爲之先也。

是道也，布衣窮居之士皓首探索，未能窺見津涯。而我寧皇法宮閒暇，遊情經籍，發爲吟哦，洞中義理，非夫生知天縱，加以學問之益，豈能雍容紆徐，盡物理之妙至於此哉？

嗟夫！月光之與雪色，自內外二境而言也。境雖異內外，有以融之則異者無不歸於同。惟聖人心與道一，境與心會，仰觀俯察，有以喻乎二者之間，是故知其爲同，衆人則不能然也。

臣嘗學此，未能有得，伏讀聖制，鼓舞詠歌，至於再三而不能已。謹齋沐題其後，他時從主人乞本，刻之堅珉，與海內學士共之。《則堂集》卷四。

四　跋《明皇觀浴馬圖》

《魯頌·駉》之詩頌僖公能遵伯禽之法，務農重穀，牧於坰野。而其卒章曰"思無邪，思馬斯徂"，言僖公以其無邪之思保守先業，於馬政之善而見公胸次之所存也。

徐君字某，藏是圖，舊有題字在上，曰"明皇觀浴馬圖"。余展玩數四，愛其筆意精贍不俗，有坰野之風焉。

方開元盛時，帝猶有志於天下，法宮閒暇，御水殿縱觀浴馬，無邪之思可以想見於畫手丹青之外。比及中歲以後，侈心一開，思不在事，舉西北要處及閫閾重權悉以畀之祿兒，而騷驪驒駱騊駓駧驒悉歸漁陽廐中，而武備荒矣。早年無邪之思，至是無復存者，大亂將作而不悟。覽是圖，可爲三歎息。《則堂集》卷四。

五　跋韓幹馬圖

《魯頌》以《駉》詩爲之首，其詩四章，述僖公坰野之牧政，每章別馬之名狀而終之曰"思無邪，思馬斯臧"，言魯僖遵迺祖伯禽之法，思之又思，不違乎政。其見之馬政者如此，推以及國事，如《詩序》所言，其儉其寬，以至務農重穀，所以興魯國之政者，法皆自思無邪中來，不獨馬也。

韓幹畫馬，散落人間以千萬數，頗能述有唐盛時牧監氣象，使人寓目慨想，如《駉》詩在前，無邪之思油然而生，不專在馬也。

上幕劉君濟川嗜好雅淡，得幹馬圖以示余，筆意精甚，誠非俗工所到。余不能深識，把玩再三，有味乎《駉》頌之旨，題此以復之。《則堂集》卷四。

六　跋《輞川圖》

士有見於道，則知登山臨水之爲樂；於道苟無見焉，則崇臺池，飾觀榭，窮奢角奇而後爲可樂。是其樂有內外，不可以一律觀也。王摩詰自謂能隱，余觀此圖包絡山谷，綿亘廣遠，與豪客貴翁窮奢角奇者亦何以異？

余年七十有三，行世五紀，周遊半天下。所至値佳山美景，藉草倚樹，適吾之適，興盡輒去，居無一寸之園、一丘之亭，而余之內心無所慊也。茲寓高陽，四境平曠，而余之山崔嵬，與西山俱高也。極目無川，而余之水渾茫，與大河俱長也。人言此土疎瘠，不可以樹藝，而余之土熙然其春，肅然其秋，物生其間，可花可實，生意浩乎其莫遏也。此其爲樂內乎外乎，必有能辨之者。

李積中持輞川圖來示，余語之曰："子有瀛洲圖在，奚輞川之足慕乎？"乃題其後而還之。《則堂集》卷四。

七　跋浩然《風雪圖》

此灞橋風雪中詩人也，四僮追隨後先，苦寒欲號，而此翁據鞍顧盼，收拾詩料，喜色津然貫眉睫間，其胸次灑落，殆可想矣。

雖然，傍梅讀《易》，雪水烹茶，點校《孟子》，名教中自有樂地，無以衝寒早行也。《則堂集》卷四。

八　跋《太白賞月圖》

東坡後赤壁之遊，以二客之來從也。二客不來，東坡不遊，而後赤壁有不暇賦。至於攝衣而上，履巉巖，披蒙茸，踞虎豹，登虯龍，攀棲鶻之危巢，俯馮夷之幽宮，猶恨二客之不能從。其雄量高致與宇宙同其大，數百年後讀者猶知興起也。

今爲此圖像太白，舟中二僮傾尊治鱗於其側，無一賓焉，豈知太白者乎？太白之心猶東坡之心也。今有龍眠，當令作後赤壁圖，與此圖對，暇日覽觀，亦足自廣也。《則堂集》卷四。

九　墨梅

非香之香，非色之色。伴我孤吟，風清月白。

冰崖孤芳，雪林早春。伴我讀《易》，見天地心。《則堂集》卷五。

一〇　題蔣同知所藏馬圖，前後凡五

行而前者驪與皇，從而後者騂與駒。匪雙匪駟良馬五，畫出人間五馬圖。祝君出典大藩牧，願君旗旄旌節耀前驅。古來共說人生五馬貴，況復盛年勁氣綠鬢長眉鬚。《則堂集》卷五。

一一　保定士人以所藏太白像見示，筆意甚奇，爲題此。李去非好吟太白之裔歟，書一本送之

晨興有客訪我來，光采燄燄出屋上。銜袖疑有希世珍，徐而出之岸然長庚相。高標直欲干青冥，逸氣可以走象罔。傳來定非凡俗工，應有高人得之自夢想。願君寶藏勿輕畀，瓣薌朝夕勤嚮仰。可以長君智次之瑰奇，可以助君詩情之豪暢。儻來萬事付浮雲，眼中隨地得真賞。他年若遇天台坐忘真，便應駿驚御鶴朝神清，一洗人間千刧塵中塵。《則堂集》卷五。

一二　題陳子新所藏《雲山小景漁磯二士》

道人胸次絶塵滓，能得工夫無盡意。醉中引興春山青，醒來弄翰秋風起。晦明變幻在毫端，倏忽煙波幾千里。少年我嘗識其人，不見於今垂五紀。此圖似是夫君筆，餘子紛紛溟涬耳。黃沙蒼茫雪苑冬，旅窗展玩萬慮空。恍如身在苕源東，攝衣步上雲山最高峰。二客追隨不能及，相與指點平沙明月中。元題作蕭照筆，非也。《則堂集》卷五。

一三　雪中梅竹圖　並序

古瀛之地，不產梅竹。里人得《雪中梅竹圖》來示，畫手精詣，爲題十五韻，見天外懷人之意。

梅兄乃我義理朋，竹友從我林壑遊。青青不受塵土涴，皭皭肯與紅紫儔。別來天涯今幾載，老大相逢俱白頭。玉龍排空展鱗鬣，天姥振佩鏘琳璆。古心姱節自爲伴，嚴氣正性誰能儔。兒童莫作飛絮看，道眼無以空花求。花飛絮舞兩值遇，殆天之合非

人謀。嬌禽謾誇顏色好，弱羽難禁寒風遒。寄爾南枝尺寸地，莫與鶩羣爲輩流。何人畫工巧位置，使我坐對消閒愁。却風吹灰萬象改，平生故交還在不。綈袍猶思見范叔，雪堂騰欲逢元修。故山自有歸隱處，琅玕成林雪成塢。會當見汝面目真，西湖西畔踏雪尋故人。《則堂集》卷五。

一四　南至前一日，蔣君伯禄攜山谷草字來示，上有南軒題跋，亦南至前一日，異哉

羲之趁姿媚，魯公尚氣節。黃家妙畫兼數體，圜轉之中有卓絶。天涯明日一陽生，茅齋孤坐晝掩門。有客袖示三四紙，如覯天上五色雲。嗟余老矣豈能事書法，有會心處賞之不能輟。此書當與造化侔，生意浩然不可遏。《則堂集》卷六。

一五　隱者圖　並序

騎而行者詩翁也，艇而遊者漁翁也。詩與漁，皆隱者之事。詩之樂不減於漁，漁之樂有似於詩。觀此圖者，求兩翁自得處，是所謂畫外之畫。

詩翁到處尋詩料，得似漁翁樂意賒。兩上波心兩遊戲，箇中真賞屬誰家。
微吟緩策過橋來，天際輕陰日未斜。指點前村竹深處，更尋釣叟問生涯。
詩人偏愛漁人樂，漁樂詩情一樣奇。欸乃數聲煙雨外，非宮非徵自成詩。
平地何年生怪石，天教隱者作漁隈。莫言昔日磻溪事，恐被山靈發笑咍。《則堂集》卷六。

一六　題《梅竹圖》　是邦無梅竹，因見王善鄉此圖，感而賦。

余家乎岷之下兮，有梅蕭蕭，有竹森森。今泊乎瀛之野兮，秋草萋萋，黃沙冥冥。有懷彼美兮，在天一垠。夢不可即兮，聊因其似而記其真。真兮似兮，豈墨君筆史之可尋？皓兮蒼兮，吾獨想其歲寒之心。《則堂集》卷六。

釋道璨藝話（二九則）

釋道璨（一二一三～一二七一）字無文，俗姓陶，豫章（今江西南昌）人。弱冠，入白鹿洞書院，師事晦靜湯先生。以應舉不利，遂出家。從育王堪得法，曾侍徑山無準禪師。遊方十七年，涉足閩浙。嘉熙三年，遊東山。淳祐八年，自西湖至四明，復歸徑山。寶祐二年，住饒州薦福寺，後移住廬山開元寺五年，還住薦福。爲退庵空禪師法嗣。嘗與日本僧人有交往，又與張即之、方逢辰等交遊。咸淳七年卒，年五十九。九年，其徒惟康輯其遺稿爲二十卷，李之極爲序，稱其文"刻厲警特"。後張師孔遊廬山，錄其詩二百首以歸，序稱其詩宗江西派，"識議超卓，不襲故常"。曹庭棟稱其"格調清迥，真入陳、黃之室。厠之江湖派中，亦可獨當一面"（《宋百家詩存》卷二〇《柳塘外集》）。《四庫全書總目》卷一六五謂"其詩邊幅頗狹，未能脫蔬笋之氣，而短章絶句，能善用其短者，亦時有清致。如《題水墨草蟲》《陳了翁祠》《和恕齋》《濂溪書院》諸作，未嘗不楚楚可觀"。著有《柳塘外集》四卷，今存。

一　寄題瑞昌簿廳景蘇堂墨竹

東坡以黃移汝，別穎濱於高安，過瑞昌亭子山，題字石碣，點墨竹葉上，至今環山之竹葉葉有墨點。王北麓主瑞昌簿，移植廳事，扁其堂曰"景蘇"，蓋簿廳東坡夜宿地也。

一葉復一葉，世道幾翻覆。一點復一點，書胍要接續。親見長公來，一節不肯曲。見竹如見公，北麓能不俗。回首熙豐間，幾人愧此竹。翰墨直枝葉，點化到草木。長公有深意，此事付北麓。文淵閣四庫全書本《柳塘外集》卷一。

二　題水墨草蟲

蜻蜓低傍豆花飛，絡緯無聲抱竹枝。憶得西湖煙雨裏，小園清曉獨行時。《柳塘外集》卷一。

三　題信國墨梅

太耐冰霜老玉關，北風滿面不知寒。無邊生意天難泄，春色教人紙上看。《柳塘外集》卷一。

四　琴　並序

澄古泉所蓄，琴蓋治平己巳惟廣斲後一百八十五年，江西某銘。銘曰：
我英考在御四年，聲教之在天下，百世如一日。和而不失其正，樂而不失其節，猗歟盛哉！《柳塘外集》卷二。

五　贈開圖書翁生序

書學厄於鍾繇、衛夫人輩，大壞於王氏父子，極弊於褚、薛、歐、虞，萬波橫流，舉天下莫之能遏，先秦古書遂流爲符璽印籀之學，世變使然，可與識者論。

翁生越人，少以古學自負，秦彝漢鼎之制，鳥書蟲篆之文，精考熟辨，積三十年不退初志，其用心亦難矣。然時不好古，士不師古，以風帆陣馬爲痛快，以插花舞女爲姿媚，翁學雖古，孰肯過而問哉？

淳祐己酉，自越來杭，登徑山，留兩月乃行，以所得江湖歌頌謁序。予謂曰："序不難，予有一印，號無文，其間字義詭然如蛟龍翔，蔚然如威鳳躍也，翁生識之乎？"曰："不識。"予曰："果若不識，則可與論學矣。"《無文印》卷八。

六　題東坡墨竹

長公在惠州日遺黃門書，自謂墨竹入神品。此枝雖偃蹇低回，然曲而不屈之氣上貫枝葉，如其人，如其人。《無文印》卷一〇。

七　跋樗寮書《九歌》

樗寮先生多書《九歌》，擘窠大字如此本者，人間無第二本。沈着而不重滯，痛快而不輕浮，藹然詩書之氣流動其間。於湖死百年，無此作矣。

雖然，先生豈獨以書學誇後世哉？忠君愛國，不能自制，孤悶隱憂，寄之翰墨，先生之心，屈平之心匕。瘄窗東遊，行李中載此而返，無乃大富也歟！《無文印》卷一〇。

八　題彬玉磵山水

叢桂小山，豐草長林，十年招隱，悠悠我心。玉磵筆端大有餘地，能爲我著茅屋於北山之陽、南山之陰乎？《無文印》卷一〇。

九　跋《百牛圖》

或降於阿，或飲於池，或寢或訛，太平氣象盡在此物間。青草連天，一蓑春雨，吾將放牧於大江南岸矣。短笛橫吹，後先趁逐於夕陽滿地之時，從我者其秀上人歟！《無文印》卷一〇。

一〇　跋皎如晦墨跡

張長史草聖入神品，而楷法尤精妙，遣筆行墨，其勢未嘗不同。

前輩論書，謂真如立，行如行，草如走，言其俯仰折旋，雖有舂容疾速之不同，察其風神蘊藉，即非第二人也。

善觀如晦用筆意者，試以余言求之。《無文印》卷一〇。

一一　跋靈源清禪師題山谷墨跡

山谷回自荊南，訪靈源於雲居，留數十日乃赴太平，不兩月遷宜春。暮年所得，寸長尺短，靈源知之爲詳，其曰"庶幾於顏，未及於龐"，非苟言也。

元符、紹聖以來，士大夫學佛不下張無盡，惟此老耳。異時黔南道中，午館睡起，悟入有大過於聞桂花香處。天目謂未廁顏、龐，非但山谷不甘，正恐靈源亦未肯也。《無文印》卷一〇。

一二　跋參寥蘿月墨跡

參寥作字得蘇長公用筆意，而詩絕不類。蘿月後數十年乃出，字與詩視參寥未多讓，惜不出於慶曆之時，不見證於長公耳。

余嘗歷觀乾道、隆興諸老，語言文字皆渾厚儼雅，如抱道君子，端冕而有德威者。嘉泰、開禧以後，翰墨一變豔麗，如時花美女，非無動人春色也，所謂蘊藉風流則逝矣。世道升降，人品高下，於此可想。

偶閱二帖，起余三歎。《無文印》卷一〇。

一三　題畫魚

不恃鱗鬣而掎角，不以濡沫而親疎，不隨羣隊而浮沈，不待風霆而變化，畫師蓋知道者也。

風波種種，吾方倦遊，相從江湖，非魚而誰哉！《無文印》卷一〇。

一四　跋米元章帖

阿章無恙時，日費墨瀋二升乃已，不盡則飲之，不棄置也。興來引臂，如快馬斫陣，奔突超放，不可禁遏。然求其舒徐容與於天街御陌之上，鳴和鸞而逐水曲，則恐有遺恨耳。《無文印》卷一〇。

一五　題《百禽圖》　牧溪作

余家江南，與禽鳥相爾汝，畫中所見皆舊識也。風蒲雪葦間，但欠著余短策耳。虛中若見牧溪，爲致此意。《無文印》卷一〇。

一六　題墨梅

標致清絕，如雪後諸峰；精神閒暇，如林間君子。雪壑人品如許，而以此畫爲配，無乃太清乎？《無文印》卷一〇。

一七　題虎圖　有僧植杖旁立

物我兩忘，則虎之與人初無爾汝；肝膽楚越，則同室之人無非是虎。植杖道人知不知，我欲叩之惜無語。《無文印》卷一〇。

一八　題《西湖圖》

坡仙吟不到處牧溪畫得到，牧溪畫得到處無文看不到。往來西湖三十年，少也冥心癡坐，腳力不暇及；今病眩倦遊，眼力不能及。不獨愧西湖，亦愧此圖也。《無文印》卷一〇。

一九　題"梅花莊"三大字送趙梅石

　　景定甲子冬，訪樗寮於桃花源上。明年西還，翁手書"梅花莊"三大字見遺。又明年翁仙去，遺墨在傍，凜凜有生意。舉而納諸梅石主人，刻之苕雪山中梅花樹下，他日東遊，却請充莊主。

　　清香十萬斛，當盡情收拾，韡與春風，決不敢圭合逋欠也。《無文印》卷一〇。

二〇　書龔講書《怒龍圖》

　　氣如秋霜之嚴，面如彝鼎之古，進不肯飛揚乎天之庭，退甘隱約乎雲之渚。蓄而未施，施而未普，遯世而無悶，聖之時者也，奚其怒！《無文印》卷一〇。

二一　題王總幹四梅

　　雪來花上，花在雪中，皆天下白也。春風忽來，香滿天地，是花乎？是雪乎？

　　清足以廉頑，直足以立懦。歲晚相看，有此二妙，天地間未寂寥也。

　　一點兩點，飛揚高下，卒然見之，如行首陽之下而遇夷、齊也。保此潔白，嘉惠巖谷，風乎風乎，無已甚乎！

　　"疏影橫斜水清淺"，逋仙為梅兄寫影最逼真處。觀此畫，誦此詩，莫知其為詩也，莫知其為畫也。《無文印》卷一〇。

二二　跋御書《發願文》後

　　淳祐第五年，時和歲豐，國家閒暇，皇帝游泳翰墨，臨晉王羲之書道源《發願文》，賜徑山臣某。龍跳虎臥，精神百倍羲之也。

　　臣切惟先王之治天下，皆以願力為根本。根本固矣，天下可運之掌上。我皇上乘願力而出興，以願力而致治。乙夜所覽，肆筆所書，不獨發文人未盡之秘，而又深得先王為治之本，猗歟休哉！臣不敢私有，藏之山中，為萬古重鎮，山川其保諸！

　　九年二月吉日，臣某稽首謹書。《無文印》卷一四。

二三　書《聚星圖》後

　　右所畫皆功名文學之士，璨也不武，亦復與諸任齒。山泉漕使固有意俎豆之矣，如諸公橫點頭何！寒酸不上眼之態，照堂已得之。
　　"栽松只在寒巖畔，整頓乾坤自有人"，此意獨不得於眉睫也。照堂不來，吾將安問？《無文印》卷一四。

二四　跋樗寮書"三省"示眾手軸

　　佛眼父子以心法淑後學，樗翁以書法惠後學，皆不朽事也。士氣益陋，求心法者不多見，求法書者又幾何人哉！
　　堅藏主以貧自負，而寶此惟謹，將求心法乎？求書法乎？入乎目，著乎心，不得於此則得於彼矣。《無文印》卷一四。

二五　題《船子扣舷圖》

　　陷人非法，不能無愧，置身無地，愧孰甚焉？大江橫流，不足洗此二愧也。《無文印》附《無文和尚語錄》。

二六　題《天台三隱圖》

　　小黠大癡，出沒五峰雙磵間，無足怪者。蒼顏白髮，彼何人，斯亦甘心入其保社？無端以實事誣人，人又從而誣之，幾不免虎口，吾不知孰爲黠，孰爲癡也。
　　寒巖漠漠，瑤草離離，安得執鞭其後，擇其善者而從之？《無文印》附《無文和尚語錄》。

二七　書《虎谿三笑圖》

　　三老形服不同，教法不同，而風期未嘗不同。軒渠一笑，聲滿天地，遺音餘響，至今猶在。山南山北，萬壑松風，九江春水，更相應和，日夜不絕口也。
　　千載風流，易見難識。誰其識之？長松片石。《無文印》附《無文和尚語錄》。

二八　題《法華經》

　　是真精進，是名真法供養如來，吾聞其語矣，未見其人也。
　　今觀祐上人手書《法華》，筆精墨妙，自首至尾無一毫怠意。心之精微，浮動翰墨間，非精進歟？祖述經意，作爲詠歌，被之音聞佛事，非真法供養歟？後五百世增上慢比丘，非祐而誰哉？《無文印》附《無文和尚語錄》。

二九　題《六祖渡江圖》　五祖操舟

左道惑衆，竊負而逃，大天下後世之禍源，本此二老。焚其舟，扼其腕，恨不身親見之也。《無文印》附《無文和尚語錄》。

王義山藝話（一則）

　　王義山（一二一四～一二八七）字元高，號稼村，豐城（今江西豐城）人。景定三年進士，調永州司戶，遷南安軍司理，辟浙西鹽場，贅漕府幕，權京學教授。主管刑工部架閣文字，權主管官告院，除國子正。添差通判里安軍，奉使台州，兼提舉浙東市舶，以論罷。景炎元年，宋太后詔官民歸附元朝，遂歸故鄉，以讀書著文爲事。元至元十六年，以路學禮聘教授諸生，明年，提舉江西學事。十八年，退老東湖，扁讀書室曰稼村。二十四年卒，年七十四。其詩學劉克莊，王士禎《池北偶談》卷一八譏其爲"下劣詩魔，惡道坌出"、"酸腐庸下"。《四庫全書總目》卷一六六謂其"詩文皆沿宋季單弱之習，絕少警策"。著《稼村類稿》三十卷。

題袁州邵錄三老圖

　　堂前活現老人星，兩箇齊眉作壽朋。更有膝邊兒戲綵，此身都及見雲仍。

　　不誇九老寫成圖，要似一家三老無。滿把壽觴拚一醉，父前母後子來扶。文淵閣四庫全書本《稼村类稿》卷二。

陳著藝話（二九則）

陳著（一二一四～一二九七）字子微，一字謙之，號本堂，鄞縣（今浙江寧波）人，寄籍奉化。寶祐四年進士，初監饒州商稅，調光州教授。景定元年，爲白鷺洲書院山長。吳潛薦於朝，以不登賈似道門，授安福令。歷監三石橋酒庫、蕪湖茶官。四年，除著作郎，上疏乞罷公田，忤賈似道，出知嘉興縣。咸淳三年，知嵊縣。七年，通判揚州，尋改臨安府簽判，轉運判官，擢太學博士。十年，以監察御史知台州。除秘書監，不就。宋亡，隱居四明山中，自號嵩溪遺耄。元大德元年卒，年八十四。能詩、詞、文，時人評價甚高。著有《歷代紀統》，已佚。今存《本堂文集》九十四卷。

一　夏五朔旦示都兒學書

老去眼生花，兒方學畫鴉。聊將二十字，要識汝傳家。文淵閣四庫全書本《本堂集》卷一。

二　題扇畫東坡

形神雪山松，衣巾赤壁風。望之凜凜然，埽退炎塵紅。《本堂集》卷一。

三　題扇畫東坡抱琴

謂是蘇長公，如何抱絲桐。不必窮是非，聞名自生風。《本堂集》卷一。

四　題畫扇

松下披衣坐着，飛瀑巖前洗脚。畫向塵汙人看，教知山林天樂。《本堂集》卷一。

五　示都兒學書

都子方知硯石親，字雖小技盡留神。魯公米帖猶存古，王氏《蘭亭》已失真。莫事鋒鋩多巧鋭，要令骨肉兩停匀。中心端正手圓活，此外無方可教人。《本堂集》卷一六。

六　代弟蒞梅畫序

余平生愛梅，詠之不足，又寓之畫。出以示客，客曰："林君復、楊補之各長其一，子而欲兼之歟？"

余曰："不然。疎影横斜之筆即無聲詩，浮動暗香之吟即有聲畫，畫自畫、詩自詩耶？余嘗風雪傍水月，與花相忘，與花俱化，且不知梅之爲我，我之爲梅，畫之爲詩，詩之爲畫，又安知君復之非補之，補之之非君復哉？"

客不復對。於是乎書。《本堂集》卷三八。

七　跋汪文卿淳梅畫詞

梅花難爲句，亦難爲畫，非句與畫爲難，難於無僞也。孤山處士生死梅下，或猶惜其有詩無畫。

雲岫子汪子自早英而下，寫其狀十有詩四〔一〕，各爲曲一以歌之，韻甚長，意甚適，孤山所欠，庶乎兼得。蓋其家四明山深處，不與俗子接，獨與梅交。今老矣，矢口信手，皆心之眞也。

世之人有未嘗識是物，而曰吾所熟識；未嘗知是趣，而曰吾所深知。模倣其形似，假託其標致，受其欺者滿天下。嗚呼，豈獨於梅也哉！安得盡如汪子之於梅也哉？

咸淳癸酉四月中浣日。丹山陳某書於公生明。《本堂集》卷四四。

〔一〕詩：似衍。

八　跋弟蒞梅軸

梅山，吾族弟也。骨聳神清，垂髫已遊戲硯席。比長，嗜吟，餘興輒信筆成山水木石，多得古意。年來天地大變，逃難深密者久，驚塵小息，下山相勞苦，忽軸而梅而畫而詩者一軸以示。世之人方顛冥酣溺，與蜂蝶争桃李，爾乃於山之巔，水之涯，飯脱粟，羹藜藋，獨注意於梅。

梅之爲物，天清月明，風度凝遠，如宋廣平在開元相太平，疏籬敗垣，精神自足；如謝安石在江左鎮危亂，江空歲晚，風摧雪壓，凛凛然氣骨彌勁；如巡、遠、魯公兄弟，臨大難，立大節。嗚呼！廣平不得而見，見安石斯可矣；安石不得而見，見巡、遠、魯公兄弟斯可矣；而又不得而見，見之者惟梅在也。因取而爲詩爲畫。詩云詩云，畫云乎哉！畫云畫云，梅云乎哉！

戊寅夏五月朔旦，陳某書於本堂。《本堂集》卷四四。

九　代跋汪文卿梅畫詞

梅之至難狀者莫如疏影，而於暗香來往尤難也。豈直難而已，竟不可得。逋仙於心手不能狀，乃形之言。吁，亦贅矣，況畫云乎哉！

畫，技也，意者有道焉。汪君文卿嗜此不自已，圖之又歌之，可謂癖於梅者。雖然，其所以圖、所以歌者，特粗耳，而其自得之妙，雖汪君口心有不能自道者，況可與人道哉？

吁！霜晨雪夜，磵谷荒凉，凡條葉於春夏之間，至此不免憔悴易節，梅獨炯乎，其貌澤如。今汪君所嗜乃若此，吾已知其人矣，豈待識面邪？識面者，正未必真知也。

《本堂集》卷四四。

一〇　跋吳傅朋帖

上章執徐良月既望，曹泰宇袖出吳公傅朋一帖，謂岳林主禪不倚所藏，委之轉示。公以字畫名，百年前已寶之，況後於百年乎？

然此草字行，小字也，於大字尤善。錢塘之西湖之西，"九里松"三字甚大，高宗皇帝就塗以金而扁之。中興之盛觀，前輩之風流，聖人之取諸人以為善者如此。錢塘今皆非舊，聞三大字獨存，而訪舊之期墮渺茫矣。然則在錢塘者不可見，所得見者乃止於此，悲夫！

丹山陳某書。《本堂集》卷四四。

一一　跋《蘭亭》帖

《蘭亭記》善本既殉昭陵，其流傳於天下後世者，乃復爛熳如是，前賢辨之者甚多，姑置諸勿論，至如鄉先生攻媿樓公博古而有精鑑，亦不敢妄實是非其間，余則又安能一見而決其真哉？

然予嘗謂字畫末也，所難沒者惟其人。世更大亂，故家文獻存者幾希，浮屠氏友林乃獨袖此以示。悲夫，此未足奇也。友林知有王右軍字畫可敬，而又使余筆其後，是知我輩尚足為物外人所愛慕，而世變不能為之軒輊，斯其奇矣，斯其有感於此記之外矣。悲夫！

壬午良月望陳某書。《本堂集》卷四四。

一二　題梁楷畫《村樂圖》

誰與畫者，糊塗瀟灑。道古不古，一味山野。然今之時，亦無此嬉。天寒日薄，我心傷悲。

閼逢涒灘書於本堂。《本堂集》卷四四。

一三　書東坡風雪竹後

大蘇清氣勁節在宇宙間，百世之下概可想見，況此畫乃風雪竹乎！使人竦然，毛髮森洒，他固不暇問也。

強圉大淵獻中和節，丹山陳某書。《本堂集》卷四五。

一四　跋任東野諸賢墨寶

某生晚，於鄉先賢翰墨，如忠肅陳公、宣獻樓公、正肅袁公、端憲沈公，得見固多，餘則未能盡見也。

東野任君以所集墨寶示，肅襟披閱，凡鄉之公卿士大夫者皆在焉，用心於此，亦勤勤矣乎。"維桑與梓，必恭敬止"，況於鄉之人乎？況翰墨之有存者乎？某爲之三歎其不忘本也。其非鄉人者不暇問。

強圉大淵獻上巳日，丹山陳某敬書。《本堂集》卷四五。

一五　書天台陳榆收_{景參}《山房圖》後

英山陳君名山房以"榆收"。收之爲義大矣。

人生而靜，天之性也。感於物而動，性之欲也。動而不失其性，奚其收？動而失焉，則收其可後乎？蓋人之失，常生於動；動之失，常患於不知收。於《易》有之，《復》之初九曰："不遠復。"君年未爲老，顧自以桑榆爲迫，以收爲心，其將復於不遠，而非迷復者也。然學無止法，老當益懼，其君之所取收之桑榆之意歟？是可敬也已，因贅數語於圖之後，亦以自警云。

強圉大淵獻季春望，丹山陳某書。《本堂集》卷四五。

一六　書柴張父厓草帖　_{號梅庵}

字莫草於王右軍，自是而草或至於顛；詩莫怪於玉川子，自是而怪或至於狂。

柴張父其甚焉者也，所錄似汪仲容_{名度，汪村人}。丈數紙，幾與腐草敗葉同歸。唐溪袁氏子掇拾裝演，置諸窗几間，客至則出爲清玩，他日袖以示余。其詩如枯梅出竹，古藤掛樹；其字如飛猱弄險，遊絲舞空。其交如葛天民、白玉蟾，固散人之靡乎！及賦喜容泉詩意，若不滿於西山真先生者，或有由而然也。

吁！前人法言妙墨，散落人間，炳日星而相金玉，開其路而來之，充棟汗牛無難也。張父之遇，其市駿骨之意歟？於是信袁氏子爲善於好古。

歲著雍困敦陬月，丹霞陳某書。《本堂集》卷四五。

一七　書族弟蒞鷺圖

畫瑞物必麟鳳，畫尤物必孔翠楚秀，弟不是之取，而取鷺以爲圖。叩其故，則曰："瑞物吾所不得而見，尤物吾得而見，而非所見，而可取非鷺而何？不與華茂者眩色，而性其潔也；不與塵埃者爭食，而分其癯也。世遠三代，物之生類，不得以仁遂，而此獨朝夕焉天地之間，江湖之上，悠悠濯濯，以安全其性分。畫固所以見吾意乎，可以人而不如鳥乎？"

余聞其言，爲之三歎。《本堂集》卷四五。

一八　題炳同上人《古杭風景圖》

少野師有《古杭風景圖》，城郭湖山，髣髴萬一，余爲之恍然。

昔李文叔《書洛陽名園記後》，謂唐之東都門館、園囿與唐共滅而俱亡，其懷古之心，猶不勝其感慨，況余所身歷而目熟之地，於此圖當何如哉！

閼逢敦牂宿月既望嵩溪遺耄陳某書。《本堂集》卷四六。

一九　書張子華所藏錢穆父、孫莘老二帖

錢穆父、孫莘老墨跡二紙，張子華得之以示，今爲古壘矣，相與感歎，而不自知其爲何心也。

旃蒙協洽孟春既望，本堂老人陳某八十二歲書。《本堂集》卷四六。

二〇　跋黃祖勉所藏董源《山水圖》　字叔達，南唐後苑使

黃祖勉跋董源《山水圖》云："脫落凡格，特恐是摹本。"余謂古之真跡摹爲墨本者滔滔，有可人意，雖摹猶真，要在人目中自有可否，他奚泥哉？此正祖勉言外之意。

嵩溪遺耄陳某八十二歲書於本堂。《本堂集》卷四六。

二一　跋樓攻媿與王粹中諸詩墨跡

林國器出示所藏攻媿先生所書與王粹中先生諸詩，本王氏家百世之寶，乃爲國器

所有。

人於天地間各有所好，惟先賢墨跡，若淡而無味，非與賢者遇，覆醬瓿者良多。今攻媿先生之筆，王氏失於世守，時異事殊，必有難言者。猶幸歸之國器，得其所矣。攻媿先生百世師，後來者恨不得親其典刑，得見此筆，亦庶幾焉。萬一珍襲之不嚴，將又墮於渺茫矣。敬之哉！

歲旃蒙協洽嵩溪遺耆陳某書。《本堂集》卷四六。

二二　書內兄舒通叟餽八十書

此內兄舒通叟與余往來絕筆也，余癸巳歲始生之旦以餽來，而兄以是歲九月十九日病終，今見其書，當何如其感傷！然以兄之厚於余，而先余而逝，余亦豈久於人世者？悲夫！

歲乙未季夏九日陳某敬書。《本堂集》卷四六。

二三　書趙景文餽八十書

妻之兄趙景文於歲癸巳餽余始生之旦，且書與詞以篤其耆，而景文是歲九月二十四日已爲故人，與舒內兄之喪相先後六日耳，余之感獨爲親黨乎？鄉曲所謂晨星者，今已矣夫！嗚呼！

歲乙未季夏九日，陳某敬書。《本堂集》卷四六。

二四　跋僧德恩所藏鍾子固所畫山谷《水仙詩》圖後

樗寮因子固所作《兄弟圖》而寫山谷詩《水仙花》。余又因樗寮而爲絕江着數字，亦以世之情喜新而厭舊，而絕江獨知所寶，是不能無感焉，蓋於世變人情有關也。呼！

歲丙申良月望，本堂老人八十三歲書。《本堂集》卷四七。

二五　書陳孔晨《隱居圖》

歲咸淳丁卯，余道金罍，見南野翁，坐之不礙雲山堂。南山去堂十里而近，光景變化，煙霏空翠，苒苒逼人。從容而別，山之面目之真爲我有。

越八年翁歿，余亦老矣。他日，其子字孔晨者來明，一見問故，曰："堂已改築之南山中，而扁仍舊。"吁！古今事物之變，奄忽有無何可既？棟宇末也。翁之歿未幾，而堂已廢，豈初心哉？今其子乃能於險阻艱難之際，善繼其志，且文以世其傳，翁爲不亡矣。余年八十有四，幸而及見故人之有後，然方來事未涯，其亦勤其修哉！

四明遺耄陳某書。《本堂集》卷四七。

二六　跋古營蕭節齋良輔所藏三畫帖

李伯時《九歌圖》

節齋蕭公以古營名閥世臣，擁牙纛，蒞南服，詩書福澤，融液軍旅間。風清日長，他無長嗜，唯點墨寸紙，有存古意脉，則心與之契，而手之不置。

一日，出李伯時《九歌圖》，曰："燕楚相望萬里，好賢樂善，傷今思古，本一轍也。況屈大夫名塞天壤，《離騷》又與日月爭光，幽及鬼神，明及人物，彷徨感慨，反復依戀之狀，見之於圖。我思古人，實獲我心。南方之人，有如此者。流風遺俗，猶有如此者否乎？"余俛而不答，姑書公之所云云者而已。

東坡墨跡

坡公字畫，當時人已寶之，在今日當何如哉！字畫固可寶，而所以寶之者，豈專在是哉！

公之學自名節入，文章特其土苴，況於字畫哉？忽焉在目，凜凜然名節如生，則字畫亦真可寶也哉！因題於節齋蕭公所藏三帖之後。

四明陳某。

夏珪山水

古畫以山水爲最，唐以後或有其存，而未必皆真。天地間，川流山峙，千態萬狀，固自開闢以至今日，苟有見焉，孰此爲古？顧欲從破繒敗楮，摸索其髣髴，山川能幾何哉！世方趨於耳目之新，方溺於貨利，自非洒然自得、超然自拔，誰復事此？是則方見其可敬，而不見其爲僻也。

節齋蕭公有山水一軸，曰："此夏珪之筆，子以爲何如？"余於此未達，獨能以前所自信者復。因又進而曰："後日有詔趣入，發十洲三島間，而江而湖，而長淮大河，見其漫溉奔放，汹風濤而舞蛟龍也；由會稽而嵩，而岱，而太行，見其綿亘起伏，干雲霄而絡星辰也。以行記囊，收拾光景，時一披閱，眼界萬里，盡在是矣，豈不大快？"公爲之一笑卷畫。

四明陳某。《本堂集》卷四七。

二七　題天寧寺主僧可舉《羅漢圖》後

余入城寄天寧寺，主禪直翁手一軸，此《羅漢圖》，舒而視之，山水林木中，人物古怪，殆非塵世，恍然身入其間，坐白雲而來清風也。

余家鄰天台，聞山有羅漢古跡，飛石橋，空立壁，亟秀。老矣，欠一到。今見此足矣。然欲指此爲某人筆，固已不識；至欲指其此爲某羅漢、某羅漢，又安能識之哉？識之者其直翁乎，我欲識直翁者也。因書所識於圖之後。

丁亥季春晦日，丹山遺氓陳某。《本堂集》卷四七。

二八　跋僧石藏玉《羅漢圖》

藏玉以龍眠所畫、物初所跋《十六身羅漢圖》求著語。余不事佛，安識羅漢？卷還之，則曰："羅漢本無實相，滿虛空是大方廣寺。説著羅漢，便是羅漢。如何是識，如何是不識？纔説識，便不識。龍眠之畫，物初之跋，亦不過無香之香，無色之色，遇着便是，豈常見其面目之如何耶？"藏玉左手展圖，右手執筆濡墨以授，曰："便下筆，莫蹉過。"余訝其强，不覺大笑噴薄，圖畫爲之欣舞。藏玉曰："羅漢見矣！"

因書其語，並發羅漢一笑。《本堂集》卷四八。

二九　跋前人所藏《金剛經》

樓教授所書《金剛經》，真得二王小楷法，視之動人目。攻媿先生又以小楷書跋其後，可謂兩奇絕，而石上人得之。

上人清致，所蓄書畫皆古雅，其一也。一物苟珍，必有所遇，兹則得所歸矣。《本堂集》卷四八。

徐集孫藝話（一則）

徐集孫（生卒年不詳）字義夫，建安（今福建建甌）人。理宗時，仕於臨安，後隱居，以竹所名室。好吟詩，所至輒有題詠。一詩脫稿，人所爭傳。著有《竹所吟稿》。

智果寺觀東坡墨跡參寥泉

煮茗評詩歲月深，堂堂遺像篆煙沉。數間老屋關興廢，一段清名無古今。碑斷亂雲封字脚，井昏落葉覆泉心。斜陽影裏夷猶處，仰止高風不敢吟。文淵閣四庫全書本《兩宋名賢小集》卷二百九十九、三百《竹所吟稿》。

吳錫疇藝話（一則）

吳錫疇（一二一五~一二七六）字元範，後改字元倫，號蘭皋，休寧（今安徽休寧）人。吳儆之從孫。年三十棄舉子業，從鄉先生程若庸研核性理之學。咸淳間，知南康府葉閶聘主白鹿洞書院，不赴。慕徐稚、茅容爲人，所居徧植蘭草。喜吟詩，與呂午、程鳴鳳、方回、羅椅等唱酬，《四庫全書總目》卷一六五謂其"刻意清新，雖不免偶涉纖巧，而視宋季潦倒率易之作，則尚能生面別開，以繼《竹洲集》後，亦云不愧其家學矣"。著有《蘭皋集》，今存二卷。

無弦古琴

寥寥誰是識琴心，得趣元來不在音。可惜伯牙猶未達，絕弦當日恨徒深。文淵閣四庫全書本《蘭皋集》卷二。

姚勉藝話（一三則）

姚勉（一二一六～一二六二）字述之，一字成一，號雪坡，瑞州新昌（今江西宜豐）人，寓居高安（今江西高安）。少穎悟，日誦數千言。寶祐元年進士第一，授平江節度判官，歸家一月，父死居喪。四年，除秘書省正字，以丁大全當政，不赴。開慶元年，除校書郎，尋兼太子舍人、沂靖惠王府教授。忤賈似道，罷歸。景定三年卒，年四十七。其人慷慨有大志，倜儻有義氣，憤世嫉邪，排姦指佞，磊落有奇節。方逢辰稱"其文如長江大河，一瀉千里"（《雪坡集序》），胡仲雲至以蘇軾、陳亮爲比。《四庫全書總目》卷一六四謂其受業於樂雷發，詩法頗有淵源，雖微涉粗豪，然落落有氣。文亦頗妍雅可觀，無宋末語錄之俚語。所上封事奏札，指陳時政，侃侃不阿。亦能詞，多祝壽、送行之作，風格亦較粗豪，成就不及其詩文。著有《雪坡集》五十卷，今存。

一　贈畫師二首

虎頭筆法得來親，佳士相逢必寫真。今代英雄良不少，未知誰可繪麒麟。

胸藏天巧錦雲梭，萬象都收入網羅。只作蟲魚非磊落，安排手筆寫山河。文淵閣四庫全書本《雪坡集》卷一一。

二　觀畫竹

外間盾日正相仇，忽有清風起筆頭。坐對不知三伏熱，起行如與七賢遊。洗空京洛塵埃氣，化作江南水石秋。我有一溪恰如此，因君思去理扁舟。《雪坡集》卷一四。

三　題章秀才畫山水魚龍

章生畫中師，神秀蟠心胸。兒時學山水，近復能魚龍。拂素欲畫時，默吮南山松。斯須景與物，以次生筆鋒。畫出巧安排，咫尺千萬重。陰晴弄明晦，近遠分淡濃。雪月清瘦嶼，煙雨朦朧峯。有時作江湖，萬派俱朝宗。雲濤洶澎湃，雪屋驚奔衝。風平坦如掌，皺縠浮溶溶。因水魚更巧，回翻態從容。翻荷猛跳珠，聚藻相噞喁。中有化龍鯉，靜伺機便逢。天門露頭角，瀚瀚祥雲從。看君此四畫，衆史特奴傭。當知各有意，不特誇纖穠。丈夫抱膝時，清樂山水供。觀魚或濠上，笑倚臨流笻。一朝蛻鱗鬛，屣脫塵泥蹤。甘霖澤四海，霓望慰九農。《雪坡集》卷一七。

四　題李銳父所藏陳所翁龍軸

所翁先生人中龍，豪氣下吞江海空。當其得意作龍首，老手直與神天通。雄辭妙語層層出，醉中千幅筆一息。不遇先生大醉時，人間安肯留真跡。先生往往自寫真，非龍之龍蓋其人。請君什襲寶此墨，此翁此墨不易得。《雪坡集》卷一八。

五　題墨梅風煙雪月水石蘭竹八軸

清晨有客南昌來，袖出數幅春風梅。芳根不種生綃上，安得的皪霜葩開。霜葩能開不能謝，始信筆端生造化。細看入趣直欲攀，亦復不知梢是畫。迎風冷笑斜窺簷，披煙淡竚拖輕縑。豐腴暑帶清曉雪，疎瘦半橫初夜蟾。根棲怪石增奇絕，倒影寒溪照清潔。斜枝蘭外侶幽姿，冷藜竹間標勁節。超然筆法無糁塵，正欹仰俯態逼真。幾回卷軸却復展，生意不窮看轉新。只看幽韻自堪玩，莫道無香真可嘆。清香已在杳默中，暗起芬芳浮鼻觀。平生愛梅如愛賢，恨無好句摸幽妍。看君此畫得天趣，妙寫無聲詩八篇。吾聞古來能畫者，畫馬胸中有全馬。君應滿腹皆梅花，不爾安能筆瀟洒？想君家住西山邊，萬梅谷中廬數椽。月宵攜笻雪著屐，坐石瞰水窺風煙。紉蘭傲竹今幾年，飡香換骨身可僊。凝神吮墨淡一掃，不覺筆下花真傳。嘆予自愛冰玉幹，久藏一幅鵞溪絹。請君爲作雪中百花頭上開，掛我壁間供客看。《雪坡集》卷一八。

六　題魁字軸

玉衡枸建天之綱，枕參魁耀森寒芒。總提衆星環侍傍，仰望熠熠開神光。有美俊容分天章，收入翰墨何淋浪。一筆三丈超尋常，字勢直作蛟龍驤。錦裝玉軸垂高堂，標靈發異呈嘉祥。即吐奇策先衆芳，巍我姓字壓四方。魁下三臺炳煌煌，上拱紫極天中央。作第一流謹勿忘，冠冕今古萬世香。《雪坡集》卷二〇。

七　題楊妃出浴圖

温泉暖滑留餘香，芙蓉出水紅生光。寶釵義髻彈龍鳳，力困未必攲霓裳。歛衣側步無窮意，猶勝朝來海棠睡。誰知迎洗錦綳兒，已在華清賜浴時。《雪坡集》卷二一。

八　讚張英玉所畫山谷老蟻蝶圖

穿碑一立承天寺，吟骨遂重宜州樓。當年羣蟻亦策勳，豈知須臾夢封侯。南柯一散風雨惡，未若栩栩爲莊周。《雪坡集》卷二一。

九　讚張英玉蟬驚螳螂圖

一螳踉蹡上枯柳，一螳欲上鼓劍走。驚蟬側翅着樹枝，性命幾成落渠手。物生遠害當知幾，不知猶可況已知。千枝何處無風露，莫曳殘聲急飛去。《雪坡集》卷二一。

一〇　聽箏

春簷雪乾初日長，簾花深壓梅影香。美人帳中午睡起，釵橫鬢嚲慵添粧。文窗窈窕鮫綃綠，卧按古箏橫漆玉。微揎翠袖露春葱，學弄《梁州》初遍曲。拂絃輕摑三兩聲，問渠學曲成未成？已成未成君莫問，聽取軋軋伊嚶鳴。七絃一似焦琴樣，立鴈參差相下上。左按天孫織錦絲，右斡仙人飛海杖。輕拔淺摑聲短長，疾徐洪纖抑復揚。瓶笙吐韻出蚓竅，雲車碾響升羊腸。雙龍曉日吟秋水，孤鸞春風悲鏡裏。清猿嘹唳萬松間，雛鶯惺鬆百花底。平生有耳喜此聽，手不能作心自醒。除却高山與流水，琵琶箜篌俱邐迤。樓中弄玉吹簫侶，同學丹山鳳凰語。鳳凰鳳凰來不來，蕭史行雲在何許？《雪坡集》卷二一。

一一　書邵堯夫真跡後

邵子之學，某未能窺其妙也。邵子之妙烏在？在於觀。《觀物篇》所謂"皆自我而觀之"是也。觀之妙，妙矣哉。《易》曰"復其見天地之心"，又曰"觀其所感"，又曰"觀其所常"，又曰"聖人有以見天下之賾而觀其會通"。非謂觀之妙乎。觀象於天，觀法於地，伏羲作《易》之初蓋然矣。觀之妙乎妙矣。自我而觀，妙於觀矣。孟子曰："萬物皆備於我矣，反身而誠，樂莫大焉。"程子曰："靜後見萬物自然皆有之意。"皆妙於觀者。

邵子之妙，最於觀處得之。邵子臨沒，且曰："吾欲觀化一巡。"觀至於死生之際，則妙於觀者，蓋不囿於死生，而超出乎死生之外矣，妙矣哉。夫觀即格物也，物格則知至矣。此邵子所以妙而神也。雖然，必有以用其力焉。

某聞邵子嘗大書"檢束"二字於坐右。夫此心必有檢束，不至放縱，而後可以觀天地萬物、古今皇帝王伯之變。檢束者，用力之初也。

眉山宋君可傳出邵子《觀物篇》真跡示某，某焚香寶誦觀之，其字畫莊正，無一筆放縱，其於檢束中得之明矣。後學何敢不力。宋君既珍此帖如金玉，必有得於邵子之學之妙。不知某可與共學否。_{傅增湘校訂豫章叢書本《雪坡舍人集》卷四一。}

一二　跋上官叔權篆隸

"羲之俗書趁姿媚，數紙尚可博白鵝"，書至於羲之，後世以爲絕矣。而退之猶曰俗，退之之意，不禹碑、周鼓未止也。

凡爲文章，宜略識古字。君家何所，吾欲載酒問奇。_{《雪坡舍人集》卷四一。}

一三　跋洪上人所藏十八羅漢畫

十八阿羅漢，皆世之偉人也。伊川先生曰："佛是胡人之有賢智者。"唐末五代，天下無人才，僧中乃有臨濟、德山、趙州諸老，故余謂十八羅漢皆世之偉人。彼其英邁雄特，視人間世猶螮蝀。聞佛說大乘，心領意悟，遂住世而扶持之，其所謂降龍以鉢、解虎以錫者，非真能幻詭變怪，馴伏山海間之龍、虎，蓋以理制欲，降解胸中之龍、虎耳。夫以其英邁雄特之姿，超然遠舉，淡泊於世味之外，非偉人則安能。

吾觀此畫，鉢降龍者顧視毅然而英，錫解虎者容貌釋然而笑，其餘或坐或行，或憑或語，或視或聽，類皆人欲不足以累其天，世故不足以嬰其心，謂之偉人也固宜。雖然，特無世味而已，非忘斯世也，忘世則不住世矣。吾觀十八中二人者曰應供，獨十六人者也在山水間，夫能降解胸中之龍、虎，必能馴擾世間之龍、虎。方今龍鬭淵，虎滿道，最畏臨濟、德山、趙州輩隱山中不出，願賦《招隱》，有肯應供者，固請宜來。

畫藏於感山寺道洪上人，元得本於浙江，乃西蜀龔秀筆。跋者雪坡姚某，時景定元年上元日，與友六人啜茶同觀。_{《雪坡舍人集》卷四一。}

許月卿藝話（四則）

許月卿（一二一六～一二八五）字太空，學者稱山屋先生，婺源（今江西婺源）人。幼穎異，七歲能屬文。年十五，從董夢程習理學。端平二年，從魏了翁學。趙葵辟入江北閫幕，嘉熙四年，以軍功補進武校尉，爲江東轉運司屬官。淳祐四年進士，授濠州司戶參軍。率三學諸生伏闕言徐公元杰冤死，理宗目以爲狂士。七年，領本州教授，攝知錄參軍，呂文德辟爲淮西招撫司從事，尋丁憂歸。起爲臨安府教授，以言事罷。寶祐三年，爲江南西路轉運司幹辦，待次六年，攝提舉常平。執政江萬里薦於朝，改幹辦浙西安撫司公事，不就。召試館職，以忤賈似道罷歸故里，杜門著書，號泉田子。宋亡，改字宋士，深居不言。至元二十二年卒，年七十。其詩文以"雄贍新奇"見稱（《先天集》附劉辰翁書），"當時謂之再生子瞻"，其《潛虛發微序》《真武夢記》《百官箴》等尤爲前人歎賞。《歷代詩發》卷二九以"風情瀟灑，欲遺世而獨立"評其《捧硯姬空翠二首》《追賦暮遊》《挽李左藏》等詩，或平淡，或沉鬱，可見風格多樣。著《先天集》十卷、《百官箴》六卷。

一　題明皇貴妃上馬圖

開元天寶號太平，快活三郎偏縱情。帝閒天驥雲雷馭，回首絕憐妃子醉。海棠酣春睡未足，扶上馬時頰山玉。二璫兩邊扶蹋鐙，群姬爭扶不用命。萬花叢，玉山花，花朝王，醉牡丹。共立馬前黃幡綽，獻笑顏容似嘲謔。三郎勒馬頻回頭，兩手按膝雙凝眸。夾立兩旁御弓箭，帶御器械如行殿。二璫相語儼相向，貴妃未至龍顏望。龍顏不怡吾曹憂，昵昵私語雙燕秋。御前兩驥立仗俟，御龍整暇聊緩轡。卷中何止數十人，十人眼只在一身。朕能墜馬替妃子，不忍花飛驚玉體。三郎但念妃子醉，豈知身醉誤國事。儻知敬是常惺惺，提主人翁教醉醒。醜醜婦斟薄薄酒，醜婦添翁多少壽。無塩爲后能彊齊，夙夜警戒雞鳴詩。花鈿安得紛委地，馬嵬安得有墜時。四部叢刊續編影印明嘉靖刊本《先天集》卷一。

二　贈寫梅僧處能

月明窗上老梅癯,我有天然水墨圖。笑殺無文癡老子,冰綃影裏覓林逋。《先天集》卷六。

三　題劉後村所跋《楊朴移居圖》

曾對君王已放還,何須當道把漁竿。使軺將宿人將避,拗折漁竿趕入山。《先天集》卷六。

四　跋東坡墨跡

海外歸來衰鬢皤,浩然之氣筆嵯峨。富貴不淫貧賤樂,萬年千載一東坡。《先天集》卷六。

衛宗武藝話（四則）

衛宗武（？～一二八九）字淇父，自號九山，華亭（今上海松江）人。淳祐間，歷官尚書郎、出知常州，罷歸。閒居三十餘年，以詩文自娛。入元不仕，眷懷故國，匿跡窮居，不求聞達。元至元二十六年卒，年逾八十。所著《秋聲集》，皆退居後所作，已佚。清四庫館臣自《永樂大典》中輯爲六卷，稱其"詩文根柢差薄，骨格亦未堅致，蓋末造風會之所趨"，而集中所載，大都氣韻沖淡，有蕭然自得之趣。事跡見《秋聲集》卷首張之翰序，《重修毘陵志》卷八。

一 和趙蓮奧琴

豈無五尺桐，所貯徒百囊。惟君匣中材，古韻涵混茫。高山與流水，雅趣深可長。古人寶清英，今君豈殊揚？鏘然出金石，振厲如歌商。毋惜一運軫，冰雪置我腸。文淵閣四庫全書本《秋聲集》卷一。

二 題畫軸卷後（節錄）

列岫喬林，平川別墅，瑞天一色，遠近映帶，畢逋雲集，下上盤薄於寒空暮景間，不假丹青，而尺素之妙，幻出雪霽無涯之境，謂非善筆不可也。少游可作，吾將問之：能寫"寒鴉萬點，流水孤村"之句乎？而詞不及雪，若附贅然。雖然，非雪與山，則無以著清迥高潔之趣。詞之意未足，而此筆足之。使少游寓目焉，亦必爲之三歎。主人好尚風雅，屬予爲辭，而繫之以詩。（詩略） 《秋聲集》卷四。

三 題畫冊後

畫雖小技，而宇宙間事事物物皆錯綜於胸次，牢籠於筆端，遠可使近，大可使小，毫芒膚寸，可使之廣博崇深，凡雄特秀麗，天下之奇觀，目所不接，足所不及者，皆掇拾於冰紈繭素中，前輩謂無聲之詩是也。

詩畫本一律，必靈秀者後能之。故昔之縉紳遊於藝，多以此名世。近來能士絕少，夏大夫珪，畫院之應詔者耳，而馳聲於時。今觀方尺之楮，幻無涯之勝，扶桑之出日，蜀嶺之挐雲，層波浩淼，猶具區彭蠡之廣，飛瀑激湍，有瞿塘谷簾之勢，與夫柳岸花塢、雪境晴林，攬之皆若近在几席。少陵所謂咫尺萬里，殆不是過，亦奇筆也。以其遊戲之作，姑集爲稿云爾。使大放所蘊，淋漓毫素，必又有可觀者矣。

使君襲藏此帙，每一展玩，則天地形色之妙盡得於目睫。機動籟鳴，發胸中之靈秀，融爲有聲之畫，則奇偉又豈止此？與流俗之披玩圖冊者異矣。《秋聲集》卷六。

四　跋《讀書圖》

世固多術業矣，而莫尚乎爲士。爲士莫先乎讀書，故善畫者寓意以著其形，能言者屬辭以標其目，大要欲其謹從遊，防沈酗，戒鬪狠，而終之以無怠。蓋三者皆得以攻撓吾心，蠹蝕吾書者也。而非日孜孜，則無以成爲士之業。觀乎此，則此所摹寫，豈不足以警荒嬉、息忿懥、絕酣飲而振偸惰歟？其與區區衒丹青、染毫楮，以爲耳目情思之玩者有間矣。

雖然，占畢吟誦，寸陰是惜，書固不可斯須廢也。然經以載道，子史百家以鳴道，誦之而不精其義以明夫道，而徒務記覽、工詞藝，以媒進取，則莫知正心誠意爲何事，道德性命爲何物，雖多，亦奚以爲？

當知書貴乎多讀，而尤貴乎知所以讀。知所以讀，則不苟讀，而近於道矣。不然，紙上陳言，未必非古人糟粕。而斯圖也，非有得乎聲音形色之外，是亦朽索誤墨耳。挾策者其思勉夫。《秋聲集》卷六。

余觀復藝話（一則）

余觀復（生卒年不詳）字中行，盱江（今江西南城）人。喜賦詩，但題材較狹窄，風格清逸平易，成就不高，代表作有《山居即事》等。著有《北窗詩稿》一卷。

讀《柴桑集》

遊心太古初，得句萬物表。平生一罇酒，寂寞三逕小。有琴不張絃，正以知音少。伊予挹殘芳，道心炯相照。北窗清夢長，山間自啼鳥。吾欲問先生，天濶白雲杳。文淵閣四庫全書本《江湖小集》卷四十七。

劉黻藝話（四則）

劉黻（一二一七～一二七六）字聲伯，號蒙川，樂清（今浙江樂清）人。早年讀書雁蕩山僧寺。淳祐十年，入太學，時年三十四，伏闕上書論丁大全，送南安軍安置。取濂、洛諸子之書，輯成《濂洛論語》十卷。及丁大全貶，始還太學。又以程公許、黃之純罷職，復率諸生上書。景定三年進士，以對策忤賈似道，授昭慶軍節度掌書記。咸淳二年，召爲秘書省正字。三年，遷校書郎，拜監察御史。四年，丁父憂。六年，起爲沿海制置使、知慶元府事。八年，召拜刑部侍郎。九年，試吏部尚書，兼工部尚書，兼中書舍人，兼修玉牒，兼侍讀。十年，丁母憂。德祐初，隨二王入廣。二年，拜參知政事，行至羅浮病卒。著有《蒙川集》，已散佚，殘稿由其弟應奎編爲《蒙川先生遺稿》十卷。《四庫全書總目》卷一六四謂其詩"淳古澹泊，雖限於風會，格律未純，而人品既高，神思自別，下視方回諸人，如鳳凰之翔千仞矣"。

一 太玉洞聽琴

無絃不成聲，有絃多失真。真聲在何所，和陶方寸春。文操惜已遠，孔壇嗟復陳。所以桑濮響，鄭衛波嬴秦。詎知幽谷間，迺聞太古淳。游魚出春水，鳴鶴橫霜晨。休羨廣陵秘，是雅皆怡神。文淵閣四庫全書本《蒙川遺稿》卷一。

二 東坡竹石

東坡先生自海上歸，過橫浦，戲筆竹石於常樂寺壁，突兀蒼老，隘視八遊，不知何年歸冊府。今有石刻留郡圃，無垢先生誌其下，筆畫同一遒勁，真二妙也。

坡翁北歸留戲筆，數竹離奇生魂石。世如有鳳必先知，碌碌凡禽誰得識。風不聲兮月不影，山僧笑我移枯瘠。嶺阯每苦煙瘴深，煙瘴何曾禍忠直。天使無垢來此邦，要與坡翁發真跡。大書特書等傲岸，方寸一虛隘八極。何年移植蓬萊宮，清風逼人寒半壁。枝可磨，葉可摘，石上根秖如昔。《蒙川遺稿》卷一。

三　聞陳正學理琴

聞君整琴待秋風，我欲從之魂夢通。素麻髣髴蒼髯翁，揚休山立崆峒東。淚痕猶濕龍門桐，有曲無音悲天公。猗蘭未冷拘幽濃，那知斯道將遂窮。山矸石爛冥感叢，枝蜩盤蠅迭相雄。兩耳年來怪不聰，羣哇擾雜安於聾。煩君爲我調怔忡，流泉隱隱深澗中。春溫廉折各不同，聲雖在指意在胸。雲飄柳絮風入松，恍然樓閣坐虛空。伯牙所知何必鍾，白鶴飛來采芹宮。《蒙川遺稿》卷一。

四　和康節三詩·聽琴

何人不愛琴，難聽是真聲。急雨蓬中過，流泉石底鳴。憂時身欲瘦，歷處夢猶驚。擬續昌黎操，泠泠寫此情。《蒙川遺稿》卷二。

葉隆禮藝話（二則）

葉隆禮（生卒年不詳）字士則，號漁村，嘉興（今浙江嘉興）人。淳祐七年進士。十年，以承奉郎任建康西廳通判。十二年，改國子監簿。開慶元年調兩浙轉運判官，除軍器少監、兼知臨安府。景定元年直寶文閣、知紹興府。後謫居袁州。著有《契丹國志》二十七卷，今存，真僞待考。

一 跋皇甫君藏趙子固畫

吾友趙子固以諸王孫，負晉宋間標韻，少游戲翰墨，愛作蕙蘭，酒邊花下，率以筆研自隨。人求畫，與無靳色，往往得之易，藏之多，人亦未之寶也。晚年步驟逃禪，工梅竹，咄咄逼真。

予自江右歸，頗悟逃禪筆意，將與之是正，而子固死矣。鄉人云子固近日聲價頓偉，片紙可直百千，予未敢謂信。一日鬻書者攜數紙來少室，果印所聞。豈人情不貴於所有，而貴於所無耶！

皇甫君，步趨子固者也，出子固論畫真跡一卷，及其所自作蕙蘭，躍然而觀，感慨繫之。呼！子固不可作矣，彷彿子固者，斯可矣，皇甫君其勉之！

咸淳丁卯五月晦日，隆禮書於春詠堂。文淵閣四庫全書本《珊瑚木難》卷四。

二 跋顧愷之《列女傳圖》

以續摹補真跡之闕，徒使後人有貂不足之誚，乃撤出而重裝之，殘璜斷璧，夫豈以多爲貴哉！隆禮題。江蘇古籍出版社一九八四年版《古書畫僞訛考辨》上卷第二十八頁。

舒岳祥藝話（一〇則）

舒岳祥（一二一九～一二九八）字景薛，更字舜侯，號閬風，台州寧海（今浙江寧海）人。習理學，作《原性》諸文，能會朱、陸深微之論。弱冠，識陳耆卿，獲從吴子良遊，以文名滿天下。寶祐四年進士，攝知定海縣，爲雩州掌書記，金陵總餉陳蒙以黄州分司大軍倉辟入總幕，沿海制置使鮑度以五鄉酒官辟入閫幕。德祐初，曾淵子承謝堂意辟爲户部酒所準備差遣，不就。歸鄉不仕，教授田里，築亭館臺榭，植竹樹花果，曲折爲徑如篆文，命曰篆畦，時與賓友吟詠其間。元大德二年卒，年八十。其文平實正大，著有《蓀墅稿》四十卷、《史述》十八卷、《漢砭》四卷、《補史》一卷、《家録》三卷，作於宋亡以前；《避地稿》《篆畦稿》《蝶軒稿》《梧竹里稿》《三史篆言》《談叢》《叢續》《叢殘》《叢傳》《叢肆》《昔遊録》《深衣圖説》，共二百二十卷，作於宋亡以後，均已佚。今存《閬風集》十二卷，爲清四庫館臣自《永樂大典》中輯出。

一　琴旨

重露洗叢菊，長宇流哀鴻。瞽月入九地，啞木號太空。老翁中夜起，清坐尋絲桐。兩片乾死木，和合藏深衷。七絃説妙義，十指揚春風。自古知音者，舜文周孔公。四聖洗憂患，琴與《易》道通。舜處嚚傲厄，文居君臣窮。二叔流讒言，陳蔡靡所容。物外有變逆，聖道當正中。感此悟琴旨，瞭然古人胸。置琴且勿彈，待我讀《易》終。文淵閣四庫全書本《閬風集》卷一。

二　古意

客從南方來，遺我薰風琴。薰風未易致，且奏《易水吟》。高浪忽起立，四顧變愁陰。征馬立踟躕，旁人淚沾襟。壯士不畏死，怒髮竪森森。長揖辭四坐，秦關無阻深。燕客視秦王，已若置中禽。一朝事不成，易水有悲音。請君且勿彈，此曲傷人心。文淵閣四庫全書本《閬風集》卷一。

三　題蕭照畫卷

遠峯沒空蒼，近樹森立壁。叢篁鬱長汀，茅茨露半脊。歸舟何處家，中流弄長笛。或恐畫師身，留此黯淡跡。文淵閣四庫全書本《閬風集》卷一。

四　山甫畫松

山甫作古松，意造無定本。枝枝藏太陰，筆筆涵混沌。氣吞千尺崖，猶作飛瀑滾。肺肝生洞壑，槎枒出隱嶙。奮臂盤礡餘，墨漬筆不吮。若人蓋天機，豈爲尋丈窘？胸中有磈砢，欲出不可忍。恐是城南樹，寫形難自隱。嗚呼夾山自有真松圖，朝夕左右陳座隅。伐薪架屋聽笙竽，好翁之計誠非疎。文淵閣四庫全書本《閬風集》卷二。

五　題王任所藏《林逋索句圖》

圖上著帽隱几而坐，若有所思。案上置筆硯紙墨，案前有古罍插梅花，此和靖也。背後一童子坐，舉足加火爐上。後有一鶴，就地欲眠，引頸反顧。與周道士本同格。

清新半樹橫枝句，冷淡暗香踈影詩。誰見當時苦吟態，只應童鶴在旁知。文淵閣四庫全書本《閬風集》卷八。

六　再題

隱几何思此意微，鶴眠未熟覷吟機。踞爐炙脚童全野，應是前村踏雪歸。
千秋萬古梅花樹，直到咸平始受知。若道此圖真此老，何人覿面敢題詩？
身後不遺封禪稿，吟梅全是自題真。畫工豈識凌雲意，童子趨炎鶴附人。文淵閣四庫全書本《閬風集》卷八。

七　題蕭照山水　有序

蕭照山水四軸得之金陵，縑素朽敗，然林壑縹緲，煙靄滅沒之態可見也。丙子兵火以寄藏崇庵幸存。第蹂踐汙損可爲惻然，汙此畫者其桓玄之客歟！何寒具之跡尚存也。丁丑六月二十八日曝書龍舒山致庵拂拭泥滓，人與畫爲之相喑也。

煙雨峰巒無古今，斷崖迷徑靜愔愔。隔溪樵子遙相語，昨夜春流爾許深。隔澗語樵。
林窮磵絕石崖傾，臨水幽朋更欲登。擬共前峯成小隱，曉來雲盡見高棱。前峯小隱。

何人一舸下清溪，列壑攢峰想舊棲。不雨石林元自濕，無雲山路只長迷。清溪一舸。翩翩涼樹小茅堂，揖客柴門去棧長。山外橫舟篷不啟，誰知世有送迎忙。野渡橫舟。
文淵閣四庫全書本《閬風集》卷九。

八　題趙大年小景

三株五株依岸柳，一隻兩隻釣魚船。水天鴨鴨斜飛去，細草平沙興渺然。野渡橫舟。
文淵閣四庫全書本《閬風集》卷九。

九　題周梅所藏小景畫卷

小鴨鵶烏煙柳坡，鶏鶋屬玉滿晴莎。惠崇不作大年死，惆悵江湖春水多。文淵閣四庫全書本《閬風集》卷九。

一〇　跋陳菭自畫梅作詩

見梅山此軸，忽憶承平盛時行孤山之麓，沿馬塍之隅，朝觸雪而往，暮蹋月而還，所見梅，往往聯跗疊袂，拗枝摺幹，嫣然入宮苑標律，非三家市上籬落閒物也。又移百梅於平皋之上，橋斷岸絕，寒驢策策，風戟戟吹面，翛然獨往，香低影壓，自有一種瘦硬風格。

邇來避地薜巖石磴，數梅出於瀟風晦雨摧剝之餘，泯默相唁，意趣慘澹，非前時比矣。今與君共坐於綠陰之下，披畫閱詩，其清妍如舊都所見，其老勁如平皋所植，其淒絕如薜巖所對也。平生神交，盡在是矣，畫然詩亦然。君蓋進於技，悵然有感於予心者，因書其卷後。

戊寅五月十九日。嘉業堂叢書本《閬風集》卷一二。

黃文雷藝話（二則）

黃文雷（生卒年不詳）字希聲，建昌軍南城（今江西南城）人。早以《春秋》學魁鄉舉，以箋啟四六爲吳子良所知。淳祐十年進士。長於詩，與利登、趙崇嶓、曾原一、趙崇惲爲詩友。詩學晚唐，清麗婉約，嘗論詩云："詩貴平淡，做到此地位自知。"（劉壎《詩說》）如其《長歌行》《昭君曲》《西域圖》等詩，粹美精練，意高味長，每爲前人所稱道，劉壎推爲江西詩人所不及。王士禛《居易錄》稱其長句頗有骨力。著有《看雲集》數十卷，已佚。陳起嘗刊其詩入《江湖集》，今存《看雲小集》一卷，自爲序。

一　題醉僧圖

僧之飲酒，地獄咫尺。此僧飲酒，天龍辟易。僧之飲酒，背面抵諱。此僧飲酒，口角髯沸。披毛帶角即不理，倒堵臥路而已矣。一生般若幾杯湯，箇是逃禪真法子。不憂兜率不著渠，只憂兜率無酒沽。臨行自謗不羞恥，至今留與人畫圖。畫圖得龍眠，畫形兼畫意。君看阿堵中，如如元不死，是臥是死誰得知？手中尚記攜夷，翻河倒海不救渴，安得餘瀝留於斯？我觀此僧面孔真滑稽，醉中定解草聖並賦詩。當其幕天席地時，惜無人以筆墨隨。紛紛散聖今何爲，賴有一醉留其奇。君不見，夜雨閉門難學柳下惠；又不見，背水置陣古來惟有韓將軍。文淵閣四庫全書本《兩宋名賢小集》卷三百二十四《看雲小集》。

二　二喬圖

翔龍下捲江東土，孫郎初得喬家女。喬家本自重曹瞞，隻雞斗酒空酸楚。衿情正用留阿瑜，尚得人間稻肺腑。百年王氣竟鎖沈，妙寫丹青嬌欲語。香閨搦管寄何書，並蒂芙蓉按花譜。那知不是未嫁時，本末無從勘前史。詞人多事管閒愁，銅雀紛紛底歌舞。儘強被髮向黃壚，只與東阿傳洛浦。《看雲小集》。

樂雷發藝話（一則）

樂雷發（生卒年不詳）字聲遠，道州寧遠（今湖南寧遠）人。累舉不第，寶祐元年，以門人姚勉登第，上疏相讓，召試，廷對萬餘言，條答疏暢，深切時弊，賜特科第一，授館職。又以元兵渡江，作《烏烏歌》《車攻賦》以諷當路。四年，以病告歸，居雪磯，因以自號。五年，友人朱嗣賢等為刊詩集五卷，自為序。其詩頗有反映國事、關心民瘼之作，屬後期江湖詩派中的佼佼者，如七言古詩《烏烏歌》慨歎書生誤國，頗有李白歌行之風，正如清人曹庭棟所稱許："雄深老健，突兀自放，南渡後詩家罕此標格。"《四庫全書總目》卷一六四謂其人品頗高，其詩"風骨頗遒，調亦瀏亮，實無猥雜粗俚之弊，視江湖一派迥殊。如《寄姚雪篷》《寄許介之》《送丁少卿》《讀繫年錄》諸篇，尚有杜牧、許渾遺意"。其七言絕句則尤擅風情，如《秋日行村路》"一路稻花誰是主，紅蜻蜓伴綠螳螂"等，精彩動人。著有《雪磯叢稿》五卷。

聽廬山胡道士彈《離騷》

廬山道士玉潭仙，前世滄浪握楚荃。莫道《離騷》遺響絕，孤鈞寡珥尚能傳。
弔湘誰解薦江蘺，忠憤泠泠寫七絲。愁絕九疑山下聽，重華應許就賡詞。清抄本《雪磯叢稿》卷四。

陳杰藝話（五則）

陳杰（生卒年不詳）字壽夫，一作燾父，豐城（今江西豐城）人。淳祐十年進士，授贛州簿。歷知江陵縣，累官工部郎中、江南西路提點刑獄兼制置司參謀，轉朝散大夫。召赴行在，未行。宋亡，隱居東湖。取所爲詩刪定，存有補於詩教者爲《自堂存稿》。其詩屢爲方回稱賞，所作詩原本忠義，音節悲壯，迥非宋季江西之派，更非方回所能窺其堂奧。又與謝枋得友善，詩多滄桑之感。《自堂存稿》據《國史經籍志》《千頃堂書目》等著録爲十三卷，已佚。清四庫館臣據《永樂大典》輯爲四卷。

一　題王書史百鴈圖

黃蘆落木寒颼颼，平沙占斷江天秋。嗸嗸累百來未休，宛頸相樂飛相求。其中各有稻粱謀，落旌海上霜滿裘。不肯爲渠作書郵，南去雲峯有盡頭。北歸矰弋正多憂，冥鴻高哉獨無儔，祁連將軍生暮愁。文淵閣四庫全書本《自堂存稿》卷一。

二　題江山煙水圖

疊疊雲山過盡，茫茫煙水安歸。還君此畫三嘆，閒殺江南釣磯。《自堂存稿》卷四。

三　題老杜巡簷索笑圖

茫端寒燠關生物，一粲疎花可得禁。香影天機行世淺，風騷古思不言深。《自堂存稿》卷四。

四　題李生煙江萬里圖

白鷗飛來類從汝，寒鴈瞥起幾導吾。未覺咫間能萬里，曲肱殘夢落東湖。《自堂存稿》卷四。

五　題宣和御畫蘆禽

蘆邊晚吹冷颼颼，背立孤禽有許愁。可是殿庭無事筆，已含原野十分秋。《自堂存稿》卷四。

馬廷鸞藝話（六則）

馬廷鸞（一一二二～一二八九）字翔仲，晚號玩芳病叟，饒州樂平（今江西樂平）人，端臨父。家貧力學，登淳祐七年進士，調池州教授。寶祐二年，主管戶部架閣。三年，遷太學錄，召試館職，爲秘書省正字。四年，任史館校勘，爲御史劾罷。開慶元年，吳潛入相，召爲校書郎。景定元年，兼沂靖惠王府教授，繼兼樞密院編修官、權倉部郎官。二年，進著作佐郎兼右司，遷將作少監。三年，兼翰林權直，擢秘書少監，權直學士院。四年，擢起居舍人，兼太子右庶子，兼國史院編修官、實錄院檢討官，進中書舍人。五年，遷禮部侍郎，兼侍讀，昇直學士院。咸淳元年，簽書樞密院事，丁母憂。三年，權參知政事。五年，進參知政事兼同知樞密院事，繼進右丞相兼樞密使。八年，因與賈似道不合，九疏乞罷政。九年，出知紹興府、浙東安撫大使。十年，辭免，奉祠。宋亡不仕，元至元二十六年卒，年六十八。其文以駢體最工，理宗末年制詔，多出其手。其他詩文亦皆典贍秀潤。著有《六經集傳》《語孟會編》《楚辭補記》《洙泗裔編》《讀莊筆記》《張氏祝氏皇極觀物外篇》《玩芳集》《木心集》，已佚。清四庫館臣據《永樂大典》輯爲《碧梧玩芳集》二十四卷。

一　恭題董氏所藏仁宗御書"刑政"二字下方

臣讀彭城陳師道文，能言神文聖武仁孝皇帝，在位四十餘年，獨留神翰墨，乃帝王之懿範，來世之偉文。當時二府百吏，內外宗姻，下逮近習，莫不好書，以爲盛事。今觀宸翰所賜"刑政"二字，則一肆筆，而不忘國家要務，匪直侈奇觀、示雅玩而已。然則師道淺之乎知聖人矣！

臣謹按國史，帝在御之三十一年，爲皇祐五年癸巳，三月，親試舉人，蓋是歲，始改四歲一舉爲間歲。周王壽考，遐不作人。嗚呼盛哉！若刑政，國家之要務，則又每見於聖人之書。其年八月，詔舉賢良，制策曰："朕纘承越二紀，未嘗私一喜怒，以衊刑賞。"又曰："王政之急，在知人、齊俗、務本、阜財，子大夫詳著之。"然則"刑政"二字，或以之策賢良，或以之賜臣下，良有以見聖心拳拳，不少置。四十年太平之盛，有自來矣！其明年改元至和，臣五世祖先臣遵以言事官入對，極言唐天寶治亂事跡，帝爲嘉納，對近臣亟稱之。實同一時云。

董氏五世孫觀，既建閣寶藏；七世孫更生以經術擢高科，改秩，調縣宰以歸，處之泰然，殊有祖風。

年月，臣某書。文淵閣四庫全書本《碧梧玩芳集》卷一三。

二　跋山谷書劉夢得《竹枝歌》後

此帖出洪文敏公家。莘之，文敏子也。洪氏爲鄱陽文章家，奧篇隱帙萃焉，法書名畫，特土苴耳。公又賞鑑精識，其爲真跡不疑。

余家舊與洪氏有連，先從曾伯祖老山翁客三公門下，每相與鑑定法書。一日，吾祖指言歐陽率更《九成宮碑》非雍本，既而真雍本，吾祖以失言，罰作"絳"字韻詩三百韻，以爲笑樂。前輩風流，可尚如此。

小姪端巽得此帖於洪氏，端有自來。以吾祖精識，尚誤品題，余老矣，倘失言，安能搜枯作三百韻詩？小姪謹藏之。《碧梧玩芳集》卷一五。

三　跋董秀夫《輞川圖》後

余友蘭皋董君，雅人也。示余《輞川圖》，且索言焉。宗少文老疾，所至名山，恐難遍閱。惟當澄懷觀道，臥以遊之。余甚欲借君此圖，臥遊其間，而君督之不置也，則爲之言曰：

史稱維在別墅，與裴迪遊其中，賦詩相酬對爲樂。今觀其"空曲浮彩"之吟、"寒流秋雨"之篇，皆不過四句而止耳，何其簡短而有遺音也？後人括摘摩詰，遐想其遊輞川，某句則謂之傲睨閒適，某句則謂之蟬蛻浮遊，某句則謂之詩中有畫、畫中有詩，又何其摹寫之無已也！登臨而得於所見者，其語樸；想像而得於所聞者，其詞誇。古今文人，類如此耳。

雖然，此因畫而詳詩也。若置詩而詳畫，則又不然。《輞川圖》，摩詰所自畫也。世間自有兩紙本，有矮紙本，有高紙本。蘭皋所藏者，矮紙之所摹歟？有能辨之，與爾具一隻眼。《碧梧玩芳集》卷一六。

四　題王氏琴清堂

孤桐闕月風露秋，夜蟲催織寒颼飀。拂拭文字翻葉葉，古心埋沒從何求。客來洗予箏笛耳，清圜琅然散百憂。南窗無絃鼓愈淡，焦尾有桐棄不收。卓哉奇士千載去，已矣奇弄萬古休。江左諸王孫子儔，琴清之堂遺風流。飛泉爽籟十二操，鏗鏘浮玉鳴天球。文王宣父次第作，此身還見大雅不？收拾書囊雜釣具，伴君攜琴隱林丘。作詩一爲寫奇趣，此生此興長悠悠。《碧梧玩芳集》卷二二。

五　題趙君畫竹

與可知竹，子瞻知與可，知與可斯知竹矣。知者無他，知其直而已，故子瞻之節每似之。僕於蘇仙無能爲役，而以與可望王孫無枉其節云。

霜竿操尚特幽奇，直節端如正士姿。高拂九霄無曲處，古來惟有老天知。《碧梧玩芳集》卷二四。

六　題楊妃唾壺圖

三郎好女思傾國，一霎沉酣四海奔。漢業巍巍英主事，内庭供奉孔家孫。《碧梧玩芳集》卷二四。

王應麟藝話（三九則）

　　王應麟（一二二三～一二九六）字伯厚，號厚齋，又號深寧居士。慶元府鄞縣（今浙江寧波）人。淳祐元年進士，調西安主簿，差監平江百萬東倉，調浙西提舉常平茶鹽主管帳司。丁父憂，服除，調揚州教授。寶祐四年中博學宏詞科，遷主管三省、樞密院架閣文字，除國子錄，進武學博士，遷太常寺主簿，以言邊事忤丁大全罷。丁敗，起通判台州。景定元年，召爲太常博士。五年，除秘書郎，遷著作佐郎。度宗即位，攝禮部郎官，兼直學士院。咸淳元年，除著作郎兼翰林權直，除軍器少監。三年，擢兼侍立修注官，昇權直學士院，遷秘書少監兼侍講。遷起居舍人，兼權中書舍人。以進奏忤賈似道，奉祠。六年，起知徽州。七年，召爲秘書監，遷起居郎。八年，權吏部侍郎，以母憂去。德祐元年，似道兵敗蕪湖，授中書舍人兼直學士院，遷禮部侍郎兼中書舍人，禮部尚書兼給事中，因封駁留夢炎薦章不報，遂東歸，自號深寧老人。元元貞二年卒，年七十四。應麟號宋末大儒，九歲通六經，後從王埜學，學問賅博。所存文多爲制詔。《四庫全書總目》卷一六五謂其"以詞科起家，其《玉海》《辭學指南》諸書，剩馥殘膏，尚多所沾溉，故所自作，無不典雅溫麗，有承平館閣之遺"。童槐謂其學承呂祖謙，兼紹朱、陸，旁逮永嘉，所作文章，研極原本，"經史理學隱現其中"（《深寧先生文鈔後序》）。著術多達六百八十九卷，今存三十餘種，其中《困學紀聞》二十卷、《玉海》二百卷、《詩地理考》六卷、《小學紺珠》十卷、《詞學指南》四卷影響最大。詩文集有《深寧集》一百卷、《玉堂類稿》二十三卷、《掖垣類稿》二十二卷，已佚。明鄞縣鄭真、陳朝輔輯其遺作爲《四明文獻集》五卷，清葉熊復輯三卷，匯爲《深寧先生文鈔》八卷。

　　《玉海》二百卷是一部規模宏大的類書，對宋代史事大多採用"實錄"、"國史"和"日曆"資料，有較高的史料價值。卷末還附有《辭學指南》四卷，並有輯者所作《詩考》及《詩地理考》等十三種。《四庫全書·玉海》提要云："是書分天文、律憲、地理、帝學、聖文、藝文、詔令、禮儀、車服、器用、郊祀、音樂、學校、選舉、官制、兵制、朝貢、宮室、食貨、兵捷、祥符二十一門，每門各分子目，凡二百四十餘類……其作此書，卽爲詞科應用而設。故臚列條目，率鉅典鴻章。其採錄故實，亦皆吉祥善事，與他類書體例迥殊。然所引自經史子集，百家傳記，無不賅具。而宋一代之掌故，率本諸實錄、國史、日曆，尤多後來史志所未詳。其貫串奧博，唐、宋諸大類書，未有能過之。"在《玉海》的各個類目當中，不僅提供了歷史文獻資料，還提供了代表這些文獻來源的圖書目錄，有別於一般的類書。王應麟之孫王厚孫《玉海跋》云："《玉海》者，公習博學宏辭科編類之書也。是科擬題爲文專務強記，雖小而日月名數，不可遺闕。唯衰世事變，吵以命題。此書事類該廣，援據淵洽，非但施於科目而已。"可見此書是王應麟爲自己應博學宏辭科試而作，但成書之後，其內容則"非但施於科目而已"，而成爲具有廣泛用途的類書。

《辭學指南》成書於南宋末年，初附於《玉海》之末，是王應麟爲博學宏詞科考試而編撰的參考書。元代至元年間首次付梓，明清迭有重修補刻。全書四卷，依循一定體例，對博學宏詞科的備考方法、考試內容、文體試格和試卷形式等都進行了較爲全面的介紹。另一方面，該書分析了作文之法、語忌和博學宏詞試格十二文體（制、誥、詔、表、檄、露布、箴、銘、記、讚、頌、序）的特點等，對研究文體學和文學批評頗有價值。

《困學紀聞》二十卷，爲王應麟所撰札記考證性質的學術專著，內容涉及傳統學術的各個方面，其中以論述經學爲重點。全書包括說經八卷，天道、地理、諸子二卷，考史六卷，評詩文三卷，雜識一卷。作者一生博洽多聞，有宋一代諸儒罕與其匹，學術淵源雖亦出自朱熹，但對朱子之舛誤卻敢於辨證，並不爲師門諱。《四庫全書·困學紀聞》提要稱讚曰："蓋學問既深，意氣自平。故絕無黨同伐異之私。其所考覈，率切實可據，良有由也。"翁元圻注此書序稱："《紀聞》一書，蓋晚年所著也。先生博極羣書，入元後寓居甬上，足跡不下樓者凡三十年，益沈潛先儒之說而貫通之。於漢、唐則取其核，於兩宋則取其純，不主一說，不名一家，而實集諸儒之大成。"書行以後，後世儒者均以爲重。清人閻若璩、全祖望、程瑤田、何焯、錢大昕、屠繼緒、萬希槐七人爲作箋注，世稱"七箋本"，後翁元圻更爲作詳注，稱《翁注困學紀聞》。

一　《漢藝文志考證》（選錄　一則）

《禮樂志》："孝惠二年有樂府令夏侯寬，似非始於武帝。"又云："孝武定郊祀之禮，乃立樂府，採詩夜誦。元帝時，京房知五音六十律之數，上使韋玄成等試問房於樂府。"呂氏曰："太樂令丞所職雅樂也，樂府所職鄭衛之樂也。樂府雖鄭衛之聲，然天子所常御，上至郊廟咸用焉。採詩，即古之採詩也。哀帝罷樂府，非鄭、衛之音者，條奏丞相孔光、大司空何武奏不可罷者，夜誦員五人亦在其中，蓋雅樂也。"文淵閣四庫全書本《漢藝文志考證》卷八。

二　馬和之袁安《臥雪圖》跋

叔寧以大父所藏馬和之畫《臥雪圖》示予，展玩間儼然洛陽風景，令人仰其操行於千載之上。況叔寧爲子孫者乎！宜珍襲而藏之。

厚齋王應麟書。文淵閣四庫全書本《石渠寶笈》卷三二。

《困學紀聞》（選錄　三七則）

周有《房中》之樂，《燕禮注》謂：弦歌《周南》《召南》之詩。漢《安世房中樂》，唐山夫人所作。魏繆襲謂《安世歌》"神來燕享，永受厥福"，無有二《南》后妃風化天下之言。謂《房中》爲后妃之歌，恐失其意。《通典》：平調、清調、瑟調，皆周《房中》之遺聲。

八能之士，見《易緯通卦驗》：或調黃鐘，或調六律，或調五音，或調五聲，或調五行，或調律曆，或調陰陽，或調正德所行。大夫九能，見《毛詩·定之方中傳》：建邦能命龜，田能施命，作器能銘，使能造命，升高能賦，師旅能誓，山川能說，喪紀能誄，祭祀能語。君子能此九者，可謂有德音，可以爲大夫。

《唐志》：《毛詩草木蟲魚圖》二十卷。開成中，文宗命集賢院修撰，並繪物象。學士楊嗣復、張次宗上之。按《名賢畫錄》：太和中，文宗好古重道，以晉明帝朝，衛協畫《毛詩圖》，草木鳥獸、古賢君臣之像，不得其真，召程修己圖之。皆據經定名，任意採掇。由是冠冕之制，生植之姿，遠無不詳，幽無不顯。然則所圖非止草木蟲魚也。《隋志》：梁有《毛詩古賢聖圖》二卷。以上四部叢刊影印傅增湘所藏元刊本《困學紀聞》卷三。

艾軒曰："五音十二律，古也。舜彈五絃之琴以歌《南風》，是琴之全體具五音也。琴之有少宮、少商，則不復有琴；樂之有少宮、少徵，則不復有樂，以繁脆噍殺之調，皆生於二變也。"

《樂緯動聲儀》顓頊之樂曰《五莖》，帝嚳之樂曰《六英》，《漢志》《白虎通》云："《六莖》《五英》。"《帝王世紀》：高陽作《五英》、高辛作《六莖》。《列子注》以《六瑩》爲帝嚳樂，《淮南子注》以《六瑩》爲顓頊樂。《通鑑外紀》云："《漢志》《世紀》彷六樂撰其名，故多異。"

徐景安《樂章文譜》曰："五音合數，而樂未成文。案旋宮以明均律，迭生二變，方協七音。乃以變徵之聲，循環正徵；復以變宮之律，回演清宮。其變徵以變字爲文，其變宮以均字爲譜。唯清之一字，生自正宮，倍應聲同，終歸一律。"陳晉之《樂書》謂：二變四清，樂之蠹也。四清之名，起於鐘磬二八之文；二變之名，起於六十律旋宮之言，非古制也。朱文公曰："半律，《通典》謂之子聲，此是古法。但後人失之，而唯存黃鐘、大呂、太簇、夾鐘四律，有四清聲，即半聲是也。變宮、變徵，始見於

《國語注》。《後漢志》乃十二律之本聲，自宮而下，六變七變而得之者，非清聲也。凡十二律皆有二變，一律之內通五聲，合爲七均。祖孝孫、王朴之樂皆同。所以有八十四調者，每律各添二聲而得之也。"正聲是全律之聲，如黃鐘九寸是也。子聲是半律之聲，如黃鐘四寸半是也。宮與羽，角與徵，相去獨遠，故於其間制變宮、變徵二聲。《仁宗實錄·叙皇祐新樂》云："古者黃鐘爲萬事根本，故尺量權衡，皆起於黃鐘。至晉、隋間，累黍爲尺而以制律，容受卒不能合。及平陳得古樂，遂用之。唐興，因其聲以制樂，其器雖無法，而其聲猶不失於古。王朴始用尺定律，而聲與器皆失之。太祖患其聲高，特減一律，至是又減半律。然太常樂比唐之聲猶高五律，比今燕樂高三律，失之於以尺而生律也。"其言皆見於范蜀公《樂書實錄》，蓋蜀公之筆也。房庶言以律生尺，蜀公謂黃帝之法也。司馬公謂：胡、李之律生於尺，房庶之律生於量，皆難以定是非。蔡季通謂：律度量衡言蓋有叙，若以尺寸求之，是律生於度；若以累黍爲之，是律生於量，皆非也。故自爲律吹之而得其聲。蜀公父名度，故以度量爲尺量。然《實錄》不宜避私諱。

《淮南子·天文訓》云："律以當辰，音以當日。一律而生五音，十二律而爲六十音。因而六之，故三百六十音，以當一歲之日。"京房六十律，錢樂之三百六十律，本於此。

《考工記·磬氏》疏：案《樂》云："磬前長三律二尺七寸，後長二律尺八寸。"朱文公問蔡季通，不知所謂"樂"云者是何書？今考《三禮圖》，以爲《樂經》。《書大傳》亦引《樂》曰："舟張辟雍，鶬鶬相從。"漢元始四年，立《樂經》。《續漢志》鮑鄴引《樂經》。今其書無傳。

晉戴邈上表曰："上之所好，下必有過之者焉。是故雙劍之節崇，而飛白之俗成；挾琴之容飾，而赴曲之和作。"蓋用阮籍《樂論》之語。《樂論》云："吳有雙劍之節，趙有挾琴之容。"

樂名，周以"夏"，宋以"永"，梁以"雅"，周、隋以"夏"，唐以"和"，本朝以"安"。

傅玄《琴賦》：齊桓曰"號鐘"，楚莊曰"繞梁"，相如曰"燋尾"，伯喈曰"綠綺"。《宋書·樂志》曰："世云燋尾，伯喈琴。以傅氏言之，非伯喈也。"今按《蔡邕傳》注引《琴賦序》：相如"綠綺"，蔡邕"焦尾"。《宋志》恐誤。

嵇叔夜《琴賦》：曲引所宜，則《廣陵》《止息》。李善注：應璩《與劉孔才書》曰："聽《廣陵》之清散。"傅玄《琴賦》曰："馬融覃思於《止息》。"明古有此曲。韓皋謂：嵇康爲是曲，當晉、魏之際，以魏文武大臣敗散於廣陵始；晉雖暴興，終止息於此。今以《選》注考之，《廣陵散》《止息》，皆古曲，非叔夜始撰也。魏揚州刺史治壽春，亦非廣陵。顧況《廣陵散記》云："曲有《日宮散》《月宮散》《歸雲引》《華嶽引》，然則'散'猶'引'也，敗散之説非矣。"

銅山西崩，靈鐘東應，《世説注》引東方朔樊英事。《樂纂》又謂：晉人有銅澡盤自鳴，張茂先曰："此器與洛陽鐘聲諧，宮中撞鐘，故鳴。"

《朱子語録》云："《漢·禮樂志》劉歆説樂處亦好。"《漢志》無劉歆説樂，此記録之誤。《近思續録》亦誤取之。隋牛弘引劉歆《鐘律書》，出《風俗通》。

周無射之鐘，至隋乃毀。唐顯慶之輅，至本朝猶存。物之壽亦有數邪！

徐氏之禮，善盤辟之容，而不能明其本；制氏之樂，紀鏗槍之聲，而不能言其義。漢世所謂禮樂者，叔孫通之儀，李延年之律爾。禮闕而樂遂亡，徐氏之容，制氏之聲，亦不復傳矣。

夏侯太初《辯樂論》：伏羲有《網罟》之歌，神農有《豐年》之詠，黃帝有《龍衮》之頌。元次山《補樂歌》有《網罟》《豐年》二篇。《文心雕龍》云："二言肇於黃世，《竹彈》之謠是也。"《竹彈歌》見《吳越春秋》。

韓文公《琴操》十首，琴有十二操，不取《水仙》《壞陵》二操。

范蜀公《議樂》曰："秬一稃二米，今秬黍皆一米。"楊次公非之曰："《爾雅》秬，黑黍。秠，一稃二米。其種異。以爲必得秠然後制律，未之前聞也。"晁子止曰："縱黍爲之則尺長，律管容黍爲有餘，王朴是也。橫黍爲之則尺短，律管容黍爲不足，胡瑗是也。"

《新唐書·樂志》多取劉貺《太樂令壁記》。

《呂才傳》云："製尺八，凡十二枚，長短不同，與律諧契。"尺八，樂器之名。見《摭言》《逸史》。《仙隱傳》：房介然善吹竹笛，名曰"尺八"。

《文子》曰："聽其音則知其風，觀其樂即知其俗，見其俗即知其化。"與《樂記》意同。

《呂氏春秋》："齊之衰也，作爲大呂。"即《樂毅書》所云"大呂陳於元英"者。

孔子鼓瑟，有鼠出遊，狸微行造焉，獲而不得，而曾子以爲有貪狼之志。客有彈琴，見螳蜋方向鳴蟬，惟恐螳蜋之失也，而蔡邕以爲有殺心。二事相類。

《琴操》曰："聶政父爲韓王治劍不成，王殺之。時，政未生。及長，入太山，遇仙人，學鼓琴。七年，琴成入韓。"豈韓有兩聶政與？

范蜀公曰："清聲不見於經，唯《小胥注》云：'鐘磬者編次之二八十六枚，而在一虡，謂之堵。'至唐又有十二清聲，其聲愈高。國朝舊有四清聲，置而弗用。至劉几用之，與鄭、衛無異。"今考皇祐二年，王堯臣等言：几正聲之半，以爲十二子聲之鐘，故有正聲、子聲各十二。子聲即清聲也。唐制以十六爲小架，二十四爲大架，今太常鐘垂十六。舊傳正聲之外，有黃鐘至夾鐘四清聲。又樂工所陳，自磬、簫、琴、龠、巢笙五器，本有清聲。塤、篪、竽、築、瑟五器，本無清聲。劉几用四清聲，未可以爲非。

西山先生曰："禮中有樂，樂中有禮。"朱文公謂："嚴而泰，和而節。禮勝則離，以其太嚴，須用有樂。樂勝則流，以其太和，須用有禮。"

致堂胡氏曰："禮、樂之書，其不知者，指《周官》《戴記》爲《禮經》，指《樂記》爲《樂經》。其知者曰：'禮、樂無全書。'此考之未深者。孔子曰：'吾自衛反魯，然後樂正，雅、頌各得其所。'是《詩》與《樂》相須，不可謂樂無書。《樂記》則子夏所述也。至於禮，夫子欲爲一書而不果成，夏杞、殷宋之歎是也。"

魯雖賜以天子之禮樂，其實與天子固有隆殺也。樂有夷蠻而無戎狄也；門有雉、庫而無皋、應也。尊用四代之尊，而爵無虞氏之爵也；俎用四代之俎，而豆無虞氏之豆也。其後魯公僭天子之制，三家僭魯公之制，陪臣僭三家之制。然魯有郊廟之禮，始於惠公之請，在平王東遷之後。說見前。

鄉飲酒，升歌三終，《鹿鳴》《四牡》《皇皇者華》。笙入三終，《南陔》《白華》《華黍》。間歌三終，歌《魚麗》，笙《由庚》。歌《南有嘉魚》，笙《崇丘》。歌《南山有台》，笙《由儀》。合樂三終。《周南》《關雎》《葛覃》《卷耳》。《召南》《鵲巢》《采蘩》《採蘋》。《周南》《召南》，《燕禮》謂之鄉樂，亦曰"房中之樂"。大射，歌《鹿鳴》三終，《鹿鳴》《四牡》《皇皇者華》。管《新宮》三終。其篇亡。笙詩無辭，則管詩亦無辭。《左傳》：宋公享昭子，賦《新宮》。則《新宮》有辭。 以上《困學紀聞》卷五。

師曠驟歌《北風》，又歌《南風》。服氏注：北風，無射，夾鐘以北。南風，姑洗、南呂以南。律是候氣之管，氣則風也。《困學紀聞》卷六。

唐玄度《十體書》曰："周宣王太史籀，始變古文，著大篆十五篇。秦焚《詩》《書》，唯《易》與史篇得全。逮王莽亂，此篇亡失，建武中獲九篇。章帝時王育爲作解說，所不通者十有二三。"按《說文》多引王育說，如"天屈西北爲无"，"蒼頡出見禿人伏禾中，因以製字"。

《說文叙》：尉律試八體，大篆、小篆、刻符、蟲書、摹印、署書、殳書、隸書。亡新使甄豐等改定古文，時有六書。古文、奇字、篆書、佐書、繆篆、鳥蟲書。佐即隸也。《書正義》亦云："秦有八體，亡新六書。"去大篆、刻符、殳書、署書，加古文、奇字。《藝文志》謂：漢興，蕭何《草律》著其法，曰："太史試學童，以六體試之。"古文、奇字、篆書、隸書、繆篆、蟲書。律即尉律也。六體非漢興之法，當從《說文叙》，改六爲八。

《周越書苑》云："郭忠恕以爲小篆散而八分生，八分破而隸書出，隸書悖而行書作，行書狂而草書聖。"以此知隸書乃今真書。趙明誠謂：誤以八分爲隸，自歐陽公始。庾肩吾云："隸書，今之正書。"張懷瓘云："隸書者，程邈造。字皆真正，亦曰真書。"《千文》云："杜稾鐘隸。"《王羲之傳》：尤善隸書。

康節邵子之父古，字天叟，定律吕聲音，以正天下音及古今文。謂天有陰陽，地有剛柔；律有辟翕，吕有唱和。一陰一陽交，而日月星辰備焉；一剛一柔交，而金木水火備焉。一辟一翕，而平、上、去、入備焉；一唱一和，而開發收閉備焉。律感吕，而聲生焉；吕應律，而音生焉。《觀物》之書本於此。謂辟翕者律天，清濁者吕地。先閉後開者春也，純開者夏也，先開後閉者秋也，冬則閉而無聲。東爲春聲，陽爲夏聲，此見作韻者，亦有所至也。銜、凡，冬聲也。横渠張子曰："商、角、徵、羽，皆有主出於唇齒喉舌，獨宫聲全出於口，以兼五聲也。"夾漈鄭氏曰："聲爲經，音爲緯。平、上、去、入，四聲也，其體縱，故爲經。宫、商、角、徵、羽、半徵、半商，七音也，其體横，故爲緯。"以上《困學紀聞》卷八。

南豐《記王右軍墨池》云："愛人之善，雖一能不以廢。"愚謂：右軍所長，不止翰墨。其勸殷浩内外協和，然後國家可安；其止浩北伐，謂力爭武功，非所當作；其遺謝萬書，謂隨事行藏，與士卒同甘苦；謂謝安虛談廢務，浮文妨要，非當世所宜。言論風旨，可著廊廟，江左第一流也。不可以藝掩其德，謂之一能過矣。《困學紀聞》卷十三。

《李潮八分小篆歌》：潮也奄有二子成三人。《金石錄》云："潮書唯《慧義寺彌勒像碑》與《彭元曜志》，其筆法亦不絶工，非韓、蔡比也。"《困學紀聞》卷十八。

文及翁藝話（二則）

文及翁（生卒年不詳）字時舉，號本心，綿州（今四川綿陽）人，寓居吳興（今浙江湖州）。寶祐元年進士，調昭慶軍節度掌書記。景定三年，以太學錄召試館職，除秘書省正字。以論公田事，有聲朝野。四年，除校書郎。五年，除著作佐郎。咸淳元年，除著作郎，出知漳州。四年，以國子司業、禮部郎官兼學士院權直，除秘書少監，出知袁州。德祐元年，簽書樞密院事，出知嘉興府。宋亡，隱身著書。元世祖累徵不起，閉戶校書。通五經，尤長《易》數之學。有文集二十卷，已佚。其文以"議論正當，文字純粹"見稱（《論學繩尺》卷三評《文帝道德仁義如何論》）。

一 《道統圖》後跋

余曩遊太學，留中都，有作《道統圖》上徹宸覽者。其圖以藝祖皇帝續伏羲、堯、舜、禹、湯、文、武之傳，以濂溪周元公續周、孔、顏、曾、思、孟之傳，猗歟休哉！洞開殿門數語，真得帝王傳心之妙；《太極》《易通》等作，真發前聖未發之蘊。

其圖已刻石久矣，項君瞑父聞而知之乎否也？若天下三聖賢讚，則有御製奎畫在，鳴道諸儒讚，則有紫陽格言在，瞑父必見而知之矣。然而曰圖與讚，前乎此未有統而一之者。瞑父蟬蛻俗學之卑，春融天理之妙，泝源沿流，建圖係讚，既又自敘所為作者之意。其於事，嗣往聖，開來哲，淑人心，扶世教，豈曰小補之哉！臺灣新文豐出版社《宋代蜀文輯存》卷九四。

二 李西臺書跋

予近得《華山圖》，題曰"崧高惟嶽"，歐陽公所記神清之洞及李西臺隱居之地在焉。軸尾載西臺卜築始末甚詳。此帖出於西臺逸筆，無可疑者。

前史官文及翁書。文淵閣四庫全書本《續書畫題跋記》卷六。

余謙一藝話（二則）

余謙一（生卒年不詳）字子同，興化軍莆田（今福建莆田）人。咸淳元年進士，授泉州石井書院山長。召爲國子監書庫官。除太學博士。咸淳十年，爲宗正寺簿，差知化州。入元不仕。嘗從黃仲元學，爲其集作序，推崇備至。謙一好古博學，著述甚富，有《文安家集》，今已佚。《永樂大典》各韻中尚見引用，《次韻胡竹莊元夕》云"想見風情杜書記，暗中揮淚憶錢塘"，《挽陳郡倅用虎妻朱安人》云"百年遺恨處，風雨暗環湖"，有國亡家破之感。

一 文安公帖跋

右，先文安公遺墨一紙，於里巷學童剪截故紙中得之，雖不甚完，猶得五十八字。蓋宦遊他鄉，與母家延陵氏所作也。方承平時，公之真跡懸金莫能致，況兵火後乎？冷笏舊氊，誠吾家至寶。

此紙爲家書内幅，不過候問彝恭爾。然篤實忠厚，藹然見於情文，自其本求之，孝之所推也；端方嚴重，凛然見於翰墨，由其内觀之，敬之所形也。書法，心法也；心法，家法也。艾軒先生論公父子，嘗媲之萬石君家。一言以蔽之，亦曰孝謹而已。烏乎，後之人其勿替之哉！萬曆刻本《莆陽文獻》卷七。

二 跋朱松巖墨梅

梅爲天下白，太素之初正色也。爾後爲紅，爲蠟，爲萼綠，窮造化之工，而爲之設色，止於此耳。花光逃禪，始寄之墨妙，則又化工所不能爲者。光暗而味長，貌質而神澤。蓋嘗評之，如拾煤高弟，如吞炭義士，如墨池老儒，如烏衣年少，如塵埃中建隆宰相，如瘴嶺外元祐流人。緇塵素衣之喻，無住老禪，疑未盡也。

凡繪事於花，未有不借色於丹粉，惟梅也，於墨本爲最宜。是當以標致觀，不當以色相求。世有黑牡丹之說，假使洛花真著黑色，然亦奚足貴哉！

花光輩人，不傳者死，松巖朱君作爲大軸，亶亶逼人。予與巖俱生谷城下三家村裏，不知此筆何處得來。中華書局一九八六年影印本《永樂大典》卷二八一二。

謝枋得藝話（一則）

謝枋得（一二二六～一二八九）字君直，號疊山，弋陽（今江西弋陽）人。爲人豪爽，好直言，以忠義自任。寶祐四年進士，對策極攻宰相董槐與宦官董宋臣，抑爲二甲，除撫州司戶參軍，棄去。五年，復試教官，中兼經科，除建寧府教授，未赴，吳潛辟爲江東西宣撫司幹辦公事。景定五年，爲江東漕試官，發策十問指摘賈似道誤國，謫興國軍安置，貶所知州、知縣皆執弟子禮。咸淳三年，放歸。德祐元年，以江東提刑、江西招諭使知信州。二年，信州陷，隱於建寧唐石山中，後變姓名賣卜建陽市中。宋亡，寓居閩中。屢薦屢辭，不赴詔。元至元二十六年，參政魏天祐强其北行，至燕絕食死，年六十四。門人諡爲文節先生。枋得處南宋滅亡之際，倡大義，抵權奸，提孤軍以保封疆，愛國精神，彪炳史冊。學問深醇，詩文雄邁奇絕，汪洋演迤，忠義之語，出自肺腑。其文推尊歐、蘇，對宋末"文體卑陋"深表不滿，作《文章軌範》，示人以學文之道。所作博大昌明，格調奇高。其著述今存《詩傳注疏》三卷、《禮經講義》《碧湖雜記》（一説爲蔡裦之撰）、《注解章泉澗泉二先生選唐詩》五卷，編有《新編武侯兵要箋注評林韜略世法》一卷、《千家詩》等，評點有《檀弓解》一卷、《陸宣公奏議》十五卷、《文章軌範》七卷。詩文集名《疊山集》。

贈畫梅吴雪塢

吳君雪塢善畫梅竹，胸次爽豁。所交多賢人，梅竹其所好，雪塢其所居。穹壤間，如有五更風雪夜，當門獨立，人必能知吳君之不凡矣。廣信謝枋得贈之詩曰：

冷凝寒極雪漫漫，天下無人知袁安。起來門前問梅竹，吾友可以話歲寒。歲寒心腸如鐵石，不與萬物同摧殘。有時醉中畫梅竹，洪鈞只在掌握間。人生莫與天爭巧，上帝一見開笑顔。八極俗物不足道，千年陳人無可觀。誰能奈得此雪過，春風去後終須還。千紅萬紫爭爛漫，梅竹携手隱空山。皋陶庭堅不祀苦，程嬰杵臼存孤難。豈無當門獨立者，五更風雪不相干。上帝慈仁須動念，醒來紅日上三竿。文淵閣四庫全書本《疊山集》卷一。

董楷藝話（一則）

董楷（一二二六～？）字正翁，號克齋，台州臨海（今浙江臨海）人，亨復子，朴弟。淳祐三年，從荊溪吳子良於霞城，始識舒岳祥。年三十一登寶祐四年進士，授績溪縣主簿。擢守洪州，皆有惠政。歷知瑞州，改知隆興府。官至吏部郎中、荊湖南路轉運使。宋亡歸鄉，隱居著述。嘗從陳植得朱熹再傳之學，有《程朱易解》《克齋集》，已佚。

跋趙子固梅竹詩

昔李伯時表弟喬仲常親受筆法，遂入能品。今喬筆世甚罕有，其貴重殆不減龍眠。用志不分，乃凝於神，子昌勉之哉！

子昌年少志銳，深造而自得之，自成一家可也，李、喬之事，又何足尚云。

咸淳戊辰良月，天台董楷識。文淵閣四庫全書本《珊瑚木難》卷四。

牛泰來藝話（一則）

牛泰來，宋末吉州廬陵（今江西吉安）人。餘不詳。

題夏東叟五賢圖

右，廬陵文忠歐陽公、忠襄楊公、忠簡胡公、文忠周公、文節楊公畫像，後學牛泰來端拜敬觀，且言曰：士君子立身事君之大本，莫先於忠節，文學次之。五先生之易名，必以忠節，議者咸以爲當。推原其所植立，表表愈偉。猶五嶽之崢嶸宇宙間，確乎不可拔。豈惟廬陵之盛，乃邦家之光也。精神風采，百世之下聞者猶爲之興起，而況生是邦，拜是像者乎。後來繼今，洗濯磨礪，以五公爲准，即有不至焉，不失爲君子。

咸淳丙寅重陽日，泰來謹跋。文淵閣四庫全書本《趙氏鐵網珊瑚》卷一三。

楊公遠藝話（一則）

　　楊公遠（一二二七~?）字叔明，號野趣居士，新安（今安徽歙縣）人。家松蘿白嶽下，園池林木蔚然。終生不仕。以善畫山水、能詩名著於徽，與吳錫疇、程以南、方回、宋省齋、盧摯等唱酬。著《野趣有聲畫》二卷，前有咸淳六年吳龍翰序，稱其"磨墨濡毫。畫難畫之景，以詩湊成；吟難吟之詩，以畫補足"，又有至元二十二年方回跋，稱其《回溪道中》爲"溪山村落圖"，"全篇熟而不腐，新而不怪，詩妙至此，非胸中有所養不能也"。

次羅梅谷詩畫總觀

　　梅谷梅應占作魁，不論時節遣花開。傳真舊說華光老，詩到林逋俱壓倒。華光去後誰逼真，補之筆底生陽春。月香水影許多態，竹外斜枝奇且怪。後來若問誰解無聲兼有聲，須還梅谷野趣相與共推評。文淵閣四庫全書本《野趣有聲畫》卷上。

牟巘藝話（五二則）

牟巘（一二二七～一三一一）字獻之，一字獻甫，學者稱陵陽先生，隆州井研（今四川井研）人，徙居湖州（今浙江湖州），子才子。以父蔭入仕，曾爲浙東提刑。理宗朝，累官大理少卿，以忤賈似道去官。德祐二年，元兵陷臨安，即杜門隱居，凡三十六年。與子應龍自相師友，切磨經義，爲學者所尊。晚歲筆力愈勁，求文者相屬於門。至大四年卒，年八十五。元程端學《陵陽集序》云：“陵陽先生牟公巘，博學實德，爲時名卿。天下之書無所不讀，古今典禮無所不考。其源出於伊洛，其出處有元亮大節。故其發於文章，淵源雅淡，從容造理。其法度之妙，蓋有與歐、曾並馳，而其實則吾道之言也。天下後世當有慕其人而愛其文，誦其文而想見其人者矣。”著有《陵陽集》二十四卷，因世居蜀中陵山之陽，故以“陵陽”名集，示不忘本。

一　東野平陵圖

鞅掌不可耐，壯士縛申卯。驅驢古平林，水木樂幽茂。苦吟到斜日，危坐類持釣。俗情見擺落，鵝鴈極衆口。兩曹第忍之，適滿百乃報。吾終不以此，而易彼升斗。小裁鶴料案，官事竟未了。斯人坐詩窮，咎在虧天巧。有如發其罨，爲譴豈不暴。理宜得嫌憎，枵腹鎮雷吼。區區尤李氏，此頗天意不。文淵閣四庫全書本《陵陽集》卷一。

二　題淵明圖　並序

淵明九日無酒，坐宅邊菊叢中，意殊寂寞。江州刺史王弘諸孫已荷朝寄，猶知有賦《歸去來》者，能於此時遣白衣擔酒遠餉，邂逅一醉，大是奇事。集中《九日》詩僅兩首。無酒則曰“塵爵恥虛罍，寒花徒自榮”。有酒則曰“何以稱此情，濁酒且自陶”。而王茂弘所餉己酉九日十有九年，曾不見詩集，何耶？此翁志節耿亮，與秋俱高，往往逃於酒而寓於菊。二詩之作，一感一喜，微見於意，固不暇於歲歲皆詩。“此中有真意，欲辨已忘言”，正當求之言句之外可也。此幅筆雖簡，意有餘，輒和己酉九日韻，述其事。醉中看畫，未免發千古一笑。

平生抱耿介，四海寡朋交。淒其九日至，頗感顏髮凋。無酒醒對菊，風味乃更高。誰識此時情，白雲行遠霄。地主有佳餉，得之良已勞。而我適邂逅，赴飲如沃焦。永言大化內，朽質非所陶。惟有飲美酒，一醉可千朝。《陵陽集》卷一。

三　米元暉山水

鶻突煙樹外，水遠山更長。天地有如許，扁舟何處藏？如何短篷底，結習猶未忘。是時水月繁，不見此夜光。於今尚無恙，懷袖行可將。我亦流落者，此味慣所嘗。誰能畫我堂，坐我於其旁。《陵陽集》卷一。

四　宣和御畫紫芥

荒園老蔓菁，空見根葉大。苦硬螫人口，棄去何足賴。穰穰來萬蟻，微醒有餘嘬。《陵陽集》卷二。

五　長江圖

漢川影落鸚鵡洲，金山鐘到多景樓。老龍幾載臥寒碧，中間不斷萬古流。晚來雪浪大如屋，澎湃舞我一葉舟。舟移岸轉知何處，離離煙草令人愁。說與渠儂莫倚柂，轉帆別浦盍少休。此圖此景俱可惜，展玩不足空白頭。家在江水發源處，何時還我舊菟裘。《陵陽集》卷三。

六　山水圖

凝塵不去鼠行几，劃見巨然與千里。脩眉拂罨遠意開，碎點孤煙樹如薺。髯龍鬱鬱新翠搖，我覺鄭公殊嫵媚。懸知自是棟梁具，歲晚霜雪須飽試。舊聞北嶽鍾沍寒，長松造天冰裂地。蒼皮玉骨不受凍，礧砢千丈世絕擬。誰能為我試貌取，奇姿偉狀來眼底。張君平生飫所見，雅復愛此秀而美。雖然莫作差池觀，老壯險夷同一致。《陵陽集》卷三。

七　鳳凰山澗石圖

南湖山人小戲劇，夜半鈞天聞拊擊。音節疏宕鳳起舞，至今筍簴遺樅業。君來訪古用此時，地老天荒何處覓。矻矻渡盡澗與岡，确犖徑微予趾棘。重華忽已三千載，鳳鳥一去無消息。石兮石兮奈爾何，搔首湖潯徒佇立。羣仙拍手相勞苦，但知簸空吸寒碧。殷勤問翁今何如，方瞳炯炯映丹頰。頗記三生石上無，讀書雙跌雨苔澁。歸來舉似翁一笑，飛鴻踏雪那可憶。子其爲我謝羣仙，不妨天遊復八極。袖中行記真畫圖，留向人間作奇特。《陵陽集》卷三。

八　題洪崖先生出市圖

洪崖先生住何許，支離擁腫之爲伍。蕭然行李偶出市，束書瓢劍畧可數。自謂生在三皇前，野鹿標枝何太古。當時但以結繩治，書中正復作何語。輿馬絡頭亦復來，雪精胡爲羈紲具。只呼張老無不可，面謾三郎直戲侮。承平無事相娛嬉，力追遐風來湛露。一朝恍惚思草昧，此意似已厭繁膴。千邨萬落荆杞生，宛是洪荒一風土。袖中紙驢不吃草，拍手還向洪崖去。《陵陽集》卷三。

九　王維畫《孟浩然騎驢圖》

窮浩然，老摩詰，平生交情兩莫逆。也曾攜去宿禁中，堪笑詩人命奇薄。只應寂莫歸舊廬，此翁殷勤殊未足。作詩借問襄陽老，詩中猶苦憶孟六。悠悠江漢經幾秋，一夕神交如在目。分明寫出騎驢圖，丰度散朗貌清淑。更有侗儓一片心，不是相知那得貌。行行復行向何許，酸風吹驢耳卓朔。向來十上困旅塵，驢饑拒地愁向洛。不如乘輿且田園，萬山亭前大隄曲。鯉魚正肥甘蔗美，雞黍可具楊梅熟。一樽相與壽先生，醉歸勿遣驢失腳。《陵陽集》卷三。

一〇　水邨圖

山色濃還淡，孤村水遶之。俗塵飛不到，野老住偏宜。碕岸疎疎柳，茅簷短短籬。小舟敧仄過，便是少陵詩。《陵陽集》卷三。

一一　張敞畫眉圖

眉嫵臣罪小，君王一笑休。明日章臺路，便面越風流。《陵陽集》卷五。

一二　相如撫琴

不負百年心，琴中托意深。如何渾忘却，猶費《白頭吟》。《陵陽集》卷五。

一三　秋江晚渡圖

晚來江上鯉魚風，十里青山一望中。自是欲歸人意急，等閒付與濟川功。《陵陽集》

一四　題擇庵雲山圖

老圓畫裏也藏機，雲抹前山凍不飛。寸許塔尖何處市，扁舟臘日訪僧歸。《陵陽集》卷六。

一五　右軍書裙帖

戲將墨妙寫煙雲，曉起驚呼失素裙。盡洗當年羞澁態，從今不比舊羊欣。《陵陽集》卷六。

一六　題淵明圖

淵明來彭澤幾何日，一督郵至，飄然徑歸，高矣。乃託之"情在駿奔"，何耶？士出處關世道，豈真爲小諒？此二者要未是以論淵明也。

淵明既賦此詞，自是不復出，意固有在。"帝鄉不可期"，蓋其微詞所寓，而論者或未之察也。

烏乎！內望彷徨，修門愈邈，吾生行盡，去將安之？亦惟安乎天命而已，奚復疑哉？此又致命遂志之義，與子雲遜於不虞以保天命者異矣。民國十年劉承幹嘉業堂刊本《陵陽先生集》卷一五。

一七　題《松苗圖》

尺寸之木，加乎岑樓之上，高乎哉？不高也，勢也。苗之於松也亦然。松栢之下，衆草不殖。苗非加高於松也，今且易而置之，苗居山上，若助苗長者，而松顧居其下，則一寸之莖，可以茫百尺之條矣。非高也，勢也。然是松也，勢雖若屈於苗，而正性挺然，無一毫慘沮抑鬱不自得之意，此固處於非據者之所甚愧也。

世率謂積薪居上，愈於久次之汲直；七葉珥貂，愈於白首之馮唐。果何如耶？果何如耶？《陵陽先生集》卷一五。

一八　題《仙人樓居圖》

吾聞至人御風騎氣，與造物遊，直緣所見者超，無所係著。故其觀人世，樓觀臺榭，俄然而秦，倏然而漢，如海市浮空，煙雲變滅爾。未知亦有丹臺絳闕，金城玉室，五城十二樓，若是區區者。

今舜舉作此圖，駕言於仙，筆意俱妙。陶隱居中三茅而立館，又建三層之樓，己處上層，弟子居其中，賓客至其下，此殆是耶？吾猶未免詰曲世間，安得攝衣從之？《陵陽先生集》卷一五。

一九　題趙主簿遺像

事親以承顏爲先，其歿也，事之如生。既爲木主象其中身以祭焉，陳其衣物，思其居處與其嗜好，或求之陰，或求之陽，無所不至。記禮曰三日齋七日戒，必見所祭者，則幾若音容之可接焉。吾之身即親之身，精神氣脉，相爲貫屬，有感必通，幽明無間也。

後世之俗，生則繪其像，謂之傳神；歿則香火奉之，謂之影堂，禮雖非古，然方其旁皇四顧，思親欲見而不得，忽瞻之在前，衣冠容貌，宛如平生，則心目之閒感發深矣，像亦不爲徒設也。

昔伊川先生以爲毫髮之不相似者爲疑，而其家自太中公以前，固嘗用之，要爲不可廢。曩更兵火，士大夫家佟幅長幀，飾以綾錦，往往不能全。

桐川趙君必滿，乃獨得其先主簿之遺像於東鄰，雖僅片紙，粉墨慘澹，而豐神自若。蓋主簿之歿以甲戌，此生前所寫也。失於乙亥，得於癸巳，二十年間，若有護以待其子孫而畀之。非一念純孝，通於造物，何以致斯耶？持白其母，裝縑而揭之祠堂，如久出乍歸，喜極而感，感極而潸然以悲也。

予聞主簿出貴胄，能力學取文薦，不負其父料院公之訓，是宜有子世其傳。又將輯其遺事，非獨此而已。予得之予友張剛甫，因識本末，遺其子若孫，尚永此意於無窮云。《陵陽先生集》卷一五。

二〇　書陳養大祖贈告

自昔喪亂之際，至有以大將軍告身易一醉。況有甚於此者，故家遺物，雲散潦空，不自意全。

古杭陳養大，乃能訪求其大父贈朝議大夫告。雖斷縑尺許，而明禋之貤恩，吏部之印章，陳氏兩世之官名，猶有可考。蓋其一念思親，志存舊物，期於必獲，故造物者實陰相之。

世有藏唐誥，多顏魯公所書。而陸農師追封其祖，亦米南宮爲書告。家則堂師慕平原者也，既識其事，而性存又以忠孝稱之。則陳氏之所得侈矣，不但取元章之字畫而已也。《陵陽先生集》卷一五。

二一　跋韓子蒼帖

韓公字子蒼，蜀西之陵陽人，故世稱爲"陵陽先生"。政和間，以試文入館，爲中書舍人，兼直學士院。靖康初，起知黃州。晚以次對，奉祠居臨川，又號"北窗居士"〔一〕。其父德翁，登東坡及魯直之門。公早爲二公所知，中遂以元祐學術罷。又嘗與陳了齋遊，集中壓卷是也。以詩名天下，呂居仁欲要入江西社，然其詩自成一家。有《陵陽集》行於世，帖中語載集中〔二〕，其餘問訊諸帖，蓋在臨川時。諸賢患難流落，何所不有，惟林下衲子輩猶能用情，坡齋了谷亦多有與諸禪帖〔三〕。此帖筆法似山谷，老硬處亦似了齋書。

某家與公同郡，五子迪登進士，爲夔漕，先祖姑嫁其子。其諸孫有克己者，仍世姻，特科入仕，藏公數帖，許見分，當時忽不取，今亦不知存亡矣，觀此爲之慨歟。《陵陽先生集》卷一六。

〔一〕窗：原作"憲"，據文淵閣四庫全書本改。
〔二〕帖：原作"室"，據同上改。
〔三〕坡齋了谷：似當作"坡、谷、了齋"。

二二　跋劉君擇所藏《孝經》十七章像

先朝仁宗中，幼時有摭《孝經》要語畫爲圖，以資把玩者，此圖其起此歟？雖不盡在筆墨之間，然其前後布置亦甚難，細觀可見。況首章畫夫子及侍坐者，皆有所本，非徒苟作也。《陵陽先生集》卷一六。

二三　跋魯公《乞米》諸帖

太保李大夫，即劾大將管崇嗣背闕坐者，蓋李勉也。魯公以名節相期，時有所須，不自嫌外。然必數月食粥，乃乞米，妻病乃乞鹿脯。於李公尤不苟求如此，清介之風，可以槩見。

世稱魯公得王右軍筆法，豈不信然？後有杜祁公、富鄭公及蔡君謨、孫之翰、宋次道諸名賢所題，尤可寶。

《乞米》《鹿脯》二帖，舊刻在忠烈廟廡下，今不知其尚存否。有能摹此本，刻補遺軼，亦一奇事也。《陵陽先生集》卷一六。

二四　題《三高圖》

用計然策伯越，功成至於五湖而去之。其得脱於烏喙之噬，蓋已甚危；而思蓴鱸者雖輕於一出，猶幸勇於一歸。千載之下，可以號於知幾。若夫終身角里笠澤之閒，釣煙波以自適，採杞菊以自肥，初未始出也，而何有於歸？此予所以有慕於天隨也。《陵陽先生集》卷一六。

二五　跋《捕魚圖》

陸魯望反襲美，作《漁具詩》十首，計其取之術，可謂巧且密矣。東坡翁乃放魚東池，恐數罟之損鱗鬣，長堤之隔濤瀨，何用心之仁也！然吾能暫免之於此，果能終免之於彼否？

今觀此圖，江天欲雪，魚正深潛，而漁郎四集，網下如雲，無所逃於天地閒乎！然其筆意活動，殊可玩賞，與魚相忘於江湖，亦足樂也。《陵陽先生集》卷一六。

二六　題《凌波圖》

《洛神》一賦，發於神遇，備極變態，卒能以禮自持。

此圖逸而靚，麗而潔，蓋深得其意。子雋之於子昂，可謂兢爽矣，觀者殆不能伯仲之。《陵陽先生集》卷一六。

二七　題向氏《山居圖》

欽聖母儀三朝，實文簡公諸孫，故其族益盛而多賢，無流水遊龍之習。過江以來，忠毅以死節著。其子秘閣居衡山，從學於胡文定公。而節林居清江，尤有聲績，被知遇。號爲博雅，居於雩者，今莫知誰下。

三十年前，頗聞其家所藏名畫、古彝鼎器皆入權門。以賢相尊戚之後，乃凜不自保，每爲慨歎。

此圖出於散墜之餘，尤使人把玩不能已，豈徒以其畫哉？《陵陽先生集》卷一六。

二八　題畢良佐山水圖

閱寒林多矣，此卷殊佳。葉脫林瘦，遠山橫陳，垠堮雖露，而猶有蔚然秀傑之氣，筆簡意足，把玩不能已。少陵云"畢宏已老韋偃少"，良佐豈其苗裔耶？《陵陽先生集》卷一六。

二九　書《蔡琰歸漢圖》

蔡文姬陷身沙漠十二年〔一〕，曹操遣使以重寶贖之。一旦與使者俱還，既慰中國土思，且上先世冢墓，得其正矣。

觀此圖垂發之際，二稚牽衣，萬里永訣，旁觀者皆爲之掩袂，乃與《胡笳十八拍》中同一悽哽，何其悲之甚耶！母子天性，雖文姬以義斷恩，而骨肉之情，終有不忍忘者，要亦不失其正也。擇婚而嫁，以歸董祀，它日文姬又能言之曹公，原其死罪於垂絕之頃。故史書曰"董祀妻"，繼列女之後，宜哉。

曹公於文姬一事，獨能始終恩意曲盡，亦可書也。《陵陽先生集》卷一六。

〔一〕漠：原作"漢"，據文淵閣四庫全書本改。

三〇　擊磬圖

孔子往來於衛，殆至四五，所遭皆可歎。此擊磬不知果何時，然不無所感矣。

荷蕢者雖智足以得其聲，聖人之心要非彼之所可識。孔子固亦自知其道終不可行，自衛反魯，一正雅樂，蓋不得已也。不然，荷蕢猶能已，而孔子顧不能耶？《陵陽先生集》卷一六。

三一　跋范文正公書《伯夷頌》

皇祐三年十有一月，文正范公在青社，用黃素小楷書韓子《伯夷頌》，遺京西轉運使蘇公舜元。

蓋天下萬世大綱常、大議論，扶植天地，不可一日以無者。昔文王三分天下有其二，以服事殷，伯夷固知其將終身西伯，故辟紂而歸之，其心豈遂忘殷哉？一旦武王之師載木主而以王號於其眾，非文王意也。兄弟奮然以身爲天下萬世爭綱常，繼之以死。其事誠卓絕，然人乃或非之。至孔子時，猶有以爲怨者，而孔子獨曰："求仁而得仁，又何怨？"至唐時，猶有以爲偏而不通者，而韓子獨曰："伯夷者，特立獨行，窮天地、亙萬世而不願。"韓子之言，上繼孔子而公乎天下萬世，有功於綱常甚大。時無韓子，議論廢則綱常泯，吾爲此懼。而幸猶睹范公之所書，義士仁人壯顏毅色，凜在心目間。使頑者懦者一見，且泚汗破膽，知畏議論。是范公亦與有功於綱常矣。

公平生自許忠義，前後緣論諫得罪，至被以誣謗，目以朋黨，擯斥遠外。而公通道之篤，躓而愈奮，老而愈厲，《伯夷頌》固其中素所蓄積者。嗚呼！皇祐盛明時，公之書此，猶義形於色。設不幸處綱常之變，當何如？若公者，真可畏而仰哉！

大興李侯勘得此本，丁丑歲，於燕揭來守姑蘇，偕濟南陳君祥、汴梁焦君德明，首謁公祠下，訪問其子孫而以畀之〔一〕，尊賢尚義有如此。公之孫邦瑞、士貴，敬受而藏，不啻拱璧。始其家嘗以摹本刻於義莊歲寒堂，至是乃得真跡於二百四十年之後，若有神物護持，以待其子孫而後付，殆非偶然。二君議勒石傳不朽，而吾友滿君彌堅實來，輒具論顛末，俾以刻。晏元獻、杜正獻、文忠烈、富文忠、蔡忠惠諸賢，與公忠義相期，各有題賦。而蘇公詞翰氣槩，又公所重，宜併刻於後。若昌朝、執中輩，雖素有抵牾，亦不以人廢焉。

抑予觀忠宣公兄弟，有感手澤，言泯意外，志念深矣〔二〕，尤後人所當取節。二君皆有典型文學，能亢其宗，族黨所共推尚，帥其族之人與其子弟謹守此寶，圖繼前志，用衍忠義之傳，其永之無斁。

大德四年二月初吉，陵陽牟巘書〔三〕。《陵陽先生集》卷一六。

〔一〕畀：原作"卑"，據國家圖書館藏清抄本改。
〔二〕志：原作"忠"，據同上改。
〔三〕"大德"以下：原脱，據《式古堂書畫彙考》卷九補。

三二　題俞子清侍郎畫

西清公勞侍從之事，早退老壽，跌宕筆墨間，此二紙真跡也。其一篁老木，榮悴各有態；其一水行石間，筆墨殊活，故是此翁胸懷本趣。

余家舊藏山水四横披，今不可復見，見此斯可矣。壯猷力學劬書，而遊息之時，博雅之趣如此，豈非知仁之所樂邪？《陵陽先生集》卷一七。

三三　題《秋江曉渡圖》

江空木落，曉色方隮，小艇橫岸側，舟子熟睡未醒也。扶杖之叟，從以童僕，問渡江干。非名非利，何匆遽如許？意者謂江外幽人，宿有期約，不可頃刻愆期，安得仙家兩麒驥，凌空赴之？《陵陽先生集》卷一七。

三四　跋趙光輔《駿馬圖》

飲水、齕草、翹足，而陸馬之真性也。而燒之、剔之、刻之、烙之，曰吾善治馬，馬之性始離而多病矣。蒙莊以爲此伯樂之過也，觀此圖豈不然哉？

治民與養生者，亦莫不然。《陵陽先生集》卷一七。

三五　題元吉《猿圖》

柳子厚以爲猿之德靜〔一〕，以常山之小草木，必環而行，遂其植，故猿之居山常鬱然。此黃黑二族，山深日暖，朋儔相命，雄雌相從，領其子孫，相與嬉遨，攀援上下，反掛倒懸，若相語相持。而其老者，或隱樹間，或伏枝上，以觀窺之。百態雖殊，意甚自適，了無諍勃喧呶、搏鷙挽裂之態。而其傍老幹叢篠，蒼葱自如，與柳子厚所言無異，可愛而玩也。

圖有秦氏印章可攷，真元吉畫。《陵陽先生集》卷一七。

〔一〕柳：原作"楊"，據文淵閣四庫全書本改。

三六　題李伯時雜畫

物之變態，千彙萬貌，觀於其會，則俯仰不盡其奇。

此卷蓋非一時之事，一家之說，而各效情狀於短幅之間，使病耄翁得以隱几而觀。詭特荒誕者，可怪可愕；深靜幽閒者，可羨可喜。不勞思惟，若有所得。而巖崖草樹、雲霞波濤，又皆曲盡變態，令人把玩不能去手。

然淵明乃向來攢眉不肯入社者，胡爲亦在其列耶？龍眠真墨戲者矣，以定觀妄，以常觀變可也。《陵陽先生集》卷一七。

三七　跋《意山圖》

人之於物，可寓意而不可留意，昔有是言矣。蓋留意於物，則意爲物役，不能爲我樂，而適爲我累耳。山本無情，而好山者往往用意過當。如謝靈運自始寧伐木開徑，直到臨海，從者數百，駭動旁郡；退之登華山，絕徑不可下，邑令百計取〔一〕，始得歸。留意於物，其害乃至此。山猶爾，而況聲色、貨利之可以動心者乎？

"采菊東籬下，悠然見南山"，始無意，適與意會，千載之内，惟淵明得之。所謂悠然者，蓋在有意無意之間，非言所可盡也。

今觀此圖，林巒泉石，皆兼有之，乃武康王氏之隱處。"意山"蓋其自號也，可以想見其人焉。世故甚惡，幸而有山林之樂，惟恐其用意之不誠，似未容以留意於物者議之。《陵陽先生集》卷一七。

〔一〕令：原作"今"，據文淵閣四庫全書本改。

三八　題《牧牛圖》

此牧童者，煙簑雨笠，揠莛於腰，坐牛背如廣輿。其一犢也，荒野之狀，安怡之意，豈復知有世間富貴憂患耶？

鄒公坐論三后，陳公坐論二章，萬里百謫，九死一生，偶然北還，而定國早以蘇累貶南賓，叔黨亦侍翁過海，皆備嘗險阻者矣。雖然，爲此所畫者，蓋不可得。

政和大觀，距今一百七十八年，伏覽遺墨慨歎。《陵陽先生集》卷一七。

三九　題《淵明圖》

淵明以貧起爲州祭酒，不堪吏職，少日自解而歸，平生胸懷本趣可見，此又在彭澤以前。梅君遇舊廬在澄江，一旦念歸，遂脫塵鞅。作此圖，時復展玩，亦不俗矣。

凡仕宦者，無問官之高卑，如能置此圖於座右，存此意於胸中，縱未能高舉遠引，庶幾知其涯分，不致役役富貴而不自止也。《陵陽先生集》卷一七。

四〇　書《蘭亭修禊圖》

王、謝諸賢，一時高風玄契，豈堪持比金谷二十四友望塵輩，而逸少顧以爲喜，何耶？

余嘗見龍眠真筆於廬陵曹氏，閱此益增感歎。《陵陽先生集》卷一七。

四一　題《百牛圖》

我有沈牛二，去畊縣上田矣，黑牡丹何用許耶？然亦可見或降或飲、或寢或訛氣象。《陵陽先生集》卷一七。

四二　題《古木老柳圖》

老柳疏散，脱木離奇，正如高人勝士，矙然滋垢之中，有不可點污者。

此筆乃在寧宗之乙酉，噫！豈不有感於黨錮之諸賢耶？《陵陽先生集》卷一七。

四三　題《鼠齧瓜圖》

濩落其大，未至瓜爛也。而鼠輩已竊入腹心，咀其犀，使朽然無遺種。因念往事，爲之慨然。《陵陽先生集》卷一七。

四四　題《牧羊圖》

左慈以身化羊，黃初平叱石爲羊，神仙人乃作此等狡獪事。舜舉此筆法，可謂得言外意。

觀牧羊，悟此生，余於此圖亦云。《陵陽先生集》卷一七。

四五　題元吉《二獐圖》

秋風樹葉，呦鳴相命，正爾自樂其樂，何自涉人境？吾儕可得而狎玩之，同其樂，意亦復可喜。

使值曹景宗輩，固將數助而射，渴飲血，飢食肉，如甘露漿，人以爲彼之樂矣。幸寄聲朋曹，深藏而決遊，此樂勿使人知。《陵陽先生集》卷一七。

四六　題《細竹圖》

好事者醉吐胸中墨，每作老竹怪石，助爲豪放，而不知嫩篁密幹之難工。

此圖蕭森婀娜，濃淡相映，霧氣襲人，淇綠漪漪，宛然在目。《陵陽先生集》卷一七。

四七　題《三仙圖》

吕洞賓唐末進士，鍾離五季故將，皆得道者。跛鱉何爲，亦相參語？豈非支離其形而全其天者歟？《陵陽先生集》卷一七。

四八　跋東坡帖（二）

東坡翁賦此詞送其鄉人，復自書而遺之。蓋自治平丙午去蜀〔一〕，至熙寧乙卯爲十年，此當是自密移徐時，年恰四十。然字畫比前遒勁，"故山應好在，孤客自悲凉"之語，誦之淒然，使人益重故鄉之思也。《陵陽先生集》卷一七。

〔一〕去：原作"玄"，據文淵閣四庫全書本改。

四九　跋《十六羅漢》

此圖筆墨甚簡率，顔貌細密〔一〕，精神活動，能得言外意。

張舜民字芸叟〔二〕，號"浮休居士"，取莊子生浮死休之義。中遭黨禍，晚始得歸，此殆其所藏云。《陵陽先生集》卷一七。

〔一〕顔：原作"領"，據文淵閣四庫全書本改。
〔二〕芸叟：原作"芝叟"，據同上改。

五〇　題施東皋《南園圖》後

先父存齋翁以淳祐丙午卜居雪川定安門之里，馬公橋之旁，乃慶曆簡郡守馬尋宴六老於南園處也。越明年丁未冬，先父以言事忤時宰，謁告來歸，始奠居焉。嘗賦五絕，其一曰："買家喜傍水晶宮，正在南園故址中。我欲築堂名六老，挽回慶曆太平風。"蓋紀實也。門人馬公廷鸞大書"南園"二字揭焉。直齋陳貳卿與先父有同朝好〔一〕，今跋此圖，乃庚戌七月五日，後六年丙辰中秋後所書，偶不及焉。直齋後重修郡志，始書曰："南園，今牟存齋所居是其處也。"

今年庚戌，施東皋携此相視，視直齋所書之歲適同，豈偶然哉？把玩感慨，不能自已，因書其末而歸之。

庚戌清明日，陵陽牟某書，年八十有四。《陵陽先生集》卷一七。

〔一〕齋：原作"卿"，據文淵閣四庫全書本改。

五一　東坡惠州帖跋

東坡先生飽喫惠州飯，雖患難流落，而忠義之氣終不可屈折，故字畫視平生爲尤偉。叔黨嘗謂先生筆法師顏魯公，而潘延之語穎濱亦然。

此帖實援蔡明遠例，豈獨其事之偶同，所謂字畫之妙，名節之重，蓋於公無媿焉。

陵陽牟巘書。文淵閣四庫全書本《趙氏鐵網珊瑚》卷三。

五二　王荊公書《楞嚴經要旨》跋

"霜筠雪柏鍾山寺，投老歸歟寄此生。"王介甫既賦此詩，元豐八年四月，竟罷政而歸，書《經》乃其時也。繼遂爲元祐矣，假本道原即劉秘丞恕也。《經》中十二者，欲令法界眾生求男得男。是時雱已卒，介甫之意端有所爲。後捨半山所居爲寺，申其薦拔，可歎也。作字有斜風疾雨之勢，亦其性卞急使然，然不妨得書法。

陵陽耄叟牟巘之書。文淵閣四庫全書本《式古堂書畫彙考》卷一二。

陳允平藝話（一則）

　　陳允平（生卒年不詳）字衡仲，又字君衡，號西麓，鄞縣（今浙江寧波）人。才高學博，與張樞、李彭老等酬唱，頗得一時名公卿賞識。試上舍不遇，放情山水，往來吳淞淮泗間。德祐時，授沿海制置司參議官。都城臨安及家鄉鄞縣陷落後，祥興元年，以書約南宋都統蘇劉義以兵船下慶元，爲怨家告訐，遂以圖謀恢復舊朝之嫌入獄，經同官袁洪營救得釋。元初以人才徵至大都，託病辭歸，隱居鄉里。與周密、張炎等交往。能詩，尤以詞知名。著有《西麓詩稿》一卷、《日湖漁唱》一卷、補遺一卷、續補遺一卷、《西麓繼周集》一卷。

明皇按樂圖

　　日日霓裳宴綵樓，三千歌粉侍宸旒。月明宮殿雙龍伏，雲擁蕭韶九鳳遊。翠袖半籠金約臂，寶釵斜墜玉搔頭。不知舞到弓彎處，一拍春風一拍愁。文淵閣四庫全書本《江湖小集》卷十七《西麓詩稿》。

錢應孫藝話（一則）

錢應孫（一二二七～一二九一）字定之，台州臨海（今浙江臨海）人。象祖孫。以蔭補承奉郎，歷監淮東總領所鎮江府戶部大軍倉，知泗州臨淮縣。久之除大理正，遷兵部郎中，知贛州。改知溫州，不赴。昇直寶章閣，改知徽州，再遷知紹興府，官終太府少卿。元至元二十八年卒，年六十五。

跋趙子固墨跡

僕與子固交最蚤，得子固詩章畫墨尤夥。寶祐丙辰，子固與正翁校書法，累數十紙，僕把玩不釋手，於是篝燈摹揭，一夕而竟。厥明，子固驚喜，援筆成跋，幾二千言。兵後所藏散失，而二君亦已矣。

一日，皇甫子昌訪僕山陰，袖出子固景定庚申所贈《梅竹詩譜》，及正翁跋語。三復之餘，如見顏色。子昌實子固中表，正翁實僕內兄弟，見似人而喜，於焉乃重爲感慨云。

後二十九年戊子仲夏，汴陽錢應孫定之父書。文淵閣四庫全書本《式古堂書畫彙考》卷一五。

方回藝話（七六則）

方回（一二二七～一三〇七）字萬里，一字淵甫，號虛谷，別號紫陽山人，歙縣（今安徽歙縣）人。幼孤，從叔父方瓂學，以詩見知於知州魏克愚，隨魏至永嘉，復與制帥呂文德相厚。景定三年進士，調隨州教授。呂師夔提舉江東，辟充幹辦公事，歷江淮都大司幹官、沿江制幹，屢爲賈似道抑劾，至德祐元年始改官通判安吉州。似道魯港兵敗，首上書劾賈，數其罪有十可斬，召爲太常寺簿。以劾王㷍、陳合，論福王不當入輔，出知建德府。德祐二年，舉城降元，改授建德路總管兼府尹。元至元十六年，赴燕覲見，遷通議大夫，依舊任。前後在郡七年，爲婿及門生所許，罷歸，不復仕。晚年寓居錢塘，既與宋遺民往還，也奔走於元朝新貴之門。倡講道學，宗朱熹，然周密《癸辛雜識》卷上稱其老而益淫，凡遇妓則跪之，略無恥心，有二愛婢，其一爲人奪去，乃作《悵惋詩》揭之衢，人咸笑之。其晚節不修由此可見。元大德十一年卒，年八十一。平生於詩無所不學，初學張耒，次學蘇舜欽、梅堯臣、楊萬里，晚慕黃庭堅、陳師道、陳與義，而以陸游自比。論詩力主江西派，推尊黃、陳，鄙薄晚唐、四靈、江湖諸派，其論多見於集中序跋及《瀛奎律髓》。所作雖然"吟詠最多，亦不甚持擇"（顧嗣立《元詩選·桐江集序》），大多作品流於平庸草率，其集中也有少量優秀詩篇如《歲除》《初夏書事》《九日》《次韻夾谷子括吳山晚眺》等，則既有黃、陳古樸老健之骨力，又具呂、曾輕快活動之風調，更顯示出陳與義乃至杜甫那樣雄闊渾厚之氣勢，幾乎是熔江西派藝術優長於一爐。方回是江西派最後一位正統詩人，他對江西宗旨的推揚，不僅在於創作實踐，而且在於所撰《瀛奎律髓》一書之影響。該書去取品評"以山谷、後山、簡齋爲標準"（《元詩選·桐江集序》），被視爲典型的江西派批評論；又倡"一祖三宗"之説（《瀛奎律髓》卷二六），後世幾乎成爲江西派之代名詞。著有《壁流集》《讀易釋疑》《易中正考》《皇極經世考》《名僧詩話》等，已佚。又有《桐江集》六十五卷，已佚，今殘存八卷。其入元罷官後所作，收入《桐江續集》，原書五十卷，今殘，存三十六卷。

一 題戚子雲《五雲山圖》

不濃不淡煙中樹，如有如無雨外山。尺素展看空想像，何由身著畫圖間。文淵閣四庫全書本《桐江續集》卷五。

二 《醉翁亭圖》引，爲趙達夫作

識本色人須本色，臭味論心不論跡。青蓮居士浣花老，畫像有人能畫得。非陳無己黃魯直，看畫題詩難落筆。醉翁萬代文章伯，中年偶墮滁陽謫。琅琊山亭釀泉酒，翁心不醉醉賓客。慶曆朝廷天清明，誰張黨論搖昇平。禽鳴不知人之樂，黨論無乃猶禽鳴。一時人樂從太守，交錯觥籌送杯酒。樂其所樂翁來思，賓客讙譁終不知。既是賓客尚不知，畫工焉得而畫之。彼弈者弈射者射，搖毫臆度丹青解。醉翁醉態尚難摹，翁心樂處如何畫。皆山一曲吾能歌，童而習之今鬢皤。翰墨世無蘇老坡，奈此圖中風景何。陳後山字無己，山谷集有字說，謂無我而師道也。《桐江續集》卷八。

三 題郭熙《雪晴松石平遠圖》，爲張季野作，是日同讀杜詩

書貴瘦硬少陵語，豈止評書端爲詩。五百年間會此意，畫師汾陽老阿熙。崑詩瑣畫世一軌，肉腴骨弱精神癡。明窗共讀杜集竟，兩幅雪霽义橫披。前幅長松何所似，鐵幹皴澀撐霜皮。其下怪石臥狻兒，突兀嶕崒凝冰嘶。後幅漸遠漸迤邐，一往不知其幾里。目力已盡勢未盡，平者是沙流者水。人物如指或如蟻，戴笠騎驢者誰子。顧此定是覓句翁，羸僕縮首襆凍耳。欲渡未渡溪坂間，啐野寒烏忽驚起。自非布置奪鬼神，焉能揮掃到骨髓。郭生此畫出自古，心胸亦如工部百世詩中龍。清癯勁峭謝嫵媚，略無一點霑春風。市門丹青紛俗工，爲人塗抹杏花紅。老夫神交此石與此松，留眼雪天送飛鴻。《桐江續集》卷十二。

四 題朱仲華百牛圖 玉

以棟梁成廈屋，萬牛不足；以末耞命巾車，一牛有餘。畫師幻此沮洳澤，若牡牸犢輩且百。太平村落豐年秋，祇欠耳邊聞晚笛。老身元是牧牛兒，憑誰寫作劉凝之。《桐江續集》卷十二。

五 題唐師善洪崖圖 侯舉

其說謂洪崖者，三皇時有道之士，唐明皇時張氳召見即其人。端明洪公舜俞集中有此詩，予不敢信，今俗畫非止一本。

太白尚不識，洪崖焉肯來。一塞五獠奴，姦人之所爲。得非成方遂，獨無雋不疑。至今好仙者，猶爲圖畫欺。《桐江續集》卷十三。

六　跋吴初隣山谷臨風笛真跡

臨風玉笛調孫郎，百字塵昏紙尚香。細認黃家元祐脚，似人殊喜見他鄉。《桐江續集》卷十五。

七　贈刊工程禮

鏤金鑴石切瑤琨，深入詩家不二門。刻畫工夫初亦苦，終然芒角了無痕。《桐江續集》卷十五。

八　贈刊印朱才俊

科斗何年變篆字，至秦程邈翻爲隸。今人但習真草行，誰會六書三耦意。篆所最難柱與圈，學打一圈費三年。豈容臆決蔑師授，汩沒形象迷傍偏。九江法帖鐘鼎刻，兵火以來猶可得。人間亦有《說文》本，臣翱反切臣鍇釋。朱生贈我古印章，奎躔璧度森開張。自言少小嗜此藝，意欲徑上陽冰堂。細觀刀筆最佳處，頗識傳箋通訓故。苟焉餬口棲此身，元來亦是知書人。《桐江續集》卷十六。

九　贈壽昌墨客葉實甫

古人削竹以爲筆，木板爲方竹爲策。其字科斗或鳥跡，或篆或籀煤傳漆。未有今人所謂墨，晉發汲冢尚可識。地中間獲鐘鼎刻，文爲之具未爲極。何其妙哉善摹畫，束縛毫管備肸飾。鶴眼鳳咮鑿湍石，黟楮剡藤搗成足。松煙魚胞和堅密，誇精鬭巧不遺力。隸真行草最後出，萬乃不能及古一。有良弓矢無良射，器利工拙繆繩尺。風頹俗降嘆近日，四寶往往俱難得。尤艱得者墨一物，燃爇膏脂磔桐實。非膠太燥則太溢，高價玄圭詭蒼璧。其實不直瓦與礫，羲獻不起歐褚畢。亦無李杜大詩伯，顚倒吏牘冒儒籍。乳臭小兒僅甲乙，苟且研磨暗竊易。奚李縱生懼稱屈，壽昌葉老獨奇劌。陟阪涉澗負囊笈，直笏圓丸動盈百。病風手試銅蟾滴，瀲灧龍光浮五色。便覺硯中轟霹靂，金錢亦不過求索。但欲流名寄篇什，噫嘻此一怪墨客。作書轉送三歎息，物有當黑不肯黑，事有當白不肯白。《桐江續集》卷十六。

一〇　題張長卿竹梅，用蘇、黃各二句

西湖處士骨應槁，不復龍蛇看揮掃。是誰招此斷腸魂，竹外一枝斜更好。《桐江續集》卷十八。

一一　爲徐企題趙子昂所畫二馬

相馬有伯樂，畫馬有伯時。伯樂永已矣，伯時猶見之。長林之下無茂草，此馬得無半飽饑。一疋背樹似揩痒，一疋齕枯首羸垂。趙子作此必有意，志士失職心傷悲。我思肥馬不可羈，不如瘦馬劣易騎。焉得生致此二疋，馬亦如我老且衰。破鞍弊鞴骨硜矹，狂豪敢學幽并兒。無卅塵處天地闊，我後子先緩轡看山時賦詩。《桐江續集》卷二十。

一二　題李伯時赤脚仙　涴

可是驢蹄復馬蹄，忍將玉雪污汙泥。世情巇險君知否，滿地人間鐵蒺藜。《桐江續集》卷二十。

一三　又題畫赤脚仙

萬古天冠地履身，畫師遊戲恐非真。父生師教成何事，甘作蓬頭跣足人。《桐江續集》卷二十。

一四　爲徐企題李伯時馬

畫馬形體，真書也；尾鬣，行書也。此畫真李龍眠，當觀其風入四蹄之妙。蘇、黃元祐時詩盡之矣，方回勉爲贅語。

此畫良真李伯時，形容飛動卒難詩。但將元祐蘇黃作，開卷焚香朗誦之。《桐江續集》卷二十。

一五　題《錦織迴文圖》

纚笄宵衣，古士婦服。高髻雲鬟，叔季之俗。縶是丹青，間以冠鬘。孰爲主婦，果蘇蕙耶？《桐江續集》卷二十。

一六　贈善畫龍虎吳伯原雜言

荀氏八龍，慈明無雙。豈有頭與角，可以模形容。賈氏三虎，偉節最怒。豈有毛與皮，可以析毫縷。古人畫馬非畫馬，借此繪寫英雄姿。東方角龍西奎虎，天有之人亦有之。善書畫意不畫像，妙在託興如聲詩。點晴飛去果有許，烈裔顧凱亦未奇。卧龍未飛，睡虎不吼。一飛鱗蟲附之皆上升，一吼百獸聞之悉竄走。人見此圖指點爪牙然不然，我得此圖屈伸語默觀聖賢。《桐江續集》卷二十。

一七　贈筆工馮應科

世言善書不擇筆，此物豈可不精擇。空弓難責養由射，快劍始堪孟賁擊。多錢而買長袖舞，工良器利貴相得。文房四寶擬四賢，最不易致管城伯。乍可微鈍勿太尖，又恐過肥寧少瘠。一兔僅足成一枚，奈何擸束動舐舐。氀毛亂毳紛交加，醉人蓬首髮不櫛。落腕當如畫鐵椎，顧乃蔓弱欠筋力。山谷道人昔有取，諸葛雞距異棗核。長句哦贈林爲之，餘子徐偃似無骨。上黨華陵君家孫，苦心隱藝造玄極。買非其人拂袖行，但取賞音不論直。二毫三副及散卓，隨意真行作波磔。燕丹匕首付荆卿，血不濡縷笑空摘。紫鷴鴿眼刷絲文，誰無端石與歙石。奚李法傳外諸孫，我亦尚有潘衡墨。擣冰槌玉烏絲欄，百軸千筒動充斥。惟有毛錐真強項，不受折簡屢太息。善書今誰第一人，馮應科筆今第一。《桐江續集》卷二十。

一八　于氏琵琶行

君不見木蘭女郎代戍邊，鐵甲臥起二十年。不知誰作古樂府，至今流傳《木蘭篇》。又不見公孫大娘舞劍器，揮霍低昂動天地。我杜少陵有長歌，每一讀之生壯氣。漢時昭君顏如花，強令出塞禁風沙。馬上無以寫愁思，推手爲琵却手琶。昭君死作青冢土，琵琶却傳來漢家。一絃一字萬怨恨，始聽歡樂終咨嗟。燕代佳人有于氏，春日黃鶯韻桃李。齒犀微露朱砂唇，手荑緩轉青葱指。聲外調聲非桿撥，意中寫意自宮徵。曲闌歌罷或潛然，何能動人一至此。有時不用琵琶歌，辯如儀秦勇賁軻。武昌東西說赤壁，洙泗南北誇黃河。一炬一失百萬却，古今勝敗何其多。拔山蓋世亦淚下，騅兮虞兮奈若何。老夫嗜好無它癖，爲爾看朱幾成碧。白髮多情似樂天，衫袖江州司馬濕。前身不是木蘭舊女郎，今生恐是公孫真大娘。哦此琵琶敲詩腸，爾或因之姓名香。《桐江續集》卷二十。

一九　贈吳琴士會龍

古琴口歌兮手弦，今琴何爲兮不然。今人作詩動千篇，不弦不歌兮無傳。《關雎》《麟趾》留遺編，《離騷》以來諸吟仙。我每見之月在淵。請君攜琴詣我古梅前，君弦其後兮我歌以先。君如夜寒不來旌昌黎之十操兮，將獨歌之淚潺湲。《桐江續集》卷二十一。

二〇　題《獨鹿圖》

誰嘗失之，羣起競逐。不見泰山，一得百覆。文王之囿，草羡泉足。生逢兹辰，呦呦攸伏。《桐江續集》卷二十二。

二一　題《九歌圖》

惟此楚騷，能歌蓋寡。我醉友能老嚴灘者，駕風驂雲。此誰其寫，是常夢中與之遊也。《桐江續集》卷二十二。

二二　題畫馬

芻秣豐肥十二閒，筆追韓幹此圖間。誰描驢瘦更詩瘦，首與雙肩共一山。《桐江續集》卷二十二。

二三　題宣和黃頭畫

石綠藤黃間麝煤，半枯瘦篠羽毰毸。一時艮嶽天顏笑，乞與宣和印押來。《桐江續集》卷二十二。

二四　題譯學張提舉乃尊開封府尹張彥亨所藏郭熙《盤車圖》

車轣轆，牛觳觫。積雪皚皚，飛雪蔌蔌。前車上嶺後車續，老牛服箱顧寒犢。高雪彌山，低雪滿谷。戴笠執鞭，凍腰踢曲。畫師畫此何年事，關塞遠征輓芻粟。莫道牛疲項領禿，人疲於牛痛欲哭。峻嶺之下舊村落，蕭灑人煙知幾簇。莫道餉車過門外，門内田家眠正熟。百車千車過不已，敲門乞索何時足。牛豈不需稿一束，人豈不取一匙粥。雞犬不可保，妻子或竄。伏畫中水閣爾整齊，焉知不是逃亡屋。我聞造化心至公，人間乃有兩般風。庶民雌風扇臭穢，何獨楚王之風雄。天地山川同一雪，眼見雪同心各別。梁園才子簡欲授，柁監老臣䩞自齧。貧人閉户洛陽卧，壯士銜枚蔡州滅。紅爐錦帳羔酒斟，豈識《盤車圖》中意愁絕。春日陌上花，同遨攊果車，不爾鰥翁嫠婦對花成咨嗟。秋夜樓上月，同醉生塵襪，不爾羈臣逐客對月翻淒咽。嗚呼身在雪嶺《盤車圖》，還知世有子猷訪戴無。《桐江續集》卷二十三。

二五　寫心五首（選一）

世人好圖畫，山水及動植。墨煤與粉繪，軸而掛之壁。畫豈有天趣，識假真不識。

我有古盆瓶，清晨井自汲。時花簪數枝，悠漾詠金鯽。靜坐玩生意，默然若有得。此見亦淺狹，撫几忽起立。我家山水鄉，鶯啼春草碧。《桐江續集》卷二十三。

二六　孟浩然雪驢圖

往年一上岳陽樓，西風倏忽四十秋。詩牌高掛詩兩首，他人有詩誰敢留。其一孟浩然，解道氣吞雲夢澤。其一杜子美，解道吳楚東南坼。浩然詩不多，句句盡堪傳。天下詩人推老杜，老杜又專推浩然。我亦嘗遊江漢邊，梅花臘月猶年年。一句新詩學不得，謾飽槎頭縮項鯿。雪天誰寫詩窮狀，凍合吟肩神氣王。短褐長夜死不朽，貂蟬何必凌煙上。偶隨故人直玉堂，龍鱗不顧嬰君王。李太白、賀知章，三郎不識放歸雲水鄉，子美先生餓欲僵。浩然先生不直內廄一疋馬，可是蜀棧騎驢山路長。《桐江續集》卷二十三。

二七　爲合密府判題趙子昂大字《蘭亭》　並序

人之身，天地之一物耳。而人之心，包乎天地之外，故曰方寸之中有六合。君子之道，可大可小。唐太宗命褚遂良等臨禊帖賜羣臣，予嘗見減小字本，極精妙。今見學士趙子昂疋紙大字蘭亭本，尤神奇而妙。歛之可，擴之亦可，雖筆法，亦心法也歟！

神奇變化莫若龍，屈蟠可藏螺殼中。一聲霹靂起頭角，金鱗萬丈橫蒼空。右軍禊帖不盈咫，善臨摹者子趙子。一觴一詠十九之，方如帶玉滿匹紙。小字古稱《黃庭經》，大字焦山《瘞鶴銘》。小歛大縱出一手，譬如寫真妙丹青。寫真但要寫得似，小纖大濃皆可喜。小如眼中見瞳人，大如鏡中見全身。《桐江續集》卷二十四。

二八　題畫盧仝長鬚赤腳

玉川破屋數間洛城中，一時際遇赤尹昌黎公。贈以大篇意甚侈，不數李渤溫造兼石洪。買羊沽酒分俸給，時攀綠騧下虛空，月天桃李釀春風。豈惟百世之下知盧仝，並使長鬚赤腳名無窮。誰其畫者善遊戲，不畫盧仝畫奴婢。想見煎茶七碗時，此曹頗亦霑餘味。《桐江續集》卷二十四。

二九　題《廬山白蓮社十八賢圖》　並序

李伯時畫六士十二僧，共十八賢。外有籃輿自隨者陶淵明，道冠者陸修靜。一人下馬致敬向陶語，其江州刺史將命之人乎？淵明實未嘗入社。爲題詩曰：

六老臞儒十二僧，柴桑醉士肯爲朋。葫蘆自與葫蘆纏，更要閒人纏葛藤。《桐江續集》

三〇　題淵明像

慧遠無此冠，修靜無此巾。此巾要亦有，無此漉酒人。《桐江續集》卷二十四。

三一　淳熙甲午東陽郡齋《蘭亭》

大唐天子紿孤僧，轉瞬人間幾廢興。一幅永和故璽紙，入昭陵又出昭陵。唐太宗以御史蕭翼取永禪師楔帖，已入昭陵。溫韜發之，再出人間。定武梅花本，予舊有之，今不易得，此韓元吉摹本也。《桐江續集》卷二十四。

三二　淳熙癸卯錢伸東陽本

永和貞觀晉沿唐，奉詔臨摹老遂良。展轉流傳非一手，虎賁猶得似中郎。太宗使起居郎褚遂良、檢校馮承素、韓道政、趙模、諸葛貞之流，模賜王公。見張彥遠《法書要錄》，蘇才翁云。《桐江續集》卷二十四。

三三　淳熙戊申邱壽雋新昌石氏本

頗如畫手善傳神，絕喜他鄉見似人。俯仰之間已陳跡，如何千載尚如新。江陰邱府此本，甲於東南。永和九年癸丑，至今大德戊戌，九百四十六春矣。《桐江續集》卷二十四。

三四　張楧仲實見惠江陰邱本

絕喜他鄉見似人，頗如畫手善傳神。忽思今昔無窮事，十五廻經癸丑春。永和九年癸丑，東晉穆帝聃在位之九年，元帝睿建武丁丑中興之三十七年。貞觀八年甲午遂良摹本，去修禊時二百八十一年。修禊至今戊戌，九百四十六年，凡十五癸丑矣。《桐江續集》卷二十四。

三五　小本《蘭亭》二種

子雲可擬易論無，頗似蘭亭細字模。始信聖經非小藝，不羞依樣畫葫蘆。文武之道，或識其大者，或識其小者，此禊帖巧矣。《太元》《法言》，亦《周易》《魯論》之小者歟！逸少字可擬也，聖人之經不可擬也。趙子昂衍匹紙蘭亭，同曰此如寫真，小如眼中見瞳人，大如鏡中見全身。《桐江續集》卷二十四。

三六　北本《蘭亭》

一千年想永和會，十九之傳貞觀摹。此本中原今第一，真成一字一驪珠。近得此本，乃中原本也。雖定武本不可復得，此亦近之。　《桐江續集》卷二十四。

三七　朱字《蘭亭》

傾城國色著胭脂，紅字《蘭亭》又出奇。比換鵝書更姿媚，一杯卯酒醉西施。相傳以爲賈葛嶺石本，如書板覆印，用硃爲之。臨寫者頗放縱沓施，以其異也，姑存之。　《桐江續集》卷二十四。

三八　題王春陽倣王晉卿山水圖

煙江疊嶂子能學，都尉後身王姓同。詩畫驚逢兩奇麗，賞音吾媿玉堂翁。《東坡大全集》第十七卷爲《王詵晉卿都尉賦煙江疊嶂圖十四韻》，晉卿和之，東坡賞其奇麗。蓋畫與詩俱奇麗也。古杭東衢王君，倣晉卿著色山水，翠峰碧澗，丹樓粉墻，極一時之美，而自題之詩亦佳，豈果晉卿後身歟！惜乎所遇之老夫，不能如玉堂蘇公也。　《桐江續集》卷二十四。

三九　題李仲賓竹二幅

可是筆端如與可，亦須胸次有東坡。自從舉世誇崔白，似覺無人識李頗。李頗，五代時南昌人，墨竹自此人始。《畫譜》僅取十二人，有文同無東坡，禁元祐學也。是時已有墨梅，山谷花光詩亦不取陳簡齋所和。張規臣墨梅五詩，見知徽廟，擢登冊府，而《畫譜》不錄墨梅，何也？　《桐江續集》卷二十四。

四〇　次韻受益再題荊浩山水圖，當是洪谷子自寫所居

太行荊浩之鄉里，佳處立參仍坐倚。崖樹澗石皆寫真，想見含毫吮沁水。當年自號洪谷子，畫成署名細如蟻。此豈自圖其所居，屋上峯巒插天起。柵門雞犬鎖寒林，僮馬盤山暮煙紫。高者佛寺平者川，關仝范寬焉得比。我少學畫中棄之，時到古齋漫隨喜。好古人多識古希，不意永嘉聞正始。《桐江續集》卷二十四。

四一　題布袋和尚豐干禪師寒山、拾得畫卷　並跋

豐干禪師降猛虎，布袋和尚愚小兒。老夫見畫未親見，唯喜寒山、拾得詩。

今有二異僧，一虎隨之入城市，一拽布袋引群小兒，民間不鼎沸喧閧乎。以人情觀之，書本相傳如此，既未親見，不可信也。惟寒山、拾得有道之士，實有其人，有

其事，有其詩數十百篇。如秦樓有美女，雜佩何珊珊，鸚鵡花間養，琵琶月下彈，長歌三月響，短舞萬人看，未必常如此，芙蓉不耐寒。詩律精妙，尾句有開有闔。朱文公深賞之，愚亦賞之，故作如是題。《桐江續集》卷二十四。

四二　題沈伯雋所藏趙子昂墨蘭　並序

今之墨蘭，山谷之所謂蘭也，一榦一花。古之蘭根，枝葉花皆香，一樹而千萬蕊。《離騷》曰："紉秋蘭以爲佩。""秋蘭兮蘼蕪。"漢武曰："蘭有秀兮菊有芳。"今八九月開，與菊同時。淵明詩曰："幽蘭生前庭，含薰待清風。清風脫然至，見別蕭艾中。"東坡詩曰："幽蘭如美人，不採羞自獻。時聞風露香，蓬艾深不見。"今之蘭，十二月、正月開，若蕭、若蓬、若艾，皆枯槁未芽。陶、蘇詩指屈子之蘭耳。然山谷之蘭盛行近世，墨竹、墨梅之外，加以此品，古畫譜亦所未有。隨時之義一可賦，趙子多能善書二可賦，沈子嗜學好事三可賦。詩曰：

今蘭春秀異秋蘭，世事隨時豈一端。別有古人不死處，陶詩晉字要人看。《桐江續集》卷二十四。

四三　題王起宗小橫披水墨作工密勢

秋光一片冷於冰，山寺雲深隱幾僧。畫出江村太平意，漁樵無事歲豐登。《桐江續集》卷二十四。

四四　題王起宗大橫披水墨作遠淡勢

臥龍峰下草廬幽，門外橋橫水自流。瀟灑王郎只數筆，淡雲疏樹一天秋。《桐江續集》卷二十四。

四五　題東坡先生《惠州定惠院海棠詩》後，趙子昂畫像　並書

五季乾坤混爲一，艱難得之容易失。一拳槌碎四百州，新法宰相王安石。二蘇中尤惡大蘇，周二程張俱不識。紹聖姦臣講紹述，元祐諸賢紛竄斥。東坡飽喫惠州飯，心知惇卞乃國賊。恍惚他鄉見似人，海棠一株困荊棘。海內文章蜀黨魁，蜀第一花世無匹。邂逅相逢心相憐，瘴雨蠻烟污玉質。憶昔蒟醬筇竹枝，適與張騫遇西域。彼徒生事勞遠人，此感與國同休戚。屈原放廢郢都喪，箕子囚奴殷錄訖。惠州未已更儋州，必欲殺之至此極。立黨籍碑封舒王，竟使大梁無社稷。此詩此畫繫興亡，可忍細看淚橫臆。東坡先生《惠州海棠詩》十四韻，趙君子昂所書，仍畫東坡像於後，以歸竹軒盛君。紫陽方回獲觀，題詩十四韻識之。　《桐江續集》卷二十四。

四六　題醉仙圖　醉者十九人，僅七人

晉七賢歟，唐八仙歟。胸吞萬古，氣高九天。糞土軒冕，膏肓林泉。造性命之閫奧，眇文章之蹄筌。見李耳於樹下，參伏羲於畫前。爰養素於黃庭，亦存神於丹田。既萬累之盡掃，惟一真之獨全。生涯無他，糟邱酒船。畫史遊戲，醉態蹁躚。或相异扶，或相攀牽。或袒而舞，或跣而眠。堂堂八尺，如頹玉山。炯炯一寸，如珠在淵。老夫一笑知其然，非愚非癡非狂顛。《桐江續集》卷二十四。

四七　《丹青歌》贈王春陽，用其《神丹歌》韻

世上若無鍾子期，破琴勿爲俗子嗤。人間亦有王昭君，奈何衆女嫉蛾眉。我粗能詩子能畫，筆力豈不山可移。希聲絕色識者少，妾婦嗃嗃仍嘻嘻。宣和畫史我嘗讀，山水王詵並郭熙。儋州禿翁早題品，元祐文章衆首推。坡詩一句不收拾，熙豐孼黨遺孼兒。大坡小坡俱寫竹，黜不登載無一枝。河東顒征領節度，賊貫時實籌兵帷。謂此昏椓亦善畫，繆取人主玉色怡。畫之是非且不辨，國勢竟隨閹宦痿。花光墨梅方盛行，乃坐山谷屛斥爲。簡齋五詩動萬乘，此等佳作亦棄之。五日十日一水石，王宰見賞杜拾遺。如許名手無其名，可謂世衰人才衰。筒不肯破菜不潑，朝士閱籍塗粉脂。青城北轅五馬渡，正邪稍稍分荼飴。萬事盡如畫譜意，焉得炎正不中微。雪蘇黃寃尚伊洛，始覺七政齊衡璣。錦囊玉軸鎖御府，徑與宗祐同灰飛。米元章史論稍公，遺物太倉存一稊。子能畫，亦能詩，衆人不識不必疑，相逢但當醉如泥。《桐江續集》卷二十四。

四八　次韻受益題荊浩《大行山洪谷圖》五言

畫聞與畫見，巧拙不同科。譬如未入蜀，想像圖岷峨。可以欺他人，不可欺東坡。又如寫神女，瞥然巫山阿。宋玉一點筆，眸子橫清波。上黨太行山，懷孟踰黃河。水落天井關，長劍垂新磨。昌黎尋李愿，借車方口過。劈斫開崖壁，巨扁侔斧戈。荊浩家其間，煙霞恣麾呵。親見勝剽聞，胸次所得多。天亦寶此畫，易世終無他。退之太行詩，幼誦今鬖鬌。洪谷太行畫，怳兮聊浩歌。《桐江續集》卷二十四。

四九　題東平張智卿梅軒，嘗以墨梅一幅自隨　汝智年五十五，兩入交趾。

大庾嶺頭江南北，生平走徧梅花國。天下梅花詩最難，和靖居士占第一。七十四翁詩萬篇，一句梅花吟不得。譬如江夏黃鶴樓，既有崔顥無李白。何人幻出一橫枝，毛穎陳玄塗側釐。不丹不青逞妙手，月窗瘦影吾能移。真梅難賦賦寫梅，虛叟大叫尤

难之。前身相马九方句,焉能压倒简斋诗。张侯随轩梅一幅,什袭珍藏过宝玉。南征不取万户侯,北归未即九州督。借梅为题求诗人,中原名士诗满轴。和靖简斋亦不无,顾愁才尽难貂续。张侯今在西湖隈,竹篱茅屋肩苍苔。我亦自有梅世界,紫阳山中归去来。梅花开时看梅开,花未开时看画梅。不用雕肝刻肺被梅恼,但当一杯一杯复一杯。《桐江续集》卷二十五。

五〇　范文正公楷书昌黎《伯夷颂》,平江李使君信之久藏真本,以归文正远孙族长士贵,祠以少牢复其家

班固人表吾尝疑,第一武王二伯夷。我谓伯夷可第一,武未尽善宜二之。退之第一唐文人,希文第一宋辅臣。韩为夷颂范为写,三绝谁为什袭珍。星奎运踵三百年,皇祐庆历诸钜贤。逮至渡江乾淳后,珠题玉跋盈长篇。范氏衮衮饶公侯,幽州梧州至苏州。行军元昊惊破胆,义庄睦族春复秋。子子孙孙居吴中,范丞相纯仁以下皆是。指李后人今黄龚。谓平江使君李公信之逸甫。锦囊偶贮此三绝,燕香夜寒吐长虹。衮衣绣衣观且诧,衮衣谓马右丞,绣衣谓完颜廉访。故国乔木兴咨嗟。大尹不吝归赵璧,祠以少牢复其家。提学翰林索我诗,谓范公君泽。肯捐此宝真复奇。授者良难受者易,即此可刊遗爱碑。《桐江续集》卷二十五。

五一　题赵子昂摹唐人二戏马驹

我尝远过燕山北,树木已无草一色。骐骥驊骝动万匹,互啮交蹄戏跳踯。谁欤画此双名驹,似斗非斗相嬉娱。唐人遗迹赵子摹,善书善画今代无。善书突过元章米,善画追还伯时李。先画后书此一纸,咫尺之间兼二美。元章伯时两人合一人,愧我一诗难写两人真。《桐江续集》卷二十五。

五二　赠笔工杨日新

黄钟九寸裁为律,六吕六律相配匹。嶰谷参差十二筩,猗管城子从此出。上古苍颉初制字,后人蒙恬始造笔。吴云不律燕云弗,韵书又以律为聿。曰方曰册刀削之,削之笔之作以述。析竹蘸墨丝其端,龙图龟书就篇帙。秋兔拔毛号毛颖,愈奇愈巧愈精密。脩管执之以为柄,短管窥之以为室。其实不过一毫端,良工于此有神术。锋但欲齐忌太尖,翠羽鼠鬚俱不必。老夫平生学欧颜,晚脱场屋涂注乙。著书弃笔如丘山,使年将及三万日。眼花尚能写蝇头,笔不如意辄怒叱。江淮笔工千百家,孰甲孰乙我所悉。鸡距散卓杨日新,不落第二亦第一。《桐江续集》卷二十五。

五三　次韻王起宗勉爲高子明繪《松巖圖》

松下客攜琴，巖中人讀書。聲氣相應求，妙寫入畫圖。灑落真意趣，冷淡閒工夫。體中脱不佳，明窗時自娛。誰方策龍驤，萬里簫雲衢。卿自用卿法，未用輕賢愚。《桐江續集》卷二十五。

五四　題《淵明採菊圖》

東籬東籬所至有，南山南山古至今。東籬之西拄我杖，秋菊千叢開黃金。南山之北送我目，鴻飛山陽我山陰。今是昨非栗里宅，三徑就荒猶可尋。畫工可寫淵明面，政恐難寫淵明心。淵明面匪宣明面，誰歟障我西風扇。翁醉欲眠遣客去，淵明此心我常見。歸去來兮歸去來，淵明方寸焉在哉。寧入東鄰白蓮社，不上徐州戲馬臺。《桐江續集》卷二十六。

五五　五湖空濛圖

五湖之水何冥冥，五湖之山何青青。煙雨空濛寄絹素，吾聞善畫不畫形。畫山畫水畫煙雨，界畫點綴分秤星。寓意托興有所主，人品高絶名芳馨。斗牛分野古彭蠡，橘柚包貢今洞庭。史傳同異不可攷，青草丹陽兼官亭。諸老英魂可招否，亡吴霸越攜娉婷。三致千金變名姓，橐裝恐帶戰血腥。陸龜蒙，張季鷹，無功可上彝鼎銘。江湖粗有蓴可羹，何必石崇薑韭萍。滿身花影醉歸夜，何必涯訓居朝廷。三高之中去一高，似於人物太渭涇。鴟夷子者非我侶，焉得張陸二高復起與我共揚舲。《桐江續集》卷二十六。

五六　爲孫同簽瓚題趙子昂馬

畫馬當年李伯時，長懷魯直子瞻詩。朝廷原闕三字。才盛，元祐風流再見之。《桐江續集》卷二十六。

五七　題楊仲謙走馬牽犬圖，鄭某畫

渥生漢馬真龍種，旅獻周獒敵虎威。時節太平閱花柳，平川牽鞚走如飛。《桐江續集》卷二十六。

五八　題錢舜舉着色山水

堆青積翠聳原闕四字。崢嶸古寺深。此畫老錢暮年筆，真成一紙直千金。《桐江續集》

五九　松下茅屋圖

一株松下一茅屋，何處山中此景無。煨芋老翁常閉戶，世人從此畫成圖。《桐江續集》卷二十六。

六〇　水仙花畫

□繪水仙陪魯直，梅邊更有子瞻形。蘇兄黃弟神遊處，重築人間頓有亭。《桐江續集》卷二十六。

六一　東坡真跡

歐蘇一代兩文忠，賴是滁陽起醉翁。誰欲儋州殺坡老，靖康戰血鼓腥風。《桐江續集》卷二十六。

六二　錢舜舉瓜畫

老錢工作趙昌花，殘綠依稀姤五瓜。正叔晦翁凡六說，始知輔嗣大爭差。《桐江續集》卷二十六。

六三　題禊帖圖　並序

觀禊帖圖二十之帖，前六之叙，視聽娛樂耳。後□□□□感慨樂過而悲，生盡而死，常理也。晉人之學，所懼止□。□園齊彭殤，羲之斥爲妄作，深以之感爲痛。夫情逐事移，形隨氣化，焉有樂而無悲，生而無死者。似不必過於痛也。

永和九年晉癸丑，禊帖至今家家有。遺墨一紙出昭陵，摹本宇宙同不朽。甲子循環十六周，甫近千歲未爲久。之字二十我諦觀，誰繪此圖誇妙手。晉人之學吾能□，□以莊子爲六經。大同小異立議論，漆園遺意入蘭亭。七情静動應萬事，一氣聚散鍾千形。樂極必悲生必死，倏開忽闔風天螢。豈不痛哉逸少語，畏怖生老病死苦。掇拾釋氏之緒餘，惴惴其慄有如許。顏瓢致樂悲安在，曾簀臨死生焉□。短中求長斷斯文，翰墨高名萬萬古。《桐江續集》卷二十六。

六四 《離騷》《九歌》圖

正則靈均皇揆余，屈子文章古所無。我嘗痛飲讀□□，□乃復覽《九歌圖》。《九歌》根源何所自，羲文周孔易□□。□□坤馬中孚鶴，鼎虎革豹未濟狐。載鬼一車豕負塗，先張之弧後說弧。奇奇怪怪浩以博，湘纍取以爲範模。東皇太一九霄下，百靈護駕飛龍趨。雲中之君儼帝服，眇視四海翔天衢。堯女舜妃兩嬋娟，想見當年泣蒼梧。太少司命尾東君，倏來忽逝紛馳驅。河伯白黿弭英輔，山鬼赤□□□□。桂酒椒漿奠瑤玉，鼓迎簫送鸞鳳輿。佳人在望□□□，□君不見心躊躇。採芳馨兮日將暮，有所思兮甘糜軀。吾王不寤娥眉嫉，知心惟有寡女嬃。一士葬魚亡楚國，而況他日秦坑儒。我詩頗似賈誼賦，敬弔先生空嗟吁。《桐江續集》卷二十六。

六五 題《淵明歸來圖》

人以心役形，方寸有所主。陋巷足簞瓢，外物肯妄取。心或爲形役，飢腸內煎煮。未必得鼎食，湯鑊已烹汝。淵明歸去來，妙甚第三語。自形役自心，何乃浪自苦。此理一以悟，公相亦糞土。而況折我腰，不過米斗五。昨非謝督郵，今是睇衡宇。《易》有不遠復，艮曰止其所。聖之清若和，高風夷惠伍。懦立薄夫敦，仰止邁終古。《桐江續集》卷二十六。

六六 題《唐人按樂圖》

鼓笛笙簫閙舞茵，伶官和尚雜宮人。黃番綽共唐三藏，髯髵相傳未必真。《桐江續集》卷二十六。

六七 跋高舍人、錢舜舉君選著色山水

堆青仍積翠，山與水俱奇。毫髮漁船遠，尋常草舍卑。喜君真好學，索我細題詩。卷軸頻舒捲，明窗肯見思。《桐江續集》卷二十七。

六八 李仲賓墨竹四首

乾坤各各變三爻，坎兌相依似泰交。認得《易》中甘節卦，籜龍貞幹寫煙梢。
春生夏長出牆頭，含籜新梢玉版抽。宜雪宜霜無不可，如椽且與貌宜秋。
心空節勁翠筠濃，冷笑凡花誨冶容。可是人間秋水碧，東方七宿應蒼龍。
渭川千畝入毫端，子美臨風野色寒。不是畫師即詩客，可能收拾與人看。《桐江續集》卷二十七。

卷二十八。

六九　題十六羅漢畫像

一釋迦佛起天竺，羅漢五百又十六。中華止繪十六僧，貫休十八老筆續。千無萬無無更無，芥子須彌一掃俱。阿字義門總深入，畫圖豈止伐頰臾。咄，伏虎降龍兩尊者，此卷寫一犬如獅一仙鶴，精妙絲毫無苟且。筆墨遊戲真，古今劫火燃。捲起短軸且飲酒，西窗萬里開青天。《桐江續集》卷二十八。

七〇　題寒山、拾得畫像

予讀寒山、拾得詩集，第一首："城中嬌小女，雜佩何珊珊。鸚鵡籠中養，琵琶月下彈。長歌三日響，短舞萬人看。未必常如此，芙蓉不耐寒。"此詩朱文公尤喜之，今見二畫像，而為賦詩曰：

我讀寒山拾得詩，唐初武德貞觀時。此必前朝老進士，開皇大業不仕隋。長歌短舞芙蓉句，開元元和尚無之。一篝天台國清寺，掃滅人世貪嗔癡。文殊師利復現世，僧俗未妨疑傳疑。或題松下讀黃老，臆辨二叟果為誰。諺云橘皮錯認皮，九方皋馬遺黃驪。嗚呼甚矣吾衰矣，郁郁都都焉雄雌。《桐江續集》卷二十八。

七一　題米元暉寒林

善書善畫古來希，前輩風流日漸微。開卷令人憶羲獻，米元章更米元暉。《桐江續集》卷二十八。

七二　題畫龍首

掛龍西作但見尾，舜服龍章臨斧依。昌黎石鼎困蠢吟，此詩真可泣神鬼。得非永嘉陳畫龍，此紙錢塘葉蘭翁。《桐江續集》卷二十八。

七三　題羅觀光藏陳所翁墨竹　容，善畫龍，三山人。

陳其姓，名曰容。稱所翁，善畫龍。葛嶺翹材酒杯客，不分虎，不憑熊。晚節寫此籜龍兒，真是老筆善藏鋒。我嘗遙望識其貌，古面無髯雙鬢蓬。畫龍撇竹匪二技，造化雖異機軸同。竹即是龍龍即竹，鬼施神設非人工。龍耶竹耶勿惱我，拓樓長嘯萬里天宇空。《桐江續集》卷二十八。

七四　題羅觀光所藏李仲賓墨竹

　　以筆寫竹如寫字，何獨鍾王擅能事。同是蒙恬一管筆，老手變化自然異。胸中渭川有千畝，咄嗟辦此籜龍易。竹葉竹枝竹本根，方寸中藏竹天地。幼年癖好此亦頗，萬卷書右竹圖左。妄希眉山蘇謫仙，擬學湖州文與可。眉山一枝或兩枝，湖州千朵復萬朵。李侯有之以似之，袖手獨觀誰識我。《桐江續集》卷二十八。

七五　題楊叔雅水墨百花圖

　　梅梢前後兩枝春，百世中間各寫真。忽見花王大如斗，始知天地有君臣。《桐江續集》卷二十八。

七六　題坡儴"求心齋"三字

　　千聖相傳止一機，常惺惺法免危微。但於方寸求吾事，莫問坡書是與非。《桐江續集》卷二十八。

何應龍藝話（一則）

　　何應龍（生卒年不詳）字子翔，錢塘（今浙江杭州）人。嘉泰間進士。曾知漢州。有《橘潭詩稿》一卷，俱七言絕句。

有別

　　樓上佳人唱渭城，樓前楊柳識離情。一聲未是難聽處，最是難聽第四聲。文淵閣四庫全書本《兩宋名賢小集》卷二百八一九《橘潭詩稿》。

徐理藝話（一則）

徐理（一二二八～？）字德玉，號南溪，紹興府蕭山（今浙江蕭山）人。幼好音律、算術之學，著《琴統》（存），寶祐三年上於朝。次年登進士第，時年二十九。

《琴統外篇》叙

《外篇》者，所以翼《琴統》也。琴以統樂，三統在琴，名亦隨之。律道難明，琴尤所難，是故翼之。

《律鑑》曰："律以實統虛者也。"何謂虛，氣與聲是也。統之爲義，亦出乎此。夫管以統氣，樂以統聲，以有形統無形，非以實統虛乎？曰：虛未易統也。天地不易歲時，日月不易晝夜，水火吾知有燥息之性〔一〕，草木吾知有繭萎之理。至於氣也，噓濕吹寒，莫可究其跡，是何也？虛也。目於色，衆辨黑白；鼻於臭，衆辨薰蕕；口於味，衆辨甘苦。至於聲也，師曠□□宮商，衆甘或莫知其然。是何也？虛也。虛而不可依而曰可期，不可見而曰可聞，非聖人之智，孰能統之？故管樂統氣聲，實統虛也；琴統樂，實統實也；律生於道，道色氣聲，虛統虛也。虛虛爲道之極，實實爲道之極，虛極而實，實極而虛，虛實相因。琴與道俱，乃譜其聲，班其圖，申其言，以求其傳。

嗚呼，樂以正，盛代之樂，不施之彼，則施之此。琴親於儒者也，可以鳴道焉。毋以琴視，吾作《外篇》。明抄本《琴統》。

〔一〕息：似當作"濕"。

何夢桂藝話（八則）

何夢桂（一二二九~？），幼名應祈，字申甫，後改名，更字嚴叟，號潛齋。嚴州淳安（今浙江淳安）人。咸淳元年進士，授台州軍事判官，改太學錄，遷博士，通判吉州。召爲太常博士。德祐元年，除監察御史，抗疏言守避之計，遷軍器監。端宗登極，遷太府卿，又遷大理寺卿，知時事不可爲，引疾去。元至元初，陳大海薦授江西儒學提舉，不赴，累徵不起。築室小酉源，著書自娛，不與世接。所爲文章典雅，援證百家，灑然快意。詩學白居易體。入元以後，其詞多傷時感慨。著有《易衍》《中庸》《大學説》《致用書》，均已佚。今存《潛齋集》十一卷。

一　芸窗集畫圖

天馬不生韓幹死，崔白翎毛落蒿里。虎頭妙筆夜通靈，主爵郎中羞畫史。楊君畫眼空四海，膡把金奩貯奇詭。榆關牧馬邊草秋，一騎一縱驊與驪，阿誰青驄嚼金勒，拔劍奔逐髯怒虬，提弓空捍鳴鏑盡，塵沙馬耳風颼颼。篔簹谷中一梢出，冷蕋相看冰雪骨。葵花二色空爭妍，没骨丹青翰水墨。猿猱兩兩雄顧雌，獐鼠伎伎母趁兒。水禽並下照秋水，足踏枯荷浸蓮漪。人間清景能幾許，野馬戰塲袛尺咫。芸窗一幅水沉煙，俛仰乾坤千古意。文淵閣四庫全書本《潛齋集》卷一。

二　題集畫卷尾

門外黃埃没馬頭，山中花木自春秋。塵忙恐被禽猿笑，盡日看圖不下樓。《潛齋集》卷三。

三　題二美人圖

美人娟娟江水隔，翠竹蕭蕭江月白。箋心欲寄不成章，竚立思君情脈脈。《潛齋集》卷三。

四　自題畫像

七分形貌十分心，縱有丹青畫不真。蕭散風神清瘦骨，分明小有洞天人。《潛齋集》卷三。

五　琴所王濟君用詩序　越人

琴所詩者，鼓絃而吟也。琴之趣清，而詩似之，朱絃疏越，使聽之者一唱三歎而有遺音。

世無賞識，固無怪高山流水之不諧於俚耳也。善琴者固難，而聽琴者之尤不易也。《廣陵散》絕矣，不知琴所之詩爲長清乎？短清乎？抑爲長側短側乎？魯東門之曲已不能不動尼山之感，汾亭何時能使漁父不重歎於南風之操乎？

然則琴所之詩，其琴心必有所寄矣。試爲我聞琴所，毋謂世無鍾子期。《潛齋集》卷五。

六　題高氏金玉帖後

高氏自齊太公八代孫傒以王父公子高字得姓始爾，後代不乏聞人，如《北史》之伯恭、敖曹，尤爲磊砢者也。譜獨爲宋著姓，其所從來遠矣。樞使公昆弟一時勳業相焜燿，鶴山魏公亦同父所自出也。

諸老彫謝，東南文獻盡矣，其從子某叙次其先世往來筆帖，手澤儼然。余雖不及識，而其典刑猶在目也。唐世嘗購諸王書於王方慶家，自十一世祖導以下，得書十卷以進，以故諸王書至今猶有流落人間。君其寶之，安知此帖他日不在東壁圖書府耶？

至元癸未秋七月題。《潛齋集》卷一〇。

七　題線縣尹《孝經古畫圖》

《孝經》蓋聖人以孝道而告諸曾子者也，昔人之所注釋、先儒之所刊正亦甚詳矣，未聞圖之以爲畫者，其於聖經疑若儼然。

上都線君子華出此卷相示，焫香展覽，其隸書章句奇古，水墨像曲盡其情，若親拜尼山劍履，日觀曾子所以磬折答問之狀，使人容肅氣莊，不敢以褻，而知聖人之教人也嚴，則其親炙也可知矣。

夫孝所以修身，事親事君，涖官治民，事天地、通神明之大經大義也，學者於此焉求之，放而準諸四海，至足矣。

大德庚子春三月既望。《潛齋集》卷一〇。

八　跋馬子恢家藏三賢帖

觀紫陽先生筆帖於百載之下，於其人不於其書。論鶴山先生交道於百載之上，觀其人亦觀其所與而已。愚於此得二道焉。

後學潛齋何某端拜敬書。

或問于湖字帖於晦翁先生曰："世人重于湖字，何也？"曰："好是他不把持，愛放逸故也。"嘗恨不得一見其真跡。今於馬君子恢家藏得觀其所與，乃先公鶴山交際之帖，三復信然，拜手敬書。

昔人評山谷帖，謂其書入神品，蓋山谷縱橫變化，自成一家，不肯隨人後，其司馬穰苴兵法之奇陣也。後之人未夢見太史而好奇者，鮮有不血指者矣。《潛齋集》卷一〇。

曹之格藝話（一則）

曹之格（生卒年不詳），南康軍都昌（今江西都昌）人，士冕子。淳祐十年爲建康軍簽判，十二年改知上元縣，寶祐三年差通判無爲軍。咸淳中模刻米芾《寶晉齋帖》。

米芾《章吉老墓誌》跋

章吉老傳盧扁之術，米元章得鍾王之法，真世間之二妙，濡郡之一奇也，而志乘不錄。碑植於城南十數里荒郊中，蓋吉老之墓在焉。由大觀距今百六十餘載，雨淋日炙，漸見斑駁，懼其彌久而磨滅也，因刻之以附於《寶晉帖》之末。

咸淳己巳正月望日，廬山曹之格書。明刻本《米襄陽外紀》卷九。

趙溍藝話（一則）

趙溍（生卒年不詳）字元晉，號冰壺，潭州衡山（今湖南衡山）人，葵子。咸淳中累官知建寧府，遷沿江制置使、知建康府。德祐元年元兵至，棄城遁。著有《養痾漫筆》。

題僧如玉《瘞鶴銘辨》後

玉師示余《瘞鶴銘辨》，余因以掘地所得《陀羅尼經》右軍書遺之。郡志有寶墨二，即此帖之在州宅者，與華陽真逸書也。隱而顯，離而合，於是古潤二寶俱萃焦山下三生石上。一笑領悟，固奚庸多辨。咸淳第八夏至日，趙溍題。道光二十二年丹徒包氏刻本《至順鎮江志》卷二一。

金履祥藝話（一則）

　　金履祥（一二三二～一三〇三），初名金祥，更名開祥，後改今名，字吉父，學者稱仁山先生，婺州（今浙江金華）人。師事同郡王柏，登何基之門，遂傳朱熹之學。德祐初，召爲迪功郎、史館編校，辭不就。宋亡，屏居金華山中，寄情嘯詠，以著述、訓迪後學爲事。嘗纂《通鑑前編》二十卷，多所發明。又著《大學章句疏義》二卷、《論語孟子集注考證》十七卷、《書表注》四卷，以傳授學者。晚年，講學於麗澤書院。元成宗大德七年卒，賜謚文安。金履祥學有根柢，其文醇潔有法，"其詩乃彷彿《擊壤集》，不及朱子遠甚"（《四庫全書總目》卷一六五）。也有少量詩作，如《廣箕子操》，則以"辭旨悲慨，音節高古"見稱（吳師道跋、王士禛《居易錄》卷一）。嘗選《濂洛風雅》一編，錄談理之詩，"欲挽千古詩人歸此一轍，所謂華之學王，皆在形骸之外，去之愈遠。所作均不入格，固其所矣"（同上書）。自此道學詩與詩人詩判然兩途。著述今存甚多，除前所列舉外，還有《尚書表注》《夏小正傳注》等。文集有《仁山文集》四卷、附錄一卷。

題汪功父所藏畫卷 _{景定辛酉暮春早雨，桐陽叔子觀於藏清無咎之西窗而敬書之。}

　　細雨西窗展畫筒，江山杳靄幾重重。簷花飛動衣裳冷，疑在雲間第一峰。_{文淵閣四庫全書本《仁山文集》卷二。}

劉辰翁藝話（九則）

　　劉辰翁（一二三二～一二九七）字會孟，號須溪，吉州廬陵（今江西吉安）人。幼年喪父，家貧力學。景定元年，至臨安，補太學生。三年廷試對策，雖忤賈似道，而理宗嘉之，置丙第。後因親老請爲贛州濂溪書院山長。五年，應江萬里邀入福建轉運司幕，未幾，隨江入福建安撫司幕。咸淳元年，爲臨安府教授。四年，入江東轉運司幕。五年，爲中書省架閣，丁母憂去。德祐元年，丞相陳宜中薦居史館，又授太學博士，均未赴任。旋入文天祥江西幕府，參預抗元。宋亡，託方外以歸，隱居著述，以終其身。元大德元年卒，年六十六。

　　辰翁早從王泰來學詩，尤以善評詩著稱，吳澄《大酉山白雲集序》謂其"於諸家詩融液貫徹，評論造極"，歐陽玄《羅舜美詩序》也稱"會孟點校諸家甚精，而自作多奇崛，衆翕然宗之，於是詩又一變"。今存所點評詩文集，有《王摩詰詩集》《孟浩然集》《韋蘇州集》《批點選注杜工部詩》《箋注評點李長吉歌詩》《蘇東坡詩集》《簡齋詩集》《須溪精選陸放翁詩集》《放翁詩選後集》等，此外還有《班馬異同》《越絕書》《老子道德經》《莊子南華真經》《列子冲虛真經》《世説新語》《陰符經》《大戴禮記》《荀子》等多種，還曾編選《湖山類稿》《水雲集》《亡宋舊宮人詩》等。明人曾匯刊爲《劉須溪批評九種》，可見其影響。所評多以文學論工拙，不全爲科舉應試而作。其文在當時影響頗大，時人每以鄉先輩歐陽修爲比，魯聞禮《劉將孫養吾齋集序》稱其與歐陽守道"相繼以雄文大筆擬於歐（陽修）盡常、蘇（軾）盡變，由是海内之推言文章者，必以廬陵爲宗"。《四庫全書總目》卷一六五謂其詩文"專以奇怪磊落爲宗，務在艱澀其詞，甚或至於不可句讀，尤不免軼於繩墨之外。特其蹊徑本自蒙莊，故惝恍迷離，亦間有意趣，不盡墮牛鬼蛇神。且其於宗邦淪覆之後，睠懷麥秀，寄託遙深，忠愛之忱，往往形諸筆墨，其志亦多有可取者"。其詞多涉時事，寄託遙深，爲辛棄疾一派之後繼者，況周頤《蕙風詞話》卷二云："須溪詞風格道上似稼軒，情辭跌宕似遺山。有時意筆俱化，純任天倪，意態略似坡公。往往獨到之處，能以中鋒達意，以中聲赴節。"所作詩文，由其子將孫編爲《須溪先生集》一百卷，已佚。清四庫館臣輯爲《須溪集》十卷。

一　贈琴泉陳生序

謂能琴能仙，人豈信之哉？琴亦不得不仙。昔之授人以意者必之乎海中無人之境，使之荒寒絕壁，水鳴空山，四顧蕭然，將不可以朝居，而後萬累俱捐，而後冰雪滿懷，而琴亦從是近矣。此與送君者自崖而返蓋同一悟人，非夫人間世之比。

余四方聽琴，就其能者鏗鏘中音節止。雖堂上娛人，若不得已，至能使孟嘗爲之霑襟欲絕，則曾不如漁歌鄰笛之去人遠而尤悲，非其絃之不合，而意不至也。

臨川陳琴泉有魁然抱南風之興，且其江繁浙淡，得之自然，而無弄琴之色，固已默焉出江湖之上。余心醉焉，因與之言曰：女知廢一絃而鼓宮，宮動復調一絃，而無一絃之不動者乎？未有一音而無其君者也，君道然矣。女知《廣陵》之所以"散"者乎？或者其有君而無民也。不知琴則已，知必審之。文淵閣四庫全書本《須溪集》卷六。

二　劉次莊考樂府序

余嘗與祭太學，見太常樂工類市井倩人，被以朱衣。及其歌也，前者可，後者哦，羣鴈而起，竟亦莫識何語，而音節又極俚，有何律度。而俗儒按之以爲曲，曰樂章。姜堯章至取編鐘朱瑟帙較而字定之，然語言無味，曾不及其自度《香》《影》諸曲之妙。乃知柳子厚《鐃歌》，尹師魯《皇雅》，皆蔽於聲，質於貌。

嗚呼！吾讀《文王》《清廟》，何其往來反復，愈簡而愈有餘地，雖不能知其聲，而洋洋者如唱而復歎之不足也，故可歌也。故知依聲鑄字，出於述者之過，中無所見，則如市人濫吹，聞而從之者也。

劉次莊考古樂府，如生其時，又與之上下，至某代爲某歌，往往推見次第，彷彿大略，不失節奏。然謂樂府起漢，非也。古詩皆弦誦，如今巷歌，樂之始也。三侯之章出於烏烏，沛中兒童和習之，豈必被絃歌而後爲樂府哉？解題外，集古今作，或題樂府，而詩近律，用見賦詩者不必本古題古意，而意之所到，亦不必求之四聲響切而暢，此於解題又最有助。吾嘗謂次莊如鐘鼎博古，無不可考，至其文字與《東觀餘論》、米元章《書史》兄弟也。《須溪集》卷六。

三　《秋風圖》序

子美草堂四：其一在西枝村，未成；其一在浣花，則所謂"斷手寶應年"者是也；其一在瀼西，則所謂"乾坤一草亭"者是也；其一在東屯，則所謂"兼茅屋"者是也。子知浣花茅屋一爲秋風所破，不知瀼西、東屯與萬里橋西風何似，不更捲否？風年年同，則夫託於通達之中者彼猶此也。

其堂也，裴中丞、嚴中丞、高使君爲之主。既堂也，徐卿、蕭、何、韋三明府爲之囿。其破也，王錄事、王十五司馬弟爲之修。平生憩息地，營葺袓茅屋，而大官遺騎、鄰里親朋交相如此，則拔之者之力不能勝樹之者之衆。《須溪集》卷六。

四　題墨竹長卷與汪遂良

摩訶池上龍千年，化爲匹練橫曳煙。拔石數莖衝蒼天，我見其面何必全。《須溪集》卷七。

五　《湖山類稿》序

杭汪水雲，以布衣携琴渡易水，上燕臺。侍禁時，爲太皇、王昭儀鼓琴奉卮酒。又或至文丞相銀鐺所，爲之作《拘幽》以下十操，文山亦倚歌而和之。

昔者烏孫公主、王昭君，皆馬上自作曲，鍾儀之縶，南冠而操土音。自作樂，使人聽樂，孰樂？或謂作者之悲，不如聽者之樂；聽者之樂，復不如旁觀者之悲也。汪氏之琴，天其使之娛清夜、釋羈旅耶？何其客之至此也！

琴本出於怨，而怨者聽之亦樂，謂其能雪其心之所謂也。當其奏時，如出乎人間，落乎天上，殆泊與淡相遭，而卒歸於無有，其亦有足樂耶？歸江南，入名山，著黃冠，據槁梧以終，又起而出乎江湖。邇者名人勝士以詩見，其詩自奉使出疆，三宮去國，凡都人憂悲恨歎無不有。及過河，所歷皇王帝伯之故都遺跡，凡可喜、可詫、可驚、可痛哭而流涕者，皆收拾於詩。解其囊，南吟北嘯，如賦史傳，亦自有可喜。余蓋不忍觀之。

孰不遊也，以琴遇少，琴能詩又少。余欲盡其卷計之，而不勝其壹鬱也，則復使之進琴焉。

廬陵須溪劉辰翁會孟書。武林往哲遺著本《湖山類稿》卷首。

六　題褚遂良《枯樹賦》

舊見陳了翁筆法清勁，嘗疑其創自爲家，今乃知髣髴出《枯樹賦》耳。

豫章、金陵所刻，何曾有毫髮似哉？晁補之字僅見以跌宕，亦自有意，況經前輩鑑定，重以省印郡記累累，無不可考。胡氏世家在東南爲盛，世將摹刻又不一所，此真跡尤其所寶，故所在用意識之，歷官大略備焉。

壬午五月，廬陵劉辰翁題。適園叢書本《珊瑚網》卷一。

七　題曾氏諸帖

　　荊公、南豐皆以淡墨片紙荒率行草,而人往往從其後收之,易世之後,敬之如此。此如欹破帽、煨半芋,振衣迎客,客主無語而意自消。因思少年舉子,一門三第,非四方所少,功名富貴竟亦何足復道,惟人自有集,列爲三文,大者見稱歐、曾。此大江以西,文山文水,太平星聚,諸賢福力,左提右挈,流風餘澤,不乏不衰,是以至此也,而非一家之慶,一人之祿,一書生之所能也。

　　此卷家乘在流落爲多,在文獻爲少,蓋後又百八九十年而徵宋,猶有存焉。

　　廬陵劉辰翁。文淵閣四庫全書本《趙氏鐵網珊瑚》卷三。

八　題廬陵五先生像

　　古今忠臣節士多矣,而斯文二三大老皆以文章鳴當世,而能與國家終始,蓋前古所未有也。良由君臣際會,朝野承平,故布衣敢言之氣忠誠懇欵,無不動悟,生榮死謚,千載不朽。當時豈無元勳宿將,肝腦塗地之餘,雖聲名赫赫見於時,竹帛昭昭傳於後,終未有畫史圖之,前珠後璧若此圖之盛者。由今言之,孰非諸老之福哉!

　　三百年間,廬陵之忠節聞天下,後之徵文獻者必於此,獨不知扶輿回合之氣猶有似此者乎,盍觀此像也?

　　丙申十一月,廬陵劉辰翁書於鴻濛海。《趙氏鐵網珊瑚》卷一三。

九　題《蘇李泣別圖》

　　事已矣,泣何爲?蘇武節,李陵詩。噫!四部叢刊三編本《輟耕錄》卷五。

俞德鄰藝話（一三則）

俞德鄰（一二三二～一二九三）字宗大，自號太玉山人。原籍永嘉平陽（今浙江平陽），徙家丹徒（今江蘇鎮江）。景定中魁鄉薦，咸淳九年浙江轉運司解試第一。宋亡不仕，元江浙行省累薦皆不就，遁跡以終。因性剛狷，以"佩韋"名其齋。學問賅博，所著《佩韋齋輯聞》四卷，考經論史，間及當代故實，皆詳核可據。又著有《佩韋齋集》十六卷。《四庫全書總目》卷一六五謂："德鄰詩恬淡夷猶，自然深遠，在宋末諸人之中特爲高雅；文亦簡潔有清氣，體格皆在方回《桐江集》上。"

一 題劉同知所藏《春山訪隱圖》

環洲玲瓏徑深窈，巉巖翠壁摩蒼顥。幽人結屋倚陰厓，雲木煙蘿互縈繞。維舟散屨欲往從，山深樹密無行蹤。徘徊谿橋自嘆息，安得山下如雲龍。古云大隱隱朝市，朝市亦有居巢子。胡然見面不見心，咫尺涓涓隔春水。文淵閣四庫全書本《佩韋齋集》卷一。

二 爲馬受益題韓滉畫《子母牛圖》

老犍耕餘飽枯蘁，呼牸引犢緣敧厓。犢兒母懷不父懷，母子傳沓形離乖。牧童生來識牛意，倦拋臺笠曲肱睡。爾牛不寢亦不訛，我亦無夢遊南柯。歸來短衣不掩骭，却笑漫漫歌夜半。《佩韋齋集》卷一。

三 題《寒江聽雨圖》

江風渺雲鴻，江雨濕煙樹。扁舟出波濤，悠然於此住。掩蓬卧看書，不受蛟龍怖。焉知臨流人，擾擾需翁渡。《佩韋齋集》卷二。

四 題郭元德所藏龔聖予《瘦馬圖》

吾聞神駿之肋十有五，雄姿矯矯騰龍虎。四蹄踏鐵尾梢風，藐視崑崙薄玄圃。何時歷塊誤一蹶，棄置荒林翳榛莽。思昔先朝十二閒，駃騠騏駱充其間。此馬當時最倜儻，流沙萬里來函關。祇今淪落歸人世，何人保養思終惠。頡龔前身李伯時，殷勤染翰憐權奇。崚嶒瘦骨見者歎，度越駑駘猶萬萬。天上房星久已空，此圖此馬俱難逢。主人愛圖如愛馬，收拾環文為模寫。我知頡龔欲畫時，天地黯黲風煙悲。離離禾黍今如此，誰識贏驂真騄駬。明年野外春草平，瑤池八駿還爭鳴。此時更倩頡龔筆，一掃爾雲龍八尺。《佩韋齋集》卷二。

五 為郭元德題和靖探梅圖

祥符真人調玉燭，四海八荒春意足。孤山山小不容春，十月梅花破寒玉。風流詩老癖愛梅，拂曉騎驢度山曲。呼童忍凍折南枝，香滿吟窗伴幽獨。到今寫入畫圖中，骨冷神清炯雙目。蕩蕩巍巍堯舜天，外臣巢許誰羈束。前年我亦訪湖山，山色湖光竟塵俗。荒墳三尺走狐狸，那復寒泉薦秋菊。真祠併入梵王家，香月亭前馬牛牿。水邊籬落忽橫枝，遙睇猶艱況斤斷。雞園釋子皆鷹騰，挾彈揚鞭驟平陸。倉皇走避尚遭嗔，蹇衛何堪共馳逐。三百年間一夢同，人與梅花幾榮辱。拊圖三歎復何言，天外飛來兩黃鵠。《佩韋齋集》卷三。

六 跋韓仲文所藏史共山草書

公孫大娘舞劍器，張顛早悟囘翔意。學書學劍雖不侔，用志凝神固無二。瑾也得筋靖得肉，聖趣誰能一蹴至？我生憂患緣知書，教兒僅使通名氏。春蚓秋蚯自結蟠，莫向兵曹甘委贄。煙薰屋漏玉軸妝，何許天風劃飛墜。讀一遺二口若鉗，大草間臨真自愧。雖然非古室壯雄，要是逢場聊作戲。魯公懷素俱已仙，世指周奴笑羊婢。詎誇棄筆如邱山，夭閼剡藤煩嘆喟。捲還鯨錦心和平，塵席藜羹固吾事。《佩韋齋集》卷三。

七 題白廷玉所藏《白馬圖》

八尺龍駒蹄削玉，霜毛雪鬣超凡俗。驕嘶顧影食塲苗，朝暮逍遙在空谷。詔書歘下徵騏驎，香街紫陌驚行人。金環壓轡出天廄，不數駃騠驪騮駰。三品豆芻飽終日，終日不鳴鳴輒黜。何如不縶亦不維，騰霧爾雲金玉質。《佩韋齋集》卷三。

八 古琴一張，徽絃不具，持贈劉漢卿經歷，因賦

枯桐三尺蹩龍紋，爨下新焦偶未焚。七竅已開猶渾沌，一絲不掛絕聲聞。至音澹薄何如默，大道希夷豈在文。持贈要知絃外趣，美哉斯意憶河汾。《佩韋齋集》卷四。

九　題米友仁遠景

蒙蒙樹隱山，渺渺波橫海。其中一葉舟，豈有陶朱在。《佩韋齋集》卷七。

一〇　題《瘦馬圖》

一十五條瘦肋，八千萬里脩程。春草明年又綠，朝趨夜秣幽并。《佩韋齋集》卷七。

一一　題《蘭亭圖》

昔上會稽探禹穴，曾留此地聽潺湲。茂林脩竹今何在，歎息三原埌莽間。《佩韋齋集》卷七。

一二　謹題丞相趙忠靖公墨梅，爲張宣參作

稜稜瘦鐵點瑤花，筆底陽和轉歲華。却笑西湖窮處士，暗香疎影屬誰家。《佩韋齋集》卷七。

一三　劉媼搏虎圖詩序

己卯夏，有客自北來，持《劉媼搏虎圖》及歌詩若干首，謂余曰：媼，渤海濱州人也，姓胡氏，事劉平，生二子。劉戍南陽，媼攜子以從，至沙河之涘，日已暮，即道左宿焉。夜半，叢薄中虎口然勃起，遽攫劉以去。媼驚寤，提刀逐虎，踰數十武，及之，虎棄劉，呀呀人立，勢欲搏媼，媼直前刺之，虎應刃而斃，遂掖劉以歸。閱三日，劉乃死。事聞於官，南陽守義之，請於朝，與蠲其力役，於是好事者圖而歌之。

余曰：異哉！天下之至猛者虎也，至懦者婦也，以懦婦角猛虎，其與蚍蜉撼樹、蟁䗽抗嶽者何異，而況發於卒然忽然之際，雖武夫悍將，猶將戰掉而奪常。茲媼也，乃能斃是虎於尺刃之下，是豈專以力勝哉！義激於中，忿形於外，蓋不知虎之爲虎，而婦之爲婦也。《老子》曰："抗兵相加，哀者勝矣。"茲媼其哀者與？又曰："禍莫大於欲得。"茲虎其欲得者與？故嘗謂漢宮之媛，能忠其主而無格熊之力；泰山之婦，能哭其夫而無暴虎之勇。如媼者，勇足以濟其義，力足以全其軀，其殆婦而夫者與。雖然，夫者，婦之天也；父者，子之天也；君者，臣之天也。爲臣死忠，爲子死孝，是皆天理民彝之大者。近世之公卿大夫士，平居暇日，苟富貴，徼榮寵，矜能衒智，自以爲百夫之特，夫孰肯以妾婦自比？一旦君父有難，觀望畏怯，曾不能橫一草救之，其視茲媼何如也！甚而甘心焉，又因之以爲利，聞媼之風，宜可以愧死矣。

客韙余言，因書之，俾綴於詩歌之後。天祿琳琅叢書本《佩韋齋文集》卷一〇。

周密藝話（二八則）

周密（一二三二～一二九八）字公謹，號草窗，又號蕭齋、蘋洲，晚年號四水潛夫、弁陽老人、弁陽嘯翁、華不注山人。祖籍濟南，先人因隨高宗南渡，流寓吳興（今浙江湖州），置業於弁山南。宋亡不仕，隱居弁山。曾與王沂孫、張炎、唐珏等十三人結社分詠龍涎香、白蓮、蟬諸物，以寄託亡國哀思。晚年，抱遺民之痛，以網羅輯錄故國文獻自任。周密在詩、詞、書、畫、雜文等方面都有極高造詣。其詩早期多惆悵之作，韻美聲諧；中期以後轉爲憂傷悽楚，多抒發思國懷鄉之情，亦有感時之作。其詞遠祖清真，近法姜夔，風格清雅秀潤，與吳文英齊名，時人並稱"二窗"，爲宋末格律詞派的代表作家。善自度曲，亦有過分追求形式的傾向。平生著述甚富：詞集有《蘋洲漁笛譜》二卷、集外詞一卷，《草窗詞》二卷、補二卷。詩集有《蠟屐集》《弁陽詩集》，又有《草窗韻語》，今僅存《草窗韻語》六卷。編選有《絕妙好詞》七卷。又撰有筆記《武林舊事》《齊東野語》《癸辛雜識》《浩然齋雅談》《志雅堂雜鈔》等多種，在宋元筆記中堪稱巨擘，今均存。其中《武林舊事》辭語華贍，記載南宋都城雜事，最爲真確。《齊東野語》多記南宋舊事，可補史料之闕。又有《雲煙過眼錄》四卷，記載考辨書畫古器。其《浩然齋詞話》取自《浩然齋雅談》下卷，以輯錄南宋佳作及佚作、軼事爲主，偶有評語。

《齊東野語》（選錄　一四則）

紹興御府書畫式（節錄）

思陵妙悟八法，留神古雅。當干戈俶擾之際，訪求法書名畫，不遺餘力。清閒之燕，展玩摹拓不少怠。蓋睿好之篤，不憚勞費，故四方爭以奉上無虛日。後又於榷場購北方遺失之物，故紹興內府所藏，不減宣政。惜乎鑒定諸人如曹勳、宋賉、龍大淵、張儉、鄭藻、平協、劉炎、黃冕、魏茂實、任原輩，人品不高，目力苦短。凡經前輩品題者，盡皆拆去，故今御府所藏，多無題識，其源委、授受、歲月、考訂，邈不可求，爲可恨耳。其裝標裁制，各有尺度，印識標題，具有成式。余偶得其書，稍加考正，具列於後，嘉與好事者共之，庶亦可想像承平文物之盛焉。文淵閣四庫全書本《齊東野語》卷六。

《六么》羽調

《演繁露》云：唐有新翻羽調《綠腰》。《白樂天詩集》自注云："即《六么》也。"今世亦有《六么》，而其曲有高平、仙吕調，又不與羽調相協，不知是唐遺聲否？按今《六么》中，吕調亦有之，非特高平、仙吕也。《唐禮樂志》：俗樂二十八調，中吕、高平、仙吕在七羽之數。蓋中吕、夾鐘，羽也；高平、林鐘，羽也；仙吕、夷則，羽也。安得謂之不與羽調相協？蓋未之考爾。《齊東野語》卷八。

《脱靴》《返棹》二圖讚

牟存叟端明守當塗日，郡圃有脱靴亭，以謫仙採石得名，存叟繪以爲圖。又以山谷崇寧初守當塗，方九日而罷，蓋坐嘗作《荊州承天院塔記》，轉運判官陳舉承執政趙挺之風旨，摘其間數語以爲幸災謗國，除名謫宜州，遂作《返棹》一圖以爲對，各繫以讚。未幾，流傳中都。時相丁大全、內侍董宋臣聞而惡之，遂捃摭其在都日饋遺過客錢酒等物，並指爲贓。下所居郡，監逮甚嚴。自此朝紳結舌，馴致開慶之禍焉。二讚削稿久矣，余偶得之。《脱靴》云："錦袍兮烏幘，神清兮氣逸，凌轢兮萬象，麾斥兮八極。我思古人，伊李太白。孰爲使之朝禁林而暮採石也，其天寶之蘗幸歟？疏摘詞章，浸潤宮掖。吾觀《脱靴》之圖，未嘗不嫉小人之情狀，而傷君子之疏直。惟公之高躅兮，霍神龍之不可以羈絏。矧富貴如敝屣兮，其得失又何所欣戚也。"《返棹》云："幅巾兮野服，貌腴兮神肅，孤騫兮風雅，唾視兮爵祿。我思古人，伊黃山谷。曷爲使之六年□道而九日姑孰也，其符紹之朋黨歟？組織寺記，指摘實錄。吾觀《返棹》之圖，未嘗不感君子之流落，而痛小人之報復。惟公之高風兮，渺驚鴻之不可以信宿。矧吾道猶虛舟兮，其去來又何所榮辱也。"予嘗謂山谷初以言語掇禍，公又以山谷得罪，是殆有數。然清名照映於二百年間，士之生世，亦何憚而不爲君子哉！

吳郡王冷泉畫讚

莊簡吳秦王益，以元舅之尊，德壽特親愛之，入宫，每用家人禮。憲聖常持盈滿之戒，每告之曰："凡有宴召，非得吾旨，不可擅入。"一日，王竹冠練衣，芒鞋筇杖，獨攜一童，縱行三竺、靈隱山中，濯足冷泉磐石之上，遊人望之，儼如神仙，遂爲邏者聞奏。次日，德壽以小詩召之曰："趁此一軒風月好，橘香酒熟待君來。"令小當持賜，王遂亟往。光堯迎見，笑謂曰："夜來冷泉之遊，樂乎？"王恍然頓首謝。光堯曰："朕宫中亦有此景，卿欲見之否？"蓋壘石疏泉，像飛來香林之勝。架堂其上曰冷泉。中揭一畫，乃圖莊簡野服濯足於石上，且御製一讚云："富貴不驕，戚畹稱賢。掃除膏粱，放曠林泉。滄浪濯足，風度蕭然。國之元舅，人中神仙。"於是盡醉而罷，因以賜之，亦可謂戚畹之至榮矣。畫今藏其曾孫潔家，余嘗見之。

《混成集》

《混成集》，修內司所刊本，巨帙百餘。古今歌詞之譜，靡不備具。祇大曲一類凡數百解，他可知矣，然有譜無詞者居半。《霓裳》一曲共三十六段。嘗聞紫霞翁云，幼日隨其祖郡王曲宴禁中，太后令內人歌之，凡用三十人，每番十人，奏音極高妙。翁一日自品象管作數聲，真有駐雲落木之意，要非人間曲也。又言："無太皇最知音，極喜歌。木笪人者，以歌《杏花天》，木笪遂補教坊都管。"閒憶舊事，因書之以遺好事者，蓋二曲皆今人所罕知云。

字舞

州郡遇聖節錫宴，率命猥妓數十群舞於庭，作"天下太平"字，殊為不經。而唐《樂府雜錄》云："舞有字，以舞人亞身於地，布成字也。"王建《宮詞》云："羅衫葉葉繡重重，金鳳銀鵝各一叢。每遇舞頭分兩向，太平萬歲字當中。"則此事由來久矣。以上《齊東野語》卷十。

白石《禊帖偏旁考》（節錄）

堯章考古極精，有《絳帖評》十卷行於世，審訂深妙，人服其贍。又嘗於故家見其所書《禊帖偏旁考》亦奇，因識於此，與好古者共之。

《三教圖》讚

理宗朝，有待詔馬遠畫《三教圖》。黃面老子則跏趺中坐，猶龍翁儼立於傍，吾夫子乃作禮於前。此蓋內璫故令作此，以侮聖人也。一日傳旨，俾古心江子遠作贊，亦故以此戲之。公即讚之曰："釋氏趺坐，老聃傍睨，惟吾夫子，絕倒在地。"遂大稱旨。其辭亦可謂微而婉矣。以上《齊東野語》卷十二。

館閣觀畫

乙亥歲秋，秘書監丞黃恮汝濟以蓬省旬點，邀余偕行，於是具衣冠望拜右文殿，然後遊道山堂。堂故米老書扁，後以理宗御書易之。著作之庭，胡邦衡所書，曰蓬巒，曰群玉堂。堂屏，有坡翁所作竹石，相傳淳熙間南安守某人，乃取之長樂僧寺壁間，去其故土，而背施髹漆，匣以持獻曾海野，曾殂後，復獻韓相平原，韓誅，簿錄送官。左為汗青軒，軒後多古桂，兩旁環石柱二。小亭曰蓬萊，曰濯纓，曰方壺，曰含章，曰茹芝，曰芸香。射亭曰繹志，曰采良門。"采良"二字，莫知所出。登渾儀台，觀銅渾儀。紹興間內侍邵諤所為，精緻特甚，色澤如銀如玉。此器凡二，一留司天臺，一留此以備測驗。最後步石渠，登秘閣，兩旁皆列龕藏先朝會要及御書畫，別有朱漆巨匣五十餘，皆古今法書名畫也。是日僅閱秋、收、冬、餘四匣畫，皆以鸞鵲綾、象軸為飾，有御題者，則加以金花綾。每卷表裏，皆有尚書省印，防閑雖甚嚴，而往往以偽易真，殊不可曉。其佳者有董源畫《孔子哭魚邱子圖》，唐模顧愷之《洗經圖》，此二圖絕高古。李成《重巒寒溜》，孫大古《志公》，展子虔作《伏生》，無名人《三天女》，亦古妙。燕文貴紙畫山水小卷極精。土雷小景，符道隱山水，關全山水，胡環馬，陳晦柏，文與可古木便面，亦奇，餘悉常品，亦有甚謬者。通閱一百六十餘卷，絕品不滿十焉。暇日想象書之，以為平生清賞之冠也。《齊東野語》卷十四。

張氏《十詠圖》

先世舊藏吳興張氏《十詠圖》一卷，乃張子野圖其父維平生詩，有十首也。其一《太守馬太卿會六老於南園》云："賢侯美化行南國，華髮欣欣奉宴娛樂。政績已聞同水薤，恩輝遂喜及桑榆。休言身外榮名好，但恐人間此會無。他日定知傳好事，丹青寧羨《洛中圖》。"其二《庭鶴》云："戢翼盤桓傍小庭，不無清夜夢煙汀。靜翹月色一團素，閒啄苔錢數點青。終日稻粱聊自足，滿前雞鶩漫相形。已隨秋意歸詩筆，更與幽栖上畫屏。"其三《玉蝴蝶花》云："雪朵中間蓓蕾齊，驟聞尤覺繡工遲。品高多說瓊花似，曲妙誰將玉笛吹。散舞不休零晚樹，團飛無定撼風枝。漆園如有須為夢，若在藍田種更宜。"其四《孤帆》云："江心雲破處，遙見去帆孤。浪闊疑升漢，風高若泛湖。依微過遠嶼，髣髴落荒蕪。莫問乘舟客，利名同一途。"其五《宿清江小舍》，破損，僅存一句云："菰葉青青綠荇齊。"其六《歸燕》云："社燕秋歸何處鄉，群雛齊老稻青黃。猶能時暫棲庭樹，漸覺稀疏度苑牆。已任風庭下簾幕，却隨煙艇過瀟湘。前春認得安巢所，應免差池揀杏梁。"其七《聞砧》云："遙野空林砧杵聲，淺沙棲雁自相鳴。西風送響暝色靜，久客感秋愁思生。何處征人移塞帳，即時新月落江城。不知今夜擣衣曲，欲寫秋閨多少情。"其八《宿後陳莊》云："臘凍初開苕水清，煙村遠郭漫吟行。灘頭斜日鳬鷺隊，枕上西風鼓角聲。一棹寒燈隨夜釣，滿犁膏雨趁春耕。誰言五福仍須富，九十年餘樂太平。"其九《送丁遜秀才赴舉》云："鵬去天池鳳翼隨，風雲高處約先飛。青袍賜宴出關近，帶取瓊林春色歸。"其十《貧女》云："荊簪掠鬢布裁衣，水鑒雖明亦懶窺。數畝秋禾滿家食，一機官帛幾梭絲。物為貴寶天應與，花有秋香春不知。多少年來豪族女，總教時樣畫蛾眉。"孫覺莘老序之云："富貴而壽考者，人情之所甚慕，貧賤而夭短者，人情之所甚哀；然有得於此者，必遺於彼。故寧處康強之貧、壽考之賤，不願多藏而病憂，顯榮而夭短也。贈尚書刑部侍郎張公諱維，吳興人。少年學書，貧不能卒業，去而躬耕以為養。善教其子，至於有成。平居好詩，以吟詠自娛。浮游閭里，上下於溪湖山谷之間，遇物發興，率然成章，不事雕琢之巧，綵繪之華，而雅意自得。徜徉閒肆，往往與異時處士能詩者為輩。蓋非無憂於中，無求於世，其言不能若是也。公不出仕，而以子封至正四品，亦可謂貴；不治職，而受祿養以終其身，亦可謂富；行年九十有一，可謂壽考。夫享人情之所甚慕，而違其所哀，無憂無求，而見之吟詠，則其自得而無怨懟之辭，蕭然而有沉澹之思，其亦宜哉！公卒十八年，公子尚書都官郎中先亦致仕家居。取公平生所自愛詩十首，寫之縑素，號《十詠圖》，傳示子孫，而以序見屬。余既愛侍郎之壽，都官之孝，爲之序而不辭。都官字子野，蓋其年八十有二云。"此事不詳於郡志，而張維之名亦不顯，故人少知者。會直齋陳振孫二卿方修《吳興志》，討摭舊事，見之大喜。遂傳其圖，且詳考顛末，爲之跋云："慶曆六年，吳興郡守宴六老於南園，酒酣賦詩，安定胡先生瑗教授湖學，爲序其事。六人者，工部侍郎郎簡年七十九，司封員外郎范説年八十六，衛尉寺丞張維年九十一，俱致仕。劉維慶年九十二，周守中年九十五，吳琰年七十二，皆有子弟列爵於朝。劉，殿中丞述之仲父；周，大理丞頌之父；吳，大理丞知幾之父也。詩及序刻石園中，園廢，石亦不存。其事見《圖經》及《安定言行錄》中。余嘗考之，郎簡，杭人也，或嘗寓於湖。范説，咸平三年進士，同學究出身。周頌，天聖八年進士。劉、吳盛族，述與知幾皆有名跡可見，獨張維無所考。近周明叔史君得古畫三幅，號《十詠圖》者，乃維所作詩也。首篇即南園宴集所賦，孫覺莘老序之，其略云云，於是始知維爲子野之父也。時熙寧五年，歲在壬子，逆數而上八十二年，子野之生，當在淳化辛卯，其父享年九十有一，正當爲守。會六老之年，實慶曆丙戌。逆數而上九十一年，則周世宗顯德丙辰也。後四年宋興，自是日趨太平極盛之世，及於熙寧、元豐，再更甲子矣。子野於其間擢儒科，登膴仕，爲時聞人。贈其父官四品，仍父子皆耄期，流風雅韻，使人遐想慨慕不能已，可謂吾鄉衣冠之盛事矣！世固知有子野而不知有其父也。自慶曆丙戌後十八年，子野爲《十詠圖》，當治平甲辰。又後八年，孫莘老爲太守爲之作序，當熙寧壬子。又後一百七十七年，當淳祐己酉，其圖爲好古博雅君子所得。會余方緝《吳興人物志》，見之如獲珙璧，因細考而詳錄之，庶幾不朽於世。其詩亦清麗閒雅，如'灘頭斜日鳧鷺隊，枕上西風鼓角聲。'又'花有秋香春不知'，皆佳句也。子野之墓在卞山多寶寺，今其後影響不存矣。此圖之獲，豈不幸哉？"本朝有兩張先，皆字子野。其一博州人，天聖三年進士，歐陽公爲作墓誌；其一天聖八年進士，則吾州人也。二人名、姓、字偶皆同，而又適同時，不可不知也。且賦詩云："平生聞説張三影，十詠誰知有乃翁。逢世升平百年久，與齡耆艾一家同。名賢敘述文章好，勝事流傳繪素工，遐想盛時生恨晚，恍如身在畫圖中。"南園故址在今南門內，牟存叟端平所居是也。其地尚爲張氏物，先君爲經營得之，存叟大喜，亦常賦五絕句，其一云："買家喜傍水晶宮，正是南園故址中。我欲築堂名六老，追還慶曆太平風。"蓋紀實也。余家又偶藏子野詩一帙，名《安六集》，舊京本也。鄉守楊嗣翁見之，因取刻之郡齋。適二事皆出余家，似與子野父子有緣耳。《齊東野語》卷十五。

菊花新曲破

思陵朝，掖庭有菊夫人者，善歌舞，妙音律，爲仙韶院之冠，宮中號爲"菊部頭"。然頗以不獲際幸爲恨，既而稱疾告歸。宦者陳源以厚禮聘歸，蓄於西湖之適安園。一日，德壽按《梁州曲舞》，屢不稱旨。提舉官關禮知上意不樂，因從容奏曰："此事非菊部頭不可。"上遂令宣喚，於是再入掖禁，陳遂憾恨成疾。有某士者，頗知其事，演而爲曲，名之曰《菊花新》以獻之，陳大喜，酬以田宅金帛甚厚，其譜則教坊都管王公謹所作也。陳每聞歌，輒淚下不勝情，未幾物故。園後歸重華宮，改名小隱園。孝宗朝，撥賜張貴妃，爲永寧崇福寺云。《齊東野語》卷十六。

笙炭

趙元父祖母齊安郡夫人徐氏，幼隨其母入吳郡王家，又及入平原郡王家，嘗談兩家侈盛之事，歷歷可聽。其後翠堂七楹，全以石青爲飾，故得名。專爲諸姬教習聲伎之所，一時伶官樂師，皆梨園國工也。吹彈舞拍，各有總之者，號爲部頭。每遇節序生辰，則旬日外依月律按試，名曰小排當，雖中禁教坊所無也。只笙一部，已是二十餘人。自十月旦至二月終，日給焙笙炭五十斤，用錦熏籠藉笙於上，復以四和香熏之。蓋笙簧必用高麗銅爲之，艵以綠蠟，簧暖則字正而聲清越，故必用焙而後可。陸天隨詩云："妾思冷如簧，時時望君暖。"樂府亦有"簧暖笙清"之語，舉此一事，餘可想見也。艵字，韻書："千定切，音請。"注："艵，青果色也。"蓋藏果者，必以銅青故耳。《齊東野語》卷十七。

琴繁聲爲鄭衛

往時，余客紫霞翁之門。翁知音妙天下，而琴尤精詣。自製曲數百解，皆平淡清越，灝然太古之遺音也。復考正古曲百餘，而異時官譜諸曲，多黜削無餘，曰："此皆繁聲，所謂鄭衛之音也。"余不善此，頗疑其言爲太過。後讀《東漢書》，宋弘薦桓譚，光武令鼓琴，愛其繁聲，弘曰："薦譚者，望能忠正導主。而令朝廷耽悅鄭聲，臣之罪也。"是蓋以繁聲爲鄭聲矣。又《唐國史補》，于頔令客彈琴，其嫂知音，曰："三分中，一分箏聲，二分琵琶，全無琴韻。"則新繁皆非古也。始知紫霞翁之説爲信然。翁往矣，回思著唐衣，坐紫霞樓，調手製閒素琴第一作新，製《瓊林》《玉樹》二曲，供客以玻璃瓶插花，飲客以玉缸春酒翁家釀名，笑語竟夕不休，猶昨日事。而人琴俱亡，冢上之木已拱矣，悲哉！《齊東野語》卷十八。

子固類元章

諸王孫趙孟堅字子固，號彝齋，居嘉禾之廣陳。修雅博識，善筆札，工詩文，酷嗜法書。多藏三代以來金石名跡，遇其會意時，雖傾囊易之不靳也。又善作梅竹，往往得逃禪、石室之妙，於山水爲尤奇，時人珍之。襟度瀟爽，有六朝諸賢風氣，時比之米南宮，而子固亦自以爲不歉也。東西薄遊，必挾所有以自隨。一舟橫陳，僅留一席爲偃息之地，隨意左右取之，撫摩吟諷，至忘寢食。所至，識不識望之，而知爲米家書畫船也。庚申歲，客輦下，會菖蒲節，余偕一時好事者邀子固，各攜所藏，買舟湖上，相與評賞。飲酣，子固脫帽，以酒晞髮，箕踞歌《離騷》，旁若無人。薄暮，入西泠，掠孤山，艤棹茂樹間，指林麓最幽處，瞪目絕叫曰："此真洪谷子、董北苑得意筆也。"鄰舟數十,皆驚駭絕歎,以爲真謫仙人。異時,蕭千巖之姪滾,得白石舊藏五字不損本《禊叙》,後歸之俞壽翁家。子固復從壽翁善價得之,喜甚,乘舟夜泛而歸。至雪之卞山,風作舟覆,幸值支港,行李衣衾,皆淹溺無餘。子固方被濕衣立淺水中,手持《禊帖》示人曰:"《蘭亭》在此,餘不足介意也。"因題八言於卷首云:"性命可輕,至寶是保。"蓋其酷嗜雅尚,出於天性如此。後終於提轄左帑,身後有嚴陵之命。其帖後歸之悅生堂,今復出人間矣。噫!近世求好事博雅如子固者,豈可得哉!《齊東野語》卷十九。

《癸辛雜識》(選錄 一三則)

趙子固《梅譜》

　　諸王孫趙孟堅字子固,善墨戲,於水仙尤得意。晚作梅,自成一家,嘗作《梅譜》二詩,頗能盡其源委,云:"逃禪祖花光,得其韻度之清麗;閒庵紹逃禪,得其蕭散之布置。回觀玉面而鼠鬚,已見工夫較精緻。枝枝倒作鹿角曲,生意由來端若爾。所傳正統諒未絕,捨此的傳皆僞耳。僧定花工枝則粗,夢良意到工則未。女中却有鮑夫人,能守師繩不輕墜。可憐聞名不識面,云有江西畢公濟。季衡龐醜惡拙祖,弊到雪蓬濫觴矣。所恨二王無臣法,多少東鄰傚西子。是中有趣豈不傳,要以眼力求其旨。趯鬚止匕萼則三,點眼名椒梢鼠尾。枝分三疊墨濃淡,花有正背多般蘂。夫君固已悟筌蹄,重説偈言吾亦贅。誰家屏幛得君畫,更以吾詩跋其底。濃寫花枝淡寫梢,鱗皴老榦墨微焦。筆頭三趯攢成瓣,珠暈一圓工點椒。糝綴蜂須疑笑齾,穩拖鼠尾施長梢。盡吹花側風初急,猶帶枝頭雪半消。松竹襯時明掩映,水波浮處見飄颻。黃昏時候朦朧月,清淺溪山長短橋。閒裏相挨如有意,靜中背立見無聊。筆端的皪明非畫,軸上縱橫不是描。頃覺坐來春益益,因思行過雨瀟瀟。從頭總是湯楊法,拚下工夫豈一朝。"

筆墨

　　先君子善書,體兼虞、柳。余所書似學柳不成,學歐又不成,不自知其拙,往往歸過筆墨。諺所謂不善操舟而惡河之曲也。雖然,工欲善其事,必先利其器,汎觀前輩善書者,亦莫不於此留意焉。王右軍少年多用紫紙,中年用麻紙,又用張永義製紙,取其流麗便於行筆。蔡中郎非流紈豐素不妄下筆。韋誕云:"用張芝筆,左伯紙,任及墨,兼此三具,又得巨手,然後可以建經丈之字,方寸千言。"韋泉善書而妙於筆,故子敬稱爲奇絕。漢世郡國貢兔,惟趙爲勝,歐陽通用狸毛筆。皇象云:"真揩毫筆,委曲宛轉,不叛散,嘗滑密沾污,墨須多膠紺黟者,如此逸豫,余日手調適而歡娛,正可小展試。"世惟米家父子及薛紹彭留意筆札,元章謂筆不可意者,如朽竹篙舟,曲筋哺物,此最善喻。然則古人未嘗不留意於此,獨率更令臨書不擇筆,要是古今能事耳。

以上文淵閣四庫全書本《癸辛雜識》前集。

向氏書畫

吳興向氏，后族也。其家三世好古，多收法書、名畫、古物，蓋當時諸公貴人好尚者絕少，而向氏力事有餘，故尤物多歸之。其一名士彪者，所畜石刻數千種，後多歸之吾家。其一名公明者，駮而誕，其母積鏹數百萬，他物稱是，母死，專資飲博之費。名畫千種，各有籍記，所收源流甚詳。長城人劉瑄，字困道，多能而狡獪。初遊吳毅夫兄弟間，後遂登賈師憲之門。聞其家多珍玩，因結交，首有重遺。向喜過望，大設席以宴之，所陳莫非奇品。酒酣，劉索觀書、畫。則出畫目二大籍示之，劉喜甚，因假之歸，盡錄其副。言之賈公，賈大喜，因遣劉誘以利祿，遂按圖索駿，凡百餘品皆六朝神品。遂酬以異姓將仕郎一澤公明，稇載之，以爲謝焉。後爲嘉興推官，以贓敗而死，其家遂蕩然無孑遺矣。然余至其家，傑閣五間悉貯書畫奇玩，雖裝潢錦綺，亦目所未覩。未論畫也，佳研凡數百隻，古玉印每紐必綴小事件數枚，凡貯十大合。有雪白靈璧石，高數尺，卧沙，水道悉具，而聲尤清越，希世之寶也。其他異物不能盡數，然公明視之亦不甚惜，凡博徒酒侶至，往往赤手攫之而去耳。景定中，其祖若水墓爲賊所劫，其棺上爲一槁，盡貯平日所愛法書名畫甚多。時董正翁楷爲公田，分得其《蘭亭》一卷，真定武刻也。後有名士跋語甚多，其精神煜煜，透出紙外，與尋常本絕異，正翁極珍之。然尸氣所侵，其臭殆不可近，雖用沈腦薰焙，亦不能盡去。或教之以檀香能去尸氣，遂作檀香函貯之。然付之庸工裝潢，頗爲裁損，所謂金龜八字云。

賈廖碑帖

賈師憲以所藏定武五字不損肥本《禊帖》，命婺州王用和翻開，凡三歲而後成，絲髮無遺，以北紙古墨摹揭，與世之定武本相亂。賈大喜，賞用和以勇爵，金帛稱是。又縮爲小字，刻之靈璧石，號"玉板蘭亭"，其後傳刻者至十餘，然皆不逮此也。於是其客廖群玉以淳化閣帖、絳州潘氏帖二十卷，並以真本書丹入石，皆逼真。又刻小字帖十卷，則皆近世如盧方春所作《秋壑記》，王茂悅所作《家廟記》《九歌》之類。又以所藏陳簡齋、姜白石、任斯庵、盧柳南四家書爲小帖，所謂《世綵堂小帖》者。世綵，廖氏堂名也。其石今不知存亡矣。

舞譜

予嘗得故都德壽宮《舞譜》二大帙，其中皆新製曲，多妃嬪諸閣分所進者。所謂譜者，其間有所謂：

左右垂手	雙拂	抱肘	合蟬	小轉	虛影	橫影	稱裏
大小轉□	盤轉	叉腰	捧心	叉手	打塲	攪手	鼓兒
打鴛鴦塲	分頸	囘頭	海眼	收尾	豁頭	舒手	布過

鮑老掇	對窠	方勝	齊收	舞頭	舞尾	呈手	關賣
掉袖兒	拂	蹲	綽	覷	掇	蹬	煡
五花兒	踢	搨	刺	擷	繫	搦	捽
鴈翅兒	靠	挨	拽	捺	閃	緾	提
龜背兒	踏	儹	木	摺	促	當	前
勤步蹄	擺	磨	捧	拋	奔	擡	撅

是亦前所未聞者，亦可想見承平和樂之盛也。以上《癸辛雜識》後集。

合樂諧和

嘗聞梨園舊樂工云："凡大燕集樂初作，必先奏引子。謂如大石調，引子則自始至終，凡絲竹歌舞，皆爲大石調。直至別奏引子，方隨以改爲耳。"又云："凡燕集初作或用上字煞，然或用工字煞，必須衆樂皆然，是謂諧和。或有一時煞尾參差不齊，則謂之不和，必有口舌不樂等事。"前後驗之，無不然者。以此推之，則樂之關乎治亂，爲不誣矣。

琴應絃

琴間指以一與四、二與五、三與六、四與七爲應，今凡動第一絃，則第四絃自然而動，試以羽毛輕纖之物，果然。此氣之自然相感動之妙。紫霞翁。

文山像讚

有傳鄧光薦讚文山像云："目煌煌兮，疎星曉寒。氣英英兮，晴雷殷山。頭碎柱而璧完，血化碧而心丹。嗚呼！誰謂斯人不在世間。"祝靜得。以上《癸辛雜識》續集上。

白玉笙簫

理宗朝，張循王府有獻白玉簫管長二尺者，中空而瑩薄，奇寶也，內府所無。即時有旨補官。未幾，韓蘄王府有獻白玉笙一攢，其薄如鵝管，其聲清越，真希世之珍也。此二物，皆在軍中日得之北方，即宣和故物也。

畫《本草》《三輔黃圖》

先子向寓杭，收拾奇書。大廟前尹氏書肆中，有彩畫《三輔黃圖》一部，每一宮殿繪畫成圖，極精妙可喜，酬價不登，竟爲衢人柴望號秋堂者得之。至元斥賣內府故書於廣濟庫，有出相彩畫《本草》一部，極奇，不知歸之何人？此皆畫中之奇品也。

"水落石出"筆格

米氏硯山後歸宣和御府，今聞說流落台州戴氏家，不可見之。杭省廣濟庫出售官物，有靈璧石小峰，長僅六寸，高半之，玲瓏秀潤，卧沙水道，裙摺胡桃文，皆具於山。峰之頂有白石，正圓瑩如玉，徽宗御題八小字於石背曰"山高月小，水落石出"，略無雕琢之跡，真奇物也。

文山書爲北人所重

平江趙昇卿之姪總管號中山者云："近有親朋過河間府，因憩道傍，燒餅主人延入其家，內有小低閣，壁帖四詩，乃文宋瑞筆也。漫云：'此字寫得也好，以兩貫鈔換兩幅與我如何？'主人笑曰：'此吾傳家寶也，雖一錠鈔一幅亦不可博。咱們祖上亦是宋民，流落在此。趙家三百年天下，只有這一個官人，豈可輕易把與人邪？文丞相前年過此與我寫的，真是寶物也。'斯人樸直可敬如此，所謂公論在野人也。"癸巳九月。

章宗效徽宗

金章宗之母，乃徽宗某公主之女也。故章宗凡嗜好書札，悉效宣和，字畫尤爲逼真，金國之典章文物，惟明昌爲盛。以上《癸辛雜識》續集下。

《武林舊事》（選錄　一則）

西湖遊幸　都人遊賞（節錄）

淳熙間，壽皇以天下養，每奉德壽三殿，遊幸湖山，御大龍舟。宰執從官，以至大璫應奉諸司，及京府彈壓等，各乘大舫，無慮數百。時承平日久，樂與民同，凡遊觀買賣，皆無所禁。畫楫輕舫，旁午如織。至於果蔬、羹酒、關撲、宜男、戲具、鬧竿、花籃、畫扇、綵旗、糖魚、粉餌、時花、泥嬰等，謂之"湖中土宜"。又有珠翠冠梳、銷金綵緞、犀鈿、髹漆、織藤、窰器、玩具等物，無不羅列。如先賢堂、三賢堂、四聖觀等處最盛。或有以輕橈趁逐求售者。歌妓舞鬟，嚴妝自衒，以待招呼者，謂之"水仙子"。至於吹彈、舞拍、雜劇、雜扮、撮弄、勝花、泥丸、鼓板、投壺、花彈、蹴、分茶、弄水、踏混木、撥盆、雜藝、散耍、謳唱、息器、教水族飛禽、水傀儡、鷺水道術、煙火、起輪、走線、流星、水爆、風箏，不可指數，總謂之"趕趁人"，蓋耳目不暇給焉。文淵閣四庫全書本《武林舊事》卷三。

吳龍翰藝話（三則）

　　吳龍翰（一二三三～一二九三）字式賢，號古梅，徽州歙縣（今安徽歙縣）人。景定五年，領鄉薦，以薦授編校國史院實錄文字。元至元十三年，鄉校諸生請充教授，尋棄去。築樓三層，吟嘯其中。至元三十年卒，年六十一。嗜奇學博，徧讀釋老之書，爲王應麟、程鳴鳳、劉克莊等稱賞。嘗學於方岳，岳贈詩有"雋永繅殘稿，奇溫只破甑"之句。以詩名，程元鳳稱其"老而意新，咀之雋永，殊非苟作"（《古梅遺稿序》）。《四庫全書總目》卷一六五亦謂其詩清新有致，足耐咀吟，在宋末諸家，尚爲近雅。著有《古梅吟稿》六卷。

一　馮永之號冰壺，工水墨丹青

　　半生江海冰壺翁，擔風荷雨七尺筇。爛嚼扶葉紫金椏，玉樓光徹十二重。飽喫孤山白玉花，一鑿九竅開玲瓏。能鈢明月鑄雙眼，故能搜索異景窺神功。能穿星斗掛胸次，故能神遊八極之鴻濛。手撼煙雲出硯石，酒酣奮筆驅雷風。迴山轉海有力量，頃刻鷲溪幻出白練之寒江，碧玉之奇峯。瀟湘洞庭忽在眼，冷落烟竹蒼梧空。碧天萬里渺無際，但見隱隱歸飛鴻。江門過雨涼如許，木落瀟瀟秋滿浦。月明何處起漁歌，小艇人歸急搖櫓。鷗沙漠漠洲渚昏，無數寒鴉栖古渡。景物變態雖無窮，筆端有口一一吐。研丹吮粉尤精奇，直與王爵爭毫釐。寧肯沒骨媚時好，逸氣往往追徐熙。一點春風幾花卉，化工權柄君所私。獻之犉牛韓幹馬，滕王蛺蝶僧繇魚。下筆衆妙各俱足，開卷錯落中珠璣。顧家層樓連天起，俗士那敢窺藩籬。嘔心抽思何自苦，乃使肌骨化作枯松枝。君不見，梅邊有狂客，風饕雪虐寧忍飢。吟軀未老貌先老，不覺兩髦紛如絲。文淵閣四庫全書本《古梅遺稿》卷一。

二　辛酉秋吳畫士寫神

　　功名自有兠鍪輩，榮辱寧干蓑笠翁。煩作田園秋興畫，短簷斜日稻花風。《古梅遺稿》卷一。

三　題西湖畫軸

　　丹青誰寫滿軸蓮，濯濯西施一段妍。汴水百年塵隔斷，可無人作畫圖傳。《古梅遺稿》卷四。

吳自牧藝話（三則）

吳自牧（生卒年不詳）字不詳，錢塘（今浙江杭州）人。生平亦無考。約公元一二七〇年前後在世。宋亡後嘗追記錢塘盛況，作《夢粱錄》二十卷。該書仿效《東京夢華錄》體例，記載南宋臨安的郊廟、宮殿、山川、人物、市肆、物產、戶口、風俗、百工、雜戲、寺觀、學校等，爲瞭解南宋城市經濟活動、手工業、商業發展情況，市民的經濟文化生活，特別是都城的面貌，提供了較豐富的史料。書中妓樂、百戲伎藝、角觝、小說講經史諸節，爲宋代文藝的珍貴資料。

《夢粱錄》（選錄　三則）

妓樂（節錄）

散樂傳學教坊十三部，唯以雜劇爲正色……嚮者汴京教坊大使孟角毬曾做雜劇本子，葛守成撰四十大曲，丁仙現捷才知音。南渡以後，教坊有丁漢弼、楊國祥等。景定年間至咸淳歲，衙前樂撥充教樂所都管、部頭、色長等人員，如陸恩顯、時和、王見喜、何雁喜、王吉、趙和、金寶、范宗茂、傅昌祖、張文貴、侯端、朱堯卿、周國保、王榮顯等。且謂雜劇中末泥爲長，每一場四人或五人。先做尋常熟事一段，名曰"艷段"。次做正雜劇，通名"兩段"。末泥色主張，引戲色分付，副淨色發喬，副末色打諢。或添一人，名曰"裝孤"。先吹曲破斷送，謂之"把名"。大抵全以故事，務在滑稽唱念，應對通遍。此本是鑒戒，又隱於諫諍，故從便跣露，謂之"無過蟲"耳。若欲駕前承應，亦無責罰，一時取聖顏笑。凡有諫諍，或諫官陳事，上不從，則此輩粧作故事，隱其情而諷之，於上顏亦無怒也。又有雜扮，或曰"雜班"，又名"經元子"，又謂之"拔和"，即雜劇之後散段也。頃在汴京時，村落野夫罕得入城，遂撰此端。多是借裝爲山東、河北、村叟，以資笑端。今士庶多以從省，筵會或社會，皆用融和坊、新街及下瓦子等處散樂家，女童裝末，加以弦索赚曲，祗應而已。

百戲伎藝（節錄）

凡傀儡，敷演烟粉、靈怪、鐵騎、公案、史書歷代君臣將相故事話本，或講史，或作雜劇，或如崖詞。如懸綫傀儡者，起於陳平六奇計解圍故事也。今有金綫盧大夫、陳中喜等，弄得如真無二，兼之走綫者尤佳。更有杖頭傀儡，最是劉小僕射家數果奇。大抵弄此多虛少實，如巨靈神、姬大仙等也。其水傀儡者，有姚遇仙、賽寶哥、王吉、金時好等，弄得百憐百悼。兼之水百戲，往來出入之勢，規模舞走，魚龍變化奪真，功藝如神。更有弄影戲者，元汴京初以素紙雕鏃，自後人巧工精，以羊皮雕形，用以綵色粧飾，不致損壞。杭城有賈四郎、王昇、王閏卿等，熟於擺布，立講無差。其話本與講史書者頗同，大抵真假相半，公忠者雕以正貌，姦邪者刻以醜形，蓋亦寓褒貶於其間耳。

小說講經史（節錄）

說話者，謂之舌辨。雖有四家數，各有門庭。且小說名"銀字兒"，如胭粉、靈怪、傳奇、公案、扑刀、捍棒，發發踪泰之事，有譚淡子、翁三郎、雍燕、王保義、陳良甫、陳郎婦、棗兒、余二郎等，談論古今，如水之流。談經者，謂演說佛書。說參請者，謂賓主參禪悟道等事。有寶庵、管庵、喜然和尚等。又有說諢經者，戴忻庵。講史書者，謂講說《通鑑》、漢、唐歷代史書文傳，興廢爭戰之事，有戴書生、周進士、張小娘子、宋小娘子、丘機山、徐宣教；又有王六大夫，元係御前供話，爲幕士請給講，諸史俱通，於咸淳年間，敷演《復華篇》及《中興名將傳》，聽者紛紛。蓋講得字真不俗，記問淵源甚廣耳。但最畏小說人。蓋小說者，能講一朝一代故事，頃刻間捏合，與起令隨令相似，各占一事也。以上文淵閣四庫全書本《夢梁錄》卷二十。

金應桂藝話（三則）

金應桂（一二三三~?）字一之，號菽壁（一作璧），又號積慶山人。臨安府錢塘（今浙江杭州）人。宋末爲縣令。入元隱居西湖南山風篁嶺，築菽壁山房。書學歐陽詢，畫學李公麟，當時目爲"二絕"。

一 宋高宗書《孝經》馬和之繪圖冊跋

高廟天姿英發，神祖叶扶，開太平中興之基，復百二山河之主，聖由天縱，肆筆成書。

《孝經》一十八章，章首繪像連篇累牘，罔或有間，御府款識，逐一附題，恩錫近臣，爲世珍寶。五孝有則，百行俱彰，天理人心，孰不虔歟！

時咸淳丙寅夏結制日，菽壁金應桂拜觀於鑑湖修竹齋。文淵閣四庫全書本《石渠寶笈》卷四一。

二 薛道祖三帖跋

前修謂道祖作字，軒輊六朝，有超妙入神之譽，夷考其法，誠不虛矣。此《晴和》《二像》《隨事吟》三帖，予咸淳甲戌曾觀。今復觀於伯雨書室，俛仰間廿有九年，如天津橋上一見李白，喜可知也。

大德壬寅清明日，菽壁金應桂題，時年七十歲。文淵閣四庫全書本《趙氏鐵網珊瑚》卷四。

三 元李衎寫木石細竹跋

東坡嘗謂與可胸中自有成竹，乃見於筆下。今觀仲賓所作修篁，勁節猗猗，生意無盡，非胸中有成竹者，其能若此耶？

大德壬寅中元日，金應桂題。文淵閣四庫全書本《佩文齋書畫譜》卷八五。

文天祥藝話（一〇則）

文天祥（一二三六～一二八二），初名雲孫，字天祥，以字貢於鄉，改字履善，又字宋瑞，號文山，又號浮丘道人，吉州吉水（今江西吉水）人。童子時，見學宮所祠鄉賢，欣然慕之。寶祐四年，舉進士，理宗親擢爲第一。歷寧海軍節度判官，上書乞斬董宋臣，遷刑部郎中。歷知瑞州、江西提刑、尚左郎官，權直學士院。忤賈似道，遂乞致仕。起爲湖南提刑、知贛州。德祐初元兵入侵，募兵勤王，除知平江府、臨安府。拜右丞相兼樞密使，使如元軍請和，被拘，夜亡入真州，輾轉至溫州。聞益王未立，上表勸進，拜右丞相，同都督諸路軍馬，舉兵抗元，兵敗空坑。衛王立，加少保、信國公，進屯潮陽。元軍掩至，被俘。囚燕三年，於至元十九年臘月從容就義，年四十七，後謚忠烈。天祥生當南宋滅亡之際，竭謀殫力，以圖興復，歷盡艱險，百折不撓。文如其人，所作詩文，論理叙事，寫志抒懷，弔古傷今，皆嚴峻剴切，充滿愛國之誠、恢復之志，盡忠死節之言不絕於口，讀之可增仁人志士之氣。《四庫全書總目》卷一六四云："天祥平生大節，照耀今古，而著作亦極雄贍，如長江大河，浩瀚無際。其廷試對策及上理宗諸書，持論剴直，尤不愧肝膽如鐵石之目。"著有《文山先生全集》二十卷，《指南錄》四卷，《指南後錄》四卷，《文山樂府》一卷。

一 敬和道山堂慶瞻御書韻

墨灑天奎映籤紅，斯堂殿閣與俱隆。方壺圓嶠神仙宅，温洛榮河造化工。列聖文章千載重，諸孫聲氣一時同。著庭更有邦人筆，稽首承休學二忠。著作之庭乃胡忠簡公書。周文忠公立。　文淵閣四庫全書本《文山集》卷一。

二 贈墨林曹大崧

魏峩幼婦碑，伶俜七步詩。又得墨林墨淋漓，湊作曹家三絶奇。《文山集》卷一。

三　贈刊圖書蕭文彬

蒼籀書法祖，斯冰篆家豪。昔人鋒在筆，今子鋒在刀。收功棠谿金，不禮中山毛。囊錐脱穎出，鐫崖齊天高。《文山集》卷一。

四　又送前人琴棋書畫四首

不知甲子定何年，題滿柴桑日醉眠。意不在言君解否，壁間琴本是無絃。琴。
我愛商山茹紫芝，逍遙勝似橘中時。紛紛玄白方龍戰，世事從他一局棋。棋。
蔡邕去後右軍死，誰是風流入品題。只少蛟龍大師字，至今風骨在浯溪。書。
欲覓龍眠舊時事，相傳此本世間無。黃金不買昭君本，只買嚴陵歸釣圖。畫。《文山集》卷一。

五　聽羅道士琴

斷厓千仞碧，下有寒泉落。道人揮絲桐，清風轉寥廓。飄飄襟袂舉，冰紐不禁薄。紫煙護丹露，雙舞天外鶴。
吾聞泗濱磬，暗合角與徵。又聞天樂泉，淨洗箏笛耳。如何碧一泓，乃此並二美。藍田滄海意，請問玉溪子。《文山集》卷一。

六　跋胡景夫藏澹菴所書"讀書堂"字

此澹菴所隸，以與壽亭者也。壽亭於澹菴爲累從弟。澹菴臨大難，決大議，不負所學，於國爲忠臣，於親爲孝子，斯讀書之所致也。

公崇叙宗族，復以讀書惠幸其弟，固曰使之有所顯揚也，於其先與有榮焉。《詩》云"孝子不匱，永錫爾類"，澹菴以之。

壽亭曾孫景夫世其家，寶澹菴真墨，徹堂而新之，復其扁，用詔於子若孫，以追孝也。考作室既底法，厥子乃弗肯堂，景夫逌斯貴矣。雖無老成人，尚有典刑，藏脩於此者尚勉之哉！四部叢刊影印萬曆三年胡應臯刻本《文山先生全集》卷一〇。

七　跋吕逢德所收平園文字

此石刻，司馬文正、吕正獻爲翰苑時讀書，跋稿則鄉衮平園周公爲直院時手筆也。平園此跋，屬意於文正之曾孫。淳熙距今幾年，善本存否未可知，而其删改塗注，初稿爛然，則吕氏得之。

逢德以示余。噫，其謹藏諸！《文山先生全集》卷一〇。

八　跋周蒼厓南嶽六圖

扶欹植傾，補空續高，吾欲觀於嵩、恒、岱、華，其放六合於秋毫也邪！《文山先生全集》卷一〇。

九　跋李孟博《東山夢境圖》

昔有得湘中老人誦黃老之詩於恍惚中者，前輩謂其語非太白不能道。今圖中武士所授孟博帙甚鉅，庶幾亦有格力如此詩者列其中乎？願出以示予，當許君親見太白，何但夢也！

然萬一太白訝其孫輕發藏寶，或復遣六丁下問泄者書何在，仍取以去，君將無以爲東山鎮，則不如勿出。《文山先生全集》卷一〇。

一〇　跋周一愚《負母圖》

己未之變，周君一愚家於狗咬石之下，最先遇禍。君從其兄負母越溪以逃，妻子溺死不能救也。事平，君爲圖紀其狀。諸公嘉其臨難識所輕重，褒之不絕口。

予謂人子之事其親，不幸而處人事之變，急所急而緩所輕，本心之不能不爾，其於天則蓋非有一毫之增益也。一愚之處此，豈其欲以爲高哉？正可悲耳。嗚呼，自狗咬石之失險，江右之父母妻子離散不知幾人，覽君之圖，豈獨爲其一家哭哉！誰謀不臧，一至於此？昔魏陵繪襄樊之戰，爲于禁屈伏、龐德怒罵之狀，將恥禁也。彼禁敗事者，見之宜發慚以死，然龐憤憤就殞，使其骨肉見所畫像，尚復何忍？

君此圖，一開卷當一流涕，毋爲自苦，予將請之轉示前之玩敵抽戍者，使誤國者死有餘愧，而君其庶少寬乎。《文山先生全集》卷一〇。

文天祐藝話(一則)

文天祐(生卒年不詳),文天祥弟,九江(今江西吉安)人。

黃山聽琴

歲晏抱琴入室處,榾柮燒殘聽風雨。有客五弦彈太古,埽空恩怨不兒女。汙樽抔飲擊土鼓,如與羲軒相對語。又如重華坐舜臯,萬物長養不苦窳。聞君澹然太古音,感君悠悠太古心。古意古意誰能識,古人古人何處尋。文淵閣四庫全書本《宋詩紀事》卷八十三。

史衛卿藝話（一則）

　　史衛卿（生卒年不詳）字景靈，鄞縣（今浙江寧波）人，彌鞏孫。寶祐、咸淳間人。曾預鄉薦，入淮南帥幕，有《捧檄家山》詩。《江湖後集》錄其詩，多寫景遊賞之作，刻畫纖巧。

聽演師琴

　　禪悟却參琴，山高水復深。七絃手共語，萬籟耳無音。激烈鬼神淚，發揮天地心。秋風時一曲，懷古更傷今。文淵閣四庫全書本《江湖後集》卷十一。

艾性夫藝話（九則）

艾性夫（生卒年不詳）字天謂，江西東鄉（今江西撫州）人。《四庫全書》據《江西通志》作艾性，並謂疑傳刻脱一"夫"字。宋末曾應科舉，曾否入仕不詳。以能詩與叔可（無可）、憲可（元德）並稱"撫州三艾"。宋亡，浪遊各地，與遺民耆老多有結交，斥仕元者爲"獸心猶辦死報主，人面却甘生事仇"（《義馬冢》）。晚年出仕元朝。

一　題危見心所藏陳常庵水月障及松鶴蘆鴈各一首（三首選一）

陳郎筆勢并州剪，十幅生綃秋緑遠。老蟾欲作騎鯨遊，推堕玉盤波底轉。謫仙濡袍窺採石，東坡醉客歌赤壁。兩翁已矣愛者誰，我欲扁舟撅長笛。文淵閣四庫全書本《剩語》卷上。

二　書馬使君所藏草蟲

晉陵草蟲妙天下，一幅千金不當價。誰將此本送使君，蜂蝶數輩蔬一根。此蔬雅淡無色香，嗟汝蜂蝶空疎狂。人間桃李千萬樹，有翅奈何不飛去。《剩語》卷上。

三　酬春湖史履庸惠《四皓圖》

有客有客吾春湖，踏霜打門呼老夫。寒温粗了不暇坐，兩手奉我商山圖。皓首龐眉髮如漆，千古高人誰畫出。疎行大字各題詩，頗類涪翁老年筆。綺里季，夏黄公，春風拍浮酒兩鍾。仰天但覺宇宙窄，麾麈一掃塵凡空。東園角里更蕭散，石鼎茶瓢風日晚。琵琶不作兒女悲，横琴静送飛鴻遠。周家遺民方避秦，留侯眼高識天人。翩翩小出奠危社，落落高舉連青雲。感君持贈慰枯槁，玉雪輝輝見諸老。何當乘鶴參翺翔，風露清凉咽瑶草。《剩語》卷上。

四　昭君出塞圖

長門寫遍泥金帖，春風暗老如花靨。臂紗尚護紅守宫，妾命君恩盡如葉。一朝結束嫁荒陲，一馬前導五馬隨。老奚並轡相笑語，雙袖自抱琵琶啼。邊風吹碎心如夢，雲長只有孤鴻送。早知氈帳是羊車，卻把黃金博青冢。向來玉鎖搖銅環，咫尺不得窺天顏。祇今墮在萬里外，日光那到祁連山。女色自矜還自悞，畫史欺君君莫怒。甘向匈奴作婦翁，而翁首禍羞千古。《剩語》卷上。

五　題趙大年奉議小景

江頭古樹片葉無，槎牙老龍爪角枯。風含雪意天欲晚，凍棲不動鴝鵒滿。翩翩四翼來何遲，睥睨欲泊無空枝。寫生貴活意獨到，明朝嘈雜聽渠噪。《剩語》卷上。

六　嚴氏古琴

蒼梧弓劍俱塵土，一片枯桐尚傳古。有絃彈入碧虛寒，彩鳳應來獸應舞。物真物贗不必論，立名幸有古意存。南風不作民正慍，我欲抱渠招帝魂。《剩語》卷上。

七　題明皇醉歸圖

金車山重牛難挽，五花嘶出長春苑。太官供頓宴驪山，三郎沉醉歸來晚。酩酊馬上扶者誰，秀眉照眼兩國姨。紅香把臂手亦軟，三馬相倚不敢馳。黃門擁道盡端美，錦衫繡帽春風起。解醒尚恐需餘尊，捧把玉卮行復止。最後一馬壽王妃，鸞扇夾侍雙瓊姬。酣酣嘿嘿意自遂，恨不醑我漁陽兒。圖陳無逸今安有，却作醉徒供畫手。昭陵百戰大山河，涼州幾甕葡萄酒。《剩語》卷上。

八　史氏鐵笛

蘄川老竹未爲奇，橫截涼州黑玉枝。陽燧無烟山鬼鑄，蓬壺乘月浪僊吹。一聲響裂千崖石，九曲亭標二老詩。俗耳從前聽不得，壁塵蛛網故多時。武夷鐵笛亭，胡致堂、朱晦菴皆有詩。《剩語》卷下。

九　淵明採菊圖

餐英人去已千年，留與先生泛酒船。昔日避讒今避世，黃花獨識兩翁賢。
不緣斗米掛朝衣，自是知幾勇賦歸。莫把秋英等閒看，商山芝草首陽薇。《剩語》卷下。

趙孟溁藝話（一則）

趙孟溁（？～一二七七）字君澤，號直齋。太祖十一世孫，孟堅從弟。宋末與文天祥同起兵，爲都督府諮議官。景炎二年七月，元兵突至，與天祥走永豐，戰死。

題趙子固墨跡

畫謂之無聲詩，乃賢哲之寄興。有神品，有能品。神者，才識清高，揮毫自逸，生而知之者也；能者，源流傳授，下筆有法，學而知之者也。

伯氏彝齋天姿穎悟，人品既高，以其文章書法之緒餘，遊戲翰墨，爲眾芳寫生，運筆如飛，氣韻清拔，生動造妙，其入神品者乎。

乙卯春，子昌至自毗陵，彝齋留侍筆硯，欽承師事，口授筆傳，摹倣弗釋。是秋，彝齋遊鼇翁門，葉子昌改館於高丈之煙雨樓，住遊閒雅，時而習之，心得手應，漸入佳趣。後數年，彝齋獎之，曰工於斯。傳子固之餘芳者，其子昌乎。彝齋已矣，子昌之筆日進，見似之者而喜。

子昌袖彝齋畫法、詩卷求予著語，余深嘉其志之篤，欲勉其藝之精，超乎能品。援山谷先生題宗室大年畫卷云：“大年學東坡作竹石，殊有思致。筆雖覺柔，年少故耳。使大年耆老，自當十倍於今，精義入神。”子昌勉諸！

歲在戊辰中秋，趙孟溁題。文淵閣四庫全書本《珊瑚木難》卷四。

連文鳳藝話（五則）

連文鳳（生卒年不詳）字百正，號應山，三山（今福建福州）人。咸淳間太學生，曾出仕。宋亡，漫遊江湖，常與宋遺民唱酬。至元二十三年，浦江吳渭、方鳳、謝翱等結月泉吟社，徵集詩篇，連文鳳投詩署名爲羅公福，當時以"粹然無疵，極整齊而不窘邊幅"被品爲第一。《四庫全書總目》卷一六五謂其詩"大抵清切流麗，自抒性靈，無宋末江湖諸人纖瑣粗獷之習"，"文格雅潔，亦不失前民矩矱"。即其所投月泉吟社《春日田園雜興》詩，當時品爲第一，後人亦多有微辭，清郭兆麒謂"不見佳處，平平而已"，"一切田園雜興，俱隱括於首二句中，而不覺其錘煉之疏也。蓋亦一時風氣如此"（《梅崖詩話》）。著有《百正丙子稿》，已佚。清四庫館臣自《永樂大典》中輯爲《百正集》三卷。

一　董源山水圖爲北客賦

江南本是山水國，峽影峨雲插空碧。世人愛畫不愛真，一幅生綃懸素壁。董生好手畢宏上，意在筆先方落筆。雲關岫幌掃層青，月浦煙汀寫脩白。縱橫瑣細分毫釐，變化幽冥絶痕跡。滄江碣石忽破碎，片紙散漫留不得。當年載入米家船，夜夜虹光八千尺。新評信口誇天真，聲價祇今萬錢直。流傳知落幾人手，神物護持入君室。世間尤物能移人，莫看江南望江北。文淵閣四庫全書本《百正集》卷上。

二　贈畫者　並序

一日，有一生攜詩過余，長揖而前曰："某姓某名某某所人也，世不治他技，以畫爲生。君貌癯而神清，形枯而色不衰，殆類夫隱者也，請圖之。雖然，願得君一語自壯足矣。"余笑曰："噫！余天地間無用人也。身贅矣，子將以畫贅之，奚爲哉？且而畫工安所事，吾詩不工，雖得吾詩，奚益？"生之請益堅，於是進而語之曰："余非能詩者，子欲名子之畫，當求之世之賢士大夫，庶幾貴子之藝而成子之名。"生唯唯。余故序其所以詩之意云。

麒麟閣上十一人，斯人瑞世真麒麟。雲臺功臣二十八，中興事業争嶙岣。或在生前或死後，藉藉聲名自不朽。不知當時畫者誰，似此畫者當好手。古今何代無人材，翕霍變化俱塵埃。豈是畫師好手不復遇，豈是世無麟閣與雲臺。虎頭燕頷今已矣，婢膝奴顔當愧死。江湖人物何渺然，子當爲我走訪山林隱君子。《百正集》卷上。

三　東坡竹

眉山墓木拱，墨跡此淋漓。風葉活欲動，霜根死不移。老仙初畫處，元祐太平時。直節有如此，何緣入黨碑。《百正集》卷上。

四　題陸介夫隱居圖

竹籬茅舍處，此是陸家村。惟有鶴看屋，更無人到門。古琴長挂壁，春酒自盈樽。似隱還非隱，幽居亦寓言。《百正集》卷上。

五　題畫

嬌紅淡粉逞春姿，好手移來一兩枝。見説此花三十種，只消莫畫醉西施。《百正集》卷中。

汪元量藝話（一則）

汪元量（一二四一～一三一七）字大有，號水雲，臨安府錢塘（今浙江杭州）人。景定間入宮給事，習書史。咸淳三年，以琴事謝太后、王昭儀。與柴望、馬廷鸞等交往。德祐二年，元兵陷臨安，隨謝太后北行入燕。元至元十六年後，嘗於大都探視文天祥於獄中，文天祥爲集杜甫詩句，成《胡笳十八拍》，並跋其行吟詩卷。二十三年，奉使代祀五嶽及青城山等。二十五年，上書元世祖，以黃冠南歸。二十六年，抵錢塘，與林昉等結爲詩社。次年，至江西訪曾子良、陳傑、李珏等人。又入湘、川，在蜀二年。至三十年始返杭州，次年於豐樂橋外作小樓五間，爲湖山隱處。汪元量經歷宋亡之際，"聞見其事，奮筆直情，不肯爲婉孌含蓄"（周方《書汪水雲詩後》），"亡國之戚，去國之苦，艱關愁歎之狀，備見於詩"，以"宋亡之詩史"著稱（李珏《湖山類稿跋》）。其詩風初爲江湖體，自經離亂，轉師杜甫，眷戀故國，詩風一變而爲蒼涼悲憤，也有一些山水詩，格調明快。其詞今存五十餘首，與詩相同，也以宋滅亡前後分期，前期詞多寫宮庭生活，善於狀物，以清麗見長，德祐之難後，詞風哀婉淒惻，眷懷故國，情深語直。所著《湖山類稿》十三卷、《汪水雲詩》四卷、《水雲詞》二卷，已佚。清人鮑廷博刻劉辰翁選《湖山類稿》五卷、《水雲集》一卷、附錄三卷。

幽州秋日聽王昭儀琴

瑤池宴罷夜何其，拂拭朱絃落指遲。彈到急時聲不亂，曲當終處意尤奇。雪深沙磧王嬙怨，月滿關山蔡琰悲。羈客相看默無語，一襟愁思自心知。文淵閣四庫全書本《湖山類稿》卷二。

方夔藝話（三則）

方夔（生卒年不詳），一作方一夔，字時佐，淳安（今浙江淳安）人。幼承家學，長從何夢桂遊，究心義理之學。累舉不第，後以薦爲嚴州教授。宋亡，退隱富山，扁其堂曰"綠猗"，自號"知非子"。授徒講學，學者稱"富山先生"。著有《漢論》十卷、《富山懶稿》三十卷，已散佚，明五世孫文傑輯爲《富山遺稿》。夔學有原本，人品高潔，存詩多五七言古體，商輅序稱其紆徐渾厚，弗事雕琢，可見其沖雅之操。周瑄亦稱其發之聲律，不爲體裁音節之所拘。大約謂其遇興揮毫，頗乏研煉。要其情致纏綿，機趣活潑，自有不衫不履之致。五言一體，氣勢蒼莽，尤勝於七言。較其師何夢桂《潛齋集》詩，實青出於藍。

一　次韻通甫贈別

借我折絃琴，彈君不調曲。此材從何來，妙斲嶧陽木。一奏唱離鸞，再和彈別鵠。音響無人知，清絶過如玉。若人太古民，不肯墮塵俗。寫興希夷前，袖手澹無欲。彼哉紈袴兒，下視等毛粟。憐我來鄉村，妙詩時往復。相思隔碧雲，清嘯振幽谷。老我空自憐，賴君時擊觸。知音古來稀，不數晉荀勗。紛紛箏笛耳，勿與相徵逐。文淵閣四庫全書本《富山遺稿》卷二。

二　寄友直借古書

五日學作詩，十日學書紙。書成自稱好，對客發微泚。爾來草書人，作態工側媚。譬如老孫娘，不病要兒齒。我空詩未工，苦瘦如我字。有詩使人寫，適興聊爾爾。宿緣喜多學，未用進於技。試問宜休民，何如覓青李。《富山遺稿》卷四。

三　李伯時《明皇按樂圖》

開元天子方承平，年年十月遊華清。遊龍爛簇五家錦，玉奴姊妹俱傾城。太常舊譜看不足，鬭雞舞馬渾麄俗。《霓裳》一闋天上來，三郎自按新番曲。賀老琵琶先定場，都曇擊鼓齊高張。繡帽金童小垂手，堂上合奏甘伊涼。蕃人大眼何曾見，來簁膝前雙舞旋。天顏有喜分塞酥，宮花銜出昭陽殿。龍眠老手落貴家，忽入老眼憑歎嗟。尚嫌却後欠二筆，不寫漁陽鳴鼓撾。人生歡樂如風影，自古極衰根極盛。後來倘有曲江公，此圖合作千秋鏡。《富山遺稿》卷五。

蒲壽宬藝話（三則）

蒲壽宬（生卒年不詳）號心泉，泉州（今福建泉州）人。其先西域人，以互市歸宋。咸淳初，爲右領衛將軍，與劉克莊多有交往。八年前後，知梅州，爲官儉約。晚年，著黃冠居泉之法石山，益、廣二王至泉，指使其弟壽庚閉城不納，而納款於元，得居甲第。能詩，嘗以"詩百三十、古賦三"求跋於劉克莊。古賦在詩之下，皆用《楚辭》體。《四庫全書總目》卷一六六稱"其詩頗有沖澹閒遠之致，在宋、元之際猶屬雅音"。其詞多爲《漁父詞》，風致亦與詩同。所著《蒲心泉詩》已佚。清四庫館臣自《永樂大典》輯出《心泉學詩稿》六卷。

一　詠史八首·蔡文姬

琴彈十八拍，聽此雙淚流。一死固已難，萬言復誰尤。九原見衛子，何語可以酬。文淵閣四庫全書本《心泉學詩稿》卷一。

二　題梅窗嘯月圖

梅花紙帳夢，耿耿欲宵殘。何處幽人嘯，一窗明月寒。素光流肺腑，清響動巖巒。擁膝無言語，歸來意自歡。《心泉學詩稿》卷四。

三　題蕭照畫山水漁父四軸

裂石斷崖如赤壁，暗想當年學士蘇。鉅口細鱗新網得，一樽惟有月相娛。
輕蓑短棹下滄浪，不是尋常黃帽郎。料應江上青山色，肯博人間白玉堂。
火雲收盡天逾闊，野艇歸来日未斜。秋思滿江禁不得，又吹長笛出蘆花。
野航偶繫梅花下，人在梅花與雪俱。直釣情知魚不食，一絲終日掛冰壺。《心泉學詩稿》卷四。

鄭思肖藝話

　　鄭思肖（一二四一～一三一八），原名不詳，宋亡後，改名思肖，以示思念趙宋。字憶翁，號所南，以示不忘故國。福州連江（今福建連江）人，寓居吴縣（今江蘇蘇州）。鄭起子。宋末太學生，嘗應博學鴻詞試。侍父來吴，寓條坊巷。元兵南下，曾扣閽獻策，不報。一生不娶，念念不忘君國之意，每形於詩文中。遇歲時伏臘，輒野哭南向拜。聞北方語，必掩耳亟走。坐卧不北向，扁其室爲"本穴世界"，以"本"字之"十"置"穴"中，即"大宋"。善畫墨蘭，宋亡後，畫蘭不畫土，以示土地爲人奪去。惡趙孟頫受元聘，與之絶交。錢財多賙人之急，不事家産，遊心佛道，自稱三外野人。居無定所，徧遊吴下名山禪宫，多寓萬壽、報國二寺。元延祐五年卒，年七十八。臨終，囑友人書牌位曰"大宋不忠不孝鄭思肖"。嘗著《大無工十空經》一卷、"空"字去"工"而加"十"，即"宋"字，寓意"大宋經"。又著《釋氏施食心法》一卷、《太極祭煉》一卷等。其論詩主靈氣説，所謂"天地之靈氣爲人，人之靈氣爲心，心之靈氣爲文，文之靈氣爲詩"（《一百二十圖詩集自序》）。論文從其父説，以爲"文者，三綱五常之所寄"，反對"惟務言語爲工"、"墜於綺靡卑弱"的宋末文風。所作詩文多抒發眷懷故國之氣節，明陳弘緒《鄭所南心史序》以爲"視皋羽諸詩文，孤峭相似，而感憤壯烈殆欲過之"。梁啓超《重印鄭所南心史序》亦云："讀古人詩文辭多矣，未嘗有振盪餘心若此書之甚者。"著有《所南先生文集》一卷、《所南翁一百二十圖詩集》一卷、《錦錢餘笑》一卷、《心史》七卷。

《所南翁一百二十圖詩集》

自序

　　昔嘗序湯西樓先生《壯遊集》，云天地之靈氣爲人，人之靈氣爲心，心之靈氣爲文，文之靈氣爲詩。蓋詩者，古今天地間之靈物也。吾生也冥頑，其不靈於詩，不靈於文，不靈於心，不靈於人也久矣。棄物若然者，孤孤枯枯，迂迂疎疎，是誠不靈不然也。以其不然不靈也，凡有求，皆不作。絶交遊，絶著作，絶唱和，漸絶諸絶，以了殘妄爾。今或遇圖而作，或遇事而作，而或者又欲俱圖之，胡然乎？乃然彼不然，然而然；恣不絕其絕，而絕於不絕；以無作，作其所不作；將欲靈夫不靈之靈，以爲靈。其靈靈乎？其不靈靈乎？此其所以滿目青山綠水，垂笑於無窮、無窮、無窮也耶？

四部叢刊本《所南翁一百二十圖詩集》卷首。

黃帝洞庭張樂圖

天水相涵萬象清，咸池真樂妙無根。大音豈在九霄外，有意聽時却不聞。

堯民擊壤圖

百姓相忘堯帝春，耕田鑿井淡無情。只今正是何年月，日日月從東向生。

巢父洗耳圖

萬事喧喧雜響中，細參巢父意無窮。須還半掬溪邊水，方始教君耳不聾。

許由棄瓢圖

天下搖頭不肯爲，恰如瓢掛老松枝。許由不在箕山在，千古高風屬阿誰。

呂望垂釣圖

八十翁翁心尚孩，渭濱痴坐美徘徊。當初若是逃名者，誰要文王上釣来。

夷齊西山圖

扣馬痴心諫不休，既拚一死百無憂。因何留得首陽在，只説商家不説周。

老子度關圖

紫氣東来壓萬山，老聃吐舌笑開顏。青牛車外天風濶，摇動當年函谷關。

紀昌貫蝨悟射圖

從来絕藝欲超倫，何止彎弓用意深。覷破微塵微極處，忽開大地見紅心。

鍾子期聽琴圖

一契高山流水心，形神空静兩忘情。自非父母所生耳，聽見伯牙聲外聲。

伯牙絕弦圖

終不求人更賞音，只當仰面看山林。一雙閒手無聊賴，滿地斜陽是此心。

榮啟期三樂圖

生死悠悠付老天，啟期三樂亦超然。此身不得爲男子，空活人間九十年。

伯樂相馬圖

冀地羣中不可留，如龍走地絕無傳。何勞伯樂一相顧，抹過西風数百州。

莊子夢蝶圖

素来夢覺两俱空，開眼還如闔眼同。蝶是莊周周是蝶，百花無口罵春風。

輪扁諫讀書圖

輪扁釋椎開口諫，國君據坐展書開。古人糟粕終枯淡，誰醉天然滋味来？

卞和泣玉圖

大璞中函天地精，卞和抱出愈分明。一番刖足一番哭，哭殺世人無眼睛。

寧戚飯牛圖

斯人豈是飯牛者，浩歎空懷扣角悲。説到漫漫長夜處，南山白石也攢眉。

孺子濯纓圖

秋影澄澄湛碧波，濯纓人遠意如何。臨風歌罷飄然去，賣美滄浪清處多。

葉公圖龍圖

神物難傳變化時，葉公眼外泄天機。一從親見真頭角，滿手風雲雷電飛。

孟嘗君度關圖

狐白裘邊事若難，孟嘗門下亦何顔。若無意智翻身去，半夜焉能度此關。

屈原《九歌》圖

楚人念念愛清湘，苦憶《九歌》頻斷腸。只道此中皆楚國，還於何處拜東皇？

屈原餐菊圖

誰念三閭久陸沉，飽霜猶自傲秋深。年年吞吐説不得，一見黃花一苦心。

范蠡扁舟圖

烏喙無情奈若何，功成只合理漁蓑。躍身吳越興亡外，一舸江湖風月多。

毛遂脫穎圖

十九人中不數君，當機勇辯獨超羣。若非末後脫穎出，多得英風潑楚雲。

魯欹器圖

此心安分即逍遙，無欲何愁外境搖。終有秋毫失中正，一杯水亦不能消。

列子竊鈇圖

宇宙茫茫盡坦途，莫將得失自相辜。胸中若有一些子，大地山河俱竊鈇。

秋胡子圖

即歸猶未到家中，艷語勾春妾面紅。叵耐相逢不相識，梅花那肯戀東風。

西施捧心圖

蕩盡吳王醉後春，化為顰笑艷精神。當胸一點痛得別，直是妖嬈惱殺人。

驪山老姥磨鐵杵欲作繡針圖

欲化龜蛇生聖胎，驪山微意孰能猜。純鋼一塊都磨盡，不信纖毫眼不開。

秦女吹簫圖

美玉飄飄仙女姿，鳳凰低舞久相期。簫中應有別一曲，飛出青天影外吹。

湘靈鼓瑟圖

霧質煙姿雪月心，凌波無跡似多情。試聽誰在湘江上，髣髴秋風曲數聲。

毛女圖

六國傾城輦入秦，深花密柳鑠青春。神仙自有長生路，豈是阿房宮裏人。

徐福採藥圖

仙藥長生不易求，仙山可在海東頭。祖龍滅盡諸侯後，徐福却來贏一籌。

青門種瓜圖

百二山河勢莫當，咸陽誰付與高皇。盡嫌嬴政鮑魚臭，爭慕邵平瓜圃香。

漢高祖將韓信圖

先入關中得計多，彭城未是漢山河。不操擒縱英雄手，韓信何由肯倒戈。

張子房遇黃石公圖

三度橋邊伺老仙，始將兵法盡相傳。不知躡足此一計，還出書中第幾篇。

四皓圖

曄曄紫芝巖石隈,避秦有地似蓬萊。可憐白髮坐不定,又被漢朝呼出來。

周亞夫細柳營圖

細柳營中作略殊,寧容直入驟先驅。不因一見入門訣,文帝何曾識亞夫?

李廣射石虎圖

怪石蹲身草芥中,錯疑猛虎噴腥風。何消重費將軍力,只在當頭一箭功。

董仲舒不窺園圖

西漢諸儒君最醇,無人見面意應深。三年盡力窺經史,一旦看花了古今。

蘇武牧羊假寐圖

十九年間墮渺茫,飢來齩雪齒生香。一心只夢飛歸國,雙眼何曾看見羊?

蘇李泣別圖

同為武帝一時人,忠逆分違感慨深。早信子卿歸漢去,淚痕滴滴滴黃金。

司馬相如題柱圖

初上昇仙何慷慨,重來衣錦頗從容。男兒意氣當如此,透過禹門方是龍。

張騫乘槎圖

牛女宮中事若何,親身曾得上天河。逢人莫說支機石,漏泄蒼蒼意已多。

翟公交情圖

翟公冷語久逾新,漢世交情古亦今。不被死生貧賤轉,此時方始見人心。

朱買臣賣柴圖

年當五十始榮華,覆水難收重歎嗟。豈信後來春色別,滿柴擔上盡開花。

二疏東門祖帳圖

昔日賢哉二大夫,東門祖帳耀通衢。太平時節獨先去,闔國人知此意無。

嚴君平垂□賣卜圖

多是垂□自養神,僅能了日即安貧。不離忠孝談玄妙,豈是尋常賣卜人。

皇初平牧羊圖

兄弟參商四十春，金華山裏問斜曛。相逢不是牧羊客，白石顓頊冷笑君。

西王母蟠桃宴圖

玄圃筵開物外春，萬仙歡笑動精神。蟠桃種子今猶在，誰是三千年後人？

嚴子陵垂釣圖

新莽紛紛未有涯，桐江山水頗爲嘉。無心偶向一絲上，釣得清風滿漢家。

袁安臥雪圖

飛玉堆寒二丈過，杜門僵臥養天和。不愁屋外六花大，但覺胸中清氣多。

高鳳讀書漂麥圖

癖愛詩書苦未休，肯將俗事掛心。頭等閒痛快語言外，那見雨來和麥流。

張天師飛昇圖

玉局曾經拜老君，子孫今尚寶玄文。要知龍虎山前意，但看空中數片雲。

王粲覆碁圖

雅鷺爭飛局局殊。便生國手亦難圖，未曾落子有一着。王粲還能覆得無？

先主三顧草廬圖

抱膝高吟《梁父》時，臥龍致雨未爲遲。若無三顧草廬意，剖出心肝賣與誰？

孔明《出師表》圖

一身英氣射光芒，北定中原事轉長。落得兩篇出師表，至今只是漢文章。

孔明成都八陣圖

孔明抱義恥偏安，不道中興事業難。賴有石頭知落處，任從人換八門看。

王祥臥冰圖

母病杯羹意未諧，解衣竟欲臥冰開。有心直透清波下，安得無魚躍出來？

王衍舉阿堵物圖

口不言錢早不同，何須相試苦相攻。今朝叱去阿堵物，一室玲瓏分外空。

竹林七賢圖

清談何補晉江山，誰與中原了歲寒？惟有白雲三四片，飛來自向古琅玕。

王子猷看竹圖

秋沁徽之骨亦清，翠光如水漾空明。只圖一見此君面，誰更問人閒姓名？

王子猷訪戴圖

雪夜懷人泛剡溪，造門而返是還非。不曾相見猶相見，滿載清風獨自歸。

阮籍醉眠酒家圖

少婦當壚應怪人，陶陶一覺了殘更。無情不作如花想，夢夢見醉鄉生月明。

劉伶荷鍤圖

酒國韶光無際涯，大人境界絕朋儕。生來自有一方地，何待醉終纔始埋。

戴安道破琴圖

獨抱洋洋太古心，王門何苦欲相尋。狂來寧可破琴去，不許俗人聞此音。

畢卓甕間圖

醉玉頹來欲化仙，一窟和氣藹芳妍。終宵自向華胥去，吏部何曾甕下眠。

孫康映雪讀書圖

孫康苦志惜居諸，雪夜無燈興有餘。冷地白光生破屋，自然開眼見詩書。

張翰思蓴鱸圖

名爵雖榮心最苦，蓴鱸有味食無厭。後來京洛風塵暗，轉覺吳淞江水甜。

孫楚枕流漱石圖

孫楚匆匆誤答時，說來頗與事相違。枕流漱石翻爲妙，活弄胸中倒一機。

庾亮登南樓圖

老子情懷頗滑稽，登樓恰喜月明時。雖然於此興不淺，要且諸人知不知？

周處除三害圖

一朝周處奮英豪，三害皆除豈憚勞。若是不能降自己，縱屠龍虎不爲高。

王羲之蘭亭圖

猶記蘭亭三月三，流觴曲水暢清酣。分明一段永和意，好向羲之筆外參。

桓伊三美圖

傾蓋相逢不問誰，知音那肯露心機。一聲吹破清秋影，驚散閒雲各自飛。

車武子聚螢讀書圖

武子耽書不暫忘，練筆終夜照淒涼。讀來讀去東方白，笑殺流螢數點光。

陸績懷橘遺母圖

獨薦霜丸意不安，誰供甘旨侍團圞。驀然憶著娘生面，萬樹黃金盡喜歡。

吳隱之飲貪泉圖

外物終難換肺腸，隱之清介頓生狂。便教飲盡貪泉水，只覺通身白雪香。

郝隆曬腹書圖

七夕庭中羅綺乾，鄰家應是鄙儒冠。文章滿腹無人識，鋪與青天白日看。

陶淵明三逕圖

老氣蒼寒松樹活，閒情幽淡菊花開。一條古路無人走，還且與人相往來。

陶淵明對菊圖

彭澤歸來老歲華，東籬儘可了生涯。誰知秋意凋零後，最耐風霜有此花。

王孝伯痛飲讀《離騷》圖

名士天生磊落才，只耽痛飲罄樽罍。誰傳一味解酲法，歌斷《離騷》眼自開。

許真君飛昇圖

鐵柱遺蹤尚儼然，五陵後必出群仙。當時諶姆說甚麼，四十二人都上天。

孫登長嘯圖

碧眼空空照九州，阮公不是我同流。劃然長嘯誰聽得，獨有蘇門山點頭。

王烈餐石髓圖

五百年方開此山，寒光浮暖濕而乾。明明正是洪濛髓，只恐凡人不肯餐。

桃源圖

長城徭役苦咨嗟，澧水偷春隱歲華。有耳不聞秦漢事，眼前日日賞桃花。

爛柯圖

日出樵柴日落歸，幾年黑白夢紛飛。看來直待斧柯爛，始悟老仙碁外機。

延平躍劍圖

白晝平津湧似雷，盡驚靈物出塵埃。倒翻三尺揮空去，對舞雙龍破浪來。

陶弘景三層樓聽松風圖

弘景層樓掉太清，萬龍擲翠響泠泠。此心不出三界看，一片秋聲何處聽。

文選閣圖

太子奢華能幾年，盡將春夢付荒煙。錯聽古調一兩拍，空嗅斯文數百篇。

唐明皇遊月宮圖

玉仗飛行馭太空，須臾徑到廣寒宮。三郎胸次無高見，落眼蟾蜍光影中。

李靖天瓢圖

夢裏騎龍出八荒，掃空熱惱作清涼。不消數滴天瓢雨，凈洗娑婆透骨香。

王勃《滕王閣記》圖

王勃清才俊不禁，爛鋪艷錦賞知音。空餘高閣青雲裏，誰識落霞秋水心？

狄仁傑白雲親舍圖

駐馬回頭眺碧空，河陽在望去匆匆。吾親雖舍白雲下，豈出梁公一念中？

孟浩然歸隱圖

明主憐才若賜官，奔馳微祿負家山。狂吟搔首笑歸去，滿路秋光上醉顏。

李太白硯靴圖

斗酒未乾詩百篇，篇篇奇氣走雲烟。自從捧硯脫靴後，笑看唐家萬里天。

杜子美《茅屋爲秋風所破歌》圖

雨捲風掀地欲沈，浣花溪路似難尋。數間茅屋苦饒舌，說殺少陵憂國心。

杜子美騎驢圖

飯顆山前花正妍，飲愁爲醉美吟顛。突然騎過草堂去，夢拜杜鵑聲外天。

子美孔明廟古柏行圖

諸葛甘棠歲月深，霜皮黛色鬱沉沉。尚垂清蔭蜀國裏，一樹風霜千載心。

韓昌黎祭鱷魚圖

朝奏空言暮遠途，藍關飛雪漬衣裾。豈期去國八千里，此意猶能化鱷魚。

柳子厚賦寒江釣雪圖

空玄影外渺孤舟，不與漁翁意思侔。萬頃風濤一天雪，且看誰解下金鉤。

盧仝煎茶圖

月團片片吐蒼煙，破帽籠頭手自煎。七椀不妨都喫了，恣開笑口罵群仙。

陸龜蒙茶竈筆牀圖

笠澤往來無定期，煮茶垂釣醉吟詩。一船清致終難畫，不是散人應不知。

公孫大娘舞劍圖

纖手生風攪晝寒，好花翻影艷清歡。試看不犯鋒鋩處，舞碎晴空雪一團。

張果老倒騎驢圖

云是堯時丙子生，狂踪怪跡恣幽情。拗驢面目不須看，一任騎來顛倒行。

張志和漁父圖

苕霅春深花滿谿，一鉤翻動碧琉璃。簑衣篛笠儘有意，不到斜風細雨知。

藍采和踏踏歌圖

踏踏歌中天地闊，紅顏春樹莫相催。藍袍轉破轉奇特，別看仙人舞一囬。

鍾呂傳道圖

鍾呂喃喃手指空，應談玄牝妙無窮。都來造化只半句，不在丹經文字中。

呂洞賓賣墨圖

鍊就玄玄一塊金，朝磨暮寫愈精神。先生此墨初無價，不識誰爲買墨人？

沈東老遇呂洞賓圖

東老忘懷相遇時，洞賓爛醉以爲期。聊題不涉毫端句，早被石榴皮得知。

巴山橘中圖

剖破渾淪一殼寬，二仙飛去已雲端。須知橘裏封疆別，莫作凡間勝負看。

中秋苦雨趙知微登天柱峯賞月圖

人愛中秋月色同，忽驚涼雨鬱昏鐘。如何只隔一重膜，不見仙家天柱峯。

南柯蟻夢圖

忘了堂堂六尺身，鬼花生艷幻微春。絕憐蟻窟無分曉，迷盡古今多少人。

崔護覓水圖

哭斷東風轉有情，俄驚滿面笑容新。當時飲水今猶醉，別是桃花半點春。

倩女離魂圖

有心誰怕鐵爲墻，直透虛空未易量。若問合離真僞事，滿池綠水笑鴛鴦。

崔智韜虎妻圖

佳人睡覺失青山，惡毒心腸賣笑顏。認得皮毛一歸去，花枝無艷屌全斑。

玉川長鬚赤脚圖

慣立煎茶屋角頭，低眸頻候雪花浮。一奴一婢亦作怪，不爲先生破屋愁。

陳摶睡圖

五季干戈亂似麻，慵將醒眼閱年華。鼾鼾一覺華山裏，誰問春開幾度花。

逋仙探梅圖

雪壓咸平處士家，凍雲鎖暝苦相遮。欲知天上春消息，只覓南枝第一花。

蘇東坡《前赤壁賦》圖

泛舟赤壁痛銜盃，孟德英豪安在哉？何似江山風月妙，不從自己外邊来。

李伯時所画太一真人蓮葉舟圖

太一真人妙出神，聊乘蓮葉下南冥。若人欲識空涼境，但誦薰風一卷經。

無名氏巡簷數修竹圖

四簷玉立碧重重，終日相看眼亦空。何當數来千萬个，不知那个弄清風。以上《所南翁一百二十圖詩集》。

輯録（二則）

無絃處士説

典午之夢，義熙以還，滿目不堪，吾何以觀！淵明見幾頗早，解印息交，竟歸去来。性剛才拙，邈與世絶，數詠高節，獨書歲月。却喜野老，爾汝懷抱，願鋤荒草，復聞斯道。尚情夢古，流笑睨物，自見自心，白於白日，非羲皇上人而何？或詩焉，或酒焉，或耕焉，或遊焉，或著文焉，或觀書焉，亦寓於無絃琴焉。每朋酒之會，則撫而和之，曰："但識琴中趣，何勞絃上聲！"其傲弄當世，非凡情所忖。雖所寓不同，同此意也。大江之潯，皆晉山林，草木森森，知之最深。歲在丁卯，晉徵士陶潛卒；後八百七十七年，雪心先生羡"無絃"之意，亦假而寓焉。

淵明苦嗜酒，不能琴，得其趣，聽以醉；雪心不嗜酒，素能琴，默其聲，聽以醒。一醉一醒，異世同領；一能一不能，異見翻相承。昔孔子嘗告子夏以無聲之樂矣，淵明本自曠疏，亦或有契於聖言緒餘。淵明無絃琴果何如？以吾嘗聞我之無琴之琴而逆之，或得之。吾之無琴之琴，今相安在吾心爾，不以存亡得失而失焉，不以借於聽而聽焉。吾心融融，天趣空而通；彼想憧憧，世網蒙而聾。宜彼無琴之琴，無朕可尋。雖無宮商，至樂悠長；欲辨玄黄，狂見荒唐。動靜泯亡，遠邇蒼凉；不知其方，自然成章。非配桐以梓，可以發提，天機不露，萬響如瞽。純越邃古，曷聞曷覩，妙指莫施，慧耳奚爲？精神不疲，志氣不移。萬無歡悲，一無成虧。何必戴逵，焉用鍾期？魚鳥何知，鬼神莫窺。心聽則癡，智聽則疑，事聽則瘵，理聽則支。聽内持，聽外遺，聽有隨，聽無違。離微墨音眉癡。俱不宜，俱不足以明之，將何以發此機？胡不委無心之心，於無理之理，操無琴之琴，出無聲之聲？無琴之聲，琮琮琤琤，與一氣同生，與兩曜同明，與四時同行，與萬物同榮。妙此獨清，渺於八紘。索之弗闖其形，迎之罔測其靈。何從而聞無琴之琴，無聲之聲？古今之人，其生也孰不賦一氣而爲命？孰不照兩曜而爲鏡？孰不操四時而爲柄？孰不共萬物而爲境？不出有爲之井，不能跨空而騁。癡欲鼎鼎，逆走弄影。誰激清泠，猛於一省！無聲之聲，不琴於琴，此聲無根，託物而存，天下萬物之物之聲也。非此物也，而此物也；非此聲也，而此聲也。奚其琴？奚其絃？奚其聲？三者悉泯於無迹，然後吾之心始出；吾之心出，然後與萬化冥而爲一。擊節孤嘯，浮動幽渺，横握其要，似絶此妙。是真無其賞音矣！是吾亦真不能琴矣！既真不能琴矣，是真無琴矣！既真無琴矣，是真復何言哉！既真復何言哉，此意淵哉、玄哉、奇哉、微哉！上而皇天蒼蒼然，下而后土茫茫然，中而四顧荒荒然。詎肯與人同耳而聽，同目而視耶！又安得不獨抱此意與之同終、同始、同生、同死邪！

2538

此是别曲，還與誰聽？清而寧，和而平，天然奇特之經。開古今，翻滄溟，浴有情，空泠泠，還冥冥。但蚩蚩之氓，聞吾言必驚。使淵明在時，親見論評，亦當開攢眉而相逢迎。今不復見前修典型，乃與雪心相遇於衰暮無聊之濱。勿嘆凋零，百勇皆冰，萬物必待剥落而後成。勿嫌無能之名，空活不死之春；譬如無絃之琴，不耀山水之音。寧枯於至貧，斷不可失無絃琴。君欲不寒斯盟，切勿辜負陶淵明。

久假不歸其名，不名曰"無絃處士"亦宜。始者顏延年誄淵明曰"晉徵士"，又曰宜謚曰"靖節徵士"，《南史》則曰"靖節先生"，晦翁獨取"晉徵士"三字書於《通鑑綱目》。梁昭明太子作《淵明傳》曰"無絃琴"，别本又作"無絃素琴"，《晉史》作"素琴，絃徽不具"，《南史》只曰"素琴"。第"無絃琴"三字甚雅，且久響於人口耳間。康節嘗品題之，禪門亦借用之，詩人多詠之。古作"弦"，今從之。四部叢刊續編影印清林佶抄本《鄭所南先生文集》。

題《汗簡》

《汗簡》編，乃郭忠恕所集，凡七十一家字跡爲證，古《尚書》爲始，石經、《説文》次之。觀其源委，深有自來。

嗟夫！字學之始，始於蒼頡。無字之字，天真粲然；有字之字，筆法宛然。古無筆，筆於秦，至秦而小篆生矣。今人率皆遺小篆之法，不古之尚；而今之尚，流而愈流，忘本亦甚。

古人製字，良各有説，特後世莫知其故，傳之久，而後人不免有舛繆，竟喪其本真。《汗簡》之作，追古法於既泯，流新傳於無窮，郭公之功多矣，後之業字學者，可不知之？

庚寅六月，所南鄭思肖爲山礨葉君題《汗簡》後。文淵閣四庫全書本《珊瑚木難》卷四。

林景熙藝話（一則）

　　林景熙（一二四二～一三一〇）字德陽，一作德暘，號霽山，溫州平陽（今浙江平陽）人。南宋末愛國詩人。咸淳七年，由上舍生釋褐成進士。宋亡不仕，隱居於平陽白石巷。林景熙是宋、元之際詩壇創作成績卓著、最富代表性的詩人，與謝翱齊名。其詩歌創作最工七言律體，大不同於其同鄉前輩"四靈"派詩人，而是時刻關注社會現實、民生疾苦，風格幽婉，沉鬱悲涼，多以自然達意的聯想、託物比興的手法、精粹簡練的語言、委婉曲折的表達方式，揭示自己心靈深處亡國隱痛的情思。亦善作文，文字精煉準確，叙述簡潔生動，意境深遠，感染力強。著有文集《白石稿》十卷、詩集《白石樵唱》六卷，元章祖程為注，已佚。

毘陵太平院壁間畫山水，熟視之，有飛動勢，殆仙筆也，因題

　　山風不動雲四寂，萬頃波濤生素壁。三峽夜怒搖星河，九溟晝沸卷霹靂。誰將江海一筆吞，華陽入硯玄波翻。靈鼇東轉坤軸動，驚浪出沒蛟與黿。毫端分寸千萬里，人心之險亦如此。老僧閱世如閱畫，面壁凝然悟玄理。嗟余老作汗漫游，寒光飛動六月秋。乃知瞿塘在平陸，安得竹葉吹成舟。文淵閣四庫全書本《霽山文集》卷二。

陳普藝話（二則）

陳普（一二四四～一三一五）字尚德，號懼齋，福州寧德（今福建寧德）人。所居有石堂山，學者稱"石堂先生"。入鄉塾，赴浙東從韓翼甫遊。入元，三辟爲本省教授，不起。開門授徒，四方及門者數百人。建州劉純父聘主雲莊書院。熊禾留講鼇峰，尋講學於饒、廣二州，於德興初庵書院尤久。晚在莆中十有八年，造就益眾，韓信同、楊琬、余載、黃裳皆出其門。陳普以理學知名。清人陸心源《陳石堂集跋》謂"其文多語録體，詩皆擊壤派，説經、説理亦淺腐膚庸"。著述甚富，有《字義》一卷，又有《四書句解鈐鍵》《學庸旨要》《孟子纂圖》《周易解》《尚書補微》《四書六經講義》《渾天儀論》《天象賦》《詠史詩斷》，凡數百卷。今傳《石堂先生遺集》二十二卷。

一　鼓瑟

滿樓明月調雲和，五十絃中急雨過。彩鳳拂衣鳴翠竹，素鱗鼓鬣出寒波。淒涼楚客新愁斷，清切湘靈舊怨多。一曲更沉人已静，江頭雲挂緑嵯峨。

朱絃聲奏徹雲清，有客沉吟倚柱聽。遺響一時存楚曲，斷魂千載寫湘靈。珠隨明月生滄海，船挾風波過洞庭。絃索無言膠柱倒，遥遥江上數峯青。_{文淵閣四庫全書本《兩宋名賢小集》卷三百五十五《石堂集》。}

二　以詩就葉洞春求畫蒲萄

洞春豪傑士，妙筆出瑰奇。寫就大宛根，可怪不可披。此畫豈易得，此手難再攜。敢將有聲畫，博君無聲詩。《石堂集》。

鄧牧藝話（一則）

鄧牧（一二四七～一三〇六）字牧心，自號三教外人，人稱文行先生，錢塘（今浙江杭州）人。年十餘，讀《莊》《列》，悟文法。壯遊名山。元元貞二年，王修竹延至山陰陶山書院。大德三年，入餘杭洞霄，四方名勝多求其文。住山沈介石爲營白鹿山房，匾曰空屋，與里人葉林爲至交。著有《洞霄圖志》六卷，《伯牙琴》一卷、補遺一卷。

《伯牙琴》自序

予集詩文若干，名《伯牙琴》。伯牙雖善琴者，鍾子期死，終身不復鼓，知琴難也。今世無知音，余獨鼓而不已，亦愚哉！然伯牙破琴絶絃以子期死耳，余未嘗遇子期，惡知其死不死也，故復存此。文淵閣四庫全書本《伯牙琴》卷首。

于石藝話（一則）

　　于石（一二四七～？）字介翁，因居鄉自號紫巖，晚號兩溪，蘭谿（今浙江蘭谿）人。貌古氣剛，喜談諧。早慕杜氏五高，後從王定庵業詞賦，自負甚高。年三十而宋亡，隱居不仕，專意於詩。生前刊有詩集七卷，金履祥序稱其清麗溫雅。其古詩感時傷事者，多哀厲之音，而或失之太盡；遊覽閒適者，有清迥之致，而或失之稍薄，然成就已在江湖詩人之上。其集後散佚，門人吳師道摘爲《紫巖詩選》三卷。

琴寥歌

　　柯山鄭君德彝家藏唐雷霄二琴，不彈而掛之壁。其師徐子觀取昌黎二操以銘之，其將傳青霞子之燈者與？

　　壁乎琴兮不彈，心乎道兮忘言。操履霜兮猗蘭，忠與孝兮兩全。松風兮澗泉，琴無絃兮有絃。青霞兮柯仙，道不傳兮有傳。文淵閣四庫全書本《紫巖詩選》卷二。

謝翱藝話（三則）

　　謝翱（一二四九～一二九五）字皋羽，自號晞髮子，福州長溪（今福建霞浦）人，徙浦城。咸淳間試進士不第，慨然倡古文，作《宋鐃歌鼓吹曲》《宋騎吹曲》上太常，傳唱一時，吳萊稱其記宋太祖"東征西討之事"，"文句炫煌，音韻雄壯，如使人親在短簫鼓吹間"（《宋鐃歌騎吹曲序》）。德祐二年，率鄉兵數百人投文天祥於延平，任諮議參軍。景炎二年，以文天祥被俘，潛逃至浙東，寄居山陰王修竹家。三年，元浮屠總統楊璉真伽盡發宋帝后陵墓，翱與唐珏、林景熙等密收遺骨，葬於蘭亭附近，作《冬青引別玉潛》一詩紀其事。其後往來於永嘉、括蒼、鄞、越、婺、睦州等地，與方鳳、吳思齊、鄧牧等結詩社。元貞元年，卒於杭州，年四十七。南宋之末，文體卑弱，謝翱所爲詩文桀驁有奇氣，宋濂稱其詩直溯盛唐而上，卓有風人意味，"文尤斬拔峭勁，雷電恍惚出入風雨中"，代表作有哭祭文天祥的《登西臺慟哭記》，慷慨悲歌，感人至深，有屈原《離騷》《招魂》之意。其他散文也"規柳及韓"（《謝君皋羽行狀》），如《金華洞記》等。其詩以歌行知名，想象豐富，構思奇特。近體詩則沉痛含蓄，如《效孟郊體》《西臺哭所思》《過杭州故宮》《書文山卷後》等，以濺血之筆，抒亡國之痛。著有《金華遊錄》一卷、《楚辭芳草譜》一卷、《晞髮集》六卷、附錄一卷。

一　書畫梅花水仙卷

　　風吹韉露明微照，芳雲弱植仙姝廟。髻鬟零亂在枕函，月裏羅浮夢中到。鮫綃拂塵蟬翼隔，窗霧凝寒唯影入。曉來坐對殘空標，翠翎不見額黃濕。文淵閣四庫全書本《晞髮集》卷四。

二　避暑城西觀吳道子畫老君像

　　淫煙掛龍天海頭，角城潊暑如炎州。白氛翳景失樓閣，蓬萊縹緲不可求。解衣揮麈子城下，地湧青蓮隣古社。捲簾看畫人猶龍，矯首見龍還見畫。碧幢髮雪垂過耳，弄筆者誰吳氏子。《晞髮集》卷四。

三　贈寫照唐子良

吳中粲史今代畫，不獨畫人兼畫馬。唐生家住金華雲，對予獨肯畫古人。夕陽西下東流水，紛紛古人呼不起。東都留守吳中豪，王府勳僚舊俊髦。當時氣薄陰山日，勾陳蒼蒼太白高。百年水竭海塵上，誰見凌烟拂蛛網。霜髯磔磔開青新，彷彿猶帶黃河冰。忽疑稍會怒色止，或可從傍窺諫紙。唐生見我淚如洗，頗憶古人今不死。俟我氣定神始閒，命筆更起唐衣冠。《晞髮集》卷五。

謝覦藝話（一則）

謝覦，南宋處州縉雲（今浙江縉雲）人。年代不明。

題《五老圖》

昔人謂積金莫如積德，求富貴於子孫，不若求賢才爲嗣，信矣哉。

我朝初平江南，惟曹武惠王彬不妄誅一命，歸舟惟載圖籍。寇萊公成澶淵之役，朱兵部貫首以不殺爲請，得降人皆宥之。時朱公以僚屬從行，及旋，遷駕部，轉兵部，即退老睢陽，訓戒子孫，惟讀書，勿居高官。與賈魏公世爲姻聯，曹氏爲親婭。今諸公子孫俱登朝列，以清白傳家，不其偉歟！蓋亦天之報施者不偶也。

觀五老人翛然達人，儼然德容，真後世儀錶，賢矣哉。

淮南舊治有堂存焉，縉雲謝覦拜書。文淵閣四庫全書本《趙氏鐵網珊瑚》卷一三。

黎廷瑞藝話（四則）

黎廷瑞（一二五〇～一三〇八）字祥仲，鄱陽（今江西鄱陽）人。度宗咸淳七年賜同進士出身，授肇慶府司法參軍，需次未上。宋亡，幽居山中十年，與吳存、徐瑞等遊。元世祖至元二十三年，攝本郡教事。凡五年。退後不出，更號俟庵。武宗至大元年，卒。有《芳洲集》三卷，收入《鄱陽五家集》中。

一　聽琴

虛籟起還休，輕絲斷復抽。鬼啼湘竹雨，木落洞庭秋。因子作浙操，令人悲楚囚。蒼桐不可叫，杳杳暮雲愁。文淵閣四庫全書本《鄱陽五家集》本之《芳洲集》卷一。

二　聽琴

淒涼《烏夜啼》，怨抑《雉朝飛》。有室寧非願，無枝可得依。天涯心獨苦，歲晚淚頻揮。莫作《將歸操》，風塵久念歸。《芳洲集》卷一。

三　贈畫龍章道人

幾載湖中住，歸來筆有神。青天雙劍氣，破壁一梭塵。舉世惟看畫，何人更識真？千巖冰復雪，雷雨動青春。《芳洲集》卷一。

四　我有綠綺琴

我有綠綺琴，寶匣生蛛絲。拂拭聊一鼓，意淡音愈微。隱几忽自笑，持茲將付誰？所以絕絃者，痛惜無鍾期。吾人天與遊，豈在知音知？惆悵簫韶遠，不見鳳來儀。后夔不並世，已矣奚所悲。《芳洲集》卷二。

熊禾藝話（一則）

熊禾（一二五三～一三一二）字去非，後改名熊鈌，字位辛，號勿軒，又號退齋，建安（今福建建甌）人。幼聰穎，能屬文，有志濂洛之學，從朱熹門人遊。咸淳十年進士，授汀州司戶參軍。宋亡不仕，入武夷山，築洪源書堂，講學其中。又歸故里，築鰲峰書堂，扁其家塾曰雲谷書院，四方生徒雲集。謝枋得聞其名，自江右來訪，相抱痛哭，共訴宋亡之恨。又與江西胡一桂論學，爲學宗朱熹。熊禾以道學名，其論詩有"靈均之騷，靖節、子美之詩，痛憤憂切，皆自其肺肝流出，故可傳也。不然，雖嘔心冥思，極其雕鏤，泯泯何益"之語。其文平正質實，不以藻采見長，而根柢六經，自見本色，非浮談無根者可比。著述甚豐，有《三禮考異》《春秋論考》《經序學解》等，今存者尚有《易經訓解》《四書章句集注標題》《文公先生小學集注大成》《勿軒集》八卷等。

贈筆生

東坡詠鼠鬚，山谷歌猩猩。微物豈足道，斯文頗關情。片言斧鉞凜，一字華袞榮。化工運方寸，亦自芒端生。寄語管城子，所託甚非輕。文淵閣四庫全書本《勿軒集》卷七。

張玉孃藝話（二則）

張玉孃（生卒年不詳）字若瓊，號一貞居士，松陽（今浙江遂昌）人。明慧知書。少許嫁中表親沈佺，既而父母有違言，玉孃不從。佺病，玉孃貽書以死自誓，佺卒，亦以憂死，年二十八。其詩大多淺弱，不出閨閣之態。詞有和李清照、姚孝寧等數首，亦效古之作，似皆取資於《草堂詩餘》。有《蘭雪集》一卷。

題畫二首（二則）

伯牙

山家茅屋隔寒林，獨把枯桐覓舊吟。門掩無人飛蛺蝶，白雲垂地結晴陰。

海棠宿鳥

幽禽底事倦春芳，相與棲遲宿野棠。風攪一枝香夢醒，四天煙景夜茫茫。以上文淵閣四庫全書本《元詩選》三集卷十六《蘭雪集》。

趙崇絢藝話（二則）

趙崇絢，生卒年不詳。《四庫全書總目》提要云："《雞肋》一卷，宋趙崇絢撰。崇絢字元素，據《宋史·宗室世系表》，盖簡王元份之八世孫，作諸番志之趙汝适即其父也。"

《雞肋》（選録　二則）

繞梁

《列子》：韓娥歌音繞梁。《樂書》：繞梁，樂器也，與箜篌相似。宋武帝大明中，沈懷遠爲之。懷遠亡，其器亦絶矣。又，楚莊王琴名繞梁。

忽雷

《洽聞記》：鱷魚，一名忽雷。《樂府雜録》：文宗朝内庫琵琶，號大忽雷、小忽雷。以上文淵閣四庫全書本《雞肋》。

俞琰藝話（一則）

俞琰（生卒年不詳）一作俞琬，字玉吾，吳郡長洲（今江蘇蘇州）人。寶祐間，以詞賦稱。宋亡，隱居著書，自號林屋山人，學者稱石澗先生。卒於元延祐間。琰以學術見長，尤精《易》學，著述頗多。另有《席上腐談》二卷，上卷考證名物，下卷備述道家丹書，間亦考論詩文。《書齋夜話》四卷，為讀書隨筆。其詩文集《林屋山人漫稿》一卷、附錄一卷為後人所輯，《四庫全書總目》卷一七四謂"多淺俗不足觀，其《題楊妃圖》絕句一首及《食鰻辨》一篇，尤為鄙俚。蓋琬以數學著，不以文章著也"。

《席上腐談》（選錄　一則）

琵琶又名鼙婆。唐詩"琶"字皆作入聲，音弼。王昭君琵琶懷，肆胡人重造而其形小，昭君笑曰："渾不似。"今訛為"胡撥四"。文淵閣四庫全書本《席上腐談》卷上。